ローマ騎士
ルキウス・クラウディウス
または、恋愛の起源について

山田正章
YAMADA MASAAKI

講談社エディトリアル

目次

共和政末期のローマ。カエサルのガリア戦とそれに続くローマの内乱に乗じて、デマラトス・プロティスが廃れたマッシリア（マルセイユ）王家の再興を果たすまでのいきさつ。ギリシャ・ローマの饗宴についてのやり取り。主人公ルキウス・クラウディウスの女にまつわる不行跡とその顚末。ルキウスがアントニウスの子分になるまでのいきさつと、ミモス劇の人気女優にのぼせ上がったこと。……〈ローマに移り住んだデマラトスが主催する饗宴〉宴席では、ルキウスを含め知ったかぶりの会食者たちが、神々の恩恵について、法と正義と神々について、快の生活について、霊魂について、エピクーロス批判に併せプラトンに対する当て擦り、冥府での亡者たちの有り様について、原子の偏奇説と救いについて、哲学者クリュシッポスの死の真相、神的とされる詩人への誹謗中傷など、悪口存分のいいたい放題を繰り広げる。デマラトスが中座したのを機に、カエサルに対する謀叛の噂やルキウスがのぼせ上がった女優の噂話などが飛び交う。そんな中、ルキウスの友、詩人のキンナが怪しげな催淫剤を持って現われ、一同、その催淫剤を飲んで悶絶する。

二　ときわ樫の木陰の酒宴

171

キンナの催淫剤のせいで寝込んだルキウスを友人デクタダスとキンナが見舞う。肉体を離れる際の魂の形状やプラトンの『パイドン』でソクラテスが最初に発した言葉の意味についてなど、三人で取り留めのないやり取り。ローマ人の自然崇拝、樹木崇拝について。……〈恋愛狂のクウィントス老人が主催するコルネの丘での酒宴〉クウィントス翁が姿を見せるまで、招待客たちは、息子に追い出されたデマラトスの悲運や学問芸術への偏愛が人にもたらす害悪について、神々と本格悲劇とアリストテレスについて、ポンペイウス派を一掃したカエサルの野心と謀叛の噂など、思いが向くままに語り合う。クウィントス老人の登場と共に雰囲気は一変、会食者たちは愛についての談話を強いられる。神話伝承の中に語り継がれた愛の形についての評釈と俗解と放言、プラトンの説く愛に対する老人の必死の抵抗、アプロディテの投じる迷妄（アーテー）について、演じられた恋が誠の恋になるいきさつ、愛の苦悩と陶酔についてなど好き放題に語り合う。最後に、一夫一婦制の起源からトロイア戦争の持つ隠れた意味へと脱線するデクタダスの止め処ない長話に、一同音を上げたところで酒宴は散会となる。ルキウスたちがこうして談話に興じていた頃のカエサルの動向と人々の胡乱な動き。……日を置いて、再度クウィントス翁の招きを受けたルキウスたちは、招待先への道中、人間の生が肉体への死の浸潤にほかならぬという真実に、クウィントス翁がいかに果敢に抵抗しているかについて語り合う。やがて一行は、カエサルのパルティア遠征に加わる輜重隊の行進に行く手を遮られる。

シムスの訪れを受ける。戦場に現われる峻厳な神のこと。

ルキウス、デクタダス、ルキウスの危険思想を糺す。ルキウス、予想される動乱から家族資産を護るためローマを離れ、身を隠す決意。なおも続くキケローの奮闘。ウィリウスからの火急の知らせ。ルキウスがアントニウスに通じローマで暴動を起こす策謀に加担しているとの密書の存在を告げられる。密書に名指しされる事情がルキウスにはあったこと。ミモス女優について、また、愛死についてウィリウスが語る。ルキウスの秘めた思いと密書のこと。ウィリウスが去った日の翌朝、古くからの知己を訪ねる。ルキウスは心静かに決意している。さらに続くキケローの奮闘。デクタダス、ルキウスの決意を知って騒ぐ。エピクーロスの真髄を語って翻意を促す。デクタダス、クウィントス翁の死を告げる。愚者の浄福について。墓碑銘に歳月を刻む。妻ユーニアとの最後の夜。カンパーニアでのふたりの思い出。そして、別れの日。

登場人物

ルキウス・クラウディウス　本編の主人公。

ユーニア　ルキウスの妻。

デクタダス　カルキスの人。主人公ルキウスの親友。

キンナ　ブリクシアの人。主人公ルキウスの畏友。

デマラトス・プロティス　マッシリア（マルセイユ）王家の末裔。学問芸術に眼を奪われた山育ちの田舎者。息子エリメネスがローマの内乱に乗じて王家の再興を果たすが、のちにその息子の策動で禁治産者宣告を受け追放される。

ウィリウス・セルウェリス　ルカーニアの田舎名士にして小屋掛け芝居の興行師。熱烈なカエサル主義者で、カエサルの暗殺後、オクタウィアヌスに身を投じるという妄挙を演じて後悔する。

トレベリウス・マキシムス　カエサルにより資産を全て没収され、家族親族も離散して人の世話を受ける身となった高潔の士。ローマにあって高潔であることの生きづらさから、時に虚無的な言動に及ぶ。

エピカルモス　シュキオンの人。古アカデメイア派の哲人にして宴席を渡り歩くのを生業とする髭の辻説法師。殷賑の都ローマにあって、「徳」を説くことの愚に思い至らず腹ばかり立てている。

クウィントス・オストリウス　その奇矯な振る舞いから息子たちの謀叛に遭い、なおも行いの改まらない老人。老いた今は恋愛狂となって周囲を騒がす。

デキムス・カミッスス　キケローを遠く仰ぎ法律家を志望する若者。生意気という若さの特権を発揮して臆することがない。

デキムス・カミッスス 公文書館の暗がりで青銅板の黴（かび）や埃（ほこり）を吸って暮らす。法律家志望の同名のデキムスとは従兄弟同士。恵まれない境遇から妻帯を断念し、僻（ひが）みに徹する。

ペイシアス 年若い家僕ではあるが何でも自分が仕切りたがるルキウス家の書記役。ルキウスよりもデクタダスを、デクタダスよりもユーニアを尊重している。

ピロデーモス（前一〇〇—?） ネアポーリス（ナポリ）を拠点に活動していたエピクーロス派の哲学者。ローマの貴族貴顕たちの間でもてはやされる。生彩に富む詩を書いたことでも知られ、「あらゆる放蕩、あらゆる不行跡……しまいには不義密通までも精妙この上ない詩句で表現した」（キケロー、『ピーソー弾劾』）。

ルクレティウス（前九九—五五） 今に伝わるエピクーロスの哲学はこの詩人の著作に負うところが大きい。詩人として当時は著名であったにもかかわらず、その生涯については多くの部分が不明である。ただし、催淫剤の過剰な服用による狂気と死が当時から噂され、今もそのように信じられている。

カリマコス（前三〇五—二四〇） 途方もない学識の持ち主で学匠詩人として盛名を馳（は）せた。その学識を惜しげもなく詩行に混ぜ込むことから、読む側にも相当な学識が要求される。そのような詩が当時のローマで広く受け入れられたということは、皮肉ではなく、ローマ人士の教養の高さを物語っている。

カトゥルス（前八四—五四） 古代ローマ文芸の黄金期の先駆けとなった詩人。巧妙に雑多な種類の詩を書き、その機知に富んだ軽妙な詩風が当時の社交界で歓迎された。カエサルをお稚児さんに見立てた諧謔詩を書き、一時不興を買うがのちに和解。肺を病んで若くして逝く。

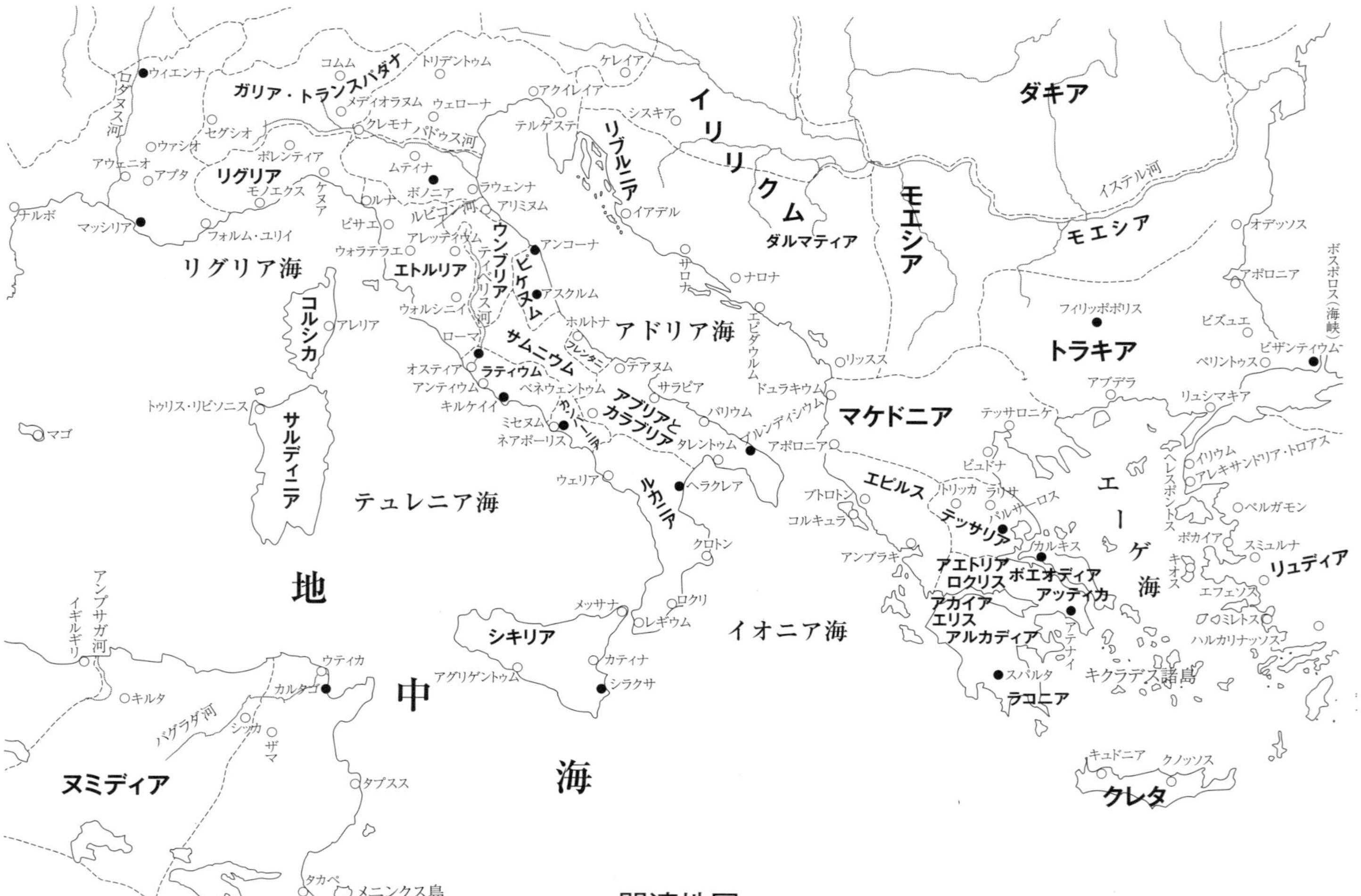

関連地図

ウィエンナ
ロダヌス河
ガリア・トランスパダナ
コムム
トリデントゥム
ケレイア
アクイレイア
メディオラヌム
ウェローナ
クレモナ
パドゥス河
セグシオ
ウァシオ
テルゲステ
シスキア
イリリクム
ダキア
ポレンティア
アウェニオ
アプタ
リグリア
モノエクス
ケヌア
ムティナ
ボノニア
ラウェンナ
ルナ
ルビコン河
アリミヌム
ナルボ
マッシリア
フォルム・ユリイ
ピサエ
アレッティウム
ウンブリア
アンコーナ
リブルニア
イアデル
ダルマティア
モエシア
イステル河
オデッソス
ウォラテラエ
リグリア海
エトルリア
ティベリス河
ピケヌム
アスクルム
サロナ
ナロナ
アポロニア
ボスポロス(海峡)
コルシカ
アレリア
ウォルシニイ
ホルトナ
アドリア海
エピダウルム
フィリッポポリス
ビズュエ
トラキア
ビザンティウム
ペリントゥス
ローマ
サムニウム
フレンターニ
テアヌム
リッスス
オスティア
ラティウム
アンティウム
ベネウェントゥム
サラピア
ドュラキウム
アブデラ
リュシマキア
トゥリス・リビソニス
キルケイイ
アプリアとカラブリア
バリウム
マケドニア
テッサロニケ
サルディニア
マゴ
ミセヌム
ネアポーリス
カンパーニア
ブルンディシウム
タレントゥム
アポロニア
ヘレスポントス
イリウム
アレキサンドリア・トロアス
ピュドナ
ウェリア
ルカニア
ヘラクレア
ブトロトン
エピルス
トリッカ
ラリサ
パルサーロス
エーゲ海
ペルガモン
テュレニア海
コルキュラ
テッサリア
ポカイア
キオス
スミュルナ
クロトン
カルキス
アンブラキ
アエトリア
ロクリス
ボエオティア
リュディア
地中海
アッティカ
エフェソス
アンプサガ河
イギルギリ
ロクリ
メッサナ
アカイア
エリス
ミレトス
シキリア
レギウム
イオニア海
アルカディア
アテナイ
ハルカリナッソス
ウティカ
カティナ
アグリゲントゥム
カルタゴ
スパルタ
キクラデス諸島
キルタ
シラクサ
ラコニア
バグラダ河
シッカ
ザマ
キュドニア
クノッソス
ヌミディア
タプスス
クレタ
タカペ
メニンクス島

ローマ騎士ルキウス・クラウディウス
または、恋愛の起源について

恋愛が純文学の最も一般的な主題であるべきだという議論は、われわれには当然のことのように思われる。しかし古典的古代や中世の暗黒時代を瞥見すればただちにわかることだが、われわれが「自然」と感じていることは、実際は特殊な状況であって、これはおそらくいつか終わりを迎えるであろうし、確かに十一世紀のプロヴァンスに出発していたものなのである。……古代の文学においては、愛は陽気な肉感性か家庭的慰安以上に達することは珍しい。さもなければ、悲劇を生む狂気、正気の人々（通常は女性）を犯罪と汚穢に投げ込む迷妄（アテ）として扱われるのがオチである。メディアやファイドラ、ディドの愛はその典型であり、だから娘たちは、そのような愛に陥りませんようにと、神々に祈るのである。……

　われわれが使う意味での「愛」は、古典的古代同様暗黒時代の文学にもなかったものである。彼らが好んだ物語は、われわれのそれとは異なり、男がいかにして女と結婚したか、あるいは失敗したかという物語ではない。彼らは、いかにして聖者が天国に行ったかとか、勇敢な男が戦場に赴いたか、といった話を聞くことの方を好んだのであった。

C・S・ルーイス

十二世紀になるとともに大きな変化が起こった。フランスの歴史家シャルル・セニョボスの機知に富んだ言によると、「愛は十二世紀の発明である」。「愛」という言葉が今日のように、情緒に訴えるところの感情や情熱という意味になったのは、宮廷風恋愛詩人（トルバドール）の歌による。

　これは、フランス南西部に突如として起こり、急速にヨーロッパ全域に広まっていったものである。ここに歌われている愛は、古代世界や中世キリスト教世界における愛とは全く性質を異にするもので、天から降ってきたようなものだと言ってよい。

ドニ・ド・ルージュモン

第一部

一　デマラトス・プロティスの饗宴

デマラトス・プロティスはマッシリア王家の末裔である。

ただし、裏切り者だ。

マッシリアというのは、もともとポカイアあたりのギリシャ商人たちが、はるかリグリアの海の向こうに建てた植民市である。以前は、辺鄙な外ガリアの岸辺に牡蠣のように貼り付いた漁師町か交易市のひとつだったと思われる。

あまり知られていないが、かの万学の祖アリストテレスによる壮大な書『国制史』に、そんなマッシリアについての珍重すべき記述がある。その記述によると、何でも、土地の王ナノスの許に、エウクセノスという流れ者のギリシャ商人がやってきて、婿選びの祝宴に用もないのに紛れ込むと、たまたまか、神慮か何かが働いたのか、王女ペッタの盃をじかに手ずから受けてしまう。王女が盃を授けると、受けた相手がお眼鏡に適ったという次第らしくて、まさかのことに周りはどよめく。知ってか知らずか、そこは世渡り上手な商人のこと、とぼけたふりは見せただろうが、あっさり婿入りしたらしい。この記述、迂闊に読めばめでたいような話ではある。しかし、昨今の世に擦れたローマ人士なら、口の端をぴくりとさせるなどして考えるだろう。

はて、おめでたいのは土地の王だろ。どうせ強欲な流れ者の商人につけ込まれ、娘も一緒に誑し込まれて、気がつけば王家が簒奪されていたってわけだ。

というのは、昔、ローマでも商人あがりのタルクイニクス・プリスクスという王が出た。この男、もとはルキウス・タルクイニクスと名乗っていたが、利に聡く、要領もよく、派手な金遣いで衆目を集めると、どんな策を弄したのか、第四代ローマ王アンクス・マルティウスにまんまと取り入る。どうせ、あることないことで恩を着せ、つけ入る隙につけ込んだのだろう、気がつけば、政務や用務一般の諮問にあずかる役に収まっている。こうして、易々と王家の信任を得たルキウスだが、実は、裏では縁起担ぎの細君タナクィルと策をこらし、厄介者の兵隊くずれや無宿人たちを手なずけては、こっそりほくそ笑んでいたらしい。やがてアンクス王が崩御して、自らは王子ふたりの後見役を任されるのだが、騙しやすい王子たちをさっそく騙す。ルキウスはふたりの王子を遠い狩場へ向かわせると、その留守中に民会を招集、そこで意表をつく長演説をした。演説は長くても、要約すれば、わたしを王様にしてくれないか、の一条に尽きる。これには民会も相当どよめいただろうが、そこは利口な商人である、手なずけておいた徒党の群れをここぞとばかりに四方に放つと、商人仲間も巻き込んで、大衆運動のうねりを起こした。ふつう、大衆さえうねれば怖いものはないから、流れ者の商人ルキウスはタルクイニクス・プリスクスと名を改め、とうとうローマの王になってしまった。

マッシリアも、きっとそんなものだ。

ところで、このプリスクスだが、父親というのがコリュントスの内紛で国を追われ、ローマの北、エトルリアに流れ着いたギリシャ商人である。名前をデマラトスといった。だからどう、というわけではない。出処をたどれば同じギリシャ、しかも商人というだけのことである。昔から商人は利口なのである。

さて、マッシリア王家の末裔デマラトスだが、気の毒なことに、いくら王家を吹聴しても周りの誰もが相手にしない。共和制が四百年続いたこのローマで、王様への尊崇の念など期待するのが間違っているし、そもそもの話、海のかなたのマッシリアの、とうの昔に廃れた王家だ。万学の祖でさえ、助手だか弟子だか、足腰の達者な男を送って調べさせた程度の王家だから、今の人たちにすれば、およそ関心がないし、特段、知りたくもないのである。

気落ちしたデマラトスは、思案の末か思いつきか、評判の女郎屋の壁絵師、リュキアのキモンに依頼して、食堂の広間の壁面にやけに赤っぽいフレスコ画を描かせた。美しさ花と香るマッシリア王女ペッタが、めかし込んだ若者エウクセノスに盃を下げ渡している図柄である。さてその絵だが、初めて目にした面々はデマラトスの講釈などはそっちのけで、その出来栄えの見事さに激しく心打たれ、頰を火照らせ、やがて眼の色を変えた。

キモンはいつも馴染みの娼婦メリッタの面影をなぞるのだが、報酬がよほどよかったのだろう、メリッタが生きてここにあるかと思えるほどの入魂の作、音に聞くゼウクシス、パラシオスの作さえ恐らくは凌ぐ、稀代の名画であると確信した。あとは、たまらずメリッタの置き屋へ走る。マッシリア王家のかつての威光は、こうしてメリッタの女郎屋のにぎわいに顕現した。

食堂の壁画で面目を施したデマラトスだが、財を成したのは、あろうことか、祖国マッシリアへの裏切りなのである。

それはこういうことだ。

デマラトスの何代か前の先祖が、マッシリアの十五人委員会から追放の宣告を受けた。不当に、とデマラトスはいうから、その通りなのだろう。そのあたりの不審を糺すと、デマラトスは、それがどうした、という顔をする。さらに糺せば、決まって空とぼけをするから、それ以上は誰も訊かない。しかし、その辺が曖昧だから、裏切りなのか、復讐なのか、それとも単なる強奪なのか、判断がつきかねるところである。

さて、その先祖だが、槍に尻でも突かれながら丁重にマッシリアから追い払われると、ロダヌス川をさかのぼって、ウィエンナの町を遠く望む山あいの村に押しかけ、居据わった。経緯を知る人はいないが、王家の一族は村人たちが見限った広大な石灰質の不毛の地を得、ヤギやヒツジの放牧と、わずかとはいえ良質の石材の切り出しなどを主な生業とした。ただし、縁者の過半は離散し、使用人の多くも逃亡したようだから、塗炭の、とまではいかないだろうが、寄る辺ない、肩身の狭い暮らしが想像できる。

王家の末裔たちは、何代もそうして山深い谷あいの村にいて、譬えていえば、暗がりのキノコみたいに、生えては腐り、生えては腐りを繰り返していたのだろう。そんな中で驚嘆すべきは、流離の憂き目を見た一族が、三代と経たぬ間に、剽悍（ひょうかん）なヘルウェティ族や、さらに北のセクァニー族の血などを相当部分受け入れたことだ。もとより、女性の数が少なかったこともあるし、男たちに自給自足の精神が沁みついていたからと考えられる。ただし、宗家デマラトスの家系は、血縁関係が狭く閉ざされた中で、ギリシャの王家嫡流（ちゃくりゅう）の血をことのほか清く保った。

はたして、そのことがわざわいしたのかどうか、デマラトスの容貌に不都合が現われたのである。気付いたのは、生後十日と経たぬデマラトスを抱き上げた母親である。あれっ、という顔をして、ほとんど同時に、ひっ、と声をあげた。眼の色が右と左で微妙に違う。右は灰色がかった青色で、左は青みを帯びた灰色だ。いったいこれはどういうことか、母親は脇に控える若い乳母を問い詰めるのだが、乳母にしたって分かるわけがない。のちにデマラトスが聞いたところでは、お祓（はら）いやご祈禱（きとう）やおまじないの儀式が連日続き、かわいそうに、若い乳母はオオカミが棲む深い森の中へ追いやられたそうだ。

呪われた面相などと思う人はいないだろう。本人もそこまでは思っていない。しかし、怪異とまではいえないものの、近づいて向き合うには心の準備がいった。たたりなどあるはずはないと分かっていても、迷信深い田舎者たちのことだから眼が合うのを避けようとする。そうなると、デマラトスは自分から先に眼を避ける。互いにそっぽを向きつつ向き合うのでは、人があまり寄りついてくれない。読み書きを習い終えた頃には、みんなの嫌われ者と思い込み、母親に抱きつくばかり。若い父親はそれを見て溜息をついた。そして、多感な青年期、デマラトスを見る若い女性の無慈悲な眼つきが、その性格にとどめを刺す。デマラトスは陰気で、内向き、無表情で、気が弱く、人と接してもおどおどした。デマラトスは臆病者であった。

今から十三年も前のことだが、当時、ガリア・イリュリクムの属州総督であったカエサルが蛮族の跳梁（ちょうりょう）するガリアの野に、軍団を五個集めて討伐軍を放った。デマラトスは齢（よわい）すでに四十二、その後の人生の変転を思えば、何事もなく過ぎた四十余年の歳月だったといえる。面倒な近隣とのいざこざや一族内のもめ事などは、決まって家令や年若い息子エリメネスに押し付け、自分はヤギやヒツジの数合わせを主たる日課としていたから、デマラトスに関する限り、独りのどかな日々であったともいえる。そんな日々に安穏とするうち、カエサルが不意の火をガリアの燎原に放った。さあ、仰天したのはデマラトスである。いくら顔半分を髭で隠していても、気弱で臆病な性格は隠しようがない。危機に臨んで、その性格は極端な現われ方をした。デマラトスは髭をさっぱり剃り落とし、髪の毛も短く刈ってローマ人に化けたのである。これが笑いごとで済まなかったのは、一族の男たち全員もそろって同じようにさせられたからである。腐った面々は多かったものの、デマラトスの恐怖は誰もが理解できた。なぜなら、属州総督カエサルはデマラトスの一党と多少とも血が混じり合ったヘルウェティ族が、三十九万の民もろとも、勝手に西へと移動したことに難癖をつけ、討伐軍を向けたからだ。カエサルは周到に兵を配して通せんぼをすると、逃げるヘルウェティをしつこく追撃、半数をはるかに超える難民たちを殺してしまった。とすれば、いくらマッシリアの王家をいい張っても、いずれ、いや、すぐにも巻き込まれる。臆病者のデマラトスは気が動転し、正気を失い、近くで鬨の声が上がろうものなら、枯葉をかぶって死んだふりくらいはしたかも知れない。それほど怯えたデマラトスだが、一方のカエサルにすれば、山奥のデマラトスの一族などその存在すら意識の外だ。事なきを得たのは、相手にされなかっただけのことである。

カエサルがガリアを駆け回り、ほぼ全域を平定したあと、忽然と起こったのが今度のマッシリア攻囲戦である。ほんの四、五年前のことだ。

ここで念のためにいっておくが、さっきから、デマラトスの裏切りの話をしている。

さて、ほぼ九年に及ぶガリアでの戦役を終え、そして略奪も終え、莫大な借財を返す当てを得たカエサルだが、すんなり帰還というわけにはいかなかった。前年のアリシア攻囲戦に大勝して以来、ローマでは宿敵閥族派が色めき立ち、カエサル排斥をもくろんで不穏な動きを進めていたからである。閥族貴族の中には行いの正しい人が幾人かいたこともあって、元老院はその意を酌み、法の原則に立ち戻る。というのは、先年、カエサルは護民官たちを抱き込んで自分に都合のいい民会決議を得ていたからである。本来、執政官職に立候補する際は、軍装を解き、自身ローマに出向いて届け出る義務があった。民会決議はカエサルに限ってその義務を免じ、不在のままの立候補を許したのである。つまり、軍司令官職に留まったままの立候補である。しかし、そんな虫のいい決議などもってのほかと、元老院は行政官法とやらを捏(こ)ね上げて無効を宣する。憤然とはしただろうが、そこは隠忍自重(いんにんじちょう)して、カエサルはその年の末に任期が切れる総督職の延長だけを願い出た。これもまた虫のいい話で、延長が叶えば軍指揮権を手放さないまま次期執政官が狙える。どんな手段で訴え出ても魂胆は見え透いているから、元老院はカエサルの延長願いの審議を先延ばしにした。その一方で、カエサルの後任となるべき総督の人選に動いて暗に駄目を押したのである。こうなると、カエサルにしても困ったことで、法の定める通りに総督職を辞してしまうと、軍指揮権も同時に失い、無防備な一私人としてローマに戻らなければならなくなる。困るというのは、私人ならば訴追を受けるからである。カエサルの訴追は閥族貴族たちにとっては願掛けでもしたいくらいの積年の願いであるから、あることないことで罪を着せ、カエサルの失脚どころか、首と胴とを離れればなれにするかも知れないのである。だから、困る。カエサルは多少の譲歩をしてまでも条件闘争を続けるのだが、相手もここを先途(せんど)と頑張るので一向に埒(らち)が明かない。そうこうするうち、明けて一月十日のこと、内ガリアの町ラウェンナに兵を留めたカエサルに、閥族派の意を体した元老院最終議決の知らせが届いたのである。

あまり大袈裟にいうべきではないが、これは異常な事態の展開であるとはいえる。元老院が事を収めるに最終議決にまで及ぶことは異例だからである。異例は異例だが、「元老院はこれまで一度もかかる手段をとるまでに零落したことはなかった」とカエサルが決めつけるほどでもない。この程度の零落なら、元老院はこれまでも何度かしている。とはいえ、最終議決が出た以上、あとは召喚されるか追討軍を向けられるか、万策尽きたかには見えるのだが、事ここに及べば是非もないことで、境界の河ルビコンなどはさっさと渡ってローマに巣食う閥族派を蹴散らしてしまうしかない。死中に活を求めるというやつで、これはカエサルほどの胆力はなくとも、あの状況に追い込まれたらふつうそうする。もちろん、そこは老獪(ろうかい)な元老院のことであるから、カエサルのそんな動きは百も承知で、議決のあとはまず味方同士の結束固め。つまり、元老院は仲間うちで属州の割り当て分配の相談を始めたのである。おかげで結束は固まったかも知れないが、二日間を無駄にした、といいたい人はいうかも知れない。

というのは、カエサルのような男を相手に、たとえ二日であれ、無駄にするのは考えものなのである。欠員だらけの軍団一個、たった四千の兵しか動かせなくとも、首都を目指して突進してくるような男だからである。果たして、カエサルは実にその通りの男であった。最終議決の知らせを受けたカエサルは、子飼いの軍団兵を呼び集めると、「お前らは、私を最高司令官と仰いで九年間、多くの戦争で勝利をおさめ、国家に栄光をもたらし、全ガリアとゲルマニアを鎮定した。お前らは今こそ、私の名声と威信を、政敵の攻撃から守ってくれ」とまずはおだて、そして唆け、すかさず檄を飛ばすと、その日の夜にはルビコン渡河を果たしてしまう。時を置かず、翌朝には近郊の都市アリミヌムを占拠するし、別働隊をアレッティウム侵攻に向ける周到さも見せているくらいだから、国禁破りのルビコン渡河に遅疑逡巡の暇があったようにはとても見えない。仮にあったとしても、どうせカエサルの一人芝居だろう。大軍を操る将星には何より求められる技芸である。それはさておき、一般に、決然と立った行動者は運命さえも従えるような印象があるが、ここでのカエサルの場合、時を移せば元老院は軍を集め、都市の守りを固める。ぐずぐずしている暇などなかった。つまりは、追い込まれ、切羽詰まっての決断だったのだろうが、九死に一生を拾いに行って実際拾ってしまう男は稀である。どこまで先を見越していたかは分からないが、あとはもう運任せという剛毅さで突っ走るから、予想もしない運が開けてしまった。

さて、迫り来るカエサルの前にのっそり立ち上がったのが、かつてはカエサルの同僚執政官であり、一時期はその娘婿でもあった盟友大ポンペイウスである。当時のローマでは声望随一、凱旋式の誉れを三度も受け、自身、第一人者と自惚れていたから、カエサルのガリアでの勲功がおもしろくない、というより妬ましい。閥族派はそこをうまく突いた。概して、男の悋気嫉妬は世界を擲つくらいに膨れ上がるものだが、不承不承立ち上がったように見えるのは、歳以上に老け込んだせいなのだろう。しかも、安閑と過ごした日々のせいで、腿の内側に肉がだぶつき、馬に跨るとすぐに疲れる。そんなせいかどうか、ポンペイウス、戦争をするのが億劫になったみたいで、まずは後ろへ進軍する。思い切りよくローマを棄てると、さらに後ろへ軍を進め、とうとうイタリアの隅っこから、海を渡って東方のマケドニアへ逃げてしまった。そのポンペイウスをカエサルは追いたくても追えない。軍船の用意がなかったから、どうしようもないという理由による。しかし、手をこまねいてもおれない事情があった。シキリアやサルディニアあたりのポンペイウス派が海に漕ぎ出し暴れようものなら、穀物の海上輸送が止まってしまって首都ローマが干乾しになる。そこで、カエサルはシキリアには大部隊、サルディニアには小部隊を送って穀物確保を図らせる一方、自らは子飼いの軍団を率いてヒスパニアへととって返した。なぜなら、元老院派が押し立てるポンペイウスの一方の拠点がヒスパニアであり、そこにはポンペイウスに与した無慮九万の軍勢が待ち構えていたからである。そのあたり、カエサル軍を遠巻きにして殲滅するポンペイウスの深謀遠慮、わざとイタリアをもぬけの殻にしたと見る向きもある。そして、それは大いにその通りだろう。かつてアテナイ攻囲中のスッラがローマから追討軍が派遣されたと知るや、ひるがえってイタリアに攻め込みローマを陥落させた記憶は、とりわけポンペイウスに新しい。何しろ、ポンペイウス二十二歳の初陣、その勲功により人の子を妊ったスッラの娘アエミリアを頂戴している。

それにしても、とポンペイウスは考えただろう。あのルキウス・リボがエトルリアでの徴兵指揮を投げ出してしまわなければ、あのドミティウスがコルフィニオを離れ、その十二個大隊をルケリアの本営に集めていれば、それに、あのレントゥルスのやつ、本当に神殿の予備金庫を開けたのか。渡すといった金を渡さず、どうして十個軍団も徴兵できる。あてにしていたことが、何もかもあて外れ。

しかし、とポンペイウスはまた思い直す。四年に亘って東方を従え、シリア、キリキア、ビテュニアを属州としたのは自分である。その声望だけで十万の兵は容易に集まる。あとはスッラに倣い、ひるがえってローマに攻め込む。一方のヒスパニアだが、アフラニウスの軍団三つがピュレネの峠を固めているし、ペトレイウスやウァッロの軍団がいつでも動ける状態だ。さしあたっての気がかりはマッシリアの帰趨だが、案ずるまでもないだろう。先駆けしたあのドミティウスには艦艇十六を支援に向かわせた。その幾艘かは装甲船だ。数が違う、軍兵も艦艇も。どうせ、一か八かに賭けるような短慮なやつは、老練な知将の前にもんどり打つと、首ひとつになって転がってくるわ。そんなことまで考えたかどうかは知らないが、ポンペイウスが独り不気味な笑みを浮かべ、それを見た側近の者たちがそっと身を引いた様子など、想像するのは容易である。

　繰り返しておくが、まだデマラトスの裏切りの話をしている。

　さて、一方のカエサルだが、ヒスパニアへの征途にあって、気掛かりなのはやはり要害都市マッシリアの動きである。カエサルは使者を招いて脅したりなだめたり、まずは懐柔に努めるが、マッシリアはしたたかなもので、長評定の体は見せつつ、ドミティウスの艦隊をこっそり迎え入れる。そして、カエサルに対しては城門を閉ざした。

　落胆するような男ではないから、カエサルは三個軍団をトレボニウスの麾下に置いてマッシリアを攻囲させる一方、海からは忠臣デキムス・ブルートゥスに委ねた新造船団を送り込む。こうして、まずは後顧の憂いに備えたつもりで、自らは騎兵九百を従え、先発させた軍団の待つヒスパニアへ向かった。

　勝ち目のない戦さになると、俄然張り切りだすのはカエサルの性癖とでもいいたいくらいのものだが、同じように張り切りだしたのが王家の末裔デマラトスであった。いや、臆病者のデマラトスにそんなことはあり得ない。張り切ったのはその息子、孝行者のエリメネスであった。周りのガリア人たちがひそかにマッシリアを支援する中、エリメネスはデマラトスの名の下に一族郎党牧人たちをかき集め、八十に足りない人数ながら、私設の輜重隊を組織した。その寄せ集めの輜重隊、剣は持たずに斧を持ち、山奥へ入っていっては木を切り倒す。倒した木はロダヌス川の流れに浮かせて攻囲軍に届けた。

　マッシリアは今や名だたる要害都市である。攻略には攻城塔や亀甲車を組み立てて攻め込むしかない。しかし、作ればすぐに壊されたり焼かれたりするし、保塁を強固にするのにもやはり木が必要だ。当然、木材が払底（ふってい）した。そんな中、エリメネスがドルイドの聖林を犯してまでも伐採し、流れに浮かせて搬送した樫や楡の聖木がどれほど重宝され、攻囲軍を力づけたか、感状のひとつももらっていいはずだが、実際は、エリメネスの働きが大いに役立ったわけではなかった。マッシリアは、攻囲軍によって糧道を断たれ飢餓に陥ったことと、疫病が流行したためにカエサル軍の膝下（しっか）に頭（こうべ）を垂れた。

ヒスパニアで負けるはずの戦に、またしても負けなかったカエサルは、気をよくして戻ってくると、マッシリアには寛恕（かんじょ）で報いた。カエサルはこれをよくやる。悪くすれば皆殺し、運がよくても全員奴隷を覚悟していた住人たちは、あるいは感涙にむせび、あるいは嗚咽（おえつ）に胸を詰まらせたことだろう。しかし、お咎（とが）めなしで済むわけがない。カエサルはマッシリアの権限の多くを奪った。

ここに至って、目覚ましい活躍を始めたのが王家の末裔デマラトスである、いや、その息子エリメネスである。

どんな手を使ったのか、アウェニオに向かう街道沿いの広大な農地に、市内の地所、二艘の交易船に倉庫の組合、それらをどさくさまぎれに手に入れると、カエサルのローマ帰還を追うように、ローマに移り住んだ。マッシリアにいては身の安全に不安があったからだろう。というのは、戒厳令下のマッシリアで、ある夜、四ヵ所同時に火の手があがった。交易船や倉庫の持ち主の邸宅などが焼かれたそうだから、誰のしわざか分かる人には分かった。その人たちが、祖国への裏切りだ、と騒いだ。

デマラトスの一党がローマに移ってからのことは多くの人が知る通りである。ポンペイウスに引きずられてローマを去った貴族貴顕の所有にあるものを、競売で落としたり、借財の肩代わりをしたりして次々に手に入れる。カプアに別荘、アルバに農地、そして、名家コルネリウス・アシナ一族が手放したエスクイリアエの大邸宅、成り上がり者がやりそうなことをあっという間にやり遂げて、王家の末裔にふさわしい体面を保った。

こうして、ローマの俄（にわか）富豪マッシリアのデマラトスは、孝行息子の活躍のおかげで、日々、金に飽かした饗宴を催す。

誤解はないと思うが、饗宴とはいっても、特別なことでもなんでもない。ローマの人々にとっては、日々の饗宴は自然な生活の営みである。例外はあるにしても、家族と食卓を囲んだり、ましてや細君と向き合って夕食をとるなどといういぶせき習慣をローマの人は持たない。一家の主たる者、夕べの食事は金持ちの誰かの家へ出かけていって、供応にあずかるというのが、パン屋でパンを買うのと同じくらい当たり前のこと。でなければ、自分が供応役に回って人を集めることになる。男が独り食事をするのが何より切ないからである。その切なさを避けるためには、お大尽風（だいじんかぜ）を吹かせて人を集めるしかない。資産が底をついたり、借財のある家の主にとってはつらいことだ。

つまり、ローマの社会は、金や権勢を持つ者が、持たない者にたかられるという仕組みで保たれていたのである。たかりの構造ではあるのだが、それだと聞こえが悪いから、ローマの人はクリエンテラという特別な名前をつけて曖昧（あいまい）にしている。だから、デマラトスの饗宴もそんな仕組みの中のことである。気前よく饗宴に金を使って痛快に思う人も多かったことから、デマラトスもそんなひとりだと思えはいい。

しかし、そうはいってもガリアの山で育ったデマラトス、饗宴の差配に手ひどい勘違いがあったようだ。山育ちに免じて多少の斟酌（しんしゃく）は必要だろうが、初めて招かれた客人たちにすれば面食らうしかない。

何しろ、山盛りのごちそう皿を運んできたのが、面持ち涼しい少女たちなのだ。招かれたほうとすれば、礼儀もあるし、ごちそうもごちそうだから、ひとまずは口元だけの蔑（さげす）み笑いでやり過ごす。しかし、次の一瞬、顔中がわっという形に崩れてしまう。少女たちはデマラトスに何を吹き込まれたのか、皿を置くなり体を摺（す）り寄せかぶさってくるのだ。まだ酒宴に移ってもいないのに、いきなりの変事。客人たちはあわてふためき、溺れたみたいに手足をばたつかせる。少女たちがじっとしているわけではないのだから。

周章（しゅうしょう）と狼狽（ろうばい）に不意を打たれた客人たちが、ようやくにやけた戸惑い笑いで取り繕うと、それを合図に宴席には、ガダラの踊り子たちや女曲芸師、キタラ弾きや笛吹き女たちがひきもきらずに現われる。そして、吹いたり弾いたり踊ったりしたあと、今度は飛び込む姿勢でかぶさってくる。

苦情を申し立てるようなものではないから、客人たちは香油の薫る三つ四つの体に埋もれて、もはや喜悦の息づかい。これぞ無上の喜び、天上界へ突き抜けた、とその時は思ったかも知れない。しかし、やがて宴も開き家路につくと、宴席での自分の振る舞いは棚に上げて、デマラトスの品格の下劣さを何よりも先に蔑むのだ。

用心せねばならない。饗宴と乱痴気騒ぎとはヤヌスの神の二つの顔ほど趣を異(こと)にしている。さらにいえば、野放図な大盤振る舞いは、すればするほど軽んじられる。ルクッルスなどの豪奢な饗宴も、笑止の沙汰と、あきれ返って噂されていることに気付かないといけない。

デマラトスの饗宴が、実は乱痴気と知れ渡ると、宴席には招きもしない随伴者や闖入(ちんにゅう)者が当たり前とでもいうように、食客然として宴席に並んだ。臥台(がだい)にはそんな輩(やから)が五人六人とへしあい、それでも臥台の数が足りないから、椅子や長椅子、寝台までもが並んだ。杯盤狼藉(はいばんろうぜき)は予想の内だが、メディトゥリナーリアの祝いの席で、デマラトスは先祖伝来の金象嵌(ぞうがん)の水盤に新酒の生酒をなみなみと注がせ、続けざまに仰ぎ飲む信じられない豪傑を目の当たりにしたのである。どこのどいつか分からないが、持ち上げた肩幅もある水盤からは大量に酒がこぼれ、首から下は酒浸しだ。デマラトスはその酒浸しの豪傑を眼の前に見て、あっけに取られはしたものの、何かまずい、相当まずい、とやっと気付いた。

日が落ち、大方の客人たちが帰り仕度を始めたのだが、エピカルモスと名乗りを上げた哲学者がまだ宴席に居残っていた。見ていると、片付けを始めた少女たちを睨んではどやし、どやしては睨みを繰り返している。どうやら、持ち帰る料理の品定めに邪魔なようだ。デマラトスはふと、この髭ぼうぼうの哲学者にローマの饗宴とは本来どのようなものかと尋ねてみる気になった。哲学者なら何でも知っているはずだと誤解したのである。さて、問われた哲学者だが、少女たちに威嚇の手を上げ脇へ追い払うと、酒臭い息をデマラトスに吹きかけて侮るように笑った。

「あは、ローマの饗宴だって、よくいうよ。ローマ人など、もともとは、ですな、野卑で武骨で、まあ松の木の瘤みたいなものでね、いずれ猪あたりに先祖がえりして終わろうというもの。ま、今はまだ、人面の猪もどきにとどまっておるわ、わはわは」

ここで髭もじゃの哲学者は食卓に残った亜麻の種と焦がしにんにくを煉り込んだパンの残りを全部と砕いた栗の粉を蜂蜜で練った焼菓子や干し林檎の輪切りも、こぼれ落ちたもの以外ごっそり全部頭陀袋に入れた。デマラトスはその頭陀袋の大きさに口を開けて感心している。特別の誂えもののようだ。

「えと、何だっけ、そう、猪だ、猪。いいか、ローマ創建のロムルスとレムスだが、あいつら狼の乳を飲んで育ったと錯覚しておるがな、ありゃほんとは猪だったんだよ、わは、バカなやつら」

「いや猪はいいんだ。わたしはローマの饗宴のことをお尋ねしておるんだが」

「ええ、何だそれか、最初からいえ。猪と何の関係があるんだ。ほんとにもう、面倒なお人だ。えとね、饗宴饗宴、どこから始めるか、んー、百年も昔のことになるがね、執政ムンミウスがギリシャとマケドニアをひっくるめてローマの属州にしてしまった頃から、いや、それは違うな、もっと昔のフラミヌスやパウルスの時代からだ、わがギリシャの美風、むしろ薫風だね、薫風東より、為、って知ってるか。ローマではね、西から吹く風はくせ者だよ、春の日の姿が現われ、命吹き込む西風に伴われて、やってくる女神ってのが、まあとんだくわせ者でね、やがてセイリオスが頭を焦がし、女はもっとも色情をつのらせ、男はもっとも精気を失う、えと、わし、めちゃくちゃいっておるな、あは、酔ってはおらんよ、だが、ん、わし、ふらふらか、はは。何だよ、お追従笑いするんじゃないよ。いいかおい、さっきからいっておる、精神が酔っておるわけではないぞ。な、ほれ、顔見てみい。これはな、愉快な顔、か、はは。さあ、それで何がいいたいのかというとお、そうそう、ローマ人がひれ伏した話だ。それはまさしく憑き物が憑いてしまったようなものでな、フラミヌスやらパウルスやら、ギリシャのものなら盗品であれ贓物であれ、あえて厭わず収集してだよ、自宅をギリシャに見立てたくらいさ。そういやあ、あのパウルスってのはひどいよ、ペルセウス王家の蔵書をごおっそりくすねた」

「へえ、でもまあ分からんこともないですな、わがマッシリアの王家はそもそもギリシャの貴種の流れだから。しかし、わたしが訊いておるのは」

「ま、あんたがその流れってことは嫌になるほど聞いた。だから、ローマの悪口をいっておるのだ。で、どうかね、あんたはローマ人がギリシャの神殿を荒らしてかすめ盗った神像をだよ、円柱のてっぺんに載せたり、回廊の柱の脇に並べたりしているわけをご存じか。いや、答えなくていい。何と答えるか分かっておる。いっておくが、あれは道しるべではありませんぞ。断じて、それはない。ええ、わけが知りたいかね、知りたいならいうよ。あれはだな、ローマの野人たちの軽薄なご面相に関係しておる。いいかね、あの凜（りん）としたたたずまいのギリシャの彫像と、あっちでもこっちでも鉢合わせになってみろ、いくら薄っぺらいご面相の野人たちでも、少しはものを考える面構えになるかも知れん、どうかそうなってほしい、という為政者たちの切なる願いの施策である」

「いやまあ、それはいいんだ。さっきから訊いておったのは、饗宴のことで」

「だからさ、早い話、ローマの饗宴はギリシャのそれを学んで真似た」

「はて、そういわれても、どんなことを、どんなふうに真似たのかね。ギリシャのそれって」

「さ、そこだよ。ギリシャではな、そりゃあ質素なものさ。あんたね、聖賢ともいうべきギリシャの哲人たちがさ、端然（たんぜん）と居並ぶ宴会にまあ出てごらん。あは、そりゃ無理だわ、全部そろって死んでおるわ。そうさ、聖賢といえども死ぬ時は死ぬ。おいおい首を傾げることはなかろう、何か不審があるのか、分からん男だなあ。あんたね、ソクラテスやプラトンがさ、まだ生きておると思ってわしの話を聞いておったのか。やれやれ、これだからな、山出しの田舎者は」

「いや、そうじゃない、わたしが訊いておるのは」

「だからさ、考えてみぃ、今は亡きその聖賢連中がだよ、胃袋を何で満たすかについて、千思万考したと思うかってことだ。ええ、さっきみたいに、女たちの足の指やら耳たぶやら、唾液でべとべとにしたと思うか、髭を使って胸元やら腋の下やらくすぐったりしたと思うか、さあどうなんだ、いってみろっ、そんな聖賢がいたかどうか。ふん、狼藉者の酒盛りじゃないんだ。あの神のごときプラトンだがね、『プロタゴラス』の中で、いいかね、よく聞け、『教養ある立派な人々が酒宴にあつまる場合には、そこに笛吹き女も、舞妓も、琴をひく女も見出すことはないでしょう』と記しておられる。これはかのソクラテスの言葉さ」

「何だおい、そしたら女っ気なしってことか。あーあ、やっぱりそうくるよな。プラトンというから聞き耳を立てたが、最後の最後につまらんことを聞いた。いっておくが、そんな災難みたいな宴会に出るくらいなら、日照りの砂漠へ行って大の字になってやるわ」

忘れ物でもあったのか、いつの間にかそばに来ていた男がいった。デマラトスは顔を向けたが、このとび色の眼をした男の名前はいつもあやふやになる。ルカーニア出の田舎者で、ウィリス・セルウィリウスといったか、ウィリウス・セルウェリスだったか。デマラトスは口をへの字にしてしばし黙考するのだが、相手は田舎者であるからどちらでもいいのである。

さて、髭の哲学者だが、男のほうにすばやく体を向けたまではよかった。しかし、その勢いのまま体が斜めに傾き、横倒しの形で体が崩れる。哲学者は、あっあっ、と婦人風のか細い声を出すと、五、六歩くらい蟹歩きをしてようやくこらえた。片付け役の少女たちは、いきなり蟹歩きが迫ってきたから、びっくりして部屋の四隅へ散ってしまう。

ようやく体を立て直した哲学者は、

「おう、きみなど砂漠の風に吹かれて駱駝（らくだ）と一緒に干涸（ひか）らびておれ」と、とび色の眼の男に命令した。命令と同時にそっぽを向いた哲学者は、

「なあ、デマラトス殿」と向き直って重々しく始める。哲学の修養を積んでいるせいか、議論となると酔いが吹き飛ぶようだ。しかも、このあたりからわざとギリシャの訛（なま）りを紛れ込ませる。哲学者に沁み付いた嫌味な習性である。

「あんたも聖賢たちの跡を慕う気なら、鯨飲馬食(げいいんばしょく)の乱痴気騒ぎで日々是(これ)安泰、なんて顔をしておってはならんのだ。わしはずっと気を揉んでおった。いつかいおうと思っておった。そもそも饗宴の肝心かなめ、その要諦(ようたい)とはな、酒でも料理でも歌舞音曲でもないのだ、それは、われら哲学者の談論なのさ。学問知識を尊び、高雅な談論に花を咲かせ、敬神と親和のまことに触れる、これこそ醍醐味(だいごみ)、賢者の愉悦、ひとも知るギリシャの聖賢たちの饗宴なのだよ。いいかね、聖賢たちの宴席では、酒や料理は談笑の添え物に過ぎん。われら賢者たちの談論こそが、芳醇な美酒の香り、馥郁(ふくいく)たる魚醤(ぎょしょう)の風味そのものなのさ。あやかれとはいわんが、哲学者を歓待しろとはいっておきたい」

デマラトスは、ああ、と納得の体だが、とび色の眼の男は唇を尖らす。

「何だいそれ、教室で居残りの宴会でもしろってことか。そんな宴会に出るくらいなら、便所に三年閉(と)じ籠(こも)ってやるわ。しかしな、おい髭、おれの聞いた話じゃあ、プラトンの宴会は自由闊達、冷やかす者も大勢いて、互いにからかい合ったというらしいぞ。何が賢者の愉悦だ、便所で並んで用を足してる踏ん張り顔の連中しか思い浮かばん。考えてもみろ、音曲もなし、余興もなし、おまけに女たちの匂いすらない。あのなあ、船底の船虫たちの寄り合いじゃあるまいし、かさかさこそこそ、何が賢者の集まりだ。おい、これも聞いた話だが、あの有名な教養人アッティクスの宴会には決まって詩歌詠(うた)いが呼ばれるというぞ。宴会はもともと詩歌の女神たちへの饗応に、われらがご相伴にあずかるって体なんだろ。だったら、歌舞音曲を締め出してどうする。おれが女神のひとりなら、哲学者の末を断つねえ」

「ちょっと待て」

いうと同時に、哲学者は再度体の向きを変え、多少ふらつきはしたものの、蟹歩きで少女たちを散らすことはなかった。

「お前、今、アッティクスといったな、しかも、教養人だと、笑わすな。おい、あいつは汚れの大本(おおもと)エピクーロスの徒だぞ。乙にすましておるようだが、正体は不動産漁(あさ)りの金貸しだ。スッラに怯えてアテナイまで逃げた臆病者が、今では剣闘士を育てておるわ。ええ、そんなエピクーロスの輩がおるか。やい、酔っ払い、もひとついっておくがな、詩人などにわれらが高雅な宴席を汚されてたまるか、ってことだ。わが神のごときプラトンだが、『詩のことを話題にして談論をかわすということは、どうも私には、凡庸にして低俗な人々の行う酒宴とそっくりのような気がしてならないのです』と、さっきいった『プロタゴラス』に記しておられる。どうだ」

「つまらないことをいうやつだねえ。あんたじゃないよ、神のごとき人のことだ。一体、何が不満なんだ。凡庸で低俗な酒宴なら、誘われても行かなきゃいい。それとも何かい、詩歌嫌いに女嫌いが集まれば、非凡にして高尚な酒宴になるってかい。ふん、嫌味ったらしい、自分を何様だと思ってるんだ。詩が好きで女も好きな人がいるんだから、不満があっても黙ってりゃいい。人の好き嫌いにまで口出ししようなんて、やっぱり評判通りだ、お節介なやつだ」

「何だと、やい、このへべれけ。お前は、なにかい、プラトンが説を述べられるのを、嫌味ったらしい、というのか。ええ、しかも、なんだ、お節介なやつだとぉ、ああ、ああ、ああ……」

ここで哲学者エピカルモスは臥台に座ったつもりでその前の床に尻もちをついた。酔っ払ったあとで興奮したから、とうとう眼が回ったのであろう。しかし、とび色の眼をした男も、哲学者が尻もちをついたのを見ると、さらに談判を続ける気か、それとも相手につられただけなのか、向かい合わせに尻もちをついた。何が起きたか分からないが、ふたりはしばしば向き合って酒臭い息を吹きかけ合う。


さあ、一方のデマラトスだが、半ば辟易（へきえき）しながら聞いていたが、それでも何かを汲み取ったようだ。次の宴席にさっそくその変化が現われた。三日後のことである。

その宴席で、デマラトスが会食者の人数を九人と限ったのは詩歌の女神たちの数にあやかったのだろう。しかし、自分を数に入れなかったので十人になったのは迂闊であった。ただ、これまでの宴席が三十を超える酔客でひしめいていたことを思うと、ひとりの余分は誤差にもならない。さて、招かれた九人の客人たちだが、そのうちの三人が哲学者であったのはエピカルモス本人のたっての希望による。どうやらエピカルモスは他人の宴会に自分の仲間を招待したかったらしい。顔ぶれはともかく、デマラトスは何より質素な宴席を心がけた。王家の末裔にふさわしい気品ある趣、また風格は、エピカルモスがいう通りギリシャの遺風に倣ってこそ備わる、つまり、質素がなにより、と酒浸りの豪傑を思い出しながら確信した。そこでデマラトスは、食卓の脇に添えた豪華な紫檀の卓に代えて、ただの白木の卓を持ち込む。卓上には、典雅の女神カリテスたちを象った舟形燭台をふたつ並べて配したのみで、これまで紫檀の卓を飾った金の地金に瑠璃を嵌めた夜鳴き鶯の細工物や宝玉をちりばめた大きなメダルのようなもの、なぜか船の舳先の形を模したヘラクレスの純金の魔除けや透き通った水晶の鼎、そして、父祖伝来の金象嵌の水盤など、綺羅を張った装飾物は片付けを命じた。しかし、酒杯や漱ぎ鉢を素焼き粘土製のものに代えたり、アラバスター製の吐き壺を分厚い土製のものにしたのは、まるで場末の小料理屋みたいで、むしろ嫌味が感じられた。そんな嫌味な気遣いは当然料理にも行き届き、食卓に運ばれたのは、最初は煮玉子と茹で菜っぱ三種、最後の三の膳に用意したのは干しイチジクと杏子の蜂蜜漬けだけ。ただ二の膳だけはかつてのギリシャの賢人たちが珍重した魚介料理を控えめに盛り、その盛り皿の脇にはソクラテスやプラトンの昔をしのんで、キャベツの酢漬けや豆スープを添えた。もちろん、『プロタゴラス』でのプラトンの説は拳々服膺して、ガダラの踊り子たちや笛吹き女たちにはきっぱりとご遠慮願った。とりわけ、少年好きのギリシャ人が給仕役に少女たちを使わなかったことは、デマラトスも肝に銘じたようだ。

　ところが、この饗宴は陽が傾くやいなや、あっけなくお開きとなってしまったのである。十人の会食者たちはただ黙々と食べ、酒杯に手を伸ばし、ひとことふたこと話をすると、また黙々と食べ、ふう、と息を吐いた。間が持たないのだ。キタラの音も笛の音もしない。女たちが控えているわけでもない。そしたら、何のために、何をしているのか。料理を見てもげんなりする。魚が高価なのは分かっているが、輪切りの胴身ばかり山盛りにしてどういう気だろう。しかも、全部が同じ魚醤風味で、胃からは魚醤臭のげっぷが戻る。となれば、乳香の香り漂う部屋中に魚醤臭が籠るのは瞬く間であるに違いない。それはそれで我慢しても、分からないのは、パン籠の脇に添えられた小皿なのだ。見た眼では食卓に出せないような泥状の物質がこぶし大に盛ってあって、恐らくはパンに塗って食べろということだろうが、それにしても、この刺激臭は一体なんだ。一口食べて吐き気がした。こんなもの、昔のギリシャ人が食べていたのか。どっちにしても、もうたくさん、見るのもいや、そんな胃袋の事情を客人たちはそのまま露骨に顔に出して、わざとデマラトスに聞こえる声で仲間うちだけの話をした。例えば、

「ところで、トゥスクス街の先にいい小料理屋がある。まだやってるだろう、帰りにどうだい」といった話である。

客人たちにもいい分はあるだろうが、ここはデマラトスのためにひとこと書き添えておかねばならない。パン籠の脇の小皿についてである。実は、この皿の泥状の物質だが、鎧魚の卵巣を発酵させて何年か熟成を待ったもので、もともと貝毒に中った客人に飲ませるために用意されていたのである。本来は解毒効果のある下剤であるから食卓に運ぶべきではなかったのだが、配膳役の少年が間違えて食卓に並べてしまった。デマラトスに非はないのである。

とはいえ、デマラトスはまずいことになったとは気付いていた。もがいても、もがいても、ずり落ちて行く感覚である。だから、しきりにエピカルモスを見るのだが、当のエピカルモスはその眼を避けて憮然としている。というのも、エピカルモスはエピカルモスで、一体これは何の真似だ、と思っていたのだ。いつものような乱痴気騒ぎかと思って来たら、予想もしない、いきなりこんな貧相な宴会。お土産にしたい料理もない。何から何まで素寒貧。ああ、もう、とエピカルモスは怨嗟の声を上げたいくらいだ。この山出し男め、何度いったら分かるのか、エビやカニは海の虫ではないんだ、子供でも知っていることだ。

ここでエピカルモスは魚醤臭い溜息をつく。しかし、溜息ひとつでは収まらない。

ほんとに、このバカ、虫じゃないのだっ。エピカルモスは鼻から火炎の息を吹き、寒々としたこの宴席を焼き滅ぼしてしまいたいくらいだった。できるわけがないのだから、奥歯をがりりと噛んで、我慢している。我慢は

するが、こんな枯れ野みたいな宴席に、人を招くやつの気が知れん。こんな宴席、年に二、三度あるかないかだ。運が尽きたと思うくらいだ。ほれ見ろ、貧乏揺すりがおさまらんぞ。

エピカルモスは鰡(ぼら)か鱸(すずき)かに齧(かじ)りつき、歯ぐきに骨が刺さって眼を剝(む)いた。おのれっ、とばかりに顔を上げると、縮こまった姿のデマラトスに凶暴な眼を向ける。思いつく呪詛(じゅそ)悪態の数々が胸の中で暴れ回って息も乱れた。

これはもう、心得違いでは済まないのだ。大罪といってもいいくらいなのだ。素性の知れん俄富豪め、つつがない日々の宴会こそ人の生活の核心だと知れ。こんな惨めな宴会はその核心を奪い去り、人の生活を空疎にする、悪逆無道の大罪だぞ。弟子ふたり、同道させてありついたのが、思いもしないこんな宴席。落胆が今や怒濤(どとう)の怒りに変わって、哲学者エピカルモスは意識が遠のきそうなくらいだ。息を乱したこの哲学者は、眼の端でデマラトスを睨(にら)んだまま素焼き粘土の酒杯を仰ぎ、口に残った渋い滓(かす)を、デマラトスを睨んだまま床に吐いた。

「何だあっ、この酒」

エピカルモスはキオス産の極上酒に八つ当たりをしたのだが、それで気が済んだようでもなかった。

すると、誰だろう、誰かに向かって

「明るいうちにお暇しようじゃないか、ロストラに誰かの首が晒(さら)されているらしい。暗くなってからじゃあ、気味が悪い」といった。

デマラトスは、えっ、と小さな声を出し、少し傷つきはしたものの、ああ、終わった、と胸をなでおろす気分だった。酒宴の用意があったが、黙っていた。

「宴会の帰りに首を見るのか」とまた誰かがいう。

「いくつあるんだ、ひとつっきりか」

「おれは嫌だな」

「誰の首だい、カエサルが送ってきた首かい」

「広場の地下牢に罪人がいたよ、そいつじゃないか」

「カエサルだがね、あの男、これまで何回首実検をしたと思う。何十じゃきかんよ、ぞっとするわ」

「わしはご一緒しようかな。あんたたちに話したかな、わしはカエサルに詫びを入れさせたことがある。コンコルディアの円柱の陰からいきなり出てきたやつとぶつかってね、そいつ、カエサルの警護役の男だった。わし、ぶつかってぶっ飛ばされたんだが、それを見たカエサルがごにゃごにゃいって謝ったよ。随分昔、あんなに禿げる前だったがね。今じゃあ頭がタコに近づいてさ、タコがガリアだ、アシアだ、エジプトだってぐあいに足を広げている図だわ。じゃあ、お暇するか」

　それは触れ役が日々触れ回っていることだ。カエサルはパルサーロスの戦いでポンペイウス軍を蹴散らしたあと、逃げた残党を追い、東方や北アフリカを忙しく転戦している。デマラトスはというと、客人たちが去ったあとの宴席にいて頭を抱えていた。


　しかし、本当に頭を抱えたいのは家令を務めるマコンである。少し離れた戸口にいて、マコンは肩を落として主人を見ている。そして、思うのだ。ギリシャ人の料理人というから、わざわざコクイヌムの広場まで行って探してきた。女たちを締め出せというから、いわれた通りに締め出した。一体、何がしたかったのか、あれもだめ、これもだめ、で食堂を営舎みたいに殺風景にしてしまった。もちろん、それとなく助言もし、諫（いさ）めもしたのだ。しかし、憑かれたような眼つきを見せられると、もう何もいえない。色違いの眼がそれぞれで物狂いしているのを見てみろ。

　それにしても、どうしたものか、と溜息ついてマコンは思う。宴会のことなど、寝ても覚めても心配するようなことではないのだ。ローマの言葉を教え始めた頃からそばにいるが、急に扱い方が分からなくなった。

　マコンはここで顔を歪め、心配事はほかにあるだろ、と思いながら、怒気を含んだ溜息をつく。息子との折り合いがよくないのだ。どうする気だろう。

孝行息子のエリメネスがさっぱり家に寄りつかない。もう二年近くになるだろうか。デマラトスが追い出したも同然なのだが、それを悔やんでいないのが不思議だ。

エリメネスに父を疎んじ、背く気などあるはずがない。どうしても贔屓目に見てしまうが、雪深い山奥に育ち、遊惰の生活はもとより知らず、気弱な父を陰で支えて一族の再興を半ば果たした快男子ではないか。ローマでの恐るべき怠惰な日々が、居心地いいはずがないのだ。エリメネスはローマに移ると、かつての輜重隊を再招集して手広く事業を始めた。マッシリアの地所や宅地を抵当に入れ交易船を五艘に増やして、マッシリアとオスティアを拠点に交易業に乗り出したのである。最初の頃は、北アフリカの穀物やコリュクスのサフラン、サモス島の陶器などの搬送だけを請け負っていたが、そのうち、自分で陶器や穀物の買い付けに走り、得た利益でバイアエに別荘地を買い漁ったり、シリア産のバルサムを買い占めたりした。デマラトスはもともとこういった世俗の動きには関心が薄いはずなのだが、エリメネスが土地を抵当に入れたり、高利の金を借りたりしていることを知ると、眼の色をどちらも変えて怒った。勝手なことをするな、というのだが、これまでは全て勝手なことをさせていたから今の巨万の富がある。そのあたりの認識が、ローマに移ったデマラトスの頭からすっかり抜け落ちていたようだ。それだけではない、誰の入れ知恵なのか、デマラトスは商いによる蓄財など、蔑むべき所業と考えているようなのだ。実際、「安く買い叩いて、高く売り抜けるなど、恥ずべき商人のすることだ」と使用人たちのいる前で孝行息子を面罵さえした。しかし、それは明らかに矛盾している。そもそも、マッシリア王家の成り立ちこそ、まさしくそれではないのか。舳先に立ち海に漕ぎ出す若いエリメネスの姿こそ、王家の始祖の姿そのものだろう。

それにしても、厄介な男だ、とマコンはデマラトスのことを思う。以前、出入りしていた人相見の男が知恵を付けたに決まっているが、ひととは違う眼の色こそ紛れもなき瑞兆、神慮の顕れと思い込んでしまった。つまり、廃れた王家に、今のこの幸運を招き寄せたのは、ほかならぬ色違いの自分の眼だというのだ。それはそうかも知れないし、孝行者のエリメネスも異議を唱えるはずがない。しかし、ひとを侮り、蔑むような心根をいつの間に植え付けたのか。ひと昔前は、山賊の砦みたいな石組みの家で、獣の毛皮の上に寝そべっては、膝を掻いたり背中を掻いたりしていた。あの頃の気弱で無精で小心者のデマラトスなら、たとえものは知らなくとも、ひとを侮るとか蔑むとか、似合わないし考えられない。それはむしろ逆だったのだ。ところがどうだろう、今や自分の息子はいうに及ばず、縁者や家人付き人などまで、飼い犬並みに見下すどころか、毛嫌いさえしている。まるで、昔のことを根に持って、仕返しをしているみたいではないか。ガリアの田舎訛りで話す者は遠ざけるし、のろまのくせにのろまを嫌うし、いい歳をして困った男だ。臆病者に知恵がつくと、気位だけが高くなって役人みたいに思い上がる。それにしても、どこから湧いて出た錯覚なのか、学問・芸術の愛好家だなんて、自分の口でよくもいった。

やはり、宴会がよくないと思えてならない。宴会なんかに嵌まり込んで、飲み食いしながらいろいろものを知ると、ご馳走で肥え太る分だけ偉くなった気になるのだろう。哲学だか何だか知らないが、ただの泡みたいな無駄話だ。それを楽しむだけなら害はないが、無駄な知識を誇って、立派な息子や世話役たちまで見くびるようでは、哲学なんて頭を犯す病毒だ。知識は徳への通い道と口ではいうが、人間はどうせ競り合う、我を張る、自惚れる。金の亡者に守銭奴という言葉があるのに、知識の亡者にそんな言葉がないのはおかしい、金よりたちが悪いのだ。

思えば、今もまだローマは内乱の最中ではないか。ヒスパニアではポンペイウスの息子たちが気勢を上げているというし、ウァッルスやあのラビエヌスの軍勢も加担したと伝え聞く。もしそれが本当なら、船団をそろえてローマに攻め上ることもあり得るのだ。そんな内乱最中のこのローマで、こんなお気楽な哲学談義が流行っているなんて、のちの世の人は信じるだろうか。知ったかぶりが集まって、いったもの勝ちのいいたい放題。だらしなく臥台に寝そべり、大音声で宇宙の組成を論じるなどはご愛嬌だが、カメレオンとライオンとの類似性や、豆を何粒積めば豆の山といえるか、などといったたわごとを、わあわあ喚き散らして徒労感はないのか。疲れを知らぬおしゃべりたちの行方知らずの哲学談義をのちの世の人はどう思うだろう。まともな人の集まりじゃないのだ。

ここでマコンは肩をそびやかせ、頭を抱えたデマラトスに向けて、鼻からふんと息を吹いた。そして、そのまま戸口の向こうに消えてしまう。

ところが、翌朝一番にマコンはデマラトスに呼ばれたのである。何かと思えば、コルシカ生まれの詩歌唄いアゲシラオスを招くように、ということだ。頭をもやっとさせたまま、サンダルの片方を一緒に探してやっていると、デマラトスは、

「あの詩歌唄いはローマでも一流の人士の宴席に呼ばれるそうだ。宴席のことはよく心得ているだろう」といって枕の下にサンダルを探った。

どう考えても、サンダルが枕の下にあるはずもなく、デマラトスは思案に暮れているようだが、マコンは朝一番にあきれ返った。そんなこと、一晩中考えていたのか。

アゲシラオスが何をいったかは知らない。ただ、そののち、デマラトスの饗宴では歌舞音曲が復活し、女芸人のとんぼ返りや踊り子たちの相撲の取り組みなどが新たな魅力を添えることになった。もちろん、酒宴の間ではアゲシラオスのしゃがれ声が頻繁に響いて、客人たちの消化機能を多少とも損(そこ)ねることはあったようだ。

さて、そんなことがあってから半年ののち、つまり、デマラトスがローマに居を移してから三年余りのちということになるが、王家の末裔を謳(うた)って止まないデマラトスから饗宴の招待がローマ騎士ルキウス・クラウディウス・アマントゥスに届いた。使者の口上によると、カルキスのデクタダス様のお口添えがあって、という。笑ってしまった。お口添えとは恐れ入る。

使いの者が帰ってしばらくしたら、デクタダス本人が部屋着のトゥニカ姿のままやって来た。来ただけで、もう騒々しいデクタダスだが、何だろう、動物の剝製みたいな物を抱えている。

「何だい、それ」

デクタダスはルキウスの問いかけには答えず、

「今、通りですれ違ったのはデマラトスからの使いだろ」といって、剝製を足元に落とした。

「知るかい、お前がどこで誰とすれ違ったか」

「明日だがね、エスクイリーナ門の近くにファブリキウスの運動場があるよな。そこの浴場で待つよ。だいぶ前だが、寝転がった痩せたやつが、体をまたいだといって、喧嘩を吹っかけてきたじゃないか、あの浴場さ。ただねえ、近くに汚物溜めがあるんじゃないか。虫がすごいや。口の中に飛び込んでくる。昼寝には最悪だ。ところが、プラタナスの周りの植栽がすこぶるいいんだ。人が歩く道を考えなかったようだよ、途中まで分け入っても、向こう側へは出られないのさ。ローマ人にしては極めて稀だよ、無計画にものを作るって。えと、それで、デマラトス邸にはおれが案内する。近いんだ、だから、迎えの者は寄越さないでいいといっておいた。ただし料理は期待できないぜ。カエサルが監察官を兼ねたとたん、ローマに大災難を撒き散らしたから」

ま、それはそうだな、とルキウスは思う。

独裁官を拝命したカエサルが残党狩りを終えてローマに戻った時のことだ、自身褒められた行状ではないくせに風紀監察官まで兼任した。何でも独り占めにしたいのだろうが、油断はならないもので、カエサルはいきなり贅沢禁止令なるものを公布したのである。いろんな禁止項目の中には宴席にかかわるものもあって、要は、贅沢な食事は許さん、ということだ。カエサル自身、食べ物にはまるで情熱を傾けないという食習慣を持っていたことから、それを押し付けた格好である。人に迷惑をこうむらせても、やるといったことはやる男だから、中央広場の店々を監視員に見張らせて贅沢な食品の摘発をするなど嫌がらせをする。おかげで珍味佳肴の類いがローマの宴席から消え、どこの宴席に出ても、当てが外れた客人たちが口を尖らせることになった。災難である。

「デマラトスって、聞いたことがあるよ」ルキウスは剝製の動物に眼を落としながらいった。

「おれ、きのう初めて会った。デマラトスのことはよく知らないなあ」

「え、きのう初めて、一度きりかい、それでおれを呼ばせたのか」

「そうだよ、随分持ち上げて宣伝したら、是非にとご所望だ。何しろお前、騎士身分だから」

「お前、何かいったな、何をいった」

「まあまあ、ちょっとだけだ、心配するな。それとね、おもしろいのが二、三集まる、行って損はないよ。おっ、そうそう、おれに墓碑銘の依頼がきたぜ。当分死なないやつだが、生酒を飲ませて約束させた。はは、ふたり目だよ。じゃ、帰るわ。ついでにすまないが、お前、この前かみさんに作ってもらったトガがあるだろ、白いほうのやつ、あれ貸してくれないか。それを頼みに来た。着古したのはいやだ。田舎から出て来るやつに会うんだ。最近ローマ市民になったやつだ」

「しかし、お前、トガ着ていいのか。市民服だぞ」

「いいんだ。いろんな着こなし方を教えるだけだ。頼まれたんだ」

「お前、知ってるのか」

「いや、でもいい。向こうも知らない」

「そうか。じゃあ、家の者にいってくれ。しかし、お前、さっきの話、デマラトスに何をいったんだい。おい、待てよ」

相変わらずのやつだ、とルキウスはデクタダスがいた辺りの空気を見ながら思った。あいつが来たら、物事の均整が崩れるような気がする。そもそも、なぜあいつ、剝製を持ってきたのか、なぜその剝製を戸口の脇に置いて帰ったのか。それに、あの目配せ、墓碑銘書きを商売にする気か。分からないのは、あいつ、なぜ新調のトガのことを知っていたのだ。

それにしても、笑わせる、デクタダス様のお口添えとは。

十年近く前のことだが、ルキウスは、カエサルの農地法でカンパーニアの公有地を手に入れた男から、二十年の譲渡禁止期限が過ぎてからその半分を譲り受ける約束を取り付けていた。もちろん、低利で金を貸したからである。しかし、男はルキウスが貸した金を使って、北向き斜面の土地以外、肥沃な草地は全て農地に変えてしまった。約束は反故同然にされたわけだが、斜面の土地だけでも確保しておこうと、男と交渉して果樹の栽培を始めることにしていた。果樹のための整地なら家人をやって人を雇えば済むことなのに、ルキウスはネアポーリスの近くに家を借り、自分の手で土を均(なら)し、男の土地から水を引いてオリーブの木とマルメロを植栽した。ほぼ一年と半年くらいは留まっただろうか。ルキウスがエピクーロス派の哲人ピロデーモスの門を叩いたのはその頃のことだ。ルキウスは冬から春への四、五ヵ月、ピロデーモス邸に入り浸った。そこに気楽なやつが出入りしていた。それがデクタダスであった。

　ルキウスがネアポーリス近郊に居を構え、二年近くローマを離れていたのにはわけがある。そのわけの話し方次第では、ルキウスがとんだ悪党にもなりかねないのだが、どうせ歴史の中に祭り上げるほどの大人物ではないのだから正直を語っても支障はあるまい。

　ルキウスは若い少女を囲った。それがばれて、女房が狂った。狂ったその日に、ルキウスは男ふたりを殺(あや)めた。命乞いを始めた相手を、ルキウスが懐剣(かいけん)で止めを刺した。あとのふたりはほかの誰かが止めを刺し、四つの死体はティベリスの川に流した。

　女房を狂わせたことはともかく、人を殺めたとなると、ただごとではない。相手はミローが集めたならず者たちである。恐らくは、兵隊くずれの男たちだろう。トリゲーミナの門の外で見かけ、あとをつけた。仲間たちを呼び集め、十四、五人で四人を襲った。クロディウスが殺されたことへの復讐だった。

　ルキウスの家は曾祖父の代から、宗家筋のクロディウスの家と庇護(ひご)関係にあった。クロディウスのプルケル家はローマきっての名門貴族で、もちろん元老院身分、父アッピウスは執政官も務めている。ルキウスは祖父また父がそうであったように、十五で成人となった頃からプルケルの家に出入りしていた。その頃には、ローマはもう内紛状態に入っていて、カエサルが煽(あお)り立てる民衆派とそれをよからぬ眼で見る有力貴族たちの閥族派が、公然と敵意を剝き出し暗闘を繰り返していたのである。

そのクロディウスだが、もともとは自堕落な名家の子弟にありがちの無自覚・無定見の閥族派であった。ここでいう無自覚・無定見とは、政争に理念や理想を持ち込まない、といった程度の意味あいだが、本人、若い頃は閥族派に近いキケローにすり寄り、その身辺警護をしていたほどなのである。ところが、あることがきっかけで逆を向くと、キケローに対して牙を剝いた。というのは、このクロディウス、若気の至りか、性癖か、女装して人妻の閨（ねや）に忍び込むというばかを仕出かす。その人妻というのがたまたまカエサルの細君であったのだが、カエサル本人が人妻誑しの王者だから大ごとになるはずはない。しかし、忍び入った先が神聖な儀式の場であったことがわざわいし、訴訟騒ぎにまでなった。憤然とするクロディウス、金を撒いたり、脅しを効かせば切り抜けられると踏んだ訴訟が、宗教絡みで深刻になるし、正直者、この場合、キケローであるが、その正直者が不都合な証言をしてはなはだ迷惑していた。そこをなんとなく収めたのがカエサルである。クロディウスは窮地を救われたと大袈裟に恩に着て、いきなりカエサルの信奉者として名乗りをあげる。クロディウス、元の名はプブリウス・クラウディウス・プルケル、その性格に相当問題がある人物なのだが、いさぎよく貴族身分から降籍すると、名前をクロディウスと平民風に改め、護民官の職に就いた。というのは、カエサルがローマを留守にガリアの辺境を荒らし回る間、ローマにいて、カエサルに不利益な元老院議決には拒否権を行使しようというのである。その一方で、クロディウスは無頼の輩を周りに集め、民衆を煽動しては、キケロー邸を襲撃するなど、閥族派への恐喝を始める。敵対する閥族派でも、ポンペイウスの支持を得たミローが同じようにならず者たちをかき集めた。こうして、ローマの街は無頼の輩やならず者たちが広場で争い、法廷で騒ぎ、議会を妨害する、いわゆる、内乱の前夜となったのである。

ルキウスはというと、そんな暴徒たちの騒動とは終始距離を置いていた。教養人は暴力沙汰を忌み嫌う、といえばもっともらしいし、本人はそのように勘違いしているのだが、そういうことはあり得ない。教養ある暴力主義者が少なくはないからである。距離を置いていたというのは、卑劣にも暴力沙汰の使嗾（しそう）者を演じていたということである。ルキウスなど多少の身分や資産がある男たちは、手なずけておいた兵隊あがりの無宿者たちや剣闘士くずれの物騒な輩たちに広場や会堂で騒ぎを起こさせ、自分たちは柱廊の物陰などに身を隠して成り行きを見届けていたのである。ルキウスたちは騒ぎが険悪になれば知らんふりでその場を去り、思い通りに功を奏せば小銭を投げ与えてその場を去った。ルキウスはそれが自分の役だと思っていた。卑劣な振る舞いであったとは今に至って思ってはいない。

異論はないと思うが、本性卑劣な行いは、本人にその自覚はなくとも精神を蝕んでしまうものらしい。ルキウスの場合がそうである。ルキウスは、市中の暴力に首をすくめる一方で、幼い少女にうつつを抜かしていた。デロスの奴隷市場からローマに売られてきたトラキアの少女だった。父親が隠棲したアスクルムの農園で、ふたりの奴隷が相次いで死に、代わりの奴隷を買いに行って、一緒に少女も買った。その金髪と碧眼がきわだっていた。ただの好き心ではないと思った。

ルキウスは少女のために別宅を構え、果物を運び、窓には涼しい薄絹を垂らした。少女のために女奴隷をふたり、男の奴隷もひとり買った。金はすべて借りた。家の金を使えば細君にばれると思ったからである。後ろめたさがあったというより、予想される面倒を避けたかったのである。

思えば、何が何の原因となって人の行く末が変転していくのだろう。ルキウスはあの日の自分を思い出すとべそをかくような顔になる。何かに、頭をぶつけたい気にもなる。どこで、何が狂ってしまったのか。何を、どうすればよかったのか。

それは、クロディウスがミロー配下のならず者たちの手にかかり街道脇で果てた八年前の一月十八日、まさにその翌日のことであった。ルキウスは異様な気配を感じて、夜明け前の暗がりに眼覚めた。押し殺した女の声が確かに聞こえた。壁の灯りを頼りに寝室の外に出たルキウスは肝をつぶす。女が持つ燭台の灯りに浮かび上がっていたのは、全身に獣の血を浴びた女房の姿だった。凍りついたルキウスに、奥さまはミトラの神の供犠に出ておられた、と震える声で女がいった。しかし、真夜中に、一体、何のために。肩越しに振りかえった女房の眼には暗い空虚だけが宿っていて、人間の感情などは一切消え失せていた。息づかいさえ聞こえた長い一瞬、その一瞬に生臭い血の臭いが闇の臭いにすり替わって家中に籠った。家の外が白み始めて、ルキウスはおろおろと家を飛び出す。狂女の呪いに追われるように、見慣れない路地や通りをやみくもに歩き、陽が昇って気付いた時は、市壁の外のプラエネステの街道を歩いていた。それから、どこをどう歩いてきたのか、市内に戻り、聖道あたりにさしかかると、中央広場の辺りから煙が上がっているのが見えた。辺りに気を配るまでもなく、街中が殺気立っているのが分かる。人の流れに抗してカストル神殿の前に出た時だった、クロディウスの腹心で、無頼の群れを束ねるセクストゥス・クロエリウスがルキウスを呼び止めた。クロディウスの死を知ったのはその時である。広場の煙はクロディウスの死体を焼いた煙だった。ルキウスは促されてクロエリウスたちと行動を共にし、その日の夕暮れ時に人を殺めた。頭の中に納まりきらないことが一日で起きた。

うろたえたつもりはない。しかし、市民服に忍ばせた懐剣で人を殺めるのと、軍神マルスの照覧（しょうらん）のもと、向かい来る敵に向かって帯剣を抜き放つのとではわけが違った。臓腑を抉（えぐ）る懐剣にごりっと伝わる骨の感触、血反吐を吐きつつ懐（ふところ）に倒れ込んだ男の重さ。ふたり目に止めを刺す時は、腰から下の力が抜けた。

家の中にも、家の外にも、もうルキウスに居場所がなかった。

心の中の景色を変えないと、おかしくなる。ルキウスはそれでカンパーニアへ逃げた。そして、デクタダスを知った。

時折思い出すのはある雨上がりの日のことだ。デクタダスは広場にできた大きな水たまりの中にいた。不審げに見るルキウスに、デクタダスは、「雲の中に足を突っ込んでいるのだ」といった。空の雲が水面に映り、その雲の隙間に映る暗い空が深い地の底を覗（のぞ）かせていた。「こうしていると分かるのだがね、世の中は逆立ちしているよ」ともいった。深い意味がありそうでもなく、おもしろいことのようにいった。それ以来の付き合いである。

デクタダスは、そののち、ピロデーモスがローマの二十日祭りのために供揃えしてネアポーリスを発（た）った時、その先頭を歩いてローマに来た。そして、そのまま居ついた。

デクタダスはほんとに気楽なやつなのだ。帰ったかと思っていたら、奥の雨水池のあたりに人だかりがある。その中に洗濯盤に腰かけたデクタダスがいた。小間使いの若い女奴隷たちをつかまえて、新調のトガを使った手品みたいなものを見せている。

「何だ、まだいたのか」

「お前のかみさんは機織りが上手い、それは認める。もっというとね、油の壺やら酒の壺やら、雑穀や粉の壺もみんなだ、どの部屋のどの辺りに並べてあるかを見ただけで、古来の婦徳がしのばれる、てな、いいか、おれがそういったとちゃんと伝えろ」

デクタダスは、ちゃんと伝えろ、をルキウスだけにいったのではないようだ。何を始めるのかと怪訝（けげん）そうに見上げている小間使いたちにもいったつもりのようで、しゃがんでいる娘たちに脅すような眼を向けた。

「だのに、お前のかみさん、おれにはいつもつんけんする。何でだろう、十日以上口を利いてもらってないわ」

あは、とルキウスはデクタダスを笑った。

「呼んできてやるから、じかにいうか」

「お前がいつも、捻じ曲げておれのことを話すからだ」

「そうじゃないだろ、お気に召さないところがお前にはあるんだよ。よく考えてみな」

断わりを入れておくが、このあたりから、デクタダスはギリシャ語を交えて話を続ける。足元で娘たちが聞いているからである。もちろん、ルキウスも所どころはギリシャ語で返すのだが、これはとりたてて珍しいことではない。聞かれてまずいことはギリシャ語で話すのが一部ローマ人士の嫌味な嗜（たしな）みだからである。

「そんなこと、よくおれにいえるわ。いいかい、おれはひとのかみさんの名前でもしっかり覚える。お前は、自分のかみさんの名前、忘れるじゃないか。いいかい、いくら傍系とはいえユニウスの流れだよ。しかも、人も羨（うらや）むお金持ち、粗末にはできんだろ」

「いったじゃないか、あれは大病のあとだったんだよ、自分の名前も吹っ飛んでいたくらいだ。分かってないなあ、ほんとひどかったんだぜ、いっそ死にたいと思ったくらいだ。いやね、実際死んでいてもおかしくない。な、今だって、生きてる自分が不思議なくらいなんだよ。それをお前、覚えてるか、やっと受け答えができたくらいで快気祝いの酒盛りを始めただろ、それも病人の眼の前でさあ。キンナが止めたのに、このお調子乗りが。あのあと急にぶり返して、また寝込んでしまったんだぞ」

「らしいな、気の毒したな。おれはただ、よかったな、うれしいなと思って。だって、こりゃあ死ぬな、と思って悲嘆に暮れていたんだぜ、そりゃ飲むだろ。喉も渇いていたし台所で隠れて飲むよりいいじゃないか。それにしても、お前、病気のことになると手柄を取ったみたいに話すね」

「何が手柄だ、薄情なやつだ」

「しかしあれだね、自分のかみさんの名前忘れるんだもの、随分不便したろ」

「そりゃあ不便さ。しかし、あの時はあわてた、不確かな名前が三つか四つ浮かぶんだが、大事なひとつが思い当たらん。間違えたら大ごとだからお前に尋ねた」

何の手品を見せたのだろう、若い女奴隷たちが黄色い歓声をあげた。デクタダスは大喜びだ。

そして、次の日のことである、エスクイリーナの浴場へ向かうコッラティア街道の坂道にルキウスの姿があった。供をする家僕に着古したトガを持たせ、騎士の指輪を帯に隠して、トゥニカ姿になって歩いている。初夏の陽射しに眼も眩(くら)むのだろう、日陰に入って立ち止まると、二度三度と息を吐き、背中に荷物を背負ったようにまた歩きだす。不機嫌な、塞(ふさ)いだ様子は辺りの臭気のせいではないようだ。

ルキウスが塞いだ様子で歩いていたのは、今日のデマラトスの饗宴とも関係がない。ルキウスは、ついさっきまで、アントニウスの専属副官プブリウス・ウォルムニウスの家にいたのである。数日前、中央広場でうしろから声をかけられた。「アントニウスが気にかけている、病気だったそうだな」と。ルキウスはなぜか狼狽し、逃げ腰になって、「つい先頃まで。立ち上がれないくらいの。それで挨拶に行けなかった。人に伝染ると大変だから。そのことはコテュローにも伝えてあって」と、ある部分は本当、ある部分は嘘であることを答えた。相手に連れがいたせいで、ふたりはそれだけ話して別れた。しかし、別れたあと、ウォルムニウスは振り返って、「一度、うちへ来い」とルキウスの背中に声をかけた。だから、今朝行った。そして、気持ちが塞いだ。

五年、いやもう六年になるだろうか、クロディウスが横死したあと、カンパーニアに逃げていたルキウスがローマに戻り、つつがなく、というのは、もっぱら夫婦仲のことであるが、日々の暮らしを始めていた頃だ、コッリーナ門に続く脇道のルキウスの家に思いもかけぬ客があった。前年財務官に収まり、年が明けて鳥卜官（アウグル）に任ぜられたアントニウスである。財務官を皮きりにローマ政界に打って出る気なのだろうが、もともと顕要の家の出だからいずれは高位の公職に就き、万を超す軍兵を動かすことになる男である。というのは、ローマでは、何事も金次第というわけではなく、先祖にどんな偉人がいるかによって人物の評価が定まる、つまり、偉い先祖がいるかいないかで子孫の行く末の多くの部分が決まってしまうということである。もちろん、残りの部分で威力を発揮するのはやはり金であって、アントニウスはクリオという活動的な友人が撒いてくれた金のおかげで財務官を射止めている。ローマの共和政ならではの話である。それはどうあれ、クラウディウスを名乗ってはいても平民系のルキウスの家とは格が違うし、ユリウス系のアントニウスとは縁もゆかりもあるはずがない。しかし、訪問を受けるくらいの面識はあった。

それは、ルキウスがまだ二十歳前でクロディウスの家に出入りしていた頃のことだ。借財を溜めこんで親から勘当を受け、世話になっていた友人クリオの家も追い出されたアントニウスが、同じクロディウスのところに転がり込んできたのである。つまり、ふたりは一時期ごろつき仲間であった。当時のアントニウスだが、友人クリオとの間で悪い噂が立てられてはいたものの、悪い噂などごろつきたちの関心が向かうところではない。むしろ、風采はいいし、家柄もすこぶるいいのに、下品な話を誰かれなく話しかけては大笑いするような行儀の悪さが、ごろつき仲間の間では好感をもって迎え入れられたようである。しかし、ルキウスは、といえば若干心境は複雑であった。ルキウスはアントニウスよりひとつ年上なのである。そのことは繰り返しアントニウスに伝えたのに、アントニウスは納得しない。何かといえば同い年の誼（よしみ）を口にして、遠くからでも近づいてくるのだ。確かに、一月生まれのアントニウスと、十二月生まれのルキウスとでは、十数日の差しかない。しかし、一月に執政官が替われば年が改まるのだから、ふつうなら同い年とはいわないだろう。自分と同い年なら仲間だと思うのか、アントニウスは、誰それも、また誰それも年が同じだとうれしそうにいうから、子供みたいな男だと思った。恐らくは、クラウディウスの氏族名で権勢を誇る名家の流れと勝手な思い込みをしたに違いない。しかし、魂胆がそのあたりにあるなら別に同い年をいい張る必要はないのだ。つまらないことのようだが、ルキウスはいわれるたびに引っ掛かるし、考えてもしまうし、たいていは逃げ腰でいたのである。そんなせいもあって、深い付き合いはなかったのだが、ごろつき仲間と連れだって何度かは小料理屋や娼家にも行った。その間、親しく言葉を交わしたこともあったはずなのだが、何を話したかはむろん覚えてはいない。覚えているのは、酒が入ればそのたびに抱き付かれて閉口したことくらいで、その時は自分も相当酔っていたことを思えば、それがアントニウスであったかどうかも怪しい。どっちにしても、クロディウスの周りにはいろんな男たちが集まっていたから、アントニウスの印象はそんな男たちの印象の中に紛れ込んでしまっていた。ただ、風采には気を配っても、人品ががさつな男だ、と人から聞いた悪口のまま決めつけて見ていたように思う。

そのアントニウスだが、クロディウスの没義道（もぎどう）ぶりに怖気（おじけ）づいたのか、また別の理由か、クロディウス邸から雲隠れすると、執政職を下りたガビニウスの誘いを受けて北アフリカへ渡った。アントニウスとはそれきり、いなくなったことにも、しばらくは気付かなかった。その程度の関係だから、アントニウスがルキウスのことを覚えていたのが不思議なくらいだった。

その日のことだが、先触れの者に知らされ、迎えに出たルキウスに、アントニウスは供の者から渡された三羽のほろほろ鳥を持ち上げて振った。そのうちの一羽がいきなり暴れ、飛んで逃げるのを先導吏みたいな男がふたり追っていった。アントニウスの手土産はほろほろ鳥が二羽になり、その二羽のほろほろ鳥でルキウスはアントニウスの庇護下に入り、朝の伺候をすることになった。つまり、子分になった。

数はたったの二羽とはいえ、アントニウスとの庇護関係はルキウスにとっては望外のものではあった。おかげを被ることが多々あったからである。例えば、ルキウスが自身の庇護民たちに委ねた家業の一つ、婚約式用の飾り天秤や香炉といった金属小物の製造販売が、アントニウスの庇護都市ボノニアに販売拠点を置けたおかげで、少なからぬ利益を上げていることだ。とりわけ、ボノニアではマグナ・マーテル神殿やディアーナ神殿の護符を刻んだ青銅の魔除けが飛ぶように売れた。不信心者が多いのか、ローマではさっぱり売れない魔除けであった。それでいて、製造請負の見返りに、年に二度も祭司団への献上金を要求されていたから、まったく割に合わないと頭を抱えていたのである。しかし、その魔除けが内ガリアのボノニアや周辺の都市では高値で売れ、利益も大きかったものだから、ルキウスは魔除け製造の請負を別の社殿にも働きかけている。それに加えて、ローマでは販売を禁じられた「ゼウスの天秤」のまがい物、これは大神ゼウスがアキレウスとヘクトールとの果たし合いで、どちらが死ぬべきかを秤にかけて決めたというが、まさにその秤の写しという触れ込みで売り出したものである。とたんに不敬の廉で制裁金を科せられはしたが、ボノニアへ持っていくと、そんなものまでよく売れた。それもこれも当然ながらアントニウスの庇護下に入ったおかげなのだが、いいことばかりが続くわけがない。

先年のアリシア戦での大勝以来、ローマではカエサル派と閥族派との内紛が昂じてきて、ルキウスの身辺にも穏やかならぬ空気が漂っていたのだ。当時護民官であったアントニウスの旧友クリオが、借財をカエサルに肩代わりしてもらったせいだろうか、閥族派から急にカエサル派に鞍替えをして、かつての仲間、閥族貴族たちへの強硬な抵抗を始めていたからである。アントニウスもそれに倣い、俄にカエサル派に身を投じると、ムステラ・セイウスやヌミシウスといったやくざ紛いの男たちを周りに集めて力を誇示する。アントニウスの周辺は暴力や騒動で殺伐とし、旧友クリオのあとを受けてアントニウスが護民官職に就いてからは、横死したかつてのクロディウスの時がそうであったように、脅迫と恐喝の日々がルキウスの日常になった。ルキウスはいつか見た光景の中にいたのである。

カエサルへの元老院の最終議決はアントニウスが護民官職に就いてほぼひと月、一月七日に公布された。最終議決は護民官であれ拒否権の行使ができないだけでなく、逆らえばカエサルと同様公敵とされる。身の危険を感じたアントニウスは即刻ローマを去り、ラウェンナのカエサルの許へと急ぎ北を目指した。となれば、ルキウスにしても安閑としてはおれない。妻子を置いて、あわててアントニウスを追う羽目になった。

カエサルがルビコンを渡りイタリア本国への侵攻を始めると、馳せ参じたアントニウスは新たに軍団一個分の募兵を始める。その新規募集軍団の副官として、アントニウスはルキウスを充て、造営官格という名誉で遇したのである。分かりの悪い男で、ルキウスをまだ名家クラウディウスの流れと思い込んでいたようだ。それはともあれ、実際造営官格ともなれば、いずれは元老院身分が望めたはずなのである。

ところが、春先のアドリア海の危うい渡航に始まり、カエサル軍との合流のための決死の行軍、そしてパルサーロスの前哨戦ともいえるドュラキウム包囲戦での敗北など、軍団副官ルキウスにとっては暗澹たる前途しか見えなかった。大敗は誰の眼にも明らかだったが、ポンペイウスと雌雄を決するパルサーロスの会戦には勝ったのである。ポンペイウスは敗走し、カエサルは追撃の軍を進める。カエサルを共和国の敵とし、最後まで刃向かったスピキオ・メテッルスや小カトーまでもが逃げ延びていたから、追撃の手を緩めることができないのである。そこでカエサルは、留守中のローマそしてイタリア全土の治安を奮闘めざましいアントニウスに委ね、自らは落ち延びたポンペイウスを追って南へ向かった。

そのアントニウスだが、騎士長官という栄誉を受けてローマに舞い戻ったはずが、何を血迷ったか、大人しい細君を追い出して好き放題をやり始めた。騎士長官といえば、戦時は独裁官に次ぐ要職であるのに、もともとそんな男だったのだろう、芸人や女優相手に飲み明かして、朝はたいてい酔いつぶれている。民会に出かけていけば、途中の広場で反吐を吐くし、地方の視察に出かけても、遊女や楽師の供揃えで物見遊山に興じてばかり。ポンペイウスの旧宅を代金未納で手に入れると、宏壮なその邸宅を骰子賭博の鉄火場にしてしまった。治安行政を司る騎士長官の行状がこれではローマは乱れる。護民官ドラベッラは彼に背き、パルサーロスからの復員兵たちは公然と不満の行動を起こすようになった。しかし、そこは半神の英雄ヘラクレスの末裔を誇るアントニウスである、身勝手な豪放磊落の地を出して借財の山を築く一方、自堕落な生活は一向に改まらず、おかげで、朝の伺候をしても、門前で待たされたあげく追い払われる。たいていは、その繰り返しだった。当然、権勢を慕って近づいた男たちの多くが、そんなアントニウスを見限って去っていく。それを脇に見つつも、ルキウスはパラティノスの丘を登ってアントニウス邸を訪ねる日々を続けていたのである。

しかし、それは律儀でも忠義でも何でもない、だらしないだけの話である。ルキウスはあるおんなのことで頭がいっぱいになっていた。アントニウスが家に入れた卑しいミモス劇の女優である。ルキウスはそのおんながサッフォーを詠い、そして舞ったのを見た。嘘のような話だが、ルキウスはその美しさに息が喘ぎ、恐怖に出遭ったかのように体も震えた、としておく。妻子のあるまともなローマの男ならそんな自分に苦笑いして済ますところだし、そこまで自分を失わないのがふつうだからである。実際その日、酒宴の席には男たちが二、三十はいただろう、おんながいくら見事に舞ったとしても、ルキウスのように息を喘がせ震えた男が何人もいたとは思えないし、感じ入った様子くらいは見せたとしても、相手はアントニウスのおんなである、その面影を引きずって、眠りを奪われ、精気を失い、日常も覚束なくなるような男は、ルキウスを措いてほかにいるとは思えないのだ。あきれ果てた男だが、実際そうなってしまったからにはどうしようもない。よく知られたものの本に「魂は、味わったこともない不思議な感情にいたく惑乱し、なすすべを知らずに狂い回り、ただせつない憧れにかられて、そのひとを見ることができると思うほうへ、走っていく」とあるのを、わが身になぞらえた気でもいたのだろう。しかし、このような特異な感情は通例その向きの無責任な書物によって助長されるということを知っておくべきである。のぼせ程度に過ぎないものが、甘えた教養人には魂を揺さぶる恋に様変わりしてしまうことがあるからで、これはもう書物による弊害というべきであろう。いずれにしても、ルキウスが野卑な男たちに交じって、アントニウスへの朝の伺候を続けたのは、パラティノスの丘を登ると、いつも不思議な動悸があったからである。それは、あと二十も若ければ、ときめき、といっていいようなものであった。

ここでひとついえることは、細君がいくら獣の血を浴びても、ご祈禱料をはずんでも、まるっきり効果がなかったということである。ということは、ミトラの神よりも、さらに強力な神、または女神がいるに違いないのだ。

果たして、それは神の仕業であったのかも知れない。ルキウスはミモス劇の女優がアントニウス邸から姿を消したあとも、朝の伺候を日々続けたのである。庇護を受けているからとはいえ、陳情の筋がなければ五日に一度、十日に一度だって構わないのだ。それなのに、ほぼ毎日の精勤。想うひとのいない屋敷へ、いないひとの面影に魅（ひ）かれるように、これが神の仕業でないとしたら、ほかに説明のしようがない。なぜなら、ルキウスはおんなの消息を探ろうとすれば探れたのに、失ったまま悲しんでいるほうを選んだのである。なるほど、相手は今を時めく大女優である。ルキウスの家の資産を思えば手が届くような相手ではない。それに、ルキウスははっきりと自覚してはいないが、細君がまた牛の血を浴びて帰ってくるような光景に出遭いたくはなかったのである。そうなると、また人を殺して逃げることになりかねない。だから、不本意とはいえ無意識的な歯止めが掛かった。無意識的といえば、ルキウスは、朝、自分の庇護民たちの相手をしたあと、さしあたって行くべきところがアントニウス邸のほかになかったという別の事由もある。実は、これこそ決定的な事由であって、行くべき先もないまま外出するのは、詩人や若者たちにはありがちだろうが、いい歳をした男にとってはなかなか侘（わび）しいものなのである。しかし、今の場合、そのようなことをそのまま述べてしまったのではあからさま過ぎて身も蓋もない。ルキウスの心情からすれば、それらのことは決してそうではないのである。

それが証拠に、ルキウスは男たちの輪からそっと離れ、にぎやかな声に耳を塞ぐ。憂い顔というわけではなく、むしろ小鳥みたいに眼を見開き、呼びかける声におどおどしつつ、隅の仕切り口のほうに体を寄せる。遠い柱廊の手前には空ろな広間、ざわめきは途絶え、男と獣の闘いは壁掛けが暗い動かぬ図柄に留めて、広間の床の花束模様が淡い光の底に沈んで、とまあ何とでも書けるが、実際、ルキウスはそれらを見ているようで見てはいない。ルキウスはそこにはいないひとを見ている気でいる。それは、探せばいるひとを見ているようではなかった。このあたりこそ神の仕業が疑われるところだが、実際その様を見てみれば、ただ愚かなだけといったほうがよいかも知れない。人は何の益もないことを、稀には自分を痛めることでも好んでしたがるものなのだが、この頃のルキウスがまさにそうで、多少は自覚もあるものだから自己嫌悪くらいは抱いて自分自身を痛めている。だとしても、糸杉の影みたいに身を細らせて何をさびしく嗤うのだろう。髭剃り痕に手をやる仕草は自堕落な役者くずれの男みたいだ。とにかく、このような男の心中を推し測るのは大変難しい。ルキウスはアントニウス邸を訪れたあと、一度たどったパラティノスの丘の道を、ついうわの空でもう一度たどることもあったのである。三十も半ばを過ぎて珍しい男である。家に置いた細君に対してはともかく、ルキウスはそんなだらしない自分を自分に対してどう申し開きをしていたのだろう。

ところで、ミモス女優が急に姿を消したわけだが、そこにお決まりの痴情沙汰があったわけではない。訳あって、アントニウスがおんなを追い出したのである。それはこういうことだ。アントニウスは治安の乱れたローマの市壁内に軍を入れ、八百ものローマ市民を殺してしまった。市壁内に軍を入れるのは厳に禁じられているから、ふつうは思い付かないはずなのだが、そうでもしないと治安が保てないところまで来てしまったということである。北アフリカにいて、ローマの治安を案じていたカエサルは、事ここに至るともう放ってはおけない。ポントス王との戦いが済めば、そのままローマに戻って、アントニウスを体よく失脚させるだろうと見られた。アントニウスにしても、カエサルの不興は予想できるから、あわてて行い澄ました様子を見せる。アントニウスはおんなを家から出した。そして、かつての姦通相手、横死したクロディウスの妻であったフルウィアを正式に家に入れた。裏に、持参金目当てという切羽詰まった事情があったのかも知れないが、嫁を迎え身を慎むという恭順の素振りは見せたのである。ところが、ローマに戻ったカエサルはアントニウスに二年間の公職追放をあっさりと申し渡す。これにはアントニウスもぐうの音も出なかったろう。ルキウスは人づてにその話を聞くと、人前では表情を翳らせたものの、独りになると気が晴れたかのように笑みを浮かべたのである。それでいながらぐずぐずと朝の伺候を続けたのはすでに述べた通りである。

デクタダスにおんなの話をしたのは、何かといえば付きまとってルキウスを気遣うのが煩わしかったからである。どうかしたのか、とか、何を思い煩う、とか、わざとらしく訊いてくるわけではない。ただ、訊いている眼をしている。向き合っている時ではなく、横からとか後ろからルキウスを見る眼が訊いている。正面切って訊かれたところで話すわけはないが、後ろから無言の声で訊かれると始末が悪い。対応の仕様がないからである。ルキウスは、ならば、と、悲しみ切なさのことではなく、見てはいけない美しさの話だけを打ち明けてみた。ひとりの胸には納めきれない感情が育っていたこともあって、世界の果ての消息をこっそり教えるような気持ちで話した。実際話してみると、ほんとは人に話してみたかったのだなと分かったから、デクタダスがどう応えようがどうでもよかった。

珍しく、デクタダスは思慮深い顔をした。しかし、まるで意味不明のことをいった。「イクシーオーンは、ほんとは雲と交わったんだね」と。「何のことだ」と問い返すと、デクタダスは、「雲と交わったんじゃあ重症だ」とまた意味不明を答えた。先があるのかと思って、「だったら何だ」と続きをせっつくと、デクタダスは眼を逸らして天井を見上げた。かぽーっと口を開け、天井の一点に眼を向けたデクタダスは、ふいにぴくりと体を揺らすと、「おおっ、今、雲上からご託宣があった」といった。デクタダスは薄眼になって、憑依の濁声をうーうーと響かせると、

灯りを消したらみな同じ、
酒に酔ってもみな同じ

と相当間延びした声で詠った。そして、「これは天のほうから下られた雲の精、働かないでぶらぶらしている連中から、大へんな信仰を受けている……来るわ、来るわ、ほれ、そこの入り口」と芝居がかった声を出す。何とも意味不明で、気が触れたかと思えるような振る舞いについ最後まで付き合わされたルキウスは、急に何かが緩んだような脱力感を感じた。

実際、ルキウスは思い切って真情を打ち明けながら、人を喰ったようなあしらいを受けたのである。腹を立ててもいいところだが、見てはいけない美しさの話など、デクタダスだからこそ取り合ってくれたわけで、まともなローマの男なら相手にしてくれるはずがない。聞くほうが恥ずかしいくらいのものだから、ここはデクタダスも我慢したのだと思うべきなのである。それはそれとして、こうしてデクタダスに話してしまうと、実際何かが緩んだのだろう、ルキウスはまるで憑き物が落ちたような気分になった。一年以上、続けざまにのぼせていれば、いずれ気持ちの隙間に風が通る。溜息混じりに自分を笑うと、解き放たれた気持ちにもなった。それで、ルキウスはアントニウス邸への日々の伺候をやめた。意外なことに、きっぱりやめてもどうということもなく普通に日常が戻ってきた。ただ、半年後、大病を患っただけのことである。半年後のことであるから、そこに因果関係などあるはずがない。

ところが、その大病が治ってほんの数ヵ月、つまり、数日前、ユリウスの会堂から中央広場に下り立った時、ルキウスはうしろからの不意の声にびくんとなって振り返ったのである。その顔を見てうろたえたルキウスは、少し大袈裟ない い方になるが、復讐の女神たちに追いつかれた時のように眼を剝いた。ウォルムニウスはそんなルキウスを怪訝そうに見ながらいった。「アントニウスが気にかけている」、と。ふいにいろんな顔が浮かんでは消え、ルキウスは違う場所に運ばれていくような気分になった。それは、記憶の中に消えたおんなへふわりと戻ってしまうような危ういような気分だった。

ルキウスが今朝初めて訪れたウォルムニウス邸には、柄の悪い伺候者たちがひしめいていた。帯剣している物騒な男たちもいた。周りに人が多くいたせいか、ウォルムニウスはルキウスに多くを語らなかった。ただ、ムンダの戦いから戻るカエサルは、出迎えた要人たちの中でただひとり、アントニウスだけを自分の乗る車駕(しゃが)に乗せたといった。つまり、アントニウスの返り咲きは近い、また以前のように伺候せよ、ということだろう。ルキウスは、春先まで患っていた大病の話を繰り返した。そして、今も体調が優れないのだと嘘をいった。ウォルムニウスは、どうせ今、アントニウスはローマにいない、ただし、そのことはよく伝えておく、といった。そして帰り際、ウォルムニウスは、次の執政職がほぼ決まりだ、とルキウスに向かっていった。

それで、気持ちが塞いだ。なぜだか分からない、ただやりきれなかった。アントニウスが次の執政官、結構な話だ、せいぜい名をあげ、誉れも受けて、スブラあたりに彫像でも飾ってもらえ。いや、きっとそうなることを見越していたからだろう、アントニウスはおんなを家から出して、代わりにフルウィアを家に入れた。カエサルに媚びて本気で身を慎むつもりだったのだ。功を奏して次期執政官、どうでもいいが、どうせそうだ、そういうことだ。ルキウスは歩みを先に進めるごとに、ますます気持ちを滅入らせていた。

ルキウスは裏口の運動場から浴場の敷地に入った。もとはファブリキウス家の馬場を兼ねた運動場である。そこに、四、五年前の造営官が、人気取りのためだろう、周りの家を立ち退かせ、私設の浴場を増築して広く市民に開放した。しかし、排水の施設に不備があり、下の家屋の住人たちが訴訟に持ち込んでいる。ルキウスはその訴訟の審判団のひとりであった。

砂が舞う運動場の隅にデクタダスが話していたプラタナスがある。その周りの植栽に、今日は白い襷(たすき)が掛けられて、風に大きくゆらいでいた。見ていると、その襷めがけて三、四本の槍が飛んだ。続いて投げられた四、五本はルキウスの眼の前の宙を切って落ちてくる。ルキウスはあわてて逃げた。

ルキウスは供の者が走り寄るのを待たず、湯気が籠る中に入った。砂をかぶった一団が塗油室に溢れていたから、ルキウスは塗油室を素通りし、そのまま熱浴場へ向かった。駆け寄った供の者に着衣を委ねると、騎士の指輪を握って壁際の臥台に腰を下ろす。しかし、たち籠る湯気の中で、ルキウスの顔はすぐに歪んでしまった。

ルキウスは、やれやれ、またか、と思っていた。いつ来ても、風呂場で自分の声を聞きたがるやつがいる。お祓いの文句の稽古なのか、習いたての詩の朗誦なのか、行儀の悪い太い声を張りあげては声の響きを試している。ルキウスは、ちっ、と舌打ちをした。どこのどいつか知らないが、ホメーロス讃歌をここでやる気だ。しかも、ローマ建国の祖、アエネーイスの誕生にまつわる有名なくだり。まともな育ちのローマの男なら誰でも詠える讃歌なのに、詠いだしから始まって恐るべき間違いを次々に繰りだす。しかも、音節の数が合わない時は、ふいに行きまたがりに朗誦するし、忘れた箇所に行きつくと、二度三度繰り返して思い出そうとするから、聞いていて気持ちが暴れ出してしまいそうだ。逃げだそうか、我慢しようかの踏ん切りがつかないでいるうち、ルキウスは本気で腹が立ってきた。周りのやつら、これを許しておくのか、おれは許さん。ルキウスはおもむろに立ち上がり、列柱の陰から忍び寄って、讃歌詠いを湯の中に沈めてしまう自分を想像した。そして、恐れ入った、と溜息をつく。歌詞が最初に戻ったのだ。

あいつ、繰り返す気だ。

ルキウスは背中を丸め両手で耳を塞いだ。それでも、声が届くから、讃歌詠いの声にかぶせて、自分で讃歌を口ずさんだ。というより、声を張り上げ、一緒に唱和し始めた。

アンキーセースは女神に目をとめ、じっと心深く刻み込み、その姿と大きさに、さらにはつややかな衣にも驚嘆した。女神は炎の輝きよりもなお眩(まぶ)しいローブをまとい、螺旋をえがいた腕輪と、花びらが開いたような耳飾りをつけていた。柔らかな首にめぐらした首飾りは、黄金づくりできわだって美しく、四方に光を燦然(さんぜん)と放っていた。あたかも満月のように、柔らかな胸で照りわたり……

湯気の向こうの讃歌唄いは、ルキウスが無遠慮な声で一緒に詠いだしたから、毒気を抜かれた顔になって、すぐさま熱浴室を退散した。しかし、ルキウスはそのことに気付いてはいない。ただ、ひとりで唱和はできないから、自然にルキウスの声も消えた。そして、静けさが戻った湯気の中で、ルキウスはやはりあのおんなのことを考えている。あの時の、遠い声と狂女のように振りほどいた麦穂色に輝く髪、ルキウスは薄眼になって顔をあげ、頬に風を受けているかのようにその顔をそっと揺らした。しかし、心の中でひっそり育てた思いは、やがて翼をつけて、ありもせぬ物語の中へ飛び去ってしまう。その物語の向こうから、見えるともない面影が姿を現わし、すがりつく思いが胸を締めつけ、不思議な動悸で我に帰れば、さっきと同じ、貧相な裸の自分が浴室の臥台の端に腰を掛けている。ルキウスは、何たるありさま、と自分を笑う、笑う自分が肩を落とし、がくりと頭も垂れて湯気のしずくが背中に落ちるのを感じている。

そんな中、

「湯気の中から現われ出たるは」と声がして、実際現われ出たのはデクタダスであった。ルキウスが顔を上げると、

「おれだよ」と軽快な声を上げたデクタダスが、そのままルキウスの隣に腰を掛ける。そして、いきなり、

「人の殺し方についてだが、人間、その方面の工夫には飽きることがない。一体、何通りあると思う」と藪から棒をいった。

ルキウスはつられて数を数えそうな気持ちになったが、デクタダスがいきなりこんな突拍子もないことを口にしたのは、ルキウスの様子に何かを感じたからだろう。それが分かるから、ルキウスはわざと不機嫌な声でいった。

「お前の声を聞いたら、急に家に帰りたくなった」

「おれ、朝から晩まで、のべつ幕なしに聞いているが、そんな気分になったためしがない。もしそうなるようなら、声を出さない」

ルキウスは、ふん、と顔を上げ、

「お前、声を出さなかったら、引き付けを起こして倒れるよ」と返す。そして、何だろ、おれは、とルキウスは思った。軽口に軽口で応えてしまう自分がやりきれない。こんなやりとりができるような気分ではないはずなのだ。アントニウスが執政官、何ということだ。

ルキウスは汗の噴き出た顔を両手でこすり、空咳(からぜき)をして気持ちを立て直した。

「今朝、プブリウス・ウォルムニウスのとこへ行った。知らないよな。アントニウスに付いている男だ」

デクタダスは返事をする気がないという顔をして、座ったままで背伸びをする。

「アントニウスは……あのな、執政官だ、来年。カエサルが決めた」

「また選挙なしで、決まるのか」

「選挙はある。決まってからする」

「重要なことだね」

「そうだな」

「しかしまあ、ここはともかく腰を上げよう。向こうでは、もうお待ちかねだよ」

デクタダスは、ルキウスが腰を上げたのを確かめてから腰を上げた。煩わしいことをする男である。

さて、デマラトスの邸宅だが、敷地が周りより高いせいで、閑静なエスクイリアエの丘に聳(そび)えるようにある。飛び抜けて豪奢な構えではないにしても、ローマの住人百万の妬みを買うには十分である。外側の壁面は空色の漆喰で新しく化粧塗りされてはいたが、すでに相当部分が落書きに侵食され、中には漆喰を抉って書かれた戯(ざ)れ歌や卑猥な絵もある。百万の妬みの痕といえるだろう。車寄せや玄関に嫌味な装飾物はない。大ぶりな鉢植えが片側に三つ並んでいるだけである。鉢植えなら、盗まれてもいいからである。ただ、門扉だけはピュドナのカメナ神殿から掠(かす)め取った堂々たるものだ。

取り次ぎの間に招き入れられると、ふつう先祖の胸像とか蠟面とかがあるべきところに、ソクラテスかなと思えるような団子鼻の男の胸像がどかっとある。デマラトスは、アテナイ市がリュシッポスに依頼して制作されたソクラテスの胸像を忠実に模したものと聞かされ、それを信じている。もちろん、何を信じようと構わないが、首を傾げてしまうのは、綴じ本を積み上げる七段組みの書棚が取り次ぎの間の壁二面にあることだ。中央奥には装飾入りの書見台まである。人の出入りが多いはずだから、落ち着いて本を読むには不向きではないか。仕切り口の脇に、蓋の開いた長櫃がふたつもあるのは邪魔だろう。ただ、デマラトスが新しい客を迎える時は、長櫃の中が見えるように客を誘導する。そうなって初めて、その意図が分かるのだが、判読もできそうにない巻子本にどれほどの価値があると思っているのだろう。

もちろん、ルキウスにすれば、長櫃の中はどうでもいい。向き合ってみて、すぐ眼を背けたのは、眼に異様な力があると聞いていたからではなく、頬に刷いた紅の濃さがいきなり滑稽だったからである。下手をすると、宴席の道化役かと思ってしまう。誰も忠告しないのだろうか、顔をあんなに白く塗るなら、紅の濃さは控えめにすべきだし、煤を塗った眉も太過ぎる。これじゃあ、人を笑わすために、お面を被ったみたいだ。

それにしても、困った、とルキウスは笑いをこらえて思っている。

恐れていた通り、これは、これは、と丁重すぎる挨拶なのだ。見たくない顔には、こぼれるような笑みが浮かんでいる。名告げ奴隷が何を耳打ちしたかは分からないが、ルキウスはこういう時が一番苦手だ。名門クラウディウスを名乗ってはいても、始祖アットゥス・クラウススから数えて何十番目かの分家である。平民系のクラウディウス氏族にしては羽振りのよかった時期もあったようで、何代も前の先祖が騎士の身分を金で買い、かろうじて今も騎士の点呼を受けてはいる。しかし、文字通り騎士の端くれで、軍功には縁がなく、声望にはもっと縁がなかった家系だから、地方の公職にすらたどり着いた先祖はいない。それはいいとしても、何よりルキウスが苦にしているのは、クラウディウス氏族なら通常嫌うルキウスという名前なのだ。何でも、ルキウスは母親の胎内から出て来る時、逆向きになっていたらしい。つまり足から先に産まれてきて、産声を上げるでもなく、手肢を動かすわけでもなく、しばらくは息さえしなかったそうである。父親が抱き上げるのをためらったらしいから、これはまずいと思った誰かがつまらん知恵を出したのだろう、悪霊退散のまじないに忌むべき名前を付けられてしまった。どうでもいいことのようだが、健やかな人格形成に見えない影響を与えたことは確かであるし、何より、同族の間を心持ち狭く生きていくしかなかったことから、尋ねられても答えられないことのほうが多いのである。

「それでまあ、先だってのことですがね、アッピウス・クラウディウス殿が訪ねてくれましたよ。ご関係は」

そうら、きた、とルキウスは曖昧に笑って、返答の仕方を考えた。アッピウスはクラウディウス氏族の固有名だからほかにもどこかにいるかも知れないが、プルケル家の長兄アッピウスだとすれば、相手は執政官にまで昇り詰めた大物である。それがこんな山出し男の招きに応じるだろうか。仮に、そのアッピウスだとしても、弟クロディウスが死んだあとは自然に縁が切れたし、ほかのどのアッピウスとも付き合いはなかったから、どう答えてやろうかと考えているうち、デクタダスが関係のないことを話し出した。

「おとといはキオス産のアリウシオスをふるまってもらった。あれはいいね、とてもいい。おれにはね、クマイ産のウルバヌスの五年ものと、よく寝かしたガウラノン産が口に合う。人間の古いのは分別臭くていただけないが、酒の古いのは嫌味な味が消える。人間とは逆だね。しかし、アリウシオスはいい、酒甕を抱いて寝たいくらいだ。ついでに、酒の効能をいうとね、その第一は、まず健康にいい、第二に愛と悦楽を高めるね、そして、第三が眠りに誘う、その三つさ。人間が古くなると、第一と第二の効能が効かなくなる。酒を飲んだら眠りこけるだけ」

「やれやれ、わたしも古くなって、酔いつぶれては寝てばかり、それもまた愉快で」

そういうと、デマラトスは新来の客のほうへ歩いていった。

「何だ、まともに返しやがった。それにしても、おもしろい顔だろ」とデクタダスがうれしそうな声でいった。

「今日は紅がきわ立って、とりわけ喜劇的趣きがある。よく吹き出さなかったな。ローマのやつらは人が悪いから、わざと変な風に教えたんだろう。おととい初めて会った時は向き合ったとたんに笑ってしまった。あんな顔を人に見せてはいかんよ。ところで、あんな顔してるがデマラトスには切れ者の息子がいてね、実際、そいつが動き回って財を成したのに、大喧嘩して、追い出しちまったそうだ。喜劇の仮面を脱いでみたら、やっぱりそこに喜劇の素面（すめん）、残酷だねえ」

デクタダスは、愉快なものいいで難しいことをいった。相手にならないほうがいいようだ。

「いやいや、歓迎しますぞ、エピクーロス派のお方」

ふいの声に振り向くと、五十がらみの薄汚い男だ。口髭、頬髭、顎髭を全部多彩にそろえていて、それらは蓬髪（ほうはつ）と混然となって一体化し、ルキウスなどは、首から上は水に浮くな、と思ったくらいである。そのむさ苦しさ、どう見ても匪賊（ひぞく）の長を思わせるのだが、実際は宴席を渡り歩くのが生業の哲学者なのである。

「先だっては、このデクタダス殿と昵懇（じっこん）の盃を交わしましたよ。いやいや嫌味ではありませんぞ。むしろ、今日を楽しみにしておりましたよ。何しろ、昨今の風紀の乱れには、眼を覆いたくなるものがあって、ここでおふたりのご高説など拝聴できれば、こちらも用心のしようがあるというもの」

気を利かせた名告げ奴隷がルキウスの耳元で、エピカルモスとその名前を告げたが、コスの哲人エピカルモスならとうの昔に死んでいるから、別人なのだろう。どっちにしても、ふたりに対して、あまり好意は抱いていないようだ。

会食者たちがそろうと、一同、型通りに寛衣に着かえ、足を漱がせたりしてから、食堂へ向かった。以前なら、赤い壁画の前でデマラトスの長い一言があったのだが、今、デマラトスの関心はそこにはない。デマラトスは中庭に面した回廊のほうに、思い入れたっぷりの顔を向けた。回廊の列柱のそれぞれの前には、最近やっと届いたスコパスやプラクシテレスの見上げる高さの彫像が八つばかり並んでいる。全部が全部模刻の偽物なのだが、デマラトスはアテナイから取り寄せた新品だから、本物にひけをとらないと思っている。そのあたりの理屈はデマラトスでないと分からない。

さて、そのデマラトスだが寛衣の袖を翻(ひるがえ)し会食者たちに背を向けると、自慢の模刻が並ぶほうへ体を向けた。心もち体を倒したのは至高の美への遥拝(ようはい)の姿勢である。もちろん、人が集まった時だけしかこのような面倒なことはしないし、人に気付いてもらわないと意味がないからデマラトスの遥拝はじれったくなるほど長い。かといって、デマラトスの遥拝に加わるいわれはないものだから、客人たちは家令役のマコンに示された席次に従って臥台に登り、麻の枕の具合を確かめたり、体の向きを考えたり、隣り合う者同士愛想笑いを交わしたりする。しかし、時折、舌打ちなどしてデマラトスの背中を睨みつけたりもした。何バカをしているのか、と。

一同、ほぼ同時にやれやれと溜息をつく間際、計ったかのように、中庭の向こう側の薄青い帳(とばり)の下りた一画から、振鈴と笛の音だけの田舎風の音楽が聞こえてきた。それを合図に、デマラトスは主賓席に向き合って立つ。両脇から少女がふたり近づいて、手にした籠から白銀の花びらを撒いて歩いた。デマラトスは卓上の木蔦の花冠を頭に載せると、神官みたいなもったいをつけて陶然(とうぜん)と語り始める。

「始まりの神ヤーヌスの慈しみの下、ここに銀梅花の花びらを撒き、ムーサの女神たちをお招き申す。災厄を忘れさせ悲しみを鎮めるもの、詩歌の恵み、言葉の恵み、幸いなる往古のひとびとの誉れを讃え、星ぼしの散らばる宮居に御座(いま)す聖き神々を敬い讃え」

ここまでは大人しく聞いていたデクタダスだが、何を思ったか、ふいに体を寄せてきた。

「こういうの、いつもするらしいよ。酒宴の席でも、また別のをやるよ。不思議なやつだねえ。やってみたいのだろうね。しかし、銀梅花はウェヌスの花だろ。この時期に銀梅花とは珍しいや。相当北へ行かないと、咲いたのはないだろう。

あ、そうだ、あとからキンナが来る。今朝、誘ってやったんだ。あいつ、珍しいものを手に入れたといっていた。えへ、すごいものらしいよ」

「おい、聞いてやれよ、真面目に」

デマラトスにとって、宴席での口上は、朝、ラレース神にお供物を捧げる時と同じくらい大事な神事である。

それは神寄せなのだ、と人から聞いて、疑わず納得したのだ。だから、淀みなく語りきることに、宴席の成否のみならず、王家の威信もかかっていると信じている。練習はしているので、言葉に詰まることはない。詰まれば最初に戻るというのがローマのしきたりだからである。しかし、すらすら言葉が出る割には、気持ちが乗ってこない。というのは、最初、「天がける有翼の神馬ペガサスは」というくだりのあとに、「おぞましきメドゥーサの首よりほとばしる、血潮が地に落ち」と続いていた。宴会の口上に、メドゥーサの首はないだろうというので、書き直しを依頼すると、九人の女神の名前を並べた程度の代わりの祝詞が戻ってきた。名前を読み上げるくらいだから雑作はないが、腑に落ちない。最初のほうに出ているのに、ここでまた必要なのか、ともつ思う。そんな疑問が浮かんでしまうと、気持ちがあちこち散ってしまって、口上が終わっても声を出し終わったという気持ちにしかならない。やっぱり、新しい口上書きを探すべきなのだ。アルギレートゥムの書店の店主などに、口上を書かせたのが間違いだった。いくら補充神祇官を務めたことがあるにしても、書店の店主の口上じゃあ、神々だって素通りするに決まっているのだ。

というわけで、いつもと同じようにデマラトスはがっくり肩を落として口上を終えた。もちろん、いつものことであるから、立ち直りは早い。

「さて」と気を取り直したデマラトスがいった。

「名告げ役の者からお聞き及びの通り、今般初めてお招きしたのは、エピクーロス派随一の権威ピロデーモス師の高弟ルキウス・クラウディウス殿、しかも、クラウディウス殿はカリマコスの流れを扱む詩人でもあられる。折角の機会、エピクーロスの教説の一斑なりとも、ご教示たまわれば幸い」

ここでルキウスが「あやぁやーっ」と文字で表示が難しい悲鳴のような声をあげた。デクタダスめ、といったつもりなのだ。しかし、驚きが言語の発声を妨げてしまった。

「いや、その、今のお言葉ですが、聞いていて、もう、何というか、冷や汗どころか、目眩がしたくらいで。確かに、ネアポーリスにいた頃はピロデーモスの家に入り浸ってはいましたよ、でも、それはほんの二、三ヵ月のこと、エピクーロスなど少しかじった程度で、弟子だなんて思ってもいないし、向こうも同様ですよ。それに、詩人とは恐れ入った、というよりびっくりした。そりゃあね、詩人のように怠け者という誹(そし)りなら甘んじて受けますが、おい、へらへら笑うな」

「へへ、キンナと混ぜこぜにして話しておいた。しかし、お前には何度か詩を書けと勧めたことがあったろ。昔は詩人のふりをしていたって、キンナがいつもいうよ。だったら書けよ。ふりをするだけじゃあ、なれないんだ。いや、それはどうかな、書けばなれるってものでもない、ん、それもどうかな」

何でもしゃべるやつだと思って、ルキウスは脇に寝転ぶデクタダスに体をぶつけた。すると、賓客用の臥台の中座にいて、さっきからひとりでぶつくさいっていた老人が隣に寝転ぶ哲学者を足で突いた。そして、

「やっぱり、こいつ、わしは嫌だ」と声を上げる。

一の膳が運ばれてきたのを見たあの哲学者エピカルモスが、口の中の白いものを床に吐いたのである。老人はそれを見咎めた。

「何度もいうが、わしはこいつの隣は嫌だ。こいつ、いつだって髭の周りに喰い滓をつけて、それが涎(よだれ)で垂れさがるんじゃ。枕をべとべとにして、反吐(へど)を吐いたみたいにしやがる」

老人は、やい、なんだ、といいつつ、哲学者の体を足で押し、臥台から落とそうとした。それに耐えようと、哲学者は臥台の縁にしがみつく。

「お前、汚いんだ。食べる時は髭を剃れ。哲学者はヤギ髭だけに決まっておるんだ。やい、降りろ。わしはむさいやつが一番嫌いだ。おまけにお前は顔も醜い。醜いやつはもっと嫌いだ。やい、降りろ、向こう行けぇ」

何ともわがままな老人で、品がいいとはとてもいえない。なぜならこの老人、向こう行け、といったあとで哲学者の容姿に関してさらに二言三言付け加えたのである。しかし、さすがにここでは割愛せざるを得ない。ルキウスなど耳を疑ったくらいなのだ。ところで、このわがまま老人だが、相当な富豪一族の長でありながら、その壮年期、息子たちの策謀で騎士身分を剝奪されるというみっともない目に遭っている。どうせお家大事を口実に

した息子たちの叛乱だろうが、息子たちに見放されるくらいだから性格に難があるのはいうまでもない。知る人は、老人が若い頃海賊の捕虜になっていたことが性格に影響を与えたと考えている。身代金の支払いに手違いがあって、老人は二年半もの間船倉に閉じ込められていたのである。そのせいかどうかは実際誰にも分からないが、人に好かれていないことは確かで、立派な家から宴会の招待を受けたことがない。そんな老人が主賓格で招かれるのはマッシリアの俄富豪デマラトスの饗宴ならではのことだから、その点、老人はかたじけなしと思うべきだが、そんな素振りは見せたことがない。デマラトスは老人の多少の気ままわがままには眼をつぶるのだが、踊り子たちを勝手に連れて帰ってしまった時は呼んで損したと思った。ところで、この老人、名前をクウィントス・オストリウス・マルモーといった。ラティウム系の古い家柄なのだが、ローマ市中で知る人はあまりない。

さて、足蹴にされ、容姿を誹（そし）られ、向こう行けぇ、とまでいわれた哲学者だが、気の毒に観念したのか、頭のほうから先に臥台を降りると、そのまま這（は）って下の臥台へと移り、眼を丸くしたデマラトスと、どこやらで何やら暇な仕事をしているという男との間に割り込んだ。すると、その臥台の端にいた法律家志望だという若者がひょいと臥台から跳び下り、哲学者が空けた賓客用の臥台の席に走った。若者にすれば、それは降って湧いた栄誉なのである。

この一連の騒動で、話の接ぎ穂を折られたルキウスだが、ここは曖昧にはしておけない。

「えと、いいですか、そういうわけで、ピロデーモス師の知遇は得ましたよ、しかし、ほんの二ヵ月かそこらの間ですよ。そりゃあ、いくつか教説の解釈くらいは教わりますよ。でも、まあありきたりの、みなさんご存じのようなことばかりで、というか、こっちも気に入ったことしか考えないし、覚えないし、何より、悪い男に捉（つか）まってしまって、そいつ、誰だかいいませんがね、そいつに下手な冗談ばかりささやかれて、肝心の教説の解釈は聞きたくても聞けない。そうそう、そいつとふたり、野菜しか喰わない骸骨みたいな塾頭に呼び出されて大目玉を喰らったこともあります。しかし、あれですな、大人になってから、ああして叱られるのは懐かしい思い出をたどるような……ま、そんなせいもあって、困ったなあ、違うのになあ、ほんと、二ヵ月ばかり雨宿りしたみたいなものなんですって。それを高弟だなんて。あのね、入門する時、知人の名前をいったら丁重に扱ってくれただけなんですよ。わたしの氏族名で勘違いしたのかも知れないし。よくあるんだ、それ。そうそう、束脩代わりに子ブタ二頭届けたら、当流の建前に反するとかで突き返されましたよ、はは。そんなわけで、わたしなんかもぐり同然、門をくぐってそのまま裏に出たくらいのもので、ほんとですよ、講筵に列した、なんて大袈裟を人にいったこともないし、いいたくてもいえない。それをまあ高弟だなんて呼ばれた日には。ああもう、そんな眼で見られると。ほんとに違うんだがなあ、わたし、依然として肉食主義者なんだ」

　話が終わったことに気付かず、みんなはルキウスを不思議そうに見ている。一体、何のためにそこまで熱心にへりくだるのか皆目見当がつかないからである。一方、一緒に大目玉を喰らったはずのデクタダスは鶉の香草焼きに齧りついて小骨をぼりぼりいわせている。ルキウスはがっくり肩を落としてから、

「このデクタダスなんか、眼の前に置かれたものなら何でも喰うんだ」と蔑むようにいってデクタダスのほうに話を振ろうとした。しかし、デマラトスはさらにルキウスを追い詰める。

「まあまあ、そんなご謙遜を。聞けば、ピロデーモス師はあなたを相当高く買っておられたそうですな。いつもそば近くに置いておられたとか。秘かに伝授された教えもおありだそうで」

「ええっ、それ、誰がいった、お前だろ。そんなとこ、お前見たのか。何だよ、へらへら笑うんじゃないよ。あのね、ほんとです、ちょっとすれ違った程度のものです。向こうはこっちの名前すら覚えていないはずなんだ」

「ま、そうはおっしゃらず、そこにおられる、あ、こっちへ移られたな、このエピカルモス師はアテナイのアンティコノスの許で古アカデメイア派の哲学を修められたお方、キケローとは今も親交を深めておられるそうで、でしたな」

「ああ、ブルンディシウムの小料理屋で盃を交わしたことがある。はは、馳走にあずかったよ。黙って自慢話を聞いてやったからな、あは」

　さっきの騒動で無体にも辱めを受けた哲学者だが、デマラトスの丁重な紹介に気を取り直したようで、得意げ

である。

しかし、

「キケローって、確か、どこかの別荘に引き籠っているらしいよ。それ、いつの話だ」と声が上がる。

「だからさ、それはずうっと以前のことだよ」

いいたくないことをいわされたみたいに、宴席の哲人エピカルモスはまたむっとした。しかし、ほかにいいたいことでもあるのか、すぐに気を取り直して、

「キケローとわしは同門といってもいいくらいだから、あの小料理屋で」と話し出すと、自分を足で追い払ったあの横暴な老人が、さらにその横暴さを発揮して、

「おい、デクタダスくん、この前、きみがいった神々の不在の証明じゃがね、家に帰って考えたのじゃよ」と話を引っさらってしまった。

哲人エピカルモスは暗く思い詰めた顔になる。つまり、さっき席を移った時と同じ顔に戻ったのである。そんなことはデクタダスには関係がないから、不意の指名を喜んで、

「わたし、神々の不在ですか、そういえばいったかなあ、いいそうなことだけど」と、うれしそうに返した。

「いったじゃろ、神々の不在は人間が絶滅しさえすれば証明されるって、あれじゃよ」

「ええ、いったかなあ」

「おれは、バカな話はその場で忘れる。だから知らんよ、そんな話」

これをいったのは、さっきの暇な仕事をしているという男だが、実は公文書館で昔の法令が刻まれた青銅板の管理をしている、つまり、一日中黴（かび）や埃（ほこり）を吸って高い窓の下に座っている。歳はルキウスより少し上のようで、もう四十は超えているだろう。その割に、気の強い子犬が吠えるような話し方をする。

「まあ、いいから聞け。少し前の話じゃが、ヤマネを飼育している男を訪ねたことがあってのう、三日三晩かけてやっとヤマネの交尾を見ることができた。これはすごいことじゃよ、ふつうじゃ見れん。餌の加減と明るさを

工夫してな、そりゃあ面倒なものさ。何せ、一日の半分、いやもっと寝とるやつじゃ。じゃがな、わは、わし見たんじゃ。見たはいいが、それがまあ、あっという間なのじゃよ、いつの間に、って感じじゃった。すばしこいやつだから、やるか、と見たら、もう終わり。メスのほうなど、きょとんとしておったわ。わしもなあ、人間はいうに及ばず、いろんな虫や動物の交尾を見てきたが、きょとんはないわ。さ、そのメスじゃがな、一瞬わしと眼が合うたのじゃ。するとな、前脚二本で鼻をこすりよった。あれれと思ってふと見れば、オスのほうも背中を向けて鼻先を掻いておるんじゃ。何とまあ、交尾のあとは鼻がかゆい。ほほ、かゆいんじゃよ、鼻が。さあ、どうじゃ、分かるか、わしがいいたいこと」

はて、これで答えを求めようなど無茶な話ではないか。鼻をこすればどうなのか、答えられる人がいるだろうか。そこは老人も答えを期待してはいなかったみたいで、

「分からんか、ゆうてやろうか」と直ちに続ける。

「わしがいいたいのはな、ヤマネにはウェヌスの女神の歓びがあるとは思えない、むしろ、ウェヌス神自体存在しないということじゃよ。きのう、ほら、な、まあその、ウェヌスの女神をさ、崇めておる最中にふと気付いた、ほほ。でまあ、そこじゃよ、ええかい。鍛冶屋を営むヤギがおるか、弁論家のロバがおるのか、ロバ面の弁論家はおるにしてもだ。とすればどうじゃ、ヤギにとってウォルカーヌスの神は存在するのか、ロバにとって、メルクリウスの神は存在するのか。どうじゃみんな、順番に指名するから答えてみるか。ん、明白なことじゃろ、人間がいなけりゃ、ウェヌスもウォルカーヌスもメルクリウスもおらん。おっても仕方がないからじゃ。となれば、神々は人間のおかげで存在しておる。な、デクタダスくん、そうだよな、人間が死に絶えたら、困るのは神々なのさ。考えてみい、ロバやヤギやヤマネが相手じゃあ、神らしいことが、なーんもできんぞ。そしたら何のためにおる必要があるんじゃ」

ルキウスは眼を丸くした。神々をダシに使って、いきなりその手の話とは恐れ入った。最初からこれで大丈夫か、と心配したら、デクタダスも心配そうに、

「ふーん、それ、おれがいったの。嫌だねえ、おれ、酔っ払っていたのに筋が通った話をしたのか」と老人に声を返す。

「バカバカしい、あんな話のどこに筋が通っているんだ。きみにはこの前もいっただろ、恐れ知らずにもほどがある、酒の席でなかったら、首に懸賞金がかけられるぞ。クウィントス翁もこんなやつのたわごとに付き合わないことです」

「じゃあ、わしが今ゆうたことはたわごとかい。ふん、つまらんやつだ。誰のおかげで公文書館にもぐり込めたか、ゆうてみい。それに、何だ、お前の声はこめかみにひびくんじゃよ、向こう向いてしゃべれ。ところで、いい忘れておった。さっきいった交合のヤマネたちじゃがね、さっそくわしの食卓に載ったよ。アクイタニア産の見事なヤマネじゃ。肥え太らせておるからそりゃでかい、でかいくせしてまるで効き目がない。いつまで経ってもその気さえ起こらん。いやもう、さっぱり駄目さ。いろいろ試した中でも、ありゃ最低じゃね」

ルキウスはまた眼を丸くする。七十をとうに超えているはずの老人がいろいろ試してどうする気だとあきれていたら、クウィントス翁、輪をかけて際どい話をさらに繰り出す。

「さ、そのヤマネの交尾さ。今ゆうたように、神々は人間がおるおかげで存在できるわけじゃが、そんな人間のためを思って、神々はありがたい恩恵を数知れず人間に下しおかれた。中でもとりわけありがたいのは、のべつ幕なし、ひっきりなしの発情期じゃよ。これはな、人間だけに許された神々の恩恵の最たるもの。いつでも、どこでも、その気になれば、な、な、そうじゃろ。人間みたいに年がら年中発情しまくっておる生き物がほかにおるか。神々は人間だけに絶え間なき歓びを下されたのじゃよ。おい、笑わんと真面目に聞け。わしはな、ヤマネの交尾を三日三晩待って、へとへとになって、やっとか、と思ったとたんに終わっておって、何かこう、心が痛んだ。おお、そうじゃよ、わしは歓びのないヤマネの生の寂寥感に胸を打たれたのじゃ。そして今、わしはひとしお神々に感謝しておる。人間がな、日に何遍こなそうとも、あんなヤマネみたいにあっという間、しかも鼻がかゆいだけじゃったら、わしゃ人間やめてやるわ」

そういって老人は破顔一笑（はがんいっしょう）、給仕役の少年から渡された酒杯をすすった。それを見たルキウスの右隣にいるとび色の眼をした男が、聞こえる声ではっきりつぶやく。

「やれやれ、年寄りはいいや、のっけから下劣な話をしても咎められない」

老人は聞こえていたのに、聞き流した。いいたいことをいって上機嫌なのである。

実は、このとび色の眼の男が聞こえよがしに嫌味をいったのにはわけがある。それは老人が呑んだ甘ったるい蜜酒に関係している。ヒュメットス産の蜂蜜を熟成させた逸品で相当高価なものだが、クウィントス老人は招かれた宴会にもこの蜜酒を持参して、自分ひとりが呑むのである。招いたほうは経費の節減を考えて知らんふりをしてればいいのだろうが、そばにいて、甘ったるい蜜酒ばかりすすっているのを見ているほうは、呑みもしないのに胸やけがするし、胃がもたれるし、息を吹きかけられると吐き気もする。ヒュメットス産の蜂蜜であるから、その薬効はもっぱらあっちの方面である。交合のヤマネに加えて、ヒュメットスの蜜酒。いい歳をして、見苦しいと思うのである。歳を取れば大っぴらにしていいものでもないのだ。

このとび色の眼の男が甘い蜜酒に我慢ならないのは、以前、怪しげな干し茸（きのこ）に中って嗅覚が異常に研ぎ澄まされていた時、爺さんから甘ったるい息を吹きかけられてたまらず床に嘔吐したことがあったからである。しかし、神々の話にかこつけて、いきなり下劣な話を聞かされるのも極めて不愉快である。この爺ぃ、いつもこうだ、と、とび色の眼の男がとりわけ不愉快な気分でいた時、

「えと、さっきのヤギやロバの神々のことですが」とさわやかな声で話を逆戻しにしたのは、法律家志望の青年デキムス・カミッススであった。

「クセノパネスが、馬には馬の姿の神々がいて、牛には牛の姿の神々がいる、といったことと関係ありますか」

すかさず、

「今どきクセノパネスが何だ、知らんことなら口に出すな」と、公文書館のデキムス・カミッススが嚙みついた。

話の流れを断つようだが、ここで断わりを入れておかねばならない。不思議なことに、ローマ人は人の呼び名に関してまるで創意がなく、たいてい、ほんの十かそこらのありふれた呼び名を付け回して済ましている。みんな不便を感じているのに、ずぼらなのか、少ないものに執着するのか、改善の意思は絶対見せない。おかげで四つも五つも名前を繋(つな)いで、どうにか区別するという面倒を喜んで味わっている。害はないと思っているようだが、のちの世の人が記録を読む時、相当困惑するに違いないのだ。ところで、この公文書館のデキムスだが、実は法律家志望のこの青年とは従兄弟同士なのである。しかも、同じ名前デキムス・カミッススを通り名としている。誕生月が同じで、仕方なく名前も同じになってしまったのだが、その境遇には格差があり、資産や家格からいうと、法律家志望のデキムス青年のほうがはるかに上なのだが、その代わり、年齢は公文書館のデキムスのほうがはるかに上である。ふつう、年齢よりも、資産・家格が重要視されるにもかかわらず、年長のデキムスが居(い)丈高(たけだか)にふるまっているのは、金銭の貸借関係にこじれがあったからである。公文書館のデキムスは、たった二十デナリウスの借金に低利とはいえ利息がついたことで、デキムス青年に腹を立てているのだ。

「まあまあ、いいじゃないか」とここで仲裁に入ったのは今日の宴会の主賓、トレベリウス・マキシムスである。膂力(りょりょく)に優れた偉丈夫という印象ではなく、陽に焼けた農夫のような温容さが窺(うかが)い知れるような、つまり、キンキナートスの遺風を留めているといえなくもない五十の半ばくらいの男である。キンキナートスの遺風がどうであるかはこの際不問にしておくが、例えばルキウスなど、幼い日、寝物語に聞かされた古老たちの昔を慕う気持ちが、かすめるように甦った気がした。

「それにしてもデキムスくん、古い人を持ち出したねえ。わたしもよくは知らないが、クセノパネスはね、神々が人間の姿をなぞって創られていることの不合理さを、そういって嘲笑したのだそうだよ。ほら、ヘシオドスやホメーロスといった詩人たちさ、人間に擬して神々を詠うよね、それ、考えてみれば愚かなことだというのさ。仮にだよ、牛や馬に神々がいて、牛や馬の詩人がいたら、牛や馬の姿に見立てて神々を詠うはずさ。それと同じでね、エチオピアでは神々は獅子鼻で色も黒いというし、トラキアの神々は碧眼で赤毛だというよ。どうやら神々はいろんな姿で現われるようだ。ただね、クセノパネスがいうには、神というのは人間みたいにせかせか歩きまわるものじゃない、宇宙自然の不動の起動者、一なる無限者なんだそうだ。もちろん、そんな神の真実を誰ひとり見た者もなければ、いつか見る人もいつか知る人も決してない。何しろ、一にして無限なんだから、それはなかなか……そうだろ。まあどっちにしても、神々の姿かたちは絵とか言葉とかでは伝えられないもののようだね」

「マキシムス殿、よくいわれた」と声を上げたのは、やっと息を吹き返した哲学者エピカルモスである。

「そうなんだよ、見た人はいないのである。いないから見た人がいないわけではないぞ、見えないから見た人がいないんだ。大きな違いだぞ。それを、見もせんやつがさも見たように、人心を惑わすのが詩人なんだよ」

「まあ、そのようだね」とマキシムスが投げやりにかわす。

ところでルキウスだが、マキシムスの話を聞くうち、不思議に落ち着かない気分になった。どこかで出逢ったことがあるように思えてならなかった。マキシムスは同じ騎士身分とはいえ、ポンペイウスの海賊退治の際、若くして上級幕僚に取り立てられ、のちにアフリカの属州や、キュレナイカの政務代行官を務めるなど、早くから前途を嘱望された男である。何かの戦いの折には、その勲功を称えられて銀冠の勲章を授けられたと記憶している。内乱さえなければ、事実上、元老院身分、高位の公職にも就いていたはずだが、パルサーロスのあと、しばらくは捕囚の扱いを受け資産は全て没収された。しかし、格の違いは歴然としているし、初対面でもあることから、ルキウスは、まずは眼が合わないように様子を見ていた。

それが今、話し終えたマキシムスの声の余韻を確かめるうち、あやふやな光景が浮かび上がったのである。そして、まさか、と何度も否定しつつ、ルキウスはゆっくり思い出した。昔、キケローの家を焼き討ちした時、剣を抜いて立ちはだかった男たちがいた。放った火を消し止めようとする男たちと入り乱れて剣を揮うち、ルキウスは屈強なひとりの男と向き合った。その落ち着き、剣さばきから、相手にすれば勝ち目がないと分かったので、男に向かって松明を投げ、ひるんだ隙に走って逃げた。その時、投げた松明に浮かび上がった男の顔が、今、吊り燭台の灯りの下で、屈託のない笑いを浮かべている。あの時は、飲み屋の窓掛けで顔を隠していたから、まさか気付きはしまいが、それでも、ルキウスはとっさの判断、すぐにも逃げられるように、出口までの家の間取りを思い出していた。

しかし、命のやり取りがあった相手とこうして宴を囲むことには、むしろ懐かしいような安堵もある。ルキウスはあの日のことを思い出して、ひとりぎこちなく笑みを浮かべた。笑うしかないのである。あの日、酔っ払いついでの焼き討ちには出かけたものの、殺し合いの覚悟など微塵もなかった。というのは、十日も前に打ち壊しに行き散々荒らし回ったキケロー邸に、さらに焼き討ちを加えるなどこっちの酔狂も度を越しているが、その打ち壊された屋敷跡に、深夜、詰めていた男たちにしても、何のためにそこにいたのか、尋常とは思えないのだ。驚いたのはどっちもだが、ルキウスたちは相当酩酊していたから相手にならなかった。恐怖の韋駄天走りで助かりはしたが、あの時は、討ち入ったほうがふたりも死人を出して、あっという間に追い払われてしまった。それにしても、あんな茶番みたいな焼き討ちで、もしもあのまま殺されていたら、只より安い命だ、と思っていると、「なあなあ」と、さっきのとび色の眼をした男が変に弾んだ声を飛び込ませた。

この男、ウィリウス・セルウェリスという名で、デマラトスの宴席になぜか頻繁に出没する。恐らくは、どちらも田舎者で気を張る心配がなかったからだろう。そのウィリウスだが、イタリアの隅っこルカーニアの旧家の出で、若い頃からローマに居つき、遠縁の首都造営官某の家に出入りしながら朝から晩まで暇にしていたらしい。そうこうするうち、選挙目当てにギリシャ劇の興行を思いついた某造営官が、そんなに暇ならお前やれ、とウィリウスにその手配をさせた。ウィリウスが奔走して打ったその興行は予想を超えて評判になり、当の造営官からもお褒めの言葉をいただいたものだから、ウィリウスはいきなりその気になってしまった。仕事というのはあえて持たないというのが田舎名士の矜持なのだが、ウィリウスは以来ずっと、田舎に妻子を置きながら小屋掛け芝居の興行に打ち込んでいる。

　そのウィリウス・セルウェリスが失くしたものを見つけたみたいに上気して、肘を立て顎を突き出して話しだした。

「さっきの話に戻すがね、今になって急に分かった、問題がひとつ氷解したんだよ。というのは、むかし、大神ユピテルが人類を滅ぼそうとしたよな。大洪水を起こした。ところが、ピュルラとその亭主デウカリオンが箱舟に乗って生き残ってしまった。ピュルラたちはふたりきりになったのが淋しくてね、嘆いていたら、なんでだろ、神々がご託宣を下しおかれる。な、例のやつさ、後ろ向きに小石を投げれば、その小石が人間になる、ってやつ。しかしね、もともと人類を滅ぼそうとしたんだよ、だったら放っとけばいいじゃないか、だろ。おかげで、うじょうじょ生まれた人間がどれほどむごたらしい社会を築いてきたか。最高神のくせに予見能力はなかったのかね。それを思えば、一体、ご託宣の真の意図は何だったのか……さあ、そこだよ、いかに済度し難い人類でも、滅んでしまえば自分たちの存在自体が危うくなると、あとになって気付いたんだね。だから救った」

　大方が、ふふ、と笑ったように見えたのを、勘違いしたデマラトスは、

「ほほう、それはおもしろい話だ」と鷹揚に受けた。受けたはいいが、本当は、ユピテルが人類を滅ぼそうとしたなんて初耳だったのである。デマラトスはそんな神に何で祭壇をしつらえたりするのか不審に思ったのだが、一応、鷹揚に受けて済ませたのは、宴席の主催者たる自身の体面を慮ってのことである。しかし、鷹揚笑いを済ませたあとでデマラトスはなぜか顔を伏せ、みんなから顔を隠した。

「氷解ついでにいっておくと、人間の腎臓や胆嚢に石ができるじゃないか。それ、もともと人間が石だったからだね」

「あ、なるほど、それはおもしろい話だ」

　デマラトスは、今の場合、ほんとに納得しておもしろいと思った。顔を上げて周りを見るのだが、納得したのはデマラトスだけだったみたいだ。デマラトスはまた顔を伏せ顔を隠す。

　さて、酒杯を舐めつつ勝手に沈思黙考していたデキムス青年だが、ここで意を決したように声を上げる。

「えと、人類がすべて死に絶えたら」

するると、また公文書館のデキムスが蔑んだような声を返した。

「何だ、お前、また何かいうのか。思いついたことは何でも口に出そうとする。軽率なのは顔だけにしろ」

若いデキムスはもちろんふてくされるが、黙ってはいない。

「人類がすべて死に絶えたら」と棒のように声を押し出し、繰り返すと、

「人類がかつて存在した、という証拠すら失われる。宇宙も自然も、存在するという確証すらなくなる、つまり、存在そのもの、存在という概念すら消失する」といって鼻を上向けにすると、ふんと息を吹いた。気位の高い一部の婦人方に見られる仕草である。

「何だろねえ、こいつ。自分がいってること、自分で分かっているのか。それに何だ、その顔。いいか、その不満顔は仇となって身に返ってくるから、覚えておけ」

「じゃあ、いいますがね、人類の絶滅後、人類が、かくかくしかじか存在したと認識するものがいますか。宇宙はかくあり、星々の運行はかくのごとし、と意識しているものがいるんですか。認識するものがいない、判断するものもいない、ましてや報告するものもされるものもいない。だったら何が存在するんですか。もし、造物主の計画に人間が含まれていないとしたら、もし人間が消え去っているとしたら、造物主は勝手にどこかで万物を作り出して『充満』させているだけってことですよ。そんな万物の『充満』が存在するってことを、存在しない人間が認識し、判断し、報告するんですか。おかしいや。仮に万物の存在が『連鎖』して世界を充たしていても、人間が『連鎖』に組み込まれていないんじゃ『連鎖』なんて解けて消えるわ。つまり、人類が絶滅すれば、神々のみならず、存在するすべてが消失する。その痕跡すら残らない。というより、もとからない。だって、在るという観念自体無くなるんだ。いくら哲学者のご面相がヤギそのものだとしても、ヤギが存在について思いを巡らしたりするんですか。人類の消滅は『存在』そのものの消失なんだ」

「なるほどなるほど、よく分からんがこういうことかね。今きみが話した人類をだね、私に置きかえてみるとい

いんだね。私が死んで無くなれば、神々もろとも、すべての存在が消失する、というより、もとからない」とデクタダスがうれしそうにいった。

　すると、もう、たまらん、とばかりに、哲学者がむくっと体を起こす。

「さっきから、うう、一体何を、何のために話しておるのだ。わしは腹が立ってきた。いくら寝転がっておるとはいえ、いうことまで寝転がっていいわけではないぞ。いいか、神々のご配慮があってこそ人間、そして万物がある。それを、人間があってこそ、などと逆向きに考えおって、それこそ不埒（ふらち）極まる転覆思想、天と地がひっくり返った逆さ磔（はりつけ）の罪人が涎と一緒に垂れ流すゲロ同然の思考と知れ。ご一同、ゲロまみれになってよろしいのか。わしはもういたたまれん、眼をつぶり耳を塞ぎたいくらいだ。わわ、こりゃいかん、腹が立って、震えがきた。ほれ、見てみぃ、ほれ、ほれ、こっちの手」

「何だよもう、手が攣（つ）っただけだろ。体の下にして寝転がってたからだ。つまらんことをいうやつだな、あっち向きに寝転がれや」とウィリウスが厳しくいい放つと、デクタダスがうれしそうな顔のまま、

「いや、震えはまずいよ。というのは、おれもそうなんだ、半日しゃべらないでいると体が震え出すんだ。しゃべったら治るよ。しかしねあんた、ゲロまみれはひどい。ここは分かってほしいな、もともと不敬のつもりはないし、不在だといって喜んでるわけでもないんだ。神々と人間とはどっちも欠かせないもたれ合いの関係だといってるだけなんだ、なあデキムスくん、違うか」とやはりうれしそうにいい終わった。

「なな、何と、わしは今恐怖を味わったぞ。おい、どさくさ紛れに何といった、もたれ合いの関係だと、やいお前、神々がくたっとなって人間にもたれかかるとでも思っておるのか。恐れ知らずにもほどがある。一体どの顔をすればそんな罪深い言葉が口から出てくるのだ。いいか、畏（おそ）れ多くも、神々は不滅、永遠のものだ」

　当然ながらエピカルモスは不滅と永遠を高らかに唱えた。しかし、デクタダスは宴会向きの陽気な顔で受け流すと、給仕役の少年に向かって空になった盃を示す。そして、

「ちょっといいかな」と遠慮がちなことをいって哲学者のほうに向き直った。

「大神ゼウスはさ、クレタ島のディクテーの洞窟で生まれたんだよね。そして、雌山羊アマルティアの乳を吸って成長する。成人してのちは親父たちと戦ったり、女たちを追っかけては子供を産ませたりして、右も左も子供だらけにしてしまう。やがてその子供たちが子供を産んだり産ませたりするから、爺さんと呼ばれりゃ、何じゃ、孫、と返事するしかない。つまりね、生まれて、育って、親になって、やがて孫ができりゃ爺さんだ。そしたら次は死ぬだろう。聞いた話だが、クレタ島の住人たちは、ゼウスはクレタで死んで、そこに埋葬されたと宣伝してるよ。どうだろね、神々は思いのほか人間に近しい生涯を送るみたいだ」

　これを聞いた髭の哲人エピカルモスは、何たる罰(ばち)あたりめ、黙って聞いていると血の気がひく、人の口から出る言葉か、とまず眼にものをいわせてデクタダスを睨んだ。そして、

「ふん、そんな田舎の迷信をひっぱり出して、何がいいたい。救いようのないやつだ。やい、教えてやろう、アルカディアの田舎のやつらはそんなゼウスをふたりも伝えておるわ。どっちも迷信に決まっておる。いいかよく聞け、造物主なしに生まれるものはない。ただ原初の混沌があるのみだ。そこに造物主たる神の手が添えられてこそ、正邪が分かたれ人の道が開けるのだ。神が在ってこそ、善と悪、正義と不正、徳と不徳の根源が照らし出され、万物も照らし出されて、人の行く道が定まるということだ。人の行く道があると同時に、人もそして神も在る。簡単にいうとすれば、そういうことだ」と、苛立った哲学者は難しい問題をこういって簡単に済ませた。

しかし、あまりに簡単に済ませたことで気が咎めたのか、

「そもそも神なるものへの伏拝の真情が人間から消え失せてみろ」と、声の調子を高めにして話を継ぎ足そうとしたとたん、

「それはいいが、困ったことにならないか」と割り込んだのは、困った様子でもないウィリウス・セルウェリスであった。

「さっきから考えてたんだ、伏拝の真情はともかくとして、神々がいなくなれば、おれたち、自分の不幸を神々のせいにできなくなるぜ。それ、困るじゃないか。神々にはやはり在ってもらわないと、役割ってものがあるじ

ゃないか……というのはね、ちょっと聞いてくれるか、今流行りの劇の台詞なんだ。ふざけてはいるが、含蓄はあるよ。いいかい。

　ああ、神々の狭量には愛想が尽きる。今日も今日とて、あの鼻ぺちゃ女につきまとわれた。相手は後家だと安心したから口先だけの約束をした。五人の子持ちとは思わなかった。口先こそは神々の領分、だったら、なぜおれがこんな目に遭う。思えば、あの甘き舌の口説きの女神、臍曲がりのペイトめが、おれをそそのかしてこの始末。逃げようたってどこへ逃げる。ああ、行き先なしのわが人生。家に帰れば帰ったで、貧乏神のペニアのやつが、いつとも覚えぬ昔から、わが家にご座所をしつらえて膝を抱えて座ってござるわ。おかげでこっちは年中あくせく、夢の中でも汗をかく。いや、貧乏神より忌まわしいのは女神ヘーラーのご慈愛なのだ。おかげで、今も古女房が威風堂々居据わってござる。

どお、ちょっと忘れたところもあるけど、ま、こんなもんだ。含蓄あるだろ。案外、受けがいいんだよ、この劇」

　そういってウィリウスは台詞の効果を探るように、一人ひとりに眼をやった。しかし、反応は総じて芳しくない。ウィリウスが何をもって含蓄というのか分かりにくかったせいであろう。というより、そもそも含蓄があったのだろうか。ただ、ルキウスは、どこかの小屋掛け芝居で聞いたような台詞だなと思いつつ、作者探しに首をひねる。同じように首をひねり、喉から唸り声を出したのはクウィントス老人であった。老人は家内の安寧を願ってユーノー・レギーナ神殿の祝祭日に決まって牛五頭を献納する。祖父も父もそうしていたからそうする。しかし、女神ユーノー、すなわちヘーラーのご慈愛を迂闊に受けてしまえば、女房が居座るということにならないか。しかも、大神ゼウスを尻に敷いた焼き餅やきの女神じゃないか。とすれば、家内の安寧平穏とは、とりもなおさずそういうことか、焼き餅やきに居据わっていただくことか。おおよそは昔から知っていたのに、とりもなおさずそういうこととは気付かなかった。とんでもないことを祈念していた。果たして、このまま献納を続けていいのかどうか、クウィントス老人、俄には決断しかねて唇を嚙む。

しかし、このクウィントス老人、焼き餅焼きの女房どころか、四十七も歳の離れた女房を持っているのである。その父親を口説き落とし、家に入れてまだ三年、いい歳をして、六番目の女房を迎え入れようとでもしているのだろうか。困った老人である。


「つまらないことをいうようだが、いいかな」

この控えめな声は、今日の宴席の主賓トレベリウス・マキシムスのものである。やはり、誠実で温厚な人柄がそのまま声に表われ、ルキウスはまた悠々たる古老たちの昔をしのぶ気分になった。

「わたしはね、神々は人の心の中で死ぬのだと思う。いやいや、驚かすつもりはないんだ。だいぶ前のことになるが、みんなも覚えているだろ、ポンペイウスの東方政策さ、執政職のビブルスが神意を顧慮することなく取り決めたといって、拒否権の行使をしようとした。民会は大爆笑に包まれたよ。そりゃあ、わたしも大笑いした。しかしね、今にして思うのだよ、わたしは何を笑ったのか。執政官が神々の祭祀を尊び神意を測るのは、古来より第一の責務だ。ところが、どうだろう、今は政治の現実のほうが大切なのさ。ビブルスは大爆笑を浴びて議場を去った。どうだかねえ、本当に神々を敬い、その存在を信じている者が今のローマにどれだけいるのだろう。神官でも鳥卜官でも、あれだけ予言の見込みが外れてやり直しばかりするようじゃあ、ほんとに信じていいのか怪しいものだ。皮肉なことをいうが、財力と政治と権勢の安定以上に、讃え敬うものがあるのだろうか。いたるところに神殿を建ててはいるが、あれは時の為政者が神々を押し立て、笠に着て、そのご威光にあやかろうというものだろ。魂胆が見え透いている。結局、国家による祭儀宗教は為政者たちの隠れ蓑なのだろうね。政務官表を見てごらん、年中、祭りの日にして、行列仕立てて行進して、犠牲獣を屠(ほふ)ったあとは大競技会に戦車競走。何のための政(まつりごと)やら、民族・国家がこぞって父祖伝来の大嘘を演じているだけのようだ。祭りの行列が通り過ぎれば、神々は人の心の中でゆっくり死んでいくよ」

「おいおい、マキシムス、あんたにしては辛辣なことをいうね、驚いたよ」

老人がほんとに驚いた声でいった。驚いたといえば、もちろんルキウスも同様である。こんなことをいう人とは思わなかった。

「でも、あのカエサル、大神祇官ですよね。骨の髄まで俗人なのに」

デキムス青年はつぶやくようにそういうと、急に思案に暮れて見せる。

「いや、マキシムス、あんたらしくない、ほんとにびっくりだ」

年寄りだけに、まだびっくりが続いているようだ。

「そうだね、わたしも、いった自分に驚いているよ。人が悪くなったのだろう、つい口に出てしまった。しかし、つくづく思うのだが、神々の居ます賢きところ、今や取引場のように思えてならない。牛一頭献納するから、お返しをよこせ。拝んでやるけど、長寿との引き換えだ。今度病気を治さないなら、別の神のところへ行くぞ。祈りなんて、見方を変えれば強要・脅迫の類いだね。中には、来世の幸福まで取り引きしている向きもあるようだ。拝んでいる人の頭の中を覗いてごらん。素振りだけは神妙だし、跪き祈る姿は健気にも美しいようにも見えるが、その実、神々相手に交渉して、得をすることばかり考えているようだ。仮に交渉事でないとするなら、神々からの不当な懲罰を避けるため、卑下を見せかけているだけだろう。卑下を見せかけ神々を馴らす」

「そうそう、そのことで思い出したが、キケローがね、以前こんな説を紹介してくれた。いや、小耳にはさんだといったほうがいいかな。キケローが朝の挨拶に来た若者たちに話していたのを、途中から立ち聞きしていただけだから。でも、おもしろい話だった。キケローがいうには、昔の人は、人間にもたらされる鴻大な恩恵に基づいて神々に名前をつけた、その恩恵は、神々の人への思いやりがあればこそ実現し得たと考えたからだ、というのさ。なるほど、そうかも知れない。しかしどうだろう、例えば穀物の恵みを人への神の恩恵と考え、その恩恵を祈念してケレース神を造り出す。造り出したら、あとはもうケレース相手に交渉さ。供犠や祭祀にかこつけて収穫をもっと増やせと強要する。もともとそういうものなのだろう、人々の勝手な願いや思惑が先にあって、あとから神々が造られる。その神々は人間の交渉相手、賄賂や付け届けが効く相手さ。ウァッロによればそんな神々の数は三万だ、人々は三万もの神々を造り出した。われわれは赤子が早く言葉を話すようにとファブリヌスの神に祈り、話せば話したで供物を捧げる。ポティナの女神には赤子が上手に乳を飲んでくれるようにと、エドゥサの女神には早く乳離れしてものを食べてくれるようにと、それぞれに供物を捧げて祈るわけだ。でも、どうだろう、そんな神が必要なのか。遊びに出かけた子供が、無事に帰って来るようにと祈る神までいるじゃないか。これって、躾の問題じゃないのかね。どうだろ、三万の神々をひとつ所に集めてみれば、人間のあざとい願望の全てが見渡せそうに思えるが、これはいい過ぎかな。しかし、宇宙自然の大いなる力は人間に無関心なのだろう。だから神格を与え崇め奉ってつけ入る隙を窺う。隅に置けないねえ、人間って。まあいい、どっちにしても、父祖伝来などといって秘儀めかしてはいるが、国家祭儀の式次第は不信心者への眼眩ましのようだ。人々の迷信に国家がつけ込んできたというのが実際なのじゃないかね」

「な、なんという、なな、なんということを」

哲学者エピカルモスは驚愕の声を上げ、一緒に横臥した体も反り上げたが、手にした酒杯が傾いて酒が腕にこぼれた。自分の粗相をひとのせいにもできず、苛立ちが内攻して、エピカルモスはさらにいきりたった。

「血も凍る、とはこのことだよ。油断して、うっかり耳を傾けてしまったわ。よろしいかご一同、思っても、口には出せないことがあるのだ。つい、口から出たでは済まないのだ。それをまあトレベリウス・マキシムスともあろう人が、何たる傲岸不遜ないいっ放し。どこか病んでおられるのか。おぞましい、三つ眼の魔物に取り憑かれてしまわれたのか。ああ嘆かわしい、気付いておられんのが嘆かわしい。しかし、ここはあえていわねばならん。地を這う人の営みにしか思いが至らず、神々を地べたへ引きずり降ろす、ああ何たる思考のていたらく、何たる邪念の狂喜乱舞。しかもまあ、何と不埒、何と悪辣、あの大キケローの名にかこつけて、世を暗黒に閉ざさんばかりの禍々しい放言の数々、この世の終末を待ち望んでおられるのか」

「何だよもう、辻説法の始まりかよ。大袈裟なんだよ、言葉遣いが」とはウィリウスの人に聞かせるつぶやきである。エピカルモスはむっとしてつぶやきの出どこに向けて睨みを利かす。利かしたうえで話を続けた。

「それにしても、今日は宴会の初っ端から、汚れた言葉が行き交っておる。ヤマネの交尾に始まって、はては罪業深い瀆神(とくしん)の言辞、聞いておるだけで、顔をくしゃくしゃに掻きむしりたくなるわ。ご一同、酒に酔ったわけでもなかろう、とすれば、腐った臭気に酔わせされておるのだ。いわずにおこうと思っていたが、いってやろうか、いいか、そもそもだな、エピクーロスの徒などを宴席に呼ぶからこうなるのだ。わしは反対したろう、いつも反対しておったろう。エピクーロスなど、世間を欺いておるが、その実、汚れた無神論者だと睨んでおる。神々への伏拝の真情を解さんような輩は、わしにいわせりゃ、汚物だ」

「あはは、汚物はいいね」とデクタダスが陽気に受ける。

「でも、無神論者なんて、そこら中にいっぱいいるじゃないか。骰子で一切合財すった男とか、人も認めるひどいかみさんを貰った男とか、通りを歩けば次から次にお目にかかる。おいおい、あんたたち、そんな笑い方はないだろう。これは深刻な話だよ、両方の不運に見舞われた男たちだっているんだ。それこそ絶望の果てに神々の不在を実感した男たちだ。実際、そんな男たちの心の内を覗いてごらんよ。闇夜の荒れ野の崖っぷちだと思っちゃいかんよ。あんたたちねえ、家に帰って、かみさんとじっくり向き合ってみい、崖っぷちの一歩手前だろ。ところで、さっきのマキシムスさんの話で気付いたんだが、いいかな、アテナイのクリティアスだがね、神々とは人間の勝手な政治的打算から生み出されたものだといってるらしいよ。人々の迷信に国家、または同種の権威がつけ込む、よくあることだ。真面目な話をするが、崖っぷちを跳んだ男、つまり無神論者のことだが、これが案外多いんだよ、エレアのレウキッポスはエピクーロスの親戚筋だから措くとして、メロス島のディアゴラスがそうだろ、サモスのヒッポンだってそうだ。神がいないと分かってからは、湿りこそ世界原理だ、とかいって不思議を唱えるじゃないか。そうそう、プラトンといえばあんたのご贔屓筋だが、そのプラトンの師匠、キュレネーのテオドーロスなんかも筋金入りの無神論者だよな。あとは、ケオスのプロディゴス、それから、太陽火の玉説のアナクサゴラスに、えーと、そうだな、今日はこれくらいにしておくが、不足を感じるようなら、おれのことを加えてくれてもいい。おれはどっちでもいいようなことには、敢えてこだわらない主義だ、特に宴会の席では……おっと、思い出した、メッセネのエウヘメロスなんかもそうだった。エウヘメロスは、神々とは、大昔、民族の始祖であったり、族長であったり、征服者だったりしたものが、気楽に伝承されているうち、誇大妄想的に膨れ上がったものだといってる。ローマにしたって、あのロムルスを神に祭り上げているじゃないか」

「やい」

もちろん、髭の哲人エピカルモスである。

「神々の恵みのご馳走を前にして、何たる不逞(ふてい)ないいっ放し。汚物に等しいやつらの名前を七つも八つも吐き出すとは、お前、ご馳走を汚物まみれにするつもりか。しかも何だ、どさくさ紛れに何といった。どっちでもいいようなことだ、と。神々の慈愛に浴する者と、その正体、毛虫ほどの姿の者と、どっちでもいいようなことだ、と」

このように、怒り心頭の哲学者はマキシムスの発言から持ち越した義憤をそのままデクタダスに向けた、その時である、会食者一同、ひっ、と驚きの表情を浮かべた。もちろん、デクタダスの不敵な笑いのせいでも、哲学者の癇癪(かんしゃく)のせいでもない。給仕役の少年たちのうちのひとりが、配膳卓から何かを落として割ったのである。落としたのは吹きガラスの漱ぎ鉢だったようで、相当大きな音がした。一同、ひっと身をすくめたのは、とっさに、神々の怒りかと思ってしまったからである。すると、どこに潜んでいたのか、家令のマコンが飛び出してきて、すくみ上がった少年に神の怒りの平手打ちを喰らわす。マコンはその場にうずくまった少年を、足で蹴って部屋の外に出したのだが、すぐに、離れた部屋から立て続けの悲鳴が聞こえた。

気まずい沈黙の中、「なあ、デマラトス殿」と、むしろみんなに聞こえる声で話し出したのは、警世(けいせい)の哲学者エピカルモスである。

「今のガラス鉢の炸裂をどう見るね。小僧の粗相と思うかね。つまり、器は小僧が摑みそこねて落ちたのか、器のほうから、小僧の手を滑り落ちて行ったのか、そこだよ。いいかね、測り難きは神々の成せる業(わざ)、わしは神々からの怒りの警告と見るが、どうだい。ん、そうだろ、誰が見てもそうだ。不埒にも、神々を侮り、ないがしろにし、その存在すらを否定する下水溜めのどぶ泥野郎が近くにいるのだ。神意の顕れだ、いい加減にしろ、ということだ。ほれ、小僧がとばっちりを受けて泣いておるわ」

「何の話かと思ったら、なるほどね、おれには分かる」と、すかさず返したデクタダスだが、いい加減にしろ、は分かっても、小僧への神意の顕れは分かっていない。

「そのことについてだが、あのアリストテレスに、神々を迎え入れる、いわば信仰告白とでもいうべき、ありがたい一文があるのをご存じかな。え、あんたほどの博学の士が、知らないの、あれっ、みんな知らないの」

「おい、もういいよ、嫌われるよ」

ルキウスは隣のデクタダスを肘で打ち、耳に声を吹きかけた。ところが、デクタダスは、

「まさかとは思うが、実はお前も知らんのだろ、はは」と返してくる。デクタダスはふつうここまで嫌味な男ではない。しかし、今日はいいお相手がいるから興が乗ったのだろう。デクタダスは酒に舌を湿らせてから、わざと面倒くさそうに話し出した。

「それじゃあ仕方がない、ざっというとね、こういう話さ。仮に、大地の下で太古から暮らしてきた人間たちがいたとする。その人たちは絵画や彫像で館を飾り、快適で幸せに満ちた生活をしてきたとする。しかし、地上には一度も出たことがない。ところが、ある時、あるきっかけで大地の顎(あご)が開いて、その人たちが地上に出てきた。彼らは光に満ちた空や大地を広々と眺め、漂う雲や頰を伝う風、せせらぎの音や木々のそよぎを、聞いたり、見たり、感じたりする。稜線をあかく染め、小鳥たちを眼覚めさせ、上天に昇る輝かしい太陽の美しさ、満天に星ぼしを散らし、涼しく冴えた天上の音楽を大地に降らせ、なおも玲瓏(れいろう)ときらめく夜の空、彼らはこの地上

のあらゆる美しさを讃え、そこに大いなる造物主の業を感じ取るに違いない。神々は必ずや居ますと確信するに違いない」

「わ、さすがアリストテレス、すごいですね」と声を上げたのはデキムス青年だったが、ルキウスは、アリストテレスがそんな風に言葉を飾るかな、と疑問に思った。稜線をあかく染め、とか、玲瓏ときらめく、とか、アリストテレスの言葉とは思えないのだ。またデクタダスのやつ、勝手に潤色を加えたんだろう。しかし、会食者一同、一様に感じ入った様子ではある。デクタダスはこんな調和的な収束を本能的に恐れる男だから、

「しかし、最近、ちょっとした発見があったそうだ」と、急いで話を続けた。

「アリストテレスだが、その著作にいくらか散逸したものがあってね、今の一文にしても、続きの部分が失われたと思われていたのさ。ところが、つい最近、リュケイオンの調理場の油壺の下に、敷かれてあるのが見つかったそうだ。その紙片によるとだね、神々の存在を確信した地下の住人たちは、はるか遠くの七つの丘に、神々を祀る神殿や社殿の数々を眼にしたそうだ。一同、はやる気持ちを抑えつつ、七つの丘へと道を急いだという」

「七つの丘って、ローマのことでしょ」

「知らんよ、何しろ、壺の下に何十年も敷かれていたんだ。十のうち、三つくらいはぺしゃんこになるだろ。ま、それはいいが、七つの丘に近づくと、空気が何やら膿汁(うみじる)色に澱んでくる。そのうち、生肥(なまごえ)みたいな臭気が届き、ねっとりと肌に付着してそこらじゅうがかゆくなった。やがて、人の行き来が見え、見えたと見るや、怒号に罵声、悲鳴に喘鳴(ぜんめい)、がなりや呻きや唸りや叫びが、大地を揺るがさんばかりに轟(とどろ)きわたる。さすがに腰の引けた地下の人たちは、あたりの神殿に逃げ込むのだが、その神殿というのが銀行替わりになっていたり、武器の倉庫になっていたり、階上の片隅以外は大劇場になっていたりする。深く考えまいと思っても、列柱の陰から艶(なま)めいた誘う女の声がすると、やはり、何か変だ、と気付かざるを得ない」

「何だい、もう先が読めたよ。地下の住人たちは信仰を捨て、エピクーロスの信奉者になった、とでもいいたいんだろ。ま、どこまでも嘘をつき通していればいいさ。いずれ、石を投げつけられてローマを追われる」

「しかし、談話中の思いつきにしては、よくできた話じゃないか」

「なるほど、それはおもしろい話だ」

「おもしろいものか。底意の邪悪さには肝が冷える。神々を何と心得ておるのだ。やい、そんな話は、狸(たぬき)かむじなの尻穴に鼻でも擦(こす)りつけてからしゃべれ」

いわれたデクタダスは小鼻を摘まんでちょっと考え、すぐになるほどという顔をした。

そこへ、

「おい、それはいいが、わしの話はほれ、あの大カトーの話じゃ」と、強引に割り込んできたのは、艶福家の老人クウィントスである。ヤマネの話以来出番を失っていたので焦ったのだろう。

「あの乱杭歯の大カトーじゃが、アテナイからの使節団のひとりが、神々が存在する根拠はあるし、存在しない根拠もある、そんなどっちつかずのものは考えても無駄、判断は停止すべし、なんて演説したのを聞いて腰を抜かしたらしいぞ。何だおい、髭もじゃ、今はわしが話しておる。ええか、わしがいいたいのは、ほれ、女の敵(かたき)、あの大カトーは、何で……ん、何で大カトーは女の敵なんじゃ。女を敵(てき)に回すくらいなら、わし、ガレー船の漕ぎ手になってもええくらいじゃが、それはさておき、わしがいいたいのは、ちょっと待て……あれだ、ん……すまん、すまん、忘れた」

「ははは、謝らなくても、みっともないと分かればそれでいいんですよ。年寄りなんだもの、物忘れは特権だ。みんな、もうそろそろだな、と思うだけで、誰もバカにはしませんよ」

急場を救ったつもりのデキムス青年の応えである。青年は機知や諧謔精神に頼らなくともこれくらいのことはふつうにいえる。一方の老人だが、真意を測りかねてはいるが、眼つきだけは険悪で、一応どやしつけてやろうとまでは思った。しかし、老人が鼻からくっと息を吸って目玉を剝いたその瞬間、デキムス青年は機先を制して話を続けた。

「クウィントス爺さん、大カトーをびっくりさせたその使節ですがね、あれ、アカデメイアの第十一代学頭カルネアデスという人です。でも、知らなくてもいいんですよ。知らない年寄りは大勢いる。ところで、そのカルネアデスですがね、ぼくはよくキケローの家に朝の挨拶に行くんですが、だって、法律を志しているんだもの……そうだ、マキシムスさん、一度だけお会いしましたね。ぼくはちゃんと会釈したけど……ま、いいか。ぼくはカルネアデスのことはキケローに教えてもらったんです。あの人、若者を訓導するのが大好きでしょ。それって歳取った証拠ですよね、むしろ弱みかな。仲間づらしてうれしそうにするんだけど、無理ですよ。何か、気の毒な気さえします、いや、気の毒というより痛ましいわ。あれね、若いぼくらの純真さが年寄りの濁った眼には澄み切った眩しいものに見えるからでしょう。それは分かりますよ、でも、眩しいものを見たって眼は澄み切らないと思うんですよね、かえって眼を痛めるんだ。そこ、よく考えないと。ま、今はいいです、その話は。

ところで、大カトーが腰を抜かした件ですが、ぼくたち、もう何年も前のことだけど、キケローに法律家の心得について尋ねたことがあって、そしたらキケローは例のカルネアデスの話をしてくれたんです。カルネアデスは、実は、正義について称賛の大演説をした翌日に、大反対の演説をして前の日の自分の議論をひっくり返したんだそうです。大カトーが何で腰を抜かしたかは知らないけど、カルネアデスが話したことは至極もっとも、実に截然（せつぜん）とした隙のない解釈です。ふつうなら腰抜かさないわ。だって、正義は公正に万人を益さねばならないものでしょ。偏りがあれば正義は歪みます。バカな神話を持ち出したくはないんだけど、正義の女神ユースティティアは前に立つ者を、見た眼の姿形や富貴権力で判断しないために眼隠しをするわけですよね。万人を公正に益するためだ。正義は公正でないといけないからだ。でもね、これ、どうかと思いませんか。だって、自然の法は全然そうはなっていない。『すべては自然の導くところに従って、自分たち自身の利益へと運ばれて行く』んだ、そうでしょ。とすれば、自然の法の下に正義は存在しない、公正さがないんだもの。だって、ヤギの正義、ロバの公正、そんなのありますか、ヤギの勝手、ロバの勝手しかありませんよ。法としてあるのは、自分の利益へと自分を運ぶ自然の勝手法だけなんだ。つまり、正義はもともと自然のものじゃない不自然なものってことです。もし宇宙自然に正義の法があってこの世に通じ照応しているとすればですよ、実際この世にもたらされる災厄をどう説明するんです。災厄は公正に起きるんですか。ね、自然の法の下では、正義は不公正で身勝手なものなんですよ。それなのに公正な正義を讃え唱えるということは、つまるところ、自然に逆らい反抗して、他者の利益へ自分を運ぶことの愚に賛同するってことになる、違いますか。自分たちの利益を損ねるはずの愚を唱えて正義だなんて、愚の極みでしょう。キケローはね、法律家たらん者はこの『正義とは愚の極み』という言葉に深く思いをいたし、肝に銘じておかねばならん、といいました。さすがでしょ、法律家のつけ入る隙をよく見抜いているわ」

　はて、深く思いをいたしたのかどうか、デキムス青年は覚えてしまった通りをこのように熱っぽく語った。しかも、これでうまく話せたとでも思ったのか、あるいは、キケローの名を出せただけで大いに面目を施した気になってしまったのか、思い出し笑いでもしそうなくらい得意気で、キケローよろしく、称賛の言葉を待っているかのようだ。となると、もう一方のデキムスは黙ってはおれない。こんな性悪な若造を得意にさせるのはためにならないと思って、

「このバカっ、分かってもおらんことを口に出すなっ」と、少し間を外したが、鋭い一声を放った。これには、クウィントス老人がびくっとする。同時に、あっ、と声も上げ、下の粗相をしたような顔になった。老人は、デキムス青年が訊いてもいないし、聞いたところでおもしろくもない話を始めたので、もともといいたかったことは果たして何であったかを本気で思い出そうとしていたのである。そして、やっと思い出せそうな気がしたところへ、癇に障る鋭い一声。老人はこれですっかり忘れてしまったようだ。

　一方のデキムス青年だが、物陰から犬が吠えたくらいにしか思っていない。もう一方のデキムスに、嘲りとも憐れみとも読める眼を向けると、

「ぼくは教わったことを正しく考えていったつもりだ。正義は宇宙自然の真理じゃないってことだ。分からなくて結構ですよ。でもね、分かってないことを口に出してはいけないのですか。もしそうなら、自分は何も知らな

いといいながらおしゃべりばかりしていた人はバカですか。そんな人がいたでしょう、有名な人だ。あなたね、その人にバカっていえますか」

「当たり前だ。自分の無知を知りながらおしゃべりをするようなやつは大バカだ」

「いいのかなあ、そんなこといって。あとでいいわけをする時、困るんじゃない、ほんとに有名な人なんだもの」

「何が困る、おい、この世の中、バカほどおしゃべりなんだ、思慮深い男は軽々に口は出さんのだ。無知なくせに、おしゃべりで有名ってことはバカもバカ、大バカってことだ」

ここで、

「まあまあ、そういきり立つなって」と仲裁に入ったのはとび色の眼のウィリウスである。

「いや、おれね、今の話聞いてて、ふと思ったんだ。あんただよ、エピカルモス、あんたおととい同じような話をしたじゃないか、ほら、『ゴルギアス』さ、自然の法と人間社会の法習は一致するんだといってわあわあ喚いた。今、逆のことといわれたんだから、反論しろよ」

不意の指名に驚くというより、迷惑そうに顔を顰めたエピカルモスは、背中に手を回して痒いところを掻いてから、まだ掻き足りない顔をして、不快そうに話し出した。

「いや、だからさ、おとといもいったように、自然においてはひとりより多数のほうが強いんだから、多数者が制定した法習は、強いものが弱いものを支配するという自然の法と合致するわけで、それは、正義や節制や思慮に優れた者が自然においても真の強者であるから、優れた者の定める法は自然の法とも合致して……んー、デキムスくん、ほんとにあれかい、ほんとにキケローがそんな話をしたのかい。まさか、あのキケローが、そんなこというはずがない、とわしは思うんだが。ほんとに、正義が愚の極みって、あのキケローがいったのかい」

「ぼくを嘘つきだというんですか」と、青年はぴしゃりと返す。

「カルネアデスはね、前の日に正義を讃えるためにいったことと真逆のことを次の日にいって、それで聴衆を納得させたのですよ。法律家が見習うべき手本じゃないですか。正義のなんたるかを理解していれば、正義なんかひっくり返せるんだ。しかも、正義は不自然で、不公正、それに身勝手とくるんだもの、正義こそが法律家のつけ入る隙だってことです。ぼくが思うに、キケローは暗にそのことをいってると思うな」

「しかしきみ、徳としての正義は神なるものに向き合う人のありかたそのものを規定しておるから、そこはほれ、人のふるまいのあれこれを規定する法の正義と全く同じとはいえないわけで、今の話、乱暴というか、混同しておるというか、まるでほれ、生意気盛りの子供がいいそうな……それを、キケローともあろう人が……おかしいなあ」

髭の哲人エピカルモスは力なく上眼遣いにそういうと、気弱に笑って眼を逸らせた。それを見たルカーニアのウィリウスは嬉しそうににこにこしだす。おとといのエピカルモスの『ゴルギアス』講話に辟易していたからだろう。


同じようににこにこしているのは、ルキウスの隣に寝そべるデクタダスだが、にこにことというより、それはむしろ苦笑いで、さっき、公文書館のデキムスが、バカほどおしゃべり、と決めつけた時から浮かんでいる苦笑いである。というのも、デクタダスは余所(よそ)でも同じ評価を受けることがあるからである。しかし、たいていのことにはめげないデクタダスであるから、

「ところで、デキムスくんよ」と、鷹揚に声をかけて苦笑いを脱する。しかし、どっちのデキムスくんか判然としないから、両デキムスは顔を見合わせ、そして背けた。

「きみは若いのに見所がある。言葉尻を捉えてそこまで相手を追い詰めるとは見事なものだ。その、バカほどおしゃべり、ってやつだよ。相手の迂闊につけ込んで、うまく反撃に転じたね。そのあたり、キケローの薫陶(くんとう)宜しきを得たようだ。法律家として、いずれ一家を成せる器量を見せてもらった」

若い素直な青年はこのデクタダスの称賛に大いに気をよくしたようだ。キケローの薫陶といってもらえたので

ある。図に乗った青年は、この際だから、といった顔つきで全く別のことを話し始める。

「あの、さっきの法律家の心得についてですが、以前、同じ法律家志望の友人と神々についての法律を議論したことがあって、どういうことかというと、例えばゼウスの宮の広敷にあるふたつの甕の話ですよ、ほら、『イーリアス』にあるでしょ、禍いの甕と幸いの甕。ゼウスは人間にふたつの甕の中身を混ぜてお寄越しになったり、混ぜずに片方だけをお寄越しになったりします。ただの神話だといえばそれまでですが、仮に、禍いの甕からだけを頂戴すると、その人間はもう救われない、悪の道に堕ちるしかないわけですよ。『神々ははかなき人間に罪業を植えつけたもう』というじゃないですか。でも、ぼくはおかしいと思った。もしそうなら、法律家は誰を裁けばいいんですか。法律家としては困りますよ、行為者は罰して使嗾者は罰しないなんて。どっちが悪辣か、誰にでも分かる。でも、ぼくがそんな話を始めたら、友人が急に険悪な眼つきになって、きみは神々を裁きたいのか、といって突っかかるんです。ぼくは腹が立った。神々を裁くなんていってないんだ、困るといっただけなんだ。すると友人はね、ほらプラトンの本にあるでしょ、『神々はあらゆるものの原因ではなく、善いものだけの原因である』というやつ、あれを持ち出してきて、神々がそのようなものであるように糺すことこそ法律家の使命だなんていうんです。なにバカいってんだか、それだと善いもの以外のものにとって神々は存在しない、と決めつけたも同然じゃないですか。この世には、神々が関与せず突き放した別の世界、罪の世界が存在するってことだ。じゃあ、法律家が関与するのは神々が関与しない罪の世界ですか。それはないでしょ、法律家として立場がないわ。どっちにしても、世界を善いほうと悪いほうに分けてしまって、神々が関わるのは、善いほう、例えば浄らかな精神とか魂とかに限るというなら、随分気質が偏狭だ、そう思いませんか」

「きみねえ、そんな話は熱弁を揮っていうべきことじゃないんだ。興ざめがするわ」

さっきは流行りの劇の台詞で神々を揶揄したはずのウィリウスがいった。髭の哲学者は煮玉子を頬張ったばかりなので、眼を剝くことしかできなかったのである。

一方、若さを誇るデキムスだが、駄目を出されると逆に反発する若者だから、抗弁がさらに熱を帯びる。

「じゃあいいますよ、カルネアデスはね、宇宙における悪の存在は神の摂理に矛盾する、と明言している。ぼくもそう思うな。神々が悪の世界には関与しないというなら、摂理はもともと片眼を瞑っているわけだ。摂理からして偏狭なんだ。選り好みしてるんだ。それに、ストア派の人たちは、世界が神々の支配下にある明らかな証拠は、有徳な生を過ごすように計画された理性的な存在として、神々は人間を産み出されたことだ、としていますよね。でも、有徳な人々の苦難と悪人の繁栄はそんな神々の計画を覆していないるじゃないですか。世界はほんとに神々の支配下にあるんだろうか、ぼくは疑問だな。善いもの以外が多過ぎるわ。もちろんぼくは神々を否定しようというんじゃない。ぼくはその性質だけを問題にしている。というのはね、そもそもの話がですよ、神的なものと神的でないものとの明確な境界はあるんですか、ないんですか。カルネアデスは、ない、といってます。あれ、みんなそんな顔するけど、ぼくは真面目に話してます。だったらいいますがね、メリアのニンフたちは神なんですか、どうなんです。その姉妹の復讐女神たちは神なのに、ニンフたちは神じゃないのですか。親はどっちも同じなんだ、おかしいや。じゃあ、ニンフが神ではないとしましょう、だったら、パーンやサテュロスはどうなんです。サテュロスなんか歳を取れば死ぬんだ。それなのに、彼らには国家によって神殿が捧げられていたりもする。おかしいと思わないのかなあ。あれえ、みんなしてそんな顔するんなら答えてくださいよ、人間の母から生まれた神の子は、神ですか、人間ですか。これ、ほんとは重要なことだ。だって、ヘラクレスは死んだら神として崇められているじゃないですか。ヘラクレスの神殿ならローマにだってあるくらいだ。だとしたら、同じ神の子テーセウスはどうなんです。神ですか、人間ですか。大神ユピテルの子なら神になって、海神ネプテュルヌスの子は人間のままですか。おっかしいや。逆にね、人間の父によって生まれた神の子はどうです。コス島のあたりでは、女神テティスの息子アキレウスを神として崇めていますよ。だったら女神カリオペーの息子オルフェウスはどうなんです、神ですか、人間ですか、どうなっているんです。ね、神々の境界はあやふやじゃないですか。あやふやなものは頼りないんだ。それを何ですか、いいものだけを選り分けて、こっちの側だけ神々の領域といわれても、ぼくは釈然としない。そもそも境界があやふやだからだ。

でもね、ぼくは時々思うんですよ、神々があやふやでご都合主義だからこそ、この世で実際起きることと辻褄が合うんじゃないかって。いってみりゃあ、理不尽なこの世の辻褄合わせのために、理不尽な神々がご鎮座召されているってことです。でないと、整合性がとれない。んー、でも時々ですよ、ぼくがそんなこと思うのは、断わっておきますが。どっちにしても、ぼくは飽くまで法律家として、そんな神々ならまともな考慮に値しないと話しました。だって、さっきもいったでしょ、神々の計らい、摂理がですよ、善いもの以外には関与してないんなら、法律の出番は摂理の外だ、法律家の立場がないってことだ。ぼくがそういうとね、友人は、きみは何も分かってない、もう話をしたくない、と声を震わせていいました。ぼくは、じゃあ絶交する、と冷静にいい返しました、もう二年口を利いてないわ」

このように、法律家志望のデキムスは法律家らしい強弁を繰り広げると、最後に鼻を上向きにして絶交二年を誇った。そこにすかさず、

「お前が神々を論じるなんて百年早いわ」と声が上がる。もう一方のデキムスである。

「論じてませんよ、不満をぶつけただけなんだ。だってそうでしょ、ローマの神々って可動域が曖昧だし、出処進退をうやむやにするし、往々にして気紛れだから、ペルシャあたりのミトラ神なんかに人気を持っていかれるんだ」

なるほど、と控え目に頷いたのはルキウスだが、髭の哲人エピカルモスは、ひょっとしてこれもやはりキケローかなと怖気づいてものをいわない。しかし、このような一見深刻に込み入った中身のあやふやな話こそデクタダスの好餌に他ならないから、顔をしれっとさせて直ちに飛びつく。

「ほう、それで絶交二年は見上げたもんだ。おれなんか駄目だな、宴会が終わる頃まで絶交が続いたためしがない。ところで、今のきみの話さ、世界が神々の支配下にあるかどうかがあやふやである原因は、神々の境界があやふやであるからだというきみの説だが、余人の追随を許さぬ極めて独創的なものであるから、ここはひとつ追随を諦めるとして、神々の存在理由は辻褄合わせだとか、神々の働きは天下御免のご都合主義だとか、実に大

胆、思っていてもなかなかいえない。あやかりたいくらいのものだが、さっきのプラトンに戻るとね、善いもの以外のものの原因、例えば、おれだね、おれの原因が善き神々だとしたら大変だ、ははは。とにかく、若さはいいわ、大概は人の受け売りだと譲歩しても、きみの論法には石つぶてをやたら投げつける若い勢いが感じられて、傍(はた)にいるおれまで逃げ腰になった。話を聞いて、二の句が継げないんだもの、こりゃあ手に負えないくらい立派なものだと思う。さっきの話も、プラトンの揚げ足取りをしたかに見せて、その実、極めて奥深い文明論的洞察への入り口を暗に示したようでもある。いや、ほんと、きみがうっかり覗き込んだ入り口の奥には、人類を千年二千年呪縛する妙(たえ)なる思想が二元論的に眠りこけてるはずだ。改めて思うが、実に奥深い話だった。絶交二年の価値は十分ある」

　話の趣旨が全く摑めなくて、デキムス青年はしばし複雑な、というより悲しげな顔をデクタダスに向けた。しかし、どうせなら、と若者らしく割り切って、デキムス青年はにっこりと若い魅力的な笑いで応える。

「奥深いですか、やっぱり。そうだと思ったんだ。だって、もしプラトンのいう通りだと、神々って、結構身勝手だし、無責任ですよ」

　しかし、ここに来てさすがのエピカルモスも顔色を変える。さっきのマキシムスの話といい、この図に乗った若造といい、宴席だからといって捨てておける放言ではないのだ。もう限度である。

「やい、今何といった、身勝手だとぉ、無責任だとぉ。物事を滅茶苦茶に考えて、お前、それで身勝手というのか、ええ、無責任というのか。粗末な頭で勝手にものを考えるなっ」

　ここで髭のエピカルモスは芝居じみた悲鳴に近い声を上げた。

「あああもう、こいつ何も分かってないんだ。やい、この恐れ知らずの髭無し野鼠っ、何だ、その眼つきは。お前ね、何が罪深いといって、神々への不敬ほど罪深いものはないんだ。聞いておって、わしは大地が裂けるかのような恐怖を味わったわ。いいかおい、お前はこの前も、雷はユピテルの神殿やご神木にも落ちるから、大神、ご乱心、などと、とちった役者の台詞みたいなことを、しゃあしゃあといってのけたんだぞ。そんなこと、誰でも知っておるが口には出さんのだ。いいか、よく聞け、伏拝の真情があれば神々の計らいには口をつぐむ。つまり、神々の成せる業を問うてはならんということだ。神々を問うなど、人の慢心のなせる所業、いいか、問わずして受け入れることで人は神々と繋がるのだ。御心のまま、と畏み敬う伏拝の真情、まさしくそれだ。それをまあ、ご乱心だと、わしはあっけにとられて、顎が外れそうになったわ」

哲学者はそういって自分の顎髭をぐいと引いた。それを隣で見ていたデマラトスは、あっ、と声を出す。外れた、と思ったからだ。

「罪深いで思い出したよ、せっかくピロデーモスの弟子筋が今日はふたりもご来臨くださったわけだ、ひとつ、ご高説を伺いたいが。何しろ、ピロデーモスの名前は鳴り響いておりますよ、イタリア中のよからぬ家々で」

このような皮肉をいうのは、もう一方の、公文書館のデキムスあたりなのだが、ここにきてやっと、自分が話すきっかけをつかんだデマラトスは、

「そうそう、今日の宴には、エピクーロス派の領袖ピロデーモス師のご門下から、ご高足おふたりにご尊来の栄を賜ったわけでして、はい」と、輪をかけて皮肉に聞こえることをいいだす。おかげで話題が転じたことはありがたいが、ご高足とくればさすがにルキウスはへしゃげてしまう。しかし、デクタダスは、おれのことだな、と澄ましたような顔をした。

「この前の宴席でもいいましたが、つい先だって、わたし、ピロデーモス師の詩を読みましてな、ほれ、『夏もまだ君には蕾を開かず、また葡萄のふさも／乙女子のみずやかさ、ういういしさに色づかぬのを』ってやつ、年端のいかぬ少女を口説き落とす詩でしたかな。それで、エピクーロスのね、ニキディオンにマンマリオン、レオンティオンにエロティオン、それに、ヘディアとかもいましたな、いろいろいた。いたにはいたが何でかねえ、女の名前、一度聞いたらすぐに覚える。頭の中ですぐ復唱するからだろうね、それとも名前に魔法でも付いておるのかな。はは、こりゃおもしろい。そうです、魔法が付いておるのですよ」

「バカか」

　これは隣に寝そべる哲学者が顔を背けて吐き捨てた言葉である。人をバカにするのは哲学者の習性と思えばいいが、デマラトスにしてみれば、神々の関与だとか摂理だとか、わけの分からない話をながながと聞かされてうんざりしていたところ、自分の話す番が来たと分かってわれ知らず気持ちが弾んでしまったのである。もちろん、女の名前がどうこうなどバカげた話に違いないが、気持ちが弾んでしまったからにはどうしようもないのである。

「いやわたし、ローマに来るまでこんなことはなかったんだ、名前を覚えて区別するほどたくさんの女を一度に見たことがなかった。うーん、女にも名前が必要ですな、氏族名をいじったくらいでは具合が悪い。何の具合かというと、そりゃあほれ、女の名前には魔法が」

「アホかぁ」

　またも不機嫌な哲学者である。ただし今度は背けていた顔をデマラトスに戻し、小声とはいえ真正面からいい放った。

「あ、いやしかし、名前を唱えるだけで、ほれ、髣髴と、いや馥郁と、まあ香り立つように……じゃあいいです、それは。とにかくエピクーロスって人は慕い寄る妓女や人妻を次から次へと、その、愛した、というか、何というか、まあ活発な哲学の導きをした。ほら、デクタダスさん、おといあんたから聞いた話ですよ」

「だからそれ」とすかさずデクタダスが話を受け継ぐ。

「ストア派の回し物が捏造した話だって仲間うちでは決めているんだ。しかし、この前もいったように、おれは独り意見を異にしている。だって、亭々と茂るニセアカシアの木洩れ陽の中をだよ、精霊のように歩む女たちを想ってみろよ。素足になって、やわらかい草の上を歩む悦びがどんなか。風が吹けば、女たちはその悦びの面影を風に映し、風はその面影を運んでエピクーロスを囲む男たちへ流れて行くのさ。男たちは顔を上げ、エピクーロスは歩み寄る足首優しい素足の女たちに、とろけるばかりの祝福の眼を向ける。な、そんなエピクーロスの園を想像してみるがいい、何が真実かすぐに分かる」

「えーと、それは、どういおうかな、でもまあ、ほんとに夢のような庭園ですなあ。えと、そんなわけで、きのう、そして今朝も筆記奴隷相手にエピクーロスの学習をしましてな、分かったことも多少はありますよ。えとね、それはだね」

　そういうと、デマラトスは臥台の下に手を伸ばし、かなり大きめの書写板を取り出した。それを見た給仕役の少年ふたりがあわてて駆け寄り、デマラトスに代わってその書写板を支え持つ。

「じゃあよろしいか、読み上げますぞ」

　ここで、デマラトスは眼の端で哲学者エピカルモスをちらりと見て、ほくそ笑むような笑みを浮かべた。書写板まで用意して発言の機を窺っていたのだから、古アカデメイア派のエピカルモスは用心すべきところである。

「一（ひと）ぉつ、生きているうちから死んだあとのことに怯えて心を乱すようなら、快であるべき生を生きてはいけない。二（ふた）ぁつ、もろもろの徳が快を与えないなら、徳は避くべきである。三（み）ぃつ、道楽者どもが、快で満たされ、肉体の苦しみも、霊魂の悩みも、いささかも持っていないのなら、非難すべきではない」

　デマラトスは、アナカルシウスの『哲学者便覧』から今朝書き写させた教説を、さも得意気に読み進めていたのだが、三つ目を読み終えると、ふいに書写板から顔を上げた。

「いやいや、話には聞いておりましたが、実にさばけた哲学ですなあ。何かこう、突き抜けておりますよ、たとえば、これ、六つ目だが、『快とは祝福ある生の始めであり終わりである。快を出発点として、われわれは、すべての選択と忌避を始め、快を基準としてすべての善を判断することによって、快へと立ち帰るからである』ね、難しいいい回しで、いろいろ考えると顔がほてるくらいだが、結局、快を心がけ、快を目指してこそ生の祝福が得られるのですよ。そうでしょう、さばけておりますわ。思っても、なかなかこうはいえない。ところで、わたしの好きな教説は書写板番号四つ目なんだが、まずお聞きいただこうか。『味覚による快を遠ざけたり、性愛による快を遠ざけたり、美しい音を聴く快、美しい姿のものを見る快を遠ざけたら、人生における善きこととは何か思いつかない』どうです、わたしはこれ、実感が籠っておってとてもいいと思う、大好きだ。わたしがぼんやり感じていたことを、はっきりいってくれていますよ。そこで、僭越ながら、今宵の酒宴の話題として、この一節を提供したいと思う。この人生における善きこととは、です。よろしいか」

ふつう、あとの酒宴のためにここで話を止めるものだし、みんなも、よし、と納得したのに、デマラトスはさらに調子に乗って話を続けた。

「わたしの意見をいうと、快は万人誰もが望むもの。万人が快を得んがために労苦する。神々がそのように万人を創られたのなら、快が不善であるのはおかしいことだ。不善を求めるものとして人間を創り、あとになってそのことで罰するなんて神々のすることではない。とすれば、快は善である」

「デマラトス殿」と哲人エピカルモスが声を上げる。もう黙ってはおれないのだ。

「いいかい、最初にいっておくが、さばけてる、なんて言葉は口のうまい商売人たちが使う言葉だ。どこで覚えたのか知らないが、使いたいなら、エピクーロスだけにしておくことだ。

それと、あんたは気付いておらんようだから、はっきりいわせてもらうよ。さっきから、つまり、あんたが書写板の棒読みを始めた時からだよ、あんたのその眼つきときたら、女の尻を初めて見た小僧が、その形態やら質感やら、悪たれどもに自慢話をしている時みたいだ。まあ、気を悪くするんじゃない、あんたのためを思っておるのだ。いいかね、これまで何度も話したはずだ、快など、しょせん束の間のものなのだよ。むしろ、苦が持続するのだ。神々は苦に耐えるように人間を創られたのである。デマラトス殿、はっきりいうがね、一日の労苦に耐えるのと、束の間の快に溺れるのと、どっちが得かと考えちゃだめだ、どっちが神々に愛されるかを思え。エピクーロスは罪つくりなことをいっては人を惑わす。デマラトス殿、いっちゃ悪いが、あんたがいい例だ。おかげで、快楽に溺れる手合いが多くなって、最近、金持ちの宴会では、エピクーロスが大流行り、まっとうな哲学の流れを汲んだわしらのようなものを、隅に追いやる風潮がある。そこで、きみたちにひと言いいたいのだがね」

哲学者は、ここでその矛先を一転、ルキウスやデクタダスに向けたのだが、デクタダスにすれば、それは待ちかねていた誘いなのである。

「いいよ、聞くよ。ただ、さっきのデマラトスさんの話に啓発されてねえ。あの話、おれ流に発展させると、こうだ。もろもろの快を合わせ集めれば幸福だろ、まさか不快を合わせ集めて幸福だなんてはしゃぐような男はいないよな。誤解を恐れずにいうが、仮にだよ、快が善でないなら、幸福は善ではない。とすれば、神々は善ではない人間の幸福を憎むことになる。つまり、神々は人間の幸福を望まない、むしろ、人間を不幸に陥れることで、神々にひれ伏しすがるように仕組んでいるのだね。今気付いて驚いたわ」

いかにデクタダス当人が驚こうとも、眼も眩むような暴言である。哲人エピカルモスは一旦は逆上しかけたものの、そこは哲人、まずは息を整え、デクタダスをじっと見据えた。そして、おもむろに口を開く。

「幸福が快を集めたものだと考えること自体、知能の未発達を証しておるのだ。何がもろもろの快だ。飽きるほど腹を満たし、ぐうたら呑み惚(ほう)けておれば幸福なのか。きみには縁遠かろうが、人類の叡知は、幸福が徳によってもたらされると断定しておる。徳を追い、徳を求める、それこそ幸福に至る道、ほかにない。それをいうにこと欠いて、神々への驚愕すべき悪口雑言。きみたちの頭の中を覗き込めば、精神のガレ場しか見えんわ。そもそもきみたちはだな、快の生活という目的のためなら、徳を退け、なりふり構わず臆見(おっけん)を振り回す。快にしがみつくためには、真理を曲げ、正義を歪め、神々すら遠ざけるのだ。確かに、エピクーロスは、『快は祝福ある生の始め、生来そなわった第一の善だ』などとメノイケウスに宛てて書き送っておる。しかし、それこそまさに、目眩がするような謬見(びゅうけん)である。疑うか、疑うならいってやろう、いいか、汚れない赤子は、この世に生まれ出たとたん、まっ先に泣く、命が飛び出すくらい泣くぞ。さあ、なぜだ。祝福ある生の始め、生来の善たる快があるのに、何を泣き、何を訴えておるのだ。どうだいってみろ、あ、待て、お前がいうな、わしがいう。それはな、不浄にして不快な生を営む肉の中に、叡知的世界より降り来たった清浄無垢な魂が、閉じ込められた悲しみのせいでなくて、何だ」

「うふ、その譬え、別の筋からよく聞くけど、ちょっとまずくないか。まず陳腐だし、次に空疎だし、最後は痛ましいくらい隙だらけだ。以前、どこかの乳母がいっていたけど、泣く赤子に乳でも含ませてやれば、泣きやんでしまう。胃袋の快の証明だなんて返されたら、どうする」

デクタダスは切り分け奴隷の袖を引きつつ、どうする、といった。熟成チーズの塊りを小分けしてほしいのだろう。ところが、一方の哲学者は、デクタダスの口と手が同時に別の指示系統で動いたのを見て、一瞬気を取られた。だから、どうする、と問われても、返しようがなかった。

「ふん、きみたちはだな、真に善きもの、正しきもの、そして崇高なるものを仰ぎ見る人の心を解さんのだよ。ただもう暗がりばかりに眼をやって、快楽、快楽と、口臭ふんぷんの一本調子だ。そこに霊妙な神意でもあるならいざ知らず、実際は、だらしない放縦に美名を与えんとする魂胆が透けて見えるわ。いいかね、われわれは、思慮節制の徳こそ追い求め、これを習いおさめるべきなのだ。正義と節制の徳がそなわるよう努力しながら、それによって行動を律しなければならない。欲望を放置するなど、はてしなき禍いである」

「おやぁ、そこんとこ、また『ゴルギアス』じゃないか。あんたこの前も、全く同じことを同じ言葉でいったよ。『ゴルギアス』の使い回しもいいが、おととい話したばかりじゃないか。せめてひと月くらい間を空けろよ」

ルカーニアの田舎者ウィリウス・セルウェリスである。伸ばした小指の爪で前歯をせせりながら、徳のため奮い立ったエピカルモスをこうして厳しく糺すと、せめてひと月と助言も添えた。

すると、何の拍子かクウィントス老人が眠りから揺り起されたような顔をして、

「ふーぅ、汚いやつに限ってきれいごとをいいおる。相手の女郎が鼾をかいたといって、朝になって値切るようなやつじゃ」と全く解しかねることをいった。どうやら、意識が明滅状態にあるようだ。

哲学者はそんな老人を相手にせず、隣のデマラトスのほうに向き直ったから、向き直られたデマラトスはあわてたみたいに酒杯を置く。

「そうだね。『ゴルギアス』はおととい聞いたばかりだね。だからか、すぐに納得できた。エピカルモス師、確かにあんたのいう通りだ、快を求めることは善きことではない、とまあ口ではいえるんだけど……」

「そのことだがね、なあ、エピカルモス師、あんたからはいろいろ学ばせてもらったよ。まだ三年くらいだもの、多くを理解したわけじゃないが、それでも、いろいろ学んだ。ほんとだよ。最初の頃、あんたの話を聞くとね、背筋がすくっと伸びる気がしたものさ。貴人たるもの、そうあるべきだと思ってね。そりゃあ、今もそう思わなくもないいんだが……」


デマラトスはここで、この日一番の利発そうな顔をする。おどけた化粧をしていても、それは分かる。しかし、それを脇で見たエピカルモスは両手であわてて顔をこすった。

「いや、そりゃあ、あれだ」

「ほんとに、いろいろ教えてもらった。しかしね、時々思うんだよ、例えば、ほら、あの有名なやつ、酒盛りの最中に賢い遊女が出てきて恋の道を説き聞かせるやつだ。『ひとつの美しい肉体からふたつの美しい肉体へ、ふたつの美しい肉体からすべての美しい肉体へ、そして美しい肉体から美しいかずかずの人間の営みへ、人間の営みからもろもろの美しい学問へ、もろもろの学問から、ほかならぬかの美そのものを対象とするところのかの学問に行き着く』でしたな。これ、三度か四度は教えてもらった。恋の道とは、美そのものの本体、あの真実在の美を知るに至る道でしたな」

「しかしね、わたしはひとつの肉体的な美で満足なのですよ。この歳だもの、同時に二人三人なんてなかなか思いが向かない。ましてや、すべての、なんて、ペルシャの大王じゃあるまいし」

ここで、哲学者は絶望的な溜息をついた。

「それはねえ、屁理屈だよ。まだ、学び始めて三年にならないだろ。そういう屁理屈がいいたくなるんだ。みんな同じだよ。子供が三つ四つになって、ちょっと知恵がついたら、親のいうことを聞こうとせん、あれと同じだ」

「でもね、つい先だっても、魂の飾りの話を聞きましたな。魂の本来の飾り、すなわち、節制や、正義や、勇気や、真実などの徳性によって魂を飾るのでしたな。かく装いを整えたうえで、運命のまねきに応じて冥府へ旅立て、とあんたはいった。あの時、わたしはぎょっとして、そのあとちょっと考えたんだ。それだけ徳性で飾りながら、なんで冥府へ旅立つのか。そこがよく分からん。旅立つ先が違うのでは。あのね、いざ生きん、というなら分かるんですよ。それだけ魂を飾れば人々の役に立つ、人々の模範にもなる。しかし、死んでしまうんじゃあ、亡者が珍しそうに寄って来るだけじゃないのかな。じゃあ、何のために飾るんですかな。多分、相当の修養を要しますよ。節制ひとつ取ってみても、どうしよう、と思うもの。しかしね、仮に魂を飾ったところで、いざ死んでしまえってわけでしょ、何だかそれ、よく死ぬために、苦労して生きよ、って聞こえる」

「ああ、わし聞いておって、闇夜のぬかるみにはまった気がする。バカの底なし穴にずるずる吸い込まれて行く感じもする。いいかいあんた、それは趣意が、いや根本が徹底して違うんだよ。ほんとにもう、バカを貫徹するもんじゃないよ。だってあんたねえ、罪と不正と汚辱にまみれて彼方の生を目指すつもりか。神々の輝きに浴すつもりか。全くもう、大事な話だったのに、あれだけ話して、あげくがこれか。十日も経てば、きちんともとに戻るのか。でも、な、デマラトス殿、あんたが気を落とすことはない、そういう時期は誰にもあるんじゃ。誰だって正論に背き、生意気にもバカを考えたくなる。そんな時期にエピクーロスなどという魔物がすり寄り、甘い声で誑し込むんじゃ。用心しないと、な、しっかり眼を見開いて、バカ、心の眼じゃ。あんた眼を見開くと、相当、あれだ、怖い」

「おや、今さらそれをいわれるか。実はこの眼は瑞兆で、畏き神々からの恵みの徴なんだが……困ったな。ま、それはそうと、あんたのいうことも分かるんだよ、何しろプラトンだから。分かることは分かるんだが、こうして多少ともエピクーロスを知るとね、いいにくいけれども、あんたのいう徳とか節制とか、どうもわたしの本意ではない気がする。エピクーロスに、『快はすべて、われわれの本性に親近する』とあります。あれれ、書写板どこ行った、おうそうそう、書写板番号の九です。だったら、わたしは、親近するものに背かねばならんということになるね。善きこと、正しいことを目指すためには、本性に逆らわねばならんということだ。何かおかしくないかな。そりゃあ、評判通り、プラトンは正しいと思いますよ、でも、正しいことをすれば、いつも得をするわけでもないし、あとになって、ほんとに損したと思わないかね。それって問題ではないかな。節制って、我慢することだし、我慢していいことあるのかないのか」

「それに、この書写板には、『生を起こし促すものも快なら、生の向かう目的も快、快をもって善きことの基準とする』とあります。これ、さっきの書写板番号六を繰り返したものですがね、わたし、やっぱりその通りだと繰り返し思う。でもね、もしプラトンが正しいのなら、このエピクーロスも正しくない。いいのかな、ほんとにそれで。腹の底のほうがね、落ち着かないんだよ。快に逆らうと損する気分になるんだ、不快だもの」

デマラトスは思いあぐねた様子を見せているが、実際は、それとは全く裏腹の気持ちでいる。つまり、エピクーロスはやっぱりさばけた男だと思っている。逆にいえば、プラトンなんて煩わしい、と思っている。そんな心の動きが、脇にいる哲学者には伝わるのだろう、髭もじゃの顔を皺くちゃにして際どく微笑んで見せると、

「デマラトス殿、いつもいうておる、今に精神の広大な地平が展けてくるのだ。その時こそ、現象世界を超えた真実在の世界が遠く望める。『魂が憧れ望むその世界／笛の奏でる諧調を／たどるように導かれ』、これね、ラーレンティナーリアの集会では、香を焚いてな、笛の音に合わせて詠うんだ。自分でいうのも何だが、感動的な儀式だよ。だからさ、その時が来るまでは、エピクーロスなどに惑わされず、ほれ、胃袋も下のほうも宥めすかして、落ち着かせて、な。快でもって人の生の善し悪しを測ろうなど、それはもう、もってのほか、絶対よくないことだ」と優しく諭す声でいった。

デマラトスは、分かった、とばかりに真面目に頷く。しかし、その顔をデクタダスに向けると、今度は仲間びとの表情を顔中に浮かべて、

「でも、どうなんだろうね」といった。

さあ、そのデクタダスだが、話の流れをどう読んだのか、「ああ、それはね」と気安く応じる。

「感覚・知覚に誤りはない、とりわけ快の感覚は偽らない。ところが、精神部分、つまり、思惟・判断は間違えるよ。とんだ思い違いをして周りに迷惑をかけるが、快の感覚は個人に限られ、個人に留まり」

どうしたことか、話し始めたデクタダスは、留まり、といったあと、急に話をやめてしまった。ふいに思考が飛び散ったみたいで、眼が泳ぎ、口元が緩み、鼻がくんくん匂いを探す。どうやら、湯気もうもうの二の膳が運ばれてきたのを見たせいだろう。

「えと、何だっけ、エピクーロスか、エピクーロスってのはあれだ、そもそもどういうことかというと、えとね、そのあたりの説明だが、きっとあんたのほうが適任だよ。あんたには、えーと、その髭がある、髭の分だけ」

デクタダスはあわてた感じでこのように言葉を継ぐと、出番をあっさり哲学者に譲った、というより、投げ出した。


さて、俄に出を促された哲学者だが、もちろん、これ幸い、とまずは眼に悪意を溜める。溜めた悪意の幾らかを口の端にも移し替えて、上眼使いに周りを見る。ところが、会食者たちとは眼が合わない。それぞれが満開の表情をして、そろって二の膳のお迎えをしているのだ。一の膳もご馳走だったが、この二の膳となると眼が釘づけになるほど豪華な手の込んだ料理で、何人かの者が、ほほう、と声を和していったくらいである。料理人を替えたのか、食糧の秘密の調達先を見つけたのか、ルキウスにしても久しぶりに見るご馳走だ。そんな料理への期待を高めるかのように、青い帳の向こう側で音楽が変わった。笛の数が増え、キタラや太鼓が交じったにぎやかな調子になった。会食者たちは談話より食事に忙しくなり、哲学者はもちろん集中力を欠いた。

「どこから話すといいかな、んーと、おいおい、きみたち、いいかね、エピクーロスはだな、ほれ、イオニアの生まれなんだよ。だからね、同じイオニア仲間のデモクリトスあたりから離れられんのだ。ま、詳しくはいわんが、要するに、デモクリトスが噴き上げた原子論とやらを振りまわしてだな、森羅万象、あらゆるものが原子で構成されておるというのだよ。デモクリトスというやつは……おい聞いてる、きみだよ、どこ向いているんだ。つまりね、いいかい、無からは何も生まれないし、生まれたものは無に帰ることもできない、とすれば、この世には万古不易のものが元から存在せねばならん、それが原子だ、なんて勝手気ままをまことしやかにいうんだ。しかも、その原子というのが小さくてさ、眼にも見えんというんだから、いい気なものだ。見えんものなら何とでもいえるわ。しかし、ここは用心が必要だよ。この先には落とし穴がある。嘘じゃない、ほんとの話だ。そもそもこのデモクリトスだが、わが神のごときプラトンが蛇蠍のごとく忌み嫌っておられた男でな、そうとも、焚書して人類の記憶から消し去ろうとさえされたくらいさ、ほんとだよ。お笑い学校でも主宰してりゃあいいものを、エピクーロスなどという悪事の使嗾者を送り込んで取り返しがつかない悪疫をこの世に撒き散らした張本人だ。しかもまあ、このエピクーロスってのが日向の溜まり水のボウフラ野郎で……ちょっとちょっと、何だよきみたち、勝手に何を話してるんだ」

ここで、哲学者が拗ねたように口をつぐんだので、会食者たちは顔を上げた。それぞれが曖昧に詫びるような眼を向けているのは、やはり聞いていなかったからであろう。

「仕様のない人たちだ。最初からこれじゃあ先が思いやられる。じゃあ繰り返すがな、デモクリトスというやつは、万古不易の物質、連中はアトムと呼んでおるようだが、その粒々のアトムすなわち原子がだよ、必然運動、ま、ただの渦巻き程度のものだろ、その原子が渦を巻いて空虚、連中勝手にケノンなどといっておるが、そのケノンの吹き溜まりに寄り集まっては集積し、ぶつかっては固まって、それで物質ができあがる、なんてバカをいうのさ。物質それぞれの違いは、ただの原子の結合の仕方の違いなんだとさ。どう、これ、われわれのこの世界、この大宇宙は、単に微粒子の揺らぎ、衝突、撥ね返り現象なんだって。ま、いいよ、いうだけいって恥をかいてりゃ。しかし、この剽軽野狐、霊魂も原子が形作っておるなどと素っ頓狂をいうんだ。それというのも、現象界にあって、霊魂は働きかけを受けるし、働きかけもするからだ、なんて変な理屈をこねあげてさ。どうだい、バカバカしいだろ、説明しているほうはもっとバカバカしいんだ。そうとも、赤ん坊のばぶばぶ語を解説するくらいバカバカしいんだ。ありゃあ腹減ったくらいの意味しかないのだ。むろん、デモクリトス一派の言説も然り。耳を立てれば、喰いてえ、としか聞こえん。あれこそ働きもせず配給所に並ぶようなやつらの泣訴の濁声にしか過ぎんのだよ。しかしな、これくらいで驚いちゃいかん、イオニア仲間のボウフラ野郎、あの悪の使嗾者エピクーロスがここからさらにとんでもないバカを噴き上げる。というのはね、もう二度はいわないよ、いいかい、このボウフラ野郎は、デモクリトスをちょっといじって、原子の逸れ、偏奇ってやつを考え出す。というのは、霊魂が原子からできあがっておって、原子に固有の運動があるなら、霊魂または人間の精神に自由はない。なぜなら、原子の結合の様に従って霊魂は拘束され、物事の原因と結果が原子固有の運動によって必然的に規定されてしまうからだ。それ、嫌なんだね、エピクーロスは。そこで、この悪の使嗾者エピクーロスは、原子の運動は時に逸れると考えて精神に自由な動きを可能にさせた。自由といっても偶然の逸れから来る自由だ。人間精神の自由とは、原子の偶然、原子の気紛れ、原因と結果との予測不能のでたらめ結合といってよい。そこにはもう、徳へと至る人間の揺るがぬ必然は見出されない。正しい道、真実に至る道を選び求める意志の必然もない、ただ、自由の名を借りた野放図な原子の気紛れがあるのみだ……あのなあ、おい、顔洗いに行くか」

「だって、何いってんだか、さっぱり分かりません」

「有名な原子の偏奇説さ、説明が悪いだけだ」

「ああ」

　デキムス青年、このウィリウスのつぶやき声に原子の偏奇を納得してしまったようだ。

「そもそもの話、霊魂が物質だなんて、一体誰が納得するかってことだ。物質ならば滅びるんだよ。いいのか、それで。要するに連中はね、真の存在、在る、ということが、物質としてしか理解できない、物質界の経験にしか論拠が置けない哀れな連中なのだ。そもそも神的な世界の製作者デーミウルゴスは永遠なるものに向き合い、造られる世界が、永遠に存在するもの、不動のものに似るように、つまり真の存在の写しとしての世界を造られたのであり、不動にして永遠なるものが写されたことで、眼に見え、触れることのできる身体と、眼に見えない霊魂を得たのであって、その霊魂は世界諸相に浸透し包み込んでおって……ああもう、何だよきみたち。おい、きみねえ、きみだよデクタダス、いずれ天下国家の笑い者になるべききみだ、きみは今、人の話は知らんふりで、不逞にも床に落ちた鯔（ぼら）の卵巣を拾い上げたね。さあ、その卑しい手に有るねばねばの卵巣をよく見てみろ。あ、見ろといったんだ、うわっ、きみは落ちてたものを喰うのか。しかしまあ、それは今、さもしい口に運ばれ咀嚼（そしゃく）され、嚥下（えんげ）されてかきまわされ、消化されてひり出される。ひり出たものは悪臭を放ち」

「おいおいエピカルモス師、みんな食事中だよ」

マキシムスがたしなめると、エピカルモスは多少当惑気味にはなったのだが、当のデクタダスは鯔の卵巣の咀嚼に余念がない。

「いやね、食事の最中だからこそ、持ち出した譬えなのだが。生成流転の現象世界にあって、物質とはそういうもので、物質に囚われた精神は同じ悪臭を放つのだ、といいたかったわけで。だって、排泄物同然だよ、エピクーロスの言説って。じゃあ、それはいいとして、けしからんのは、人が死ぬと、霊魂を構成する原子が肉体からまっ先に離れ、四散して消えるという寒気さえする言説だ。エピクーロスは、人が死ねば、肉体が死を受け入れたとたん、霊魂が原子に戻って一目散に解体消滅するなんていうのだ。だから、霊魂は死を知ることなく消える。死がある時に、もう霊魂はない。霊魂がある時は未だ死はない、なんてね。知らない人が聞いたら、まあ首をひねる、大間違いもけた外れ。そうだろ、みんな。正しい思惟によってのみ把握しうる非物質の叡知的部分、すなわち、霊魂がだよ、微細な粒子の集まりで、しかも、死んだとたんに雲散霧消だなんて、よくいうよ、バカバカしくて臍が笑うわ」

「ちょっといいかい」とデクタダスが手を伸ばし、盛り皿の崩れた食べ物の山を修復しながら話しだした。つまり、いろいろな食べ物を手で触りながら話をした。

「黙っておこうと思ったけど、今のね、ばらばらに四散とか、雲散霧消とかいうのは嫌な感じだ。葡萄酒の芳香が消えうせるように、とか、香料の甘美な精気が微風の中に散り去るように、とか表現できないかねえ。霊魂は肉体の風味みたいなものだから」

「言葉のあやでごまかすのは、きみたちの罪深い悪癖だ。聞くだけでもう鳥肌が立つ。じゃあいってやるがな、微風の中に散り去った霊魂の原子がだよ、糞と泥にぬかるんだ牛の競り市あたりとか、路地の奥の吹き溜まりの袖引き女のねぐらなんかに集まってみろ、そこに霊魂の種ができあがるのか、どうだ、いってみろ。そこらじゅうの吹き溜まりは霊魂誕生の控えの間なのかい。愚かなことに喜んでんじゃないよ。いいかね、問題はだな、霊魂消滅を説いたがために、エピクーロスは苦し紛れの辻褄合わせをしておることだ。そうだよ、全ての悪がそこに起因しておるんだ。例えば、あの罪深い断片集、あのまごついた思考の切れっ端に、『われわれが生まれたのは、ただ一度きりで、二度と生まれることはできない、これきりで、もはや永遠に存在しないものと定められている』とある。そりゃあね、霊魂は消滅するなんて素っ頓狂をいったのだから、そういわないと辻褄が合わない。しかし、そこだよ、そこが社会を乱す大間違いだ。いいかね、もしそうなら、どうなる。われわれの現にあるこの生は、一度終わればあとはない、代わりもないし替えもない、人の命は一寸刻みで消去され、人生はあっという間に闇に消え去る。となると、大変だろ、生きる心地もしないよな。さあ、こうして人を不安に陥れると、エピクーロスは邪悪な本性をさらけ出し、けしかけるようにこう続ける。『ところが、君は、明日の〈主人〉でさえないのに、喜ばしいことを後回しにしている。人生は延引によって空費され、われわれはみな、一人ひとり、忙殺のうちに死んでゆくのに』。どぉ、分かるかこれ。限りある命の日々を、今楽しんでおかないと大損だよ、これっきりの人生だから、喜ばしいことは今のうち、あしたどうなるか分からないよ。な、そういっておるんだ。ええ、こんなこと弟子を取る男のいう台詞か。見てみろ、欲望に血走ったエピクーロスの輩たちを。人生の一刻一刻を味わい尽くさんと躍起になっておるわ。それ、なぜかというと、死んだあと、霊魂は裁きを受けることなく、そのまま消滅する、なんて妄言を信じておるからだ。となればもう、抑えが効かん、徳も不徳も、善も不善も、正も不正もどこ吹く風。まあ、やりたい放題の好き勝手。だってそうだろう、情欲まみれの霊魂でも懲罰を受ける前に消えてなくなる。日々の労苦に耐え、善く正しく生きたとしても、その霊魂は報われることもなく消え失せるんだぞ。そんなことなら、一体、何のための人の生か……ああ、思っただけで虫唾が走る。虫のほうがよっぽど立派な生を営んでおるわ」

声を張り上げいってはみたものの、エピカルモスは勝手が違うと困惑気味だ。今の話はエピクーロス断罪のための重要な箇所で、落ちついて話せばまっとうに伝わる話のはずが、空腹のせいか癇が立って自分でも耳障りなくらいのがなり声が出てしまう。それに加えて、話す相手が相当悪い、口にものを頬張りながら、にこにこ笑って聞く話ではないのだ。

「おいおい、食べてばかりおらんで。ほんとにもう、大事なことを話しておるのだ。いいかね、快を貪ることが、人も知る、エピクーロスの哲学の起点にして終点なのだよ。いくらきみたちが、行い澄ました聖人ぶって、静的快だの、アタラクシアだのいってみたところで、ただの用語に過ぎん。ものぐさ、または、ぐうたら、をい換えただけの言葉だ。与えられれば貪るくせに、与えられないものだから、いうにこと欠いて、静的快だの、『つつましやかな限度』だの。よくもまあ、おのれの本性に反してまで、かくもいい募りいい繕う、そのしぶといまでの厚顔無恥。敢えていおう、きみたちの用語は瞞着の具にしかすぎず、つまるところ、人間に豚の習性を与えて野に放つようなけしからんことをしておるのだ」

豚の習性とはわれながらうまくいえた、と宴席の哲人エピカルモスは思った。ひと言でその本質を突いた言葉だ。しかし、どこかで聞いた気もする。いや、自分がどこかでいったか。どっちでもいいが、一体、みんな何をしているのだ。くちゃくちゃと一心不乱に音を立て、ずるっと粘い汁をすすって、何たる浅ましい光景だ。キルケーの魔法が再現したか、まるで餌場の豚に化しているではないか。哲人はたまらず声の調子をさらに上げた。

「もおっとけしからんのは、エピクーロスが、失った善きことの追想の歓び、などと空言を吐いて、ひとが目指すべき人生の叡知をないがしろにしておることだ。たとえば、断片の十九に、『過ぎた日の善いものごとを忘れ去れば、その人は、まさにその日に、老いぼれる』とある。びっくりしたわ、これって何だ、何のつもりだ。なあきみたち、老いぼれないで済むような善いものごとって一体何だ。何を忘れ去ったら老いぼれるんだ。ええ、どうだい、恥ずかしくていえんようなことだろ、だったら、わしがいってやる。きみらみたいなエピクーロスの徒にとって、善きことは快を措いてほかにない、そうだろ。とすれば、こうだ、過ぎた日の快楽の数々を思い出し、白眼剝きつつ妄想し、涎垂らして反芻して、老いてなお鼻の下を長くしてろ、ってことだ。そうだろ、善きことの追想が回春の妙法に逸脱するのが、エピクーロスのエピクーロスたる所以なんだよ。ついでだからいっておくが、このあたりの詳細は、改めて稿を起こし、一文を草して回覧に付すつもりでおる。わしの最新の考察によるものだよ。というのはな、断片の五十五に、『過ぎ去ったことどもに感謝し、すでに起こったことを起こらない昔に返すことはできないということを認識して、ふりかかる禍いを癒すべきである』だなんてわけの分からん駄文があることに気づいたのだ。わしは考えた、この男、言語を徒にもてあそんで、一体何をいっておるのか、何がふりかかる禍いなのか。さ、そこだよ、どうだい分かるか……よし、分かるようにいってやろう。おい、そこ、私語をするな。わしが話しておるのだ。いいか、快楽呆けしたエピクーロスの徒にとって、ふりかかる禍いなんてひとつしかない。いわゆる、快楽に対する不感症だ。そりゃあそうさ、だって、あの連中、快楽こそが生きがいだよ。不感症は死も同然さ。ところが、長い人生、快楽ばかり追っておると、いずれは感性も鈍くなって快を求める気すらなくなる、所謂、エピクーロス性のなまくら病だ。この禍いを癒すには、癒すには……もう知らんぞ、きみたち、今聞かないと人生捨てたも同然なのだぞ……だからさ、いいかい、早い話つまりこうだ。かつての、味わい尽した快楽の日々を懐かしみ、愛おしみ、しがみついて感謝せえ、不首尾に終わった快楽の日々はもう仕方がないと諦めよ、悔やんでいても始まらん、てこと。分かりやすくいうと、そういうことだ。ま、自己暗示みたいなものだね、いい思いをさせてくれた女たちに思いを向け妄想を甦らせて感謝してれば、不感症は治癒に向かう、禍いも退散して快に邁進、ってな……ふん、何たる地を這う世迷い言、目指すべき人の叡知を何と心得ておるのか、プラトンの思考は大飛翔するぞ。魂は真実在、すなわち、イデア界へと舞い上がるぞ。それが、どうだ、たかが過去の追憶かい、何たる後ろ向きの人生観、何たる思索のみすぼらしさ、胴着の裾のほどけた糸の風に吹かれる先っぽに、ようやくぶら下がっておるようなふわふわ思想だ。道楽者のなれの果てにしか寄り付かんわ」

「えと、それね、いいたいことはまあ分かるし、聞いていておもしろいけど」

何を思ったか、ルキウスが食事の手を止めていった。いったはいいが、ルキウスは一旦次の言葉を呑み込んでしまう。デクタダスが脇にいて、頑張れ、頑張れ、と嗾けるような笑顔になったからだ。

「いや、おもしろいことは、おもしろいよ。けど、何かねえ、回覧に付すのは、ちょっとどうかな、やめたほうがいいようだ。例えば、過ぎ去ったことどもに感謝し、ってやつも、ふつうはね、身に起きたこと、過ぎたことをそのままに、人生をひたすら讃え感謝する、つまり、生のあるがままを肯定するって程度のことじゃないかな。善く生きた人の追憶って、きっとそうだよ。感謝だよ。感謝は禍を遠ざけるもの。だからそんなに奮闘するほど難しい話でもないと思う。どうだろね、生はひとまず肯定し讃美すべきものじゃないかな、逆だと、生きるのつらいから」

ルキウスがこうして声を上げたのは、ご馳走が並んだ歓談の席で、哲学者がひとり除けものにされていてさっきから気の毒に思っていたし、このまま放置しておけば、勝手に燃焼し尽くしてしまいそうで気がかりにもなっていたのである。もちろん、相当悪意に満ちた品のない言葉遣いをするから心中穏やかではなかったのだが、ご馳走を脇に置くほどのことでもないと思って、今まで黙っていたのである。

ところが、髭の哲人エピカルモスはルキウスの不意の反論にひるんでしまう。一瞬、言葉を失ってから、豚の習性で話を留めるべきであったと後悔した。気がつけば、食卓のものがひやりとするほど少なくなっている。そこで、哲学者は話の方向をやや転じた。ここでやめる気はないようだ。

「じゃ、それはいいよ。だったら、さっきいった静的快だ。いいかい、快楽に耽(ふけ)り、溺れる手合いにとって、つつましやかな限度などない。やつらの欲望にはきりがないのだ。しかし、皮肉だねえ、手持ちの金にはきりがある。その気はあるのに金がない、ははは。エピクーロスの庭園では、パンと水、わずかの葡萄酒とチーズの入った小壺くらいがご馳走だったのさ。ないものはないで仕方がないから、エピクーロスはすり替えて誤魔化す。いいかい、ここよく聞け、あれだけ快を持ち上げておきながら、本物の快とは、快を欲さず満ち足りた平静な心境とか、静的快とか、そんな誤魔化しをいうんだ。だって、ないんだよ金が、そうだろ。エピクーロスの言説などはな、女郎屋の前で道草喰った屁理屈いいの素寒貧が悔し紛れに吐く捨て台詞、ほんと、その程度のこと。素寒貧の痩せ我慢と断じてもよい。それをまあ静的快とか平静な心境とか、何たる屁理屈いいの鉄面皮、実情を知る者にそんな誤魔化しは効かんのだよ。それこそ静的不愉快以外の何ものでもないのだ。しかも、何だ、われわれの意味する快とは、『肉体において苦しみのないこと、霊魂において乱されないこと』だなんて、そんな木陰の昼寝みたいな心境がほんとの快か。どうなんだ、鼾をかいてりゃ満たされるのか。今こそいってやるが、エピクーロスの静的快など、精神の不覚醒・不活発・不活動状態のいい換えに過ぎん。つまり、ものぐさ、または、ぐうたら、違うかっ」

「きみねえ」とたまらず声を上げたのはトレベリウス・マキシムスである。

「さっきから思っていたんだが、きみの話は、何かこう、荒れ野で叫ぶみたいな感じがする。もっとほら冷静に、哲学者らしく、言葉を選んでものをいったほうが」

「いや、何の。見ておれば、ここは荒れ野そのものですぞ」

「はは、違いない」と声が上がった。ウィリウスである。

「しかし、きみの話はまるでもう……」

「辻説法みたいだ」とまた同じ声が上がった。

「なにいっ。もう一度いってみろ。辻説法だとぉ、わしは会堂で金を取って説法をしたことがある。このローマでも、ちゃんとした講演会を計画しておるんだ。しかしもう、何でだきみたち、いくら宴席でも人の話は聞くもんだよ。人生の役に立つんだ、素直に聞きさえすれば損はないんだ。そうだ、思い出したぞ。やい、きみだよきみ、デクタダス、きみはおとといの宴会で、人生を不完全に、不満足に終わらせるのは、人が『常にないものを求め、現にあるものを蔑む』せいだといった。わしはあの時、迂闊にも聞き流してしまった。眼の前の料理の話かと思ったのだ。あの時も、エビやカニは出ておらんかったのでな。あんたね、デマラトス殿、もう一度いうよ、ありゃ海の虫じゃないよ、何を怖がっておるんだ。はぁー、ところが、やいきみ、きみはあのあと、わが神なるプラトンを怖れ知らずにも諷したのだぞ。きみね、プラトンなどの根底には、現にあるこの生成の世界への蔑みがある、といってはしゃいでおったじゃないか。プラトンに従えば、人生が不満足に終わってしまう、とまでいった。わしは吐きそうになった、実際、喰ったものが喉元まで戻って来おった。それで反論の機を失ったのだ。わしは気付いておった、きみはご馳走の不満をいっておったのではなく、あのぬかるみの歩行者ルクレティウスを引いて、プラトンを貶めようと最初から画策しておったのだ。おい、いいか、今こそいってやる。眼の前に現にあるものから、はるか高みへ眼を転じ、不滅なるものを宿したその眼で、人類社会に希望に満ちた導きを、救いに満ちた訓戒を与えているのはどっちだ。いってみろ、さあ、どっちだ。高い理想も志もなく、汚れた人の世に抗して立とうなどとはさらさら思わず、おぼろげな過ぎた記憶と眼の前の現にあるもので心も腹も同時に満たして、何だ、ものぐさ野郎、ぐうたら野郎め、そのまま緩い風に吹かれておれ、膨れた腹でも撫でておれえ」

話の末尾が中途半端な荒れ野の絶叫型に終わったのは、このあたりで、髭の哲人エピカルモスが自暴自棄的な心境に立ち至ったからである。何しろ、当のデクタダスにして、二度ばかり顔を上げはしたものの、話に応えようというわけでもなく、ただ茫洋とした表情をエピカルモスに向けただけなのである。しかし、それはまだいいほうで、デマラトス以外は誰ひとりまともに話を聞いていない、というよりそっぽを向いているし、そのデマラトスにしても、よく見れば、右側の灰色がかった青い眼が半ば閉じてしまっているのだ。何の合図か分からないが、半分寝ているということかも知れない。人を招いておいて、この扱いは不当である。哲学者は会食者一同を睨みつけ、「ひとを何と思ってるんだっ」と怒りの籠った声を上げた。

それは、今日の昼、小料理屋を犬で追われた時に、あわてたせいかいいだせなかった言葉である。勘定を踏み倒そうとしたからではない。まだ注文すらしていなかったのだ。ただ、脇にあった人の食べ残しにちょっと手を付けただけで文句が出た。猛烈に抗議すると、犬をけしかけられた。その時いえなかった怒りの声を今やっと発したのだが、そんな事情があってもなくても、みんなは食事の真っ最中にしゃべるやつが悪いと思っているから、動ずる様子など見せるはずがない。となると、自暴自棄のエピカルモスは一度にどさっと疲れを感じる。エピカルモスにすれば、もともと自分からエピクーロスの話などしたくはなかったのである。それなのに、空腹に耐えて話してやった。ところがどうだ、こいつらみんな、バカにするのもいい加減にしろ、キケローとじかに話したことがあるのだぞ。憤激のせいか空腹のせいか、眼も眩みそうなエピカルモスはキケローの名前だけでも口に出して脅(おど)してやりたくなった。

こうして、哲学者エピカルモスはエピクーロス派への義憤をそのまま会食者たちに向けることになった。何たる有様、餌場の豚め、と心中罵(のの)りもした。こんなやつら、ひとでござるの面のまま、公道を帰らせていいのか。ここで今すぐ去勢して太らせてやればいい。一日かけて、吊るし焼きだ。

とはいっても、修養を積んだ哲学者であるから、やがて平静を取り戻す。しかし、相当疲れてはいた。

「しかるに、はあー、いいかね、デマラトス殿、そしてみんなもだ、神のごときわがプラトンは、ピュタゴラスの秘儀を授かり、その浄罪と転生のミュートスをさらに意義あらしめて」

「ミュートスっていったか、なんじゃそれ、アクイタニア語か」

ここで、クウィントス老人がたまたま耳に届いた言葉に不審を申し立てた。しかし、哲人エピカルモスはこのクウィントス翁を生涯相手にしないと決めている。

「なあ、デマラトス殿、もっと分かりやすくいうとね、神々に愛された善き人が、苦難の道を歩み、人々の辱めを受けて惨めな死を迎えることはよくあることだ。ありすぎるくらいだ。しかし、恐れてはならない。正義を行い、善きことに心を向け、人生を快楽ではなく、汗と涙で飾れ。快楽は人生を腐食させる、腐食の甘い匂いを出して、蠅や虫を集めるのだ。しかし、汗と涙は宝玉の輝きを人生に添えるのだよ。その輝きはここよりむしろ天上界に映え、神々は慈しみの眼差しで見守っていてくださる。なぜなら、善き人の汗と涙こそ神々からの賜物なのだよ。労苦に向き合い、課せられた日々の務めを果たすこと以外に人の喜びがあるだろうか。いいかい、デマラトス殿、あんたのためにいうのだ、まずは冥府を思え。冥府は快楽を追い求め、日々、へらへら笑って過ごした腐り果てたやつらが行くところだ。善き人、正しき人は神々の慈しみの眼に見守られ、やがて浄福の天上界へと導かれる。その善行に応じて憩いの時を過ごすと、善き人たちはふさわしい次の生へと転生してゆくのだ。なぜなら、デマラトス殿、魂は永遠なのだ、いいか、永遠なのだよ。さればこそ、な、冥府を思え、冥府は悪しき人の魂、だらしなく萎(な)えしぼんだ精神を酒と香油にひたしてはふやけ爛(ただ)れているような、つまりだな、エピクーロスなどに汚された腐臭を放つ魂がやがて行き着き、裁きを受け、その罪業の十倍の責苦を、千年の長きにわたって受ける場所なのだよ。分かるな、デマラトス殿、神々の善き目的へ導かんと苦闘したプラトンにこそ思いを向けて、じゃないとな、デマラトス殿、堕(お)ちるよ、冥府に」

　ここで何度も名指しされ、教え諭された当のデマラトスだが、実は、土砂降りみたいに言葉が降ってきたのを多少はまともに受けていたから、もう許容量も超え決壊寸前なのである。つまり、もうデマラトスは放心している。そこで、腹を適度に充たしたデクタダスが、わざとだるい声で代わりに応じた。

「うふ、随分続けたねえ。人が食事をしているのに、不思議にめげない」

　ここで、デクタダスはきらりと眼を光らす。何か悪いことを思いついたようだ。

「いやもう、中途からの熱の帯びよう、名妓ネアイラいじめに長広舌(ちょうこうぜつ)を振るったあのアポロドーロスを思わせるよ、とまあいっておくが、ほんとは、おれ、よく知らんのだ。そこで、デキムスくんよ、法律家志望のきみだ、ネアイラ裁判を知ってるよな。プリュネの裁判は有名だが、同じ名妓裁判でも、こっちのほうは、最近人から聞いたばかりでね、何でも、外国生まれの娼婦がアテナイ市民と結婚したから騒ぎになったというが、ほんと。やっぱり、女ひとり、法廷の男たちの前へ引き立てられたんだろ。そうなりゃあ、見物の男たちもぞくぞくするわ、プリュネの裁判、思い出してみろよ。アプロディテーの実物を生でじかに拝めたんだぜ。ところで、評決はどう出たのかね。アポロドーロスって、どっちのアポロドーロス、古いほうか」

どこからでも話の隙間に入り込んで、真面目な男を煙に巻くのはデクタダスが得意とするところで、エピカルモスもここはうまく嵌められてしまった。というのは、この哲学者、ネアイラ裁判のことは全く知らないが、思い出せといわれたプリュネの裁判なら人に話せるくらい知っている、と思ってしまったのである。これは雑念にほかならない。つまり、今の哲学者の場合、デクタダスの話につい聞き入るうち、法廷で衣装を剝ぎ取られた名妓プリュネの白い裸像がはからずも眼に浮かび、ネアイラも当然すっ裸されて男たちの前に立たされたはずだと思ったとたん、眼の前をフローラ祭りの遊女たちの行列が通ったのである。これは人にいえることではない。エピカルモスはこくんと喉を鳴らし、そして黙った。まさに、デクタダスの妙技である。しかし、この妙技の効果は、むしろクウィントス老人にてきめんに現われたようで、老人は気味の悪い柔和な笑みを浮かべている。よく見れば、夢見がち、といった顔つきである。

一方、デキムス青年だが、ふいの指名を受けて盛り皿に伸ばした手をあわてて引っ込めた。

「ぼく、まだそこまで勉強が進んでいません」

「じゃあ、進むのを待つとして、話を戻すとね、さっきの汗と涙のあたりだけど、ダーウォス某という解放奴隷がアエミリウスの会堂で演説した時、やっぱり同じようなことをいったよ。ほら、あのトリポリス王の有名な宝石を競り落とした男さ。少し違うのは、あの男、他人の汗や涙で神々の慈しみの眼差しを受けたらしい。昔からこの例は多いわ、他人の労苦に報われた善き人。だからだろうね、まあ気前がよくて、聴衆みんなに五デナリウスずつ配ってくれた。選挙狙いだろうが、利口なやつだ。ところで、冥府の話だがね、プラトンが時折やるやつだろ。納得しそうもない話し相手に手を焼くと、冥府の話を持ち出して最後になって脅しをかける、あの例のやつだろ。おれはそんな脅しより、五デナリウスで納得するんだが、ま、それはいいわ。それより少しは食べてやれよ、せっかくのご馳走、デマラトスさんに悪いじゃないか。ほら、ガベスのうつぼにフリジアの鶉、えと、この茸詰めの鶉だがね、一の膳の香草焼きのほうがよかった。あ、あれ、違うの、これ鶉かと思った。何だ、夜啼(よな)き鶯(うぐいす)か。血腥(ちなまぐさ)いと思ったんだ。ひょっとして、料理人の名前、テレウスじゃないだろうな。しかし、うつぼはうつぼなんだろ。別の細長いやつじゃないよな。よかった、もう食べたあとだったんだ。あれれ、この生牡蠣、最後のひとつみたいだね」

　そういって、デクタダスはその牡蠣をつまみ上げ、というより、鶉の話を始めた時からあらかじめつまんでいたのだが、エピカルモスに最後のひとつと確認させると、つるりと自分の口の中に入れた。デクタダスはこんな子供じみた意地悪を相手次第で時々する。しかし、髭の哲人エピカルモスは、この時期の牡蠣が危険なことが分かっているから、びくとも動じることがなかった。むしろ、毒に中れと念じたようだ。

「ひと言、いいかな」

ルキウスはいったあとで後悔しそうな気がしたが、思い切って声を出した。さっきの、人生をひたすら讃える、といった自分の言葉では、いい足りない気がしていたからである。

「わたしは、まあ短い期間とはいえ、ピロデーモス師の知遇は得ました。しかし、エピクーロスについては、なに」

　ルキウスが話を中途で止めたのは、デクタダスが注ぎ足された酒杯を差し出したからである。

「やめろって、今はいい。あの、みなさんはご存じかも知れないが、自然の理法を知らずに、純粋な快、それ、さっきエピカルモス師が話された心境の平静、ま、静的快ですがね、その快が得られない、というのがエピクーロス派の基本だそうです。あの、最初わたし、知らなかったものでね、面喰らいましたよ。だって、入門当初、ピロデーモス師はいきなり宇宙万有の組成を論じられたのです。何でも、『不死で至福な実在には』これ、宇宙万有のことですが、『われわれの疑念や動揺をほのめかすようなものは絶対に含まれていない、ということを認識することにも、われわれの至福は存する』らしいのですよ。だから、星の沈みや昇り、回帰に食とかね、宇宙万有の法則をいろいろ教えてくださったのですが、あの、そこまではいいんです。しかし、その、師がおっしゃるには、『現われている事実に合致するただ一通りの説明しかありえないということは、天界・気象界の事象の場合には当てはまらない。かえって、これらの事象は、その生成に幾通りもの原因があり、その存在には、感覚と合致する幾通りもの説明の仕方がある』んだそうで、星ぼしの運動はこうとも説明できるし、ああとも説明できる。月の光はこうとも説明可能だし、ああとも説明可能だなんて、結局、どっちなのか分からない、わたしからすれば、あの、肩すかしみたいなことを話されて、心境の平静どころか、ただ戸惑うだけ。頭の中があちこちしてかえって不安な心境にさせられてしまったのですが……つまり、あの、入門のしょっぱなで、心境の平静を失って……困ったな、駄目だなあ、わたしは」

　ルキウスが不意に声の調子を変えたので、話を聞いていなかった面々は、何事かとばかりに顔を上げた。みんなの眼が一斉に集まったものだから、ルキウスは一層まごついてしまって、何とも情けない顔をする。

　いつの頃からか、ルキウス本人は人を殺してカンパーニアに逃げていた頃からと思っているのだが、改まって何か話そうとすると、たいてい自分を卑下して相手の用心を解いてしまってからでないと話ができなくなったのである。ましてや今日の宴会みたいに、自分ひとりが新来の客ともなればなおさら気持ちが構えてしまって、どうでもいいような前置きがますます自虐的になってしまう。ルキウスはそれを儀礼的なへりくだりと考えているようだが、それは違う。普段は普通に話すのに、改まった席などで急に話せなくなるのは、デクタダスがいう通り、自意識が過剰なのである。相手を過剰に意識すると、その分過剰な自意識がさらに過剰の度を強めて、自分の中で狼狽しまくる。狼狽した自意識はもっぱら防御的に働き忽ちのうちに内攻して、外への働きかけが疎かになる。そうなると、言葉は出口にまごつき勝手に紆余曲折して出てきてしまうという次第である。これは弁論術以前の問題で、ルキウスなど、我の強いローマ人士の中では珍しい特徴を持っているといえるが、そのくせ、無教養と思われないように、回りくどく知識だけはひけらかそうとするから、聞いているほうは面倒くさい。今の場合も、宇宙万有の組成から説き起こす必要など全くないのである。

「いやあ、だらだらとつまらない前置きで料理を不味くしました。これはもう、あれです……恐縮なわけでして。このデクタダスなどは、わたしのことをじれったい男だとよくいいますよ。それはまあ、確かにそうで。普段はこうじゃないんだが、性分なのかな、どうしてかな」

こうして、勝手に独りで苦境に陥ったルキウスだが、そんなルキウスの苦境を察したわけでは全くなく、まさしくじれったいと感じたからだろう、酒杯を空にしたデクタダスが声を上げた。

「お前ね、入門したての男に心境の平静を失わせるのは当流の初等教育の枢要（すうよう）部分、重要な方向づけなんだよ。教育上、そのほうが都合がいいからだ。だって、心境の平静を保った男がエピクーロスの門を叩いてどうする。入門者に平静を失わせてこそ、訓導のし甲斐があるってことだよ。そんなことより、不幸なのはアカデメイア派の連中さ。あの連中、入門当初に幾何学を捩（ね）じ込まれるから、気性が荒くなってしまうんだ」

これはデクタダスのいつもの茶々入れだが、同時にエピカルモス師へのそれとない当て擦りでもある。しかし、今のエピカルモスの注意力は断然料理のほうに向かっているから、それと知れる反応がない。一方で、ルキウスは多少の平静を取り戻していた。

「いやあ、失礼しました。で、話というのは、ですね、師がクーマエの冬の海から戻られて、風邪気味でおられた頃のことです。誰かの悪口に傷ついておられたのでしょう、陽が傾くと、急にしょげてしまわれる時期があって、そんな頃でした。いつになく、しょげて萎（しお）れておられた師が通りすがりのわたしを呼び止め、わたしひとりにこんな話をしてくれました」

ここで間を取ったルキウスだが、やはりよせばよかった、と今さらながらに思った。見れば、デマラトスは飛んで来た羽虫の動きに合わせて眼を上へ下へと動かしているし、デキムス青年は眼玉を剝き出し、敵討ちの顔になって、しゃこ貝の紐を嚙みちぎろうとしている。もう一方のデキムスは縁が欠けた酒杯を手に持ち、給仕役の少年を睨みつけていた。ひどいのはクウィントス老人で、話し始めたルキウスを見ながら大あくびをすると、片足を上げて股間に風を入れたのである。ただ、今日の宴席の主賓マキシムスだけが曇ったような表情でルキウスを見ていた。前置きのくどさのせいであることはいうまでもないが、このだるく緩んだ宴会の景色は、むしろ哲学者エピカルモスのしゃべり過ぎがもたらしたものなのである。みんな、すでに注意力が散漫になっていて、人の声への反応が鈍くなっていたのである。

「えーと、だからあの、エピクーロスですが、ご承知のように、イオニアのサモス島の生まれでしたね。サモス生まれといっても、父親はアテナイからの移民、むしろ、サモスにあって棄てられた人々の中のひとりでした。家はとても貧しく、さほどの教育もないまま、兵役義務を果たすためアテナイへ赴きます。しかし、エピクーロスの不在中、サモスの人々に災厄が降りかかった。あのマケドニアの猛将ペルディカスがサモスを攻め、アテナイの植民者たちを迫害し、やがて放逐します。一家は他の植民者たちと一緒に海を渡って対岸のコロプォンに逃げるしかなかった。今も変わらないでしょう、棄てられ、迫害を受け、放逐された人々の他国での暮らしがどのようなものであるか。兵役義務を終えたエピクーロスはそんな人々のもとに戻ってきます。周りでは、人々は生まれながらに罪を負ったと思い込んでいる。理由も分からないまま、神々に憎まれ、その報いは死後も受けると信じている。運命の変転、生活の厳しさが、そのように人々を追い込んでしまったのです。憎む神々の前で、力なく、今日を怯え、明日を怯え、そして、死後に怯えて、言葉もなく、表情もなく、感情すら失った人々。それがエピクーロスの光景でした。そんな光景の中にいて、いや、そんな光景だからこそ、エピクーロスは、生きることは善きことでなければならない、と思う。喜びは何より善きことであるべきだ、と思う。そして、そのことを人に知らしめ伝えなければならない」

俄に語気の上がったルキウスの話に、宴席の主賓マキシムスがここで大きく深く頷いたのである。ところが、それを見た公文書館のデキムスは、「うーん、なるほどっ」と剽軽な声を上げる。話を続けさせないためだろう。「いーい話だ。不用心にも途中まで聞き入ってしまった。で、どうかな、さらなる理解のために、今度は絵に描いて、図解してみてくれんか」

ルキウスは眼をぱちくりさせてデキムスを見た。話すつもりでいたことはこれからなのだ。しかし、デキムスはその眼を避けて、隣の哲学者に体を寄せる。

「それはそうと、ルキウス・ポストゥミウスが執政官だった頃、ローマに快楽をもたらしたとしてエピクーロス派の学者ふたり、追放にしたことがありましたよ。えとね、アルカイオスとピリスコスだ」

きょとんとなったルキウスだが、急に、うっ、と喉を詰まらせてしまう。デキムスの話を受けた哲学者が口の中のものをどろりと髭に垂らしたからである。やっと食事にありついたせいか、口の中に食べ物を詰め込み過ぎていたのだ。それを忘れて口を開けてしまった。エピカルモスは思いもよらぬ失態に自分が一番びっくりしている。あわてて髭を払ったのだが、身を擦り寄せたデキムスが、わ、わ、と二度声を上げた。逃げる間がなかったのである。

ややあって、というのは、口の中のものを正しく胃に導いてから、ということであるが、髭の哲人エピカルモスは取り澄ました顔でこう答える。

「左様、元老院がエピクーロス主義を奉じた廉で、議員ふたりの資格を剝奪したこともある。思えば、この今日に至るまで、腐敗したエピクーロスにたかる蠅どもがどれほどの悪疫を世に蔓延(まんえん)させてきたことか。これはもう、断ち切らねばならん。わしは思うが、ピロデーモスのようなエピクーロス派の学者などは広場に集めて晒し者にして、手鎖のまま追放にすればよいのだ。そうそう、そういえばあのキケロー、ピーソーの弾劾文の中で、あいつのことを『欲望の導師』と呼んでおったな」

こうして、ルキウスはまんまと話を奪われてしまったのである。つまらない前置きで話を退屈にしたのだから自業自得ではあるのだが、話そうとしていたことは自分では重要なことだと思っているのだ。ルキウスは愛情に満ちたエピクーロスの人となりを話すつもりでいた。慎ましく、欲も少なく生きたエピクーロスが、いかに愛情の籠った手紙を遺しているか、そのことを伝えたかった。母をいたわり、友を気遣い、人の厚意を心から喜び感謝する人であった。死期が迫ったエピクーロスは、遺す妻の行く末にどれほどの心配りをしていたことか。拙けた人に、克服せよ、と督励する人ではない、拙けた人のしなだれた肩に優しい手を添える人だった、そんな話をしてみたかった。それなのに、前置きが長過ぎたからできなかった。今となれば後悔が残る。この後悔は明日あさってまで持ち越しそうな気さえする。強引と思われても仕方がない、もう一度、思い切って話を捩じ込んでみようか、どうしようか。こうして、ルキウスはつまらない決断に勝手に迫られ動悸だけを速めている。

　そんな苦渋の思いでいるルキウスの隣で、なぜかもうデクタダスが身を乗り出していた。


「ちょっといい。今の『欲望の導師』ってピロデーモスのこと、ピーソーじゃなくて。なるほどねえ、うまくいうわ。石碑に刻んでやろう。今、墓碑銘書きの修業中なんだよ。ところで、キケローだが、このおれ、デクタダスをどういってるんだろ、大いに気になる」

　どうせ軽口のつもりだろうからみんなは完全に無視した。しかし、その無視が薬になったようには見えない。

「欲望の手配師、または、太鼓持ち、籠担ぎ、いや、欲望の垢擦り人はどうかな。欲望は汗をかくから、垢擦り人かな、気になるなあ、キケローはおれのこと、どう見ているのかねえ」

　もちろん、誰も相手にしないし、あきれた顔すらせずに鉄壁の無視を続けた。そんな中、ためらうことなく声を上げたのはデキムス青年である。

「どうでしょう、話を戻しますが、さっきエピカルモス師が冥府での死者の裁きの話をされましたよね」

　デキムス青年は公文書館のデキムスにあらかじめ侮りの眼を向けている。あんたには話しかけていないよ、という眼である。そして青年は、従兄のデキムスがうるさそうに顔を背けるのを見届けてから話を続けた
「その冥府ですが、あっちでは今深刻な問題が起きていませんかね。この前、カエサルの凱旋式があったでしょう。ガリアとエジプト、それにファルナケスやユバ王との戦いの戦勝記念でした。だから、パルサーロスの戦役や、小カトーなどの軍団の戦死者は除外されている。それでも公式の報告では百十九万二千の敵を屠ったとあり

ます。ほんの十年の間のことですよ。ひと昔前なら、五千殺せば凱旋将軍の栄誉を受けました。ところが、今や桁違いじゃないですか。パルサーロスの会戦だけで、六千の屍の山を築いたといいます。その前後の小競り合い、たとえば、ドュラキウムの攻囲戦も加えてみれば、数万という数になりませんか。でも、その数も百十九万には入っていません。忘れてはいけないのは、味方の戦死者の数ですよ。みんな合わせてみたら、二百万や三百万といった数ではないです」

「おい、そこに凱旋式の見物人に踏みつぶされた四、五百人も加えてやれよ」

「そうだね、きみのいう通りだ。つまり、いいかい、ここ最近、死んでいくやつが、産まれてくるやつの十倍を下らんということなんだ。如何せん、神医アスクレピオスはこの時期ずっと休診中なんだよ。おかげで、冥府は今やローマの人口密集をはるかに凌いで、死人で溢れかえっている。まさにお祭りのにぎわいだよ。おれなら、商売するね。しかし、死人相手に喰い物商売は流行らないよ。おれはね、旅行案内業がいいと思う。何せ未知の世界だから、新参者相手にさ、これ流行るよ」

デクタダスがこういって話を横取りすると、

「ふん、おかしいだろう。きみたちは冥府の存在はおろか、霊魂の不滅まで否定しておるじゃないか」と哲学者が駄目を出した。

しかし、これを聞いたデマラトスは、突然、驚いたみたいに眼を丸くする。そして、その眼をそのまま哲学者エピカルモスに向けた。エピカルモスは口をもぐもぐさせながら、文字通り苦虫を噛みつぶしたような顔をする。そのあと、口からものが垂れたのは、食べながら話そうとしたからである。

「さっき、ほら、霊魂は原子でできておって、死ねば四散して消える、といって説明したじゃないか。バカな話を二度もさせるものじゃないよ。肉体が死んだら、一緒に霊魂もおしまい、もとの物質、微粒子に戻るってこと。散り散りに散り去って、ヤギの鼻先にくっ付いたり、蜘蛛の巣に引っ掛かったりしているってこと。ふん、ふざけておるわ、説明するのもバカらしい」

デマラトスは叱られたみたいに眼を泳がせると、もごもごと何かつぶやいたようだ。

「な、ふざけた話だろ。もしそういうことなら、何のために、われらは生きてここに在るのか、ってことだ。肉体を歓ばすだけ歓ばせ、あとは魂も何も、一緒にふわっと消え去るだけ、それでいいのか。一体、それが人間なのか。人としてこの世に在る限り、神々に、この社会に、また同胞に、果たすべき正しい務めがあると思わないのか。ああ、食欲が失われる。飲んでも酔った気がしない。神々は、そんな風に人間を創られたとでも思っているのか。どうだ、誰かいってみろ、正しい生き方の犬、善き生を営む猫、そんな犬猫がおるのか。人間にのみ神々が許されたのだ、魂に永遠の生、むしろ永遠の覚醒に至る道をお示しくださったのだ。

　いいかね、デマラトス殿、何度もいうが、わしはあんたのためを思っていうのだ。なるほど、あんたは日々の生業に労苦する立場にはない。しかし、人として、正しい知恵に導かれ、善き生を営み、神々の浄き宮居を仰ぐことこそ、至福の道だと気付かないといけない。汚れの大本エピクーロスなどに惑わされてはならんのだよ。だらしなく快楽を追い、清浄な霊魂を罪業で汚して、あとは白波と消滅する、そんな吐瀉物にも等しい説は、原初にカオスが生じて以来、人の口から吐き出されたことはないのだ。しかし、そのことはさっき上手に話したんだよ。みんなもそうだ、食べることに気を取られて、人のいうことを聞かんのだよ。やれやれ、何たる愚劣な宴会だ。こんな宴会、年に一度あっても、二度はない」

　エピカルモスは宴席の主催者デマラトスを隣に置き、大変失礼なことをいったのだが、いった当人は気付かなかったようで、少しは溜飲を下げたかに見える。しかし、デクタダスが平気な顔で、

「ところで、きみがいう深刻な問題って、何だい」とデキムス青年に声をかけ、話を元に戻してしまった。

「もういいです。冥府で商売するなんて茶々を入れるんだもの」

「あは、それはすまない。でも、話せばいいじゃないか。だって、楽しいじゃないか、話が支離滅裂で。宴会はこうでなくっちゃ」

「支離滅裂とは思わないです。霊魂についての深刻な問題です。霊魂は、死んで冥府へ逝けば、ミノス王やラダ

マンティスや、あとひとり誰でしたっけ、まあその三人のお白洲に出て、裁きを受けるといいますね」

「だとしたら、ここ十年の戦死者に、老衰、病死、行き倒れ、ふつうに死んで行く人の数まで入れると、ミノス王たちは三人だけでどうやって死者たちの裁きをしたのか」

「つまらん、ほんとにつまらん。子供が考えるようなことだ」

ここでやっと公文書館のデキムスが吠えた。

「どうせあんたにはそうでしょうよ。でも、法律家を志すぼくとしては事情が違うんだ。審判の手順が気になるんだ」

「よく聞けバカ、朝、東の空に陽が昇るだろ、陽の光は一人ひとりをあまねく照らすじゃないか。そんな陽の光が三つ死者たちの前に顔を出してみろ」

「ああ」とデキムス青年は感嘆の声を上げる。どうやら了解したみたいだ。

「感心するな、バカ、思いつきだ。冥府で朝日はおかしいだろ。おい、表に出てな、通りがかりの連中に、三途の河の渡し守カローンが、艀（はしけ）ひとつでどうやってみんなを運んだかって訊いてみろ。どこかへ連れて行かれて閉じ込められるわ」

「じゃあ、いいですよ。だったら別の疑問ですが、冥府に堕ちたティテュオスの両脇にいた禿鷹です。あれ、死んだ禿鷹ですか。死んだ禿鷹は誰が裁いたのか。死んだカラスはどうなのか、冥府にカラスはいないのか。カリマコスが詠っていますよ、『冥途では、牛一頭がびた一文』て。その牛って、死んだ牛ですか。あっちでは死んだ牛を食べるのかなあ」

「おれ、小便してくる。とにもう、親の顔が見てみたいわ」

公文書館のデキムスがあきれた声を出して臥台を離れようとすると、

「ええっ、何じゃあ、びっくりした。あ、お前、どこ行くんじゃい」と不意の怒声を浴びせたのはクウィントス老人である。何が起きたのだろう、公文書館のデキムスは肩をすくめて臥台を降りた。

　ついでながらいっておくが、この時期のローマの饗宴では、小用とかで勝手に席を離れても咎めは受けない。奴隷に尿瓶（しびん）を持って来させて、その場で用を足す手合いもいるくらいである。それを思えば、びっくりついでに怒声を発するのはどうだろう。どうやらクウィントス老人、既に半醒半睡（はんせいはんすい）の境地にあるらしい。

　一方、デキムス青年だが、周りのみんなの表情に、わずかではあれ憫笑（びんしょう）の名残があるのを見てとり、子供じみた疑問であったことにようやく気付いた。気付いたから恥じ入るのかと思いきや、青年は逆にむっとしている。おかげで、宴席にはきまずい沈黙が広がった。


　ところで、問題のデマラトスだが、さっきから独りの想いに沈んだままなのである。どうやら、憫笑を誘ったデキムス青年の冥府の話も聞いていなかったらしい。

「そうなのか、エピクーロスに従うと、霊魂は消滅するのだね、そしたら、わたしは永遠になくなるのだね。とすれば、死んだあと、わたしは亡者ですらなくなるのだねえ」

　デマラトスは陽気な化粧とは裏腹のしんみりとした深い声でいった。

「ガリアにいた頃ですよ、わたしは毎年、七頭の黒いヒツジを屠って、冥府に堕ちた亡者たちを慰めてきた。もし、死んでも亡者になれないのなら、わたしは何のためにヒツジの首を落としてきたのか。何日も続くヒツジ料理に、何のために我慢してきたのか。そういえば、ほんのひと月前のことですよ、あのレムーリアのお祭りで、わたしは亡者の神レムレースに、ソラマメをいっぱい撒いてやった。呪文も唱えた。しかし、わたしが亡者になれないのなら、ソラマメなんか撒いてやっても、仕方ないのだ」

　マキシムスは人格者だから、そんなデマラトスの落胆をそのままに受け留めてやる。

「なあ、デマラトス殿、わたしもまれに夢を見るよ。目覚める前に、しのび込む夢でね、ある時は、硫黄を含んだ瘴気の中を、影のように漂う亡者の夢を見た。それは、きっとわたしだろうね。その夢が時折うつつに甦る。夢が予言予兆ということはアリストテレスも否定しないよ。だったら、わたしは冥府へ逝ってきっと亡者になるた。

デマラトスは心底ほっとしたようでもない。しかし、マキシムスの話に励まされ、自説を説くだけのことはしね」

「以前、といってもローマに移ってからのことですが、朗読奴隷のいいのを買って、ホメーロスを朗誦させたことがありましてな。いやもう、その声たるや、聞いていると首の筋がつっ張って、居眠りなど、とうていできん。身振り手振りもにぎやかで、感極まると、その男、仰向けに卒倒するのですよ。わざとです、きっと。神霊が降りた振りをするんですよ。ま、それはいいですがね、みなさんはご承知だろうが、あっちでは、思いを残して死んだり、恨みを抱いたままアケロンの流れを渡って、永劫の責苦にあえぐ亡者たちが群れを成している。あの『オデュッセウス』のことです、テーバイの予言者を捜しに冥府へ行った話ですよ。犠牲式をやって亡者たちの霊を呼び集めたら、あたりは愁訴、愁嘆、憂悶の吐き出し場に変じたといいます。ま、そうでしょうな。あのアキレウスでさえ、死をつくろうのはやめてくれ、貧しい人の奴隷になってもいいから、現世に戻してくれ、と泣き言をいったくらいだからね。でも、オデュッセウスはね、亡き母と巡り合いますよ。そして、悲しい母を三度抱こうとします。母なる人は、賢くやさしいおまえ恋しさに、甘い命が絶えたと嘆く。オデュッセウスは愛撫の手を空しく投げかけ、その母をまた抱こうとします……わたしはね、冥府に逝けば、逢えなくなった人たちにそうして逢えるのだなあと思う。それなら、冥府に堕ちても寂しくない、いいことも少しはあると思っていた。

わたしはね、不死の神々に近付きたいとも、そのお姿を拝みたいとも思わんのですよ。わたしは、亡き父母の許に帰りたい。恥ずかしいこんな姿になってしまったが、父母にわたしの肩を抱いてもらいたい、背中を撫でてもらいたい、頭も頬も撫でてもらいたい。昔のように、もう一度、わたしの名前を呼んでもらいたい。神々でなくていいんだ、若く死んだ父、そして幼いわたしを胸に抱いた優しい声の母がいいんだ。夜は星ぼしの間から、昼は遠い山の向こうから、亡き父母がわたしを見守っていてくださる。叶うならそうあってほしい。神々でなくていいんですよ。神々に見守られると、きっと窮屈を強いられるんだ。そりゃあね、プラトンは偉い人だと思います。しかし、わたしの願いとは少し違う。プラトンはわたしの願いに応えてくれない」

　ここで、ぐふっと喉の声を出したのはエピカルモスである。急にプラトンを持ち出され、しかも異議を唱えられて、多少苛立っているようだ。

「あんたね、甘ったれたことをいうんじゃないよ。五十を超えた男が、頭を撫でてもらいたいィ、名前を呼んでもらいたいィ、よくもまあ。吐息が臍から抜けていったわ。いや、咎めはせんよ。咎めはせんが、蔑みの眼は避けられんぞ。あんたみたいに蛮族の中で育てば、悲しいかな、そのような愚劣な考えが自然に口から飛び出してしまうものだ。仕方がないとはいえ、それはな、間違ってぐにゅっと踏まれた土蛙が口から吐き出すゲロ声にも等しいと思え。わしにはまさにそう聞こえたわ。世話になっておりながら、いいづらいがいわねばならん。蒙昧の輩に真の光のありかを示さねばならん。そもそもあんた、知性の欠如はいうにおよばず、真理に向き合う心の仕組みが未だできあがってはおらんのだよ。あんたの歳で珍しいよ。しかし、人の時間は限られておるぞ。知性が足りぬまま、真理に向き合えないまま死んでみろ、魂が醜く穢れ恥ずかしい姿で神々の前に立つことになるのだ。いや何の、そこまでたどり着けるものか。無明の闇に閉ざされて冥府の底へ堕ちるだけじゃ」

　さすが手厳しいエピカルモスの警告だが、デマラトスはまだ独りの思いに耽っているから、言葉が耳に届いただけである。だから、淋しそうに声を落としてさらに思いを述べた。

「そりゃあね、死ぬのは仕方がない。無明の闇でもわたしはいいんだ。ただ、死んだあと、霊魂も一緒に死んでしまえば、冥府でわたしはどうなってしまうのか。冥府に堕ちても、霊魂がなければ亡者にすらなれない。となると、死んだわたしはどこにもいなくなるということだ。それは、亡き父母にも誰にも逢えないということだから、どこにもいなくなったわたしは、誰もいないところへ逝くことになる。それ、どういうことだろ。何もかも、もう足元からごっそり分からない。こうしてわたしがここにいるのは、死んでなくなる霊魂から見てどういうことか、そんなことまで疑問になる。いや、わたしはいいんだ。しかし、父母の霊魂がないなどということは、わたしには耐えられない。エピクーロスには……耐えられない」

「そうかそうか、よくいった。わしは一応うれしい。あんたもようやく分かってきたようだ。その通り、エピクーロスは人の安心を根底から奪うのだよ。エピクーロスに従うと、絶望に導かれるのさ。自分がなくなるというむごたらしいまでの恐怖を、汚れた快楽に溺れることで克服せよと教えておるのだ。いいかね、免れる道はただひとつ、日々、正しい知恵、つまり、まっとうな哲学の研鑽に努めよということだ。なぜなら、神々の意にしたがい真実を守りながら正しく一生をおくった魂、つまり、知を愛し求める醇乎たる哲学者の魂こそが、ラダマンテュスの心をよろこばせ、幸福者たちの島へ送ってもらえる」

「うわ、また『ゴルギアス』だ」とあきれた声を上げたのはウィリウスである。

「その話もおととい聞いたよ。続きはいうな、あんたの師匠に興味はないんだ。それよりあんたね、いろんな宴会に出過ぎじゃないか。混乱して、どこで何を話したか、分からなくなったんだろう。そうそう、『ゴルギアス』ついでにひと言いわせてもらうが、あんたね、対話編の中の登場人物に腹を立てるのはやめてくれよ。カリクレスのバカ、とか、ポロスの底抜け、とか、夜更けに独りで死んでしまえ、とか、罪もないおれたちにいわれても返しようがない。忠告するがね、あんたちょっと血を抜いたらどうだい。きっと多血症だよ。治療が必要な段階だと思う。そのことだがね、おとといはいわずにおいたんだが、やっぱり今も思うんだ。あんたね、血の気の多さやその風采からして、ほんとは辻説法がお似合いなんだよ」

何だと、という感じで、古アカデメイア派の哲学者、シュキオンの人エピカルモスは一瞬にして顔色を変えた。辻説法がお似合い、というのがよほど応えたのだ。髭だらけの口をむっと膨らませ眼を吊り上げて、ウィリウスだけではなく、会食者一同も巻き添えに、全員をぎろりと睨んだ。それを正面に見てしまったルキウスは、醜い顔だな、といいそうになる。いいそうになっていわなかったのは、醜い顔というよりはむしろ悪相だな、と続けて思ったからである。どうでもいい知識を鼻にかけて、いつも人を叱りつけているからそんな顔になるのだろう。ウィリウスがいうように、血を抜くのはいいかも知れない。でないと、説法中にきっと倒れる。

「あは、ちょっといい過ぎたか、でも悪気はないよ。ただのいい過ぎ」とはいいながら、ウィリウスは明らかにからかう口調である。

「ただし、この際だから訊いておきたい。さっきの『幸福者の島』のことさ。それってヘシオドスにある、例の『至福者の島』のことか。戦いに斃れた英雄たちの高貴なる種族は、大神ゼウスの計らいにより不死を賜り、オーケアノスのほとり、『至福者の島』に心に何の憂いもなく住んでいるっていうじゃないか。そこでだ、エピカルモス師、知を愛し求めて食が細くなった哲学者の色蒼褪めた魂も、やっぱりそこへ行くのかね。だとしたら、さぞかし肩身が狭いだろ。なおさら食が細くなって、島の隅っこで冬場のミミズみたいにもつれ合って固まっているんじゃないの。ま、いいや、それはさておくとして、善き人、正しき人の霊魂が赴く先はどうなんだろう。やっぱり島かい、天上界かい。英雄と哲学者は島で、善き人は天上界か、どうなんだ」

　哲学者は、ウィリウスのこの問いかけを無視した。その件に関しては、『ゴルギアス』など、持ち出すべきではなかったのだ。ついおととい話したから、弾みでまた同じことをいってしまった。天上の神々の種族に帰一することができるのは、正しき知を求める哲学のうちに生を送って、完全に清浄になった者のみであった。ここに侍る俗人どもでは、いくら知を愛し求めても、頓知あたりにたどり着ければいいほうで、まず無理な話なのである。それにしても、と哲学者は思う、こいつ、落とし穴みたいなやつだ。おとといは、素直に聞いていたくせに。

　瞬時、会話が滞ったところで、

「いや、場所は諸説あっても不思議はない。戻って来た人は滅多にいないんだから。テーセウスにしてもオルフェウスにしても、死後の世界から戻って来た人たちに限って、いうことがあやふやだったり、ほとんど話さなかったり。どうやら、思い出したくはないようだ」と、デクタダスが隙間塞ぎをする。

「ところで、オルフェウス教の信者の人たちは、永遠の酩酊だというね。善き人は死後の世界に赴くと、頭に花冠を戴き饗応にあずかる。そののちは全時間を陶然たる酔いのうちに過ごす。だから、こんな宴会が果てることなく、いつまでも続くようだ。全時間の酔っ払いはいいが、全時間のしゃべりっぱなしはおれでも厳しい」

「やっぱり思うんだが、きみがそれをいうのはおかしい、その死後の世界のことさ。きみたちエピクーロス派は否定しているんだろ、なぜ口に出すんだ」

とび色の眼のウィリウスが急にデクタダスのほうに矛先を転じた。

「おれはね、エピクーロスに心を寄せているひとりなんだよ。というのは、デクタダスは藪を突いてしまったようだ。ナエウス・トルクトゥスという御仁がいたのさ。その人というのが、ヘラクレアに母方の伯父に当たるグらした人だ。だからといって、人から尊敬されたり、頼りにされたりしたわけではない。ただ、邪魔にならないように、地味に質素に生きた人だ。その人だがね、血の小便を出して死んだ。随分つらい病気だったらしいが、いつもうっとり眼を閉じていて、見舞う人には、柔らかい微笑みを返したそうだよ。そして、いよいよ最期になると、ありがたいことだ、あなたたちに囲まれていると、過ぎた日のいろんなことが眼に浮かぶ、そういって、笑みを浮かべて死んだそうだ。母にいわせれば、鈴の音に引かれるように逝ったという。十四、五年もまえのことだが、鈴の音に引かれて、といった母の言葉が胸に残ってね。

聞けば、そのグナエウス、若くからエピクーロスを奉じていたらしい。そこで、きみに訊くんだ。霊魂は消滅する、とすれば、冥界も天上界もない。おれはこのまま消えていく。おれはただ無くなってしまうんだ。だったら、今のこのおれは何だ、何者なんだ。デマラトスさん、おれもあんたと同じなのさ。おれは、この、おれ、がやっぱり心配なのだよ。時々、鏡に映る自分を見ていて、ふと、このおれはどこから来て、どこへ行くのか、と不安になる。騒いで帰った夜更けなんか、鏡の自分はとりわけ寂しい。まるで暗い水に映した顔みたいだ。水の底に沈んでいってもう消えてしまいそうな顔だよ。その顔が水の底から問いかけるんだ、おれって何だ、どこから来て、どこへ行くんだ、とね。なあ、そうなんだろ、きみたちにいわすと、この宇宙自然で、おれがおれである原因とおれであった結果とは必然の掟では繋がってはいないんだろ。偶然が重なり合った結果がおれなんだよな。ほら、さっきこのエピカルモスがいってた『原子の逸れ』ってやつ、『所と時とを定めないで起こる』原子のわずかな逸れ、あれだよ。原子が逸れて、別の原子とぶつかって、ぶつかり合いの偶然の連鎖が事象を形成するわけだ。おれもそうしてできあがった。神々の意図も大いなる目的もなーんも無しに、偶然たまたまこの世に現われ出たのがこのおれ。そして、偶然たまたま無くなってしまう。原子の逸れが、いくら『宿命の掟をやぶる新しい運動』だなんて言葉で誤魔化してみても……何だよ、エピカルモス。何ぶつくさいってんだ。いいよもう、あんたしゃべらなくても」

「いや、しかしな、ここははっきりさせておかねばならん。いいか、この世に徳あらしめんがため、人類は不断の努力を重ねてきた。それは人類に課せられた宇宙自然の必然である。それを、でたらめな原子の逸れで人類を必然の拘束から解き放ち、無秩序、無意味、無目的の自由へと導いたのがエピクーロスなのだ。そもそも、人類の崇高な目的は」

「あのな、崇高な目的はいいんだ。おれはただの興行師だぞ、崇高な目的を押し付けるな。おれはエピクーロス主義者の生の声を聞きたいだけだ。深い真理を求めてはいない。だからこそ、きみに訊く。なあ、デクタダス、エピクーロスは原子を逸らせて人間に自由を与えた。でも、その『逸れ』自体に原因はなく目的もなく、ただの偶然に過ぎないはずだから、この、おれ、は自由ではあっても偶然の存在だ。そうだよな、『精神自身が／万事をなすのに内的な強制をもたず、／また征服されたもののように無理強いされることがないのは／所と時を定めないで起きる／元素（アトム）のわずかな逸れのためである』というじゃないか。所と時を定めないで起きるのなら、偶然だろ。人間の魂は、それを構成する元素固有の法則の支配から、偶然によって解き放たれるってことだろうが、今度は偶然に支配されるわけだ。しかし、その偶然に何の意味があるんだ、ただの偶然だよ。結局は、おれなんか偶然出てきて、偶然消える、それだけのことじゃないのか。何の意味も何の目的も知ることなしに……人間なんて、宇宙自然の偶然なんだよ。だったらどうして、ヘラクレアの伯父貴は鈴の音に誘われるように死んでいけたんだろ、そこが分からん。なあ、ここは真面目に訊くよ、だから真面目に答えてくれ、エピクーロスの一体どこに救いがあるのか」

ここで、件の哲学者は、それ見たことか、と嘲りの笑いを浮かべて会食者一人ひとりに眼を向けた。答えは出ないよ、と告げる眼である。そうして大方告げ終わると、哲学者はその眼をやや潤ませウィリウスに向けた。さっきは人の足をすくうようなことをいったやつだが、知能は正しく働くようだと分かったからである。

一方のデクタダスだが、これほどの問題を深刻に受け止めた様子はない。しかし、一応はものを考える顔をして、いとも軽快に話しだした。しかし、そういう時こそデクタダスは危険である。何をいいだすか分からないのである。

「それ、難しいなあ、エピクーロスに救いがあるかないかじゃなくて、真面目に答えること。人生のやり直しを迫られている気がする。ま、それはそれとして、お尋ねの件だが、あんたも知ってるように、おれは徹頭徹尾自由人だ。しかし、これまでのおれの人生、偶然たまたま逸れてきたことで今のこの自由があるんだ。ひとつ例を挙げるなら、おれが四歳の時、偶然たまたま膝に抱きあげてくれた顔も覚えていない遠縁の男から遺産のお裾分けをもらった。偶然たまたまというわけは、あの時長兄は十五を過ぎていたし、次兄は十くらいかな、どこかへ遊びに行っていなかったそうだ。弟というのが難しいやつで、乳母以外に抱かれると泣きわめくような狭量者でね、あの時、膝の上に乗せられる子供はというと、偶然たまたまおれしかいなかったというわけさ。おかげで十五になった時、びっくりするような遺産が転がり込んだ。びっくりしたのは額じゃなくて、予想もしないことだからびっくりした。とはいえ、さっそくアテナイ遊学って運びになったんだが、カルキスからじゃご近所すぎる。そこで道を逸れてシキリアに渡った。あとは逸れっぱなし。おかげで自由は手に入れたよ」

「あんた、よっぽど真面目が苦手なんだな」

「いや、実際、そういうもんだよ。偶然がなければ今のおれはない、みんなもそうなんじゃないの。だから、話を戻すとね、偶然出てきて偶然消えるのが人間だとして、人間の生が偶然に支配されているのなら、気持ちの向け方次第では偶然ほど喜ばしいものはないだろって気がする。だって、偶然だよ、結果に責任の持ちようがないじゃないか。あとは偶然を受け入れる気持ちの向け方、つまり思考のあり方の問題だろ。あんたみたいに悲観的に受け入れると、宴席で真面目を問いたくなってしまう。いいよ、それで。鈴が鳴れば仕方ないもの。しかし、あのエピクーロスだがね、『偶然は知者を妨げない』と謎めいたことをいってる。『かえって、最も大きな最も重要な事柄を、かれの思考が指図してきたのであり、その全生涯を通じて今も指図しており、これからも指図する』なんてあやふやを続けて人を困らせるんだが、どうだろ、もともと脈絡が跳んでいるから、何をいってもごまかしに聞こえるかも知れんが、偶然のおかげを被って今の自分があるとしっかり認識できれば、ありがたいことに自分が嫌にならない。今の自分という結果にこれまでの自分という原因をおっ被せて憂鬱になることがないんだ。原因と結果との間に偶然という『遊び』があるってことだよ。これ、実は大切なことでね、連結部に『遊び』、つまりゆとり、または弛みだね、それがないと急激な力に対して器械は悲鳴を上げる。人間も同じだよ、生活に軋みが生じる。なめらかに事を進めるためには『遊び』が必要なんだ。おれを見てみろ、表向きおれは騒々しい人間だが、そんな『遊び』が思考できるからこそ変化に動揺せず、偶然と渾然一体、結果、心境はなめらかな鏡のように至って平静ってわけだ。ということは、エピクーロスが謎めかした『最も大きな最も重要な事柄』というのは、心境の平静、アタラクシアってことになる、今のおれにいわせれば、まあそういうことだ。結果責任を回避できるからって、お気楽を勧めようってわけじゃないんだ」

　やれやれと、笑う気にもなれないルキウスだが、エピカルモスは笑っている。両デキムスもマキシムスも笑っている。自分がいいだしたことなのに、デクタダスまでもが笑っているから、これで一件落着になるかと思えば、ウィリウスだけが真面目に何か考えている。

「だからさ、ウィリウス、あんたがさっき話してくれた流行りの劇の台詞通りなんだよ。神々のありがたみをいい当てていたじゃないか。つまりね、自分の不幸の責任を偶然の御神になすりつけて平静でいられる思考ができればいいんだ。偶然を因果の弛み、つまり『遊び』と思考してやがて至る平静な心境、これ、悲観的な人物には容易なことじゃないかも知れんが、平静は大事だよ、上手に生きていきたいなら。しかし、必然となればどうだろ。神の摂理か宇宙自然の目的か、どっちも同じことかも知れないが、必然として生き必然として死ぬのは厳しい覚悟がいるんじゃないか。原因と結果との間に『遊び』がない。過去はそのまま現在を決定するし、未来も決定論に先を越される。そこに『遊び』がないなら不自由だよ。因果の糸をピンと張って、あるべき自分へ一直線、脇目も振らずの人生だ。遊んでなくて、真面目にやれっていわれないか。あ、そうそう、忘れないうちにいっておきたいんだが、夜中の鏡さ。実は、これがすべてを象徴するんだ。まさに人の生の実相だね。だってそうだろう、おれは何だ、どこから来て、どこへ行くんだ、と問うてる自分に問うている。問い掛けだけのやり取りだよ、答え出ないわ」

ここまで来ると、ルキウスもみんなの笑いに同調せざるを得ない。当人を隣に置いて、ルキウスはわざと声に出して笑った。

「何だよ、お前こんな話がおもしろいのか、気楽なやつだ。ま、気楽なやつは笑わせておくとして、お尋ねの『救い』の件だが、仮に霊魂が不滅だとして、プラトンがいう転生説を信じたとしよう。それでも、おれ、はおれではなくなるんだ。忘却の水を飲まされて、前世のことは忘れてしまう。霊魂は不滅でも、おれ、は一回きりで使用済みさ。ついでにいうとね、あの感動的な『弁明』にしてもさ、刑死を前にしたソクラテスは『もう行かねばならないのです。わたしはこれから死ぬために、諸君はこれから生きるために。しかしわれわれの行く手に待っているものは、どちらがよいのか、誰にもはっきりはわからないのです、神でなければ』なんて最後の最後にいうじゃないか。死後についてはいろいろいってるくせに、今さらどっちがいいか分からんとはひどい話だ。分かりたければ、神に訊けって尻を捲くるんだから最後になって無責任だよ。結局、ソクラテスは自殺して救われたのかい。分からないじゃ済まされないよ。そこでつらつら考えるんだが、どうかな、どうしても、おれ、が心配になるなら、鏡に映る自分に向かって、お前、お前、と呼んでいればいいんじゃないか。お前のことなら、どこから来てどこへ行こうが、おれが心配しなくていいから救いにはなるよ。何しろ、鏡に映ってるやつが憂鬱そうだから、関わっちゃ駄目だ、道連れにされる」

「もういいよ、聞いていて痛々しい」

たまらず、ルキウスが口を挟むと、デクタダスは、

「何いってんだ。自己の中には他者がいるんだ。そいつが鏡に映る。時々、悪さをしかけてくる。おれって何だ、どこから来たんだ、なんていいだすよ」と、出まかせみたいなことをいってウィリウスのほうに向き直った。しかし、そのウィリウスはもう持て余し気味のようである。

「分かった分かった、いいわもう。要するに、あんたの救いは饒舌（じょうぜつ）にあるってことだ。いや、嫌味じゃないよ、感心したさ。どう答えるか興味があったのでね。さすがだよ。あんたはね、『逸れ』の問題を逸らしただけじゃない、藪から棒にプラトンを持ち出してきて、訊いてもいないのに人の『弁明』で自分の弁明をしたんだ。次から次へとまさに妙技だね、まったく意味不明な。しかし、感心はする、返してくるだけ偉いもんだ。でもさ、結局あれなんだろ、おれ、に関する限り、どっちも救いがないってことなんだよな。生がある限り死はない、だとか、霊魂は永遠不滅だとか、悟った気でいても、雷が鳴れば一目散に逃げるんだよ。ま、そんなもんだ。もうよそう、こんな話。どうせ酔いが醒めたら忘れてるんだ。あーあ、空しい宴、空しい話。それにしても、あんたを見てると不安になるよ。ヘラクレアの伯父貴とあまりに違う。あんたは平静だなんて自分でいうけど、ヘラクレアの伯父貴はそんなに落ち着きのない人じゃなかった」

　ここでルキウスはキオス産の銘酒を噴き出した。しかし、少なからぬ量が肺に流れて、体を捻じ曲げて咳きこむ。デクタダスは歪んだ自嘲の笑みを浮かべて、身悶（みもだ）えするルキウスが息を吹き返すのを待った。

「いや、参った、あんた、見るとこ見てるわ。残念な話だが、そっちの鈴が本物だ。おれなんか、天性の偽者まがい者。そうそう、そのことなんだが、ずっと気に病んでいることがあってね、随分以前のことだが、おれが鍋を集めて音階を調整していたら、尊師ピロデーモスがやって来てこういったんだ、『なるほど、宇宙自然の法は正も不正も超えたものだ、しかし、いたずらをする。お前を見ていてそれが分かった』なんてね。それをさ、褒美でもくれるのかと思ったくらいうれしそうにいったよ。しかし、こっちは未だ尊師の真意を測りかねている。おれって、『自然の法のいたずら』か。あんたの、『宇宙の偶然』のほうがよほど高級な気がする。まあ、仕方な

いね、いたずら者は落ち着きがない、ってことだ。しかし、さっきの鏡の話は別としてさ、お尋ねの『救い』の件だが、どうかなあ、これをいうとさっきのエピカルモスの話みたいに誤解されそうでためらうんだが、そもそもの話、現世で、おれ、が救われないと困るんじゃないの。死んだあとなら、おれ、はないよ。おれ、が心配なら、『今のうち』。エピクーロスはそういう教えだよ」

「そうだろうね、そのことなら少しは分かってるんだ。だからこそ『救い』を訊いた。というのは、実際『今のうち』ってことになると、おれはかえって気が急く。その先がもっと気になる。救いどころか不安にすらなる。だって、『今』なんて瞬時に逃げ去るんだ。常に取り残されているのがおれの今だよ。逃げ去るものに取り残されて、おろおろせかせか。第一、『今』を充たせるものに何があるんだ。空しい宴に空しい話、やっぱりおれは無理だな」

「そっか、無理か。あんた、突発的に深刻になるからなあ。だったらどうだろ、現前する事象の促すところに従う、といったら無理でなくなるかね。つまり、成り行き任せ、これ、エピクーロスの教説を一部いい当てているし、庶民の知恵にも通じるから実践的でもある。ただね、プラトンやらエピクーロスやらを奉じてなくても、いろいろ考える人はいるよ。大循環の風に乗り、微塵となって、宇宙の涯に飛び散ろう、と勇ましいことをいった偉い人もいる。でも、断っておくが、万古不壊の物質の静謐さに安らぐ、これ、死んだあとのおれでないと、絶対無理」

　誤飲して悶絶しかけたルキウスだが、今は冷たく含み笑いをしている。デクタダスは頭の中に『遊び』が多過ぎるのだ。偶然まかせに逸れて行ってとうとう混乱してしまったのだろう、いわなくていいことまでいっている。もう誤魔化せないと観念したからに違いないが、混乱ついでにさらに滅茶苦茶を繰り出して失地回復を企てるのがデクタダスなのである。このあたりで止めてやらないと為にならないと思って、ルキウスは大袈裟に溜息をついた。

「お前ねえ、いってること、さっぱり分からん」

「ほんとだわ、談論を偽装したただの話芸だ。この前も思ったけど、不可解な人だわ」

　デキムス青年が唇をとがらせていったのだが、ここで、なぜか大きく頷いた、または頭をがくりと垂れたのはもはや眠ったような眼の老人である。すると、隣で寝転ぶ青年がにかにか笑って会食者たちに眼を向けた。そうして衆目を集めると、青年は老人の白眼の顔を覗き込む。気配を感じたのだろう、老人はびくっとなって顔を上げた。

「びっくりしたぁ、何だお前、あれ、何でお前じゃ。やい、お前、笑っておるな。そうかお前、わしを笑うか。おい、笑うならいってやろうか、ええ。お前なあ、ホルテンシウスの本に挿(はさ)んでおる、ほれ、あの恥ずかしいやつだ、あれ、ばらしてやろうか。親が心配しとるぞ。うーん、心配しとる。いい加減にしろ、もう。分かったか。ほんとに、もう、あれだ、ほれ、あのエピクーロスとそれからあいつ、プラトンだよ、うーん、恥ずかしいやつらだ」

　老人はデキムス青年の悪趣味を際どく暴きかけたのだが、どうやら眠気には勝てなかったようだ。みんなが注視している中、老人はゆっくり頭を下げ、顔を枕に沈めてしまう。いつものことらしく、誰も気に留めた様子ではない。

　しかし、デキムス青年は心穏やかではない。あわてた感じで、

「えと、ね、デクタダスさん、大循環の風に乗りぃ、宇宙の涯に飛び散ろう、はストア派的ですね。ぼくにはそう聞こえた。でも、ストア派のクリュシッポスですが、霊魂は消滅するといってませんでしたか」と声を上げた。同時に、哲学者エピカルモスが舌打ちをする。

「若いのう、しかし、若いからバカが許されると思うなら大間違いだ。つるっぺらい顔をして、口を出すのはたいがいにしろ。寝言みたいなバカ話に、いちいち相手をするのが面倒くさいわ。あのな、確かにストア派は魂を物質と捉える向きがある。魂が物質ならば滅びるだろうって、お前、その粗末な頭でまたも浅はかを考えたのだろう。呑気な勘違いをして人様の前でバカをさらけ出しておれ。いいかおい、わしからすれば大いに異論はある

のだが、ストア派一般の考え方はな、人間個々の魂は、永遠不滅の宇宙万有の魂から息吹きとして分与されたものでな、個としての魂は消滅しても、それは神意に調和して宇宙万有の魂へ壮大な回帰をするというのだよ。しかしだ、魂が分与されるものなら質量を伴わねばならんという理屈が成り立つ。質量があるものなら物質だ。とすれば、いいか」

「いや、どうかな、よくないだろ」と口を出したのはデクタダスである。ルキウスが恐れていた失地回復を企てるらしい。

「陽気な宴席にストア派はちょっと厳しい。ただ、ひとついうとね、哲学者もクリュシッポスくらいになると、その死に方にも趣きがあるようだ、ほんとだよ。趣きは大事だ、香り立つものだ……そういうと、この話聞きたくなるだろ。しかし、お生憎だが頓馬(とんま)な話だ、あの大著作家クリュシッポスは、生酒を飲んで四日間ぶっ続けで酔っ払ったあげく、五日目に死んでしまったという例の酔狂なやつだよ。しかしね、クリュシッポスが命を賭(と)して証し立てた真実は、いかに頓馬とはいえ、酩酊五日目というのがあの世とこの世の境目らしいということなんだ。ということは、ふつう、酒を飲んで酔っ払っている状態は五日前の死、二日酔いは四日前の死ということになる。迎え酒して夜を過ごせばもう三日前の死……何だいルキウス、何がおかしい。香り立つ、じゃあおかしいのか、お前さっきから笑ってばかりだ、失礼なやつだ」

「ところで、クリュシッポスだもの、その死に方も一様には片付かない。四日間の酩酊とは全く別の死に方をしたとも伝えられている。つまり、あれだよ、もっとバカバカしくて有名なやつさ。クリュシッポスは、とぼけたロバがイチジクに喰いついたのがおかしくて、笑い出したら笑いが止まらず、そのまま死んでしまったという。これ、考えさせるね。哲学者の殺し方について、実に示唆に富む。でも、そんな剣呑(けんのん)な話を宴席には持ち出さないさ。いいたいのはね、もっと叡知的といっていい解釈さ。クリュシッポスはね、バカ笑いすることで自らのあの厖大な著作を一笑に付した感すらあるってことなんだ。だって、ロバがイチジク喰ったくらいで、急に笑いだすんだぜ。こいつ、やっぱり頭おかしい、思った通りバカだったんだ、と周りの人は避けて通ったはずだ。こうなると致命的だね。堅牢(けんろう)な哲理の構築物が一瞬の珍事に脆(もろ)くも瓦解(がかい)してゆく様を、見る人は見たわけだ。どうだい、みんな、クリュシッポスの笑い死に。ロバが何かしゃべった、という人もいるが、ロバはふつうしゃべらないよ。人間の言葉を話したのはクサントス、不死の馬さ、ロバじゃないんだ。しかし、バカげた珍事を前に無残にも崩れ落ちる知の殿堂、これ、どう思う。人類の知ってさ、究極はバカ笑いに帰すってことだ」

「人類の知がどうしたかは知らんが、ロバはイチジクを喰うよ」

「おれもそう思う。イチジクは意外にもロバの好物だ」

「待てよ、おれロバがイチジクを喰っているとこ、見たことないぞ」

「しかし、喰うよ」

「喰わないよ。いいかい、以前世話になっていた男の家では、ロバをイチジクの木に繋いでいたんだ。出がけに毎日見ていたからよく知ってる。イチジクは喰わんよ」

「喰うのもいるが、喰わないのもいる」

「いや、喰わないって」

「おれも喰わないと思うね。もし喰うんだったら、杏子だって棗(なつめ)だって喰うよ。杏子や棗を喰うロバがいるか」

「ロバはバカだからね、何でも喰うんだ。杏子であろうが何であろうが、鼻っ面の先に持っていってやれば、何にでも喰いつく」

「でも、好物じゃないよな」

「だからさ、それはロバによるんだ。好きなロバもいるんだ」

「地方によるのかも知れないね、イチジクの名産地のロバはきっと好きだよ。推測だがね、アッティカ地方の人はイチジクを自慢して外に出さないだろ、外に出すくらいならロバに喰わすんじゃないか。アッティカのロバはきっとイチジクが好きだよ」

「そうかな、それはむしろイチジクの品種によると思う。ラコニア種だと小粒だからロバには食べやすいだろうし、リュディア種は豚も喜んで喰うから当然ロバも喜んで喰う」

「あのね、仮にロバが喰ったとしても、それは干して甘さを引き立てたイチジクだよ。ふつうのイチジクは喰わないよ」

「いや、喰うさ」

「喰わないさ」

これらひと続きの会話は、デクタダスとルキウスと、ルカーニアのウィリウスと公文書館のデキムスとの間で交わされたものである。ここで誰が何をいったかは重要ではあるまい。

この喰うか喰わないかの結論がこのまま持ち越しになったのは、マキシムスが、

「どうだい、あした四人集まって実証検分に行けばいいんじゃないか」と仲裁に入ったからである。四人は互いに眼を見交わしてからマキシムスの仲裁案を受け入れた。


ところで、ロバとイチジクの談義には加わらなかった哲学者だが、何としてもこの不届き者、つまりデクタダスをぎゃふんといわせたいものだから、さっきから天空のプラトンにお伺いを立てていたのだが、プラトンからのご託宣を受ける前に、またしてもデクタダスに先を越される。

「そうそう、クリュシッポスだがね、豚の魂について奇抜なことをいってるんだ。魂の効用についてだから、聞いて損はないよ。で、そのクリュシッポスだが、豚は人間にとって最適の食料として創られたものであるから、あのように多産を恵まれているのだが、同時に、生きているうちはその肉が腐らないよう、塩の代わりに魂が与えられているというのさ。このこと、キケローだったかな、真面目に追認しているよ。魂に防腐作用があることは歴然みたいだ。とすればさ、人間でも、腐ったのがいるだろ、魂が抜けたようなやつ。塩ふってやればいいんだね」

「おう、塩なら今すぐきみにふってやりたい。頭からかぶるといい。いや、埋もれてしまえ。精神の腐乱は社会

に腐臭を放つ。いいかおい、きみたちの思考は、精神を這い回る薄桃色のぶよぶよ虫も同然だ。好んで糞尿に這い寄り、たらふく貪り、げっぷ・おくびの類いを吐き散らし、撒き散らししておるのだ。そう、きみたちエピクーロス派の言説こそまさにそのげっぷ・おくび以外の何ものでもない。おかげで、ローマの風に三日も吹かれりゃ、肌が爛れ、眼が爛れ、疣、吹き出物は精神に及んで粘い膿にまみれ、やがて腐臭を放つ」

よく分からない、脈絡もたどりにくい、しかも上品とはとてもいえない発言だが、勢いづいた哲学者は、「いいか、わが神なるプラトンは」とここでひときわ声を高め、同時に横臥した姿勢を高くもたげる。しかし、急に何を思ったのか、そのまま、あっ、と口を開けて、出かけた言葉を呑み込んでしまった。哲学者エピカルモスは、自分を見上げるデクタダスが、まさしくイタチの顔をしていると不意に気付き、どきっ、としたのだ。そして、こんな生き物にプラトンを持ち出すのは、全く無駄だし、もったいないし、逆効果だとようやく理解したのである。

いい澱んだ哲学者に代わって、とび色の眼のウィリウス・セルウェリスが濁った喉の音と一緒に話し出した。

「んー、そのプラトンだがね、時々、非難する人がいるよ、プラトンは『法律』や『国家』といった実用書で、実効性のある有益な説をまるっきり述べてはいないじゃないか、って。私見によれば、女は社会で公用にすべしってことくらいか、多少とも現実に即し、なおかつ実効性の伴った説は。今のローマじゃ、自分の細君すら公用に付しているくらいだし、自分から公用の材を志願する奇特な奥方たちもいるわ」

こういうと、ルカーニアのウィリウスは不思議な、またはにやけたような思い出し笑いをする。そして、溜めを作った。

「まあ、実際のところ、どの国もプラトンを採用しなかったってことさ。シュラクサイのディオニシウスがいい例だよ。プラトンを招きはしたが、役立たずと分かって追っぱらったじゃないか。もともと、あので、アテナイの国政に参画してその実際の支離滅裂ぶりを見るにつけ、目眩がしてきて退散したと、自分から告白した男だよ。それでいて、のこのこシュラクサイまで出かけて行くかねえ。思うに、仲間うちでは神様扱いだが、立法家ソロンやスパルタの僭主リュクルゴス、それにわれらがヌマ王みたいに、人の生き方を定めた立法家たちには遠く及ばんということさ」

「うん、きみのいう通りだ」と、すかさずウィリウスに同意したデクタダスは、

「そもそも立法家というのは詩人なんだよ」と話を変えてしまう。

「詩人というのは、神意を受けて、かくあれ、と人に掟を伝えるのが役目だ。いわば、この世の立法者なのさ。例えばヘシオドスはこういう。

陽に向かい、立ったままで放尿してはならぬ。
しかし、陽が沈めば――よいか忘れるなよ――陽がまた昇るまで、
道の上であろうと、道から外れておろうと、歩行中に放尿してはならぬ、
また前をはだけてしてもいかぬ、夜は至福なる神々のものであるからな」

「あきれたやつだ」と哲学者が吐き捨てるようにいった。さっき、『第七書簡』を持ち出された時はわれにもなく困惑したのだが、やくざな詩人に難癖を付けるのはたやすい。エピカルモスは片方の口の端を歪めて、とはいっても髭で隠れて見えないが、デクタダスのほうに顔を向けた。

「いいか、よく知られた話だが、ピュタゴラスは二百七年の間、冥界で暮らしておった。その時目にした悲惨な光景を今に伝えておる。よく聞け、冥界に落ちたヘシオドスの魂は、青銅の柱に縛り付けられて悲鳴をあげておったというぞ。また、ホメーロスの魂は樹に吊るされて、周りでは蛇たちがとぐろを巻いておったそうだ」

デクタダスも黙ってはいない。

「あまり知られていない話だが、ピュタゴラスの結社の戒律に、太陽に向かって小便をしてはならぬ、という一条がある。そうだろエピカルモス、詩人ヘシオドスが伝えた掟に倣っているわけだ。ついでにいうと、ピュタゴ

ラスの戒律の中に、松の小枝でお尻を拭いてはならぬ、というのがあって、おれは生まれてこの方、その戒律を破ったことがない。そもそも、アテナイのソロンだがね、あれは詩人だろ。常住坐臥、詩を撒き散らしていた人だよ。いわずと知れたことだが、あのリュクルゴスがお伺いを立てたデルポイの巫女は、アポロンのご託宣を六脚律の詩で伝える。デルポイには詩の女神ムーサたちの泉があって、最初の巫女シビュラを育てたのもムーサたちさ。われらがヌマ王にしてもそうだ。妖精エゲリアと共寝して、エゲリアの夢のお告げだといって人の掟を定めた。初めて人にいうのだから、覚えておくがいいよ、エゲリアの泉の妖精はヌマ王に詩を語ったのさ。人の掟は詩にあった、つまり、詩は神々の言葉を伝えてきたのさ。とはいっても、神々が詩の愛好家だからというわけではないよ。詩人に神意を語らせて、わけが分からんようにしておかないと困るからだ。神意を出し抜いてやろうってやつらが昔からいたんだ」

「ああもう、何を得意気にいっておるんだ。わけが分からんのはお前のことだ。お前こそ、神意を出し抜いて生まれ出た男だろう。いいか、よく聞け、ソクラテスがイオンに語っておられる。詩人が神気を吹き込まれた神的なものであっても、神意を伝えるただの取次役にすぎぬ、と。神々は詩人を神がかりにして、その知性を奪ってしまわれる、つまり、いいか、詩人とはな『知性の不在沈黙にある者ら』だ。そこで、尋ねる。知性が不在の人間は、人間か、え、猿か、猿面人のケルコープスか。いや、まずいね、猿面人にも知性があるわ。とすりゃあ、ま、色青ざめたキリギリス、むしろ蟬だね、蟬がいいとこだ、木陰の昼寝の邪魔をする憎きやつら。暑気を煽るわ、うるさいわ、油断をすれば小便ひっかけて飛んで行きおる」

「へえ、そうなんだ、小便ひっかけられたことがあるんだ。そりゃあ恨むわ。でも、いいのかなあ、そんな風に蟬のことを悪くいって。というのは、プラトンの『パイドロス』にあるのですが、詩の女神たちムーサが誕生して歌が生まれると、その歓びのあまり無我夢中になった人たちがいたそうです。その人たちは飲食も忘れて歌い暮らし、ついには自分でもそれと気付かないうちに死んでいったそうです。蟬の種族はその人たちから生まれたのですが、その人たちって詩人ですよね。でも、プラトンは、その蟬の詩人が死んだあとは、天上のムーサたちのもとに赴くと書いていますよ。すごいでしょ、蟬は天上世界に迎え入れられるんだ。ねえ、プラトンって、蟬が大好きなんだ」

これをデキムス青年はあどけない声音でとぼけたようにいった。もちろん、哲学者エピカルモスへの当て付けを効果あらしめるためである。さっき、クリュシッポスの話をしたら、つるっぺらい顔だの、寝言みたいなバカ話だのと親でもいわないことをいわれた。この青年はきっちりお返しをする性格なのである。そして、青年が狙った効果は哀れなまでにてきめんであった。哲学者エピカルモスはまだ咀嚼途中の食べ物を緩んだ口の端からどろりと髭に垂らしたのである。

ルキウスは眼を逸らしたが、デクタダスは唇を嚙み、そしてゆっくり首をひねった。

「さっきも見てたが、あんた、動揺すると、口が緩むの。それとも、一緒に髭を食べるからかな。その邪魔になる髭、火をつけて燃やしてみれば……おいおい、そんな恐い顔するなよ。だってねえ、口から何か出てくるのを真正面から見てしまうとね。何というか、別にそれ、珍しいわけじゃない、むしろよく見かけるんだが、たいてい赤ん坊だから。ところで蟬とキリギリスの話だがね、知っているかな、メレアグロスがどっちの虫も詩人に擬して詠っているよ。キリギリスのことを、澄んだ音の羽もつ、野に住まうムーサよ、とか、蟬のことを、わしの友だちよ、なにか新しい曲を歌ってくれ、とか。だから、詩人のことを蟬といおうが、キリギリスといおうが、誹謗にも中傷にもならない、ま、ふつうのこと。これが蜘蛛やらカマキリとなると斬新でいいが首を傾げる」

「そうそう、アニュテーだったかレオーニダスだったか、慰み役のふたりの友、蟬とキリギリスが死んでしまって、悲しむ乙女が涙を浮かべて墓に納める、そんな情景を詠った詩がありましたよね。ねえ、みなさん、これってそれとなく詩人のことを連想させませんか。詩人はさびしい乙女の友なんだもの。教養のある人ならそこまで想いを深めますよねぇ」

デキムス青年が、今度はずるそうな、ねっとりとした声でいった。

そうなると、何を小癪な、と反発するのはもちろんもう一方のデキムスである。

「おい、昔、ギリシャではな、蟬のから揚げを酒の肴にしたというのを知っているか。ところがな、詩人同様、喰えたもんじゃないから、今は誰も喰わないのさ。詩人なんかも、喰えないやつらさ。ところで、常々あきれてるんだが、あんたたちの師匠ピロデーモスは優れた猥褻詩を書くんだよな。まさに、好色文学の王者なのだね」

「うふ、違いない。よせばいいのに、みんなおだてるから」

ここへきて、やっと哲学者が、うっうん、と喉の声を出した。しかし、蟬で足をすくわれた哲学者は、立ち直るために、酒杯を二度に分けてあおる必要があった。

「いいかね、よく知られたヘロドトスの一節に、神々の系譜をたて、神々の称号を定め、その権能を配分し、神々の姿を描いてみせたのは、ヘシオドスとホメーロスだとある。しかし、このふたりの罰あたりが、神々をいかにおどけた姿に描いたか。こいつら詩人にかかると、神々は大酒を飲むわ、遊び呆けるわ、戦さをけしかけるわ、女を追いかけるわ、まるで山賊野盗の扱いだ。あのヘシオドスを見てみろ、あの男、大神ゼウスに一体何人の女神を取り持ったか。次々に女を替えるなんて、まるで、今のローマに範を垂れているではないか。また、ホメーロスを見てみろ、あの罰あたりは、大神ゼウスと女神ヘラは初めて互いを眼にしたとたん、親の眼を盗んで肉体関係を持ったなどとぬかしおる。お前、それ、どこで見たのか、とホメーロスにいってやりたい。デクタダス、きみにいうのじゃないよ、いっても仕方ないのだ、これはみんな聞いてもらいたい。神のごときわがプラトンは、自ら詩人でありながら、詩人を国家の敵とみなし、追放したいわくを。われわれが幸福で善きものとなるためには、欲望や快楽への衝動を支配せねばならない。それら衝動は枯らさねばならんのに、詩は水をやって逆に育てる。

おい、若いの、よそ見をせずによく聞け。いいか、『詩を真実にふれた真面目なものと考えて、それに真面目にとりくんではならない。詩を警戒しなければならない』とわがプラトンの書にもあるのだ。『実は哲学と詩の間には昔から仲たがいがある』。その仲たがい、いや争いだ。その争いとはな、『人間が善いものになるか悪いものになるかという争いなのだ』。ご一同、ここはよく考えねばなりませんぞ。詩を選ぶと、人間は欲望や快楽を身に溜め込んで悪いものになってしまう。しかるに、哲学は、さあその哲学は……ああもう何だよ、今みんな一緒になって溜息をついたな。けしからん、ほんとにけしからん。哲学は、といったとたんに、何だ、一斉に胃もたれでもしたのか。ああ情けない、きみたちがほんとに人間の種族なら、わしは神々を恨む。いいか、よく聞け、詩人などはなあ、真理から隔たること猿族より遠く、真理の様すら見分けのつかぬ朦朧（もうろう）野郎なんだっ」

最後になって語気荒く決め付けたからだろう、宴席に動揺のようなものが走った。語気が荒いだけではなく、声も大きかったからである。迷惑げに顔を顰めた一同だが、中にひとり平気なのがいる。さっき、よそ見を注意されたデキムス青年なのだが、今のエピカルモスの話をどう聞いてどう理解したのか、

「ところで、蟬の話に戻しますが」と軽快な若い声を上げた。

どうやら青年は蟬を逃すつもりはないようだ。それはいいが、この軽やかな若い声に気勢を殺（そ）がれたエピカルモスは指で鼻を弾かれたみたいに、見るも無残にうろたえてしまう。語気荒く決め付けたとたん、軽くすかされたせいなのか、さっきの蟬の当て付けが今も効いているのか、眼玉が右往左往する有様で、デクタダスなどは興味深くその様を見ている。しかし、考えてみるがいい、人類の叡知は若さには及ばないのである。どちらを選ぶか、人に訊いてみればすぐに分かる。若さを侮ってはならないのである。しかも相手はデキムス青年、ずるい、しつこい、小賢しいという若者一般の特徴を、自覚的に発揮するからなおさらである。だからといって、今ここでしょげたみたいに髭をいじっているのはどうだろう。こいつ、うるさい若造だな、と思っていればいいのではないか。若者とは無法者と同義同類なのだから、どうせ勝ち目はないのだ。

「えと、さっきも話しましたが」とデキムス青年はたじろぐエピカルモスを尻眼にもう勝ち名乗りを上げる気分のようだ。

「プラトンがいうように、蟬はやがて天上に赴く貴（とうと）い虫ですよね。ティモンがプラトンのことを、『蟬にも劣らぬ美声の持ち主』だったといってますから、その鳴き声もきっと美しいはずです。でも、その蟬をぼくはまだ知

らないのですよ。イタリアじゃあ、滅多に見ることがないもの。だからこそ、貴い、そうでしょ。知ってますかメニンクス島のカクバット王が妾のコリンナに与えたニンフの羽衣には蝉の羽根が縫い付けてあったそうです。カクバット王は千金を積んで手に入れた。というのは、その羽衣、陽に当たると七色に輝き、月の光に照らされると、透明なさざ波のように揺れたそうです。この世のものではないとさえ噂された。王妃アルキトエがコリンナを毒殺したのも、あのニンフの羽衣が大いに関わっていたといいます。だから、ぼくは神々が造られた虫の中でも、とりわけ蝉ははかなく、美しく、貴いものと思っています。だって、ひと夏、何も食べず、天上界の滴だけで命を繋いでいるのですよ」

「なあなあ、『蝉の亭主がうらやましい／女房はいつも黙ったまま』と詠ったの誰だっけ」

　仲裁のつもりか、話をごちゃ混ぜにしたいのか、とび色の眼のウィリウスが割り込んでくる。しかし、どちらに加勢した話か分からないからだろう、哲学者も青年もあからさまに無視した。さらには、蔑みの眼をちらと向ける。ただ、ギリシャ生まれのエピカルモスは蝉など木の瘤同然に知っているから、今のデキムス青年の話に、俄に元気づいてしまった。

「ふん、バカなやつだ。いずれ実物を見て、腰を抜かせ、何が天上界だ。なるほど、プラトンは詩人を蝉だとおっしゃった、のかも知れん。しかし、お前は、わがプラトンの深甚(しんじん)なる教えの裏側や底のほう、また、その思想の遍歴の跡にはまるで気付いておらん。知りもせず、減らず口を叩くのは、おとといまでだ。いいか、あの蝉の声だがな、あれはオスがメスの気を引こうと、欲望と快楽に身震いしつつ鳴く声なのだぞ。メスを想って命ぎりぎり、汚れた情欲に絶命寸前といった鳴き声だ。しかも、それが人並みにしぶとい」

「え、そうなの、ほんとに」とデクタダスがまた話をひったくる。

「おほ、そりゃいい、メスを想って命果てるまで鳴き通すなんて、しかもそれがしぶといだなんて、まさにオスの本懐じゃないか。われら一同、蝉詩人にあやかりたいもんだ」

　すると、

「そんなの、ローマの男じゃないわ」とデキムス青年が誰にともなく小声でつぶやく。

もちろん、デクタダスは気にもしない。

「いいかい、かつてプラトンなどが屁理屈をこねだすずっと前のことだがね、神々は人間と共にあったというよ。神々は、われらと共に野原を歩み、共に遊び賭けにも興じ、共に女の取り合いをしたのさ。ゼウスなど立派なもんだ。蟬詩人どころじゃないよ。ほら、白鳥や雄牛に変身するのは陳腐だとしても、黄金の雨に変容して、女が閉じ込められた部屋の壁の隙間から、しみ込んでいくなんて秀逸だろ。とりわけ振るってるのが、亭主とすりかわってでもその細君と懇になろうってやつさ。しかも、一晩の長さを三倍に引き延ばして愉しんだというぜ。今頃、どうだっ、て感じで、雲の上でふんぞり返っていると思う。あれこそ大神、女のためとあれば、一心不乱に策をこらし、猪顔負けの突進を見せてくれる」

「猪で思い出しました、あのオデュセウスが猪から受けた傷を癒したのも、アウトリュコスが歌った詩でしたよ。詩の力は傷さえ癒す、祈禱師も詩人です」

このデキムス青年の言葉に、デクタダスが首を傾げつつも応えようとするので、ルキウスは袖を引いて止めた。

「もういいよ、きりがない」

「ええ、何でだ。今日は大人しいくらいじゃないか。ここで止めが入るとは思わなかった。しかも、キンナじゃなくて、お前から」

「みんなに嫌われていいのか。お前ね、人の話におっ被せて、止め処ない話に持って行くから疲れるんだよ。これだけみんなを聞き役にしたらもう十分だろ。それとね、デキムスくん、きみも気をつけたほうがいい。これ以上デクタダスに付き合っていたら、ほんとに似てくるよ。見てみろよ、こんな風になってもいいのか」

ここで、よせばいいのにエピカルモスが、

「さっきもいったことだが、もう一度いう。こんなに程度の低い、しかも不敬きわまりない談論に興じている宴

席は、ローマ中、どこを探しても、ない」と追い打ちをかけたものだから、

「それ、いっぱいあるよ。あんたが呼ばれないだけだよ。なぜ呼ばれないか、分かるだろ」と、デクタダスに返されてしまった。これには、公文書館のデキムスさえもが苦笑いをする。

そんな時、眠っていた老人が唸り声を上げげつつ体を起こし、ぼうっとした眼を宙に浮かせた。すると、給仕役の少年ふたりが心得たとばかりに駆け寄り、老人の両脇を支えて立たせたる。どうやら小用に立つようだ。

「あとで分かるが、戻ってきたらおもしろいよ」と、ウィリウスがルキウスにささやく。

「しかしまあ、痛ましいものではあるがね」

その痛ましいとされた老人が帳の向こうに消えてしまうと、入れ替わりのように、家令のマコンが顔を出した。その顔というのが、うっかり冥界でも覗き込んでしまったみたいに、白眼の眼玉がぎろっと飛び出し、開いた口がしきりと声のない暗い虚無を吐き出している。マコンの後ろの暗がりには、男の影がふたつあって、見ようによっては、冥界からの使者のようでもあった。


さあ、デマラトスだが、いくらおどけた化粧が邪魔をしようと、人相を一変させるくらいに驚いて、竜巻みたいに席を立つ。よほどあわてたのか、会食者たちへの挨拶もなかった。

ただならぬデマラトスの様子に、デキムス青年がまず酒にむせた。揚げたウツボの切り身に伸びたデクタダスの手は雲丹(うに)の和(あ)え物の皿にもぐり、もう一方のデキムスは無理にねじった首の痛みに顔を歪めた。そして、一同顔を見合すのだが、たった九人の宴席でふたり欠ければ、それだけで雰囲気が変わるものだし、音楽を奏でていた女たちも、今は休憩中のようだ。急に静まり返った宴席に、みんな違った場所に紛れ込んでしまったような気分でいる。そんな中、気を利かせた少年たちが食べ散らかした卓上や床の掃除を始めた。三の膳が配膳卓に運ばれてきて、焦げた小麦の臭いや甘い蜜の香りがしたが、みんなに気付いた様子はない。

公文書館のデキムスだが、いつの間にか密告者を探るような眼つきになっている。デキムスはその眼のままで

「カエサルは王になるのかねえ」と、誰にともなくいった。

応えるものがないままに少し時間が経ってから、

「この先、誰と何を競うか、ですね」と、デキムス青年が大人びた声で応じる。もう一方のデキムスは舌打ちをした。

「もう誰もいませんよ、競う相手。人の限りを超えた栄誉を手に入れたんです。今度、パルティアでもどこでも攻め込むようなことになれば、いずれ王の凱旋てことになりますよ。四度目の独裁官に、執政官も兼ねていれば、もう並ぶ者がいない、王になったみたいなものだわ」

王と聞いて、なぜか落ち着きを失ったルカーニアの地方名士ウィリウス・セルウェリスが濁った喉の音を出す。そして、

「聞いた話だが」と切り出した。

「もうすぐ、ムンダ戦の祝勝式がある。カエサルはほら、十月の凱旋式の定め通り、ローマの市壁の中に入れないが、ローマに戻ったカエサルの子飼いのやつらは、勝利を祝う行列に、カエサルの立像を押し立てて行進する気らしい。どうだろねえ、神々か、王の扱いだよ。しかも、元老院は、クィリヌスの神殿やカピトルの丘に、諸王と並べてカエサルの像を祀ることを議決したろ。いいのか、そこまでして」

ウィリウスは最近もどこかの宴席でこの話をした。カエサルを熱烈に支持しその栄達を喜びながらも、このローマで王位を匂わすなど、権勢を誇示するにしてはあまりに無頓着、危うささすら感じてしまうのである。ウィリウスが今も愚痴のような拗ねた口ぶりになってしまうのは、カエサルを案ずる気持ちの裏返しなのである。

そんなウィリウスの拗ねた声に、公文書館のデキムスが冷笑を交じえて応えた。

「そんな風にだね、元老院がカエサルに栄誉決議を加えていくのが奇妙じゃないか。あれでは人の妬みを買う。しかしね、穿(うが)った見方をすれば、これが練りに練ったはかりごとで、元老院は、人の妬みを買わせるために、わ

ざと栄誉決議を積み上げているとすればどうだい。姑息といえば、姑息だが、狙いは外れていないようだ。大っぴらにはいえないが、いろんな噂が飛び交っている。怖いよ、噂は、独り歩きするから」

公文書館のデキムスは、ローマ人士の常として、知っていることは洗いざらいいってしまうつもりのようだ。

「というのは、驚くなかれ、あのデキムス・ブルートゥスやトレボニウスさ。変な動きをしているという噂がある。パンサやガルバもつられて動いているとか。ルキウスさん、あんたどう思うね、アントニウスの周りにも煙が立っている」

「あっ、それ、ぼくも最近聞きましたよ。いくらなんでも、ありえないわ。だって、ガリアで戦端が開かれてから、ずっとカエサルのそばにいた連中ですよ。受けた恩義は計り知れない。それを思えば、ねえ。どう思います」

ルキウスは問われて初めてゆっくり笑った。遠い話を聞いたみたいな気分だった。誰もがルキウスの返答を待っているようだが、どう思うか、と問われても答えようがあるはずがない。ルキウスは茹で上がってふやけたような奇妙な笑いを続けながら、今朝訪れたプブリウス邸の物騒な様子を思い出していた。騎士長官時代の失政で、カエサルに遠ざけられていたアントニウスが、来年の執政職を約束されたわけだから、それを祝いこそすれ、胡乱な動きに及ぶわけがないだろう。しかし、そう思う一方で、ルキウスは今、別の光景にめぐり合った気がしている。それは、一連の続き絵のようなもので、王たちの像と並び立つカエサルの立像と、その立像を肝を冷やして見上げる群衆、その背後には、暗い決意をした者たちの灰色の眼、そして、アントニウスの灰色の眼、それらが水の上の影のように揺らいで見えた。もちろん、今の話の印象があやふやに浮かび上がっただけなのだが、最後に消え残った印象は猛禽のようなアントニウスの顔、アントニウスはきっと裏切る。

ルキウスの返答がないのを見て、とび色の眼のウィリウスが急に高い調子の声を上げた。

「噂だろ、ただの噂じゃないか。あいつらはみんなそろって忠臣だよ。人の栄誉を妬むやつなら、どこにでもいる。カエサルを妬むついでに、一蓮托生、あいつらも一緒に妬んで、根も葉もない噂をでっちあげるのさ。噂っていうのは、まさか、と思わせてこそ値打ちだからね。そのうち、カエサルがカエサルに謀叛を起こすという噂も聞こえてくる」

最後のバカげた軽口には誰も反応することがなく、大方は煩わしい雑音を聞いたかのように眉を顰めた。しかし、その一方で、みんなそろって同じことをばらばらに考えている。妬むやつらには、共和政という父祖伝来の大義があるということ。それを知ってか知らずか、

「マキシムスさん」と、今度は逆に沈んだ声でウィリウスが声をかけた。

「今はどうあれ、あなたはお歴々方と親交を深めておられた時期があった。どうですかね、ただの噂にすぎないが、噂って人々の願望を映すこともある。噂に急かされて事を起こすこともあるかも知れない。自刃したメテッルスや小カトーの周りにいた男たち、いまだにポンペイウスを慕う者たち、そんな連中、人の噂をどう聞くでしょう。去年の凱旋式ではメテッルスや小カトーのために多くの人が涙しました。憤りを隠さない人々もいた。さあ、どうですかね、宿意を晴らす時機を探ってはいませんかね」

「そう、不思議ですよね」と、デキムス青年がまた口を出す。もう一方のデキムスはやはり舌打ちをした。

「そっちのほうの噂をあまり聞かないですよね。カエサルに恩義を受けた者たちばかり噂になっていますよ。ウィリウスさんがいったように、ほんとはそっちの人たちのほうが危ないでしょう。だって、ムンダの戦さで、ポンペイウスの息子たちは惨敗しました。いよいよカエサルは王の権威に近づきますよ。それを黙って見ているでしょうか、どうですかね、謀略とか暗殺とか、ぼくは複雑だな、どっちがいいか」

マキシムスは眼の色を深くして誰にともなく微笑んでいる。そして、やはり黙っている。みんなが見守るなか、マキシムスはやがてゆっくり首を振ったが、それは、謀略などない、ということなのか、知らない、ということなのか、それとも、いいたくない、ということなのか、誰にも分からなかった。マキシムスは首を振った後、きりっとした顔に戻って、その表情を隠すように顔を下に向けてしまう。みんな、固唾を呑む思いがしたが、そんな思いは打ち消したいから、逆に、ぎこちない笑顔を作って互いに顔を見合わす。

ここで、哲人エピカルモスが不意にいいたいことを見つけたようだ。

「おい、さっき、トレボニウスといわなかったかね。あのデマラトスだが、マッシリアの戦さ以来、多少の繋がりがあるそうだ。金も貸しておるそうだよ。さっきからいなくなってしまったが、謀叛の密談をしているとしたら、どうだい。しょせん、どっちも卑しい成り上がりだ」

本人がいればいえないことだが、みんなも同じように思っているからだろう、聞き咎めた者はいない。

「それなんですよ、さっきから不思議なのは。トレボニウスは何の誉れもない家の出ですよ、もちろん公職に就いた先祖はひとりもいない。でも、護民官になり、法務官になり、今では執政官格で扱われているじゃないですか。一体、誰のおかげか。ヒスパニアでの戦役で命拾いをしたのも、やっぱりカエサルのおかげじゃないですか。カエサルが助けに行かなければ、多分死んでますよ。そんな男が裏切るのかな。カエサルの敵なら、ほかにいっぱいいいるんだから」

「バカなやつだ、裏切るのは敵ではないぞ。言葉の意味を知っておるのか。裏切り者とは、身近にいて、追従笑いに慣れ、習い、性になった男たちだよ。行く先々で、大勢の女たちをカエサルに世話したやつら。卑屈なまでに服従し、すべての功がひとりの男に集まるのを、指をくわえて見ていたやつらだ。しかし、そんなやつらが腹の底で育てておるのは」

哲学者はここで話を止めた。みんなはほろ酔い気分を吹き飛ばし、一様に眼が据わってきているのに、デクタダスは逆にとろんとした眼で人の話を聞いている。確かに、エピクーロスの教説には、隠れて生きよ、とか、国事不関与の教えがある。それと関係があるとは思えないが、どうやらデクタダスはこういう話が苦手らしい。

哲学者はデクタダスがつまらなそうに酒杯をすすっているのを確かめると、朝日のように元気になる。顔つきには一層の威厳が加わり、べとべとになった顎ひげを撫で、撫でたその手を漱ぎ鉢で洗うゆとりも見せつつ哲学者は話を続けた。

「もちろん、カエサルもバカではない、たいていのことは知っておるのだ。だからこそ、逆に警護の者を遠ざけている。どこだったかの小料理屋で耳にしたのだが、カエサルは、ヒスパニアの親衛隊をいずれ近い将来解散させる意向らしいぞ。身辺警護は弱気や不安の徴だからな」

「え、警護兵を解散させるんですか、本気かな。へえ、やれるもんならやってみろ、ですかね。それって、何だか、バカにしているみたいだ」

「なに、これまでと同じなのだよ、幸運の女神フォルトゥナにすべて委ねて、腹を括(くく)っておるのさ。誰よりも運を尊び、誰よりも運を恐れ、その意味するところを誰よりも知る男だからな。いってみりゃあ、運を相手の賭けに出た男さ、人生そのものが大勝負なんだよ。しかしまあ、どっちにしても、みんなこの戦さ続きに飽き飽きしておる。これ以上乱世が続くのを誰も望みはせんさ。事を起こせば、もう泥沼だ」

「どうかな、また内乱かも知れないよ」と、ウィリウスがいうのに合わせ、公文書館のデキムスが、

「お前は知らないだろうが、マリウスとスッラの内乱の時代、ロストラには人の首が山と積まれ、辻ごとに血だまりができて、痩せ犬が喉を潤していたんだ。ローマの空には無数のカラスが舞ってな、街道沿いには槍に突き刺された首級(しゅきゅう)が何百何千、きれいに並んでいたぞ」と実は自分も知らないことを若いデキムスにいって脅した。公文書館のデキムスは、首都ローマが血塗られた内乱の日々にあった頃、サラビアで神官の稚児をしていたのである。しかし、話した本人が見たわけではないとはいえ、あながち嘘ではないのである。

さて、話を聞いたデキムス青年だが、その口元に笑みがあるのはほかでもない、きれいに並んだ槍の穂先に、従兄のデキムスの顔をした不機嫌そうな生首が、何百何千、ずらりと並んでいるのが儀式の飾りのように眼に浮かんだからである。青年は、何かいたずらをいってやろうと思ったが、デクタダスに似るのを恐れて、中途半端に口をつぐんだ。

ちょうどそこへ、クウィントス老人が両脇を少年ふたりに支えられて戻ってきた。老人はみんなの眼が自分に集まったのを知ると、少年たちを払いのける。幾分斜めに歩いてきて、臥台のそばまで近づくと、まるで演技を始めるみたいに、寝転がった酔客たちに一瞥(いちべつ)をくれた。そして、いきなり声を張り上げる。

「わしは老いてこそ高らかにいうぞ」

老人は自分の声にたじろいだかに見え、多少低めに声を調整した。

「わしこそ若さ、その美しさの讃美者だ。そのはかなさ、その驕慢（きょうまん）、侮り、おもねり、そのすべてを讃美する者だ。

春を待つ若き者らの頭が凍え、
ん、何（なん）か違ったか、ま、ええわ、
青春の女神ユウェントスが、
ここんとこ、へーべでもええのじゃ、
今日はユウェントス。
はて、この先ごっそり忘れたなあ、ま、忘れたものは仕方ない、
ゼフェロスの風に木々が芽ぐみ、ヤマネは交尾し、へへ、
いつもは、ここ、ヤマネじゃなくて、クロリスじゃよ、リス、はは。
花々の香りのごとく、時は若き者らの頬に触れて流れる、ん、流るる、あれ、
しかし、いっておく、こんなこと嘘に決まっておるわ、
むしろ、時は脇目も振らずの一直線、あとさき知らずに盲進し、
あおりを喰ったわれらはもろとも、老醜へなだれ込む、てか。
何じゃい、おいそこ、最後くらい聞けえ。さあこうだ、
驕（おご）りの春に忍び寄る影深きもの。
若さは束の間の宴。されば、
葡萄の酒杯を惜しむな、散り敷く落花を惜しむな。

あーあ、今日はどうもよくない、気が乗らん、悲観的になっておる。それ、なんでか、分かるか」

老人はここで、ふふ、と不気味に笑った。誰もが困ったような顔をしていたからだ。

「よし、聞かせてやろう。あのな、デマラトスの戻りが遅いのはあれじゃよ。さっき顔を覗かせた男たちはデマラトスがマッシリアへ送った密偵たちさ。息子がマッシリアの二人委員だか参事会員だかを抱き込んで、デマラトスに禁治産者宣告をするらしい。ローマじゃないぞ、あのマッシリアで願い出た。何でかねえ、あの男、ローマ市民になったはずだが。どっちにしても、デマラトスの全資産は遠からず息子のものさ、あは。あとは、閉じ込められるか、放逐されるか、ひょっとして、殺されるか。人間、年老いるとそういうものじゃよ。よし、今こそいおう、忘恩、狡猾こそおぞましき若者の本性、奸佞邪知（かんねいじゃち）の簒奪者、悪辣卑劣の擦れっ枯らし」

続きがあるかと思っていたら、老人は臥台に這い登って、

「ふふぁーあ、老いは眼ざわり、だったら、山に捨てろ、海に捨てろ」とごねたと見るや、そのまま体を伸ばして寝てしまった。

みんなは、寝込んだ老人にいたわるような眼を向けている。そして、それぞれがそれぞれにわが身を思いつつ、デマラトスのことも心配した。

すると、

「歳を取るのは複雑ですね。でも、いずれみんなこうなるんだ、感慨深いものがあります」と若い声が上がる。お前に、何が分かる、という譴責（けんせき）の眼を集めたものの、デキムス青年は不敵な薄笑いを浮かべたままだ。ほんとは、老人よりも、気に喰わない今日の会食者たちを憐れんでいる。あと、まあ十年、二十年も経てば爺さんばかり。山に捨てよか、海に捨てよか。

「ところで、パルサーロスの時、アントニウスの馬廻りにおられたとか」

丁重なものいいでマキシムスが初めてルキウスに声をかけてきた。ルキウスは手にした酒杯を置いた。

「わたしはアフラニウスの大隊を預かっていたから、丘の麓で向き合っていたことになりますなあ。わたしは軍団旗の前に馬を進めたアントニウスをよく覚えていますよ。不思議な戦いでしたなあ。こっちは、三倍近くの兵員を擁していたし、迎え撃つには好都合に丘側に陣も敷けた。自分の持ち場を守るだけで、よもやのことにはならないはずだった。あの日、勝利を疑った者などいませんでしたよ。ドュラキウムの前哨戦では散々に痛めつけたはずでしたから。もう勝ったつもりであとの評判を気にしたのでしょうな。いや、こんな話、ご迷惑ですかな」

いやあ、とルキウスがいう前に、哲人エピカルモスが感じ入ったような声を上げた。

「さすが、大ポンペイウス、人間、最期の日にどうあるべきかよく理解しておる。いやあ、感服。そういえば、今評判のあの小カトーの最期もそうだね、みんな知っておるだろ、腹搔っ捌いて自殺したが、机に伏したその屍の下には、プラトンの『パイドン』が開かれておった。哲学は、畢竟、死への準備なのだ。ああ、このことだよ、このこと、デマラトスに聞かせたかった、無駄かも知れんが、戻ってきたら……」

「わたしはね」とルキウスはエピカルモスの声を遮り、

「勝てないと思いましたよ。丘の上の陣容を見た時」とあの時の戦慄を思い出しながらいった。

「そうだね、確かに。しかし、負けたのは不思議でもないようにも思うのですよ。多くの人は、ラビエヌスの七千の騎兵が、たった千のカエサルの騎兵に追い散らされたのが敗因の第一だといいます。そりゃあ、七千もの騎馬兵を密集させたわけだから、動きの取りようがない。それを見て、カエサルは第四列の備えをしたそうですな。しかし、わたしはね、あの日押し寄せてきた先陣が誰の指図もなく、途中で急に停止した時、ぞっとしたのですよ。いざ打ちかかろうというその時に、まず力を溜めて、休んでいるかに見えた。いや、確かに休んでいた。わたしは凍りつきました。持ち場を守れ、と下知を受けたせいもあるが、第一列はすくみ上がって、打ちかかろうともしない。ただ投げ槍の的になっていましたよ。で、案の定です、左翼のほうから陣容が崩れ、ポンペイウスは将軍の徽章を捨てて逃げた。それを見るや、わが大隊の第三列が逃げ出して、あとは総崩れです。密集隊が散り、散ったと見るや顔と喊声（かんせい）が押し寄せてきて、わたしの周りにも矢の雨が落ちてきた。もう助からないと分かったのでね、わたしは逆にアントニウス目がけて一騎駆けしました。しかし、打ちかかろうにも、矢に射られた馬が暴れて、勝手に右手の川へ走った。おかげで命拾いしました」

ルキウスは、ああ、と声が出そうになった。確かに、丘へ逃げ登る軍兵を蹴散らし、二、三の従者を従えた騎兵が一騎飛び出してきたのを覚えている。それに誘われたのか、騎馬の数は見る間に二十ほどに増え、まっしぐらにルキウスのいる軍団本営へ向かってきた。抉るように突き進む騎馬の前に、第二陣の密集隊形が崩れ、鷲旗を守るルキウスは身震いして帯剣を抜いた。ルキウスは馬上にあって、一瞬、眼の前が昏くなった記憶すらある。騎馬武者たちが川へ逃げたのは、総攻撃の金管が鳴り響いて太鼓の音と一緒に味方の第三列が動き出してからだ。その時も、先駆けした一騎は、残った数騎が落ち延びるのを見届けてから、手薄な川のほうに馬を向けた。その見事な働きに、味方の誰もが追わなかった。

ルキウスは黙っていた。追撃戦に移ってから、見たこと、したことを思い出したくなかった。敵方の宿営地を襲う時、カエサルは殲滅を命じ、死者の火葬も許さなかった。

ふいに、「アントニウスで思い出したが」と公文書館のデキムスが声を上げる。その下卑（げび）たものいいに、思いに沈んだルキウスはやはりドキッとする。

「キケローが使ってる男から聞いた話だ。キケローってやつは、他人さまの閨ごとにまで首を突っ込むやつだからね、ま、あの連中はみんなそうだ、昔からそうだ、法廷に出ると、愛人の数から、手をつけた女奴隷の売値から、寝取った他人の女房の名前まで、何から何までぶちまけるようなやつらだ」

「それは少しいい過ぎだと思います。キケローは稀に見る傑物ですよ。閨ごとを暴露して人格攻撃をするのは、ギリシャの昔から法廷戦術の常套です」

「うるさいっ、で、その男がいうにはね、ムンダの戦役から戻るはずのカエサルは、実は敗れて死んだという噂が届いたのだそうだ。出迎えに行ったアントニウスは敵が攻め寄せてくるのに怯え、途中から引き返して家に戻ると、フルウィアに抱きついたというよ」

「おお、フルウィアって、あの首の長い、とがったような女だな。昔、クロディウスの女房だった女だ。アントニウスだが、若い頃、親から勘当を受けてクロディウスのところに転がり込んでおった。その頃から懇な仲になっておったらしい。しかし、一度は捨てた女だ。わしは、弟子のひとりから聞いたのだが、もう黴が生えてもいいような歳だというぞ。そうそう、誰かが他所でいっておったが、人間、嫌になって捨てたものを、また取り戻したくなるのは習性だ、おもちゃを与えた子供と同じだ、とな。自分で捨てたものが惜しくなる。取り戻したら、また嫌になる。時の歯車がことんと回れば、また疎ましくなってぽいと捨てるわ」

「そうかな、おもちゃかな。フルウィアって、クロディウスがあんな風に死んだあと、アントニウスのいわくつきの悪友クリオに嫁いだじゃないですか。でも、そのクリオはユバ王との戦いであっけなく戦死ですよ。そして今度はアントニウスでしょ。何だかぼく、死を運んでいる女だと思うな。そんな女いますよ」

「どこにおるんだ、訳知りなことを抜かすな。とにかくおれ、カエサルあたりに押し付けられたんだろうと思ってたから、どっちかといえば気の毒に思ってたわ。で、話というのは、そのアントニウスがだよ、泣き虫小僧が母親の胸に飛び込むみたいにフルウィアに抱きついて、もうお前一筋、浮気などしない、あのミモス劇の女優ともきっぱり別れる、といったそうだ」

ルキウスは動揺に備えつつ話を追っていた。それでも多少の動揺はある。ルキウスはとっさに手を伸ばし、食卓の盃を取って一気に飲み干した。すると、なぜか肌が粟立つ。

「ああ、あの女優だな。今どき、何百もの男たちを芝居小屋に集められるのは、あの女優くらいだといってよい。オリゴももちろんいい。アルブスクラも男の夢見を騒がす女優だ。だが、あの女優は別格といってよいな。下劣で卑猥なミモス劇だが、あの女優が舞台に上がれば、優美ですらある。何しろ、姿がよい、所作もよい。あんな優美な女が猥褻を演じるのだから、もうたまらん。魂がきゅきゅと鳴りよる」

哲学者はこんなことも分かっておるぞと自慢顔だが、あの女優の名前が出ない。だから、デキムス青年にはどんな女優か見当がつかない。

そこへ、

「キュテーリスだよ」と助勢を買って出たのはルカーニアのウィリウスである。しかし、自分からいいだしておいて、みんなが眼を向けると蔑むように鼻を上に向ける。下手な相槌でも打とうものなら、突っかかってきそうな感じもある。

「アントニウスが家に入れた。鍵も渡した。そのアントニウスがキュテーリスを捨てたってか。笑っちゃうね、三回逆だろ。あの女はね、ウォルムニウス・エウトラペルスがしこんだ女さ。奴隷だった女だよ。ウォルムニウスが磨き上げた。だから、ウォルムニアと呼ぶ人もいる。どっちの名前で呼んでも返事はしないよ、そんな女だ」

いってることとは裏腹に、どうやらキュテーリスはウィリウスのご贔屓の女優であったみたいだ。いろいろ調べ上げているようで、

「そのことで、おもしろい話がある。ペトゥスを知ってるだろ」とペトゥスの名前だけ吐き捨てるようにいう。もちろん、みんなは、知らない、という顔をする。しかし、とび色の眼のウィリウスはそのまま話を続けた。

「そのペトゥスがいうのを聞いた人から聞いた話だ。でまあ、話というのはこうだ、去年のことらしいが、キケローがアッティクスと一緒にウォルムニウスの宴会に呼ばれたそうだ。そしたらなんと、そこにはキュテーリスがいて、臥台のウォルムニウスに体を寄せて一緒に寝転んでいたらしい。かつては国家の父とも讃えられ、自らは共和制の礎であり、かつまた良心であると思い込んでいる男だよ、そのキケローさまの宴席に卑しい女役者が同席している。驚いてどうしたと思う。中座して、ペトゥスに宛てて手紙を書くのさ。キュテーリスが、なななんと、このおれさまの宴席にいるって。それ、おかしくないか。誰がいようと構わんじゃないか。手紙を書きた

ければ、あとで書けばいいことだし、会った時に話せばすむ。おれはね、あんなキケローでも、のぼせあがって、まごついたんじゃないかって思うんだ。だって、細君には恵まれなかったやつだろ。六十になって、十五の小娘を婚礼の閨に連れ込んだやつだぜ。そんなキケローが、あの大女優キュテーリスを前にして、平静でいるわけがないよ。おれなら前に進み出て、尻踊りでも、みみずく踊りでも踊ってしまうね。だって、食事の最中に失礼してさ、えらいこっちゃ、なんて手紙を書くんだぜ。あのキケローにして、動揺のあまり常軌を逸した」

「ちょっと待ってくださいよ、あなた方はキケローのことをよく悪しざまにいわれるが、そんなことはありえないことだ。女役者の嬌声(きょうせい)が、賢者の憩いの宴席にふさわしいはずがないのです。あの大キケローがたかがミモス女優に動揺しただなんて、とんでもないわ。どんな手紙か知らないけど、便所に立ったついでに取り留めのない日々の偶感を記した程度だ、絶対。いいですか、キケローは根拠のない誹謗中傷さえ法廷の論告にまで高め得た稀有な人物のひとりです。しかも、弁論ひとつで国を救い執政官にまで昇り詰めた。同じアルピヌムの貧しい生まれでも、マリウスみたいに血刀(ちがたな)を振るって執政官にたどり着いた男とはわけが違いますよ。わたしはキルケイイの田舎にいた頃から、いつもローマ、そして、キケローを遠く仰ぎ、目指していました。わたしにとって、キケローはローマそのもの、十の軍団にも代えられない」

「へえ」という無言の声は、みんなのあきれ顔に見えた歎息である。もちろん、無言の声はよく聞こえるから、デキムス青年は、青年らしく思い切り拗ねた。

ところで、さっきから、控えの間あたりでいい合うような人声があって、それが止んだとみるや、日暮れの風と一緒に吹き込んできた男がいる。とはいっても、足元が覚束ないのは、どこかで相当聞こし召してきたからだろう。

「ああ、遅かったなあ」と迎えたのはデクタダスである。

「あっちの部屋で通せんぼされたよ。きみの名前をいったんだが、お連れの方はもう来ておられます、といってきかないんだ。どうなってる」

「はてね、どうなってるのか」

「おや、宴の主催者がいないみたいだね」

「カエサル暗殺の密談に行ったのさ、あは」と、公文書館のデキムスがデクタダスに代わって答えた。

「どこでも同じだね。このローマだけでも、一日に千回くらいは内緒話で死んでる」

ここで、名告げ奴隷がデキムスに耳打ちしたのだが、それを聞いたとたんに、デキムスは、ひぇ、と声を出した。


「いやいや、わたしは法務官のキンナじゃない。いつも間違えられる。もっと安全なキンナ、詩人のキンナだ」

そういって、キンナは臥台に上り、デクタダスとルキウスとの間に割り込んできた。

詩人と聞いた哲学者は、思い切り眉根を寄せ、さらには眼を吊り上げ、

「ふん、詩人か、詩人などあれだ、いっそのこと、殺してしまえ」と、聞こえるようにつぶやいたので、キンナはきょとんとして顔を上げる。

「さっき、詩人論を戦わせていてねえ、詩人がお気に召さないのさ」

「そりゃ、困ったなあ。石をもて、詩人を打て、屍は野の獣に喰わせよ、か。そうだ、オルフェウスみたいにさ、狂った女たちに首をちぎり取られるのはどうだい。首がころころ転がって、川に沈んで眼が開く。水の底からこの世を見るのさ。オルフェウスは詩人の元祖だよ」

「あんたのいうことはいちいち分からん」

「あの世からこっちの世界を見る時は、水が浮かべる光の膜を透かして見るのだ」

「もう、ますます分からん。さっき、このエピカルモスがいってたが、詩人は霊感を受けて神がかりになるが、同時に知性を奪われるのだとさ。あんたを見てると、なるほどと思う」

「バカってことか。はは、そりゃそうだ。ところで約束したものはね、厨房（ちゅうぼう）の者に渡した。相当煮詰めたもの

だから、水で二倍に薄める、今給仕役が持ってくるよ」

「何の話だい。煮詰めたものって、何のことだ」

「交尾したヤマネよりも効き目のあるやつさ。相当すごいものらしいよ」

デクタダスが公文書館のデキムスに答えたとたん、老人がふわっと体を起こし、

「おい、わしは、ここでは、飲まん。あのな、持って帰りたい」といってまた顔を枕に沈めた。

「やっぱり、聞いてた。すごいな」

「すごいよ、執念は眠らないんだ」

「いや、それにしてもすごい。今のこと、のちの世のために記録しておくべきだ」

「それより、交尾したヤマネより効き目のあるやつ、っての、もう一度聞かせて、起きるかどうか見てみよう」

デクタダスがデクタダスらしいことをいったのだが、マキシムスが渋い顔をして首を振った。

「あのね、待っている間に、今朝思いついた詩を朗誦してもいいかな。まだ、途中なんだが、ガダラのメレアグロスに倣って、と副題だけはあるんだ。どうだろねえ、せめてキタラの伴奏がほしいんだが」

メレアグロスの名前に、哲学者がデクタダスに険しい眼を向けたのだが、キンナはしれっとした顔で臥台から身を起こすと、伴奏を待たず、もちろん、みんなの承諾も得ぬまま作り声で詠い出した。

やい、ドルカス、待て間抜け
ヘーリオドーラになにをいった。
箒(ほうき)で尻をぶたれたぞ、
ゼーノフィラには犬を放たれ、
ティーマリオンには汚水の洗礼。
スキュルラなどは間男におれを追わせた。

おれは染屋の角まで走って逃げたぞ。

お前の伝え方がわるいのだ。

今度書く詩は、憂い顔の恋男、
それはかくいうわたしであるが、
つれない仕打ちに心ふたぎ、
閉ざされた恋の窓辺にため息ついて、
三四行もひねり出せたら合図をする、
あとはダマスクの花の臥し所へ招きいれよ、と
そうお伝えしろと、いったはずだ。
やい、ドルカス。

ここで思い出したように声を上げたのは、デキムス青年である。

「あれぇ、詩人のキンナは有名じゃないですか」

この青年の声が無視された理由は、例えば、ウィリウスの不満げな反応にも伺える。ウィリウスは、

「まだ続きがあるんだろ、長そうだね。しかし、どうかな、袖にされた恋男の嘆きを演じようってわけだろうが、ありふれた筋書きの割に設定が安直すぎるようだ。どうせ楽屋落ちなんだろう。いっちゃあ悪いがもう落ちてしまってないか」と暗に休止を求めたのである。

キンナは、

「そうだね、落ちてしまっているね。ありきたりの筋の割には長いし。よし、捨てよう、よくないわ」と、素直に同意する。

　そこへ、給仕役の少年たちが列になって入って来た。それぞれが捧げ持つのは、効き目のあるやつを容れた酒杯であろう。

「おっ、来たね」

　瑠璃と金の粉を混ぜた空色の吹きガラスの酒杯は、デマラトスが家格の高い人たちをもてなす時だけに使用される。二度ばかり使用されたことがあるが、今は高価な酒杯よりも中身のほうが貴重である。儀式めいてしまうのは仕方がない。一同、捧げ持つ形で酒杯を受け取ると、神霊を畏み拝むように眺めて息を凝らした。

「けど、ちょっと多いなあ、いやあ、相当多いぞ。ひと匙といったのに、どんな匙を使ったんだ。三倍、いやそれ以上ある。大丈夫かなあ、これ効くからなあ。あ、そうか、だったら、ふつう二倍の水で薄めるところ、六倍の水で薄めればいいんだ。なるほど」

　キンナは不思議な計算をして、六倍、と少年たちに指図した。

「すごいね、ここにいても臭うぞ。効き目がある徴だろうが、鼻がひん曲がるほど臭いや。何が入っているんだ」

「聞かないほうがいいよ。実はこれね、ニコメディアの郷士からの頂戴物さ。時々、送ってくる。そいつ、コルキスの王女メディアが残した秘伝を、テッサリア中の魔術師たちが調合してようやく得た秘薬だというんだ。でもまあ嘘だろう。ほんとかい、と訊いたら、返事をしぶった」

「メディアだとしたら、ますますすごい。しかし、これ、臭すぎるよ。飛んでる虫が落ちてきそうだ」

「なあ、メディアの秘伝なら危なくないか。風呂の例があるし、若返っても死ぬよ。この類いの秘薬は死を近づけるだけじゃないの」

「習慣にならなければいいんだ」

「おい待て、それ水で割るんじゃ臭くて飲めない。なあ、強い生酒で薄めるといいんじゃないか、香料もいるだろう。おい、水じゃなくて生酒で割れ。それと薄荷、薄荷を混ぜろ」

「この臭い、どこかで嗅いだぞ」

「熊の脂だね」

「いや、これは臭いという臭いを全部集めた臭いだ」

「コルキスには全身赤い毒トカゲがいるらしいです。とても効き目があるそうですが、見た人は、眼が爛れるそうです。だから、眼を閉じて捕まえるのがた大変で、貴重なものらす。そのどくトカゲ、混じっていていてた」

デキムス青年がまた口を出したのだが、その声は明らかに上ずっていたし、末尾が不明瞭だったのは、ふいの身震いに襲われたからだろう。話したあとでも、俄に口が渇いたのか、あわてて葡萄の酒杯に手を伸ばす。どうやら、この手のものは初めてらしい。

「お前ねえ、その話、メニッポスの『コルキス探訪記』の受け売りだろう。法螺吹きメニッポスといえば、知らん者はおらん。愚かなやつだ、何でも信用しおる」

「トカゲはあっても、まさか、ヤマネはないだろうね」

「赤いトカゲか、どうかな、赤蕪って色でもないしなあ、よく見れば濃い緑だよ」

「確かに、緑ですね。でも透かして見れば、赤も感じます」

「おい、お前は若いから遠慮しろ」

その高飛車な声の出どこに、デキムス青年は、毒トカゲよりもっと長めの生き物の、眼光鋭い一瞥を放った。

すると、公文書館のデキムスはゆっくり眼を伏せ、

「だったら、半分にしろ」とひるんでしまう。

「デマラトスが戻らないよ、少し、残しておいてやらないと。必要な歳だろう」

「あの御仁には必要ないわ。無駄とも知らず、学問・芸術に淫しておる。わしがプラトンというたびに、舞い上がりよるわ」

「おい、ルキウス、一気に飲むんじゃないよ。いうのを忘れていたが、ゆっくり食べ物と一緒に飲むんだ、胃を傷める」

「何だ、最初にいってくれよ。臭くて飲みきれんから、我慢して飲み干したんだ」

「ぼくも一気に飲みました」

「おれもだ、しかし、死ぬことはあるまい」

「いや、ルクレティウスの例があるからな」

「あは、エピクーロスの徒にはふさわしい死にざまだよ。肥大した欲情にはち切れたのだ。猥褻そのものの棒立ち野郎が、ぶざまなもんだわ」

「えー、そういうあんたも飲むのか」

「節制の徳を積んだからこそ」

「うわ、首から上がかっかしてきた。玉ねぎを生で齧ったみたいだ。涙が出る、鼻水が出る、鼻の奥が灼ける。うわ、かっかしたのが下のほうへ下りていく。おい、なんだか汗ばんできたよ、うわ、ひぃー」

　この騒ぎ、最初から苦笑いしていたのはマキシムスであった。しかし、酒杯を口に近づける時、急にほどけたような顔になって、口の端から舌をのぞかす。みんなが臭いに音を上げても、独り臭いを克服して、小気味よくこくんこくんと喉を鳴らした。不思議に神妙でいるのはデクタダスで、こんな時は飲んだ感想の数々を右へ左へ押し付けるのだが、臭いか味かに気が萎えたのか、声を出しそうな気配がない。一方、節制を唱えてやまぬ哲学者は、くっと息を飲み込み瞑目して、沈思黙考の境地に入る。その脇で、公文書館のデキムスがもがくように首を伸ばすと、どうしたのだろう、デキムス青年が意味もなく、へへへ、へへへと、体をよじって笑った。そして、ふと気付くと、クウィントス老人が片眼を開け、みんなの様子をじっと見ている。何ひとつ見落とさない眼をしているのに、吐いているのは深い寝息だ。

　ところで、ルキウスだが、おれは何だろう、と思いながら、ぼうっと前を向いている。怪しいものを勇んで飲んで、汗を浮かべて、身震いして、これは一体何のためだ、と思っている。臓腑を焼いて、おくびを出して、こんな苦しい思いをして、さあ、おれは何がしたい。ああ、吐きたい。しかし、吐いたら媚薬がもったいない。

ルキウスは頭をゆらゆらさせ、苦悶の表情で、ああ愉快だ、と思っている。何が愉快か。それは何もかもだと思っている。何だか知らないが、生き物を焼いたのと、蒸したのと、炊いたのと、干したのを食べた。ってことは、あれっ、おれは死んだ生き物を喰ってしまった。大皿に、何と死の盛り合わせ。そうか、なるほど。しかし酒が不味い。そして臭い。臭くて不味い酒を飲んでいるうち、宴が終わり、一日が過ぎ、一日分だけ命が縮む。これが愉快でなくて、何が愉快だ。ひょっとして、これはエピクーロスのエピクーロスたる所以か、そうか。ただし、エピクーロスは大昔のギリシャ人だ。そりゃあとっくの昔に死んでるわな。そうか、おれは死んだ男の話をしたのか。なるほど……だったらおれは、死んだやつらと生まれてくるやつらの隙間にいるってことじゃないのか。そして隙間はだんだん狭くなる、はは。さはさりながら、やいデクタダス、お前にだけはいっておく、そんな顔でおれを見るな。お前の顔に吐いてやろうか、はは。しかしああ、忘れはしないがキュテーリス。忘れはしないが、思い出せない。ってことは、心配だぞ、おれの頭。そりゃあ酔ってなんかはいないがね、しかし、気の迷いだから仕方がない。あれは妄想、錯覚、物狂い、のぼせ、迷妄、それにあれだ、昏迷、幻惑、妄念、発狂、あと、言葉はないのか。からっけつか。さて、よく見てみれば、これは冥府の図ではないのか。亡者の影絵。喰い散らかして、何を騒いでおるのか。そうか、カエサルは王になるのか、王様か。だったら、おれはカンパーニアの農地を広げる。デマラトスに金を借りよう。おっと、ユーニア、実家の資産が傾いたから、離縁してもいいのだった。たんまり嫁資(かし)の付いた新しい嫁をもらおう。そしたら、金を借りずに済む。正直いえば、小川の噴き出すあたりから、いや、あの男の土地は全部ほしいね。だって、干涸らびた果樹園の間抜けな地主、おれだよ。懐までも干涸らびて、あは、不正借用は高くつく。間抜けなおれだね。ならば、もう一度、黙って内緒で水を引く、万策尽きたあげくの水かけ論、面倒臭いや。となればいよいよ、おれは本気で次の嫁を探さなければならない。あのマメルクス・ユニウス・グラティディアヌスに持ちかけてみようと思う。おいおい、そりゃあちょっとまずくないか。ユーニアはマメルクス・ユニウス・グラティディアヌスの世話で嫁に来たんだ。そうか、ユーニア、お前は十二で嫁に来たのか、え、三か四か、忘れた。十年前だな、いや、そんなはずない。だって、娘を生んで、娘はいくつだ。そうか、おれには娘がいたのか。おっと、おれには息子もいた。息子は親父が連れて行った。今頃どうしているのだろうか、親はいつも心配する。しかし、ユーニア、おれは後ろ姿をよく見ているよ。後ろ姿は、人の裏側。自分だけには見えない自分、これは何かの戒めだろうか。しかし、ユーニア、後ろ姿が切ないよ。後ろ姿の細い肩。あと、細いのはどこだ、解けない謎だ。んー、おれ、意味分からんことを考えようとしているぞ。だからだろうか、吐き気がするよ。頭はぐらぐら、心臓はどきどき、うわ、何だ心臓。こいつめ、このまま外へ飛び出す気か。ならば、飛び出せ、心臓。なにしろ、「あなたの惚れ惚れとする笑いぶり」、とくれば、まあ見てればいい、必ず飛び出す。「それはいかさま、／私へとなら　胸の内にある心臓を／宙にも飛ばしてしまうものを」とね、やっぱり飛び出す。思った通りだ。ならば、わたしに詠え、キュテーリス、おれはもう、「あなたを寸時(ちょっと)の間でも／見ようものなら、忽ち／声もはや　出ようもなくなり、／唖のやうに舌は萎えしびれ」ってな。おやあ、うるさいって、おれのことか。おれはサッフォーを詠っているのだ。そのおれに、誰だ、うるさいってか。やい誰がいった、そこの爺ぃか、爺ぃならば仕方がない。だったら、おれは舞おう。おれが舞うと、キュテーリスが詠うよ。「冷たい汗が手肢にびっしょり、／全身にはまた／震へがとりつき、／草よりもなほ色蒼ざめた／様子こそ、死に果てた人と／ほとんど違わぬ」。何だぁ、また爺ぃか、今度も爺ぃ、またもや爺ぃ、どこかへ連れて行けぇ。とすれば、だよ、おれはやっぱり死ぬのか、何だそうか、そうだったのか。だったら、今際(いまわ)の際のサッフォーだ、サッフォーを最初から詠おう。そしたら今度はキュテーリスが舞う。

ああーあ、おかげでおれは支離滅裂。どうやらおれは酔っているね、はは。

家の奥がくらい。そして、デマラトスはまだ戻らない。体をゆらゆらさせて奇妙な声を出していた者たちは、ひとりふたりと動かなくなる。

青い帳の部屋からは、笛とキタラの音楽がゆったり聞こえる。女たちが声を和して歌いだした。客人たちを、奥の酒宴の間へと誘う歌だ。五人ばかりの少女たちが奥から出てきて、会食者たちの歩く先に籠いっぱいの花びらを撒いた。そして、異変に気付いた。

誰もかれもが死んだように酔いつぶれている。給仕役の少年たちは部屋の隅でひと塊りになって怯えていた。使用人たちが大騒ぎを始める。女たちの声も混じる。その騒ぐ声が大きな笑い声に聞こえて、ルキウスも一緒に笑う顔になった。そして、すとんと眠りに落ちた。

ルキウスが目覚めた時、横で裸の女が寝ていた。一瞬、あれ、と首をひねり、ルキウスは、わあっ、と声をあげた。

二　ときわ樫の木陰の酒宴

「わあっ、何だ、お前か、何してるんだ」

ルキウスは跳ね起き、寝台から飛び出して裸の女に向かっていった。

「どこだ、ここは、あれっ」

「もう、よしてくださいな。朝から大声を出して、ルティリウスさんたちが朝の挨拶に来ますよ」

「お前が何でここにいるんだ」

「わたしの部屋ですよ、あなたがもぐり込んでこられたのですよ」

「何ぃ、ちょっと待て、おれは」

ルキウスは脱ぎ散らした着衣を拾い集め、集めた着衣を抱いたまま裸の尻で床に座った。頭に重石が載り、胃が焼けて干涸らび、体の芯も抜けている。二日酔いなら慣れているが、どうなっているのか、眼を開けたままにはできないのだ。飛び込んだ光が頭の中を旋回して、鈍い音を立てている。

「ほんとだ、家に帰ってる、そうか、おれは家に帰ってきたのか。それにしても」

「うふ、帰ってきただなんて。デマラトス様の家僕たちが、座輿に乗せて運んできてくれたのです。届けてもらったのですよ。夜中に騒々しいこと」

「こんなこと、初めてだ」

「よくおっしゃる、十日に一度の割合ですよ」

「いや、眼を開けておれんのだ。これはきつい、きつ過ぎる。腰が、抜けた、動けん。それより水、水だ。水をどこへやった」

ルキウスは床を這い、部屋の隅にあった水甕に顔を沈めた。

「わっ、それ、あなたの体を拭ってさしあげた水ですよ。汚れた水なのに、ああ、嫌だ、また病気になりますよ。……ね、だからいったでしょ、ほんとに汚い水ですよ」

ルキウスは部屋の隅で体をくの字に曲げ、顔を歪めて荒い息を吐いていた。

「今、新しい水を持ってこさせます。そのまま動かないで。ヘロピロスさまに来てもらいましょう」

ユーニアはルキウスの下半身を着衣で覆うと、足早に部屋を出た。外で手早く指図すると、水差しを手にして戻ってくる。慣れた手つきでルキウスの背中をさすると、ルキウスの体を仰向けにした。ルキウスは、屈みこんだユーニアの顔を間近に見て、気が緩んでしまったのか、胃の中の水をげぼと吐き、吐いた拍子に、ゆるゆると失禁してしまった。ユーニアは、下半身を覆った着衣が見る間に濡れ、床に水たまりが拡がるのを見て、おや、という顔をする。もちろん、ルキウスは失禁したことなど分かっていない。ユーニアの、おや、という顔に、口元だけで笑みを返した。しかし、腸が灼ける。そして、また顔が歪む。ユーニアは汚れた着衣で汚れた床を拭くと、寝台の夏布団で脂汗のルキウスをくるんだ。

「動かないで、今、ヘロピロスさまを呼びにやりましたから」

ユーニアは寝台の枕を取ってルキウスの頭を載せ、脇の床に腰を落とす。ルキウスの額に、ユーニアの手が載った。

「今、湯を沸かしています」

ルキウスは昨日あったことに、まだ気付いていない。自分に何が起きたのか、今、何が起きているのか、問いかけだけが頭の中をぐるぐる回った。

ところで、ユーニアが医師ヘロピロスを呼びにやったのにはわけがある。ルキウスは去年の秋口から体調を崩し、幾人かの医師の処方を受けた。しかし、一向に快方には向かわず、いろんな医師のいろんな見立てで処方された雑多な薬を併せ飲みして快復を待った。しかし、恐らくはそのせいだろう、年が明けてから、ルキウスは嘔吐や下痢を繰り返すようになり、肌の色が黄土色に変わり、白眼も黄色に変わった。そんな時、知人の紹介でやって来た医師ヘロピロスは、異国から来た風土病を疑い、すぐにそうだと決めつけ、庭の奥の道具小屋にルキウスの隔離を勧めた。ルキウスはひと月ばかり、道具小屋にしつらえた長さの足りない寝床にいて、終日蒸気に蒸され、一日おきに、薬草の煙で燻された。嘔吐・下痢がようやく治まり、肌の色も斑になって隔離小屋を出たのは二月の末である。春先を過ぎても、ルキウスは半ば病人であった。

だから、ユーニアは気が気ではない。しかし、ルキウスは顔に被さるユーニアの髪の毛を感じながら、今はうとうとしている。ユーニアの手がまたルキウスの額に載ると、ルキウスは深い息を吐いて寝てしまった。

医師ヘロピロスは来てすぐに帰った。ただ、寝かせておけ、とだけいった。ユーニアは失禁のことは伏せて、様子がいつもと違う、といい募ったのだが、医者は、変事があれば知らせろ、といって薬の処方もせずに帰った。ユーニアは寝台の脇の椅子に腰をかけたり、そっと添い寝をしたりして、ルキウスのそばを離れなかった。

ユーニアの眼が涙で潤んでいるように見えるのは、ルキウスの身を案じて、というわけでもない。気遣いよりは、むしろ自分の悲しみを思っている。年の初めのことだ、ルキウスの流行り病のことを伝え聞いたアスクルムに隠棲している義父が、四歳の息子への感染を恐れて、アスクルムに連れて帰ってしまった。もう半年近くになる。何度かは会いにも行き、連れ戻そうとしたのだが、アスクルムの義父は許さなかった。ここでまたルキウスが病に伏せたと知れようものなら、娘まで手許に置けなくなる。その悲しみを思っていた。

ユーニアはルキウスの深い息に合わせて、細く息をしている。息の音だけを聞き洩らさずにいる。そして、そのまま時が経ち、ルキウスがふいに濁った声で咳き込むと、ユーニアはルキウスの体を抱いた。そして、今度、娘がいなくなったら、もう許さない、と心に決めた。ルキウスは被さる体が煩わしいのか、ユーニアの顎を肩ではね退け、唸り声を上げて寝返りを打つ。ユーニアは背中を向けたルキウスを、今度は後ろから体を添わせて抱いた。病気になったら、承知しない。広い背に耳を寄せると、息の音がじかに聞こえる。蒸れた玉ねぎの臭いもした。ユーニアはうっとり眼を閉じ、沸かした湯を捨ててしまったことや、朝の挨拶に来たルティリウスたちに、部屋着ひとつの姿を見られてしまったことなどを、うつらうつら思い出しつつ、いつの間にか眠入ってしまう。


「おれ、お前に、何かしたか」

　目覚めたとたんに声がして、ユーニアは体をびくっとさせて眼を見開いた。仰向けになったルキウスが天井に向かっていったようだ。

「はあ、わたしに、ですか」

「そりゃあないよな、あり得ないよ」

　何のことを話しているのか、最初はもちろん分からなかった。ユーニアはルキウスが思いのほか元気なのを確かめてから、

「ふふ」と、笑った。

「何だ、なんで笑う」

「だって」

「そんなはずないだろ、こっちは何も覚えていないんだぞ」

「あら」

「おい、ほんとか。ええ、ほんとなのか」

「ふふ」

「気持ちの悪いやつだ、そんなこと、おい、どうだ、あり得んだろ、どうだ、どうだ」

　ルキウスはユーニアの上に被さり、体の重さでユーニアを圧(お)しつぶすのが好きである。ユーニアはルキウスの

体の下でぎゅーうと喉の声を出すのだ。若い頃から、同じことばかりやっている。

　気紛れではなく、健康のために、夫婦は寝室を別にしたほうがいいのである。かつて、スパルタ王のアギスはふいの地震に驚き、かみさんのティマイマの寝室を飛び出したまま十ヵ月戻らなかった。史実はそれを語らないが、互いの健康にいいと気付いたからと考えられる。

　さて、一昨年の冬の最中のある夜のことである、ルキウスは頭にネットを被って脇で寝ているユーニアを見て、ふいにその史実の意味を理解した。そして、翌朝、寝所を別けることにすると告げたのである。もちろん、面影に見るあのミモス劇の女優が大いに関わっていたことはいうまでもない。しかし、そんなことをユーニアに告げるほど正直者ではない。だから、アギス王の例を出し、健康のため、といい繕って、自分だけ夏用の吹き抜け天井の寝室に移ったのである。ところが、ルキウスはやがて半年で体調を崩し、それから半年経って大病を得た。健康のためにはならなかったのだが、健康のためだといったのは本当の理由を隠すためだから、寝所を別けたことと大病を得たこととをルキウスは結び付けて考えてはいない。むしろ、独りの寝所がそのまま病室になって安静を得たことは、寝所を別けたおかげであると強引なことを考えている。

　とにかく、そんな経緯がありながら、ルキウスは今もまだユーニアの部屋の、ユーニアの寝台に逗留している。ルキウスが急に気弱になったからである。今年の冬の非人間的な荒療治に怯（おび）えるあまり、催淫剤による副作用をある種の重病だと勝手に思い込んでしまった。だから、添い寝する誰かがいないと不安なのだ。ルキウスにすれば、そんな気弱な自分をユーニアに見せるわけにはいかない。そこだけはローマの男である。ルキウスは、戸口では立ち眩（くら）みのふりをし、水を飲むと無理に咳き込み、眼は始終薄眼にして朦朧（もうろう）と部屋を歩いた。そして、夜はもちろんユーニアの寝台にもぐり込む。

　しかし、ユーニアは相手にしない。いろんな意味で、以前よりは随分元気になったと思っている。ルキウスに合わせて、心配なそぶりは見せてやるものの、何日も続けば煩わしい。ただ、家に籠（こも）ってばかりいるのが気掛かりなのだが、そろそろ、ルキウスを誘い出すいつものお仲間が来るはずだと思っていた。

そのお仲間がキンナと一緒にやってきたのは、ルキウスの体に異変があって六日目のことである。待ちかねた客ではあっても、急に愛想よく迎えるわけにはいかない。ユーニアは香料の匂いだけ残して奥へ引き下がった。

さて、キンナを従え現われたデクタダスだが、開口一番、話の続きを話すみたいに話を始めた。

「次の日だがね、おれ、立ち上がろうとしたとたん、意識が飛んで横倒しさ。眼は眩むし、頭の中のろれつは回らんし。こりゃいかん、と思って、医者と葬儀屋を一緒に呼ばせたくらいさ。葬儀屋、だいぶねばったらしいが、頃合いを見てまた来るといって帰ったそうだ。愛想のいい葬儀屋だったらしいわ。期待だけさせて気の毒なことをした。ま、それはいいとして、すごいね、あれ。だっておれ、瀕死の状態だよ。しかし、下のほうは猛り狂っているんだ、ずっと。あれは恐ろしいものだ」

「一度に飲む分量を間違えたんだよ。厨房の者にちゃんといいつけたんだが。それに、生酒で割るなんて無謀だ。効き目が一度に回る」

「何度もいうがね、分量が三倍あるからって、六倍の生酒で割ったところで、分量の三倍は変わらんのだよ。無礼を承知で忠告するが、大人の顔で出歩くのは控えるべきだ。子供のお守りブッラでも首からぶら下げておくといい。あと少し分量が多ければ、どうなっていたか。それを思うとひやっとする」

「そのことだが、おれは初めから分かってたんだ。でも、多いほうがいいと思って黙ってた。そしたら、この始末さ。劇薬は同時に毒でもあるから、毒のほうの効果が出たんだね。おれにはきつかったわ。何しろ春先の大病のことがあるだろ、一時は医者も匙(さじ)を投げたらしい。水を飲んだだけで、体は震えるし腸が捩(ね)じり切られる感じだった。眼の中に光が入ると、頭の中で炸裂したよ。そうそう、家の者にいわせると、体中の血管がミミズがもぐり込んだみたいに膨れ上がっていたそうだ」

ルキウスは病人のかすれた声を出してキンナを当て擦(こす)った。ユーニアが聞いたら、鼻の脇に皺(しわ)を作って笑うはずだ。

「デキムス・カミッススという若造がいたろう、あいつ、人事不省でまだ寝込んでいるそうだ。刺激を与えると、手足が硬直するんだって。多分、死ぬんじゃないか。ところが、驚くよ、クウィントス何とかという行儀の悪い老人がいたじゃないか、それがもう随喜の涙さ、すぐに手紙が来た」

「おいおい、ぼくに来たんだぜ、その手紙」

「この世の名残に、半分でいいから、どうか譲ってくれ、とさ。浅ましいと思われるだろうが、空になった小壺を見ると、嗚咽に胸が塞がれる、あの妙薬恋しさに、夜は止め処ない涙にかき暮れ、昼はふて寝している、とか何とか」

「それねえ、めちゃくちゃに違うだろ。夜中目覚めて老いを思うと、独り闇の中を堕ちて行く気がする、とあっただけだよ。先の見えた残りの日々を、人に看られて、ただ立ち枯れていくのが悲しいらしい。この痩せ枝には姥ガラスも止まらない、とさ。いい表現だね。老いの悲哀だよ、分からんこともない。それより、ぼくに来た手紙だぜ」

「宴会であれだけ寝るんじゃ、夜中に眼が覚めるさ。あたりが暗けりゃ、生きているのか死んでいるのか、判断のしようがない。夜中に年寄りが奇声を発するのは、死んでしまったと勘違いするからだよ。しかし、あれくらいの歳になると、死んでも気付かない場合もあるそうだね。耄碌がそこまで進むと生死の境を超越するってことだ。実際、それこそ人の至福の最期だよ、容易なことじゃたどり着けない」

「きみねえ、夜中に年寄りは奇声を発するのか。死んでも気付かなければ、至福の最期なのかい。よくもまあ、そんなめちゃくちゃを考え出すよ」

「はは、めちゃくちゃか、そうかな。ところで、ほら手紙の中にあったろう、あのシモニデスをもじったような詩さ、あれ、いいね、おもしろかった」

「おもしろいって、きみ。あれはシモニデスにこと寄せて、老いゆく悩み寂しさを真率に伝えようとしたものだよ。『迷いの中にゆらぎさまよう』人の心は、おもしろがるようなことじゃないんだ。それより、ひとの手紙を勝手に読んで、どういうやつだ」

「ええっ、あんたねえ、おれが読んでるそばでは何もいわなかった。まあいいわ。それがね、ルキウス、案外出来がいいんだ。確かこうさ、いいかい、

悦楽もなく長らえる命が
何の惜しかろう。王国を併せ持つとも、
悦楽なくして心は満たぬ。
神々の永遠(とわ)の命を妬(ねた)むのは、
悦楽の絶えぬ雲居(くもい)を仰ぐゆえ。

ま、原作を超えたかどうかは判断の分かれるところだろうが、有名なやつだからもじるのは簡単だ。しかし、意味が通じているのは見事としかいいようがない。この前の青春讃歌は意味不明でさ、意識が混濁してあのまま駄目になるんじゃないかと思った。ところで、あの手紙だがね、書き役の者と相談して捏(こ)ね上げた手紙だね。今のシモニデスにしても書き役の手腕だろう。とにかくあの手この手で何とか口説き落とそうと躍起だ。しかも、あんたのことは相当調べられているよ。金の話は一切出さず、老いの哀しみを打ち出してきた。あんたの性格が読まれているんだ。金を積むより、憐れみを誘えって。誰かが教えたに違いないよ。そうそう、傑作なのは、愛の妙薬ってのが、やたら文面にあることさ。最初、何のことかと思った。だって、あれは下劣な催淫剤だぜ。ふつう、恥ずかしいから隠すよ。しかも、あの臭い、腐臭の奥に脳髄を殴打するものがあった。それを愛の妙薬だなんてよくいえたね。おれ、読んでる途中でバカ笑いしたろ」

「バカ笑いも今のうちだよ、いずれわが身だからね」

「いずれ、そのうち、ってものでもないよ。分別をかなぐり捨ててあの域に達するのは選ばれた人だけだ。何し

ろ、愛の妙薬だよ、年寄りが平気で使える言葉か」

「きみは滑稽こそ美質の第一と心得ているようだが、老いて後の人生は、ヘラクレイトスじゃないが、悲哀だよ。そんな風にね、バカ笑いしてればいいさ、いずれしみじみ分かる時が来るんだ」

「そんな風にね、予断をもって語るのは説得を諦めている証拠だ。おれにいわせれば、悲哀なんて気分を染める染料の類いだよ。然るに、滑稽は造化の妙」

「染料って、きみ、分からんことをいうね。きみも説明を諦めて煙に巻こうとしているんだろう。きみがいつもやるやつだ」

「いやいや、真面目な話、あれは胆嚢の分泌物由来の顔料が素でね、憂鬱とか気塞ぎとかも同じ顔料から来ている。みんな気分を染めてしまうから、過度に染まると医学的治療が必要になる。然るに、滑稽は造化の妙」

キンナはここでデクタダスの相手になるのをやめた。

「結局、譲ってやるんだろ」

ルキウスはさっきから、自分にも少し分けてもらってもいいかなと思っていた。適度な分量なら、春先の大病で痛んだ体の養いになりそうだと思ったからである。部分的ではあっても、健康になった実感もある。決して淫らな思いからではなく、薬草の煙で燻されるのだけは、金輪際ごめんだからである。

「ああ、いきなり届け物があったし。綾絹の小箱の中に、いびつな真珠がふた粒。まあ、こっちは差し迫って必要なわけでもないから」

「どれくらいの量を、どれくらいの価で譲る気なんだい」

ルキウスはもう交渉に入った気分である。

「相手は年寄りだろ、量としては微々たるものさ。ほんとはあまり勧めたくはないんだがね、どこから聞きつけてくるのか、頼まれることもあるし」

「え、ほかにも回しているのか」

「七、八人くらいかな。結構な実入りがあるよ」

「ええ、何かあくどいなあ、詩人てそうなの」


「ところで、さっきのカラスだがね」

デクタダスはふと思うことがあったようで、不意に話に割り込んでくる。しかし、ルキウスは、いきなり何でカラスの話だ、と不審というより不快な顔をデクタダスに向けた。

「ほんとは、これ、酒の席でしか話せないようなことなんだが」

「だったら、酒の席でしろ」

「はは、ルキウス、お前けんつくを喰わせた気だろうが、おれが一端話しかけたことを、大人しくやめると思うか。話したあとでバカにするだろうと予想がつくから、断わりを入れただけだ」

「分かったよ。話せよ」

「おう、実はね、今日出がけに、行き倒れの死人を運ぶ荷車に出遭ってさ、おもしろい話を思い出した。というのは、昔、ネアポーリスにいた頃、ティトゥス・カストリアヌスという男と知りあってね、そいつから聞いた話なんだ。何かといえば訴訟に持ち込む面倒な男だが、嘘をついて喜ぶような男じゃない。だから、信用できる話だ。そいつがいうには、タレントゥムで伯父だったという男が死んだらしい。その葬礼でね、火葬檀に火をつけたまではいい、やがて煙が舞い上がると、死んだ伯父ってやつの口がもがぁと開いて、口からカラスが飛び出してきたというんだ。何十人もの目撃証言があるというから、ほんとだよ。ほんとといえば、おれ、子供の頃にも、よく似た話を聞いたことがあるような気がする。やっぱり、カラスが飛び出す。ということは、な、こういうことだ、稀に、人が死ぬと、肉体に潜んでいた魂の微粒子がもぞもぞ集まり、形を成して、カラスになって飛び出すことがあるんだ。魂の微粒子を集めると、ちょうどカラスの大きさだから、飛び出す時はたいていカラスだ。おれなんか、冬眠から目覚めた蛙が面倒くさそうに口から出てくるのを想像したいんだが、魂の微粒子は風に最もよく似ているそうだから蛙じゃまずいわ。やっぱり鳥なんだね。しかし、カラス以外の鳥だって話は聞いたことがない。例えばほら、女神ボナ・ディアは黒い雌鶏がお好みだが、魂は雌鶏ほど大きくならないんだ。鷲がいくら天高く飛ぼうと、悔しいかな、魂ってそこまで大きく成長しないんだよ、せいぜいカラス止まりさ。さあ、そのカラスだがね、焼き場の煙の中から飛び出すと、物陰に隠れて夕闇を待つ。というのは、魂は肉体という拠り所を失うと心細いもので、首をすくめて小さくなって潜んでいるしかないんだ。これ、魂の習性だよ、心細いんだ。で、やがて夕闇が迫ると」

「おい、もういいよ、バカバカしい」

「何で、魂の行方についての話だぜ。行方知れずでいいのか」

「だって、それはそうだろ」

「ま、そうだ。だから行方知れずの話だ。いいかい、迷えるカラスの魂は闇に乗じて西へ飛び夜の森の中に入っていく。そのあと、ひときわ高い枝に止まって、夜が更けるのをひたすら待つんだ。そして、いよいよ深夜になると、かあ、とひと声寂しく鳴く。すると、魂の微粒子がほどけ散って、鳴き声が沁み入るように夜の闇の中に沁み込んでしまう。な、夜の闇の漆黒が深夜急に深くなるのはカラスが闇に溶け入るからだよ……おいおい、あんたたちそんな顔するがね、だったら子供たちにいってやるといい、夜が暗いのはカラスの黒い粒子が夜の中に溶け込むからだ、と。純真な子供たちがどれほど聡明な顔をして納得するか。あんたたちは驚異を素直に迎え入れる澄んだ心を失ってしまったのだよ……な、おれ今こうして話していても、魂がほろっとほどける光景がありありと眼に浮かぶ。まさしく、おれの魂の行く末、漆黒の夜の闇に消える」

「調子に乗ってろ。しかし、闇夜にカラスだぜ。見分けがつかんだろう、ありありと眼に浮かぶのか」

「ルキウス、お前ねえ、漆黒の闇に滲む魂だよ、視覚の領域じゃない、心眼が捉える。な、キンナ、詩人だったら分かるよな」

「何が心眼。そんなバカ話に、どう相手しろっていうんだ。続きはいいよ、話さなくて」

「突き放すねえ。しかし、天と地の間には、哲学などでは及びもつかぬことがある、なんていえばエピクーロスの悲鳴が聞こえてきそうだが、目撃証言があるからには属州民とて看過できない。おれ、あしたからカラスの観察を始めようかと思う。というのはね、かあ、と鳴くのを忘れたために、魂の微粒子がほどけ散らず、カラスの姿を留めたままで石柱のてっぺんから下の広場を眺めていたり、屍肉漁りの群れの中で仲間外れになっていたり、挙動不審の無口なカラスは時々いるよ。迷える魂だからね、動静調査は必要だ」

「もう分かった。調査をするのはきみの勝手だが、ぼくに報告は無用だからね」

「ちょっと、ちょっと、以前、死後の魂の微粒子は臍の穴から虹の弧を描いて逃げていくといったやつがいたぜ」

「バカ、それ、おれだ。お前が無邪気に訊くからめちゃくちゃを答えておいた。しかし、カルタゴの女王ディドーの魂は、虹の女神イリスによって五体から解放されたんだぜ。似たようなもんだろ」

「はは。しかし、虹のほうが絵になるなあ、闇夜のカラスじゃあ、黒のベタ塗り。画家泣かせだね。ところでお前、虹の次がカラスなら、その次を何にする気だ」

「そういえば、キクラデスあたりの島の人たちは、死んだ人の魂は貝殻の中に納められるといい伝えているね。美しい話だ。ぼくはこっちのほうが好きだな」

「いわせてもらうが、あんたたちにはおれのこの話の妙味が分からんのか。魂がカラスに変容するんだぜ。しかも、かあ、と一声、闇夜に溶ける。この、かあ、の妙味、分からんとは情けない男たちだ。やっぱり、あれだね、カラスに関してはあの髭の哲人エピカルモスと意見を交わすべきなんだわ。何しろ、リブルニアではカラスは崇拝の対象だよ。もともとフクロウなんかに追い落とされる前は、カラスが女神アテナの側近くに仕えていたんだ。そうそう、アポロンの予言もカラスが伝えたじゃないか。人間の信仰心、とりわけ信心のいわれを尋ねるにはカラスが大事ってことだ。もうあんたたちはいい、あのエピカルモスとなら奥深い愉快な議論が期待できる。ほら、この前の愉快な宴会では随分楽しませてもらった」

「愉快って、お前、惨憺たる宴会だったじゃないか、とんだ闖入者がいて、とんだ薬物を飲まされた」

ルキウスがここでもまたキンナを当て擦る。ただし、今度はもう病人の声ではない。当て擦るのがおもしろいようで、顔も喜色満面。どうやら、愛の妙薬に関する交渉事は忘れてしまったようである。

「はは、あれね、まさにアルキビアデスの闖入だ。興趣溢れる宴席が、悪臭と俗臭にまみれた」

「あの薬は、きみが、是非に、と頼んだんだよ。だから持っていった」

「だってね、人の宴席におれが勝手にあんたを招待するんだ。手土産くらい用意してくれといいたくなるだろう。ま、大概は無事だったんだし、いいんじゃないの。しかし、あの宴席、おれはすこぶる愉快だった。あんたが来るまで、おれたちは神々を語り、霊魂を論じ、詩人の中傷もやった。エピクーロスやらプラトンやらは宴会の常連だから、際どい相撲を取ったよ。結果をいうとね、プラトンは癇性を病んで泡吹いて倒れるし、エピクーロスは外道らしく尻を捲くった」

「わけが分からん。きみらしいといえば、きみらしいが、いくらなんでも、悪ふざけが過ぎる。立場こそ違え、どちらも人類の叡知だよ」

「ふふ、まあ叡知は叡知だ、しかし、互いに、互いの叡知のことを、癇性病みだぁ、外道だぁ、って思っているはずだよ。両方の立場を併せ見れば、さっきの結論は正しい。あんたも最初から宴席に出てればよかったんだ。悪ふざけなんて、決していえんよ」

　ここでルキウスが口をはさむ。

「なるほど、いつもお前を見ているから、エピクーロスを外道呼ばわりするのは分からなくもない。しかし、プラトンの癇性病みはどうかねえ。お前のプラトン、髭のエピカルモスとすり替わったんじゃないか。実際のプラトンはもっとこう、度量が広いというか、闊達な人物というか、癇性病みなんてことはないはずだ。だって、弟子たちに自由に議論させたそうだよ。自由を許したから、二代目の学頭スペウシッポスなんか大事な師匠のイデア論を継承しないし、三代目のクセノクラテスときたら、真の実在イデアとは数だといって師匠の顔に泥を塗ってる。しかし、どうだろ、プラトンの対話編には嘘が多いし、悪口だらけだ、とかいろいろいう人がいる。特に、実名を挙げられ、ソクラテスの話し相手にさせられた人たちはプラトンに対して悪意すら抱いたらしい。中には強請り(ゆすり)に及んだ人もいたと聞くよ。そりゃあ、勝手に名前を使われて虚仮(こけ)にされるわけだもの、尻を持ち込まれても仕方ないわ。そうそう、プラトンの直弟子にはろくなのがいないって話もよく聞くなあ。ほら、あのエウプライオスとかアテナイのカリッポスとか。カリッポスなんてのは、たかがプラトンの門下生にすぎないんだ。それが、僭主になろうなんて増上慢(ぞうじょうまん)を抱いた。おかげで、むごたらしい最期を迎えた。思うに、師匠の度量が広いもんで、生半可な弟子たちが小生意気を張り通すというのがアカデメイアの学風みたいだ。ま、それはいいが、プラトンが癇性病みというのは、おれは、どうかなあ、プラトンって、もっとあれだよ」

いうまでもなく、知ったかぶりは我の強いローマ人士の病気のひとつである。家に籠り続けたルキウスは友人ふたりの訪問を受け、突発的にその症状を呈してその場限りの話を始めた。久しぶりの会話だから心を弾ませうきうきしながら偉そうなことを話すのだが、どうせ全部が人から聞いた話である。結局、何がいいたいのか皆目(かいもく)分からなくなった。もちろん、聞いているほうはもっと分からない。そこをさらに続けると、デクタダスの減らず口の餌食になるのが分かっているから、ルキウスはすかさずデクタダスに向けて話題を転じた。

「それはそうと、お前ねえ、ひとをおちょくるようなことを随分いったんだよ。隣にいて、笑うに笑えない」

「ああ、癇性病みのエピカルモス。今も思うが、あれはいい男だった。おれなんかを相手にして、あそこまで真剣になってくれる人が最近いなくなってさ、それを思うと、ありがたいくらいの男だ。知ってるかな、あのマスリウスが、哲学者は『生まれつき、喜劇作家以上に口汚い』といったそうだが、どうやらエピカルモスも生まれつきなんだろうね。育ちもいいとは思えないし、上等な人物であるはずはないんだが、エピクーロス派を根絶やしにしようという高邁(こうまい)な使命感は感じた。あれは立派だ、見上げたもんだ。すぐいきり立つのには閉口したが、あの必死さには胸を打つものがあった」

「そうかな、必死だったのは、髭の哲人エピカルモスにすれば死活問題だったからじゃないか。もしあのデマラトスが急にエピクーロス派に鞍替えしたら、自分は宴席を締め出されると思って焦ったのだね。今のローマじゃ、プラトンは相当分が悪い。ストア派に対してもますます旗色が悪くなったところへ、これ以上エピクーロス派の蹂躙（じゅうりん）を許せば、出る宴席がなくなる」

「あは、ルキウス、お前にしては観察が鋭い。しかも、久々におもしろい。で、そのことだがね、ギリシャでも同じだよ。今や、アカデメイア派など絶滅してるっていうじゃないか。プラトンなんか、競技を間違えて出てきた競技者の扱いだろ、槍投げの競技場に円盤持って現われりゃあ、そりゃあ野次り倒す」

「きみは、ぼくの秘薬が清会を俗了したみたいにいっていたが、もとから随分俗な集まりだったみたいだ」

「その通りだよ、デクタダスが引っかき回さないわけがない」

「敬して拝せず、って言葉があるだろ。ぼくはプラトンを拝するほどではないが、大いに敬している。だから、プラトンを排斥するのはいい気がしない」

「敬して拝せず、なんて聞いたことがない」

「そうかい、このあたりではいわないのか。でもね、これは初めてきみたちに話すんだが、子供の頃、杏子（アンズ）の花咲くブリクシアの、水車の音に微睡（まどろ）むわが家に……ああ、帰らないとなあ、ほんとは水車などないんだが、今年は一度くらい帰らないと、で、その育ちのわが家にペルガモンだかで学んだというピリアスという家庭教師が来てね、四、五年くらいかな、学問の手ほどきを受けた。あっちでも、最初はもちろんホメーロスやらピンダロスをやるよ。そのあと、修辞学や弁論術の初歩に進んで、十四、五の頃かな、いきなりプラトンの『パイドン』の講釈を受けた。いくら成人間近でも十四、五じゃわけが分からないよな。しかし、今もしっかり記憶にある。例えば、いいかい、『知を愛し求める哲学の営みによって、みずからを浄化していた者たちは、肉体、（つまり情欲だね）それとの結びつきを免（まぬか）れて生き、美しいすみかに至る』。どうだい、まだまだ先も覚えている。それに、十四、五といっても半分子供だ、多分そのまま信じたと思うよ。学問をすると、天上界に導かれるんだ、とね。

ピリアスはよく書写を命じるのさ。だから、例えばこんなのも覚えている。『つねに肉体と結びつき、肉体にかしずき、その欲望と快楽に魅せられた汚れた魂は、手でふれたり、眼で見たり、飲んだり食ったり、性の満足のために用いたりすることのできるもののみが真実のものであると思い込むが、哲学によってのみ把握できる知性の対象は、これを嫌う』。な、すごいだろ、すらすら出てくる。恐ろしいものだねえ、ほぼ三十年、そんな昔のことを、今でもしっかり覚えている。どうだい、この先もっと続けてやろうか」

「いや、いい。もう十分。それにしても、あんた、可愛い顔をして話すね。あんた、時々、可愛い顔になるよ」

四十を過ぎた大詩人に向かって、こんなことをいう男はデクタダス以外ローマにはいない。聞いたキンナは、何か反省すべき点でも見つけたかのように、ふっ、と溜息をつき肩を落とした。いい歳をして、はしゃぎ過ぎたとでも思ったのだろう。

「そうかい、そんなこといわれたの、初めてだ……だからさ、いいたいことは、ピリアスにすればね、学問のあるべき姿を最初に教えようとして『パイドン』持ち出したんだろうと思うんだ。学問は魂を至醇（しじゅん）なものへと浄（きよ）め高め、神々の集う天上界へと向かわしめ、……ん、ま、そんな感じの。それに、ピリアスは、学問を究めるうえで何より戒めるべきことも伝えようとしてくれたんだよね。しかし、わたしには早すぎたのか、ありがたみが分からなかった。だから、言葉だけ呪文みたいに覚えた。今は感謝してるよ」

ここで、「おいおい」と戒めも効かず軽快に応じたのはルキウスである。

「あんたもそうか、実をいうと、おれもなんだ、おれも十四、五の頃に『パイドン』を鼻っつらに突き付けられた。不思議だねえ、トクサリスという奴隷身分の男だった。フリュギアのデメトリウスという学者に付いていた男だ。フリュギア訛（なま）りで哲学を語った。十四、五といえば、ほら、この世に女という種族がいて、その種族のことをあれこれ考えると、やがて鼻の奥がつーんとなって、耳の付け根がぽうーっと火照（ほて）って、体のあちこちがそわそわし始める頃だろ。だから、おれの場合、哲学するのは、情欲を抑えるため、つまり、哲学をすれば、女のことにうつつを抜かさずに済むってことかと思った。今にして思えば、それ、当たってるんだよな。だもんでさ、情欲を抑えるためには、ふつう、犬の小便の上に自分の小便をひっかければいいわけだから、哲学は犬の小便みたいなものだと理解したのさ」

「何だよルキウス、今日のお前は率先して話を下げるね。しかも、うれしそうに。珍しいや」

「いやいや、実をいうと、長兄がアルバ湖畔の娼家に入り浸っていて、親が手を焼いていたものだから、トクサリスが事情を察したのだと思った。次男だけどね、いずれローマに出されることになっていて、長男の轍を踏むのが心配だったんだろう。ローマの淫靡な風紀については、子供でもあれこれ具体的に知っていたよ。相当な知識があった。だから、十四、五で『パイドン』を突き付けられたんだね」

「そうか、それじゃあ仕方ないね。しかし、『パイドン』はそんな本じゃないよ」

キンナが力強くいった。自分が持ち出しておきながら、話の成り行きが不本意であるようだ。

「その長兄だがね、随分あとになってからだが、四日熱で死んだよ。しかし、荒淫がたたったことは確かだ。そんなわけでね、恐れているのは、荒淫の呪いの血がおれにも潜んでいる、いや、もう下のほうで脈打っているようなんだ、へへ」

「おいおい、何だいルキウス、今日のお前はほんとに変だよ。尾籠な話を得々と、しかも、妙にはしゃぐ。家に籠ってばかりいるからだよ。ところで、おれも十四、五で『パイドン』を、といいたいところだが、実は、二十歳手前さ。ピロデーモスに命じられてプラトンの対話編を四つばかり一気に読了した。あとになって気付いたんだが、その中の一つが『パイドン』だった。なああそれがさ、おもしろいよ。ピロデーモスはね、教室でね、あの快楽主義者アリスティッポスが娼婦ライスに寄せた一文をさ、それも朝からずっとだ、うっとりしながら朗誦したんだ。なのに、突然、昼飯前に、これらの快楽はエピクーロス派の見立てではない、なんて思い出したみたいにいうんだ。善きことの記憶、善きことへの願いに基づいてこそ心乱されぬ快楽が成就される、なんてね。教室に小さなどよめきが起きたよ、違うだろそれ、って感じ。だって、朝からずっと、おれたちはアリスティッポスの猥褻文を聞かされていたんだぜ。エピクーロス派の見立てくらいじゃ収まらんさ。おれたちの人間性を安く見過ぎだ。すると、ピロデーモス、おれたちの不満に気付いたんだろうね、不意に眼玉をひん剝くと、そろそろプラトンの論駁を始める、あらかじめ読んでおけと厳に命じた。これ、どうなんだろ、八つ当たりのプラトンだぜ。そういうことするんだ、あの人。ところでその『パイドン』だが、アリスティッポスのおかげで下のほうが熱く脈打っていたから、中身がちょっと覚束ない。だって、こっちは二十歳手前だよ、アリスティッポスのあとじゃ、プラトンなんか下半身が激震起こして撥ね付けるわ。そこで今、よくよく考えて、というより、話しているうちふと気付いた、プラトンを読むべき手順はピロデーモスの策謀の内だったのかも知れない。だってそうだろう、そのあたりの手順を間違えて逆をやってしまうと、賢いやつらはまずプラトンに走って、居残るのはおれみたいな門弟だけだ」

「あのな、どっちが尾籠なんだよ」

「そうだよ、それに不謹慎だ。いや、不謹慎どころか、卑下を見せかけて弁解を紛れ込ませている。実際、きみはね、『パイドン』を騙りに使ってげす根性を剝き出したも同然なんだよ」

　キンナにしては厳し過ぎるいい方である。自分の播いた種で話が不本意な方向へ転じたことにまだ自責の念を持っているからだろうか。そうだとすれば、身勝手である。

「キンナ、何度もいうが、あんたは酒の気が抜けている時は断然おもしろくない。いくら可愛い顔をしても駄目だ。おれなんか、相当無理な脚色もして今の話をおもしろくしたんだ。あんたたちの下世話に合わせたつもりだ。それをげす根性とは、とんだいい掛かり。しかしね、名誉のためにいうが、いかにおれでも、相手はプラトン、得るべきものは、しっかり得る。じゃあ、いってやろう。いいかい、パイドンがだよ、刑死したソクラテスを嘆く場面が最後にあるだろ。最後にさあ、パイドンはエケクラテスに向かってこういうよ。『おさえてもおさえても、涙はせきを切ったように流れ出て、はては顔をおおって、わが身のために泣きに泣きました——そうです、あのひとのことを思って泣いたのではありません。われとわが身の不幸を泣いたのです。何というたいせつな親しい人を、奪われてしまったのかと……』」

「これはね、ソクラテスの死というのは、ソクラテスのものじゃないってことだよ。パイドンのものなんだ。つまり、ひとの死は、生の向こう側、死の世界にあるんじゃなくて、こっち側、生の世界にあるものなんだ。生きてる者が死んだ者を悼むために作るものさ。厄介なのは、生きてる自分が死ぬだろう自分をあらかじめ悼むために死を作ったりもする。困ったことだが、この例は多いね。ま、どっちにしても、ソクラテスの死なんて、ソクラテスにとっては関係ない。案外、あっちの世界でよろしくやってる、かも知れん。しかし、よく考えてみろ、これって、途中までの基本部分はエピクーロスだよ。エピクーロスは、死はわれわれにとって何ものでもない、というじゃないか。『なぜかといえば、われわれが存するかぎり、死は現に存せず、死が現に存するときには、もはやわれわれは存しないからである』とな、使い古しだが、われらがエピクーロス派のこだわりの綱領、生きているものに死はないはずなのに、ないものを、やがて来ると勝手に予期して怯えたり嘆いたり。エピクーロスが慨歎する所以だ。それにしても、プラトンはうまいや、ちゃっかりエピクーロスを剽窃してらあ」

「よくいうよ、徹頭徹尾おかしいだろ。エピクーロスが生まれたのはプラトンが死んでからだぜ。どっちがどっちを剽窃したか。お前のいうことには無理がある」

「ルキウス、お前ねえ、物事の本属性と偶発性を理解していないんだ。死がどこに存するかの考察はエピクーロスにとっては本属性に関わるものだ。プラトンの対話編では、その本属性はパイドンが話す言葉じゃない、ソクラテスが話す言葉にある、そうだろ。パイドンがエケクラテスに話した言葉はただの偶発的、いや、突発的かな、どっちでもいいが、本属性こそ優先されるべきだ」

「きみがめちゃくちゃをいうのは知っていたが、聞くに堪えない怖ろしいこともいうね。ぼくは心配だよ、きみにはいずれアカデメイアから暗殺団を向けられる。さっきの忠告のお返しをさせてもらうが、闇夜に出歩くのは控えたほうがいい」

「いや、おれだって、プラトンを拝せずとも敬することにかけちゃあ、人後に落ちないつもりだ。敬すればこそ、安心して悪口もいえるし、まれには褒めたりもする。そりゃあ、おれに褒められてもうれしくはないだろうが、褒めざるを得ない時は褒める。例えば、あんた、あの『パイドン』の息を呑むような書き出しを覚えているかい。あれはすごいね、さすがだわ。あれ、何、その顔……ほら、最初にさあ、いよいよ刑死するソクラテスは、まず女たちを退けるよね。そして、周りに集まった門人や知人や債権者たちに向かって、のちの世に遺す言葉をこんな風に語りだすんだ。『諸君、ひとびとが快楽と呼んでいるものは、なんとも奇妙なものらしいねえ。正反対のものと思われる苦痛と、なんと不思議な具合に関係していることだろう』とね。どおどお、快と苦痛との淫靡な関係、これどう思う、初っ端から、すごいと思わないか。さすがプラトン、よくそれに気付いた。しかも、それをさあ、さりげなく、脈絡もなく、いきなり切りだすのが偉い。おれなんか、三度嘆息。今四度目だ。な、どうだい、キンナ、ちゃんと敬しているのが分かるだろう」

「きみには何度かいったことがある。きみは哲学を醜聞のように語る」

「そうだね、何度か聞いたことがある。それはいいとして」

「いいのか」

「だってそうなんだろ。それより『パイドン』だ、惜しむらくは、おれの場合、『パイドン』は最初と最後だけなんだ。何しろ脈打っていたから、その勢いでいきなり最後へ跳び移った。おかげで中身を逸した」

「だろうね、中身がないのは、きみをよく表しているよ。大切なものが欠け落ちているんだ、いや、わざと落とす」

キンナは決め台詞のようにいい放ったのだが、こういうところでデクタダスが降参したのを見たことがない。

「そうか、ふふ、そりゃそうだ。だったら、中身を入れる話をしよう。怖れ多くもプラトンの転生説さ。あれって、天上界だかイデア界だか、何て名でも受け入れるが、そのあたりで順番を待っていた清浄な霊魂がこの世に降り来たって、狙いをつけた生命体に宿りをするんだよね。つまり、肉体に真の中身を入れる。ルクレティウスが皮肉っているが、生命の誕生と共にすぐに宿りをするためには、順番待ちの霊魂が分娩に立ち会わねばならん。そこへ、順番を待ちきれない霊魂どもが肩を組んで押し寄せてみろ、どんな混乱が生じるか。時々、宿り間違いがあると思うんだ。見栄えのいい肉体には霊魂が寄り集まるに決まっているから、霊魂がごった返して……あ、おい、ちょっと待て、キンナ、まあ聞けよ。いいたいのは、その転生説の由来に関わる話だ。つまりね、プラトンは自分の子を親しく腕に抱いたことがない。だから、ピタゴラスの転生説が丸呑みできたんじゃないか、ってことさ。だって、腕に抱いた自分の子供に、どこの誰だか知れないやつの霊魂が転生してるって考える親がいるか。空を見上げて、どうか安物の霊魂じゃなく上等な霊魂が、わが子に宿りますように、なんて願っているような親がいるかい。おいおい、まあ待てって、最後まで聞けよ」

「あのな、それ、自分がだらだら独り身を通しているからいえるんだよ。きみこそ自分の子供を抱いたことがないじゃないか。子供なんか、面倒なんだろ。だったら、プラトンも面倒に思っていたに違いない、親の実感からズレているに違いないと思ったんだろ。さっきもいったが、プラトンにしろ、エピクーロスにしろ、根底にあるのは人類の救済だよ。酒の席でもないのだから、茶化すべきではないと思う」

「何だか真面目に返すねえ。しかし、考えてみてくれ、そもそもエピクーロスに操を立てようって男が、『パイドン』の中身に耐えられるか。それに何だよ、人類の救済って。おれを黙らせるためにいったんだろ。さっきから、人類の叡知だとか、人類の救済だとか、おれの忌み嫌う凡庸(ぼんよう)を並べておれを黙らせたいんだ。しかしおれね、ずっと前から考えていることがある。哲学はある時期から、峻厳(しゅんげん)な真理を伝えなくなった。人に優しい真理が横行している。真理が人のためになるって、それ、正常なことか。そのことを考えている。だって、あのストア派さえもが、人間を無視した真理を説かない。いいかい、人間の眼に余る傲慢さは宇宙自然の真理さえも飼い馴(な)らそうとしておる……あれぇ、何だよ、相手してくれないのか。そうか、やっぱり黙るしかないってことか……でも、おれ今、問題発言したよ」

「わけ分からんわ。きみが何を考えていようと、口を閉じてくれるのはいいことだ。唾(つば)を飛ばされなくて済む」

「はは、冷淡に返してくれたね。だが、沈黙こそが真理を語る」

キンナは相手をしなかった。黙るといったデクタダスが、沈黙こそが真理を語るの続きを考え始めたのが分かったからである。キンナはすかさず、

「ところで、今日来たのは」とルキウスに声をかけ、デクタダスの出鼻を挫いた。

「実は、これからオストリーナで稽古がある。どうだい、一緒しないか。具合がよくないのは知っているが、どうかな、と思って誘いに来た」


キンナにいわれるまでもなく、ルキウスは最初からそうだろうと思っていた。稽古というのは、キンナの詩の朗読会の稽古である。オストリーナの会堂の修復が終わって、こけら落としの演目にキンナの後援者の某かが朗読会を捩じ込んだらしい。早いもので、それがもうあさってに迫っていた。

「どうしようか」と不承不承にいったものの、ルキウスの気持ちはもう弾んで、家の外へ飛び出そうとしている。六日間、家に籠ってばかりいたせいである。ただ、不承不承の声が出たのは、細君ユーニアの手前を気にしたからである。さっきまで、甘えた病人を演じていたのだから。


「でも、八月になれば、いつもの朗読会があるんだろ」

「お歴々方も二、三来るがね、大方はカエサルのご機嫌伺いで出払っているんだ」

「カエサルか、カエサルはどこにいるんだ。まだナルボあたりかな」

「家でじっとしているから分からんのだよ。今、内ガリア目指して移動中だよ。ほら、きみが煙で燻されていた頃、ブルートゥスが内ガリアの統治をパンサに譲り渡したじゃないか、その弁解を聞くためだろう。せっかく取り立ててやったのに、すぐ投げ出されるんじゃあ、カエサルも穏やかじゃないだろう。それにしても、今のローマは肝心の役者がいない舞台みたいだ。終幕が近づいているのに、役者たちは降りてしまって、楽屋で主役と談合中だよ。結末を確かめ合って再登場するんだろう。結末はどうあれ、内乱さえ治まってくれればいうことはない。そうそう、知ってるかな、あの大金持ちのガイウス・フリウスがカエサルを讃えた頌歌をお抱え詩人に書

かせたらしいね。嘆願したいことでもあるんだろう。頌歌もいいが、今となれば、カエサルをめぐる叙事詩みたいな、壮大な時代の証言が必要だね」

「それなら、あんた書いてないだろ。先を越されないうちに、やってしまえばいい。すでに円熟の境地にあるんだし、いやいやほんと、ふさわしい詩人、ほかにいないよ。実はね、ちょっといいにくいけど、『スミュルナ』みたいなのは、もう勘弁してほしいって気もあるのさ。あれはもう何というか、何ともいえない。あんたには悪いが、おれには娘がいるんだ。こっちの身にもなってくれよ。でも叙事詩ならいいわ、そんな心配しないで済む。ところで、ちょっと訊くがね、あの『スミュルナ』、まさか今度の朗読会ではやらないだろ」

「きみはいつもそれをいうが、あれは櫃底に九年納め、推敲に推敲を重ねてやっと成ったものだ。当時の詩人仲間は悔し涙で筆を折り、去っていったくらいだよ」

「悔し涙かどうか、揮発性の刺激臭が『スミュルナ』から出てたんじゃないか。眼をやられたんだろ」

「はは、ひどいことというね。しかし、ぼくから『スミュルナ』をとったら何が残るんだろう。若い頃だったからやっとたどり着けた、工夫に工夫をかさねて。今となれば、もう無理だね」

「『スミュルナ』以外にもいっぱいあるじゃないか、『自身に起因する汚物に寄せて』なんか深い意味が汲み取れるし、『山出し女テュメレーの遍歴』、あの一連の短詩はおもしろい、何度聞いても笑っちゃう」

「きみはぼくを自己嫌悪に追い込みたいのか。どれもこれも酔っ払っている時に書いたものだ、しらふに戻って驚いてしまった」

「あんた、酔っ払うと神が降りるんだよ。森にイルカを泳がせたり、海底に猪を走らせたりとか、神々の助けなしには思い付かない」

「何いってんだ、神々なんか助けてくれんよ。詩はね、粒々辛苦の末にやっと成るものだ。あの『スミュルナ』がそうさ。ほぼ九年、ぼくは身を潔斎し物忌みをして渾身の力で耳を澄ませた。ま、聞こえないね。日々の労苦に倦まず撓まず、それで成った詩だよ、小便臭い洗濯女が王国を乗っ取るなんてバカ話とはわけが違う。しかし、ああやって九年も向き合えばつくづく分かることがある。きみねえ、詩人をどう思う。詩人なんてね、親方の鞭に怯える卑しい労働者だ。うまい譬えじゃないが、実感だ。ま、奴隷なんだよ、で、鞭というのが名声さ。そいつが益なき労苦に駆り立てるってわけさ。人間、名声を得んがためには、アルテミスの神殿に付け火までする。名声はそれほど人を狂わすんだ」

「その話なら知ってる。エペイソスでほんとにあった話だろ。しかし、あんたがいつもいってることと全然違うよ」

「神々なんて薄情なものだよ。ぼくはね、勧められて怪しいものを飲んだり、きみじゃないが、黄色や紫の煙を吸ったり、いろいろした。もちろん、供犠は絶やさないさ。しかし、詩歌の女神たちのご降臨を拝めたような気はしないなあ。一度、アポロンが夢枕に立ったけどね」

「それ、すごいことじゃないの」

「さあ、どうだか。夢の中で、アポロンは苦笑いしていた」

「ああ」

「つくづく思うんだが、詩歌の神々とはね、宴席での酔っ払いや上流の婦人方、そして、オストリーナの会堂に集まる暇人たちさ。はは、あながち嘘ではないよ。キンナはいいねえ、すごいねえ、っていってもらいたい、ほんと、それだけ、すべてはそこに繋がっている。名声という名のうわついた世間の評判。たちまちに風にさらわれ霞と消える。そうと分かっていても、身震いを禁じ得ない。魔物だよ、名声って」

「あんたねえ、あれじゃない、あさってのことがよほど心配なんだろ。だから身も蓋もないようなことをいって、あらかじめ落胆に備えておく。予防線を張りたいわけだ。評判なんかいいじゃないか、いい加減なものだよ。でも、今の話、譬えがまずいだけに本当らしいや」

「おれ、もうしゃべっていいかい」

「だめだ」とキンナとルキウスは同時にいったが、もちろん、デクタダスは故意の聞き違いをする。これ以上の沈黙は禁断の領域なのである。

「ところで、最近の詩人たちについてだが、詩歌の女神たちのことをまるで頼っちゃいないような節があるのは本当だね。あてにできないことが分かったのだろう。昨今、詩歌の女神たちは、出版業などが興ったことにおかんむりなのさ。だってそうだろ、女神たちが詩人の耳にささやいた言葉をさ、文字に起こして売り物にしてしまうんだよ。そりゃ怒るわ。いくら霊感と奉(たてまつ)られても、綴じ本に記録されるんじゃあ、口述調書に取られるようなものだ。そうなりゃもう、滅多なことはささやけないわ。しかもだ、流行り廃(すた)りの波に揉まれて、売れ残ろうもんなら、紙魚(しみ)に穴を開けられたり、壁の隙間に突っ込まれて隙間風の防止用に使われたり、最悪なのは、魚屋で鯖(さば)なんかの包み紙にされちまうんだ。臍を曲げて当然さ。しかしね、不思議なことに、女神たちがあてにはできないと気付いてからは、それならおれも、って感じで誰もが詩を書くようになった。今やローマは詩人だらけだ。最近、カエサルさえもムンダ戦の最中にやったらしいよ。便秘病みの顔をして、さすがに公表できんと絶望した。キケローも俗気の多いやつだから、一日五百行、自慢だらけの詩を書いて、詩を一編ひり出した。人間、まず絶望しないと、別荘持ちにはなれないんだ。それはいいとしても、詩歌の女神たちが離れていったせいだろうか、最近は俗気が旺盛でないと詩人になれない。あんたを前にいいにくいが、詩人は案外俗人なんだ。実は俗気の塊り。だから、お前にも書けと勧めているだろ」

そういうと、デクタダスはうれしそうにルキウスを見て、何か臭うものでもあるみたいに鼻を近づけてきた。ルキウスは、そんなデクタダスをふんと鼻であしらい、

「じゃあ、行きますか」とキンナを促す。そして、デクタダスに呼び止められないように、急ぎ足で奥へ向かった。続き部屋には、人気者のデクタダスをひと眼見て、からかうか、からかわれるかしたいため下女たちが五、六人、つまりおよそ全部が集まっていた。ルキウスはちっと舌打ちをして、顎で女たちを追い散らす。

奥の、開け放った私室の控えの間に、夏用の純白のトガを手にしたユーニアがいた。壁際には騎士用の靴も並

んでいる。澄ました顔で、分かっていますよ、といわんばかりのユーニアは、ルキウスが近づくと香油を携えた召使を戸口に呼んだ。ルキウスは、何もかも先を見越され、手際よく追い出される感じがして大いに気分を害した。

「属州民がひとりいるんだ、市民服はいい、このまま出る」

ルキウスは行き先も帰りの刻限も告げずに家を出た。そのこと自体は珍しいことではない。ただ、気分を害して家を出たのがいつもとは違った。

そのルキウスだが、なんと夕暮時にもう戻ってきたのだ。陽が暮れて部屋の隅に濃い影が集まると、そこから湧いて出たように家の中に現われた。もちろん、ユーニアはあわてる。むしろ、困惑する。やっと空気を入れ替えたと思ったら、もう帰って来た。食事を家で摂る気だろうか。六日続けてとなれば、料理のあてがない。

ルキウスはユーニアの顔を見るなり、

「もう参った、スミュルナをやられた」といった。詩に酔ったというより、詩に擂り潰された気分なのだ。家に籠ってばかりいたせいか、言葉の氾濫だけで圧倒されていたところへ、二番目の詠い手が本当に擂り潰す声で『スミュルナ』を詠ったのである。

一方、ユーニアはまず、スミュルナ、が分からない。格闘技のひとつかも知れないが、詳しく訊いても意味がないと悟って、

「少し、お休みなさい」といたわる声でいうと同時に、珍しくルキウスに体を添わせた。

まずは休ませておいて、食材の残りを確かめる魂胆なのだが、こんな時、ルキウスはユーニア相手にぐずぐず話しかけるのが分かっている。うまくあしらわないと、また家に籠られそうだ。

「おい、月が替わったら、アスクルムへ行くんだろ。おれも一緒に行くよ。蚊に刺されて詩の朗誦なんか聞いているより、ヤギでも追っかけているほうがましだ」

「あら、来月は祝勝式もありますし、十五日には騎士の行進だってあるんでしょう」

不審そうな口ぶりながら、ユーニアはすばやく考えている。アスクルムに行って、今度こそ息子を取り戻さなければならない。ルキウスを伴って、その元気な様子を義父に見せれば、きっと息子を返すに違いない。今度こそ、引き留める理由がないと納得してもらう。そのためには、颯爽（さっそう）とヤギを追っかけてもらわねばならない。そう思い定めるうち、われにもなく気が逸（はや）ったのか、ユーニアはルキウスに添わせた体をぐいぐい押し付けていく。その分、ルキウスは体を退（ひ）いた。

「行進かあ、行進なんていいんだ、金がかかるだけだ。しかし、あさっての朗誦会は逃れられんよ。あいつ、自分の詩の朗誦会に騎士席なんか用意している。前に座ったんじゃあ居眠りもできん」

「そうですね、ご病気だから、アスクルムへ行って静養なさるのがいいですわ」

もちろん、ユーニアはほくそ笑んでいる。

七月になると早々にルキウスたちがローマを離れたのには、そういう事情があったのである。もちろんその前に、ルキウスはキンナの詩の朗誦会には出た。出たはいいが、席が最前列の斜め横だったせいか、首の付け根に変なしこりができて、二日ばかり首が回せなくなった。ルキウスはもちろん『スミュルナ』のせいもあると思っている。

さて、デクタダスだが、ルキウスたちがローマを去って数日後、大発明家マルクス・トゥリウスに付いてコーム湖畔の山荘へ向かった。何かを発明する気などあるはずがない。純然たる避暑が目的である。トゥリウスにとってはうるさいし邪魔なだけだろうに、よく許したものである。一方、キンナはローマに残った。ムンダ戦の祝勝式を見物する。詩人であるからには、催し物を避けるわけにはいかない。人や社会を観察する機会は逃せないからである。

誰もがあとで知ることだが、キンナが観た祝勝式はある意味異様なものであった。というのは、行列があれば躁狂（そうきょう）状態になるローマの群衆が、勝利の女神ウィクトリアの神像に並び、神々の威容を借りたカエサルの彫像が近づいたと見るや、常ならぬ態度を見せたのである。群衆は拍手や歓声を止めて、水を打ったように鎮まりかえった。不穏ともいえる光景だが、もちろん、それには理由がある。

ほんの二ヵ月前のことだが、元老院の議決により、クィリヌスの神殿やカピトルの丘に、諸王と並び立つ形でカエサルの立像が出現した。人々は、自分たちを現に支配する男が、今や崇拝の対象になったと嫌でも気付いたのである。過去四百年、共和制ローマに支配者崇拝はなかった。国を救ったあのスキピオをさえ、ローマの人々は隠棲に追い込んだのだ。人の身で、そこまでの栄誉を望んでいいはずがない。不平不満は市中に広がり、人々はあからさまにカエサルの野心を詰り、暴君の誕生を予感して呪詛の言葉さえ口にしていた。そんな不穏な空気の中を、神像に伴われたカエサルの像が人々の頭越しに進んできたのである。カエサルの野心は本当であったと人々は思った。カエサルは王になりたいのだ。

キンナは人々の異様な様子を克明に記録した。しかし、それを危ぶんだ群衆に取り囲まれる。密告者と間違われたのである。筆記用具はたたき落とされ、腰に下げた水晶の魔除けを盗まれはしたが、それだけで済んだのは幸いというほかなかった。

ルキウスは八月の終わりにアスクルムから独りローマに戻った。ユーニアは息子や娘共々実家のあるアクイーヌムへ向かった。ユーニアたちは十日ばかり滞在して、昔なら、荷車一台分の食料品や贈答品を伴って戻ってきたのだが、最近は、馬の背に載る分だけで戻って来る。サムニウム地方は穀類の育ちが悪くなったという風評は本当なのだ。

召使たちの多くがユーニアたちの伴をしたから、ルキウスの家での生活が不自由になるのは仕方がない。しかし、早朝挨拶に来る庇護民たちの扱いには窮した。面倒なので小銭を渡していたが、ルティリウスの家では、かみさんがまた子供を産んだから小銭では済まないし、コルブロは足の悪い弟まで連れてくる。小銭がもらえると分かったから、朝の挨拶に来る庇護民の数が徐々に増えてしまったのだ。こんな調子が続いて毎日小銭を渡していれば、十日もすれば銭箱が寂しくなるに決まっている。どうしたものか、晩餐にでも招いてやれば金を渡さずに済むから随分安上がりなのだが、とルキウスは頭を抱えるのだが、今いる家僕たちは外向きの商いや荷運び役の男たちである。当然、粉壺の区別すらつかない。ルキウスは、銭箱の事情から、日に日にユーニアの帰りを待ち望む気持ちになった。

こうして、日々不自由をかこつルキウスだが、ローマに戻ると、直ちに使用人を走らせてキンナの居場所を探していた。誰かの別荘にでも招かれたのだろうか、三日目になっても居場所が知れなかった。デクタダスは風来坊だから、ローマに戻っているとしても居場所を探り当てるのは困難である。仕方なく、ルキウスはリキニウス・カウスやルキウス・マンリウスといった退屈な男たちと交わり、いつも善意の客みたいな気分にさせられていた。

そんなルキウスがキンナたちと再び会うのは、ユーニアが子供ふたりを連れて家に戻り、デクタダスがコームムの静養地から戻ってきてからである。ふたりそろって、クウィントス老人からの招待を伝えにきた。招待とはいっても、まだ十日以上も先の間延びした話である。しかし、酒宴はどこやらの山の麓（ふもと）のときわ樫の下に張られる。その趣向に、いい大人ふたりが浮かれていた。

その大人たちだが、キンナはふつうの袖のない夏のトゥニカ姿である。しかし、デクタダスはコームムで手に入れたガリア属州のズボンを穿いている。珍奇な姿を披露したかったのだろうが、まだ九月の半ば、夏の暑さは続いているから額に汗が噴き出ていた。

「それについてだが、以前、ポンペイウス回廊の裏っ側の木の下でさ、酒宴を張ったことがあるんだ。人が寄って来てねえ、騒いでいるうち酒甕が消えた。酒甕が消えたら人も消えたよ。しかし、ときわ樫の根元って格別じゃないか。以前、ご両所に話したことがあると思うが、おれ、実は、木の股から産まれたんだ。でね、そのことなんだが、きっとそれ、ときわ樫だと思うんだよ。というのは、まだ見ぬときわ樫を懐かしむ気持ちがある。だとしたら、ちょっとした母胎回帰だろ。酒で祝うしかないね」

ルキウスは相手にしなかったが、キンナが皮肉をいう。

「きみが木の股から出てきたのは知ってる。フユ槲（かしわ）でなかったのが幸いだ」

クウィントス老人のときわ樫の下の酒宴には、ウィリウス・セルウェリスやどちらかのデキムス・カミッス、そしてトレベリウス・マキシムスも集まるらしい。

ここでひと言添えておくが、多くの人が知るように、ローマの人は自然愛好家である。根が土着の農耕民、つまり田舎者であったせいだという人もいるが、理由はむしろ、その田舎者がそのまま都会人になったせいだという人のほうが多い。何しろ、今のローマは百万もの人口を抱え込んでいる。人が多ければ賑やかでいいと喜ぶのはスリやタカリを業務とする連中くらいで、多くの人は都市生活の猥雑さに辟易（へきえき）していた。下水施設は整いつつあるとはいえ、通りでは陽に温められた汚物の湯気がもわもわ上がっているし、ムルキアの牛市場のあたりでは、息を止めないと窒息するという不思議な現象で人々を悩ます。汚水の流れるティベリス川は風向き次第で腐臭を市内に送り込むから、地区によっては夏でも戸や窓を閉め切るしかなかった。人が多ければ、自然、死人も多いということで、エスクィリヌスの向こうから死体を焼く煙が流れてくるし、プティクリの大穴からは、投げ捨てられた人の死体の腐臭も絶えない、とかいろいろ。臭いの不平だけでも、いいだしたら切りがないくらいだから、ローマの悪口はふさわしい別人に譲ることにして、臭い、汚い、騒がしい、とだけ書き添えておく。

　ところで、ローマに人が多いのは、ローマがどうぞと招いたわけではないのである。ほかに行き場のない人々が勝手に流れ込んできたわけで、これは主に農業生産の変化による。大地主が奴隷を使って安上がりに、しかも大量に穀物生産を始めたから小規模な農業が成り立たなくなったのである。呑気な農夫たちは、作れば作るだけ損をするという事実に呆然（ぼうぜん）となり、土地を捨て、にぎやかな町にもぐり込むことしか考えが及ばなかった。ということは、喰い詰め者の大群がローマに流れ込み、ひしめいていたということだから、そうなれば、蟻の社会のほうがよっぽど健全である。「この都には清廉潔白な生業の存在する余地はまったくない。そのような生き方に精を出しても報われることは皆無だ」とのちの詩人が慨歎するように、ローマの住人たちは日に日に人品を下げるしかなかった。都市環境の劣悪さは住人の人品に及ぶというのは当たり前のことである。そのような諸々の事情が現にあるのだから、多少とも金のあるローマ人士たちにすれば、わが身だけでも都市の喧騒から離れたところに置きたい。当然の願いだろう。こうして、金持ちのローマ人士は緑豊かな田園を愛し、野原を愛し、草花を愛し、木々を愛することを覚えた。

酷なことをいうようだが、木々であれ、草花であれ、貧乏人のために生えているのでは決してないのである。つまり、ゆとりのある者たちだけが、豪壮な山荘や別荘に遠くアルカディアの牧歌的風景を偲び、庭に手の込んだ植栽や散歩道を設けたり、背丈を超える鉢植えを家の中に持ち込んでは木々を愛でたということである。例えばの話をすると、ほぼ五十年前に監察官を務めたグナエウス・ドミティウスという男がいた。この男、同僚監察官のルキウス・クラッススという男の邸宅に眼を付け、その庭に茂るロートスの木六本に、邸宅一戸分を超える法外な値を付けて、売れと迫った。それでも、クラッススは頑として応じず、売らないの一点張り。ドミティウスも引かず、売れ、売らない、で意地の張り合いをして、結局交渉は決裂したが、この話はローマ人士にとって木々の値打ちがどれほどのものであるかを示している。

さて、ここにティトゥス・ポルキリウスという男がいた。昔のことだが、徴税請負人の某かに付いてギリシャとその向こう、キクラデスの島々に赴き、そのまま九年ばかり滞在した。このポルキリウス、どれほどあくどく徴税業務に勤しんだかは知らない。ただ、九年の歳月の間に相当な額の蓄財をして、ローマに戻った時は騎士身分を手に入れていた。話は、この男がキンクス競技場の隣に座った男に声をかけたことに始まる。

ポルキリウスは、ぶすっと黙り込んだその男に、エペイソスの山中、樫の木の群生するドドナの神域の荘厳な有様を嘆息混じりに語ったのである。神域を蔽う聖木の数々、中でもひときわ高く聳えるフユ槲、そのたたずまいの自ずからなる神々しさ、ゼウスの神託は風にそよぐその葉音で伝えられるのであった。

果たして、その話を聞いた男というのが、当時はまだ壮年期にあったクウィントス老人だったのである。壮年期のクウィントス老人は、嘘か本当か確かめようのないその話を聞いて、文字通りある種の気に打たれた。つまり、老人の脳裏に或るときわ樫の古木が思い浮かび、浮かぶと同時に神霊が降りたような気がしたのである。

ローマの近郊、トゥスクルム領のコルネの丘に、女神ディアナに捧げられた橅(ぶな)の森がある。その聖域の外れ、丘を半ば下った先に、実際、老人の脳裏に浮かんだときわ樫の大木があった。天に聳え、というほどでもないが、近づけば、今も見上げる高さである。昔はここで、祭儀などが行われたのだろう、周りには崩れた石積みや穴の跡のような窪(くぼ)みもあった。

壮年期にある老人は、幼い頃、星明かりの下でこのときわ樫を見た遠い記憶があった。その時の記憶が今や神秘体験として甦ったのである。樫の古木は満天の星ぼしと交信を交わし、その意志で星ぼしをきらめかせているようだった。幼い日の記憶だから、樫の木は実際よりも高く大きく印象されて、記憶の中では黒々と夜空に聳え、星ぼしの運行さえも支配しているかに見えた。それはまさに夜の宇宙の支配者であった。

何としても、手に入れねばならない。

老人は所有するアッリア河畔の豊沃な土地とその地の山荘とを相応の額で売り払った。その金を全部つぎ込み、ときわ樫とその一帯の土地を買った。土地は広いが、当時はまだ灌木(かんぼく)が茂りさほど肥沃でもなさそうだから、木を切り根を掘り開墾する値打ちなどないと誰にでも分かった。分かったからこそ、放置されていた土地なのだが、壮年期にして、もう人のいうことを聞かない老人である。大金をつぎ込んで痩(や)せ地を農地に変え、接ぎ木梨を植えて実益面では大損をした。しかし、神秘体験には代え難いのである。

ところで、そのときわ樫だが、いつの頃からかコッセスという木喰い虫にやられ、太い枝の二本ばかりはほとんど裸といってもよかった。そのせいか、不思議に木が傾いて見え、長く見続けていると、心なしか体が傾くような錯覚を覚えた。もちろん、見る角度によっては不格好ですらある。そこで、老人は裸の枝の反対側に新しく祭壇をしつらえ、以来、その木の下で、近隣の人々や農夫たちを招いて収穫を祝うための饗応をする。三日続くその饗応を終えたあと、ついでに四日目の酒宴を用意し、老人はそこにルキウスたちを招いたのである。

この時期であるから、木陰での酒宴はなるほど趣向がいい。しかし、収穫祭ついでの酒宴であることをルキウスたちは知らない。酒、料理が残り物であることも当然知らない。それはいいとして、ルキウスにとっては、デキムス・カミッスス青年やクウィントス翁とは二ヵ月ぶりの再会である。ウィリウス・セルウェリスやトレベリウス・マキシムスたちとはそれまでに何度か寄り合いを重ねていたが、その度に、共に戦火を潜った戦友同士のような気持ちになれたのは、キンナによるとんだ珍事を生き延びて相まみえることができたからである。おう、生きていたのか、とまではいわないにしても、共に死線をさまよった同志のような共感が確かにあったし、今も二ヵ月ぶりで会う生意気なデキムス青年に対してさえ同志の絆を感じるのであった。とはいっても、ルキウスは身分柄、まずはかしこまって久闊を叙す。しかし、デクタダスはそれを飛ばして、

「なんだよ、大哲学者エピカルモスがいないじゃないか。公文書館のあの皮肉屋は、あれ、いないの」といきなりの挨拶をした。

草の上に敷物を敷いただけの席次のない宴席である、ルキウスやキンナたちが寝そべる上座の向かい側に、デキムス青年や老人の遺産の分け前に与ろうと、ご機嫌取りに集まった男たちが三人寝転んでいた。キンナは夏の一時期、トラシメーヌス湖畔にある老人の別の山荘に招かれていたが、たまたまそこに逗留していたデキムス青年に疎まれてしまった。というより、迫害を受けた。例の催淫剤の件が大きく関与している。青年がキンナとは離れた向かい側に陣取ったのは、若者らしく率直で、真正面からの更なる意趣返しを目論んだからである。キンナは詩人であるだけに、そのことを敏感に感じ取って眼を逸らしている。ところで、遺産狙いの他の三人だが、収穫祭には出たものの、そのままますんなり帰ったのでは目的が果たせそうにないものだから、居続けを決め込んだ面々である。何しろ、クウィントス老人には実子が十一人もいる。別れた細君たちは別として、いうを憚る女たちやその子供たちがどこにどれだけいるやも知れない。いくら資産があるとはいっても、口を開けて待っているだけではおこぼれにすら与れないというのがこの三人の共通した関心事、または焦慮であった。不承不承の居残りだが、目的を思えば仕方がないのである。

その三人の男たちだが、中にマントゥア生まれの若者がいて、本人は駆け出しの詩人であることをなぜか隠している。キンナがすでに大詩人であるから気が引けたという態度でもない。体つきは貧相なくせに、鷹揚に構えているから相当な自信家かも知れない。あとのふたりはどこにでもいるふたりである。顔が大きいわりに表情の乏しい男と鼻梁が高いせいか顔の造作が縦一筋に集まったような印象の男、この男は蔦の花冠をあみだにして頭に載せていた。ふたりとも五十がらみで、男も五十になってくすんでしまうと、他にこれといった特徴がなくなる。つい忘れそうになるが、宴席の末席のやや遠いところに、そこはもう天幕の外になるのだが、見るからに農夫らしい男たちが四人かしこまって座っていた。そろって、空から落ちて来たみたいに眼玉をぱちくり動かしている。引き出物でも何でももらって、すぐにでも退散したいのだろう、誰かが話しだすと、ひやりとしたように顔を伏せた。

さて、クウィントス老人だが、前日までの饗応疲れで、まだ宴席には出てこない。しかし、酒宴はすでに始まっていた。

今、熱心に話しているのはルカーニアの田舎名士ウィリウス・セルウェリスである。

「一族の者がみんなして息子の側についたよ。あの男も、よほど人徳がなかったのだね。昔からいた連中を遠ざけていたし」

ここで、あの男、というのはデマラトス・プロティスのことを指している。

「それにしても哀れだ、禁治産者宣告か。みんなして息子の肩を持つんじゃ、そりゃ出るよ。それにさ、マッシリアの攻囲戦では、デマラトスが略奪行為の隠れ蓑に使われていたというよ。だから、今でもマッシリアでは評判が悪い。むしろ、裏切り者扱いだ。マッシリアで訴え出たのが功を奏したわけだが、実際、奏し過ぎたね。放逐で済んだのがもっけの幸いじゃないか」

「しかし、こうなる前に、何とかできなかったのかねえ。資産はもともと息子が築いたものだから何ともいえんが、追放とは厳し過ぎる。偽りを申し立てたからって、それはおかしい。訴訟に負けただけではないか。あとで偽証を咎めるかなあ」

そういってマキシムスが顔を曇らせる。

「わたしはね、感心するんですよ。随分巧妙に動いたなって。ふつうならローマ市民をマッシリアの法廷が裁くのは面倒ですよ。デマラトスは金を使って市民権を得ていたんだもの。なあ、なあ、実に巧妙なんだ。おれ、事の次第を知った時は、へぇーっと声が出た。息子はね、マッシリアにある資産だけの差し押さえを願い出たんだ。実はそれ、わずかなんだ。資産のほとんどはローマに移したらしいから。しかし、デマラトスにすればだよ、たとえわずかであろうと、禁治産者宣告を黙って受け入れるわけにはいかんだろう。だって、あの男、まだ五十の半ばだよ、そりゃあ抗弁に出向いて行くさ。意気揚々、だかどうだか、盗られてたまるかってわけだろうね、法廷に出て堂々と抗弁に立った。マッシリアの資産はすべて自分が手に入れた、自分のものだ、なんてね、熱弁を揮った。バカだねえ、わずかの資産なら放っておけばいいのに、まんまと罠に引っ掛かったわけさ。というのは、もとはマッシリア攻囲戦のどさくさに、掠め取ったも同然の資産だよ。マッシリアの人たちから見れば、強奪の犯人はおれ様だ、とふてぶてしくも名乗って出てきたようなものじゃないか。評決は眼に見えている。でまあ、宣告を喰らったんだが、何と、そのまま偽証の廉で訴えられた。となりゃあ、罪人だあ。しかし、考えてみてくれ、ふつう禁治産者を罪に問うか。偽証だからね、重罪だよ。な、おかしいだろ。初めからできあがった筋書きだよ。マッシリアにおびき出して追放する。禁治産者が相手なら、ローマも口出しがしにくい。でまあ、筋書き通りことが運んで、マッシリア側の資産は市に譲渡する代わりに、イタリア側の資産管理は全部息子に委託されることになった。な、うまくできているだろ」

「ぼくには理屈が分からないわ。法律をバカにしたような話だ」

法律家志望の若いデキムスが眼を斜に上げていい放った。いい放たれたウィリウスだが、宴会が始まったばかりでまだ打ち解けない雰囲気だったたし、見知らぬ会食者たちもいることから、会話を弾ませるためにわざと慨歎調で話したのだった。デキムスのいい方に少なからず気分を害したのだが、おれは大人と思いながら気を取り直した。

「しかしなあ、哀れじゃないか、デマラトスは今頃きっと死んでいるよ。どこかに半月閉じ込められて、あとは着の身着のまま、たったひとり出てったたって話だから。やだねー、あの化粧の顔が思い浮かぶよ、そんなことってあるんだね。そうそう、これは確かな話だが、家令役のマコンてやつさ、あいつはひどい男だ。最初から裏切っていた。使用人たちと口裏合わせをしていたらしいし、デマラトスの偽証を訴え出させたのも、家令役のマコンらしい。それもこれも、息子のエリメネスと示し合わせていたに違いないがね。どぉ、これ、ちょっと驚くだろう」

ウィリウスは離れた座にいるルキウスに向かって、ちょっと驚くだろう、の同意を迫った。ルキウスが不審そうに首をひねったからである。

「マコンて、それ覚えてないんだ」

「宴会の前に、壁際をうろうろしてたやつだよ。ガラスの鉢を割った子供を殴った。な、家令をしてたやつ。最初、派手な色のエジプト人みたいな服を着てたじゃないか。ところが、宴会の途中で顔を覗かせた時、服、黒っぽいのに着替えてた。寝巻かと思った。ま、それはいいが、家令執事が主家を裏切るって、最近よくあるね。家令にするなら、解放奴隷がいいんだ。うちはそうだよ、恩義を感じて裏切らない」

「何でだろう、やっぱり思い出せない」

ルキウスはあの日の記憶を探るのだが、記憶の所どころが塊りになったみたいで、その中に入り込めないのだ。しかし、大人数の屋敷だったから、家令か執事はいるはずである。そしたら、マコンはいたのだろう。

「でも、考えてしまうねえ。というのは、みんな知ってるかな、ああ、マキシムスさんならご存知でしょう。わたし、二日前にここに来て初めて知りました。驚きましたよ、そんなことってあるんだ。なあなあ、きみたちもきっと驚くよ、そのマコンってのは実はデマラトスの叔父だったのさ。しかも、義理の父親でもある。娘をデマラトスに嫁がせた。ということは、エリメネスはマコンの孫になるわけだよ。こういうの、蛮族の家系ではありがちのことにしても、序列がこんがらがって当人たちもまごつくんじゃないか。結局、家令マコンは孫を取って、息子を捨てた、いや甥かな。しかしね、よくよく考えれば、これ、乗っ取りだよ」

「なんだなんだ、そりゃあすごいじゃないか」と、ここで話を乗っ取ったのはデクタダスである。

「ちょっとしたギリシャ悲劇だ。廃れたとはいえ王家の簒奪劇だよ。しかし、どう見ても主役はマコンだね。デマラトスには化粧のことがあるじゃないか。それが難だ。悲劇の仮面を被っても化粧の印象が強過ぎるわ、すんでのところで喜劇に脱してしまう。いや、そうじゃないな。出場を間違えた喜劇人間が、仕方なく演じる人間悲劇、うん、これは深いよ。だって、神々の高みから人の悲劇を透かし見るようなものだ。人間の生の実相を伝えている。やっぱり主役はデマラトスにしよう」

もちろん、こんなデクタダスの話には誰もが相手にならない。話した本人ですら実は咀嚼しかねていたのだろう、あとは知らんよ、という顔をした、つまり、話を止めてとぼけた。しかし、興行師という職業柄か、ウィリウスだけがしばし思いに耽っている。神々の高みから人の悲劇を透かし見れば、はて、そこに何が見えるか、とそんなことを考えている。しかし、そんな自分にすぐにあきれて、ウィリウスはまったく別の話をした。

「デマラトスも驚いただろうね。ペルシャのような大国の王ともなれば、自分の息子には油断禁物。不慮の死を待ち望まれているから用心もするが。ギリシャ・ローマの文明人とは違って、ガリアの山の蛮族なら、父子や血族の秩序は厳に守られるはずのものだよ」

蛮族を知りもしないウィリウスは、当て推量だけで決め付けてしまう。

「でも、ギリシャの血統を自慢していませんでしたか。デマラトスさん、山育ちでもギリシャの血筋ですよ」

ギリシャの血筋となれば、ここは嫌でもデクタダスの出番である。

「おう、おれがいうのも何だが、ギリシャの血は駄目さ。テーバイ王家の例がある。オイデポスと父王ライオスとの殺し合いだよ。ライオスってのは最初の同性愛者として有名だが、酒は祟るね、酔っ払って前後不覚になってしまった。祟るというのは、このライオス、自身の性癖に反して自分のかみさんに子供を産ませてしまった。これ間違いがそれで済むならありがたいが、産まれてきた子が呪われた子でね、結局その子に殺されてしまう。というのは、王家を亡ぼしたちっぽけな呪いの話じゃない、実はもっと根が深いよ、原初的な呪いに繫がる話だ。というのは、もともと大神ゼウスとクロノスがそうだろ、親父と息子の殺し合いだもの。神々の争いだからどっちも死にはしないが、息子ゼウスは親父クロノスを奈落の底に封印しちまう。そのクロノスにしてもだ、実の親父のウラーノスをアダマスの大鎌で去勢してしまったじゃないか。いいかい、息子にとって親父は最初の敵なんだよ、逆もまた然り。これ、人類に降(くだ)された原初的呪いさ。ローマもギリシャと同じで家父長社会だから、親父の権威を揺るがすような事例は表沙汰にはしないが、最初にぶつかる絶対者だよ、斃(たお)さねばならない相手さ、親父は」

こんな悪辣(あくらつ)な話は人として聞き捨てにはできないとでも思ったのか、ここで初めてキンナがしゃべった。

「信じられないことをいうね。あり得ないよ、ぼくは全然違うと思う。親子の情愛って今も昔も大切だ。実際、通りに出て周りを見てごらん、子供の手を引く父親の顔、子供と遊ぶ父親の声、きみは何も感じないのか。子供のために命すら投げ出した父親の話はいくらもあるじゃないか」

しゃべったはいいが、大詩人のくせに常識人だから、話すことが講演会向きでおもしろくない。加えて、脇道を捨て大道を行くような思考をするから大概先が読める。デクタダスがここで何かいえば、真正直にいい返して、子供のいないきみに何が分かるか、と安易な図星を突くに決まっている。そうなれば、デクタダスも黙っていない。あんたは田舎にいる自分の子供たちを放ったらかしにしているじゃないか、と返すだろうからつまらないやり取りを聞かされることになる。ルキウスは、黙ってくれたらいいのに、と思ってキンナを見たら、キンナは黙った。デキムス青年が睨(にら)みつけたようである。

そんなキンナのほうに身を乗り出し、急に思慮深い顔になって、

「いや、それはどうかな」と沈鬱に話を始めたのは再びルカーニアのウィリウスである。

「人間、六十、七十で頭も呆けて、食と一緒に欲も細り、体も弱って耄碌するようにできているから、平穏無事でいくのだろう。社会の安寧は、ひとえに年寄りの衰弱にかかっている。おれ、そう思うね。老木は朽ちて倒れないと若木は育たん、そうだろ。仮に神々みたいに不死を恵まれ、ずっと丈夫でいるとなれば、神話世界の再現だ、親子の間で刃傷沙汰が絶えないだろう。年寄りを敬するのはローマの美風だとしても、社会が健全であるためには、年寄りは率先してくたばるがいいんだ」

そりゃそうだ、とみんなが話の意味を淋しく胸に納めたところで、ふふっ、と含み笑いをしたのはキンナを睨んだデキムス青年である。しかし、たとえ単発的な笑いだったとはいえ、笑いを誘うような話だっただろうか。しかも、笑ったあと、小バカにした眼で会席者たち、つまり年長者たちを眺め渡す。この不躾な振る舞いには、話した本人のウィリウスが大いに気分を害したようで、

「おい、何だよ、気持ちの悪いやつだ。何かいいたいことがあるのか」と咎める声で威嚇した。その威嚇の声に合わせて、何人もがこの不届き者を睨みつける。

さすがに場の空気を読んだデキムス青年は、あどけない声音を駆使して若者らしくいい繕った。

「デマラトスさんは不思議な人でしたね、五十をとうに超えてから、ものを知る喜びを知ったのだから。それはいいことですよね。変な道楽に耽るより、よっぽどいい。困った年寄り、多いもの。でも、ぼくらみたいな若者にならば、知識こそ世界に意味と輝きをもたらすものです。しかし、老いてのちの学問なんて、執着心の表われじゃないですか。もちろん、悪いとはいいません。害はないし。でも、学問にしがみついて、かすむ眼をもっとかすませて、いったい何を得たいのか。知識はこの世の甘美さと輝きに導きます。それがもう自分のものではなくなったと気付くだけじゃないですか」

また場の空気を読んだデキムス青年はここで話を止めた。そして、むっとして顔を伏せる。

若者の通例として、自分も老いるということを知ってはいても実感しない。それがあっという間だということ

も、知らないでいることこそ若さの特権なのである。しかし、デキムス青年の場合、その特権を乱用して人の気持ちを逆撫(さかな)でするようだ。ルキウスはこのデキムス青年がほとんど嫌いである。

「デキムスくん、きみは知らないのかね、公職を終えて、六十を過ぎてから学問をする人は多いのだよ。きみが敬愛するあのキケローも、学識を深めたのは老いの声を聞いてからだ」

トレベリウス・マキシムスが穏やかな声でいった。しかし、青年はくつろいだ姿勢になって、

「キケローとデマラトスを比較する、ははは」と大口開けて笑いで返す。

これにはさすがのマキシムスも顔色を変えた。

「きみがいくら法律を勉強して出世を願おうと、行く末はただの……あれだ、煽動者(せんどうしゃ)だっ」

高名にして温厚なマキシムスが何年ぶりかに発した一喝である。マキシムスの場合、一喝とは急に声が震えるのである。

この一喝を、デキムス青年の周りにいた遺産狙いの男たちがぴくりと笑って秘かに喜ぶ。それまでは互いに牽制(けんせい)し合っておとなしく黙っていたが、デキムス青年がマキシムスの顰蹙(ひんしゅく)を買ったと分かって、取り分への徒(あだ)な期待がわずかに膨らみ、表情が心なしか艶(つや)やかになった。中でも、蔦の花冠をあみだにした男は、青年の陰の呼び名を煽動者と決め、クウィントス老人がやって来たら、その陰の呼び名を使ってあることないこと告げ口をする気だ。なぜだか理由は分からないが、老人はこの出過ぎた小僧に大層甘いのである。このままだと、死ぬ間際に公正な判断が期待されそうにないからである。今はサラピアの広大な土地の管理を任されているが、こんな小僧に遺贈されでもしたらサラピアから追い出される。

一方、我にもなくとり乱したマキシムスだが、さすがに人格者らしく気を取り直し、

「それより、心配だねえ、独りで放逐されたのなら。頼れる人も見放すだろうし、いずれ行き倒れの屍(しかばね)を道端に晒(さら)すことになる。近頃は荒れた心の人が多くなって、石で追う者もいるようだ。エリメネスも、老いた父親をそこまで追いやるのは本意ではあるまい。何しろたったひとりの息子だよ。山奥で暮らしていたせいか、そこは

何とも分からないが、四人いた子供たちの中で成人できたのはエリメネスだけだという。そんな親子だからね、何か手を回してくれているだろう、きっとそうだよ」と、それとなくデキムス青年をいい諭すような口ぶりでいった。

しかし、自分に向けて語られたその言葉を、青年はくいとそっぽを向いて撥ね返す。マキシムスはむかっとはしたが、それよりもっと気圧(けお)された気分がした。若いやつは手に負えない。

ここで、「わたしは」と声を上げたのは、マントゥワ生まれの隠れ詩人であった。二十歳をいくらか超えているだろうか。痩せていて、肌の色が異様に白い。いたって健康なキンナと違って、病弱そうなこの若者のほうがよほど本物の詩人みたいである。

「そのデマラトスという人、まったく知りませんが、ガリアの人たちはそんなに気持ちが荒(すさ)んでいません。屍を捨て置くこともしない。わたしにはガリアの血が混じっていますが、そのことをむしろ誇りにさえ思う。それより、デマラトスとかいう人、こんな世の中だからこそ、望まれる人ですよ。学問芸術は庇護する人がいてこそ、闇のこの世に灯火を掲げることができる。学者や芸術家と等しい誉れを受けるべきだ。いつ吹き消されるか知れない灯火を慈しみ、柔らかい灯りに照らされつつ、吹き込む風を防ぐ人たち、そんな人をガリアでは石で追わない」

この男、病弱そうでいて、意外に気が強そうだ。

ところで、この隠れ詩人だが、カエサルの土地収奪が自領にも及ぶのを心配して、有力者たちに掛け合うため、パドゥスの川を渡ってローマに出てきた男である。もともと老人の遺産など当てにはしていなかったが、カエサルに土地を奪われ、古参兵などに分配されたら、とんだとばっちり、無一文になってしまう。そこで、ついでながらも、俄に車駕を仕立ててローマを発ち、ときわ樫の下へやって来た次第である。だから、大詩人キンナが来ることは着いてから初めて知った。

「そうだね、それは大いに賛成だよ。学問芸術の愛好家がいなければ、おれの陽気な活動の場がなくなる」

これはもちろんデクタダスである。ルキウスは少し減らせばいいと思っていたから、思った通りいってやろうとすると、デクタダスが話を継いだ。

「少し前の話だが、マルクス・ルタティウスという大金持ちの宴席に出たよ。富豪ばかりの寄り合いでね、喜び勇んで行ったんだが、何とまあ、あの連中、健康維持の話ばかりするんだ。おれがバカ言うと心底(しんそこ)バカにしやがる。このおれが早起きの効能について真面目を語ってしまうんだよ、びっくりした。話を合わせていたら、そうなった。今考えても不思議だ。どうしてだろう」

「どうしてって、お前、何の話してるんだ」というルキウスの問いかけに、

「少し前の話だ」と挑戦的に応えたデクタダスに向かって、マントゥワの隠れ詩人が尊大ぶった声を上げる。

「学問芸術はふさわしい理解者の助言とその援助があってこそ育つものです。学者、芸術家は孤独な作業者であるからこそ、凍えた若芽を包む綿毛が必要なのです。冬の嵐のあと、朝の光に最初に煌(きら)めくのは、露を置き光を受けたその綿毛です。ふさわしい理解者はそのように人々の目覚めの前に煌めく。そして、凍えた若芽やひこばえはその柔らかい輝きの中でこそ育つものです。よくは知らないが、そのデマラトスという人、ローマにはかけがえのない人だったかも知れない、いや、そうに違いない」

隠れ詩人はさっきと同じことを別の比喩でいっただけだから、デクタダスは扱いに窮して黙った。また何かいえば、また別の比喩をおっ被せて同じことを繰り返すだろう。こういう相手は苦手なのだ。早起きの富豪の肩を持ちたくなる。そこで、デクタダスはキンナのほうに顔を向けた。ここはキンナが何かいうべきなのである。キンナには何人か煌めく綿毛の後援者たちがいて甘やかされているのだから。しかし、当のキンナはなぜか腐ったような顔をして、デクタダスに向かって苦笑いした。

話の継ぎ手がないと見たのだろう、マキシムスが、

「きみのいうこと、よく分かるよ」と、ためらうようにいった。ためらうように、であるから、話し方も訥弁(とつべん)で

ある。

「しかし、むしろ逆にね、われわれの勝手気ままな哲学談義や文学談話はデマラトスにとって何だったんだろう、わたしはそのことを思う。失礼ないい方だが、あの御仁、ガリアの山奥から急に都に出てきて、眼が眩んでしまったのかも知れないね。ヤギやヒツジの鳴き声に慣れた耳が、プラトンやエピクーロスなんかの経文みたいな言葉を聞いてしまったわけだ。気の毒に、どこかが変になったのだろう。気の毒といえば、それはむしろ両哲人じゃないのかな。そう、プラトンやエピクーロスのことだよ。たわごとついでにまつり出されて、意図せぬことを褒められたり、けなされたり。最近は、どこの宴席でも同じだろうね。知ったかぶりが見栄を張り、片言を捉えてひきずり回す。そうだな、まるで出店に並ぶ見切り品みたいだ、誰もが手を出す」

「その通り。異論も何も、その張本人がいっているからその通りだ。とりわけ、マキシムスさん、プラトンやエピクーロスが出店に並ぶ見切り品だというのはいいね、いい譬えだ。確かに一応手を出すわ、通りすがりに」

　もちろん張本人を自供したデクタダスの発言である。だから、誰も相手にしないがマキシムスはそんなデクタダスにも丁重である。

「そうだね、じゃあ我ら共々冥府へ行ったら一緒に謝ることにしよう。わたしは、実は、見切り品とまでは思っていないが……。それはそうとデマラトスだ。今、どこにいて、何を思っているのだろう。放逐され、人に追われて、遠い野原で途方に暮れたデマラトスが思い浮かぶよ。まるでわたしの行く末みたいだ。共に途に迷った気がする」

　ここで、マキシムスは風に吹かれたような顔をした。行く末の話をされ、このような顔をされてしまうと扱いが難しい。みんなは眼を合わさないように下を向いた。

「ああ、またつまらないことをいった。困ったねえ、どうしてかねえ。実際、家も何も取り上げられて、知人の家に身を寄せている身だから。まあ、放逐されたも同然だから。それにしても、最近わたしは人が悪くなって、まるで拗ね者みたいに嫌味な考えばかり口に出すようになってしまった。いわなくていいことをいってしまう」

すかさず、

「自虐的だなあ」とデキムス青年。

マキシムスは複雑な笑いを浮かべて応えた。やはり、自虐的といっていいような顔を半分歪めた笑い方である。

「ただね、みんなはどう思うだろうか、投機に使うべき金が古ぼけた巻子本(かんすぼん)の山に変わっていたり、廻漕船の修理に充てるはずの金が、知らない間にギリシャの模刻の彫像八体に化けていたら。オスティアの倉庫組合の積立金はリュキアのキモンの『諸国名妓図』二十六幅にすり替わったよ。しかし、息子のエリメネスがあわてたのは、あの御仁、ポッリオの向こうを張るつもりか、私設の図書館を造る気でいたからだ。何でかねえ、分からないことを考える人だ。デマラトスはね、オスティア街道のテミス神殿を図書館に変えてしまう交渉も進めていた。それはまずいだろうと諫(いさ)めはしたんだが、ああなると見境がつかないのだろう。敷地に青銅板を埋めてしまったよ。そういえば、図書館に据え置くはずの立像も大小六つばかり発注済みだとも聞いた。手付けの金と粘土造りの型は送ったらしいが、どうなったのだろう。立像、送ってくるのかな。送ってきたら、どうするんだろう。砕いて路に敷くのだろうか。ま、要らぬ心配だが」

この話、おもしろいのか、おもしろくないのかよく分からない。諧謔(かいぎゃく)調でデマラトスの無鉄砲を批判したようだが、皮肉にも当て擦りにもなっていない。どこかしら寂しげな声で話すからである。寂しげな声は感染するのである。ルキウスなどは眉を顰(しか)めて口元だけで笑っている。

そんな時、「図書館といえば」と感染を免れた声を飛び込ませたのはやはりデクタダスである。

「あのアレクサンドリアの図書館だが、カエサルの不始末で消失したが、おかげで職を失った男と知り合ってね、おれがメッサナに使いに行った時の話さ。その男、よほどカエサルを恨んでいるだろうと思いきや、そうじゃないんだ、解放者みたいに崇(あが)めていてさ、理由を訊くと、こういったよ。これまで自分は黴臭い巻子本の山に僕みたいにかしずいてきたが、ご主人たちが煙となって消えてしまうと、何かこう、解き放たれた気持ちになった。学校の帰りを急ぐ子供たちの気持ちが甦ったというんだ。その男、随分爺さんだったが、放課後の子供たちほど至福の者はいるだろうか、とね、夢を見る眼でそういったよ。それって多少気味悪いだろ。だから、絶世の美女とナイルの船旅に出るほうがもっと至福だ、と返しておいた」

「クレオパトラね、それもどうかと思うが」とマキシムスがさっきの話の埋め合わせをする。諧謔調は似合わないと分かったようで、精神の居住まいを正したみたいな顔をしている。

「きみのいった話には賛同したい部分がある。わたしは、きみがいう、爺さんの夢を見る眼、というのは真実だと思いたいね。老いてのちに、子供の姿を歓ぶ澄んだ眼を持ちたいものだ。ところで、わたしが図書館の話をしたのは、以前、家令のマコンから聞いた話を思い出していたからだよ。マコンによるとね、デマラトスが躍起になって万巻の書を集めだしたのは、蔵書目録を作ってからだというんだ。デマラトスは目録片手に蔵書の数を管理するのが大好きらしくて、それで収集癖に火が付いたらしい。何でも、ガリアにいた頃、放牧していたヤギやヒツジの数合わせがデマラトスの日課だったそうでね、父親からトネリコの杖を受け継いで、そう三十年といったかな、休むことなく、飽きることなく続けたそうだ。ヤギやヒツジは管理してやるだけで自然に数が増えていくだろ、そうして数が増えていくのを日々確かめるのがデマラトスの生活の実体であり喜びでもあったようだ。そんな昔があったせいで、数を数えて管理するのがデマラトスの道楽のようになってしまった。一度、家の奥を覗かせてもらったが、六つ並びの奥の部屋には数えるための書物がいっぱい、一部は貯蔵庫にまで進出していた。となれば、次はまさかの図書館だろう。そうそう、デマラトスの家の取り次ぎの間だ、あの部屋に並んでいた書籍だが、あれはアパメイア王家の蔵書だったものだそうだ。それをそっくり買い受けて取り次ぎの間に飾っている。いいたくはないが、廃れた王家の見栄だろうね。見栄と道楽が絡んでしまって、闇雲の先に聳え立つのが図書館というわけだ。誰が何をいおうと耳を貸さない。血迷ったのかねえ、デマラトスは土地や資産を全部売ってでもやる気でいたよ。だから、息子のエリメネスにすればたまったものじゃない。禁治産者宣告を願い出たのはそのためだ。しかし、あとになって、思いもしない訴訟騒ぎ。エリメネスも、父親に放逐の裁定が下りるとは、驚いただろうし、後悔もしただろう。わたしはそこまで父親を追いやる意図はなかったと思う」
　マキシムスは久しぶりにいいたいことを全部いった。それなのに、今自分がいったことを全部忘れてしまいたいような、不意の自己嫌悪に陥ったような複雑な顔をしている。それを見て、ルキウスやほかの何人かがあわててマキシムスから眼を逸らせた。その理由が何となく分かるからである。マキシムスのふたりの息子とふたりの娘たちは父親を見捨ててレアーテあたりの母親の実家へと去っていってしまった。反逆の罪を得て資産の全てを没収された父親なのだから、仕方がないことだ。本意ではなかっただろうが、マキシムスは属州での政務や軍務が長かったせいで子供たちの成長を間近で見ることもできなかったのである。そんなせいもあるのだろう、去っていった子供たちからはもちろん、離別したその母親からも便りひとつ来ないのである。上の息子は去年成人したはずだが、どのような姿になっているのか、時折想像するだけで慰めている。これも仕方がないことだ。

　ところで、宴席の下座にいるマントゥワ生まれの隠れ詩人だが、さっきから鼻を上向きにしてマキシムスの話を聞き流していたはずであった。実際、白けた顔であらぬほうを向いていたのに、マキシムスが話し終えると、急に心中怒りが渦巻いてきたみたいで、ルキウスたちが眼を逸らせたマキシムスの顔をきっとなって睨みつける。睨みつけたはいいが、すぐにぷいとそっぽを向いた。どうやら、これが隠れ詩人の癖みたいだ。さて、この気難しい隠れ詩人がマキシムスを睨んですぐにそっぽを向いたわけは、キモンの『諸国名妓図』は別として、例えば、貴重な巻子本の購入資金を怪しい投機に回したり、ギリシャの彫像を買うべき金で廻漕船の修理を目論むなど、畜生にも劣る所業であると思うからである。隠れ詩人は頑なにマキシムスのほうを見ようともしないが、心の中では真正面から突っかかっている。一体、学問芸術を何と心得ているのか、投機の金や船の修理代に代わるものだと思っているのか、と。それに何だ、図書館建設の尊い志を侮り、蔑み、切り捨てるとは、それこそまさに時代の荒廃を招き寄せ、人類に仇なす狂気の沙汰、何たる邪心の持ち主なのか、と。隠れ詩人はここに来てマキシムスに斜めの視線を矢のように放った。そして、見下げ果てた人だ、と口許を歪める。

　心の中のこととはいえ、隠れ詩人がこれほどまでに突っかかるのには単純明快ともいえぬ理由がある。さっきは、学問芸術の愛好者、また庇護者としてのデマラトスを、灯火を慈しむ人だとか、凍えた若芽を包む煌めく綿毛だとか、美しい比喩でもって褒め讃えた。すると、さっそくそれを愚弄するぐだぐだと浅ましい妄言の数々。激昂が収まらないのは、美しい比喩を台無しにされたと感じたからである。比喩の美しさが届かない精神は鍋の底も同然なのである。鋳掛屋の腰にでもぶら下がっていればいいのである。ついでながらこの隠れ詩人、教養豊かなせいだろうか、根に持つ性向があるみたいだ。同時に、この性向はデキムス青年と共通していることから、一般に若いやつらはすぐ根に持つといってよいのである。

　もちろん、マキシムスはこんな隠れ詩人の憤激などに気付きはしない。マキシムスはただ、自分の身の上のこともあり、父親の放逐にまで至った経緯に心を痛めていたに過ぎないのである。デマラトスが読みもしない書籍集めに脇目も振らず狂奔したり、模刻の彫像に心を奪われてしまうなど、学問や芸術への偏愛は勢い災いに転じかねないということを、控えめに、そして回りくどく、述べただけなのである。学問芸術に、親子がいがみ合い、法廷で争うほどの益があるとは思えないのである。

　さて、一方の隠れ詩人だが、やはり詩人は詩人である。とすれば、繊細な感性の持ち主であるに決まっている。ならば、口には出さず、勝手に独りで思ったことでも詩人の感性を傷つけてしまうはずである。精神的な自家中毒は詩人の持病のひとつだからである。そんな微妙な症状が表われたせいか、隠れ詩人はやや攻撃的な不機嫌を呈するに至った。あおりを喰ったのは後ろから給仕の手を伸ばした少年である。隠れ詩人は伸びてきた少年の手を力任せに払いのけた。つまり、思い切り叩いた。少年は三歩下がって泣きべそをかく。

　そうとは知らぬウィリウスは、そんな詩人の感性の傷をわざと逆撫でするかのように、陽気な声を軽やかに上げた。年甲斐もなく、はしゃいだような声である。

「マキシムスさん、そういえばわたし、見せてもらいましたよ、『諸国名妓図』。等身大でね、ひょっとして実際の体を圧し付けて型を取ったんじゃないかな。色使いも何かこう艶(なま)めかしい派手な感じで、ぞくっとするし、ありゃいいわ。何しろねえ、一人ひとりが上手く描き別けられていましてね、どれが一番、てことはなくて、みんな一番、なんですよ。わたし、女の好みはうるさいほうなんだが、絵になればみんな納得できる。芸術ですね。実物を見ればげんなりして飽きても来るでしょうが、絵になれば見惚(みと)れるんだ、その悩ましい肢体、その眼差し、その唇からは誘う声さえ聞こえそうでして」

　陽気な声で話しかけた割には、マキシムスが沈鬱な様子を崩さないので、ウィリウスは肩をすくめて黙った。しかし、まだものいいたげな様子で、もっと続きが聞きたいならいうよ、という眼つきで周りを見回す。しかし、たまたまその眼が合ったキンナから、

「そのデマラトスの息子って、どんな人なのかな」と、予想外のことを訊かれて、ウィリウスは、うっ、と息を溜めて首を傾げる。すると、やはり沈鬱な面持ちのままのマキシムスが代わってキンナに答えた。

「そうだな、わたしは一度だけエリメネスに会ったことがある。丁重な挨拶を受けた、それだけだよ。しかし、今にして思うのだが、人間には本来やむにやまれぬ活動への意欲があるのじゃないだろうか。いや、あるべきだろう。つまりね、魚がしぶきをあげて急湍(きゅうたん)を登ったり、角鹿が回り道を選ばず懸崖(けんがい)を駆け抜ける、そんなやむにやまれぬ活動への意欲が。今だからいえるのだが、エリメネスはそんな意欲に駆り立てられている男のような気がした。たとえそれが蓄財を図る商いであっても、人としてこの世にあることを、活動への意欲として証し立てる。強欲ではなく、この世にあるということの証しとして、活動を以て自己を実現する、ああ、うまくいえない。意欲としての自己実現。欲ではない、意欲の実現……んー、つまりね、わたしは一体何者なんだ、それを思うのだよ。無為の明け暮れに日々を安んじ、怠惰にすら飽きることなく、晩餐に魅かれては日暮れに遠い道を行く、そんなわたしは何者なのか。そう思うにつけ、凪(な)いだ海、嵐の海に漕ぎ出す男のことを思うのだよ。古ぼけた学問・芸術に気位だけを高めて自惚(うぬぼ)れ呆(ほう)けた無為徒食者、プラトンだ、エピクーロスだ、とうそぶくだけの役立たずが、エリメネスのような活動への意欲が漲(みなぎ)る事業家に駆逐され、放逐される、わたしはそのことを思

う。デマラトスはわたしだよ」

「いや、あなたは徒食者でも役立たずでもなかった。若い時分から公職に就き、戦場での勲功も数知れず、リュビアやキュレナイカの属州では政務にも当たられた。立派ですよ、今でこそ無為でおられるが、いまだ人望も厚い、わたしとは大違いだ」

　ルキウスは一切の妬み心なくこれがいえた。むしろ称賛の声として自然に出た。自分を卑下するわけでもなく、素直にこれがいえるのは嬉しいことだ。ルキウスは、あなたはローマの枢要におられた、とまでいいかけたが、そこまでいってしまえば嘘になるから、

「わたしは何かの選挙の時、あなたに投票板を入れましたよ」と正直をいってまごついている。

　もちろん、デクタダスはつまらないお追従をいうやつだ、と思っている。こいつ、夏の間にどうかしたのか、とも思っている。宴席の興趣を殺ぐ最たるものはお追従であるから、デクタダスは融通無碍の本領を発揮して談論を本筋へと戻した。

「今のね、事業家にわれら徒食者が駆逐されるって話だが、それ、元をたどればこういうことだ。哲学の始めといえばターレスじゃないか。その創始者ターレスがさ、オリーブの豊作を見越して搾油器を買い占め、あとで困った人たちに高く売りつけ、ちゃっかり大儲けをした。そしてね、困った人たちを小バカにしたんだ。つまり、商いがいかにたやすく、しかも卑劣な営みであるかということを、身を以て示したわけだ。以来、哲学者たる者、商いにその知見を向けることはない。それが哲学者の矜持、または思い上がりなのさ。自身、役立たずで何も生み出さないくせに、商いだけは蔑むという高潔な伝統は、もちろん哲学の創生とともにあるのだが、元老院身分になると商いは捨て、隠れて高利貸しをするというローマの伝統も、実はそこから来ていて」

「それ、別の理由があるんじゃないですか、私的な生業の商いが公の法的権威に結び付くと大変ですよ」

「ま、それもあるだろう。しかし、ローマの名士の邸宅に哲学者が出入りを始めた頃から、この伝統は顕著になるんだ」

デクタダスが滅茶苦茶をいいだしたのを、マキシムスは自分の責任と感じたのか、ふっと息を抜いて顔を伏せた。ルキウスは、こいつ、困ったやつだと思いつつ、デクタダスの話をひったくる。

「バカいってろ。それはそうとして、あの哲学者エピカルモスは困っているんじゃないか。渡り歩く宴席をひとつ失ったわけだ」


ひったくった話はデキムス青年が受け継ぐ。

「いやあ、その心配はないです。エピカルモスって人は世渡りが上手なんです。従兄のデキムスに聞いたのですが、ローマに流れて来た頃、しばらくは、ウィラブルムの隅っこあたりで疾呼(しっこ)の声を上げていたそうです。つまり辻説法ですよ。それがね、笑っちゃいますよ、あの人、一杯野郎と呼ばれていたそうです。説法を最後まで聞いていた人たち、たいてい気のいい人たちですよね、そんな人たちをつかまえては、一杯やろう、と声をかけていたそうです。まあたかりですよ、それで喰ってたそうです。そのうち、どこかの家に入り込みました。お決まりの家庭教師なんかをやってたんじゃないですか。でも、あの風采じゃあ子供が恐がる。結局、教師なんか辞めてしまって宴会を渡り歩くようになった。一時期は弟子もふたりいたそうで、一緒に渡り歩いていたそうですが、三人そろって招いてくれる宴席は少ないから、弟子はふたりとも破門しました。弟子がいたくらいだから、まあそこそこの学識はあったのでしょう。従兄のデキムスがいうには、あの人はあの人なりに徳を積み、不正を嫌い、正義を貫くそうです。だから、エピクーロス派を眼の敵にする。そうそう、従兄が感心しているのですが、神々の祝祭日には寄進する金はないものだから、社殿の前の地面に身を投げて祈るそうです。それを始めたのは、ここ二、三年のことらしいですが、神々に身を投げ出すのは、矢も楯もたまらない信心の表われだといって従兄は好意的です。でも、ぼくは違うな。だって、勘違いした人たちが、眼の前に小銭を投げてくれるんですよ」

「はは、信心は金になるのか」

『諸国名妓図』で口を慎んだウィリウスが急に我に返ったように声を上げた。

「しかし、髭の哲人エピカルモスにしても、知識だけで世渡りするんだから、内実、厳しいんだよ。人品卑しくもなるさ、知識人の宿命だね。ところで、その信心の話なんだが、マキシムスさん、ちょっといいですか。この前の宴席でのことなんですがね、あなた、神々についてほんとに怖いようなことをいわれた。ほら、エピカルモスが怒りに震えて突っかかってきたじゃないですか。正直いいますと、あの時、わたし、ちょっと考え込んでしまいましたよ」と、今もまだ考え込んでいるような顔をする。

「ご存じと思いますが、わたし、興行師の真似ごとをしておりまして、最近は喜劇の興行も打つようになりましてね。それが近頃、観客に大受けの喜劇がありまして、『擂り粉木と擂り鉢』というんですが、作者にいわすと、この題名にはその形状からくる深い意味があるらしいですが、よく分かりませんわ。どっちにせよ、ほら、プラウトゥスの『アンピトリオン』みたいな、いや、むしろアリストパネスかな。いってみりゃあ、神々相手の当て擦り、揶揄嘲笑なんですが、これが相当ひどい。しかし、受けるんですよ、大受け。歓喜のあまり舞台に登ってくるやつらもいるくらいで、この前なんぞは何とかいう神祇官兼務の元老院議員が、芝居がはねたあと大笑いでわたしに抱き付きに来ました。ま、それはいいんですが、覚えておられますか、わたし、この前の宴会で、ピュルラと亭主デウカリオンの話を持ち出しました、後ろ向きに小石を投げて人間をつくる話。あれ、『擂り粉木と擂り鉢』がふと思い浮かんで、ああそういうことかと思って話しました。というのは、人間たちに虚仮にされ石ころを投げつけられたゼウスやアポロンが、『やい、石ころの使い道は神託で教えたはずじゃないか』といって逃げ回るんですよ。そりゃあもう大爆笑です。観客まで物を投げる。おひねりじゃないんだ、石やら棒きれなんだ。ねえ、役者相手だからといって、神々を演じているんですよ、そんな物投げつけていいのか」

「それは物騒だね、役者にしても災難だろ」

「そう思うでしょ、でもやりたがるんだ、怪我を覚悟で、おどけた神を熱演する。なんかおかしくないですか。そうそう、この前の宴会で、甘き舌のペイトが臍を曲げてどうこう、といった話を披露しましたが、もとはその劇の中の台詞ですよ。神々、とりわけ恐妻家ゼウスの間抜けぶりを誇張したやつ。でもね、やっぱり引っかかる。いいのかな、これで、と思うんですよ。そりゃあ、けしからん、不敬である、となったら、客を呼べない。しかし、いくら演劇でも、そんな騒ぎ、変でしょ。何で大受けするのか。神々って、人間にとっては道化者なのか。敬神の心はどこへ行ったのか」

　問いかけられたのはマキシムスだが、即答したのはデクタダスである。

「いやいや健全なのだよ、荘厳なる大神にしてお茶目な道化、どっちかに極端に傾いてみろ、災い天地に及ぶ。健全に使い分けしてこそ文明人だ」

　ウィリウスはデクタダスの割り込みを無視して続けた。

「わたしにはね、敬神の心なんてあまりないんですよ。ほとんどない。だからこそ気が咎める。先だってですが、フォルシニイの町の祝祭日に呼ばれましてね、エウリピデスの『ヘラクレス』を演(や)りました。向こうのご所望でね、わたしはどうかと思ったんだ。あれ、惨劇は惨劇でも不完全燃焼するじゃないですか。神々の予定調和、最後の認知にたどり着けた気がしない、そうでしょ。狂気の女神リュッサのせいで気が狂(ふ)れたヘラクレスは自身の妻メガラと三人の子供たちを殺してしまう。しかし、リュッサがヘラクレスを狂気に陥れたのは、女神ヘラの意向によるものだ。ヘラは、夫ゼウスが人間の女に横恋慕して、その女に産ませた子供ヘラクレスをずっと憎んでいたわけですよ。だからこれって、ヘラクレスにしてみたらとんだとばっちりだ。原因は大神ゼウスの助平根性にあるわけで、そんな助平野郎のせいで自分の妻子を殺すことになった」

「そうそう、その通り、とんだとばっちりなんだ。そのあたりのことは、あんたに代わっておれが証言に立つよ」

　そういうと、デクタダスはひょいと立ち上がった。止める間も何もあったものではない。

「さあ、その助平野郎に細君を寝取られ、生まれた子供ヘラクレスの養育を押し付けられた亭主アムピトリュオンだがね、その憤懣(ふんまん)やるかたない台詞をまずはここで披露させてもらおう。所作は付けないよ、朗誦だけだよ。

隠していたが、これはおれの十八番なんだ。忘れそうになると、人を集めて時々やる。何だ、ルキウス、嘘つけ、はないだろ。お前、知らんだけだ。でまあ、詳細は省くが、ヘラクレスの細君と三人の子供たち、そして寝取られ亭主のアムピトリュオンだが、テバイ王リュコスの迫害を受けているとしてくれ。アムピトリュオンは大神ゼウスに救済を願うんだが、この助平野郎、いや大神ゼウスは知らん顔だ。そこで、アムピトリュオン、

　おおゼウス、わが妻をあなたと分かち、共にわが子の父と呼ばれたのも、何の役にも立たなかったか。あなたは見かけ程にも頼りにならぬお方であった。私は死すべき身ではあるが、偉大な神であるあなたよりもすぐれた者。私はヘラクレスの子供達を決して身捨てはしなかった。あなたは他人の臥床に忍んで、許されもしないのに人妻を手に入れる術はよくご存じであったが、ご自分の可愛い孫を救うことはおできにならない。あなたは思慮のない神か、それとも生まれつき正しい心をお持ちでないのだ。

んー、今日の朗誦はここで止めるが、何たる大神を戴いていることやら、間男ゼウスは実の息子ヘラクレスの妻子たちを見捨てるわけだ。焼き餅焼きの女房が気になるんだろうね。一方、急ぎ妻子の許に帰還したヘラクレスは迫害者リュコスに復讐を誓うんだが、そこに現われたのが狂気の女神リュッサ。浮気亭主に業を煮やす女神ヘラの意を体して、ヘラクレスを狂気に……あれれ、どうしたんだ、ウィリウス、今の台詞繰り返そうか。今度は所作を付けるよ。そうか、いいのか。で、まあそんなわけで、ヘラクレスは気が狂れて妻子を殺す、ゼウスの不始末の尻ぬぐいをさせられたわけだ。な、ウィリウス」

　同意を求められたウィリウスだが、何やら魂を抜かれたような顔をしていてデクタダスの声に反応しない。キンナやマキシムスは顔を顰めて俯くし、ルキウスは立ったままのデクタダスを仰向けになって睨みつけた。もちろん、今日初めてデクタダスを知った向かい側の面々は眼を丸くしている。

　この状況を見て取ったデクタダスは元通りルキウスの隣に寝転がった。ルキウスはやれやれと安堵の溜息をつ

いたのだが、そのルキウスは状況を見誤っていたのである。寝転んだとたん、デクタダスはまた話し始めた。

「ヘラクレスの悲劇が浮気性の大神に起因するとなると、悲劇としての存立要件が危うくなる、ウィリウス兄の問題意識はそこにあるんだね。だって、最後になって正気に戻ったヘラクレスは、『神々は不義の愛に耽らない、それは詩人どもの作り話だ』、なんて正気とは思えんことをいいだすんだ。これが悲劇の認知（アナグノーリシス）かい。なあ、自分の悲劇の真相を理解しようとせず、『真実の神なら何一つ欠けるところはあるまい』と信心深いことまで強情にいい張るんだぜ。その姿、頓馬（とんま）とも哀れとも思えるじゃないか。ヘラクレス以外、みんなこの悲劇の真相は分かっているんだ、大神ゼウスの助平根性と細君ヘラの八つ当たりが原因なんだ。それを錯覚したまま拙（つたな）いわが身を責め、『悲しみに打ち沈み／涙のうちに歩み行く』んじゃヘラクレスの行く末が心配になる」

　ウィリウスは苦笑いだが、こいつには太刀打ちできないと観念した様子にも見える。しかし、今度変なことをいいだしたら、揚げ足取りでも何でもして鼻を明かしてやりたいとは思っている。

「さて、このように問題のある『ヘラクレス』だが、つらつら愚考するに」

「お前、愚考するな。おれはウィリウスの話が聞きたいんだ。お前はいい」

　たまりかねてルキウスが声を上げたのだが、当のウィリウスは苦笑いのまま、

「いいよもう、話す気失くした」と捨て鉢をいう。これではデクタダスを勢いづけるだけである。

「ほらね。だから愚考するに、この『ヘラクレス』が一般のヘラクレス伝承と若干違えてあるのは、もともとこの劇は人間社会の恥部ともいうべき部分に光を当てようとしたものだからだ。まあ、どこにでもある話でね、例えば、浮気性のオヤジが家の女中に手を出して子供を産ませてしまったとしよう。悋気（りんき）病みのかみさんがそれを知って、腹いせに女のみならず生まれた子供までいじめる。しかし、オヤジは素知らぬ顔、よそで別の女を漁（あさ）っている。我慢も限度、生まれたその子が出世して世間の評判もいいとなると正気を失う。かみさんは怪しい女に金を摑ませ女中も子供もひっちゃぶいて意趣晴らしを、てな具合。くだらないとはいえ、世間によくある話だろ。しかし、これは現に直面する深刻な社会問題だよ、ゆるがせにはできない。かといって、これを悲劇詩人エ

ウリピデスが作品化するには問題が生じる。というのは、かのアリストテレスが、演劇は『行為するひとたちを模倣するのであるが、これら行為する人間たちは必然的に高貴な人たちか、下賤のものたちかでなければならない』と安易に決めてしまって、悲劇と喜劇の違いを、『後者は世間並みのものよりも劣ったものたちを模倣しようとし、前者ははるかにすぐれてよい人たちを模倣しようとする』点にあるとしてしまったからだよ。そうなれば、世間で見かける浮気性の助平オヤジや悋気病みのかみさんの行いは模倣再現したとしても悲劇にはならんということだ」

「ああそうだね、おれも前からアリストテレスは悲劇の精神を語ってないなと思っていた」

何と、苦笑いのウィリウスがデクタダスの話に乗ってしまったようだ。ルキウスは、どうせ煙に巻かれて終わりなのにな、とウィリウスをあらかじめ慰める眼で見た。

「だろ。アリストテレスだがね、その没した地がわが出生の地カルキスという奇縁で結ばれているとはいえ、あれはちょっといただけない。な、そうだろ。しかし、ここに来て、神なるプラトンの妙（たえ）なる模倣説が雲を集め風を巻き上げ姿を現わす。それはもう感動的で、弟子の不始末を取り繕ってあまりある説だといっていい。知らぬ人とてない説だが、簡単にいえばこういうことだ。プラトンの『国家』に、『進んで正しい人になろうと熱心に心がける人、徳を行うことによって、人間に可能なかぎり神に似ようと心がける人が、いやしくも神からなおざりにされるようなことは、けっしてない』という一文が見える。これこそ、聳え立つプラトンの模倣説、神に倣（なら）う、神を模倣することこそ究極の人の道というわけだ」

「よく分からんが、大きく出たね」と、今度はルキウスも話に乗ってしまう。何をいいだすか、興味が湧いたのである。

「愚考するに、悲劇詩人エウリピデスは、浮気性の助平オヤジを神の域に近付け、神に倣わせ、大神ゼウスをその似姿とする一方、悋気病みのかみさんは『咲き匂う』ゼウスの花嫁女神ヘラになぞらえ、その似姿を同じく女神ヘラに擬す。腹いせにいじめられるいじけた子供は英雄ヘラクレスというわけだよ。こうして悲劇のお膳立てが整うと、下卑た下賤の夫婦の縺れは悲劇そのものの格調を帯びる。それだけのことだが、そこには天を目指し天を貫くプラトンの模倣説がある」

デクタダスは得意満面のところだろうが、ルキウスは「ふん」と鼻から息を吹いて顔を背けてしまった。当たり前のことだが、宴会は講演会ではないのである。気に喰わない話は聴かなくてもいいし、隣同士で物価の高騰に不平をいい合っていても構わないわけで、ルキウスの向かい側では最近値上がりしたリュカオニアの軟膏の効能範囲についての議論があった。こちら側ではおおむね開いた口が塞がらんといった体の沈黙が支配している。プラトンの顔を立て、話も佳境に入ったデクタダスだが、ここに至ってやっと状況を理解したようだ。急に眼を伏せて黙り込んだ。調子に乗り過ぎたと分かったのだろう。

暫時、穏やかならぬ空気が漂い始めたところへ、

「ぼくさっき、エピカルモス師は世渡りが上手いという話をしましたね」とデキムス青年が弾んだ声を上げる。今までのデクタダスの熱弁は何であったのか、デキムス青年の声は飽くまで軽やかである。

「知ってますか、エピカルモスはあのマルクス・ブルートゥスと同じアスカロンのアンティオコスを師と仰いでいるんです。つまり、ふたりは同門なのです。ブルートゥスの行うところ、すなわち正義、すなわち徳だなんていって息巻いているそうですよ。ブルートゥスの従兄のデキムスがいうには、今、エピカルモスはブルートゥスに懸命にすり寄っているそうです。確かに、今のローマで、ブルートゥスほど哲学を広く修めた者はまずいない、評判だもの。だからですよ、エピカルモスに決め台詞があって、それはね、万般の哲学を人型に取れば、ブルートゥスが出来上がる。はは、おもしろいでしょ。そうやって、いたるところで宣伝に努めているんです。そのうち、ブルートゥスの耳に入って、招待にあずかることを見込んでいるんですよ」

「マルクス・ブルートゥス、高利貸しで有名なやつだ」

突然、これまで黙っていた顔の大きい遺産狙いの男がいった。話すのは自由だが、こすれた石像の顔みたいに

表情のない男で、ルキウスは、こいつ、しゃべるのか、と眼を丸くして男を見たくらいである。

「相当あくどいというのは本当らしいです。法定利率の四倍吹っかけるんだもの、高利貸しじゃなくて暴利貸しだ。少し前の話だけど、サラミスの街を丸ごと破産させたらしいですね」

石像に同意を求めたデキムス青年だが、当の相手はデキムスの話に反応しない。それを見て、さっきは話したいことを話させてもらえなかったウィリウスが反応を起こした。

「そう、きみが敬愛するキケローでさえ手を焼いたんだ。兵を出して恐喝まがいの取り立てだろ、キケローがいくら諫めても聞こうとしない。強欲と苛斂誅求を捏ね上げて、人型に取るとマルクス・ブルートゥスの出来上がり、はは」

ウィリウスは、はは、と笑った顔をデクタダスに向け、もう一度、はは、と笑ってから、急に憂い顔になってマキシムスを見た。

「しかし、そのブルートゥスですがね、どうなんでしょう。カエサルはムンダ戦の帰り、ガリア・キサルピナでブルートゥスの出迎えを受け、来年の法務官職を約束したらしいですよ。ほんとなら、カエサルは、ブルートゥスが内ガリアの政務を放棄したことを咎めていいはずなんだ。それなのに、のちの執政官職までほのめかしたそうです。わたし、疑いましたよ、カエサルの頭の中。ブルートゥスってやつもしたたかでね、仲直りしたカッシウスを同僚法務官に推して、カエサルにそれを受け入れさせたそうです。ふたりとも来年は法務官だ。いいんですかねえ、そろって軍団の指揮権を持ちますよ。最近多いわ、謀叛者たちに栄誉を与えて野に放つ、そんなことばかりしている」

「いやね、それで内乱が収まってくれるならいいんです。しかし、ブルートゥスはあの小カトー礼讃の口火を切った男ですよ。しかも、かみさんは小カトーの実の娘だし、母親は小カトーの姉じゃないですか。あのセルウィリアですよ、カエサルの昔の愛人、これ、どうなっているんですかね。そりゃあ、許すのはいいですよ、でも栄誉や権限まで与えてどうするんだ、ってことです。マキシムスさん、これ、全然当て擦りじゃないですよ。あなた、むしろ、あの、あれなんだから。わたしがいってるのは、ブルートゥスみたいにうまくカエサルの懐の中にもぐり込んだ男たちのことでね、あなたはむしろ毅然と……えと、いいたいことは、小カトーといえば、カエサル最大の宿敵でしょう。閥族派の旗頭ですよ、三度殺しても、殺し足りないはずなんだ。その小カトーをブルートゥスは、信念と高潔の士、だなんて持ち上げました。けちで意固地な酔いどれが、死んだ今は称賛の的だ。あのブルートゥスがお調子者のキケローをけしかけて『小カトー論』を書かせたのでしょう。おかげでカエサルは大あわてだ。小カトーがこんなに流行るということは、カエサルが貶められているということですよ。自分を貶めた張本人のブルートゥスに、栄誉も権威も軍指揮権も与えるなんて、いいのか。謀叛者たちが勢いづいて、いらぬ騒動を起こすんじゃないのか」

すでに述べたことだが、ウィリウスがこれほど熱っぽく語るのはカエサルの熱烈な信奉者だった昔があるからである。地方の田舎名士に過ぎないから、ウィリウスは生まれてこの方ローマの政界を牛耳る閥族貴族たちを妬んで育った。加えて、幼少期には狂信的な反閥族派の家庭教師の薫陶宜しきも得ている。そうしたこともあって、ウィリウスは若くから反閥族派の旗頭カエサルの活躍ぶりに心酔していたのである。そのカエサルをこうして咎めるように話すのは、カエサルの身を案じていることの裏返しなのだが、もっといえば、恐れながら、と急ぎカエサルにご注進に及びたいくらいの気持ちなのである。

一方、マキシムスはカエサルのことが好きになったことは一度もないとはいえ、ウィリウスの話には誠心誠意答えようとする。

「小カトーねえ、あの人についてはわたしにも思うことがある」

マキシムスは、騒動が起きるかどうかの判断は保留にして、自分なりの小カトー論を述べてウィリウスに答えるつもりのようだ。マキシムスは手にした盃を食卓に戻し、その盃に眼を落としながら話し出した。

「若い頃の話だが、わたしはマケドニアのルブリウスに呼ばれて軍団の副官を務めたことがある。その頃のことだが、大隊指揮にやって来た小カトーに軍団派遣の副官として、しばらくの間だが付き従った。あの頃からやはり難しい人で、さすがに窮屈だったが、わたしはそれでも立派な人だったと思っている。というのは、役職を降りて、属州に赴任してくるお偉方たちといったら、みんなも知ってるだろうが、たいがい、ひどい人たちだ。属州民を絞り上げて、わずかな富でも見逃さない。びた銭一文でも懐に入れようとする。苛斂誅求とまではいわないが、相当あくどいことは事実だ。もちろん、属州を富ませてしまえばローマは危うい。ある程度の富の収奪は必要かもしれない。それは分かるが、だからといって、強欲が褒められるわけでもないだろう。わたしはね、そんな人たちを見てきたから、あの小カトーの無欲さ、潔癖さには感心した。立派な人だと思った」

「えー、でも、ただの憎まれ者ですよ、あの人」と不同意を表明したのはデキムス青年である。それを聞いたか聞かずか、マキシムスは薄眼になって思い出を語るように語り出した。

「そうだなあ、例えば、独りの時にこそ身を正すような、そんな感じの人が稀にいるよね。あの人は、身を正したまま人前に出てきてしまう人のようだった。その意味で、人にも厳しい人だったが、だからといって、目下や下位の者たちに威を振るうことはなかった。自らを導くように兵士たちを導いていたように思う。まあ昔のことだし、これ見よがしだ、っていう人も大勢いる。人それぞれで見方は変わるからそれ以上はいわないでおこう。ただ、兵士たちはなついたよ。ところで、その小カトーだが、なぜ潔く自死したか、わたしなりに分かる気がするのだよ。わたしはね、パルサーロスのあと、カエサルの許しを拒んだ男だ。だからこそ分かる。人は、あの憎まれ者の小カトーを、共和政の理想を体した信念の人のように讃え、その自死を理想に殉じた気高い死だと称賛さえしている。しかし、わたしは決してそうではないと思う。それは」

「そうでしょ、ただの憎まれ者なんだ。わたしね、集会場の出口で小カトーに怒鳴られたことがある。前を横切っただけなんだ。あの時も、あいつ酔っ払ってた」

ウィリウスが、憎まれ者、の念押しをしたのだが、こんなところで合いの手を入れられたら、マキシムスは話を続けにくいし、聞いている者たちも、これからという時に、眼の前を横切られた気がして苛（いら）っとする。だから、ルキウスはもちろん、何人もがウィリウスを睨みつけた。ウィリウスは自分が何をしたか理解したようで、周りに媚びたような笑いを浮かべる。

「ただの憎まれ者、はどうかな」と、マキシムスは穏やかに受け流しはしたが、要らぬ合いの手が入ったもので、話が回りくどくなりそうである。

「んー、そのことで思うんだが、どうだろう。最近小耳にはさんだのだが、カエサルはクレメンティア神殿の造営を元老院に願い出ているようだね。政敵はすべて許すという寛恕の意向を、カエサルは寛恕の女神クレメンティアに神殿を献納することで広く世に示したいのだろう。しかし、現に許された者たち、アフラニウスやドミティウスたちはどうしただろう、すぐにまた背いたじゃないか。わたしはね、寛恕は二重の屈辱を強いると思う。許しを乞う屈辱、許す相手を喜ばすという屈辱。小カトーだがね、わたしは憎いカエサルを喜ばせてはならない、その一心で腹を搔っさばいたんだと思う。自分で摑み出した腸は、カエサルから奪い取った喜びだよ。カエサルの喜びを最後に摑み取って死んでいった。あの人のやりそうなことだ。そう、そのことで思い出したが、カエサル自身もいったそうだね、タプソスで小カトーが自死したと知らされた時、カエサルは、『わたしから、許す喜びを奪った』とつぶやくように語ったそうだ。

　いいか悪いか、カエサルはもう王みたいなものだ。終身の独裁官を受ければもう王同然だ。しかし、人の王たる者に、王冠よりもさらにふさわしいという寛恕は、恵みの雨のように大地に降りそそいでも、その大地は祝福を育てない。その場かぎりの安堵と感謝は、負い目という種を落とし、卑屈という芽吹きをすると、遺恨となって大地に深く根を張る」

　人柄だろう、語り口が真率な、しかし、毒気も含んでいるようなこのマキシムスの話に、客人たちはつい聞き入ってしまっていた。だから、みんなは気付いてはいないが、さっきから末席の農夫たちが変にそわそわし始めている。聞いてはならないことを、聞いてしまったのだ。

　今に謀議が始まるぞ。そうなれば罪のない者まで巻き添えだ。農夫たちは顔を見合わせひょろりと立ち上がった。愛想笑いを浮かべようにも、顔は引きつってしまっている。ただ闇雲に辞儀をしながらひと固まりで後ずさりをする。そして、引き出物ももらわぬまま、何はさておき帰ろうとした。

その農夫たちに、デキムス青年は鷹揚に顔を向け、去ってよい、とばかりに首を振った。

「あの連中はこの木の世話をしています。世話といっても、木喰い虫退治に、薬草を燻すだけですがね。木が弱らないように、一日置きに燻して、二十日ばかり続けるそうです」

ルキウスは、「ええっ」と声を上げた。

「ちょっと待てよ、一日置きに燻して退治するのか。木喰い虫は燻すのか」

脇の下に急に汗が噴き出す。脇腹を這い下りるものの感触があって、ルキウスは臥していた体をがばっと起こした。

デクタダスはもちろん笑いながら黙って見ている。

「おい、ちょっと待ってくれ。それね、人間の治療にもやるのかい」

「それって、何でしょうか」

「木喰い虫退治に、薬草を燻すだろ、それ、人間の治療にもやるのか」

「いや、聞いたことがありません」

ルキウスは全然安心しなかった。

「カエサルはスッラの例には倣わんといって、やたら寛恕を撒き散らしているが、ガリアでは相当ひどいこともやった。レーヌス川の騙し討ちでは、逃げ惑うゲルマーニー族を三、四十万殺した。カエサルの寛恕ってやつは最近の話だ。あれは巧妙な人たらしだ。歯向かったところで、従うなら将軍だって許される、そうと分かりゃあ、兵隊たちは最後まで戦い抜かん。属州で徴兵された兵士たちなら、手のひら返しで鞍替えする。巧妙なやつだ。スッラみたいに、処刑・鏖殺(おうさつ)と分かってりゃあ、歯向かうほうもがむしゃらになる。敵に寛恕を見せかけて味方につけてしまうんだから、たらし込む手口とすりゃあ、上出来だ」

蔦の花冠をあみだにした遺産狙いの男である。前置きの言葉もなく、咳払いして注意を引くこともなく、いきなり本題を話すと、一方的に話し終えた。早口だったし、木喰い虫に気を取られていたせいもあって、ルキウスは話の中身がよく分からなかった。ただ、何を怒っているのだろうと不思議に思った。

「そうだね、そんな風にいう人もいる。しかし、歯向かう者の心根を侮ってかかっている、わたしはカエサルの寛恕の策に傲(おご)りすら感じる」

そういってマキシムスが押し黙った時、糸杉の街道から野道を登って来る老人の姿が見えた。座がしらけ、一同、何気なく景色のほうへ眼を向けたら、折よく老人の姿があったということである。エチオピアの姿のよい女がふたり、儀式に随行するように老人の両脇にいた。後ろには布団を抱えた付き人がひとり。薬箱を背負っているのがひとり。手ぶらで歩いているのがひとり。

老人は意外に早い足取りで野道を来ると、ルキウスとキンナとの間のへこみのある場所に座を定めた。エチオピアの女たちが夏の布団を敷く。ルキウスは座をずらし少し間を空けたものの、クウィントス老人と初めて身近で隣り合った。向かい側の、遺産目当ての隠れ詩人や蔦の花冠の男、それに石像たちだが、顔には出さないものの、多少の落胆はあったようである。夜通しの三日連続の宴のあと、老人はいまだかくしゃくとした姿を見せたのだから。

かくしゃくどころではない、ルキウスは、この華やぎは何だ、と思った。七十をいくつも超えた老人が花嫁みたいにオレンジ色の薄絹姿で現われて、両脇の女たちに悪さをしながら座に加わる。女たちが腰をくねらせ、吐息混じりの鼻声を出すと、真剣にその顔を覗き込むのだ。このような老人をどんな顔をして迎えたらいいのだろう、宴席に華やぎどころか、淫らな風を吹き込ませに来たようなものだ。さすがのルキウスも老人に向けた視線をずらし樫の木の枝に向かって目礼した。

「いやいや失礼した。あは、昼寝をしておった、朝からずっと。おうキンナ殿、久しぶりじゃ、というほど久しぶりでもないな。宴会が続くと、日にちが分からん。昼と夜が、交代しよらん、はは。しかし、うん、無理はしとらんよ。あんたにいわれた通り、一日に一度、ちびちびとな。じゃが、効き目はちびちび、ってなわけじゃないわい、あはは」

思った通りの挨拶代わりである。愛想笑いが浮かぶ前に、鼻に皺が寄ってしまう。

「ところで、このときわ樫の由来じゃがね、まあ、ええか。ええわ」

確かに、木の由来などはいいのだが、昼日中、近くで見ると、クウィントス翁の顔や首に老人性の白斑（はくはん）や染みが目立って、やはり眼のやり場に困るのである。寛衣の喉元からは、皮膚というより皺を広げた紙のような白い胸が覗ける。老人が袖を振ると、香油の香りと一緒に、何となく膏薬臭い臭いもして、ルキウスはやはり相応の年寄りなのだと分かった。クウィントス老人、実は無理をしているのだ。

「おっと、あんた、クラウディウスの一族だったな。それでただの騎士身分か、はは。ならば、いってやろう、わしもな、資産からいえば堂々騎士身分、いや、ほんとはもちょっと上、はは、内緒内緒。ま、点呼は受けておらんよ。それについてじゃが、あんた、どう思う、わしをな、無理やり隠棲させようとして、身分を取り消しおった。まだ四十いくつかじゃったわ、息子どもが画策しおった、召喚には応じなかった。あはは、やられたわい。ところで、あんた、わしはうつらうつらしながら見ておったが、あの日、何か知らんが、わあわあゆうて暴れておったぞ。わし、心配になってのう。ほれ、この前のデマラトスの宴席じゃよ」

「サッフォーだよ、あんた、サッフォーを詠った。そして、変な舞いを舞ったよ」

「ええ、ぼくは覚えていません。ぼくは最初に倒れたんだ、頭に太陽が飛び込んだんだ。心臓が撥ね散って、代わりに体中が動悸したんだ。意識はばらばら、喉は引（ひ）き攣（つ）る、手も足も硬直して、ぼくは今死んでいたかも知れないんだ」

デキムスが唾を飛ばして訴え出たが、クウィントス翁はそ知らぬふり、かくりと体を起こすとにこやかにルキウスに話しかける。

「そうか、あれはサッフォーじゃったか。失礼じゃが、わしは酔っ払って喚いておるのかと思うておった。そうか、あれは舞いじゃったか」

　ルキウスはくすっと自分を笑った。

「悔しい話だが、実は、わたしは覚えているんですよ。サッフォーを詠ったこと、そして、舞ったこと」

　ルキウスは、くすりと笑いはしたが、いくら自分を笑っても気持ちが弾むわけではなく、とぼけたふりはしていてもどこかが痛むような顔になる。あんな媚薬のせいでなければ、サッフォーを詠ったり舞ったりするわけがないのだ。

　一方、クウィントス老人だが、ルキウスのサッフォーにはまるで興味を示さず、

「ところで、キンナ殿、以前話し合うた大ローマ世界の平安についてじゃが」と急に話を変えてしまった。

　だったら、おれに何が訊きたかったのか。ルキウスはほっとはしたが、気持ちのどこかが痛いままだ。どうせ酒の席でのこと、忘れてしまえばいいことだが、薬のせいで隠れていた願望が顔を出し、そいつがサッフォーを詠い舞ったのだとしたら、どうだろう。おれの中に、おれは何を隠しているのか。ルキウスは眼を宙に浮かせ、寂しいように自分を嗤（わら）った。

「ほれ、あの話、ローマの男が月番で属州に出向き、頑張って、その、何をする、な、そして、ローマの血が混じった子供をいっぱいこさえる、ってやつじゃよ。するとな、ローマに歯向かうやつらはいずれ歳を取って退場するよ。そうなりゃ、大ローマは安泰じゃろ。どうじゃ、ええ考えじゃろ。年齢不問、身分資産も不問じゃ、意欲の漲る男たちが軍団みたいに隊列組んで、属州へ赴くわけじゃ。家に女房がおるじゃろうから、月番制でな。これ、和合の軍団じゃよ。賑（にぎ）やかな楽士たちが先導して、花びら撒いて、花冠を載せた男たちが行進する。属州の女たちへと、ローマの男たちの賑々しい和合の行進、ほほ。北アフリカにガリアにアシア、忙しいぞ。戦争なんかしておれんぞ、な、そこじゃよ。ええか、カエサルなんぞのように、屍の山を築いて鷲旗を翻（ひるがえ）すなど、文明人の名に値せんわ。われらローマの民は、カルタゴの女王ディドーの恋の炎（ほむら）に照らされた、かのアエネーイ

スの子孫なのじゃ、猪の末裔というのは真っ赤な偽り。エトルリアの嘘つきたちが捏ね上げた大嘘じゃ。みんな、よう聞け、世界の平安は武器を揮って得るものではない、男と女の全世界的和合にこそ存するのじゃよ。大ローマの平安のためには、全世界的和合の歓びを実現せねばならん。和合の歓びをもって世界に覇を唱える、どうじゃ」

「みっともない、はしゃぐようなことか」とすぐ反応したのはデキムス青年だが、老人が苛っとしたのを見たキンナがあわててその場を繕う。

「確かに、それはその、おっしゃる通りで、そうなるのを願いますが」

「おうおう、わしも切に願っておるよ」

「しかし、その、まだ本気でそんなことを、いや、ま、お歳のわりに夢のあるお考えなわけで……しかし、この前も申し上げたはずですが、実際向こうにも男がいるわけでして、かえって血みどろの争いになるかと。普段は大人しい動物がメスの取り合いとなると凄絶(せいぜつ)な争いを繰り広げます。それくらいのものでして、如何(いかん)せん、和合の行進どころか、血走った、猛々(たけだけ)しい野盗の群れの突進になりそうです。悲しいかな、これが男の本性でして、逆にローマの女たちが隊列組んで出かけるとなりますと、そこはもう女同士ですからもっと凄惨(せいさん)なことになる。だから、そんなことを、本気になって、あの……以前もいいましたが、男と女の和合のためには、欠かせないものがありまして」

「おう、愛じゃろ。みなまでいうな、愛じゃよ。わしは全世界的愛の和合をゆうておる。おぞましい武力に代わるもの、それは麗しい愛の力、愛の支配。ローマ世界の平穏は、愛の和合の実現にかかっておる。わしは愛の軍団の一兵卒に成り下がろうとも、原隊復帰を願い出ようかと思うくらいじゃ。もうこの歳じゃが、わしは身を捨ててでも平和に尽くす」

「へ、愛の軍団だって、どこか緩(ゆる)んでしまったのかぁ」

またもデキムス青年だが、キンナも含め、みんな同じ思いでいたものだから、一斉に顔を伏せて笑いをこらえている。それを見た老人は、うんっ、とばかりに首を傾げた。老人にすれば、考え抜いた折角の話が、多少はバカにされようとも、このような一斉のこらえ笑いで片付けられようとは思いもしなかったからである。夢のような話とはいえ、人が人にもたらす災厄を本気で深く考えれば、それ以外の方策はないと思い至ったのだ。実体験からして、愛は人種を問わない、富貴を問わない、敢えていえば、美醜が問われるくらいである。しかし、醜いからといって罪に問われるわけではないし、足で踏み潰されることなど断じてない。それが愛の王国なのだ。人類の、そして世界の平和を築く手段は愛の支配以外にあるだろうか。殺人軍団を派遣して人殺しを喜んでいていいはずがないのだ。人を笑いものにする前に、ものごとを真剣に考えるべきだ。老人はふっと息を抜いて口を閉じる。バカな話をした、と思ったのではない。最初にいきなり話したのが間違いであったと思ったのである。ローマ世界の行く末を深く慮(おもんぱか)った愛の話は酔いに火照った熱い心に届けるべきであった。そうすれば、愛の火はほのかに人の心に灯る。こんなあしらいを受けずに済んだのだ。老人は、拗ねたように顎をしゃくると、わざとと分かる瞑想に入った。つまり、老人は当てつけがましく本気で拗ねた。

こうして宴の会話は途切れ、風の流れを俄に感じたルキウスはそれとない眼をふと上げる。天幕の向こうの西の空には秋の陽があるのだろう。流れる雲の銀の色は秋の気配を伝えるように涼しい空の色を透かしている。緑の丘の連なりとその向こうに遠くかすむ青い山並み、どこかでいつも見ていたような山々の景色。風は遠い景色の先からルキウスに吹き、乾いた周りの草地に休むようだ。落ち葉色したブドウ畑はなだらかに谷へと傾き、小道に沿って細い小川も流れ、小道も流れも丘の起伏に束の間隠れる。隠れた先の麓では道や流れが街道と交わり、交わるあたりに十四、五軒の貧しい集落があった。老人の山荘はその集落の向こうにある。ルキウスは少しの酔いも手伝って、広々とした景色に向けて放心している。放心しながら、丘の起伏を曲がって続くタッラキーナへの街道を眼でたどっていた。ルキウスは、それら秋の風景が久々にある想いを甦らせているのを感じている。

そう、それは昔サッフォーが詠った。わたしではない、ほかの人に向けられた惚れぼれとする笑いぶり、その顔がもしもわたしに向けられていたのであれば、と。

それはいかさま、
わたしへとなら　胸のうちにある心臓を
宙にも飛ばしてしまはうものを。
まったくあなたを寸時(ちょっと)の間でも
見ようものなら、忽ち
声もはや　出ようもなくなり、

唖のように舌は萎えしびれる間もなく、
小さな
火むらが　膚(はだえ)のうへを
ちろちろと爬(は)ってゆくよう、
眼はあっても　何一つ見えず、
耳はといへば
ぶんぶんと　鳴りとどろき、
冷たい汗が手肢(てあし)にびっしょり、
全身にはまた
震へがとりつき、

　　草よりもなお色蒼ざめた
　　様子こそ、死に果てた人と
　　　　　　　　ほとんど違わぬ

　キューテーリスは、くぐもった声で、呪文のようにサッフォーを詠った。野卑な男たちの眼に晒され、独りの想いに閉じ籠るような詠いぶりだった。一くだり詠う間、ひとを恋う激しい想いは抑制され、胸にしまわれ、遠い地鳴りが鎮まるように胸の中で鎮められる。しかし、心は揺れ、そして暴れ、やがて張り裂け、キューテーリスは左手の振鈴をシャーンと振る。右手は胸を押さえ、体はよじれ、よじれたまま、体がきしむように屈んだ。おんなは声の余韻を残しつつ屈んだままの姿勢でいる。気付く人もないうちに、声の余韻はうめくおんなの声に変わっている。うめきは命の声かとも聞こえ、おんなは息絶え絶えの体を起こす。そしてまた、呪文のように次のくだりを詠い始める。矢も楯もたまらない想いはまた抑えられ、しかし、声は震え、体ごと震え、振鈴が鳴ると、さらにまた心が暴れる。きっとなって顔を上げたおんなは、同時に上げた右足を、次の振鈴でトンと床に落とした。おんなの顔は宙に何かを見る顔になり、その顔にやがて苦悶の色が表われ、頰が翳(かげ)る。おんなは見る間に憔悴し、体は屈み、がくりとさらに屈んだあとで、うめく声が沁み入るように聞こえた。しかし、おんなの声はふいに途切れる。そして、途切れたかと見た一瞬、おんなの体がぴくりと動いて、振鈴がシャリーンと鳴った。屈んだ姿勢は想いを振り切るように直立し、おんなはまた次のくだりを詠う。しかし、激しい想いに拍子は乱れ、声も乱れ、ぐらりと体が傾くとまた振鈴が鋭く鳴る。体は捩じれたままで反り返り、そのまま動きを止めたかと見るや、不意に、身震いのように振鈴が鳴り、上げた右足そして左足が激しく床を打った。

　最後の一くだりを詠いだした時、アントニウスが獣のような声を上げた。手にした酒杯を後ろに投げると、臥台の上で雄叫びをあげ、そのまま下へ転げ落ちる。獣が這い出す時のように、臥台の後ろを唸る声が這って歩く。アントニウスはそばにいた給仕役の少年を引き寄せ、引き寄せておいて撥ね飛ばすと、むっくりと立ち上がった。ゆらゆら揺れる体はキューテーリス目がけて倒れ込みそうだ。アントニウスは倒れ込む姿勢のままキューテーリスを追った。男たちは下卑た言葉でアントニウスを囃し、アントニウスは寛衣の裾をまくりあげて逃げるキューテーリスを追う。それを見た楽士たちは、あわてて笛や太鼓で拍子を取った。行き場を失い、奥に逃げたキューテーリスを、尻からげしたアントニウスが壁に体をぶつけながらよろよろ追って行く。

その日、ふたりは宴席には戻らなかった。そして、ルキウスはアントニウスを激しく憎んだ。

愛とは何か、もし問う人がいても、ルキウスは決して答えないであろう。しかし、このように独り考えるであろう。惚れぼれとする微笑みはわたしに向けられることはない。しかし、それがもし、このわたしに向けられることがあるのなら……。

ルキウスがはっとして我に返ったのは、デクタダスがいきなり笑い声を上げたからである。つられて笑顔になったルキウスは、ひとまず首を伸ばしてデクタダスを見る。バカ話がうまくはまったのだろう、デクタダスはルキウスに向かって舌を出し、うれしそうに目配せをした。

すると、向かい側で、

「はあーっ」とバカにしたようなデキムス青年の声がした。青年はうれしそうなデクタダスにではなく、憮然としているキンナに顔を向けている。

「よくそんなことがいえるなあ、怖ろしい人だ。あなたって、多少は有名な詩人でしょ。名前だけなら、ぼくは随分前から知っていましたよ。しかしなあ、そんなことを考える人だったんだ、驚いたわ」

驚いたのは、ルキウスも同様である。何をいきり立っているのか、若造のくせに。一方のキンナだが、気圧された感じでおずおずと話を始めた。

「そうかい、じゃあ、がっかりさせてしまったね。しかし、今いったことは本当だよ。ほんとに、プラトンの『パイドン』には、快楽と苦痛とは不思議な具合に関係している、とあるんだよ。これはね、刑死する前のソクラテスが、最後の教えを聞こうと集まった者たちに、最初に語りかけた言葉なんだ。つまり、のちの世に遺す言葉を、ソクラテスはそういって話し始めた。これは単に足枷の痛みが慣れれば快に変わるといった打ち明け話に留まらない」

ルキウスは、えっ、と声を出しそうになった。そりゃあ、デクタダスは舌を出すわ。

すっかり笑顔になったルキウスはもう一度首を伸ばしてデクタダスを見た。デクタダスは踊り出しそうなくらい喜んでいる。

しかし、さわやかな若い声のデキムスは、

「だったら、どうなんです」と、なおもキンナに突っかかる。というより、もう喧嘩腰だ。

「答えてくださいよ、プラトンは、誠の愛は苦悩の愛、なんてちんぷんかんをいったのですか。どうなんです、いったかどうか。愛の苦悩こそ愛の歓び、へえ、苦悩が深ければ深いほど愛の歓びは深い、おやおや。黙って聞いてたら、びっくりする、『私はたのしく苦悩する。また苦悩に喜びを感じるから、私は愉快に病んでいる』ってか。どこのどいつなんです、それが愛の真髄だなんて歌うやつ。恐れ入ったわ、やっぱり病んでいたんだ、そうでしょ。宴会ですからね、病気の話でも聞いてはあげますよ。しかし、伝染(うつ)されるのはご免だ。ねえ、黙ってないで答えてくださいよ。そんなとんちんかん、死ぬ間際のソクラテスが弟子たちに語ったのですか、どうなんです……やれやれ、賢者のみが知る快楽と苦痛との不思議な関係が、あなたとはいわない、あなたみたいな下劣な精神にかかると、まともな人を惑わす妄言を生むんだ。あなた、ちょっとは名の知れた詩人でしょ、だったら安易な撞着(どうちゃく)語法をもてあそぶのはいい加減にすべきだ。へぼ詩人のやることだ」

いくら木石(ぼくせき)の法律家志望者だとはいえ、ここまでのこてんぱんは断じて腹に据えかねるのである。いや、木石どころか、と、クウィントス老人は顔を赤くし、ぐふっと咳払いで喉を通すと、険しい声を出した。どうやら、瞑想からは脱していたみたいだ。

「やい、お前なあ、いってやろうか」

「いえばいいんだ、何でぼくに訊くんだ」とデキムス青年は老人に対しても挑戦的だ。これには老人がちょっと怯(ひる)んだ。そのせいか、思ったこととは違うことを口走る。

「ほれ、あれじゃよ、んーそうそう四、五年も前のことになるが、お前、成人した祝いに家の下女たちに手をつけて大眼玉をくらっただろう。それで懲りたか、以後は親の金をくすねてはスブラあたりの悪所通い。西風に吹かれりゃあ、はるばるバイアエまで遠征するというじゃないか。あいや、それはいい、そんなことをいうつもりじゃなかった。若いお前だ、咎めはせんし、わしの血だ、咎められん。何せ、お前の親父はわしのせいだと思っておるわ、はは。しかし、例えばほれ、わしがいつも詠う、

若さは束の間の宴。されば
葡萄の酒杯を惜しむな、散り敷く落花を惜しむな

これじゃよ、これはそのあたり消息を物語っておってな、ああ、そうとも。ま、そんな話はええが、おいお前、あのホルテンシウスの弁論集に一体何を挿んでおる。親が見つけて驚いておったぞ。内側に細工までしおって、恥ずかしいやつだ。あんなもの、一体何のために蒐集しておるのじゃ。わしは見ておるうちに鼻がむずむずしてきたわ。あれ、鼻近づけて臭い嗅いでみい、新しいやつは臭うぞ。わし、反吐が出そうになった。それにしても、お前なあ、あんなものに優劣がつくのか。しかも、その分類法、特に三巻目のやつじゃ。あきれる前に感心したわ。ゆうてやるがな、醜悪なものに対するお前の偏愛は最早狂気同然、あんなもの、何で集めて分類して、優劣をつけて喜んでおるんじゃ。最優秀のを見たとたん、わしゃ三歩後ろへ飛び退いたぞ。おい、わしはな、お前の成長を慈しんで見ておったのじゃ。ところがまあ、何がどうしてこうなったのか。わしゃお前の今の親父に廃嫡(はいちゃく)を勧めてやったわ」

　何の話か、会食者たちには皆目分からないのだが、デキムス青年はみるみる顔を赤くする。しかし、恥を知っ

て顔を赤らめた様子ではない。この不逞な老人はもちろんのこと、今の話を聞いた誰も彼もに向かっ腹を立てて顔を赤くしたようである。

「ふん、お前なあ、西から熱風に吹かれておかしくなったな。そうじゃよ、お前こそ病んでおるのじゃ。ええか、愛の話は健全な精神で語られてこそ、すがすがしい景色の彩りともなり、芬々と漂う薫りともなる。ケレスの女神が下された秋の恵みの景色の中で、わしらと共に愛を語りたいなら、まずその病気を治せ」

結局、最後までよく分からない滅茶苦茶な話だったが、デクタダスはこれを聞いてがっかりする。これで老人はデキムス青年を遣り込めたつもりだろうが、肝心の鼻がむずむずするやつはどうなった。三歩飛び退くようなものって何だ。それをいわずに済ますなんて。

一方で、青年は逆襲を誓って一層赤い顔になっている。

「なあ、キンナ殿、気にせんでよいぞ。この夏いろいろあったから、こいつのことはもう分かっておるじゃろ。ほんとにもう、いつまでも根に持つやつじゃ。しかもこいつ、告訴人を逆上させて勝訴に持ち込む卑劣な策を臍の緒に括りつけて産まれてきたようなやつじゃ。逆上すればこっちの敗訴、バカにしてやるだけでよい。ほれ、見てみぃ、あいつ、なーんもこたえとりゃせん。ところで、さっきの話じゃ、あんたは何でもないことのようにゆうたが、ほれ、愛の苦悩こそ歓び、とか、んー、あと忘れたが、いろんなこと。わし、言葉を間違えて使っておると思ってな、分かったふりだけしておった。しかし、今ふと思いついたんじゃが、それ、こういうことかね、つまり、喰いたいのに喰えない、となるとひもじさがつのる、つのればつのるほど、喰いついた時は美味い。とすれば、ひもじさと美味さは不思議な関係にある、快と苦痛の関係じゃよ、な、そういうことじゃろ、だったら分かる。昔からよくあるやつじゃ」

キンナはますます恐縮して、もう黙るかに見えたのだが、老人が甘ったるい蜜酒の息を吹きかけて顔を寄せてくるものだから、もう仕方がないと思ったのだろう。

「いや、わたしがいったのは、そういうことかな。しかし、いろいろお尋ねになるから、不用意に言葉を選んだかもしれないです。ただ、さっきもお答えしましたが、愛の歓びって、それ、ほんとは、おのれに発し、おのれに帰る。そりゃあ、相手はいます。しかし、歓びはわたしの歓び、そして、苦しみもまた。そこでは相手は関係なくて、わたし独りの……」

「あんたまた分からんことを……あのな、わたしも何も、結局それはそういうことじゃよ。昔の話をするがな、わしがまだ三十手前の頃じゃった、プテオリに評判の名妓がおって、その名はイタリア中に鳴り響いておった。じゃが、相手がおるのはプテオリだ、ローマから逢いに行くには遠すぎる。わしゃ、街道地図を恨んだよ、十日に一度逢うのがやっとだった。苦しかったよ、距離の遠さが。しかしだ、そうして身を灼く想いで十日もいてみろ、喰いついた時、そりゃあ美味いよー。な、そうじゃろ、誠の愛は味覚で譬えると分かるんじゃ」

「ふふ、なるほどね。そういうことなら、わたしにも分かる」

さっきから無表情でいたトレベリウス・マキシムスである。話の外にいたはずなのに、どうしたことか、うっかり誘い出されたみたいに話し出した。

「それより、クウィントス翁にも身を灼く想いがあったとはね、それはいい。ところで、キンナくん、さっきのあんたの話を聞いてね、ちょっと考えてみたんだ。どうだろう、ふつう愛は眼から訪れるというじゃないか。まあ、俗な話だけれども、仮に、愛が眼から訪れるのなら、愛はもともと女の側にあることになる。果たして、そういうことなのかな、むしろ眼から訪れるのはその女の美しさじゃないのかね。その美しさが男の中に愛の灯を灯す。どうだい、そうすればだよ、愛はそもそも男の中に灯を灯されないままあったということだろう。いない相手を焦がれる感情がもともと男にはあるってことだね。奇妙な話だが、分からないわけじゃない。愛とはきっとそれだろうね。焦がれる相手もいないまま、ときめきだけを胸に秘めて、まだ見ぬものに憧れる、そんな若い日々が、きっとわれわれの……」

このあたりで、クウィントス老人やデキムス青年、またルカーニアの地方名士ウィリウス・セルウェリスが魂を抜かれたような顔をして英傑マキシムスに眼を向けたのである。マキシムスはそれらの視線の集中を感じた。

「……ああ、失礼した、わたしは何を話しているんだろう。いや、失礼した」

それは見るも無残といったうろたえ振りであった。マキシムスは頭を掻き、眼を擦り、両手で頬をパンパンと叩いたあとで、会食者一同に叩いた頬を赤くして頭を下げたのである。しかし、謝らねばならないことだろうか。

「おいおい、びっくりしたなあ、何が失礼なもんか」

老人がまず慰めにかかる。

「わし、聞いておって、何じゃろ、不意に胸は詰まるし熱くなるし、今の、ときめきだけを胸に秘めて、のところでは、うわっ、と思った、ほんとじゃよ、だって、あんたがそんな話をするとは思わんもの。そんな言葉、あんた、知っておったのが不思議、使ったのが驚異じゃ。わし、あんたの寛衣の下はいつも軍装かと思っておったわ、はは」

老人は慰めにかかったわけでもなかったようで、顔を輝かせて喜んでいる。

「いやいや、ほんとに失礼した。いい歳をした男が男たちを相手に話すようなことではない、とんだ恥晒しだ。ここ数年、無為の暮らしを強いられているせいだろうか、我ながらだらしないことだ。わたしはね、クウィントス翁、あんたには悪いが、愛のことなど、もともとつまらない、恥ずべきことだと思っている。それが証拠に、女のことばかり考えて腑抜けになった役立たずが実際どこにでもいるじゃないか。女のために災厄を撒き散らした君主僭主の例なら数知れずある。英雄君子ですら、女に足をすくわれているよ。それを思うとね、愛にうつつを抜かすなど男の恥だ、と、まあそう思うのだよ。そりゃあね、愛による不思議な作用は認める。だから……さっきはわたしも……そりゃあ若い頃があったし、いや、だからこそローマの男は愛などというだらけた感情に支配されてはならない。男は何より自身の支配者であらねばならない、わたしは、ローマの男なら、そのように自分を鍛え育てるべきだと思う」

「やれやれ、あんたね、人生を気合で生きようたって、そうはいかんよ。女たちは逃げて行くよ。このわしじゃからゆうてやるが、ええかい、ものみな空しい、女たちも空しいのじゃ。というのも、わしが昔馴染んだ女たちは、歳月のはるか向こうへ消えて行った。面影ひとつ残すことなく、空しさのみを置き土産にして。わしはな、ほれ、旅路の果てに行き暮れて、ってやつ、それじゃよ、そんな感じ。しかしじゃ、老いの身で行き暮れてこそ分かる、空しいものこそ愛おしいと。この世のすべてが空しいなら、空しい女がなお愛おしい……な、あんた、自分の間違いに気付かんといかんよ。今ゆうたこと、ものみな空しい、をよう考えて、愛に向かって心を開け」

　はて、この老人の忠告をまともなものと考えるべきなのだろうか。それとも、酷ないい方だが、色欲に呆けた老人の脳の機能こそを疑うべきなのだろうか。この例は多いだけにみんなは後者のほうへ引かれがちだが、独りキンナだけは責任を感じたみたいに、申し訳なさそうな顔をしている。なぜなら、「歳月のはるか向こうへ」とか、「旅路の果てに行き暮れて」とか、この夏キンナが教えた詩そのままなのである。年寄りにつまらん知恵をつけってしまったわけで、キンナも、無論マキシムスさえも困窮気味だが、そこを救うかのように、

「空しいのは自分の頭じゃないか」とつぶやく声がはっきり聞こえ、その声が急に「愛の御神(おんかみ)エロース様はぁ、色呆け爺ぃの守り神ぃ」と高らかな詠いの声に変わった。

「びっくりしたぁ。いきなり何じゃ、デキムス。どこから声を出しておる。お前あれか、色呆け爺ぃが珍しいのか。しかも、その詠いっぷり。お前、一体」

「あとを牽(ひ)かれて付いて行くのはぁ、なまくら刀の木偶(でく)の坊ぉ、はは」

「一体、お前、何をゆうておる。何が木偶の坊じゃ。頭おかしいのか」

「いや、ぼくはマキシムスさんと全く同じ意見なんだ。だから、即興の自作を一節詠って賛意を表しただけです。ふふ、なまくら刀って、分かるかなあ」

「分からんやつじゃ。お前、それで賛意を表したことになるのか」

「知りませんよ」

デキムス青年の手始めの逆襲である。ところが、その逆襲はここで急に頓挫してしまった。というのは、クウィントス翁とデキムス青年とのこの掛け合いの間に、蔦の花冠のあみだの男が隣の石像の男に疝痛を訴えていたのである。石像が相手にならなかったもので、あみだの男はその向こうにいる隠れ詩人に顰め面を向けた。すると、隠れ詩人は胃痛、関節痛、偏頭痛を訴え返し、様々な病名と共にことさら不気味な民間療法について語り出した。地中にいる虫の類いの活用である。隣にいたデキムス青年は気味悪い虫の話に俄然興味を引かれたのか、知りませんよ、に続く悪態をいいそびれてしまったのである。

「いいわもう、キンナ殿、あいつのことは放っておこう。あいつがふくれっ面をしたら手に負えんのじゃ。ところで、この夏のことじゃが、わしはあんたにいろいろ教えてもろうた、な、ほんとにいろいろ。みんなは知っておるか、アルゴスのエピカステの熱愛やら、テッサリア王女のケルティネが婚礼を逃れたいきさつやら、あは、あれはいい、あんな女が昔はいたんだ。しかしな、何より、ほれ、イッソスの庭掃き老人の切ない恋、あれじゃ、キンナ殿、あの話でわしは変わった。老いのわが身に天与の慈雨、生きるよすがを得たとさえ思う。分かるまい、特にお前じゃ、デキムス、喰い物をおもちゃにするな。なあ、キンナ殿、恋を知った年寄りの、何といじらしい心根だろう、高貴な生まれの若い女に欺かれもてあそばれて、ああ、何と一途な。耐えに耐え、忍びに忍び、想い死にする年寄りの哀れたるや、その生涯は哀調を帯びた美しい歌のひと節。わが身を嘆き、かの人を恨み、かくては何のため生きらんものを、池水に、憂き身を投げてぞ失せにけり、か」

「危ないな、年寄りが」

「いちいち口をはさみやがる。やい、デキムス、いらん心配をするな。それにしても、キンナ殿、あんたはほんとによう愛の勉強をしとる。そうそう、前もゆうたが、わしが一番応えたのは、ほれ、あんたに、わしの愛の遍歴には物語がないといわれた時じゃ。そういえば、はは、ないわ。なーにしとったんじゃろ。あんたがいう通り、物語のない愛の遍歴はただの女漁り、そこじゃね。いやもう、あんたこそ、ウェヌスの愛の伝道師。となれば、わしはいうよ、山も森もあんたの前にひれ伏せ、靡け、と。さあ、そこでじゃみんな、今日はいい機会、この宴席を愛の談話に捧げようではないか」

　不意を打つ、この老人の提案には全員が即座に眼を剝き当惑した。キンナはのけぞり、助けを呼ぶ形相になるし、マキシムスも愛について語るなど、まともなローマの男ではないと確信を新たにしたばかりだから、さっきはまずいことをいってしまったと反省頻りである。ただ、デキムス青年だけが、キンナの困惑した様子を眺めて、上唇を剝いて笑った。

「愛を語る、とは奇抜だ」

　間をあけて、デクタダスがぽつりとつぶやく。すると、クウィントス老人がむくっと体を起こし、興奮気味の声を上げた。

「そうじゃろ、わしは宴会の前からその奇抜を語り尽くそうと考えておった。実をいうとな、わしが愛に目覚めたのは、さっきもゆうた通り、この夏、キンナ殿との交わりを深めてからじゃが、いやいや、ほんと、あんたのおかげじゃ。何じゃいあんた、そんな顔せんでええじゃろ」

　キンナは老人の、ええじゃろ、という鼻にかかった怨嗟の声が、ナメクジに首筋を這い上られた感触で聞こえ、横向きでのけ反るように伸び上がった。そして、あわてて気弱な声を上げる。

「あ、いやその、何というか、困ったな。その話はもっとこう、風の通らない暗いところじゃないと、愛の話は、何かこう、しんみり沁み込んでいかないような。というのは、もともと愛の話はお化けの話と通じるものがありまして、ほんとですよ、こんなに光がいっぱいで、物がくっきり見えるところは都合が悪い。どちらも曖昧模糊が値打ちだし、どちらにも共通の背光性がありまして、例えば、朝になって、化粧を落とした見知らぬ女が隣で寝ているのに気付いた時の恐怖は、お化けと鉢合わせした時の恐怖に劣らないものがあります。はは、わたし、何バカいってるんだろう。やれやれ困った……あの、実をいいますと、最近わたし、考えがほかのほうに向いていて……だからその、愛についてでは、どうでしょ、日を改めて」

困惑のせいだろう、キンナは何とも要領を得ないことをぼそぼそいって老人の奇抜から尻込みをしたのだが、如何せん、声が弱々しくて隣り合わせの老人にすらはっきりと聞こえていない。しかし、声は届かなくとも、困惑した様子は見れば分かる。そこで老人は、今さら何だ、と口を尖らせ、お前のせいだといわんばかりに、デキムス青年を睨みつけた。

ついでながら、ここでキンナがいった、ほかのほう、というのは暗にカエサルをめぐる一大叙事詩を指している。しかし、さすがに今はまだ公表の時期ではない。

「キンナ殿、あんたはねえ、天下に知られた愛の大家ではないか。わしはな、あんたの教えを受けるまで、愛なんて、ただの快楽の添え物、男と女の戯れ事だと思っておった。ま、駆け引きの妙味。じゃがね、それはそれでそそるものがあるよ。わしゃ振り回されたわ、はは。思い出すのはな、ホルトナのカルメンタ神殿のお抱え女にイオエッサという評判の巫女がおって、わしゃ、贈り物を贈っては約束をもらい、また贈っては約束をもらった。約束だけは随分もらって、気付いたら約束だけしか残っとらん。約束上手じゃったよ、あの女は。はは、ははは。えーと、何の話かというと、そうそうマキシムス殿、わしもあんたと同じだったのじゃ。愛なんてのはな、大の大人がまともに向き合うものではないと思っておったわ。正直、愛なんて言葉があること自体が不思議、一体何を意味しておるのかとんと分からんかった。ところがほれ、何を忍ぶの乱れ恋、あのイッソスの庭掃き老人じゃ、闇の夜鶴の老いの身に、思ひを添えるはかなさよ。ああ、涙なしには語れんわ。しかしな、池水に憂き身を投げた老人じゃが、妄執の鬼となって甦り、つれない娘に取り憑くのじゃ。そして、さんざ痛めつける。呵責の鞭を振り上げて、さあ懲りたか、やれ懲りたか、な、な、キンナ殿、これぞ愛の物語」

キンナは教訓を読み取らない人だと思ったが、相手は歳だし、いい気にさせておくのも功徳だと思って黙っていた。老人はキンナの同意を待っていたようだが、すぐ待ちかねて声を上げる。

「わしはな、あんたからその話を聞いた時、恋の闇のはるか向こうに光が見えた。だってそうじゃろ。妄執の鬼となった老人は驕慢の娘に取り憑き苦しめる。地獄の底まで追い込んで、まさにそれこそ火車の責め。魂が燃え立つ思いじゃ。わしはな、あんたの教えを学んで、いってみりゃあ、太陽ふたつ分の光がわしの両の眼玉に飛び込んできた感じがするわ。これ、比喩じゃがね、見えなかった闇の夜鶴が、くっきり見えた驚きと、見えてしまって心躍る感じをじゃな」

　ここで老人は眼をぱちぱちさせて言葉を途切らせた。太陽の光がふたつも眼に飛び込めば、はたして眼が見えるのだろうかと不安を覚えたからである。しかし、いってしまったことは仕方がない。逸る気持ちが、説明しても分からない比喩を語らせてしまった。

　そこで老人は声の調子を高めることで比喩のつまずきを乗り越えてみせる。

「わしがな、青春の讃美者であることはつとに知られておる。六十をいくつか超えた頃からじゃが、青春讃美の詩を詠って評判にもなった。ま、キンナ殿とは比較にならんよ、宴席に来るやつらの前でしか詠わんからな。音節とか韻律とか、詩の決めごとがよう分からんのでな、行軍調を基本にしておる。ま、それはいいが、この夏、キンナ殿からいろいろ話も聞き、古今の名詩の教えも受け、やがて分かった、青春、それすなわち、愛ということ。わしは今こそ愛の讃美者」

「ぷはっ」と、まず吹き出したのはデキムス青年ではなくルキウスであった。多分、ここで愛が来るなと思ったとたん、すんなりと愛が来たので、かえって意表を突かれてしまった。ルキウスはあわててその場しのぎの作り笑いを浮かべる。機嫌を損ねた老人が声の吹き出たほうに首を伸ばしたからだ。

「あのな、人間七十を超えるとな、いろんなやつらの侮りを受ける。おもねるふりして侮りよる。しかしな、馬齢（ばれい）を重ねて七十余年、人生の来し（こ）方行く末、どう考えてもバカバカしい、おのれの今を思えばなおさらじゃ、意味も何もあったものか。そうと分かれば、今こそ愛じゃろ、ほかにあるか。

　　こっちのやつは、整然と列を成す騎馬隊の行進が、
　　あっちのやつは、煌めく槍の穂先を並べ隊伍を成した歩兵の行進が、

そっちのやつは、航跡を曳いた軍船の海原を行くさまが
　戦さに明け暮れの世の中で
ひとを愛する年寄りのそこはかとなく恥らう風情こそ、この上もなく美しいと
こよなく美しいなどとぬかしおる。しかし、わしは声高らかにいおう、

どうじゃい、これ、サッフォーのもじりじゃよ。もじりとはいえ、もとを糺せば血統正しきサッフォー、となれば、愛こそすべて、ほかにあるか」

デキムス青年は体をよじって笑っている。それをクウィントス老人が真正面に睨んだ。マキシムスは人格者だから、仕様がないなという顔をして老人の話に応える。もちろん、さっきの話のまごつきを、取り繕うという意図もあったし、話題の設定に関しては何とか翻意を促したいと考えたからである。マキシムスは俄に声を重くして話し始める。

「ふふ、そうだね、ほかにないかもしれない。しかし、せっかくサッフォーをもじってご披露いただいたが、どうもわたしは、年寄りの恥らう風情を見せられるより、死を覚悟し眦を決した戦士たちが、面持ちも凛々しく行軍するのを見るほうがずっといい。逆らうつもりはないが、それこそ身が震え魂を揺るがすほど美しいと思う。これはね、幾度となく味わった実感でもあるのだよ。先年のパルサーロスの戦さでは、五万を超す戦士たちが行軍し、陣を敷いた。金管が鳴り、太鼓が鳴り、雄叫びが四方に轟いた。肌が粟を噴くくらいの感動があったよ。実際、わたしは天を仰ぎ涙ぐんでいた……ふふ、老兵の昔語りみたいだね。よそう。しかしどうかね、宴席で話すことなら、愛のほかにも山ほどあると思うが。いやね、駄目だというわけじゃないよ、駄目なわけじゃないが」

みんなの支援の眼を感じたマキシムスは言葉を継ぎ足す代わりに重厚な面持ちを老人に向けた。無論、クウィントス翁は大いに不満である。声高らかにサッフォーまで披露しながら、逆捩じを喰らわされたようなものだ。

しかも、バカにものを教えるような見下したいい方。そんなあしらいを受けるいわれはないのだから、老人は憤然と顔を上げた。

「なんじゃい、駄目なわけじゃないってか。卑怯な二重否定を二回も使って年寄りをむずむずさせおる。こそばゆくもないとこをくすぐるような語法じゃぞ、いや、ケツを向けて頷く語法じゃわ。駄目なら駄目とはっきりいえばええ。みんなもそうじゃ、さっきから何が不満じゃい」

しかし、マキシムスも退かない。あとひと押しという感じで相手になる。

「いや、不満じゃないさ。男ばかりの宴席だから名妓や舞妓の評判なら話も弾む。しかし、剝き出しに愛と来られると、何だかねえ。若い者らならいざ知らず、わたしはもう恥を知る歳だから、いやほんと、できれば避けて通りたいね。なあ、クウィントス翁、わたしはね、気付くたびに冷や汗が出るんだよ、もう五十をとうに過ぎてしまった。馬齢を重ねて五十余年、いくら何でも、愛に恥らう風情などはごめんですな。いや絶対ごめんだな。思っただけでも気味が悪い」

「ええ歳をして何をゆうとる。あんたね、六十までは瞬く間だ、それを思え。六十の次は七十だぞ」

要領は得ないながらも、マキシムスは「まあそうだろう」と受け流した。

「しかし、もう六十かと思うと、なおさらだ。歳を取ればそれ相応の顔を人にも自分にも見せたいものだ。自分に恥じる顔なら人には見せたくない。あなたには悪いが、やっぱり勘弁願いたいな」

「何を恥じることがあるんじゃい、化粧前の女じゃあるまいし。ほんと、分からんお人だ。あんたね、恥らい、はにかみ、いってみりゃあ、含羞（がんしゅう）の風情（ふぜい）と廉恥心（れんちしん）とは違うんじゃよ。美しさが全然違う。あんた、ちょっと前は評判じゃったろ、ほれ、カエサルにじかに許されておきながら、頭を垂れるどころか、カエサルの顔を昂然と睨み返したというじゃないか。さすが恥を知る男だ、とか、廉恥心の見本だとか標本だとか、いろいろゆう人がおったわな。しかし、どうじゃ、あんたその廉恥心のおかげでどうなった、全資産の没収を喰らったじゃないか。弟までとばっちりを受けて役を追われた。いくら後悔しとらんゆうても、ほれ、帰る家すらないとか、親族が四散したとか、その境遇が……えと……ま、これ以上は立ち入らんが、昔のあんたは……ま、それもいわんでおくが、これだけはいわせてもらおう。以前から気付いておったことじゃが、廉恥心はな、風呂場で恥部を隠さんよ。羞恥心は隠すんじゃ。ところが、あんた隠さんじゃろが。自分には恥ずべき部分がないと思っておるんじゃ。しかしな、正直……これもいわんでおくが、とにかく、前は隠せ」

「ふふ、そうだね、確かにそうだ。じゃあ前は隠そう」

「よし、それでこそローマの男。ええかい、年寄りのわしじゃからいってやるがな、いっぺん恥を受け止め抱き締めてみい、胸にぎゅうっと納めてみい。わしみたいに、恥ずかしい自分と折り合いを付けんことには、この先ええことなんもないぞ」

ここで、クウィントス老人は思い入れたっぷりの溜めをつくった。思い付きをいっただけだが、いいことをいった気がしたからである。しかし、前を隠すといったはずのマキシムスに感じ入った様子はさらさらないし、理解した素振りすらないのは期待外れであった。気分よく話し終えた割には効果の薄い話だったと自分で思うが、周りで聞いていた面々がこっそり笑っているのに気付いてしまうと、老人は焦りみたいなものを感じてしまう。

「要するに、ほれ、いいたいことはあれじゃよ、あんたは品格やらもったいやらを勝手に自分に押し付けて、それを内側に着込むから窮屈なんじゃ。そんなもの、外側に着るものじゃ。脱ぎやすいようにしておくものじゃよ。なぜなら、品位であれ、高徳であれ、節操、至誠、廉直であれ、どれをとっても人生の拘束具なんじゃよ。ん、分からんのか。分からんのなら、易しいいい方に変えてやろう。ええかい、あんたは自分で自分を鎖に繋いでおるのじゃ。もっといえば、牢屋に入って自分で牢屋の鍵をかけておるということじゃ。廉恥心を振ってみろ、鎖と鍵の音がするわ」

「そうか、はは、そうだね。わたし、廉恥心の囚われ人（びと）ですわ。しかも、無一文の厄介者」

「何じゃい、さっぱり分かっちゃおらん。あんたね、自分で無一文といいながら、何が悪い、そんな顔しておる。ええかえ、そんなことじゃあ人生の帳尻は合わんのじゃよ。ええように自分を誤魔化しておるだけじゃ。あのな、人を誤魔化せば得になるが、自分を誤魔化せば窮屈な人生を歩むことになるのじゃ。きついことをいうようじゃが、おのれを知れ、といっておきたい。いやむしろ、自分を何様と思っておるのか、といってやりたい」

「……そうですな、その通りだ。なるほどわたし、自分で自分をいいように誤魔化して生きてきたんでしょうな。それをカエサルは傲慢と見たわけだ。おっしゃる通りだ……だったら、どうお答えしようか。わたしは、そうだな、軍装のまま、戦さ場に朽ち果ててこそ、とでもお答えしようか。野辺に骸（むくろ）を晒しても、恥とはしない、むしろ栄誉と。廉恥心といわれれば、今のわたしはそのようにお答えするしかない。捕囚の身に甘んじながら、カエサルを睨み付ける、そんなことではない」

マキシムスは声の調子を変えるでもなく、わざとはぐらかしたという様子でもなく、訥々（とつとつ）と自分に語るように語った。実際は、老人があまりにしつこいから、面倒になって虚無的な感情をつい洩らしたのである。老人への答えにはなっていないが、それだけに誤魔化しのない本音である。しかし、これで老人に受け答えしろというなら不親切というほかない。同じことは会食者一同にとってもいえることで、デクタダスなどは、いいから次の話題に移れ、といいたげな顔をしているし、マントゥワ生まれの隠れ詩人は、ただの戦争好きだと思って、マキシムスから顔を背けたままだ。そんな中、ルキウスだけは別であった。ルキウスはご馳走皿に眼を落とし、うーんと長い喉の音を鳴らす。なぜか、マキシムスのいいたいことの全てが分かった。資産や権勢、栄達など、迷いを全てこそげ取ると、言葉はこれほどまでに雄弁なのだ。そう、恥を知るとは、逆に恥を捨て、自分を捨ててしまうこと。ルキウスは難しいことをさらに難しく考えて、ひたすら感銘を受けている。そして、このような人が今のローマに何人いるか、さすがに立派な人だと今更ながらに思った。そんなローマの礎ともいうべき人が、こうして不遇の身をかこち、ほかならぬ、愛について、で困窮している。ルキウスは、迷惑そうな巨象の周りでタンバリンを持った道化たちが囃し立てている図を思った。そしてふと、この前のユピテル月例祭の酒宴のあとのことを思い出す。ルキウスは象に踏まれて眼が覚めたのだが、気付いてみると、寝穢（いぎたな）く酔い潰れたルキウスの腹の上にデクタダスの足が載っていたのである。ルキウスは顔を上げ、デクタダスの果物並みの丸い頭を見ながら、友の選び方について、ふと考えるところがあった。

一方、クウィントス老人だが、何やら反論されたことだけは理解したようで、急に居ずまいを正した。つまり、手の酒杯を卓に投げ出し、寛衣の袖で口を拭った。

「あのな、あんたがそんな料簡でおるなら、わしも本気で、真面目にいうよ。それはな、あんたにもいずれその時が来るということじゃ。ひたひたと冷たい足音たてて死がやって来るのじゃ。さ、そこで、死の真実を教えてやろう。なぜなら、愛の何たるかは、死の何たるかを知ってこそ分かる。ええか、これはな、一昨年の夏のことじゃが、コルキュラで魂寄せの巫女をやっとる女から聞いた話じゃ。おい、デキムス、話す前から笑うなっ。愛と死との心和む関係、知りたくないのか」

「もう五回は聞いてる、ちょっとずつ言葉が変わる。一回目と五回目はもう別の話だ」

「うるさいっ。お前なあ、そこの漱ぎ鉢に顔突っ込んで溺死でもしておれ。ええかなみんな、これはな、エルだかエムだか知らんが、一度死んで、生き返ってきたやつの話ではない。死んだまま戻ってこんやつの話じゃ。それだけに、死の真実が語られておる、と思う。わしは丸二日、その魂寄せ女の口から死んだやつの証言を聞いた。それでおおよそが分かったのじゃ。さ、その死んだやつがいうにはな、人間、その時が来て、うわ、死ぬのか、と思ったら、もう死んどる。眼も見えん、耳も聞こえん、何も感じん。ただ、闇の虚空を堕ちていく恐怖だけになってしまう。というのはな、死んで全ての感覚感情がなくなってみろ、魂はないということになるじゃろ。しかし、死を感じた一瞬の恐怖だけは死の世界へ貫入するのじゃ。ええか、死んだ者の魂は恐怖だけになって存在し、そして堕ちていく、涯知れぬ虚空の底へと。しかし、ここよう聞け、虚空に底はないぞ、虚空に動くものなどあるはずがない。位置を測るものがないのに、どうして動きがあるといえるか。いうならば、恐怖となった魂は平面上を落下しておる。静止しつつも無限の底へと堕ちておるのじゃ。そうそう、きみだよ、デクタダス、わしが思うに、きみが以前いっておったエピクーロスの空虚とは違うぞ。もう誤魔化されんぞ。あのな、空虚（ケノン）は不可触的な実在じゃが、死後の虚空は恐怖という感覚に充ちた可触的な不在なのじゃ。つまり、死んだあとも恐怖だけはあるということ。その恐怖に加え、追い撃ちをかけるように恥ずかしい記憶が次から次へと襲いかかる。なぜかというと、死後の恐怖が恥の記憶を呼び寄せるからじゃ。近しい間柄なのじゃよ。こうして、われらが魂は恥の記憶に蝕（むしば）まれ、痛苦の悲鳴を上げながら恐怖の虚空を堕ちていく」

なぜか分からない、ここで老人は、どうじゃ、とばかりに誇らしく胸を張った。すると、

「よくいうわ」とあきれた声が返ってくる。それはデクタダスでも、デキムス青年でもなかった。どうやら、ルカーニアのウィリウスがたまらず洩らした声のようだ。ウィリウスは子供の頃、霊媒師の一団がルカーニアにやって来た時、心ない悪態をついたために呪いと排斥を受けている。どうやら、そのことが関係しているようだ。

しかし、老人はこのあたりのことに拘泥（こうでい）する気はなかったようで、

「死者の魂は、静止しつつも無限の底へと堕ちておる」とさっきの言葉を繰り返して、

「しかも」と先を続けた。

「時間は静止しておる。生成流転のない死の世界では、時間を感覚せんからな、この世の一瞬が永遠なのじゃ。まあ笑え、笑っておれるのも今のうちじゃ。ええか、その実体、恐怖でしかない虚空の中で、魂は永遠に静止しつつ堕ちておる。泉下（せんか）の冥府まではほんの一瞬、しかしその一瞬が静止しておるのじゃ」

話の中身は別として、その話し振り、七十をとうに超えた老人にしては執念すら感じさせるが、老人の思考の中心にあるのはいつもあのことだけと分かっているから、デキムスやウィリウスなどはあらかじめにやけた笑いを浮かべている。しかし、ここでひとり心配なのはデクタダスが急にものを考える顔になってしまったことだ。人の話の最中にデクタダスが勝手にものを考え出すと、あとで途方もないおしゃべりを聞かされることが多い。はた迷惑なのだが、どうせいっても聞かない。そのデクタダスだが、今、時間が静止するなら空間は消失するからエピクーロスの空虚（ケノン）は存在しないはずだと難しいことを考え始めている。時間が静止すれば運動がなくなり、運動がないなら、運動の場である空間、つまり空虚はないはずなのだ。まあ、当たり前のことである。時間とは

感覚や感情や運動を関係づけるための拠り所だから、死んだあと、感覚や感情や運動がなくなれば、時間はなくて当然。デクタダスは、仮に死後の世界があるとすれば、そこには時間も空間もなく永遠に静止しつつも揺曳し、次元を超えて無限に拡がり、霊魂は……、と思いつくまま考えを先に進めようとしたが、それはないな、と気付いたとたん、あっさり思考を停止した。

それとは別に、クウィントス老人も自分が今いったことをさほど理解はしていないらしく、

「わしはな、最初、そんな魂寄せ女のいうことなど、本気にはせんかった。何のことか分からんかった」と正直をいう。

「じゃがな、本気にはせんかったし、何のことか分からんかったのに、実際、わしは夢で見たのじゃ。むろん、女の口から出た話は嘘かも知れん。しかし、夢で見たのは本当じゃ。な、事実、それが夢に現われたのじゃよ。そこが重要。理屈ではない、体験なのじゃ。わし、魂寄せ女がひょいとつまみ上げてくれるまで、寝床の中で、闇の虚空を堕ちておった。そりゃあもう、眼が醒めて眼が眩みそうになったわ。寝惚けておったわけではないぞ。わしは部屋の四隅に眼を凝らしておった。するといきなり、夢の中が本当で、わしは実際堕ちておって、わしは虚空を堕ちつつ眼が醒めた夢を見ておるだけと分かったのじゃ。それが証拠に、虚空を堕ちる感覚がふわりとわしに乗り移ってきよった。もう怖おうて怖おうて、逆向きに堕ちておるのか、直立して上に向かって堕ちておるのか、わし、ひえーっと小さい声を上げたわ。

以来、わしは両脇に女を置いて寝ておる。三人四人置いて寝ることもある、たまにな。ま、女房はいかん。女房だとそのまま堕ちていきたくなる、ははは。さあ、そこでじゃ、マキシムス殿、そうなったら、あんたはどうする。廉恥心と添い寝して、それであんた、安心なのか、死んだあとが怖くないのか。夜中目覚めて、周りの闇がしんしんと深こうなって、気付かぬうちに、あんた、死んだあとの虚空の闇に閉ざされておるかも知れんのじゃ。その時、ほんとは死んだあんたが、眼が醒めた時の夢を見ておるだけかも知れんのだぞ。死んでしまえば、何度も何度もそんな夢を見ることになるからじゃ。ほんと、そのことに気付いた年寄りは何人もおる。中には、

気付いただけで卒倒したという老人の証言もある。年寄りのいうことをバカにして信じようとせんのなら、死の真実、それすなわち生の真実が分からんのだぞ。な、ええかい、夜中目覚めたあんたは、実は、死んだあんたの魂が恥の記憶に苛まれつつ見る夢の中のあんたなのじゃよ。生と死の境界はそこにはないも同然なのじゃ。あんたね、そうと気付いた時でも、ほれ、かちこちの廉恥心にしがみつくんか。どうじゃ、囚われ人の鎖と鍵の音を立てて闇の虚空を堕ちていくか」

　ルキウスは、自分が問われたわけではないのに思わず答えを探してしまった。つい真剣に聞いてしまったこともあって、生と死の境界で自分は何にしがみつくか、わが身に置き換え考えてしまったのである。そしたら、やっぱり脇の女にしがみつきたいと思うだろうから、われ知らず大きく頷いてしまった。

　しかし、少し考えれば分かることだが、恐い夢を見た子供が添い寝する親か乳母かに抱き付くのとどこがどう違うか、同じような話ではないのか。その程度のことなのに、生と死の境界やら虚空の闇やら用語だけは虚仮威しだから、ルキウスみたいな迂闊な男はつい本気で考えてしまう。クウィントス翁、つまらん理屈をいってはいるが、魂寄せ女に恐い話を聞かされて夢にうなされただけのことであるし、二年前の寝惚けからいまだ醒めずといってもよいのである。

　さてその老人だが、みんなに、とりわけマキシムスに、生と死の真相を垣間見させたと思っている。ふさわしい反応も期待していた。しかし、肝心のマキシムスが不審そうである。

「あのな、あんたねえ、そんな恐い顔して考えんでええんよ。咎めてはおらんよ。さ、そこでどうじゃ、愛による、死の超克、教えてやろうか」

　ここで、クウィントス老人はあらかじめデキムス青年を睨みつけた。すると、青年はそっぽを向いて「今にすぐ、バカに気付くわ」とつぶやく。

「うるさいっ、んん……ならばゆうてやろう。ええか、愛による死の超克。これはな、聞いて驚くな、実はプラトンに拠るものじゃ」

「げげえっ」というわざとらしい驚愕の声はもちろんデキムス青年だが、同時に「うわ」と心の中で声を上げたのはルキウスである。思考停止中のデクタダスは知らんふりだ。幸い、クウィントス老人はマキシムスに注意を向けているから、デキムス青年には舌打ちだけで済んだ。

「ええか、マキシムス殿、わしはな、わしは夜中に目覚めてあたりに虚空を感じた時は、両脇の女の体を撫でるわ、さするわ。時々は足で蹴られることもあるし、肘で突かれることもあるが、その痛み、その悦びこそがこの世にわしを繋ぎ止めてくれる。おいおい、あんたねえ、わしは大事なことをゆうておる。なぜなら、あのプラトンがゆうておるんじゃ、有名なやつ、ほれ『パイドン』じゃよ、女を触る悦びと足で蹴られる苦痛とが虚空を堕ちる魂を女の肉体に鋲打ちしてくれると『パイドン』に書いてあるわ」

「えー」と感嘆符でも付きそうな声を上げたのはここでも無論デキムス青年である。しかし、老人は予想していたことのようで、さしたる反応はなかった。

「嘘だと思っておるのか、ええ、嘘なもんか、真実なればこそわしゃ実感しとる。プラトンのいうことで実感できるものは稀なのじゃぞ。ええか、ひとが経験するどんな快楽、どんな苦痛も、魂を肉体に鋲打ちする、そうプラトンがゆうておるんじゃ。これをわしの場合に応用すれば、自然、そういうことじゃよ。堕ちゆく魂を女の肉体にくぎづけにして、固着して、同化せしめる……んー、同化とはねえー、まあプラトンのことは今はええわ、どうせあれだ、ええわ。それよりあんた、大事なことじゃ、女の体を撫でる悦び、撥ね付けられる心の痛み、そして、甘く切なく胸に満ちる熱い潮、わしゃ、これ愛だなとしみじみ思う。そうだよな、キンナ殿、愛は鋲のようなものなのじゃろ。然れば、この世にわしを繋ぎ止めておるのは、ほかならぬ、愛ということじゃろうが。どうじゃ、愛による死の超克。バカ話をしておるんじゃないぞ、死は怖ろしいのじゃ。しかし、これぞ愛の功徳、愛の救い。な、虚空の闇に閉ざされて、今や堕ちると怯えつつ、愛を思って女の体を撫でてみろ、何なら舐めてもいいぞ、わしはたいがいそうしとる。するとな、闇の虚空に一筋の、消えるともない光明が、しかも、その光明はわが胸の内に発するもののようでもあり……その、わが命を繋ぐ愛、な、命をつな……やい、デキムス、今いった『さっくらーん』とは何のことじゃ、『老いてますます愚か』とは誰のことをいっておる、ちゃんと聞こえておるんだぞ。今日はお前、ほんとにどうかしておるぞ。思い出してみい、幼い頃はあれほど可愛がってやった、そうじゃろ。あの頃のお前の中に、こんなお前が隠れておったとは、ああ、思い出せば気味が悪い。こんなやつを腕に抱いたかと思うと、この腕を腐らせてしまいたいわ。やい、お前なあ、さっきいったホルテンシウスの弁論集に挿んでおるあれじゃよ、あれ、一体何か、みんなの前でばらしてやろうか。ええ、どうだ、いいのか。それが嫌ならあっち向いてろ」

一緒にあっちを向きたいのはルキウスだけではないだろう。崖っぷちの老人だから、今に足場がなくなる不安は分かるが、そんな不安を女といいちゃつくことで紛らせているだけのことだと気付かないのが浅ましい。愛の光明とでも称えたら、人に聞かせていいわけでもないのだ。このような下衆（げす）な話にプラトンを引き合いに出すなど、この老人の人品の卑しさを物語っているといいたいところだが、それよりむしろ、高潔の士マキシムスにしつこく迫って、あわよくば同じ恥知らずに引きずり込もうとしていることが不埒（ふらち）なのである。デキムス青年がするように、ちょっとはその本性を暴き立て、困らせてやるほうがいいのである。

とはいうものの、とルキウスは顎を撫でつつぼんやり思う。ひょっとして、真理は常に愚か者の味方なのではないだろうか、と。腐った顔のマキシムスに不埒な爺ぃの有頂天、真理はどっちの味方をするか。ルキウスは概（おおむ）ね分かっているから困惑する。この世の中、たいてい愚か者が福を摑む。

「ほんとにもう、困ったやつだ。従兄のデキムスが帰ってしまったから、抑えるやつがおらん。親にいって、鉱山にでも送り込んでもらえ。宴席に出入りするよりずっとためになるわ。

ところで、なあキンナ殿、さっきのプラトンじゃ。わしがプラトンなどを披露したのにはわけがあってな、実はこの夏、あんたが帰ってからのことじゃが、ミセヌムに新進気鋭のプラトン学者が滞在しておると聞いたものでな、知っておるか、デーミポーって、情けない名前のやつだ。そいつ、アカデメイアでも師匠顔負けの逸材だというんでな、そいつを呼び寄せて、愛の何たるかを話させたのさ。そりゃあ、評判じゃないか、愛といえばプラトンなんじゃろ。つい評判に釣られてのう、そいつに『パイドロス』の講釈をさせた」

「うわ、おっどろいたな」とすかさずここで声が上がった。性懲りもないデキムス青年である。

「クウィントス爺さんにプラトンの愛、へっ、お門違いもいいとこ。ま、極上チーズに糞蝿(くそばえ)もたかるか」

　叱責されればすぐ撥ね返る若者だから、これくらいの独り言は聞かせるために必ずいう。そのたびに声を荒らげていれば癇が高ぶり神経をやられる。しかし、クウィントス翁にすれば、デキムス青年はお気に入りの姪の娘の息子なのだ。

　ところで、その姪の娘についてだが、実はさっきから蔦の花冠のあみだの男が勘繰っては首をひねり、首をひねっては勘繰っていたのである。クウィントス老人とデキムス青年との狎(な)れ合いがあまりに不自然にして不可解だからである。まさか、自分の姪の娘っこに、とは思うのだが、そしたらほかに理由があるだろうか、と考えている。素行が悪い者同士だし、人にはいえないことがあってもおかしくない。遺産狙いが目的なら、青年のこの狎れ狎れしさはあまりに奇異だと思うのである。聞けば、このデキムスは、老人の屋敷ではわがもの顔、春夏秋冬、老人がどの別荘へ向かおうと、後見役の家庭教師を引き連れて、たいていそこに出没するのだという。はて、怪しいことだ、何かがあるぞ。花冠の男は顔を伏せるふりをして、眼の端っこで老人を盗み見た。そして、んー、と唸り声を上げる。

　盗み見された老人はすでに癇を高ぶらせていて、右頬が引き攣ったように震えている。しかし、両眼はしっかりデキムス青年を捉えていた。

「やい、デキムス、離れたところでぶつくさいうな。口に締め具を嵌めてやろうか。ほんとにこいつ、今日はどうかしておる。しかし、まあええわ、お前の顔、見んようにする。ところで、その『パイドロス』じゃがねえ、キンナ殿、期待外れどころか、癪にさわった。はきはきした若い男でな、最初はお抱えにしてやろうと思っていたくらいだったが、やっぱり追い返した」

「何でかというと、得心がいかんかったからじゃ。話が少年愛だってことはわしだって知っておる。すかされた気分にはなるが、偏見はない。魂の三区分などは鵜呑みにしてもええのじゃ。御者と馬二頭の譬え話も、愛のためなら受け入れるさ。あ、いやいや、あの譬え話はいい、よくできておる。恋する男の心情がよく書けておるわ、途中までは、な。しかしじゃ、愛が試練に耐えていざ成就するとゆう時に、魂は『つつしみと理性を持ちながら、そういったことに対して抵抗する』って何だ。『そういったこと』を求めるより、『知を愛し求める生活へ導くことによって、勝利を得た』って何がうれしい。『そういったこと』がなくなって、知者ばかりになってみろ、人類は絶えるぞ。わしはゆうてやった、デーミポーに、人の繁殖能力を損なう説じゃないか、と。そしたら、あいつ、わしの顔をしげしげと見て、吐息混じりにこういったよ、『その魂は知性なきまま、地のまわりと地の下とを、九千年の間さまようであろう』とな。これ、『パイドロス』の中にある文句らしいわ。繁殖能力のみ旺盛な愚者の魂のことをゆうておる、つまり、わしのこと」

「そりゃあ、ひどいな」

「わしはな、キンナ殿、最早キュレネーのやつらみたいな快楽主義者ではないぞ。七十五を超えてからだ、つまり、最近じゃがね、そりゃもう無理だし、違うなと気付き始めた。そうじゃよ、キンナ殿、愛じゃ、わしは今こそ、愛の信奉者。そりゃあね、人前でいうのはさすがにちょっと恥ずかしいよ。だからこそ、含羞の風情とゆうておる。ところが、学者って嫌だね、あいつこんなことをいいおった。劣情にしがみつき、枯渇した快楽を幻と追い、あげく呆けてしまった老人の頭は卑しい妄想の空巣箱、と。これ、何のことか分かるか。わし、とっさに愛想笑いをしたんじゃが、しばらくしてから腹が立った。だってそうじゃろ、年寄りの愛は枯渇した快楽の幻っていいたいのか、枯れ果てた幻を追っているうち呆けが進むっていいたいのか。しかも、何だ、年寄りの頭は妄想の空巣箱って、あいつ、年寄りをつかまえてめちゃくちゃいいおった。ああもう、またお前か、やいデキムス、何がおかしい、お前、また声出して笑ったな、顔を隠していても分かるんじゃい。お前なあ、子供の頃みたいに、駄賃をやるから使いに行くか」

「巣箱、買いにか。売っているのかあ」

青年がからかう声で問い返すのを、老人はきっとなって睨んだ。

「おい、だったらあの恥ずかしいやつ、ホルテンシウスの本の中に隠しておるやつじゃ、みんなの前でばらしてやろうか、どうじゃ、ばらしてやろうか」

矢庭に、デクタダスが眼を輝かせ顔を上げた。ばらす、ばらす、といいながら実際はばらさないのがふつうなのだが、そこはクウィントス老人、ほんとにばらしてしまうと思ったからだ。

しかし、そうなるとせっかくの宴会が台無しだと思ったキンナがあわてて間に入る。

「そりゃあ、ますますひどいですなあ。しかし、デーミポーって人、おもしろいことをいいますね。呆けについては分からないが、そもそも愛は妄想だってことでしょう、いや、むしろ迷妄かな、それなら分かるような気がします。アプロディテの送るアーテーですよ、逆らえぬ愛の力。まあどっちにしても、空巣箱とはおもしろい、何だかそう見えてくる」

「おもしろいものか。あんなやつ、呼んで損した。むしろ、あんたがさっきいった、引き裂かれる心、それじゃよ。神とも思い仰ぎ見る心と、情欲に疼(うず)く心、愛はその間で引き裂かれる、あんたいいことというわ。何かこう、刺激される、精神やらいろんなとこ。ところが、プラトンでは、愛は『翼を生じて』天上高く羽ばたきおる。『そういったこと』は置いてけぼりだ。何でじゃ。もう一度いうがな、世の中から『そういったこと』がなくなってみろ、子供が消えるだけじゃない、この世界は静止するぞ。問題が問題だけに、わしはデーミポーを睨みつけてやった。そしたら、デーミポーのやつめ、逆にわしを睨み返す。わしらは互いに睨み合ったまま、どっちが先に眼を逸らすかを競い合っておったわけじゃ。わしは、プラトンの愛は人類を滅亡に向かわせると気付いておったので、人類同胞のためを思って最後まで退(ひ)かんかった。そしたら、デーミポーのやつ、とうとう音を上げたよ。上げたはいいが、あいつ、何とゆうたと思う。あいつな、魂が恋をするのだ、生殖器ではない、なんてぬか

しおったわ。はは、恨み節じゃよ。わしはな、踏ん反り返ってこう返してやった。生殖器もまた恋をする、と
な、ははは」

コルネの丘のときわ樫の下、秋のそよ風に吹かれて、何とも屈託のないプラトンをめぐるやり取りである。会食者たちはのどかな笑いをそよ風に添えて、バカな爺ぃとあきれている。そんな中、何やら癇に触れるものでもあったのだろうか、ここでデキムス青年が飽きることなくまたも声を上げた。

「いい加減にしてほしいわ」

その眼つき、その顔つきからして、どうやら青年は、上機嫌のクウィントス翁が隣のキンナの肩を揺すって、あは、あは、と卑しい笑いを見せたことに苛立ちを感じたようだ。

「いい大人が無邪気にはしゃぐようなことじゃないんだ。バカの看板背負って行列の先頭に立つようなものだ。いいですか、そもそもプラトンはね、人はこの世の愛を通して愛より優れたものへと導かれる、愛の本源、美のイデアを正しく想起しさえすれば、やがては神々の栄光にも帰着する至福の道行きを示そうとしたんだ。こんなこと、『パイドロス』をちゃんと読んで、ちょっと考えれば、きちんと分かることだ。卑しい薬を飲んで、卑しい行為を繰り返しているから、そんなバカをいって平気なんだ。ちょっとは先の心配をすればいい。今さらプラトンの愛なんて、もう手遅れなんだ」

さあ、手遅れと吐き捨てられた老人だが、ふいに青年を睨みつけるのをやめた。代わりに、じっと凝視したのである。それは、体を波打たせて這う毛虫を、踏みつぶす前に観察する眼である。これは少し効き目があった。デキムス青年は二度ばかり空咳(からぜき)をする。

「プラトンだがね、もうやめにしないか。至誠にして至純、至妙にして至難の愛に哲学なんかをもぐり込ませるのは野暮な話だ。われらが恋愛愛好会に寄宿舎の舎監をもぐり込ませるみたいなものだ」

やっとここでデクタダスが口をはさんだ。しかし、ルキウスは顔を曇らす。さっきの『ヘラクレス』の一件で

調子に乗り過ぎたと反省したのだろう、ここまでは珍しく大人しくしていたのだ。心配してやるほどのことでもないからそっとしておいたら、やはりデクタダスは再びその本領を発揮し始めたのである。

「ただし、プラトンついでにいっておくが、今の手遅れの話は正鵠(せいこく)を射ているよ。というのは、もともと哲学は若者向きの学問なんだ。世間を知る前に学ぶものさ。世の中の実際を知ってからじゃあ、哲学には納得できないことが多過ぎる。世間のことを知らないほうが哲学を修めるためには効果的なんだよ。つまり、哲学は、時を外せば手遅れになる。そのことはプラトンもどこかで触れていたはずだよ。予防線を張ったのかな。世間ずれした親父なんかに入門されたら困るもの。まあそんなわけだから、プラトンの話はもういいわ、手遅れなんだよ」

プラトンを軽く手玉に取った気だろうが、こんな話にまともに相手になれば、思いもよらぬ形で話が展開すると分かっているから、みんな、そうかそうか、の顔をして聞き流した。


そんな中、ふと我に返ったみたいな感じで、クウィントス老人が常より高い声を上げた。その声に、キンナがひっと首をすくめる。

「えとな、それならどうじゃろ、さっきのわしの話に戻すが、結局そういうことじゃろ。ひもじさは食欲をそそる。おあずけをくらわす女はいとしいものじゃよ。なあ、そうじゃろ、いやよいやよはそそるそそる」

デクタダスは本領発揮の機会を失い腐ってしまったが、キンナはひとり唇を噛(か)んだ。そして、ぐっと喉を鳴らして考え込む。クウィントス翁の下卑たいい回しに、キンナが思うはるか雲居の浄らかな姿が、男を誘うあだっぽい女の姿になって迫ってくる気がしたからだ。だいぶ違うだろう、と思う。そして、不用意に話したことを後悔している。

「な、いとしいじゃろ、そんな女。な、どうじゃ」

老人は甘い息を吹きかけて、今度は同意を求めてくる。こうなれば、キンナとしても受けるしかないだろう。

「さあ、どうですかね、そんな女というより、むしろひもじい想いこそが愛の真髄のような……だから、おっしゃることとは、ちょっと違うような」

「いや、違わんて、それはそういうことじゃよ。だってあんた、そんな詩、書いておるじゃないか、閉じられた窓辺の歌、あれそうじゃろ。窓閉められて返事もしてもらえん、おあずけを喰らわされておるじゃないか。そうなりゃ、あとで美味く喰えるわなあ、焦らされて、焦らされて」

「いや、あれはまあ、宴席の決まり歌みたいなもので、宴席の恋というか、型に嵌まったありきたりの、通人の遊戯程度の、だからまあ、聞き手の失笑を買えば成功ってやつで。ほんとは、喰ってしまえばお終いですから。喰いたくとも喰わないでいる、むしろ喰えないでいる、その受苦こそが愛でして……だから、あの」

「分かるなあ、それ」と上がった声にルキウスはドキリとした。見れば、遠目になったウィリウスが冷えた笑みを浮かべている。それを見て、ルキウスはまたドキッとした。

「分からんわ。あんたね、よう考えんと。喰わずに退散しろってかえ。なーんのために、我慢するのか、な、あとで美味く喰うためじゃよ、何ゆうとる。それよりほれ、あんた今、宴席の恋、とゆうたか。それ、いいね、洒落ておるって。何か分からんが、何かこうそそるものがある、ほれ、いろいろ想像するじゃろ、多種多彩ないろいろ、な」

ここで老人はなぜかルキウスに目配せをした。ルキウスは弾かれたように体を起こし、あはは、と心細く笑ってから赤面している。

「じゃあ、キンナ殿、その宴席の恋というやつ、手始めにどうだい、感銘深い話をさ、ざっくばらんにさ」

キンナは複雑な苦笑いをした。舌で虫歯を触りながら笑っている感じである。そして、実際痛みがあるように顔を顰めてみせると、キンナは急に真剣な顔つきになった。どうやら観念したようだが、同時に、感銘深い話を、といわれて勘違いをしたかも知れない。キンナは薄眼になって息を整えている様子だ。

「分かりました。ひとつ、宴席の座興として聞いてもらいましょう。しかし、興を添えることになるのかどうか、実は、つまらない話かも知れません」

やれやれ、とルキウスは苦笑いして思った。この状態でキンナに愛は語らせられない。詩人のくせに根が生真面目で誠実な男だから、このままだと壁に話せばいいようなことを話す。もっと酔わせておかないと、ほんとにつまらない話をするのだ。

ルキウスはキンナの手に酒杯を持たせた。しかし、キンナはその酒杯をそのまま食卓に戻してしまう。そして、酒宴の席とは思えないきりっとした顔つきで話を始めた。

「これは人の考えを拝借したもので、その点、お断わりをしておきます」

ここでキンナは溜めを入れ、枕を集めて上半身を起こした。そんなことをすれば、みんなが注意を向けるのに、キンナは自分が話すことで頭が一杯みたいだ。

「遠い昔のことです、ある出来事の記憶を、誰が、ともなく語りだします。語りは次の語りを誘い、それはさらに語り継がれ、様々な故事や縁起、神々の消息とも重ね語られ、混然となり、次第に民族の伝説となって輪郭を整えます」

いってることが分からない、ルキウスはがくりと首を垂れ、心の中でつぶやいた。このまま話を続けさせると、どうせ途中で茶々を入れられ、いいたいことがいえずに終わる。つい最近もあったことなのに、本人、気付いていているのだろうか。人を心配させる詩人だが、実をいうと、こういうところはルキウスとよく似ているのだ。改まって話をする時、前置きが意味もなく長い。きっと性格に似たところがあるのだろう、だったら多分直らないな、と思いつつ、ルキウスはキンナのことより自分のことを嘲るように薄く笑った。

しかし、そのキンナの眼だが、もはや一点に集まっている。それはもちろん眼の前に壁を見るような眼つきである。

「そうして、伝説となり民族の大いなる記憶に織り込まれた物語は、やがて祝祭日の歌い手たちの集団によって語りの技法が磨かれ、言葉が吟味され、比喩が確かめられます。歌い手たちは祝祭のある村々を渡り歩き、その広場で、また族長の館の大広間で、各々が各々の物語を詠いだす。しかし、彼らは習い覚えた記憶をそのままに詠うわけではありません。彼らは磨き抜かれた技法を操り、吟味された言葉や比喩を駆使して、語り継がれた記憶を自由に詠いました。それはむしろこういったほうがいい、彼らは、祝祭に集まる人々や族長たちの前で、即座に記憶の詩を作り、そして詠ったのです。誰も知らない昔の出来事、語り継がれた民族の記憶の中にしかない物語から、彼らは神気を吸い込むように言葉を集め、そして発した。キオスのホメーロス歌いたち、ホメリダイとはそのように詩を詠った人たちでした。そして、彼らこそ最初の職業詩人たちだといっていい」

「誰か、教えてぇ。ぼくは何の話を聞いているんだ」

　これはもちろんデキムス青年の声なのだが、その声は今やみんなの声を代弁している。となれば、決して無視はできないのである。

「うん、つまりね、彼らは出来事の大いなる記憶を詠ったということなのだよ。取るに足りない愛や恋など関心の外、とまではいわないが、まともに向き合ったわけではないんだよ。そうじゃなくて、彼らはその出来事の中で誰がどう生き、どう死んだかを詠った。それはね、記憶の始め、神々さえもまだ野放図で、時に凶暴な意図で人に臨む酷い厳しい世界での出来事なのだよ。そんな中、勇士たちがどう戦い、どう斃れたかは、むしろ人間の尊厳を証していて」

「あのな、話の腰を折るようじゃが、あんた今、愛や恋に向き合わん、とか何とかゆわんかったか。念のため訊くが、待っとればええんか、も少し待てば向き合うのかえ。あんたにはゆわんかったが、勇士の話は聞き飽きておってな。わしの家は遠くカリュドンの英雄メレアグロスの流れだもんで、中毒を起こすほど聞かされて育ったわけじゃ。わしが近頃猪肉に中るようになったのは、歳のせいでもないってことじゃよ、なはっ。ついでにいっておくが、母方はな、人の胤ではないのじゃ、はは、山羊足の神様さ、どういうことじゃろ、なははっ」

「ああ、山羊足ですか、そりゃあいい」とキンナはあっさり理解したようだ。そして、ここは山羊足に免じてせっかくの話をはしょることにしたようである。どっちにしても、ルキウスが心配した通りである。

「じゃあ、もはや時代は移り変わったということで……。んー、昔はどうあれ、今、詩が詠われるのは、多くの場合、小ぢんまりした宴席ですね。その宴席に寝転がる酔漢たちが詩の聞き手です。この連中、目に一丁字もない野蛮な族長たちとはわけが違う。髭剃りあとに香油を塗ったり、眉毛の形を整えたり、寛衣の裾からすね毛を剃った白い足を覗かせるような男たちです。厄介なことに、この酔漢たちというのが教養人で、遊び慣れた連中ですから、喜ばすのは大変です。でも、この酔漢たちに気に入ってもらわないと評判が得られない。だから、わたしの評判にしても、宴席に寝転がった酔漢たちのご機嫌宜しきを得ただけのもので」

「すまんが、酔漢の話もええわ、それよりほれ、この夏、ギリシャの歓びの歌みたいなの、ちょこっと詠ってくれたじゃろ、わしがあんたに教えるのも何だが、あれこそ宴席の恋じゃろ」

老人の指摘にキンナが顔を歪めたので、ルキウスは自分の酒杯をキンナに持たせてみた。しかし、キンナは渡されたルキウスの酒杯をまた食卓に戻してしまう。

「あれはただ、ああ、じゃあいいです。でも、あれはギリシャの昔に限ったわけでもなくて、今も宴席では大概はそうだと思う。あの女のどんなところがどんな風に気持ちいいか、どんな風に気持ちよくしてくれるか、そんなまあ猥褻なことを好んで詠います。酒宴の席でね。昔、ギリシャの男たちは、そんな技能に長けた女たちを育てていました。ヘタイラたちですよ。みなさんよくご存じだろうから詳しくはいいませんが、まあ、高級な娼婦たちです。一方で、まっとうな、血統を維持するための女たちは、淫らな男の世界から隔離していました。女の祭りの日以外は、家の外へ出さなかった。ということは、まともな女たちは男の周りにはいない。となれば、愛や恋はもっぱら技能に長けた特殊な女たちとの間で交わされることになる。今のローマも表向きはそうです、ギリシャの昔と変わらない。相手は娼婦、大金を積んで、愛の遊戯を演じて悦ぶ。真剣にはなれないし、なってはいけない相手です。浮気な恋、その場限りの手軽な恋。そこでは、艶やかな女と交わる悦びと美味い酒を味わう悦びとに何ら違いはありません。味わい方を知ること、それが酒を知り、恋を知ること。そりゃあ、淫らですよ、恋の相手が淫らな女だから。そして、それは男も。

しかし、そんな特殊な女たちにはもともと聖性があったといいます。元をたどれば、イシュタル神殿の神娼だと説く人もいる。だからどうとはいいません、ただ、コリュントスのアプロディテ神殿はそんな女たちが献納しました。エリクスのウェヌス神殿の神婢たちは春をひさぐことで女神に仕えた。カピトリウムに移されてからは、その名残すら消えてしまいましたが。ともあれ、女たちはウェヌスの女神の歓びを男たちに分かち与えてきました。女神がお恵みくださるものをおおらかに、素直に、心をこめて歓ぶ。そこに淫靡で罪深い思いを抱くとこそ、女神への冒瀆なのです。しかし、往古の武骨なローマはそんな男女の悦びを恥ずべきものとしていた。いや、そんな悦びを知らなかったのでしょう。しかし、あの大スキピオの頃からでしょうか、ローマはギリシャの風俗に眼を奪われ、美しさに眼を見開き、やがて愛の悦びを知った。本能ではない、学習です。そりゃあ、行き過ぎた淫行は官憲たちの取り締まりを待つよりさきに人々が蔑みます。今もまだ、ローマはこの悦びに恥らってもいる。しかし、愛の悦びは風俗の劣化ではない」

「この話、もっと聞く必要があるのですか」

「もういいかも知れない」

「黙って聞けぇ」

「いやあ、バカな話をしていますね。でも、わたしね、いつも何だろう、猥褻詩まがいのものを書いては宴席の酔漢たちを悦ばせてはいますが、何というか、こう溜息が出る。いつもわたし、この肉の悦びを言祝ぐように書きたいと願っている。人に恵まれた澄みきった悦びとして、生そのものの煌めきのようなものとして。わたしはね、束の間の快楽が存在そのものの喜悦に貫き通るような、そんな悦びの詩が書きたいのですよ。しかし、その実、遊び慣れた男たちの欲情をくすぐっては、悦ばせているだけ。根が下卑ているんでしょう、頭が空巣箱だし」

もちろん、デキムス青年は声を忍ばせて笑っている。それを老人が睨んでいる。キンナは両方を見ていて、だんだん声が細くなった。空巣箱のあと、何かいったようだが聞こえなかった。

「あなたは、こういっちゃあ何だが、平和主義者だね」

「へへ、悦びの詩だってさ。書いたとたんに追放だ。法律以前の問題ですよ」

「黙れっ。いやいやキンナ殿、わしゃ感心した。あんた時々いい言葉使う、存在そのものの喜悦に貫き通る、いいね。おい、誰か、この言葉書き留めておけ。青銅板に刻ませて金象嵌で飾る」

「金象嵌ですか、困ったな。実際は、その、あれです、快楽の悦びなど、所詮くしゃみひとつで吹き飛ぶようなものです。つまり、どうということもない。期待だけで熱を帯びて、膨れ上がって、あとはもう……くしゃみひとつ」

　ここで、「なんだぁ」と声がした。デキムス青年である。キンナの言葉が金象嵌で飾られるなど、デキムス青年にとって癪にさわることこの上ない。くしゃみ程度で吹き飛ぶというなら、

「じゃあ、くしゃみして思い切り吹き飛ばせばいい」とさっそく勧めた。そして、

「ついでにいっちゃいますがね」と、いずれいうつもりでいたことを、ここぞとばかりに口に出す。

「あなたの詩が気に入らない理由のひとつは、流行りのカリマコスに倣ってやけに衒学的なところだな。あなたね、人が知らない神話のかすやくずや虫の喰い残しみたいなのをこまめに集めてきては、さもさりげなく詩に混ぜ込んで、どうってことない、学問知識をひけらかして澄ましていますよね。それって、ほんとは貧相な詩才を取ってつけた学識で隠蔽しようって浅知恵なんでしょ。だって、人が知らないようなことをわざわざ探して書くじゃないですか。不思議だな、それ、格好いいと思ってるんだ。ぼく思うんだけど、ほんとはあれでしょ、詩は簡単に書けるものじゃないと思わせたいんでしょ。つまり、恐れ入りました、と思わせたいんだ。そうでしょ、何がサトラートスですか、知ってる人、いるんですか。ただの思わせぶりだし、嫌味だし、隅から隅まで気取ってらあ。神話なんか、今どき子供でもバカにしますよ」

「何だおい、分からんことをいって話の邪魔をするな。わしはな、存在そのものの喜悦を貫いたやつの、その実体と実例が知りたいんだ。口を出すな」

　老人にとっては肩すかしだが、実体や実例の提示はされなかった。キンナがデキムス青年のいい方に軽侮と挑戦を感じたからである。

「しかしね、デキムスくん、今は衒学趣味が詩の批判者たる聞き手の教養なのだよ。ローマの人は都会人で物知りだから、機知やひねりや衒学を好むようだ。詩は個人のつぶやきではすまないだろ、聞き手との間合い中にあるものだからね。ただ、わたしはね、神話については、別にいいたいことがある。確かに今のローマで神話などもう生きてはいない、神話伝承は詩歌や演劇、または古ぼけた学問の世界にしか生きていないね。それはそうだとしても、わたしは神話が本気になって伝えていることがあると思う。きみは若い人だ、新しい考えもあるのだろう。だから、古い人を持ち出したくはないんだが、きみはどう思うかな、ヘシオドスにあるんだが、大神ゼウスはめくばせ巧みな愛の女神アプロディテに命じて、最初の女パンドラに『魅惑の色気を漂わせ、悩ましい思慕の思いと、四肢を蝕む恋の苦しみを注ぎかけよ』と指示を与えたという。愛の女神によって、誘う女は悩ましい思慕の思いと、恋の苦しみを人に与える。どうやら、アプロディテの女神には歓びとは裏腹の怖ろしさがあるようだ。つまり、アプロディテは激しくつらい恋をさせる。ああ、きみはそんな顔をするがね、よくよく自分の心に問うてみるがいい、見るべきものを見てみればいい。デキムスくん、いいかい、恋がね、成就の喜びより、むしろ叶わぬ想いの苦悩として把握され、やがては狂気または破滅に至るという認識は遠くギリシャの昔から、そうだな、例えばアルキロコスにすでに見られるものなのだよ。恋は人の心を襲い、それを乱し、そして破滅へ向かわせる」

「はーっ。……溜息ですよ、自然に出るんだ。あなたね、人にあれこれ言うんじゃなくて、自分で実証してみたらどうです。狂気に駆られて破滅するとこ見せてほしいわ。そしたら、あなたみたいな人でも教訓くらいは残せますよ。バカの見本、はは」

　ルキウスは口をへの字にした。この若造、さっきから何を突っかかっているのか。たとえ怪しげな神話もどきの話だとしても、相手は著名な詩人である。高位高官の人たちでさえ宴席での同席を名誉と思うくらいなのだ。

いまだ家庭教師の世話になっていながら、身の程知らずにも何を息巻く。若いやつは手に負えないが、キンナもキンナだ、もっとしゃきっとすればいい。

そんなルキウスの思いが伝わったのか、キンナはやおら体をもたげる。

「ぼくはね、きみを説得しようとは思ってはいない。ただ、こんな考えもあるということを示しているだけだ。例えばほら、トロイアのヘレネの恋は一国を滅ぼしたよね。名だたる勇士たちがその恋ゆえに累々(るいるい)と屍を晒した。事実かどうかはどうでもいい。そう、どうでもいいんだ。事実が伝えない、いや、事実ですらないことを神話が伝える、一国を滅ぼす恋はあるということ。きみの同意を求めてはいないよ。いいんだ、もう。しかし、みなさんはどうかな、どう思われますか、人もわが身も滅ぼすようなつらい激しい恋はあるということ。メディアは父に背き、国を裏切り、実の弟を八つ裂きにして殺したあげく、自分が腹を痛めて産んだふたりの子供をも殺めてしまう。しかし、神話は伝えています、それはメディアの激しくつらい恋が招いた惨禍であったと。神話だからこそ、そう伝えている。また、アテナイの王家、テーセウスの血脈はパイドラによって絶たれました。神話はそれをパイドラの苦しい恋のゆえだと伝えています。怖ろしい狂気の恋、しかし、それこそが愛の女神アプロディテのたくらみ。みなさんはどう思われるでしょう、神話は宇宙自然の解釈です。そして、畏(おそ)れ敬うべきものの解釈です。つらく激しい恋は、人を謀(たばか)る女神アプロディテの」

思いがけないことだが、キンナの話にしては珍しく熱が帯びてきたところで、いきなり石像が声を上げた。

「おい、わしはメディアとかパイドラの話は知らん。あんたに、どう思うか、などと問われてもわしは困る。名前はよく聞く、しかし話は知らん」

ほう、これで二度目、とルキウスは数える。やっぱり、口を利くのである。

「はは、ぼくなんか子供の頃から知ってる。不思議な人だな、学校行ったの」

「じゃあ、覚えて帰る。さあ」

話せ、ということだろう。しかし、キンナは話の途中である。しかも、虚を突かれたわけだから、真面目なキンナはうろたえ気味で、ふたつの話を混同させる恐れがあった。そうなると、ここは代わって誰かが話すべきなのである。しかし、メディアにしろ、パイドラにしろ、たとえ属州の生まれであっても自由民なら誰でも知っていることだ。そんな話をするのは面倒くさいだけで、誰も感心してくれない。人が感心しないような話を、ローマ人士が進んでするわけがないのだ。しかし、そんな時でも、面倒を厭わないのがデクタダスである。

「どっちも話が複雑だから、大雑把以外は全部はしょって話すよ。ということは、おれの話をそのまま人に話すと誤解を与えることになる。注意してくれ、いいね。じゃあ、メディアの話だが、まずここに青二才がいたとしよう。名前はイアソンというんだが、決まりだから眉目秀麗としておくよ。そのイアソンだが、父方の伯父にあたるイオールコス王ペリアスから遠い他国の宝物を盗んでこいとそそのかされて、徒党を組んで出かけて行く。ま、厄介払いされるわけだ。で、イアソンとその盗賊仲間はアルゴーと名付けた船に乗って、んー、でも、あんたほんとに知らないの、アルゴー船だよ、困ったな。じゃあ、このあたり飛ばそう。でね、その遠い他国にメディアという名の王女がいたとしよう。魔法や妖術に通じていて、ちょっといわく付きだが、この王女が盗っ人イアソンに惚れ込んでしまったとしてくれ。悪は人を魅了するだろ。だから、こういうの、よくある話だ。さて、その王女メディアだが、惚れた弱みだろうね、泥棒イアソンの肩を持って一緒に宝物を奪って逃げる。父を騙し、国を裏切り、慕い寄る実の弟を八つ裂きにして、その死体をばら撒くんだ。追手をかわすためだというが、よく考えたね。そんなこんなで、ようやくイオールコスに戻りはしたが、ペリアスにすれば、厄介払いしたはずのイアソンがよもや戻るなんて思いもしない。立場がないから、また追い出しにかかる。となればイアソンだって憤然とする。ここまで、いいかい。さあ、それを知った王女メディアがどうするかだよ。あんた、聞いてる。だからメディアはさあ、恋しい男の意を酌んで、得意の魔法を披露するのさ。ペリアス王の娘たちに魔法をかけて王を殺させ、その体を切り刻ませて、鍋で煮させちゃうんだな。何だ、驚かないのか。しかしまあ、いくらイアソンでも、これほどのメディアの深情けには腰が引けるし、女がいつも同じじゃ飽きてもくるわ。そんな時、つい、コリュントスの王女に魅かれて婚姻にまで及ぼうとした。となりゃあ、メディアのほうも黙っちゃいない。コリュントスの王も王女も秘薬を使って焼き殺してしまう。女の深情けは恐ろしいものでね、裏切られたとなると容赦がない、とことん行く。というのはね、これでもかっ、と血相を変えて、憎いイアソンと自分との間に生まれたふたりの幼児を突き殺すのさ。幼児は肉が柔らかいから魔法なんか使わなくてもいいんだ、造作なく突き殺せる。さてイアソンだが、あまりのことに愕然と茫然がこもごも。いろいろ悪態はつくんだが、そのイアソンに向かって、『そら、子供たちはもういませんのよ。お気の毒なこと』と憐れみの言葉を投げ返して、竜車に乗って逃げて行く」

「ふん、きみらしいねえ、期待通りだ。王女メディアを化け物にしちゃった」

キンナはそういって肩を落とす。

「そうだね、おれも話していて初めて気付いた。しかし、お言葉を返すようだが、あのエウリピデスもメディアのことを牝の豹とかシケリアの海の女怪とかいってる。でもね、ほんとはメディアが自分の子供たちを殺したんじゃなくて、コリュントスの人たちが殺したんだって説があるよ。自分たちの王や王女が焼き殺された仕返しに、メディアの子供たちを殺して意趣晴らしをしたというんだ。しかし、幼い子供たちを殺したとなれば世間への聞こえが悪い。そこでコリュントス市はエウリピデスに依頼して化け物メディアを創らせたらしいわ、罪逃れのためにね。相当な礼金が動いたと思う」

「デクタダス、きみはね、神話の心を全く理解しない。いや、ほんとは知っているくせに茶々を入れて喜ぶ。どれほどの深い思いが物語に秘められているか、きみはそれを知っていながら雑談の中に混ぜこぜにして引っ掻き回して喜んでいる。メディアはね、恋に狂わされてしまったかわいそうな女だ。アプロディテに恋の迷妄アーテーを送られてしまったのだよ。いいかい、エウリピデスにはこうある。

ほど知らぬ恋の火の
はげしくも狂い燃えては

人の身にほまれもうせる。
ほどよく出でませば
キュプリスの
神よりもめぐみ深い
神様はないものを。
女神さま、黄金の弓の
人恋うる想いをこめた
避けがたい愛の矢を
この身には向けられますな。

あのね、ここでのキュプリスというのは、愛の女神アプロディテの別名なんですよ。で、同時にローマではウェヌスの女神でもある。メディアはね、実はもうアプロディテ、つまりウェヌスの愛の矢に射貫かれてしまっている、その愛の矢こそアーテーなんです。つまり、人を恋うこと、それは時に身を滅ぼすこと、どうかそんな恋心をわたしにはお授けくださるな……これはね、合唱隊の女たちがメディアの狂乱を畏(かしこ)み恐れて詠った詞(ことば)なのですよ」

キンナはデクタダスにいっても仕方がないと分かっているから、もっぱら石像に向かっていった。しかし、その石像は理解した様子ではない。むしろ口をへの字にして不機嫌な顔つきになった。

「あのね、メディアはすでに愛の矢に射貫かれ、狂い燃えてしまっているんです。そのさまを目の当たりにして、女たちは、愛するゆえの禍いがわが身に及ばぬよう、愛の女神に願わずにはおれないわけです。

道ならぬ恋の想いに

胸の火をかき立てて、
諍いのたぎる怒りと
果てしらぬ争いを、
恐ろしい女神さま、
わが身にはもたらしますな。

女たちの願いとは裏腹に、メディアの愛は渦を巻き惨劇を引き寄せる。多くの親しい人たち、自分の子供たちまで死に追いやって……愛の女神に、人は逆らいようがない、アプロディテは恐ろしい女神なんです。これはね、人を恋することの恐ろしさです。そこなんですよ、神話が伝えていることは。それをエウリピデスが探りとった」


石像は一層口をへの字に曲げた。キンナの話は撥ねつけたということだろう。

そんな石像のことはそっちのけで、

「パイドラというのは」とデクタダスが早くも次の話に移ろうとする。これにはクウィントス老人も眼をぱちくりさせて、半分口を開けた。

「有名なアテナイの王テーセウスの後妻さんだよ。気位の高い後妻さんでね、何とあのパーシパエの娘なんだ。パーシパエって知ってるだろ、牡牛と交わって牛人間のミノタウロスを産んだ女だ。だから、パイドラはその牛人間の妹だよ。因縁だねえ、その牛人間を退治したのがテーセウスで、パイドラにすれば兄貴の敵さ。そのテーセウスってのがひどいやつでね、牛人間を退治する時、パイドラの姉のアリアドネに助けてもらったくせに、姉のほうはどこかの島に置き去りにして、妹のパイドラをいただいてしまう。このあたりが英雄とされる所以かも知れんが、見方を変えれば中年のわがままオヤジともいえる。おれの場合は後者に従うが、このオヤジ、落ち着きのない男で、冥界の女王にちょっかいを出しに冥界へ降りて行くんだ。それを死んだと誤解したんだね。あ、いうの忘れてた、このパイドラだが、亭主のテーセウスがあまりかまってくれないものでね、先妻の息子、ということは義理の息子ということになるが、ヒッポリュトスという若者に惚れ込んでいたんだ。決まり通り、眉目秀麗だよ。しかも、若い。となれば、あとはもういうのを憚るくらいのことでね、パイドラは独りの閨でもんもんと悶え苦しむ」

「ちょっとちょっと、きみねえ、そんな話し方をしたら、悲痛な恋物語が台無しだよ」

「そうだった、あんたのいう通りだ。内実は同じだと思うけど、いい直すと、恋しくて恋しくて身も世もないくらい恋焦がれていて、それを見かねた乳母がお節介という介入をしたから話がややこしくなる。ヒッポリュトスをつかまえて、どうだえ、あんたの義理のおっかさんにちっとは情をかけてやっておくれでないか、ってね」

「もう勝手にすればいい」

「で、その息子というのがオヤジを反面教師にしたようなところがあって、女が嫌いどころか蔑んでもいる。取り持ち乳母の話を聞くと、汚らわしい耳を洗いたいくらいだとかいって、あとは女の種族への罵詈雑言。乳母の制止を振り切って宮殿の中から走り出ると、外にいたパイドラに、憎んでも憎み足らん、とかいろいろ毒づく。毒づかれたパイドラにしてみれば、秘めた思いが露見して、思いの人からじかに辱めを受けたわけだ。そうなりゃもう死ぬしかないと思い定めるパイドラなんだが、『私はこの苦しい恋に負けてしまう』といいながら、実際は逆恨みするんだね。『自分も死ぬ代わり、もうひとりの人もきっとひどい目に遭わせてあげます。私を惨めな目に遭わせておいて、自分だけ大きな顔をしてはいられぬことを思い知らせてやります。この私の苦しみを少しでも、自分で味わってみたら、あの高慢の鼻も折れましょう』とすごいことをいう。で、自殺するんだが、見ると、その手が書板を握っていて、わたしは義理の息子に犯された、汚された身では生きてはいけぬ、とか何とか、ありもしないことが書いてある。こうなりゃ、ふつう信じちゃうよね。で、テーセウス、冥界でよろしくやって戻ってみると、これこれこういう次第と聞いて腰を抜かす。当然、パイドラの書板を信じてしまった。で、殺しちゃうよ、オヤジが息子を。どぉ、これで」

　デクタダスの問いかけに、こすれた石像の顔の男はやはり口をへの字にして応えた。その様子からして、長い話のほとんどが無駄になったようだ。

「お前、その台詞みたいなの、確かなのか。いい加減なんだから」

　ルキウスは、お調子乗りのデクタダスには当然厳しい講評を突きつけるべきだと思い、まずは疑念を呈した。するど、憤然の一歩手前で息を整えたキンナが、

「うん、割り合い確かだ、エウリピデスだ。しかし、きみが神話を語ると、いつも薄っぺらく聞こえる。物事の深刻さを理解しない、薄っぺらい表層人間といっておこう。物事の深層に突き当らない、滑っていくだけの人間だよ。だってきみは女神キュプリスの企みを語らない。宇宙自然を統べる恐るべき神話の力を語らない。テーセウスの血脈は息子ヒッポリュトスが、愛の女神キュプリスをないがしろにしたために絶たれたのだよ」と厳しい人物評を加えて講評した。

「おれもね、つまらんことを口に出しては人に嫌われるんだ。でも、あんたはすごいわ、ほんとに口出し術で弟子がとれる。何より感心するのは、エウリピデスを語りながら、あんたの世界に悲劇がない。これはほんとにすごいことだ」

　長い話に付き合わされたウィリウスが、こういってさらに嫌味で追い打ちをかけたのだが、

「いやあ、おれにだって悲劇的葛藤はあるよ。おれの名誉を損ねるのはたいていおれだもの。自分で自分を訴えたいくらいだよ」と自分への不満を述べてデクタダスはウィリウスの追い打ちをかわす。

　そこで、ルキウスが駄目押しをした。

「なあ、一度は訴えて出ろよ、訴訟には必ず立ち会う」

　そんな中、デクタダスの長話のせいで誰も気付いていなかったが、デキムス青年がさっきからものすごい顔を

している。邪悪といってよいような顔つきである。

「ぼくは黙って聞いていましたよ。でも、限度だ。だいたい、メディアにしても、パイドラにしても、そんなの女の感情ですよ。だって、メディアが恋したイアソンはキュプリス様の矢に射られたんですか。パイドラが慕い寄ったヒッポリュトスは避けがたい愛の矢を受けたんですか。そもそもの話、ホメーロスには、アプロディテの愛の迷妄はトロイアのパリスにも送られたとありますよ。しかし、パリスは悩ましい思慕の思いに苦しみましたか。さっさとヘレネーをかっ攫って思いを遂げちゃうじゃないですか。苦しみも何も、やりたいことはやっちゃうんだ。ただの愚行ですよ。それを何です、悩ましい思慕、恋の苦しみ、へえ、男のくせによくいうわ。ヘシオドスが詠ったのは警告なんだ、悩ましい思慕の思いや恋の苦しみは女に取り憑いているから、避けよってことなんだ。分かってないなあ、男に、じゃないんだ、男はそんな感情を寄せ付けない」

デクタダスは知らん顔だが、キンナはひるむ。そういう性格である。まずは自分に非があることにしておいて、謝るようにキンナは応えた。

「そうだね、きみのいうことは分かる。しかし、ほんとに男が知らない感情だろうか。ヘシオドスのパンドラは、人を罰し破滅させるためにゼウスが送った女だろ。とすれば、悩ましい思慕の想いは人、つまり男にこそ取り憑くのじゃないだろうか。それに、きみはエウリピデスが恋する女の嘆き悲しみを、男のものではないからと、突き放して見ていたと思うのだろうか」

「じゃ、違うんですか。違うって根拠あるんですか。あなたは肝心なことを見誤っている。悩ましい思慕とか、恋の苦しみとか、まともな男なら知るべきではない感情なんだ。突き放すべき感情ですよ。いい加減にしてほしいわ。ヘシオドスには女の正体は『犬の心と盗人の性』とありますよ。だからいってるでしょ、あれは警告なんだ。バカな振る舞いしないように、という。いいですか、恋に悩み苦しむ男なんて、笑い話の中に閉じ込めてしまうべきなんだ。そんな男は、人様の間に割り込ませて、ひとり、ふたり、と数えてやるほどの価値すらないんだ」

とっさに、ルキウスは、このやろう、と拳固を喰らわしてやりたい思いになった。その思いでキンナを見ると、キンナは戸惑ったように眼を泳がせている。何かいいたげだが、いわずに済むならそのほうがいいと思っているような顔つきである。

「そうか。それは、しかし、困ったな。きみは極端なことをいうんだね。もちろんわたしも、そういう考えがあることはよく分かるよ。そうでないと、人と生まれ、この世で果たすべき事業には立ち向かえない。だから、それは分かる。実際、恋にうつつを抜かすなんて、誇らしいことではないからね。人は憐れみ笑いこそすれ、仰ぎ見て讃えることは絶対ないし。しかしね、これは文学なのだよ、文学にはそんな男もいて、みっともないかもしれないが、いや、そうではなくて……文学がみっともないと思うのは、それは、乱暴者が幅を利かす世の中だからで」

やっぱり駄目だ、とルキウスは思った。宴席で寝そべってする話なのに、生真面目に受け答えしようとするからいけない。その場限りの話だと最初から決め込んで始めないと、自責の念を後々まで持ち越す。デクタダスを見習えばいいのに、と思っていると、

「ぼくは、あれだな、もう少しキンナさんに頑張ってほしいな」と助け舟が出た。向かい側で不機嫌に黙り込んでいた隠れ詩人である。すると、

「わたしもそう思うね、きみの考えに同調するわけではないんだが」とマキシムスがもう一艘舟を出した。

キンナは引き攣った笑いが浮かんだ顔を一度伏せてから、眼をぱちくりさせて顔を起こす。深く息を吸って、しばし瞑目するのだが、どうだろう、そこまでする必要があるのだろうか。ルキウスは、世話の焼ける詩人だと苦笑いしながら、食卓のキンナの酒杯に手を伸ばした。それをキンナに持たせようとすると、キンナはまたルキウスの手を抑える。かなり力がこもっていて、抑えたというより撥ねつけたという感じであった。

「まあ、わたしの勝手な考えかも知れない、そう思ってくれていい。しかしね、わたしは思うんだ、愛の苦悩、その悲しみを女のものと突き放すのは、男社会の強制ではないか、つまり、男が男に課した規範がそうさせてい

るように思うんだよ。それは、例えばこういうことだ。デキムスくん、立ち入ったことを訊くが、きみはどういう教育を受けただろうか。幼児期こそ、母親や乳母に育てられただろうね、しかし、五歳六歳にもなると、ローマの少年は父親が指導するのではないか。きみは英雄武人の話を聞かされてこなかったかい。戦士たるべき男の世界を強制されはしなかったかい。隊列組んだ兵士の行進や騎馬武者たちの疾走を見せるために、きみの父親は何度も何度もマルスの野の練兵場へ連れていったはずだよ。方陣を組み、槍の穂先をそろえて吶喊する軍団兵や、砂塵を巻き上げ、大地を轟かせて疾駆する騎馬隊を見て、きみは父親の脚にしがみつきはしなかったかね。そうだろ、ローマの男は今も戦士の理想を押し付けられる。しかし、現実はどうだろう、ローマの戦士は今や報酬目当ての属州民、将軍配下の私兵と化したよ。みんなはマリウスの軍制改革のせいだというが、そんな制度のことはわたしには分からない。でもね、実際血煙の中に飛び込むのは、報酬に釣られた傭兵軍団。遊惰に慣れたローマの男は何もしないし、することもない。それを堕落退廃と呼ぶのもいい。ただし、武を布いて他国を従え、その富を収奪して、奢侈に慣れた今のローマはもう武人たちのローマではない。とすればどうだろう、これまでは寄せ付けなかった神話の心が男にも忍び寄ってこないだろうか。鷲摑みにされはしないだろうか。みんながそうとはいわない。しかし、男たちが封印した神話の心は民族の精神に刻み込まれた傷痕のようなもので、それは時に疼くし触れれば血が噴き出す。怖ろしい力で人を支配することもある。

　なぜなら、王女メディアを狂乱させた神話の心は、マケドニアの妖女オリュンピアスの心に忍び入り、そして支配し、夫の不実に傷つき病んだオリュンピアスを狂わせたのではなかったか。いや、反論はあとで聞こう、いいかい、狂乱のオリュンピアスが招き入れた惨劇は、夫ピリッポスのみならず、その愛人クレオパトラと幼児ふたりの惨殺にまで及び、マケドニアの王家を没落へと導いたはずだ。また、悲痛な恋に自ら縊って果てたパエドラの心は、ミレトスの王妃クレオボイアの想いに忍び寄りはしなかっただろうか。青年アンテウスへの邪恋に身を灼くクレオボイアは、やがてパエドラの神話の心に鷲摑みにされ、たちまちに支配され、拒むアンテウスを殺害させたあげく、自ら縊って果てたではないか。女たちを支配したこの神話の心、愛の女神が擲つアーテーは、今や男たちに忍び寄ってきている、わたしは、それを感じる。男たちには秘められてあった心、恋という神気に撃たれ挫ける心、それは今、この退廃のローマに甦る。そう、恋に苦悶し、青ざめて果てるのはもはや女ではない、むしろ男」

話の途中で、まず眼を丸くし、絶句したまま空を仰いだのはマキシムスだが、クウィントス老人は、多くの事柄が理解を越えたとはいえ、口をすぼめて喜んでいる。ただ、ルキウスは苦笑いである。自分が感心するほど人は感心しないのだから、話すならもっとおもしろく話せばいいと思うのだ。人が知らないような、嘘かも知れないような話を、酒飲み相手に真剣になって話そうとするから、聞いてるほうはもちろんだが、いってる自分も肩が凝るだろう。ルキウスは、やれやれと溜息もつきつつ、キンナの酒杯を卓に戻した。

すると、とぼけた声が高らかに上がる。

「はあ、どこにいるんだ、青くなって果てちゃうようなバカな男」

いわずもがなのデキムス青年である。

「ほんとにもう、あきれたわ、眼を潤ませて話すようなことですか。まるで神話の酔っ払いだ。そこまで錯覚するなんて珍しい人だわ。それとも、あれですか、何かのお告げでもあったのですか、神話のフクロウとかミミズクとかの。あなたにはねえ、何よりもお祓いが必要だ。じゃあ、ぼくいいますよ、ずっといいたかったんだ。いいですか、あなたのねえ『スミュルナ』ですよ、あれどうなんです。娘が実の父親に欲情を燃え上がらせるって、ほんと、驚いたわ。異常というより、狂気の愛だ。そんな愛など、封印してこそ人類社会は存続する。それを一体どうしたいんです。民族の精神に刻み込まれた傷痕ってか、笑うわ、それを爪で開いて血でも膿でも噴き出すのを見てみたいんだ、そうでしょ。『スミュルナ』なんてまさにそれだ。文明社会の自傷行為だ。そもそも、神話の心って、何、一体。それ、どこかから忍び寄るの。どこ、それ。ガニュメデスじゃあるまいし、鷲掴みにされちゃうんだ、アホらし。あなたねえ、イダ山を飛び越えて有頂天まで行っちゃったんでしょう、おめでたいことだわ。あのねえ、ぼくは知ってるんですよ、あの話、もとはキュプロスみたいな辺鄙な土地の神話まがいのいい伝えじゃないですか。誰も知らないのをいいことに、仰々しい神話仕立てで詠うなんて、さすが流行りの詩人らしいわ。さっきいったサトラートスなんてのも、川か地名か人名か分かりはしない。分からないから感心する。おかしいでしょう。あなたたちは詩をどうしたいんです。つまりは、無教養な人を寄せ付けないんだ。俗人をバカにしたいんだ。教養人は娘と父親の狂気の愛すら許容できるってか、おお恐(こ)わ。

いいですか、主神ゼウスだって娘との近親相姦は慎しみましたよ。それをどうです、『動物たちは、みな相手かまわずに平気で交わっている。その父親を背にのせることを、牝牛はすこしも恥ずかしいことだとは思っていない。牡馬は、その娘を妻とし、牡羊は、自分が命をあたえた牝羊をはらませ』ああもう気味が悪い。あなたねえ、人間だけが、『意地の悪い掟をつくって、自然が許していることを、妬み深く禁じている』って、本気ですか、アプロディテだかキュプリスだか、愛の矢がどうこうすれば、こともあろうに小娘ミュラが実の父親に迫って行くってか。アルゴスのクリュメノスは娘と交わったことを恥じて自殺したんだ。そんな汚れた交わりをまともな詩人なら詠わない。あなたはねえ、見かけによらず心が病んでいる」

「それね、ちょっと違うよ。いや、相当違う。わたしはそれほどあからさまには書かなかった。誰かが勝手に手を加えたようだ。それに、わたしは愛の矢ではなく、復讐の女神ティシポネに吹き込まれた罪のせいで、と詠ったはずだし、きみが出してきた箇所は、娘ミュラの罪深い独りごとだ。しかし、愛はそもそも罪深い」

「ああもう、愛はそもそも、なんて聞かされたらぼくは発狂しそうだ。いってあげましょうか、あなたの『スミュルナ』はあの怪しげな催淫剤による産物でしょう。ただでさえ異常な欲望が薬の効果で歪んだあげく、おぞましい忌むべき妄想を生み出した。その妄想を天下に公表するんだもの、病毒の垂れ流しみたいなものですよ。あなたはねえ、社会の病巣同然なんだ、あなたがいるせいで、文明社会は壊死(えし)し、糜爛(びらん)し、褥瘡(じょくそう)まみれなってるんだ。公益を損ねる人ですよ、あなたは。ああ、ほんとに後悔する。やっぱり、すぐに訴え出ればよかった。クウィントス爺さんが止めるからいけないんだ。故殺未遂で立件できたはずなんだ。ぼくはねえ、あなたの薬のせいで死んだかも知れないんだからな。実際、告発事由の疎明手続きまでは済んでいたんだ。それなのに、何で止めるんだ……ぼくはね、あの薬を運んできた小僧たちをデマラトスから買い取って鉱山に売っ払ってやりましたよ。小僧たちだから随分損して売ったんだ。ああーあ、ほんとに訴え出ればよかった。社会の公益のためにもそのほうがよかった。それなのに何でだ……ぼくはね、キケローがウェッレス弾劾裁判で有名になったみたいに、キンナ弾劾裁判で有名になったかも知れないんだからな。ああ、ぼくは一生を棒に振ったかも知れない、ほんとに後悔する。クウィントス爺さんが悪いんだ」

人を逆恨みして、さらには罪もない少年たちに酷く当たって、いささかも慮るところがないというのは若者に特徴的な清廉さの一途に偏った表われであろう。ここにローマ人特有の激情やら、冷徹やら、執念やらを持ち出すまでもあるまい。若さゆえの撥ねっ返り、甘やかされて育ったということである。とはいえ、ことあるごとにキンナやクウィントス翁に突っかかっていたのには、実際このような無理からぬ理由があったのである。ルキウスは、なるほどそうかと納得し、そのまますぐに笑顔になった。もちろん、青年が『スミュルナ』の悪口をいったからである。

誰でも分かるはずのことだが、青年のこのような剣幕を目の当たりにすれば、相手にならず黙っているか、頭を冷やせと睨みつけてやるくらいでいいのである。それなのに、

「まあ、どっちにしても、『スミュルナ』はねえ」と全然分かっていない男が声を上げた。ルキウスである。

「いくら彫琢を凝らした詩文でも、何かこう、未分化の暗い部分を指でじかに触られている気がする。何度朗誦を聞いても、気持ちがわさわさしてくるんだ。こっちの身にもなってくれよ、おれには娘がいる。あんたの詩のおかげで、娘を抱けなくなった」

ルキウスは、デキムス青年の肩を持つつもりは全然なかったのに、青年の『スミュルナ』評で思わず笑顔になった手前、自然に口から出てしまったのである。すると、キンナがなぜかさびしく頷くので、ルキウスは顔を顰

め、ちっ、と自分に舌打ちをする。これまでも、同じことを何度も何度もいってはキンナを責めていたからである。だからといって、こっちが弁解するのも変だから、ルキウスは情けないような顔をしてデクタダスにそれとない合図を送った。何をいいだすか分からないが、こんな時は重宝する男なのだ。

「ああ、そのことだがね、おれにすれば人ごとじゃないよ」とデクタダスは訳ありげな声で即座に応じる。「知らない人もいるだろうが、おれは木の股から産まれた、母親にきっぱりそういわれた。あれ、みんな驚かないね、ふつう、驚くよ。じゃあいいわ。だからね、例のアドニス、ほら、娘ミュラが父親と交わってできた子供さ、そのアドニスはミュラが木に変身したあとに産んだ子供だろ、おれと同じように木の股から産まれてきたんだ。ま、向こうは女神ウェヌスを迷わせたほどの美少年だが、同じ生まれのおれにすれば、人ごとではない。兄弟同然だよ、おれとアドニス」

だからどうなのか、話の趣意が分からないまま、みんなは煙に巻かれてきょとんとした。どこを突いても、何か出てくるのには感心するが、ルキウスは、確かに向こうは美少年なのに、と変なところで首を傾げる。

しかし、若者というものは概してしつこい。そのことを、世間は大目に見るからつけあがる。それが証拠に、デキムス青年はこの著名な詩人に向かって訴状を読み上げるような声でいった。

「あなたのいう宴席の恋は風俗の乱れそのもの、神話の恋は狂気そのもの、人間の秩序を乱すものだ。詩人など、公序良俗の破壊者にして役立たず、法律で取り締まるべきだ。懲罰も加えるべきだ」

「わしは前から法律家が大嫌いじゃった。息子どもと結託しおった」

「法律家は煽動者だ。どっちも悪徳弁論家だ」

「その通り、煽動者だ。どっちも愛を語らん」

クウィントス老人は蔦の花冠をあみだにした男と以上のような短い掛け合いをしたあと、仲裁の裁定に臨むように、

「さっきのキンナ殿の話で思ったのだが」と切り出した。

「ローマの父親の教育は間違っておる。例えば半神の英雄ヘラクレスじゃ、わしらは幼児の頃からヘラクレスの十二の功業を教え込まれる。ライオンやヒドラや怪鳥退治など、知らん子供はローマにはおらん。しかし、おい、デキムス、答えてみい、ヘラクレスはカウコン一族のレプレウスと競って牛一頭を瞬く間に食したぞ、また、テスピオ王の五十人の娘たちを次から次へ、たった七日の間に交わって、それぞれに子供を産ませた。おい、そのこと、ローマの父親たちは子供たちに伝えておるか。ええ、どうだ、怪獣や化け物退治が勇者の誉れではない。食して身を養い、交わって子孫の栄えを図ることこそ勇者の勇者たるゆえん。卓越すべきは、腕力でも胆力でない、生の力、すなわち愛じゃ。ん、わし、間違ったこと、ゆうとらんじゃろ」

「何とまあ、悪びれない爺さんだわ」とはデキムス青年の挑発だが、クウィントス翁が眼を剝くと、すかさずデクタダス割って入る。

「うん、いいんじゃないか、相当いい。でもそれ、歴史家のメガクリデスによると、たった一日でテスピオ王の五十人の娘を孕ませたというよ。ところが、新しいほうのアポロドーロスは、五十夜に亘る饗応に、テスピオ王は夜毎ひとりずつ娘をあてがったというから、五十日だ。一日と七日と五十日、これ、あとで問題にならんかなあ。ともあれ、おれはクウィントス翁の意見に同調する。ヘラクレスについては、十二の偉業より、テスピオ王の娘たちを含め、ざっと十四の愛の生活をこそ讃えるべきだ。それぞれに、ちゃんと子供を産ませて、子孫はうじゃうじゃいる。ところで、正妻デーイアネイラが夫ヘラクレスの愛を失うまいと使用したネッソスの媚薬だがね」

「おいおい、またかい、きみは話をごちゃ混ぜにする。頭がくらくらするわ。なあ、この愛の話って、どこで終わらす気なんだよ。きみにかかるといつもこうだ、もういい加減にしようよ」

ウィリウスはデクタダスに向かって苦情をいいつつ暗に終結を促したのだが、デクタダスはクウィントス翁の顔色を見て気を利かせただけなのである。愛の話はそもそもキンナの受け持ちのはずなのだし、ネッソスの媚薬についてはふと浮かんだ思い付きもあったことから、デクタダスは肘鉄を喰らったみたいに、珍しくうろたえ気味である。

　それを見たマキシムスが、

「愛や恋など、わたしには縁遠い話だ。この話、どうだろ、わたしのいない別の機会に」と終了を提案すると、

「まあ、待て、わしはまだ、存在そのものの喜悦に貫き通るやつの実体と実例の提示を受けておらん」とクウィントス老人が続行を求めた。

「キンナ殿、どうじゃね、その実体と実例じゃが」

　自己嫌悪気味のキンナは眼の前をぼうっと見て、「それは」とだけいった。話の続きは詩人の孤独を見せつけることで済まそうとしているようだ。

　すると、

「そんなもの、言葉にできない、ということだ。言葉を超越するんだ」と頼まれもしないことをデクタダスが応える。

　老人は、ああ、と口を開け、納得しそうには見えたのだが、そこへ、

「さっきの『スミュルナ』の件ですが」とまた蒸し返したのはマントゥワ生まれの隠れ詩人であった。老人は実体と実例がここでもはぐらかされたと分かって眼を剝く。話がもうめちゃくちゃだ。

「あの詩は仲間受けがいいんでしょ、あなた、カトゥルスが絶賛しましたよね。あなたとは友人同士だったし、褒めた相手だからいいにくいとは思うが、あなた、カトゥルスをどう思います」

　キンナは、ほとんど話の外にいて独り超然としていたこの若者から、いきなり真正面の質問を受けてたじろいでしまう。何か思い出そうとする顔をしたが、それはただの戸惑い隠しで、何も思い出せないから言葉が出ない。

　隠れ詩人は、面倒な人だ、という顔をして、

「カトゥルスはあのクローディアをレスボスのサッフォーに擬して、その恋心を詠いましたね。多くはないが、

二十かそこらの詩がある。中には評判の詩もいくつかあるけど、ぼくには身勝手な暴露詩のように思える」とさらりといった。

キンナはますます戸惑いを深めるが、ルキウスはカトゥルスが嫌いなので、話は分からないながらも、その通り、暴露詩だと思った。

「あなたはどう思うか知らないが、自分の恋を暴露して、聞き手に回って舌を出している、そんな嫌味な気がしてならないのです。確かに、激しい恋心を抱きはしたでしょう。恋する人の裏切りに憤りもしたはずです。しかし、自省がない、自省が聞き手のほうを向いている。恋人を誹謗するにしても、わざとみたいに直情的だ。つまり、うぶな恋人を演技しているようだ。性悪女に翻弄された純真な若者を演じて見せて、聞き役の詩人仲間に目配せしている感じかな、擦れたような嫌な感じだ」

キンナはあんぐり口を開けた。相当うろたえ気味でもある。あの鬼才カトゥルスを、こんな風に吐き捨てるやつが世の中にはいるのだ。しかも、若いくせに何たる自信、こっちが間違えているのか、壁際に追い詰められた気分だ。

「えー、それはどうかな、わたしはその詩人仲間のひとりだったが、目配せなんかし合ってはいないよ。そんなこと、どうして、というか、確かに軽妙な語り口こそカトゥルス独自の世界だけど、でも、わたしはね、カトゥルスは恋する男の真実の感情を詠ったと思う。カトゥルスを得て初めて表現された感情だよ。直情的ときみはいうが、あの突発的な激しさは若さゆえの、愚かなまでの純真さから来るものだとも思う。だって、わけ知りの遊び人じゃ、あの真情は書けないはずだよ。というのは、さっきも同じことをいったと思うが、詩は私的なものじゃない、詩は、いつも聞き手のほうを向くから」

「いや、いいんです、ただの感想だから」

隠れ詩人は急に投げ槍なことをいって、キンナの反論を受け流した。議論には及ばず、ということだろう。キンナはもっといいたいことがあったのだが、相手がもう知らんふりをしている。問われたから、応えているのに、とキンナは釈然としない。デキムス青年にしても、この隠れ詩人にしても、若いだけに悪辣非道なところがある。あなたとは違うと態度で見せて、他者、とりわけ年長者の意見を撥ねつけるのだ。

実をいえば、その隠れ詩人だが、先年ローマに遊学中、評判のカトゥルスを真似た短詩をいくつか書いて、ほとんど嫌気がさしていたのである。こんな軽い詩を書くことが人のすべきことかと己に恥じる気持ちすらあった。しかし、自らの天分を恃む気持ちも同時にあって、書き溜めた詩をまだ捨てることができずにいる。とはいえ、キンナを前にして臆すことがないのを見ても分かるように、詩人になりたいと願っているわけではないのである。

キンナが気弱に俯く中、何を思ったか、デクタダスが身を乗り出す。

「おれ、最近カトゥルスがお気に入りなのだが、いまのふたりの話を聞いていてさ、俄然おもしろくなった」

ほんとなのか、とルキウスは顔を上げてデクタダスを見た。カトゥルスがお気に入りとは初めて聞いた。

「デキムスくん、最初にいっておくが、男も激しい恋をするさ。カトゥルスがあのサッフォーの詩に重ねてレスビア、つまりクローディアへの思いを詠ったということは、熱愛型の女の感情を男の自分に乗り移らせたということだからね。

なぜなら、ひと目君を、
レスビアよ、見ただけで、ぼくの声は、
レスビアよ、のどに詰まり、
舌はしびれ、かすかな炎が全身を
貫き流れ、耳はひとりでに音を
きんきんと立て、眼は二重の

夜におおわれる

これ、サッフォーの詩そのままだろ。つまり、カトゥルスを得て初めて表現された感情は、すなわち、サッフォーの真似をして初めて表現を得た感情さ。詩の感情は先行作品があってこそ易々とその表現を得るってことだが、同時に『愛』も真似の対象になるってことだ。だってこれね、自分の暴れる感情を、サッフォーの詩行に嵌め込んで恋心という秩序に収め整えたに過ぎんじゃないか。ということは、これ、サッフォーの秩序だよ。

問題はね、相手が悪いわ。レスビアなんて優美な偽名を奉っても、あのクロディウスの姉貴だよ。執政官の亭主が死んだあとは、奔放に遊んだ。しかも、七つか八つ年上だ。しかも、しかもだ、弟クロディウスとは近親相姦の関係だったこととか、亭主のメテッルスがそのクロディウスに毒殺されたこととか、噂に戸は立てられないから耳に届いていたはずだ。となると、これってぞくぞくするような火遊びじゃないか。というのは、カトゥルスなんていくら大金持ちでも田舎者だよ、しかも、ワァレリウスの流れじゃ、そんなに出世もできん。まともに相手にしてもらえたのが不思議なくらいで、本人は回数を過剰申告しているようだが、あのクローディアが何千回も口づけをしてくれるはずがないだろ。『ぼくの女の言うことに、あなた以外のどの男にも／とつぎたくない。たとえユッピテルご自身に求められても』なんて、名家の令嬢にして、執政官の奥方が田舎出の痩せっぽちにいうと思うか。いわれたところで誰が信じる。のぼせ上がるのは仕方がないが、『ぼくの命の悪口を、ぼくが言えたと思うかね、／この両の目よりも大切な人のことを。／言えなかったよ。もしも言えたら、こんなに死ぬほど愛さなかったろう』なんてね、よく書けたね。あとで、悪口ばかり書くくせに。つまり、聞き手の予想や期待を裏切らない。あの有名なやつもそうだ。

だらしないぞ。

逃げる女を追うな、惨めに生きるな、

決意を固めて、こらえよ、耐えよ。
さらば、女よ、もうカトゥルスは耐えているぞ。
嫌がるお前をもう求めぬぞ。誘わぬぞ。

これは遊び人の共感を呼ぶわ。どうやら、カトゥルスはクローディアの戯れの恋に翻弄されているのを承知のうえで、翻弄される自分を詩の中に突き離して、しっかり自分を見ていたようだ。しっかり、というのは、うぶで一途な若者が、不実な女に弄ばれ、突発的に怒り出したり、苦しんだり、毒づいたかと見れば諦めたり、という揺るがぬ筋書き。おや、異論がありそうだね。そうか、そりゃあるだろ。

でもね、そのカトゥルスだが、いくら火遊びでも、これをうまく詩に書けば評判になると分かっていたさ。そこで、詩の決まりごとに巧みにおもねる。わけ知りの遊び慣れた詩の聞き手たちを納得させる詩神ムーサの決めごとの数々さ。音節を整え、言葉を吟味し、機知とひねりと盗用でぴりっとした味付けをする。例えば、さっき話した『ぼくの女の言うことに、あなた以外のどの男にも／とつぎたくない』ってやつ、続きはこうだよ。『そう言うけれど、女がのぼせあがった恋人に言うことは／風と流れの激しい水に書くべきだ』。な、分かるだろ、最後でひねって仲間に目配せ、さっき、きみがいった通りだ。しかも、ここ、カリマコスの盗用だよ。あとは二歩格でも三歩格でも靴音高く歩み去る。

まあ、そんなこんなで本気の嘘をこねあげて、本気の恋を演じて見せるわけさ。もともと恋は演じるものさ、うまく演じられたら、その恋は本物だよ。舞台でも、観るのは演技であって、役者じゃないだろ。役者の正体、知ってどうする。詩でも同じでね、詩人の感情の実際が、どうであったかはどうでもいい、文字が本物、愛は文字だと心得ているさ。今こそいうが、真実の愛の所在は書店の店先。てことは、恋男カトゥルスと名乗りを上げても、実はウェローナあたりの田舎者……」

田舎者のあとが続かないのは、どうやら今、デクタダスにふいの思いつきがあったからのようだ。どうせ途切れそうな話を長引かせたいからだろう、平気で思い付きに飛びついてしまう。

「ところで、そのカトゥルスだがね、自分の名前をやたら詩の中に刻印するよね。何かご利益でも見つけたか、詩の中でなぜか自ら名乗りを上げる。クローディアにはレスビアと源氏名を奉って正体を隠しておくのに、自分は本名を名乗って正体をさらけ出す。さあそのことだが、説はいろいろあるよ。盗作防止のためだとか、選挙目当ての売名だとか、それに、自己保存だという人もいる。というのは、いずれ死んでも、まあ、ほんとに死んじゃったが、詩の中に自分の名前を書き残せば、その名は詩と共に永久に残る、巷に本屋がある限りは、なんて浅はかな祈念があったと考える人もいるんだ。反論は控えるが、これね、詩という虚構の中に実名もろとも入り込んで、虚構の側から顔を覗かすわけだろ。ということは、読み手のほうは実名の演技者、つまり、役者の正体を嫌でも押し付けられるということだよ。巧妙だねえ、ほんとか嘘か分からなくしている。しかし、勢い、当人までもほんとと嘘の区別がつかなくなるから問題だ。これ、最近の傾向だね、詩人は私生活を犠牲にしてでもあざとく嘘をこねあげる、本性浅ましい……。

んーと、浅ましい、はまずいか。でも他意はないよ、キンナ。浅ましいってのは一般論だ。何だよルキウス、お前がそんな顔することないだろ」

デクタダスがこのように、急にまごついたようなことをいいだしたのは、サッフォーが遠の昔、『アプロディテ讃歌』の中で自分の名前を歌い込んでいたことを思い出したからである。とすれば、今の話が最近の傾向などとはいえないのだから、キンナやルキウスに声をかけて話を逸らす、つまり誤魔化そうとしたのである。もちろん、キンナにしてもルキウスにしても、それが誤魔化しだとは気付かないが、ぶざまなやつとは思っている。

「何だ、嫌な雰囲気だな。まあ、そういうわけでね、最近の詩人は、数が増えただけじゃない、傲慢で、総じて詩歌の神々を当てにしなくなっているから、代わりに自分を主張し始めたってことだ。つまり、我を張るんだ。神々を差し置いて、自己拡張するってことだよ。だから、神々の領分である詩の世界にまで名乗りを上げて入り込むんだ。ただし、気を付けないといけない、神々を失えば、人間、自分本位になってしまう。自画ならぬ自我自賛てことなんだが、これ、詩だけに限らないよ。で、まあそういうことだ」

　やっとデクタダスは話を止めた。ぶざまに終わった話だが、もちろん、デクタダスにはこのようなぶざまがないわけではない。しかし、さっきの取りとめもない長話のあと、このぶざまとなると容赦はできない。

「今の話、全然分からん。その上、皆目おもしろくない。よくもまあ次から次へと。聞かされているほうの身にもなれよ、いい加減むしゃくしゃしてくる。みんな酒と料理があるから我慢してるんだ。今の話だって、最初の詩人ヘシオドスが最初の詩の中でもうやってしまったじゃないか。そうだよ、さっきも出てた『神統記』だよ。ヘシオドスは、詩歌の女神たちが、このわたし、ヘシオドスに麗しい歌を教えたもうた、って、ちゃんと自分の名前を紛れ込ませて歌っている、そうだろ。つまらない、詩歌の始めからあるようなことだ。それをまあ、長々と、もう参ったわ」

　ウィリウスがみんなを代表して相当辟易した声でいった。しかし、この程度では退散しないのがデクタダスなのである。

「あ、そうか、そうだね。ところでその詩歌の女神たちだが、以前から考えていたことがある。話が長くなって恐縮だが」

　これを聞いたルキウスは頭を抱えた。デクタダスにあらかじめ恐縮されると、話が延々長くなるのである。というのは、デクタダスが恐縮するのは話がぶざまに終わった時くらいで、普段は恐縮しない男である。そんなデクタダスが恐縮を口にするのは、前の失態を取り繕う気でいるからである。しかし、取り繕うとはいっても、前の失態を次の大失態で覆い隠すことにしかすぎず、要は話をさらに続けるということだから、デクタダスの恐縮は大迷惑なのである。事ここに至ると、にぎやかな踊りと音楽で黙らせるしかないのだが、生垣の向こう側に控えているのは笛吹き女が三人と太鼓叩きの女だけだ。踊り子もいないとなればどうしようもない。

　さて、恐縮ついでに一息ついたデクタダスだが、みんなそっぽを向くか、憂い顔でいることにようやく気付き、多少困惑の表情は浮かべたものの、それでもやめない。

「あのさ、人々が堕落する前、つまり神々と互いにもたれ合った気分でいた頃は、詩人は最初詩歌の女神ムーサたちに呼びかけてから詩を詠いだしたよ。ま、今もその弊害は残っているが、弊害はそっとしておくことにして、例えば、『イーリアス』の詠いだしはこうだろ、『憤りを歌ってくれ、詩の女神よ、ペーレウスの子アキレスの呪わしいその憤りを』といった具合。『オデュッセイア』でもそうだ、『かの人を語れ、ムーサよ、トロイエーの聖き都を掠めた後に、諸所方々をさ迷って、数々の人の町を見、その俗を学んだ、機に応じ変に処するに長けた男を』と呼びかけて、最初から詩歌の女神に片棒を担いでもらう。これね、今の人から見れば、自分の詩の下手なところを神々になすりつけるため、ムーサたちを呼びだして共犯者に仕立て上げているように見える。神の声を吹き込まれた、とかいって、自分が歌ったのか、詩歌の女神たちが歌ったのかを曖昧にするんだ。もし、いたらぬところがあれば、その責任を女神たちに押し付けようとするためだよ。なあウィリウス、あんたが以前話してた神々の役割だよな、そのために神々は在るんだろ」

名指しされたウィリウスだが、神々の役割について話したことなど忘れてしまっているし、デクタダスの冗漫な話に苛立ってもいたから、そっぽを向いて無視した。

「まあそうなんだよ、昨今はそんな風に考えるよね」

「考えないよ、そんなこと、今のこの世でただひとり、きみだけだ」

やっと出たキンナの嫌味くらいでデクタダスはめげない。キンナに鷹揚な眼を向けると、二度ばかり頷いて見せた。

「しかしね、これ騙りでもはったりでもなんでもない。というのはね、今、ウィリウス兄から指摘された『神統記』さ。ヘシオドスは、詩歌の女神ムーサたちが羊の世話人、つまりヘシオドス本人だがね、その羊飼いのヘシオドスに向かって女神たちが最初にいった言葉を記している。それ、知ってるよな。重要なところだもの。すべてがこのムーサたちの最初の言葉に尽きるといっていいくらいさ。

いいかい、アイギス持つゼウスの娘ムーサたちは、まずこう宣(のたも)ふた。

　　卑しく哀れなものたちよ　喰らい
　の腹しかもたぬ者らよ
私たちは　たくさんの真実に似た虚偽を話すことができます
けれども　私たちは　その気になれば、真実を宣べることも
　できるのです

な、これ、ある意味脅しだよ、脅されているんだよ。ムーサたちをその気にさせたら大変じゃないか。真実を語ってしまうぜ。詩歌の世界に真実を持ち込まれたら大ごとだ、その本質を危うくする。トロイア戦争なんか、浅ましい覇権争いに脱してしまうし、オデュッセウスはのらりくらりの女遍歴。だってそうだろ、オデュッセウスの投錨(とうびょう)先にはたいてい女がいるぜ。キルケー、セイレーン、カリュプソー、みんな女だ。な、風がよけりゃあ十日とかからん短い航路を、何と十年がけだよ。行く先々で遊女キルケーや妓女セイレーンなんかを相手にして、あとは飄然(ひょうぜん)、辺鄙で寂(さび)れたイタケーの村に戻っていくのさ。そうそう、名妓カリュプソーの館には七年間の流連(いつづ)けだよ」

「お前、もうやめたら、聞いててほんとに疲れた。嘘じゃない、おれたちを助けると思って」

いっても仕方がないが、ルキウスは一応いってみた。ふと見ると、向かい側の面々は勝手に内輪だけの話をしているようで、蔦の花冠のあみだの男が「だから断わったんだ」というのが聞こえた。

「しかし、いいたいのはね、真実の、何と味気なく貧相なことか、ってことなんだ。しかも、薄っぺら。となれば、分かるだろ、詩人の責務はムーサたちのご機嫌を損ねないように、たくさんの真実に似た虚偽を話してもらう、これが詩人に課せられた責務なんだ。だからだよ、詩人は最初に詩歌の女神たちに呼びかけ、崇敬の念と共

に、わたしは僕ってな感じでへりくだって、ゆめ真実なんぞを語りませぬように、と祈念する。ここに詩人または詩の本質があるんだね。同時に、かの偉大なるプラトンが詩人排斥運動の先頭に立った所以でもある」

「そんなわけで、真実を詩で語ろうとすれば、虚偽になるのはそのせいだ。そもそもムーサたちはその本性からしてたくさんの美しい虚偽を語るからさ。ということは、いいかい、虚偽を詩で語ろうとすれば、詩歌の女神たちは逆にそれを真実にしてしまう。要するに、おいおい、ここ重要だよ。そのことを語るためにムーサの女神たちにご登場願ったんだ。要するにだ、詩歌文学に詠われる誠の愛は、女神たちがすり替えた美しい虚偽の愛だってこと。詩歌の中では、偽りの愛が誠の装い。愛は偽りの装いといってもいい。読み人はそんな愛を学習して勘違いするわけだね」

　ここでデクタダスは周りの反応を見た。詩歌論を披露するのは今年になって初めてなのだが、久々にしてはうまい機知でまとまったと思っている。しかも、さっきのカトゥルスの詩などを併せ読んで考えれば、恋愛論としても極めて含蓄に富む。デクタダスは、さっき一本取られたウィリウスに対しても、面目を施した気分にもなった。

　一方、よくもまあ次から次へといいたい放題が続くものだ、と誰よりも先にあきれていたマントゥワの隠れ詩人は、遺産目当てであったとはいえ、とんだ宴席に迷い込んでしまったと大後悔している。ローマの連中は人を疲れさせるためにのみ駄弁を弄するという話は本当であったのだ。しかも、寝つきをよくするための饒舌（じょうぜつ）だと平気でいう人もいるから恐れ入ってしまう。ローマに来たからにはローマの人に従うしかないが、何たる支離滅裂、これこそまさしく人の言語の乱用だろう。いや、むしろ悪用だ。それにしても気持ちが萎える、と隠れ詩人は虚脱の深い溜息をつく。どれだけ詩人のことが分かっているのか。人の行いの美しさ、そして正しさ、それを知らずに詩人といえるのだろうか。正しく美しくあれば、それは神々に通じる道だから、詩は真実になる。神々の道から離れて真実など存在しない。

　若くはあっても老成したこの隠れ詩人は、感性が豊か過ぎるせいだろうか、思ったことをあまり口には出さない。そのせいでよく不機嫌になる。しかも、今は気持ちがすっかり萎えてしまったから、金輪際、詩人なんかにはならないと決意してしまった。

そんな時、

「やれやれ、もうそれくらいにしたら。というより、もう続かんだろう」と、ルキウスは迂闊にも誘いをかけるようにいってしまった。となると、

「いや、いいたいことは」と、首の筋をほぐしつつ、さっそくデクタダスは誘いに乗る。

「何だよ、まだあるのか」

「今の詩歌論は別として、そもそも恋のなんたるかだよ。最初、その話をしていたじゃないか。だから、話を本筋に戻す。そこで、ちょっと唐突だが、『エピクーロスの倫理学説摘要』に、『知者は恋に陥らぬ』とある」といい放って、一同を眺め渡した。

「またか、きみまたやるのか。もう拷問だ」

　ウィリウスが泣き声みたいな声を上げた。

「そうだね、もう恋とか愛とかの話はいいんじゃないか。もう堪能しただろ」

　温厚なマキシムスさえもが、もうたくさん、という感情を露骨に出していった。露骨なのは声だけではない、その仕草にしても露骨であった。マキシムスは頭をぐらぐらさせて首を伸ばすと、わざとと分かる欠伸(あくび)をした。そして、これ見よがしの瞑目、緩んだ目蓋(まぶた)が垂れ落ちるさまを見せつけたのである。

　ここに至って、さしものクウィントス老人もマキシムスの提案に反対しない。実体と実例の件がすかされてばかりだからではなく、今となっては、恋も何も、わけが分からなくなってしまったからである。朝からの昼寝を済ませたばかりなので、眠くはならない。しかし、話の筋道がたどれないので、今は昼寝の時に見た夢を思い出そうとしている。謎めいた心の騒ぐ夢であった。死んだ女の夢だとしたら、自分も夢の中では死んでいたのだ。

名前が口から出そうになる。面影が眼に浮かんで、もしもその名前を呼んでしまえば、夢の中と同じように自分は死んでいることになるのだろう、クウィントス老人は頭を混乱させてしまっている。

「いやいや、錆(さび)ついてはいるがエピクーロス派の鉄の掟ですよ。クウィントス翁のお気に添わないかもしれないが、当流格別の沙汰、これ、俗受けはいいんだ。まあ、ご謹聴いただこうか、損しないから。じゃあ、まず手始めにルクレティウスにご登場願おう」

「ええっ、どこの誰だ。そんなやつ、会ったこともない。来るのか、ここへ」

向かい側で、蔦の花冠の男が声を上げた。すると、隣の石像の男が左を下にした体を転がし、花冠の男のほうに真正面の顔を向ける。理由は分からない。この男は考えていることが分からない。その隣の隠れ詩人は思っていることを話さないし、デキムス青年はデクタダスならこんなものだと知っているから黙っている。これでは逸るデクタダスを抑えることには全くならない。

「いいかな、そのルクレティウスに、

　愛をさける人はウェヌスの楽しみを失わないで
かえって苦痛もなくその利益だけを受け取る。
なぜならその悦びは恋に悩む人よりも恋をしていない人にとって
より純粋なのだから。

とある。愛を避けよ、恋をするな、ってことだね。というのは、『愛においてはウェヌスは像で恋人を欺き、／その体を眼の前に見ながら思いを叶えることができない』というんだ。ま、これじゃあ分からんだろう。ここでいってる像、つまり映像エイドロンというのは、『人間の顔と美しい色香』から発し、想いと同じ速さで眼から脳裏へ流れ込み、そこに刻印を残す、まあ心に残る面影のようなものと思ってもらっていいが、それはウェヌスの欺きだってわけでね、ちょうど、夢の中で渇きを覚えて水を求め、水を飲んだところで渇きが癒えないのと同じように、愛においては、面影をいくら追ってもその身の渇きは癒えないというのさ」

わが意を得たりということか、瞑目から突如醒めたマキシムスが強引に話を引き取る。

「ほほう、いい話だね、やっといい話を聞いた気がする。よくは分からないが、愛を避け、恋をするなはいい。実際、役に立つ男はそうでないと。なるほど、いい話だ」

力強くいい放つと、マキシムスは晴れ晴れとした顔をした。この人らしい、人徳が窺い知れる顔である。しかし、役に立つ男は、といったその顔を、そのままクウィントス老人に向けたものだから、老人は見る間にまごついたような顔になる。マキシムスのことだから、悪意などなくいったのだろうが、当て擦りには十分であった。マキシムスは老人のまごつき振りを見て、だから、こんな話は苦手なんだ、と急に表情を曇らせてしまう。

しかし、その老人だが、まごつきながらも口をすぼめて眉根を寄せた。それはまさしくものを考え出したということである。そして、一念、こう思った。さっきの昼寝の夢で見た忘れた女の面影がウェヌスの欺きであったのなら、恋をするなという夢のお告げに違いない。とすれば、

「そうなのか、恋をしたらいかんのか」

そういって、老人は隣のキンナをすがるように見る。見るだけではなく、手を伸ばしてキンナの寛衣の袖を引いた。

ここでまたキンナが話を始めたら元も子もない。デクタダスにすれば、エピクーロス派の鉄の掟と謳って始めた話なのである。はからずも、マキシムスからは心底からの賛同を得た。となれば、ここで引いてはならんと、デクタダスはキンナを差し置きさらに頑張る。

「そうだね、役立つ男はね。だから、もう一度いうよ、夢の中では、水の像しか飲めないように、愛もまた夢想の中で追う像なんだよ。いくら水の像を飲み干しても、心の中の渇きは癒えない。それどころか、むしろ渇きは増して、心を病ませる。愛も同じさ。だから、『その像を避けるべきである。そして愛を／養うものを遠ざけ、

他のことに心を向けかえ』となる。他のこと、というのは、純粋なウェヌスの悦び、つまりね、念の入った化粧で誰にでもそのウェヌスの悦びを与えてくれる女たちのほうへ心を向けかえよ、ということだ。役に立つ男は、健全な生を営むからだ」

「はっ、そんなことか。何だ、鉄の掟なんていうんだもの」

デキムス青年の声である。

「ぼくは分かりますよ、あなたが何をいいたいか。恋に悩み苦しむ前に、売り物の女たち相手に、手っ取り早く発散させておしまいなさいってことなんだ。笑っちゃうね、そんなこと教えてもらわなくても、千年前からみんなやってる。それに、わがローマの初等教育がちゃんと子供たちに教えてもいるんだ。あの『イーリアス』の初っ端ですよ、アキレウスは総大将アガメムノーンに愛人ブリュセーエスを取り上げられる。しかし、そのアキレウスは、奪われた愛人を恋い慕い半病人になりましたか。青ざめて果てたんですかね。代わりの女、レスボスの頬美しいディオメーデーと懇にやっているじゃないですか。どうなんです、子供だって知っているわ」

このあたりで、デキムス青年はキンナのほうに向き直っている。もちろんキンナは狼狽気味で、穴から顔だけ出しているみたいだ。

「でしょう、考え直した総大将が取り上げた女を返してやろうといったのに、アキレウスはその申し出を撥ね付けたりもするじゃないですか。いいですか、英雄アキレウスは女なんかに未練はないんだ、代わりの女がいるんだ、それで発散するんだ。しかしです、総大将に、おのれの女を横取りされたという屈辱は消すに消せない。消せないどころか、むしろ火焔となって魂を灼き、アキレウスは屈辱感で火の玉になる。そりゃあ、母親に泣き付いたりはしますよ。母親、女神なんだもの。でも、そうでしょ、アキレウスにすれば、ブリュセーエスなんか分捕り品だ、どうでもいいんだ、男の名誉が汚されたことが問題なんだ。違いますか、女への愛慕など発散すれば収まるけど、男の名誉となるとそうはいかない、これがローマの男の行動原理ですよ。生意気をいうようですが、ほんとだもの。ローマの初等教育の成果なんだ」

「はは、きみは末頼もしいや。反論しないよ、面倒だから。ただ、話が、おれが意図した方向と違うほうへ向かいそうだ。おれの話にも方向性がある時があるよ」

　これはデクタダスの遺憾の表明だが、デキムス青年は自分の話に弾みを付けてしまっているからこの程度の表明では無論退かない。

「じゃあ、いってあげましょうか、いいたかったことがあるんだ。以前、ぼくはね、エピクーロス派のシロン師の講演を聞いたことがあるんですよ。二回聞いた。だからはっきり覚えている。シロン師はね、性愛は人を益することがない、避けるべきだとはっきりいいましたよ。それこそエピクーロス派が拠って立つ基本中の基本なのだと。ぼくはね、それを聞いてエピクーロス派を避けたんだ。そんな基本、困るじゃないですか、ぼくの歳考えてくださいよ。なのに、今聞けば、ルクレティウスは性愛を勧めている、おかしいや。やっぱり、エピクーロス派の人たちはいい加減だな」

「いや、そうじゃないよ」と割り込んだのはルキウスである。デキムスの棘（とげ）のあるいい方に思わず反応してしまった。ルキウスはやはりこの青年が好きになれない。

「そんな身も蓋もない話し方をするものじゃない。あれは苦しい恋の始まりの話だ、恋に落ち傷つき病んだ男への慰藉（いしゃ）といってもいい。心に留めるべきは、むしろ夢の中の像、夢の中の渇きへの、しみじみとした共感だ。そこに立ってこそ分かる話だ。さっきのクウィントス翁の話じゃないが、きみみたいにもっぱら発散ばかりしている若者の心には響かないだろう。だってきみ、きみの顔はすべすべだ。ゆで卵みたいだ。夕方近くなってくると、男の顔には髭が浮いて翳りを帯びるものだ」

　ルキウスはなぜここで髭の話をしたのか分からない。ただ、すべすべしたデキムスの顔が急に生意気に思えた。一方、青年はルキウスの話の意図を測りかねている。黙り込みはしたものの、分からんことをいう人だと思っている。

ところで、ルカーニアのウィリウスだが、ルキウスの話を聞いたあと、誰にともない薄ら寒い笑みを浮かべた。誰も気付かなかったが、ウィリウスはふっと息を抜いてから、眼を閉じ、何かを唱えるように唇だけを動かしている。そして、ルキウスに向かい静かに話し始めた。

「そうだね、あんたの話よく分かる。確かにそうだ。ルクレティウスが愛を養うものを遠ざけよと詠ったのには、愛に苦悩し傷ついた男への共感があるに違いない。それに、慰藉とはうまくいったと思うよ。で、どうだろうか、さっきの像の話に戻るけど、ちょっと胸に突き刺さった。

というのは、このまえのデマラトスの宴席でさ、覚えているかな、おれ、キュテーリスの話をした。あのミモス劇の大女優。おれね、興行師を始めてもう何年にもなるが、ミモス劇の組合とは縁が薄いものでね、キュテーリスは、おれにとっては遠い憧れの女なんだよ」

当然のことだが、いくら自分の話に同意されても、ここでキュテーリスを持ち出されては鼓動の乱れだけでは済まなくなる。ここは黙殺するしかないのである。

「ふふ、おれ酔ったのかな、憧れの女なんて、自分の口から出た言葉かねえ。しかし、ルキウス、あんたの話よく分かる、愛に傷つき病んだ男、恥ずべき男、しかし分かる。というのは、随分前の話だが、多分、キュテーリスがまだ駆け出しの頃だったと思う、競技場脇の小屋掛け芝居でキュテーリスを初めて見た。ヘクトールとアンドロマケーの別れを演った。ミモス劇だからね、下劣なものさ。しかし、討ち死にしたヘクトールを悼むアンドロマケーを、これ、キュテーリスが演ったのだが、まあ、いいたいのはこうだ、トロイアが陥落したあと、アカイア兵が押し寄せてアンドロマケーを捕らえるよね、雑兵が寄ってたかって凌辱(りょうじょく)し辱める。前からも後ろからも。それがね、どういおうか、ああ、うまくいえない。つまりね、あの時はみんな息を呑んだ。群がる男たちが、その、あれだ、そこはまあ、勝手に想像してくれ」

「おいおい、そこで想像してくれ、はないだろう」

「そうか、でも、うまくいえないな。いくら何でも、そりゃいえんわ。つまりね、男たちから辱めを受けながらもキューテーリスは暴れない、むろん声も出さない、でもそれが聞こえるんだ。飛べない小鳥の泣く声が小屋の空気に沁みわたって……ああ、何てつまらん比喩だ。しかし、あの眼、虚ろに宙を見た眼は死んだヘクトールの面影を映して、どういったらいいのか、あの時のキューテーリスの美しさ」

「失礼だが、そういう嘆息、見苦しい」

「見苦しいって、あんた、兵隊ごっこばかりしておったからじゃよ。あ、まあ怒るな、あんたのおかげでローマは安泰」

「いや、おっしゃること、分かりますよ、確かに見苦しい。しかし、例えばですがね、太陽をじかに見てしまえば、その光芒が眼に傷痕を残します。あとは何を見てもその傷痕が景色に重なりますわ。そんな感じですかなあ。わたしね、キューテーリスの美しさに傷痕を残された気がする、なんていったらますます見苦しいでしょうが、半分、酔っ払いですから。でないと、こんな話しませんよ。ただね、キューテーリスは演技ではない演技をしました。本当のアンドロマケーになった。衝撃でした。あんなこと、型破りなミモス劇だからできたのでしょうが、どういおうか、初めてだった、小屋の空気が凍りつくのが分かりました。あまりの美しさに、すぐ上演禁止になりましたよ」

　マキシムスは篤実な人柄ではあるが、ウィリウスが押し付けようとする感動を受け留める気はなかったようだ。ぷい、と眼を逸らせると、恐い顔を老人に向け、眼が合った老人をたちまちにして怯えさせる。そこで、デクタダスが代わって率直な意見を述べた。

「あんたねえ、苦労している割に、いいたいことが伝わってないよ。もうキューテーリスの話はいいわ」

「でも、珍しいこと聞かせてもらったな。ミモス劇で小屋の空気が凍りつくんだ。人にいってもいいのかな」

　おちょくるような若者の声は当然無視する。ウィリウスはデクタダスに顔を向けた。ルキウスが眼を逸らすからである。

「そうか。でもおれは、ルクレティウスのいう像というやつに、やっぱり傷ついたんだと思う。そのことがいいたかった。辱められるキュテーリスの、壊れる女のあの美しさ。あの時の、あの顔、あの姿、眼に焼き付いたよ。うまくいえないが、傷痕が疼くみたいに心が疼いた、十日やそこらは微熱にうなされ、食は細る、眠りは忘れる、恥ずかしながら雲を見ても山を見ても、何を見てもキュテーリスの像が浮かんだ。ほんとだ、さっきもいったことだが、太陽に灼かれた眼に、光芒の残像が残って、何を見ても光の像が重なる、そんな感じ。頬に風を感じたらキュテーリスの息に触れた心地にもなった」

「深刻だねえ。そりゃあ壊れる女を地でやられたら、観てるほうは立ち直れない。そんな男を見てるほうは笑うかもな。しかし、キュテーリスってさ、時々意表を突く女優だがね、女優は女優だよ。見せ方を訓練してるよ。しかし、もうキュテーリスの話はいいわ」

「おい、キュテーリスの噂だが、最近聞かん、どうしておるのか。おれも二度か三度、キュテーリスの芝居を観た。どうということもない」

　不意の早口で、蔦の花冠の男がいった。いったというより、いい放った。そのせいか、隣にいて、胸やけ気味の隠れ詩人はさも不機嫌そうに顔を背ける。

「それだよ、デクタダス、今きみがいった、見せ方、だよ。キュテーリスは見せ方を工夫して、ひと続きの像を送った。これ、技、だよね。それとも、ウェヌスの送るアーテーか、エロースが射った矢だったのか。まあ、おれはどっちでもいいんだ。キュテーリスから発したものなら」

　といわれると、キンナはもちろん唇を尖らす。そこを曖昧にするからよくないのだ。眼隠しなどしたいたずら小僧エロースなんかの気紛れであってはならないのだ。

「ただね、もしもあの時、キュテーリスが愛を演じたとしたなら、愛の至極は歓びではない。大袈裟にいうつもりはないが、キュテーリスのアンドロマケーさ、あれミモス劇だろ、舞台の男たちがどれほど卑猥な行為に及んだか、想像つくよね。しかし、そんな中で、壊れる女アンドロマケーは、亡き夫への想いにすがり、悲しみに胸が破れるほどの苦悶の仕草で髪の毛を乱すと、光を求めるように顔を上げた。するとね、紛れもないその表情にうっとりと陶酔が浮かんでいたんだ。ほんと、溺れるような恍惚が、あの場で女の顔に表われた。衝撃なんてものじゃなかった……愛の至極を見た気がした」

「まあね、見苦しい、というお叱りは甘んじて受けるよ、でも、いったろ、半分酔っ払いついでにいっちゃおう。実はあのあと、いろいろバカをしてね、そりゃあ、今ひと度の、って願うじゃないか。突然、上演禁止ときたんだから。おれね、キュテーリスの旅巡業を追っかけていった。まだ駆け出しの頃だったからだろうね、あのキュテーリスも大道芸人たちに交じって旅巡業に出たのさ。あれはアンコーナの祝祭日の興行だった、おれ、キュテーリスを追って、はるばるフラミヌスの街道を旅した。丸三日独り旅するうちに、なぜか自分で自分がかわいそうになって、アンコーナに着いてから、ひとりアドリアの海の岸辺を歩いた。夜明け前の海でね、眠り込んだ海鳥が驚いて舞い立つ中を、暗い波音だけを聞きつつあてもなく歩いた。そして海の夜明けを見たよ。はるか遠くで、それとない朝焼けの光が、夜の海の闇に溶け入り、幽かな茜が闇を染めて、『暗く波打つ潮の中に、高鳴る潮の響きの中に、世界の息があまねく通う万有の中に、溺れ、沈んで、われを忘れる、この無上のよろこび』」

マキシムスはここにきて、長い一日が終わりようやく床に就いた時のようなながい溜息をついた。しかし、デキムス青年は違う。

「てへ、酔いが覚めたら恥ずかしくなるような話だ」とつぶやく。

「きみ、聞いていたのか、きみを飛ばして話していたつもりだったが。いいたいことは、そうだな、愛の苦悶と陶酔に境目はない。あの日、夜明け前の海岸でね、そんな気がした。自分でも不思議だが、逢えない苦しみに甘え、焦がれる想いに脂汗を浮かべて、それでも不思議な、死をよろこび迎えるような陶酔があった……」

「何だろ、ぼく、自分が辱めを受けているような気がしてきた。顔が火照るわ、恥ずかしくて」

「いいよ、きみには分からん。ただ、いっておくが、いいかい、ああいう時、きみの得意な発散のほうには向かわないものだよ。それはむしろ逆なんだ。苦悩の陶酔を知る男は、そんなお手軽な気分にはとうていなれない。のべつ幕なし、相手かまわず、気が向くままに発散しまくるきみなどには、いつまで経っても分からないよ。だってきみ、顔がつるつるだろ、つるつるじゃあ無理だな」

ウィリウスは、こういってデキムス青年の顔を紅潮させると、

「だから、なあルキウス」と改めてルキウスに声をかけた。

「あんたのいう通りだ。愛を避けよ、というルクレティウスには、愛に病んだ男へのしみじみとした共感がある、慰藉がある。あっけらかんと発散を促しているわけではないんだ……でもね、いうのもつらいが、何年か経つうちに、それが、いつの間にかちんまりと収まりがついている。残酷だねえ、時間は。何かこう、風が立つごとに、さらさらさらわれていったみたいな、そんな感じだなあ。思い出さえ奪い去られて……残酷だよ」

自嘲を含んではいても、感情の機微に触れた話だからデクタダスは萎えている、あるいは、あきれている。デキムス青年も心中穏やかではないものの、「残酷だねえ、時間は」の部分だけはいいように理解して納得していた。キンナは無論、このあたりのことには通じているが、まだ神話の心をひきずっているから、ウェヌス、すなわちアプロディテが送るアーテーだなと決めてかかって譲る気はない。

ただ、ルキウスだけがキュテーリスのアンドロマケーをうつつに見る気がしている。サッフォーを詠って舞ったあの時のあの姿のままに。

そう、その通りだとルキウスは思う。夢の中の女の像は現実の中に映し込まれる。遠ざかるにつれ、その像は世界そのものに沁み入り、ルキウスも見るものすべてがキュテーリスの面影そのままに見えることがあった。何気ない日々に、見えるともない面影のせいで、感情だけが極端な喜びから極端な悲しみへ揺れ動いた。陽が落ちただけで涙ぐんだり、滾々と湧き出る泉を見ただけで胸をときめかせる自分のことを、何も不思議とは思わない時期が確かにあった。もちろん、ほかの女に魅かれることもなく、またその気にもなれず、ユーニアとも寝室を別けたくらいだ。若くはなかった、三十をとうに超えて子供がふたり、それなのにあの狂熱。苦笑いしてふっ切

るまでは、日常を生きてはいない、浅い夢見にうなされた日々であった。しかし今、その狂熱はあっけなく去り、映し込まれたその像も容易には呼び戻せない。そのことが、ぽつんとたたずむ寂しさに似ている。

今はみんなが黙り込んでいる。多くはデクタダスの冗漫な話の聞き疲れであろう。

ところが、そのデクタダスが、

「えーとさあ、アンドロマケーだがね、あれはいい女だよ。一夫多妻制を容認しているようだ」と、いきなり剽軽な声を上げる。どうやら、塞ぎ込んだルキウスの様子に何かを感じたようだ。その剽軽さがわざとらしい。

「いわずと知れたエウリピデスの『アンドロマケ』さ」

「おい、またエウリピデスか。もういいよ」

ルキウスは飽き飽きしたとばかりに不満の声を返した。追憶の夢見心地でいたところ、がさつな足で踏み込まれ追い立てられる気がしたからだ。

「まあまあ、ご不満の向きがあろうかとは思うが、ほかのギリシャの悲劇詩人たちはこっちの方面には案外関心が薄いんだよ。出を催促しても仕方ないだろ。で、話というのは、ついこの間のことだがね、アエミリウスの回廊でさ、おれ、しゃがんで靴の紐を結んでいたら、頭の上で、『エウリピデスはアンドロマケーに人類の希望を託した』、なんて声が聞こえたんだ。おれね、思わず呟き込んでしまったんだが、おいおい、いい話だから聞いたほうが得だよ。おれね、咳き込みつつも立ち上がって声の主を追ったのさ。追ったはいいが、『何だっ』の一声で追い払われた。こっそり後ろに付いていったせいかな、スリと間違えられたんだね。で、話はここで頓挫するんだが、人類の希望ってのが気になってね、あのあといろいろ考えたんだ。本も読んだ。で、話というのは、あのアンドロマケーだが、雑兵たちから辱めを受けたあと、戦さの分捕り品として、ネオプトレモスの妾にされるね。ところがこの大将、案外アンドロマケーのことが気に入ってさ、子供を産ませちゃう。それを正妻のヘルミネオってのが妬いてさ、結局、アンドロマケーはその子供と一緒に殺されるんだが、その前にね、嫉妬に身を灼くヘルミネオに向かって、堂々と渡り合うアンドロマケーの長台詞があるんだ。すごいよ、『夫の心を喜ばすのは女の器量ではありません、それは女のさまざまな美徳なのですよ』と正妻を前にぴしゃりとやるのさ。ところが、このヘルミネオってのがあのヘレネーの娘だから、尋常じゃない。さっきいったように、嫉妬のあまり、母子ともども殺害に及ぼうとする。しかし、アンドロマケーも引かないね、わたしを殺すことで、『女というものは閨の欲望にきりがない、という汚名を女全体に着せることになってしまいましょう』といって押し返す「そして、嫌味っぽいひと言、アンドロマケーは亡き夫ヘクトールを偲びつつ、こういうんだ。

ねえ、いとしいヘクトル、わたしはあなたが色恋の間違いをなさったとき、あなたのためにむしろお浮気を手伝ってあげたくらいだったし、あなたに不快な思いをさせないようにと、あなたが他の女に生ませた子供に、わたしの乳房を与えたことも一度や二度ではありませんでしたね。

どうだい、感謝したいくらいいい女だろ。貞女ペネロペイアみたいにさ、『その淑徳の誉れは永遠に』、なんて操(みさお)堅固を見せつけられると亭主にとって気が重いけど、アンドロマケーはありがたいねえ。まさしく人類の希望だ。実はね、そう思う人は多いらしくて、おれが読んだ本のひとつに、アンドロマケーを祀る社殿がどことどこにあるか書いてあるのがあった。それがなぜローマにはないのかも説明がしてあって、ローマ人は滅法背が低いからだというんだ。始終女を見上げていると肩が凝る、顎がしゃくれる、だからだって。そうそう、そのローマで思い出したが、あのカエサルの愛人セルウィリアもありがたいよ。カエサルを喜ばすため、自分の娘を捧げたって噂がある。歳が若けりゃいい女なのに、あの堅物のブルートゥスを産んでしまうとは何の因果か。ところで、おれは今、何の話をしてるんだっけ。今日はメディアにパイドラにアンドロマケーだろ、さすがのおれも、女三人に囲まれりゃあ混乱もするわ」

「もうやれやれだ、混乱なんて自分でいうかな。自分が混乱の大本じゃないか。人類の希望が聞いて呆れる」

険しい声でウィリウスがいった。ウィリウスにすれば、言葉足らずではあれ、熱く語ったキュテーリスのアンドロマケーが、このデクタダスがいう、一夫多妻主義者のいい女、に泥を塗られた気がしたのだ。

「一体、誰の許しを得たか知らんが、きみが勝手に話し出して、おれたちを混乱させているんだ。頭くらくらしてきた。あのね、カリマコスに『舌を抑制できぬ者には、博識は難儀な災い／まことに、子供が切物を持つようなものだ』とあるが、これね、暗に、というより、あからさまにきみのことだよ。ほんと、きみのようにね、鼻が小さい男はおしゃべりなんだ。最初見た時、すぐに分かった」

このウィリウスの嫌味にはさすがのデクタダスも傷ついたようだ。鼻が小さいといわれたからというより、宴席での談論をおしゃべりときっぱりいわれてしまったからである。

「きみはね、一夫多妻制を推奨したいようだ」

マキシムスの言葉にすぐ立ち直ったデクタダスは、

「そうか、そんな議論を展開したのか、まあいいや。しかしね、一夫一婦制って、どんな根拠があるの。だって、全然守ってないじゃないか」と返す。

もちろんそれは図星だから、誰も返答ができない。ルキウスにしても内心忸怩たる思いである。

「一夫一婦制の起源を教えようか」

「いや、いい、いいよ」

「ぼくもいいです」

「ほんと、勘弁してくれえ」

「事は、ローマ建国の時代にさかのぼる。初代ロムルス王は、女ひでりがつづいた未婚の家臣たちのために、サビニ人の若い女たちを六百人ばかり略奪した。そして、ひとりずつ家臣たちに分け与え、自分もヘルシリアひとりを娶った。そうそう、このヘルシリアだけは人妻だったという説がある。配り終わって気がついたら、残っていたのが人妻だったというわけさ。王の心中、察するに余りあるね。それはそうと、以後、二百数十年、ローマでは一夫一婦制が固く守られ、カルウィリスが不妊の妻を離別するまで、ローマの男はひとりの妻を後生大事に扱った。知る人は、知っての通りだ。しかし、これね、もしロムルスが、千二百人のサビニ人の女たちを略奪していたら、どうなのかね。ひとりずつ分配してると、半分余る。余れば困るから、ふたりずつ配る。そうなれば、今頃ローマは一夫二婦制だよ。別に不思議じゃない。昔、ギリシャではそれが許された時期があったんだ。だって、ソクラテスにはかみさんがふたりいたじゃないか。クサンチッペとミュルト、ミュルトは若いよ。ソクラテスが刑死する前、面会に来たクサンチッペが抱いていた赤子は、多分ミュルトに産ませた子供さ。クサンチッペは偉いね、ふたり目の妻を受け入れているよ」

「次から次へとよくもそんなに駄弁が続くねえ。聞いた話だが、ストア派のゼノンは酒宴の間中、ずっと口を閉ざしていることができた人だ。さすが偉い人だと思っていたが、あんたには負けるわ。あんたに会っちゃあゼノンも形無し、おれはもうあんたの弟子になるわ」

もちろん、これも嫌味である。しかし、デクタダスは気にも留めず相手になる。

「駄弁かなあ。じゃあ、駄弁ついでにもっと昔の話をすると、アテナイでも最初の王ケクロプスがひとりの男とひとりの女の結びつきを思い付き、それを臣民に押し付けたものだから、災いが後世に及んだぜ。だってそうだろ、実質、守れやしないくせに制度だけつくった。野蛮な時代の人たちだから仕方がないが、そもそも賢者たち、その筆頭をプラトンとしておくが、その賢者たちが思い描く理想国では女は共有だよ。逆にいえば、男も共有、つまり、多夫多妻制さ。プラトン以外にも、今出たストア派の開祖ゼノン然り、シノペのディオゲネス然り、そうそうクリュシッポスも女の共有説を採った。これを、弟子集めのためだとか、選挙目当だとか、お調子合わせの迎合だとか、いろいろいう人はいるよ。しかし大間違いだ、人類社会の理想的結合はそうあるべきなんだ。例えば、おおよそプラトンはこういう考えだよ、『万人が万物を共有し、これによって生活すべきであり、万人に共同かつ平等の生活を与えたい』なんてね。ということは『女は共有ですから誰とでも寝られるし、好きな人の子を産むんです』となる」

「あれれ、ちょっと待てよ、それアリストパネスじゃないの。ひどいな、せっかく弟子になったのに。それ、ふざけた喜劇の台詞じゃないか。何がプラトンだ、びっくりしたわ」

「いや、おれは真面目にすり替えた。プラトンを迂闊に出せば国制にまで及んでしまう。勢い、哲学者に政治をさせろ、って無茶を平気でいいそうだ。そうなりゃ宴会向きとはならんだろう。それにほら、『国事不関与』を説くエピクーロスを奉じるおれだよ、政治への介入は避けざるを得んのだ。だからご遠慮願ったが、正直、あまり違いはない。いや、あるなあ、ある。プラトンはね『いちばん優秀な男子は、いちばん優秀な女子とできるかぎりしげくちぎりを交わし、いちばん劣った男子はいちばん劣った女子と、反対にできるかぎり少なくそうせねばならない。また、前者から出生した子供は養育するが、後者からのは養育しないことにしなければならない』といって、時代のせいかねえ、厳しい優生保護主義に立つんだが、アリストパネスは不美人保護主義に立つんだ。というのは、ふつう男は美人に近づくだろ、しかし、アリストパネスの下での法制度は、『醜女や獅子鼻の女が美人のそばに待っています。それで美人を求める者は、まず醜女を抱かねばなりません』となっていて、越すに越されぬ障壁が設けられる。まあ、絶対的博愛主義といってもいいが、そんな博愛主義にもやはり落ち度はあるんだ。若者などからは『若い娘と寝たいもの。／鼻低女や大年増／先に抱けとは無理なこと』と嘆きが絶えない」

「きみねえ、賢人たちの名を騙って、よくも平気でそんな不謹慎がいえるね。ぼくはもう耳を塞ぎたいが、いいかい」

さすがのキンナもこのように持て余し気味である。

「騙っちゃいないよ、ほんとのことだよ。今の話に少しでも嘘があるか、多少の歪曲くらいはあるにしても。しかしね、あと千年、二千年も経ってみろ、それら賢人たちの理想国家は実現しているはずだ。だって、キンナねえ、このローマの風俗の紊乱を眺めてみろよ、男女共有説の方向にずるずる動き出しているじゃないか。しかも、これは風俗の問題に留まらない、プラトンの優性保護説を地で行くような実例もある。ほかでもない、あのホルテンシウスさ。あの大弁論家だがね、かねてから敬愛する小カトーに向かって、あんたのかみさんを貸してくれ、と迫ったじゃないか。知ってるだろ、ホルテンシウスは、『優秀な人々が共通の後継者を得れば徳性を豊富にして多くの家族に行き渡らせ、国家そのものの内部も婚姻関係によって融合する』と貸し借りの効用を述べたそうだよ。なるほど、てな感じかな、小カトーは拒まなかった。かくして、小カトーの若いかみさんマルキアは優秀なふたりの夫を持っことになった。な、時代は動いているんだ。たいていのローマの人は気付いている、動かしている張本人だもの。でも、まあいいわ、キンナ先生の仰せだからね、話を元に戻すわ」

「いや、戻さんでええ、やめてええ」

老人は話に関心がないわけではない、むしろ聞いてみたい話なのだが、もうデクタダスの声を聞きたくないから声を上げた。しかし、クウィントス老人、疲れているから声にいつもの元気がない。それではデクタダスに効き目がない。

「さっきいった一夫二婦制だけど、もしロムルスがほんとにふたりずつ女を配っていたら、ローマ人は固くその制度を守ったと思う。ローマ人ってそういう民族だよ、父祖伝来にひれ伏すもの。そりゃあ、父祖たちを奉るのはいいが、その軽率を倣い伝えるとなれば、迂闊だったじゃ済まない。だって、ローマの男がなぜひとりの女と結婚するのか、それがロムルス以来、ローマの習慣だからだろう、ほかに理由があるのか。もちろん、理屈の後付けはできるよ、家系の存続、家内の安寧、血統正しい家産の相続、その他もろもろ。しかし、いくら理屈をこねても、どれひとつ一夫一婦制の必要性、また必然性を説明できない。そうだろ、みんな守らない制度のどこに、その必要性や必然性があるんだ。本気で守ったら損をすると、その本性が悟っているじゃないか。となれば、唯一考えられる合理的説明は、父祖伝来の習慣、これ以外にない」

「わたしには、きみが何をいいたいのか見当がつかない。きみは一体ローマをどうしたいの。きみねえ、時間は相対的なものなんだよ。おしゃべりによって時間は歪められる。おしゃべりな男には時間は速く進行するが、聞かされているほうには、時間が遅々として進まないものなのだよ。どうだい、そろそろ時間合わせをしようじゃないか」

マキシムスが顔を顰めていった。

「でも、デクタダスさんがいってること、ある部分本当ですよ。ローマでは婚姻は私的な契約で、公的なものとはいえない。ぼく、研究したから分かりますがね、公的な文書に残すのは嫁資契約くらいのものです。それ以外のことでは訴訟に持ち込めないいんだ。だって、公の権威でもって男と女を括り付けるなんて乱暴でしょ、相手選びが間違っていたらもう最後だ、救われないわ。だってそうでしょう、外れ籤を引かされた男は神々だって呪いますよ。公権力が婚姻関係に介入すると、どうなるか。ローマは呪いの言葉で充ち溢れ、やがては離婚させろの大暴動です。だからですよ、ローマでは夫のほうでも妻のほうでも、いやだ、と思えばすぐにでも離婚できる。公的な制度じゃないからですよ。いいですか、ぼくの研究の成果はこうです、結婚というのは、ローマ市民たる者の倫理的義務意識にのみ立脚していて、立派な市民たるべき男は、ひとりの相手との正当な婚姻において正統な子を産み、ほかでもない、ローマ市民社会の存続を確たるものにするという先祖伝来の義務意識にあるってことです。おもしろくなくても仕方がない、それがローマの男の立派な習慣なんだ。つまり、ローマでは、男は習慣でひとりの女と結婚しますが、それはそもそも、ひとりの男が立派な市民、つまり立派な男たちの中に交わり、血統正しい確固とした市民社会を構成するための便宜上の制度なんです」

ここで、独りデクタダスが大袈裟に嘆息してデキムス青年を喜ばす。

「なるほど、さすがきみらしい優れた研究の成果だ。とりわけ一夫一婦制という習慣に社会的義務意識を探り取ったところがいい。しかし、ロムルスの細君分配事案に関して言及すらなかったことは残念というほかないね。とはいえ、きみの研究の優れた点は、人間はその本性にはそぐわぬ習慣を義務意識から身につけて、自己矛盾に苦しみつつも市民社会の安定と発展に寄与しているってことを見極めた点だね。なるほど、結婚とはそういうものだ。実際、人間社会の隅々から呻吟（しんぎん）、嘆息、忍び泣きの声が日々聞こえてくるのは、きっとそのせいだろう。義務意識をしょい込んだ憂い顔の市民たちが日向（ひなた）を避けて漂うように生きているのも、やっぱりそのせいだともいえる。いい研究だ」

　どうせデクタダスのいうことだから真に受けることはないのである。しかし、デキムス青年は首を傾げて考え込んでしまった。そういわれればそうかも知れないと変に悟ったような気がする一方、自分の研究が未熟で間違っていたのだろうかという疑念と不信に捉われたからである。とにかく、デキムス青年は顔に疑念と不信を浮かべたまま、黙って首を傾げた。

「率直にいわせてもらうが、わたしは、どうもね、きみたちの話、聞いていてあまり愉快じゃない。市民、いや人間の倫理的義務というべきものをまるで粗末なものみたいに軽々にいじくるのは、どうだろう、はっきりいって不愉快とさえ思う。わたしはね、人間の倫理的義務というのは、人間社会が身を軋（きし）ませ磨き抜いた人知の輝きだと思っている。文化教養がそれではないと思っている。それに、わたしはひとりの男がひとりの女と生涯を共にするのはいい習慣だと思うよ、そこには共に培う何かがある。その、何か、ほど尊いものがあるだろうか」

　マキシムスがためらいがちだがマキシムスらしいことをいった。ある意味立派な考えだが、大方の会食者たちは細君に去られたマキシムスの境遇を知っているから、しんとなって顔を伏せる。

　しかし、事情を知らない蔦の花冠の男が向こう側から癇癖（かんぺき）の強い声を上げた。

「その通り、あんた、名前忘れたが、その通りだ」

　一体、マキシムスの話のどの部分がその通りなのか、花冠の男は説明を避けてとぼけている。どうやら、デクタダスの無駄話に辟易して、ここは一応マキシムスに加勢しておいただけなのだろう。

　もちろん、辟易している男ならほかにもいる。中でも、弟子を志願したウィリウスはどうやら我慢の限界らしい。

「さっきから、まるで話に乗れんよ。だってね、たかが結婚くらいのことで、父祖伝来だの、倫理的義務だの、難しいことを持ち出してさ、大袈裟に構える必要があるのか。わが身に置き換えて考えてみろよ、そっけないくらいのものじゃないか。朝、眼が覚めて、はっとして、次の瞬間、寝床から転げ落ちてる。『あ、今日もおれには女房がいる』ってね。これ、『測量士』ってとぼけた喜劇の一場面なんだが、実際、庶民のたくましい自己認識さ。それで結構丸く収まるんだ。一夫一婦制についても、なんでそんな風に考えるかなあ。いわしてもらうが、いつの時代にも世間には男と女が同じくらいの数だけいるわ。だったらふつう、双方ひとりずつで結婚するだろう。それが公平というものだ。それだけのことだ、簡単な話だ」

「バカだねえ、そんなこと、まったく理由にはならんだろう。数合わせじゃないんだ。自然の法は需要と供給に公平性も整合性も認めないよ。人間の場合は、富や権勢の増減に連動して男も女も偏在するんだ。だから、公平な分配事業が必要になる。一夫一婦制は苦慮のあげく行き着いた分配事業だ。いっておくが、物事の始原についてはもっと慎重に考えるべきだ。始原にこそ物事の本質があるんだ。ロムルスの細君分配事案がそれだ」

弟子入りしたウィリウスは調子に乗った師デクタダスに、とうとうバカ呼ばわりされてしまった。

「ところで、さっきのアンドロマケーに関してだが、実はあのトロイア戦争さ、あれ人類にとって大変な意味を持つものなんだ」

どこまで調子に乗る気か、枕を裏返したデクタダスは新弟子ウィリウスに向かって飽くことなくまた始める。ルキウスたちは慣れているが、遺産目当ての三人は初めてだからもう熱病にうなされたような眼つきでいる。

「あの戦争で、人類が一夫一婦制を採るか一夫多妻制を採るかが定まったといっていい。これは戦争という惨劇が生み出した文明史上稀に見る惨禍(さんか)の始まりといってもいい。そこで、もう一度さっきのヘルミネオにご登場いただくと」

「えー」と悲鳴に近い嘆き節を一節(ひとふし)詠ったのはクウィントス老人である。デクタダスは、何だっ、という顔を老人のほうに向けたが、向けた拍子に老人ががくりと頭を枕に落としたので、すぐさま話に戻った。
「さあそのヘルミネオというのは、勝者ギリシャの一夫一婦制の見解を代弁するよ。例えば、『まったくお前の愚かさ加減にも驚いたものですよ。自分の夫を殺した男の息子と枕を交わし、仇の子供を生むまでして平気なのだから』といって敗者アンドロマケー、つまり、一夫多妻主義を辱める。そのうえで、文明論を左右しかねない重要な見解を述べるんだ。『こんなふしだらを、わたしらのところへ持ち込むのはご免だよ。第一、ひとりの男がふたりの女の手綱をとるなどというのは穢わしいこと、恥ずかしくない家庭を築こうと思うものならば、ただ一つの閨を守ってゆくものです』。こういって、一夫一婦主義に基づく社会理念を唱え、その理念を盾に取ってアンドロマケー母子の殺害に至るわけだ。トロイアの炎上が持つ隠れた意味とはこのことさ。悲劇の中から立ち上がったギリシャは、もはや一つの家に複数の妻を入れることはない。かくして、トロイアの滅亡と共に一夫多妻制は滅び、人類は一夫一婦制を強制されることになった。しかし、こんな大事なことが武力によって決定されたということは、人類にとって不幸としかいいようがない。

おやおや、何だいみんな、気に入らないな。これ、突飛な説じゃないよ、気付いている人はとっくに気付いている。だって、ギリシャの総大将アガメムノーンはトロイアを落としたあと、王女カッサンドラを分捕り品として連れ帰るだろ。それを黙って見ておれなかったのが正妻のクリュタイムネストラさ。何人もの妻を家に入れるような異国の悪習に、この王家が染まってたまるかってんで、王女も総大将も殺してしまったじゃないか。ほんとだよ、世間の人たちは、クリュタイムネストラには情夫がいたから、だなんて一方的なことを信じ込まされているが、情夫をつくったのは、夫アガメムノーンが、自分が腹を痛めて産んだ娘を生贄にしてしまったり、ふたり目の妻、神がかりのカッサンドラを家に入れたりしたからだよ。このこと、クリュタイムネストラはしっかり弁明している。『あの人は、神がかりの気違い娘をつれてかえってきたのだわ。だから、わたしたちは同じ家で暮らすふたりの嫁ということになったのよ……亭主があやまちをして、家内を除けものにするとしたら、妻も夫の真似をしたくなり、別のいい人を持つようになる』とね。つまり、ひとつの家庭にひとりの嫁という社会秩序を破ったがために総大将は殺されるわけだ。つまらん女の嫉妬じゃないんだ。根幹に、家庭、すなわち一夫一婦制に基づく社会秩序の問題が絡んでいるんだ。だから、文明史的には重要な、同時に不幸な転換点なんだよ。

　あれれ、ますます信用してないな。いいかい、さっき話したオデュッセウスの遍歴を思い出してみろよ。地中海を股にかけての女遍歴のあと、すごすごと操堅固な女房ペネロペイアの許へ帰って行く。その尾羽うち枯らした姿こそギリシャ・ローマ文明の悲劇的端緒を象徴するといわざるを得んだろ。ホメーロスなんかの大言壮語に誤魔化されちゃ駄目なんだよ……あのねえ、おそろいでそんな顔することはないだろ。視野の狭い人たちだ。だったらいうがね、トロイアの老王プリアモスにはざっと百人を超える子供がいたそうじゃないか。トロイア戦が始まった頃でも、まだ半分の五十は生きてた。そのうち正妻へカベーの子供が十九残っていたらしいから、あとの三十程度は副妻か副々妻か、そんな控えの妻たちの子供だということになる。ということは、もともと百を超える子供がいたわけだから、そのうち六、七十は正妻とは別の控えの妻たちに産ませた子供だったわけだ。ここに真理がひとつ浮かび上がる、つまり、子沢山は一夫多妻制の特徴だということ、な。ホメーロスがね、神と見紛うプリアモス、とか、神のごときプリアモス、なんて持ち上げるのは、その繁殖力が神々に劣らぬことを称賛していることの証しであって、おいおい、何だよみんな、どうしても真面目に聞こうとしないな。じゃあ訊くがね、百人の子供がいる男が今のローマにいるか。そうだろ、人類はトロイア戦争を機に一夫一婦制を採り、男はたったひとりの女とだけ、名目だけとはいえ、生涯向き合うことになった」


　大方があきれている中、意識が飛び飛びのルキウスは何となく了解してしまった部分もあった。だからかどうか、ルキウスはふらりと宴席に立ち戻った気分になって、

「スパルタの将軍、パウサニアスは自分の細君に恋をしたことで有名だね」と、つぶやくようにいった。ただ思いついたことを脈絡も考えずに口にしただけだが、これにいきり立った男がいる。蔦の花冠の男である。デクタダスの冗漫な長話は全部聞き流しておきながら、ルキウスのつぶやきには嚙みついたのである。

「何をいうか、自分の細君に恋をするなどもってのほかだ。昔、あの大カトーが、人前で自分の細君に口づけした元老院議員を、資格剝奪の上、追放したことがある。人前で自分の妻に口づけするなど、遊女や娼婦の扱いだ。家を守る細君を、女郎扱いするとは、礼にもとる。娼婦女郎に求める同じものを、ウェスタの聖なる火を守る家の妻に求めるのか」

話し方が一方的なだけではなく、癇癖の強い男のようだから、ルキウスは肩をすくめて口をつぐんだ。相手にならないほうがいいのだが、さっき、煽動者呼ばわりされた恨みを持つデキムス青年はルキウスとは違う。

「じゃあ、アテナイのペリクレスが名妓アスパシアを家に入れた時、愛し方が変わったのですか。敷居を越えれば、途端に愛し方が変わるのですか。それ、変でしょう。ねえ、クウィントス爺さん、二番目の奥さんは、プテオリの有名な芸妓でしたね。富豪のカディウス・ルカーヌスと競り合って手に入れたのでしょう。家に迎え入れる時、家中の調度やら垂れ幕やら、サフラン色に統一したって聞きましたよ。そのサフラン色って、奥さんがいた置き屋の部屋の色だというじゃないですか。家を芸妓置き屋と同じにして、そのまま家に迎え入れたら、芸妓の時と同じですよね。そしたら、愛し方、変わりませんよね」

「な、何をいうか、わしはドーリスをウィビウス・ネポスの養女にしてから、家に入れた。名前も変えさせた。何をいっておる。いいかおい、わしは三番目のはちゃんとした家からもらった。れっきとしたコルネリウスの流れだ。そのことは、お前も知っているはずだ」

「ぼくはただ、そうじゃなくて、二番目の奥さんが」

「宴席で、家の女房の話をするのは、厳に慎むべきだ。まして、ミモス女優や芸妓などの話をした卑しい口が、涎（よだれ）も乾かぬうち、家の女房を語るなど恥辱を加えるに等しい。近頃は、自分の女房を宴席に侍（はべ）らすなど、蛮族にもない恥知らずも横行している。顰蹙では済まない」

例のごとく、蔦の花冠のあみだの男が一気にまくし立てた。

そこで、独り身のデクタダスは考え込む。蔦の花冠のあみだの男にこのような発言をさせる女房とは一体どんなだろうか、と。こいつ、案外恐妻家で、家では縮こまっているのではないか。愉快なはずの宴席で、女房の話が出ようものなら、興が吹っ飛び苦虫を嚙み潰すことになるからだろう。そうだとすれば、不幸なやつだ。

デクタダスは思ったことを口に出さなかった。滅多にないことである。

ところで、蔦の花冠が顰蹙では済まないと話していた時、その隣で石像の男が眼玉だけを動かしていた。近くで飛んでいるものを眼が追っているようだ。

「わっ、蚊だ、蚊がいるぞ」

声を上げたのは蔦の花冠である。まだ九月、しかも野原に出ているのだから、蚊くらいはいる。しかし、花冠の男は蚊が恐いのか、立ち上がって寛衣を払うなど、大騒ぎをした。ところが、隣にいて、最初に蚊を見つけた石像の男は泰然自若、よほどの大人物のようであった。

「まあ話は尽きないが、そろそろ蚊も出てきた。ちょうど頃合いだろう。晩餐の前にひと風呂浴びたいし、今日はこれくらいにしようか」

あろうことか、これをいったのはデクタダスである。みんなはきょとんと顔を上げたが、ルキウスの隣でこれを聞いたクウィントス老人は酒杯を投げ出し突っ伏してしまった。

「さすがに今日は疲れた。おれ、マラトンの耐久走を走った気がする」といって、デクタダスは立ち上がる。

「走ったのはお前だけだ。おれたちは耐久の競い合いをさせられた」

ルキウスは寝たまま顔を上げて不満の声を返した。

「キンナさん、あなたはしばらく逗留するんですか」

立ち上がったデキムス青年が意味ありげに問いかけると、突っ伏していた老人が体を反転させてキンナを見上げた。

「いや、凱旋式が近いもので。やはり見ておきたいから」

「七月のムンダ戦の祝勝式では人々を嫌悪させた。あれはカエサルの子分どもがはしゃぎ回ったで済む。しかし、自ら乗り込む凱旋式となると話は別だ。パルサーロスの戦さもそうだが、ムンダ戦は外敵を打ち破った戦さではない。ローマ市民がローマ市民を殺戮した。同じ市民を殺戮して、栄誉も何もあったものか。前代未聞だ」

蔦の花冠の男がまた一気にまくし立てたが、みんなは聞いただけで無視した。相手にすれば帰り仕度が滞る。

誰かが合図したのだろう、草原の下の小道に車輿が二連曳かれてきた。その後を老人のための臥輿も運ばれてくる。笛吹きたちが佗しいような音を吹くと、姿のいいエチオペアの女たちが生垣の向こう側から酒甕を抱いて出てきた。女たちはときわ樫の根元に近づき、右往左往するような動きで地面に酒を注ぐ。不思議な言葉を唱えていたから、どうやら献酒の儀を行ったようだ。それが終わると、宴席から離れて立っていた給仕役の少年たちが短い距離を走ってくる。いい加減に終われと思っていたのだろう、つんのめって止まったみんなは、片付けがうれしそうだ。

甘い蜜酒に足を取られた面々は草原の緩い斜面を下りていく。誰かが背中を押してやれば、きっと倒れる歩き方である。そんな中、デクタダスは一度ふわっと立ち止まって、ときわ樫を振り返った。何かを念じて頭を下げる仕草をするから、どこまでやる気だ、とルキウスは思った。デクタダスはそんなルキウスの眼を捉えて、いたずらっぽく笑う。

斜面だから、ふらついた足でも前屈みになるだけで先へ進む。平坦なら小道に着くまで相当苦労をしたであろう。ただ、例の隠れ詩人だけはしゃきっとしている。しゃきっと離れて独り後ろを歩いた。隠れ詩人はまだ不機嫌なのである。よくもこれだけ愛についての無駄話が続いたものだと思っている。真実の気高い話はいくらもあるし、正しい心で神話に向かえば、神々が人に許された叡知も探りとれるはずである。何と愚かな人たちだろう。古人の逸話を尋ねても劣情を煽る類いのバカ話に行き着くのは、汚物を好む羽虫みたいに、精神がふわふわ飛び回っているからだ。秋の稔りの一日が、悪擦れした男たちの悪のりと悪ふざけだけで終わってしまった。こんな人たちと交わって、いいことは何もない。隠れ詩人は夜の宴席には出ないと決めて、ますます離れて後ろを歩いた。

夜の宴会に関しては、ほかにも何人かがためらっている。デクタダスのせいである。ルキウスはもちろん、主賓扱いのキンナですら、出ないで済むようないいわけがないものか、肩を落として考えている。しかし、仕方がないなと諦めてもいる。

ところで、最初に小道にたどり着いたのはやはり若いデキムス青年だったのだが、急に子供に返ったのか、それともただの酔狂なのか、あとに続く酔客たちに、わほーっ、と一声、こだまを返す大声を出した。出したはいいが、今さら子供っぽさを見せたところで、全く可愛げがないのである。談話から解放された面々は、バカか、とばかりに口元あたりで蔑んで、あとは知らんふりをしたのだが、愛は謎だと改めて感懐に耽る老人は思い切り顔を顰めて舌打ちをする。酒宴を張ったこのコルネの丘だが、北側の麓にエレアの村落がある。そこにカエサルが連れてきたガリアの軍団の一部将兵が駐屯していた。老人は糧秣(りょうまつ)の徴発を受けていたから、腹に据えかねている。そいつらに聞こえたらどうするんだ。

さて、その将兵たちだが、凱旋式に備えて、明日、明後日にもローマに向けて移動するはずである。カエサルはラビーキの別荘を発って久しい。あまりに大きなことを成し遂げたつけがまわって、カエサルは休む暇もないのである。ムンダの戦さが終わったあと、カエサルはてんかんでも起こしそうなほど働いている。

そのカエサルの凱旋を待つローマでは、もはや新しい時代への胎動が始まっていた、といえば聞こえはいいが、いろいろな立場の人たちがいるわけだから迂闊なことはいえない。カエサルにしても、ローマの版図(はんと)を拡げたのはいいが、その実、周囲の国々を荒らし回って人々の生活を掻き乱したことに変わりはないから、あと始末が大変なのだ。退役兵たちを始めとして、味方した者たちには不満がないように恩賞を与え、歯向かった者たちには手心を加えたり加えなかったりして罰するのだが、これが見た目ほど容易なことではない。だからといって、植民市を新たに設け不満な男たちを追い払うには手間も時間もかかる。手っ取り早く不満を押さえ込むには公共工事を起こして威を振るうか、もっと戦争をするかしかない。カエサルは無論どっちも考え、まずはローマの都市改造にかかった。これはパルサーロスの戦さのあと、すでに始めていたことだが、今度は気宇壮大（きうそうだい）にやる。ティベリスの川の流れを変えてしまおうとか、ローマからタッラキーナまで運河を通してしまおうとか、マルスの野に最大規模の神殿やら劇場やらを建ててしまおうとかがそれである。

　しかし、カエサルがいかに八面六臂（はちめんろっぴ）で働こうとも、不穏な空気を払拭（ふっしょく）できるようなものでもない。ムンダの戦さでポンペイウス派を一掃したということは、並び立つ者がいなくなって、以後人々はカエサルひとりに臣従することになるからである。これを喜ぶローマ人士は意外に少ない。ローマ四百年の父祖伝来の習わしではないからである。とりわけ、キケローのいう『善き人々』、これは際立った英傑をその先祖に持つ人々という意味でしかないが、この『善き人々』がそっぽを向いた。カエサルとしては、アントニウスやドラベッラといった行儀の悪い取り巻きよりはよほど協力を仰ぎたかったのだろうが、そっぽを向かれるとどうしようもない。そんなことから、カエサルはより一層無産の民衆のほうへと傾いてしまったようである。というのは、この民衆というのは気前よく施し、競技会や見世物で歓ばせておけば、まずは扱いやすい人々だからである。しかも、近年、膨れ上がった人口の多くはアシアから流入者で、隷従と崇拝が性に合った人々でもある。とりわけユダヤの民など、カエサルが、イェルサレムの神殿を荒らしたポンペイウスを倒したことから、勢い救い主とも崇めかねない。意外と見る向きがあるかも知れないが、実は、こうした人民の隷従と崇拝はことのほかカエサルの性にも合っていたようなのだ。例えば、神々や諸王の像に自分の立像を並び立たせるくらいでは気が済まず、晴れがましくも黄金の椅子に座る自分を見せつけたり、誕生日を国家的祝祭日にして、ローマおよび全自治都市の神殿に自分の像を飾らせようとするなど、ローマではあまり例を見ないことをしたがる。さらには、キケローなどが詰るように、暦法を変えて自然の運行を好き勝手に秩序づけるし、のちには自分の誕生月を自分専用の扱いにしてもらうなど、後世にまで影響を与えてしまった。これら、王位を窺う言動と勘ぐられても仕方がないような振る舞いは、実は他にも多々あることから、カエサルはどうやら、半ば神とされる支配者の下、民草（たみぐさ）が一斉になびく東方のアシア諸国の王などを思い描いてしまったのかも知れない。しかし、ローマでは、ふつうこれを暴君と呼んでいる。

　カエサルはいずれ暴君になる、そう決め込んだローマ人士は多かったはずである。人の噂や落書きがそれを証明している。ところが、不穏な動きがあったとしても、スッラみたいに粛清はしないのがカエサルの方針である。となると、甘く見たわけでもないだろうが、中には公然と敵意を向ける男も出てくる。護民官ポンティウス・アクィラがそれである。かつてはポンペイウスに与していたから、その罪を問われ資産の一部を没収された恨みを持っていたようだ。

　十月のムンダ戦の凱旋式で、アクィラは凱旋将軍に礼をしなかった。座ったまま凱旋車のカエサルをやり過ごした。人々はローマ市民を虐殺したその戦さのどこが勝利かと胡乱な眼で見ていたから、溜飲を下げる者もいただろう。見ようによれば、アクィラの無礼は護民官として闡明にすべき威信を多少過剰に示しただけのことである。しかし、カエサルにすれば、こいつ、晴れの凱旋式でそれをやるか、同僚護民官は全て立ち上がり礼をもって迎えているのに、と気色ばんで当然。カエサルはアクィラの無礼を見咎めると、凱旋車から身を乗り出して怒鳴り声を上げた。「アクィラよ、わしから国家を取り戻してみよ」。怒鳴ってはみたものの、きっと何日も怒りが収まらず、周りに当たり散らしたことであろう。

　この一事からもまた何かが起きそうな気配が感じられそうなものだが、日々を生きる人々がそんな不安を感じつつじっと息を凝らしているわけがない。噂好きのローマ人は途方もない話をでっちあげては、それで不安を発散していた。

　例えば、カエサルがその威信を懸けて造営したウェヌス・ゲネトリクス神殿に愛人クレオパトラの金の彫像が出現すると、カエサルはいずれローマからエジプトのアレキサンドリアに首都を移して愛人と暮らす、とか、血筋を絶やさぬように、カエサルには複数の正妻を許可する法案が用意されているとか、嘘に決まっているようなものから、年が明ければ、カエサルを王として推戴する法案が提出される、という本当かも知れないものまで、いろんな噂がささやかれた。中でも、王位推戴法案には権威ある予言書まで引き合いに出されたようだから、裏で工作があったかも知れない。

　そんな中、キンナは頻繁に外に出て、人々の様子や街の変貌ぶりを書き留めている。いわゆる忘備録なるものである。いずれはカエサルの偉業をたどる長大な叙事詩になるはずのものだが、几帳面（きちょうめん）に書き記された中には、さっきのような根も葉もない噂話も混在しているし、意味不明の予言や前兆なども記されてはいる。ただ、注目すべきは、叙事詩に対話形式の詩風を試すつもりか、キンナが人々のさりげない会話も書き留めていることである。その記述に現実味や臨場感があることから、多少の脚色なり粉飾があると思ったほうがよいのだが、それら記載された会話からも、この時期の人心がどうであったかの一斑（いっぱん）は知れるはずである。キンナは特に偏ったものの見方をしない男ではあるが、移り気な人々の言動のほうがもともと偏っているのだから、一斑以上のことは知れないと断わったうえで、その忘備録から一部引用してみるのもおもしろいだろう。


　最初に挙げるのは、キンナがどこかの宴席で拾った会話だと思われる。もちろん、酒に酔う前に記憶に留めた会話だろう。宴席の主催者やここで最初の発言をしたミトリウス・ケレルという男に関しては不詳だが、マニウスはキンナの古い詩人仲間である。


「カエサルはファビウスに凱旋式を許した、いずれペディウスにも許すらしい。副将ふたりに凱旋式を許すなど前例にない。どうせカエサルのやることだ、栄誉を分かち合おうって気もなけりゃあ、恩賞にあずからせて性根を腐らそうって魂胆でもない。あれは用心だ。自分ひとりに妬みが集まらないように、人々の妬みを分かち与えようって悪知恵だ」とミトリウス・ケレルがいった。

「おかげで三度施しにあずかれますよ。一度の戦さで三度も凱旋の饗応をしてもらえるなら文句はない、みんな喜んでいます」と腹黒い煽動者がいった。

「施しは頂戴しても、王様を頂戴する気はないんだ。分からんのかねえ、自分の凱旋式で身に沁みただろうに。それにしても姑息じゃないか、あの終身の予定独裁官ってやつさ。一応は辞退してはいるがね、どうせ受けるよ。独裁官てのは、たったの半年期限、それで満足するわけがないんだ。終身の独裁官か、王様とどこが違うんだ」とマニウスがいった。

「いやあ、終身となるとスッラでも途中で投げ出しましたよ。あと五年も経てば、カエサルも年寄りの仲間入りでしょ。年寄りじゃあ持たないわ、へへ、投げ出しますよ、五年の辛抱」と煽動者、または誣告者、告発請負人程度か。あいつ、食卓の大皿の向きを勝手に、わざと、黙って変えた。

引用にあるファビウスの凱旋式が執り行われたのは十月十三日のことだから、それ以後の記述だろう。のちに、ペディウスも凱旋式の栄誉を授かることになる。ところで、ここに煽動者・誣告者等々とあるのは全てデキムス青年のことである。あまりにしつこく意趣晴らしをするので、いくら大人しいキンナでも腹に据えかねていたのだろう、こっそり筆誅を加えたようだ。それは別として、引用にもあるように、自分の凱旋式が思いのほか不評判だったのを気に病んだカエサルは、さらに施しを加えることで人心を迎え入れようとしたらしい。追加の凱旋式はそのためのものと思われる。人々の歓心を得るということは、ローマの為政者なら誰もがせねばならないことで、あの大ポンペイウスなどは、象に人を踏みつぶさせるという見世物を考案して人々を歓ばせた。

次に挙げるのは、ルキウスとマキシムスとの会話である。日時も場所も不明だが、ふたりは相当親密な関係になっているようだ。事が起きれば、また刃を交えることになるかも知れない。そのことがかえってふたりを近づけているように思われる。稀なことだか、あり得ないことではない。ただし、ルキウスにすれば、マキシムスには一度殺されかけたという負い目があるし、格の違いは歴然としている。そのせいか、子犬が無防備な腹を見せて恭順の意を示すような、変に慎んだ、時に卑屈な態度を見せるのだが、キンナのこの書き振りからは、そこまでは窺い知れない。

「ムナティウス・ストラトスという男をご存じかな、今、アントニウスの傍にいる男だが、あなたの話をしていた。セクアナの冬営地から、帰還が一緒だったといっていたよ。去年、あなたが大病を患ったことも知っていた。あとふた月もすればアントニウスは執政職に就くからだろう、あなたにも声をかけているようだね」

「ええ、まあ。つい四、五日前のことでしたか、ウォルムニウスからの使いの者が、前触れもなく、ふらっと……どうせ、庇護者の点呼確認みたいなものです、しばらくご無沙汰していたものですから。執政官ともなれば、民会でも法廷でも支援者の数が多いほうがいい。面倒なことになれば、分かっているな、の念押しでしょう。今も世話を受けていますから、どうもね……しかし、以前、アントニウスが騎士長官を拝命した時ですが、急に取り巻きが増えて隅っこに追いやられましたよ。ほんとは、わたしなど用無しだ」

「さあ、どうかな。この先、難しいからね、あなたにも支援を求めたいのだろう。思えばカエサルにしても難しい立場だ。一部の信奉者たちは別として、ローマの人々はカエサルを嫌っている、いや、カエサルを、というより、カエサル崇拝を嫌っている。それにつけ込んで、閥族派はカエサルに協力しようとはしない。ローマの不幸としかいえないことだが、カエサルをもってしても、ローマ社会は宥和(ゆうわ)されることはないということだね。百年以上続いたいがみ合いだ、難しいね」

「どうでしょうか、アントニウスに務まりますかねえ。わたしは、今も驚いてますよ。謹慎中のアントニウスがまっ先に任官の栄誉、しかも執政職を約束された。人がいないにしても、異例ですよ。執政官の年齢には達していないし、騎士長官時代の失政もある。いいのかそれで、と今も思います」

「……そうだね、確かにね。しかし、カエサルにも何か考えがあってのことだろう。バルブスやオッピウスのような根っからの信奉者を取り立てたいだろうが、軍を動かすとなれば不安なんだろうね。……アントニウスねえ、きっと考えがあるんだろう」

「そこなんですよ、わたしが思うのは。ご存じでしょうが、カエサルはアントニウスに執政職を約束したあと、来年の予定法務官に寝返り者のマルクス・ブルートゥスやらカッシウスやらを充てました。危なくないですか、ブルートゥスには四年先の執政職もほのめかしたそうです。ということは、来年法務官を務め上げたら、翌年は属州総督。戻ってきたら、すぐ執政官。別にどうでもいいことだが、こんなことをいう人たちがいますよ。カエサルは、警戒を解いたふりして懐に入れた、謀叛封じのためだ、と。もしそれが謀叛封じなら、カエサルはアントニウスを誰よりも先んじて警戒したということになりますね。危ないやつは近付けておく、権力者の鉄則でしょう、だから最初に懐の中に入れた。まさか、器量を見抜いたわけではないですよ、そんなの、ないもの」

「さあ、どうだかねえ、わたしには分からない。あなたがいうなら、そうなんだろう。寛恕の度量を篤く示せば、人は靡く、王者の威風か。ところで、そのアントニウスだが、急にまた声望を集めているようだよ。あなたも知ってるはずだが、さっきいったムナティウスにしても、もともとレピドゥスの幕下にいた男だ。それが今、アントニウスの幕僚格で傍近くにいる。来年になれば、執政官の補佐役だ」

「声望ねえ、そうですか、そうでしょうね。確かに、アントニウスみたいに自堕落な男は人好きがする。好き放題の男は愛されるんだ。やんちゃ坊主が人気を集めるようなものです。わたし、つくづく思いますよ、人気って不思議だ。真面目一途は人が距離を置くし、遠慮とか気配りなどをする善人は、人がつけ込み軽んじます。アントニウスはね、思ったことはそのままいうし、いったことはそのままやる。直情径行の悪い見本だ。そこに野心が絡めば……危ない男ですよ」

「はは、手厳しいな」

デクタダスほどではないが、ピロデーモスの門を叩いた以上、政治への関心は薄いルキウスである。そのルキウスがアントニウスのことでは熱っぽく語る。しかも、相当偏った見方をしていて、謀叛さえ起こしかねないとも思っている。そこに、あのミモス女優に関わる複雑な感情が絡んでいることは間違いないし、本人もそれははっきりと自覚している。しかし、それとは別の事情もあった。というのは、昔、ルキウスがクロディウスの家に出入りしていた頃のことだ。護民官権限で後先知らずの穀物法を通したクロディウスが、一躍人々の人気者になったことがある。なぜだろう、あの時ルキウスは、俄に高まる人気に乗じてクロディウスはきっとカエサルを裏切ると思った。根拠は何もない、ローマの男ならきっとそうすると思った。貧乏貴族出のカエサルなどに、いつまでも扈従しているような男ではないのだ。同じように根拠はない、しかし、ルキウスはアントニウスも裏切るだろうと思っている。もともとカエサルに心を寄せていた男ではなかった、いわくつきの友人クリオに誘われ嗾けられてカエサルの許へ走っただけの男だ。カエサルの恩顧に対して、謀叛で報いることを恥とするような男ではない。傲慢と強欲でしのぎを削るローマの男たちである。アントニウスが例外であるはずがない。カエサルは、ローマの男を甘く見ているのだ。

次に挙げるのはどこかの広場か回廊での立ち話であろう。ここでも、デキムス・プラエススやウェトスという男たちについては不詳である。

「おい、見ろって、子供の手を引いて階段降りてくるやつ、あいつ、どこかの部隊で百人隊長をしていたやつだ。あの男、もうすぐ元老院の議員様だぜ。それ聞いたとたん、おれ腰が抜けたわ。どうなるのかねえ、カエサルの息がかかった属州民の代表や百人隊長まで元老院に送り込まれるんだ。もう思うがままだ」とデキムス・プラエススがいった。

「カエサルがさ、公職者の定員を増員したり、元老院の議員を九百近くまで増やしたのはね、領土が増えて、それだけ用務が増したからじゃないよ。いや、もちろんそれもあるが、それより、あれは餌撒きなんだ。これからも政務官の半分は自分で決めていいんだろ。自分で決めた公職を餌みたいにばら撒くわけさ。欲しがるやつらばかりだからね、餌を撒いたら寄ってくる。これ、強烈におもしろいらしいよ。一度やったらやめられない、やめられないから定員を増やす。それでもやめられないから、新しいパトリキ貴族なんかを勝手につくって任命する」とウェトスがいった。

「確かに、いう通りだ。それに、考えてもみろ、元老院てのは、もともと三百だ、それをスッラが好き勝手して六百にした。今度はついに九百だよ。なあなあ、九百人で議論ができるか。ええ、できんだろ。とすれば、あれは議論封じだよ。議論をさせないために議員を増やしたんだ」とデキムスがいった。

「なるほど、そりゃあ議論は無理だ、多過ぎるわ。議員だけで大隊を編成しようって勢いだ。しかし、案外狙いはそこにあるんじゃないか。大隊長の飾り兜（かぶと）が九百並んで押し寄せてみろ、敵は逃げるよ」とデクタダスがいった。

すでに述べたことだが、デクタダスは決して政治向きの話に口出しをしない。にもかかわらず口出しをしたということは、このあと話題をすり替えてしまったに違いない。ただし、すり替わった話は書き留める価値なしとキンナは踏んだようだ。もしそうなら、なるほど、以下のデクタダスの口出しも一緒に割愛すべきであった。それをしなかったということは、おもしろいと思ったからだろう。バカ話は記録に値しないからである。ところで、ここに公職者の増員の話や元老院の議員定数の話が出ていることから、この一文は十二月十日頃の記述かと思われる。この日、アントニウスの弟ルキウス・アントニウスが全政務官の半数にカエサルの推薦権を認める法案を提出した。これと前後して、カエサルはさ来年、またその次の年の執政官や政務官たちの選考を進めている。パルティア遠征を控えて、留守にする三年間の行政を円滑に運ぶための備えである。確かに、ウェトスという男がいう通り、権力者、特に柄にもなく権力の座に昇り詰めた男にとって、人事を恣（ほしいまま）にするのは小躍りするほどの喜びだろう。意地悪ができるだけではない、神々の設計を地で行く気分にもなるそうだ。しかし、カエサルにしてみれば、それは下衆の勘繰り、ローマの版図の拡がりを思えば、統治のためには必要な増員であるし、迅速な行政機構の構築は喫緊の課題で、実に悩ましいことなのである。

さて、このような風評を追っていると、この時期のカエサルの評判は相当芳しくないということが分かる。しかし、風評というのはたいてい為政者または権力者に不満を持つ者が音頭を取っているのが一般である。声なき声に耳を傾けると、違ったカエサル像が浮かび上がりそうなものだが、以前述べた通り、今やローマ人士は都会人である。都会人の常として、まず人を褒めることなどあり得ない。ということは、音頭取りに調子を合わせていたということである。褒めるより、けなすほうがおもしろいということを、都会人は知っているからこそ、諷刺とかいう悪口の詩が大流行りなのである。とはいえ、口先では悪口をいいながら、その実、権力者におもねっているのが都会人の都会人たる所以でもある。そこら辺りが正直で愚鈍な田舎者との違いであろう。加えて、喧嘩には滅法強い大将への狎れ、または愛着は、名もなく貧しい庶民に固有の情、理屈ではないから無視もできない。どっちにしても、神々の気紛れよりも扱いにくいのが人民の気紛れであることは為政者なら分かっている。だから、さっきも触れたが、ローマの為政者たちは、競技会や見世物や施しなどを奮発して、民衆の人気取りに躍起になる。相手が擦れているから、自らの徳に慕い寄らせようとしたところで、見透かされてしまうのである。

最後に、マキシムスが語った言葉を再度挙げておこう。その境遇の変転から、時折、極端な虚無思想を語ることもあるが、無責任な放言はしないはずの人である。ところが、そんなマキシムスにしては首を傾げるような話をキンナは記載している。前後の繋がりが読み取りにくい発言で、聞き手が誰かも分明ではない。まさか、架空のはずはないだろうが、出処が怪しげであることは断わりを入れておく。

「わたしはね、カエサルに王の権威は必要だと思いますよ。驚かれて当然だ、わたしがこんなことをいうなんてね。以前、誰だったか、パルティア侵攻が終わったら、いずれは王の凱旋だ、というのを聞いてね、内心、憤然としました。しかし、そうだな、あれからだな、折に触れて考えるうちにね、カエサルに諸王を越える権威は必要なのだと思うようになった。というのは、あなたも多分知っているだろうが、カエサルは、ダキア王のブレビスタを押し返すと、アルメニアからパルティアへ侵攻する気らしい。帰路はスキタイ国を通過して、ダヌウィウス河沿いに東部ゲルマニアへ攻め上るつもりのようだ。何とも壮大な戦略だね、しかし、カエサルならやってしまうよ。わたしはね、つくづく思うが、ローマはもう、ひと昔前のローマではない。ポンペイウスのミトラダテス戦に始まって、カエサルのガリア平定、そして今度のパルティア侵攻、どうだろう、内乱の騒ぎもあったが、もはやローマ支配の及ばぬ地域はないといっていいんじゃないか。世界がローマになる、いや、ローマが世界になる。これをローマが望んだのだよ。カエサルじゃない、ローマが望んだ。人種も言語も習俗も異なる国々の支配、世界の統治。これがローマの野望だった。カエサルはローマの野望に操られ、嗾けられた男なんだよ」

「共和制四百年の制度疲労が生み出した必然なのだろうね。ここ百年、ローマはずっと軋んでいたのだと思う、それはあるねえ」

「随分昔の話になるが、わたしが最初に戦さに出たのは、レーギウムの反乱兵の討伐でした。イタリアの隅っこのほんの小さな小競合い。動いた軍兵はほんの数百、たった半日で終わった。三十年、いや、もっと昔の話だが、わたしは今思うと慄然とする。あの頃のわたしが、今の、この大ローマ世界を予想しただろうか」

「パルティア侵攻が終わって、ゲルマニアの東まで軍靴を響かすようになれば、カエサルはもう大王アレクサンドロスに肩を並べる、いや凌ぐだろう。しかし、これほどまでに版図を拡げてしまうと、旧態依然のローマであっては統治できるはずはあるまい。今となっては、王を越える権威がないとローマ世界は散り散りになるような気がするのだよ。わたしはもう五十五（本当は五十六）だ、だから分かる、変わったのだね、時代が。時代の体温が上昇して、禍々しい地中の生き物が蠢き出した気さえする。さりとて、新しい時代の始まりだよ、わたしはもう迎え入れようと思う」とトルベリウス・マキシムスがいった。

これを本当にマキシムスがいったかどうかは大いに疑われるところだろう。実際、「時代の体温が上昇して」

などといった表現をマキシムスがするとは思えないのだ。それに、「カエサルじゃない、ローマが望んだ、これがローマの野望だった」などという皮相な台詞も、いかにも詩人が思いつきそうな文句である。それを思えば、このキンナの記述は最初から疑わしいのだが、とりわけ末尾がひどい。ここにキンナによる希望的操作、つまり恣意的歪曲がなかったはずがないのである。というのは、いずれ世に出る壮大な叙事詩の主題が、ここにそのまま窺い知れるからである。詩人なら何をしてもいいわけではないだろうが、キンナにすれば、この怪しげな記述を残すだけの理由はあったようだ。というのは、ここでのマキシムスと同じような感懐を持つ人は、とりわけ権力とは縁遠い人々の中に、相当いたように思えるからである。キンナはそれを感じ取っていたのだろう。人の心の中は覗けないが、声高に共和制の理想を謳う人ですら、諦めと希望が綯い交ぜになった感情に、つい誘い込まれることもあったはずだと思われる。お人好しの人間は何にでも希望を見つけるからである。もちろん、権力に近い有力貴族たち、つまり閥族派にとって、共和制の大義は自分たちの権益保全とその拡大に直結しているから、同じ希望でも希望が違う。

ところで、この引用の余白部に、キンナの走り書きで、クウィントス老人が危篤との報を受けたことが短く記載されている。副将ペディウスの凱旋式が予定されていた十二月十三日の前々日のことである。

そこで、話を変えるが、老人が危篤との知らせを受けたキンナは、年寄りだから驚くようなことではないものの、それでも心配は心配だから、すぐに見舞うべきか、しばらくは様子を見るべきか思案していた。つまり、ひとりの老人の死に向き合った二、三篇の哀歌をとるか、カエサルの大いなる栄光を映す一大叙事詩をとるか、その選択を迫られていたのである。しかし、思案するまま凱旋式の日が到来し、見逃す手はないものだから、書写板片手に見物に出かけ、成り行きで叙事詩のほうを選択してしまった。キンナはこういう些細なことでも気に病む男だから、もう見舞いに行く資格はないと自らを責め、危篤の老人のことは仕方がないと諦めることにした。そして、まさにすると、凱旋式の二日後のことである、夜更けになって、老人が快復したとの知らせを受けた。

その翌日のこと、さらにまた使者が来て、老人の快気祝いへの招待を伝えて帰った。危篤の知らせから快気祝いの招待までが五日か六日というあわただしさである。招待はルキウスたちにも伝えられたが、デクタダスは別として、ルキウスにしてもキンナにしても、見舞いの品や書状ひとつも届けていないのに、招かれたことに当惑していた。

道が遠いし冬の寒さなので、その日、老人は防寒覆いの付いた車駕を迎えに寄越した。デクタダスが前夜の宴会の二日酔いで苦しんでいたから、いくらか進んでは休みを取った。ルキウスは、休む度ごとに、うかうかと招待に乗ってしまったことを後悔する。やっと食べ頃になった自家製杏子の蜂蜜漬けを黙って壺ごと失敬して、老人の快気祝いの品にしようと持ち出してきたのだ。軽率であった。帰ってユーニアに謝らねばならない。胃腸の弱いユーニアにとって、杏子の蜂蜜漬けは欠かせない食品で、何やら知らない薬草も一緒に漬け込んであるはずなのだ。年寄りにはいいと思って、つい失敬した。たとえ、つい、でも、人としてどうなのか、自分に対する不信感すら覚える。やはり、老人には渡さず、そのまま持って帰るべきなのだ、ルキウスは今更ながらに思った。

しかし、道中、ルキウスがずっとこの思いのままでいるかどうかは分からない。案外、あっさり渡してしまって、あとでまた後悔するのかも知れない。後ろでロバを牽く付き人に、そのまま帰れといえば済むことなのに、ルキウスはそれをいわない。

そのことに関してだが、ルキウスは今もまだユーニアの部屋に逗留していて、ユーニアと同じ寝台で眠っている。夏用の寝室が寒いから避けているのかというと、そうでもない。そういうことには気付かない。ユーニアが不平をいわないからいいものの、こうした大事な事柄に、ルキウスは迂闊というより無神経である。ひょっとして、当たり前のことだと思っているのではないか、自分から寝室を別けて夏の寝室へ移ったくせに。

さて、デクタダスだが、二日酔いに乗り物酔いが重なって、さすがに今日は口数が少ない。

「最初の知らせを聞いた時は、こりゃ死ぬな、と思った。おれ、墓碑銘を考えた。キンナ、あんたも葬儀は格好の詩の題材であるから、興趣が尽きないって感じだったよ。沈痛な面持ちでさ、筆記用具を頭陀袋の中に入れて準備するんだもの、芸術って厳しいと思った。凱旋式さえなけりゃあ、突っ走って行っただろう。おい、ちょっと車停めてくれ」

デクタダスは顔色もよくない。

ところで、最初の使者の話によると、中庭をめぐる回廊の棕櫚（しゅろ）の植木鉢から余った水が床を濡らしていたのだそうだ。もちろん、老人の家での話である。その濡れた床で老人は足を滑らせ、倒れる拍子に脇にあった石の台座に体を預けたつもりで、実は台座の上の胸像に抱きついてしまった。台座なら倒れはしなかっただろうが、胸像なら落ちる。つまり、老人は胸像を抱いたまま倒れ、腹の上に載せたまま伸びてしまったのだそうだ。その胸像というのが壮年期の自分の容姿をやや理想化したもので、大きなものではないから致命傷を与えるとは考えにくいが、もしそうなら、自分が自分に落ちて死ぬことになる。キンナとデクタダスはそれぞれ別々に深い意味を考えて、死んだあと、詩や墓碑銘で披露する気でいた。ところが、次に来た使者が老人の快復を伝えたので、デクタダスは、「ほっとした瞬間、がくっと肩が落ちた」とルキウスたちに打ち明けている。

「それよりさあ、おれ、てっきり死ぬと思っていたから、街道沿いの墓場を参考のために歩いたんだ。墓碑銘のことがあるからね。しかし、墓が多くなったのには驚いたよ。ローマに限ったことではないが、最近人がごろごろ死ぬね。頓死、変死、野垂れ死に、情死、悶死、その他の死。最近、神医アスクレピオスは休診中のようだが」

「お前ね、アスクレピオスを持ち出すのは今日二度目だよ」

ルキウスはデクタダスの迂闊を糺し、アスクレピオスの長話を未然に防いだ。

「でまあ、思ったのはね、人の死には限りがないから、放置しておけば地表全部が墓場になる。いずれ墓場が地表を占有するのは眼に見えている」

「そんなこと、心配しなくていいよ、古い墓地は掘り返すよ。ウェイイーで買った土地だが、あそこはもともと墓場だった。お前、知ってるはずじゃないか」

「そうか、そうだったな。墓場にしておくにはもったいない土地だった。ところで、墓碑銘を読んでいると記憶が失われるというのは本当だね。おれ、あの日、墓地の中で道に迷った」

「墓場で迷うのは記憶のせいじゃないよ。もっと別の理由があるよ」

「恐いことというなよ、キンナ」

「きみねえ、死霊に怯えるの。エピクーロスが嘆くよ」

「しかし、あれだな、おれはちょっと退いてしまうな。あの歳であれはないわ」

「あの歳でって、おかしなやつだ。ルキウス、お前死霊の歳に不審でもあるのか」

「いや、爺さんのことさ。おれはちょっと退いてしまう」

「え、爺さんの話。はは、そりゃあ見てくれは死霊みたいなものだろうが、しかしなルキウス、あの歳であれだからこそおもしろいんじゃないか。おれは好きだったね。確かに、はた迷惑な爺さんだったが、あれで案外愛敬があった。あの手紙、あの愛の妙薬を思い出してみろ、憎みようがないじゃないか」

「愛嬌なんていうがね、いってることが子供っぽい。人間、歳を取ると子供に還って駄々をこねるというが、そんな感じがした」

「そうだね、ぼくも子供を相手にしていると思う時があるよ」

「おいおい、そんな風に年寄りをバカにするもんじゃないよ。この前だってさ、愛による死の超越だなんていってプラトンを虚仮にしちゃうんだよ。プラトンをどう逆さ読みしたら、脇の女に抱き付けるのか、おれは今でも面喰らったままだ。それにほら、死後の霊魂は夢を見るってやつ、おれ、迂闊にも考え込んでしまった、死後の霊魂の時間と場について」

「そういえばそうだ、おれも考え込んでしまった。やっぱり、おれだって脇の女に抱き付くだろうし」

「きみたち、話していることが分からん」

「しかし、死ぬと思っていたのに、急に元気になるんだものなあ。墓碑銘のことはいいとしても、心の準備がね、間に合わないよ。今でも、そりゃないだろうって気持ちがある」

「そうだな、あるなあ。ところでキンナ、あれ、まだ飲ませているの」

ルキウスは、あの愛の妙薬が滋養にいいなら、分けてもらおうかとまた思った。しかし、薬物まがいのもので不自然に元気になると、あとでその反動が来ないだろうか。第一、この前の珍事に懲りたキンナ自身が使用を控えているというし。

「いや、ウイキョウや芹（セリ）の根を煮詰めたどこでも売ってるやつを混ぜて渡している。ほら、あの隅にある包みがそれだ。年寄りには毒だから混ぜ物を加えているが、あの人は知っていると思うよ」

「なあなあ、老いが何より汚らわしいものであることはいうまでもないことだろ。老人の容姿がそのまま干涸びた死体を髣髴（ほうふつ）させるのは、不可逆的に死体へと変化するのが人間の生であるという残酷な真実によるからだよ」

「いきなり何だ、めちゃくちゃいうなよ。おれたち、快気祝いに行くんだぞ」

「めちゃくちゃなもんか。誰もこの真実を口にしないのはバカらしいくらい自明であるからだ。老いが汚らわしく醜悪であるのは死体への変化を髣髴させるからで、いい換えるなら、人間の生とは肉体への死の浸潤にほかならない。これ疑いの余地がないだろ。とすれば、醜悪な老人は美しく死のうなんて望むべくもないし許されないんだ」

「きみねえ、わけの分からんことを話すにしても、もう少し言葉を選ぶべきだよ。死体だとか醜悪だとか、他人のぼくが聞いても嫌な気分だ」

「そういうがね、おれはまだ気分が悪いんだ。今は刺激的な発想と過激な展開が必要なんだよ。でないと、ますます」

「おれ、もう聞かないからね」

「まあまあ。正直な話、ちょっと気に掛かることがあってね。というのは、死ぬはずの爺さんがなんで生きて戻ってきたのか、そのことがどうも引っかかっていたんだよ。あのまま河を渡っていっても不思議じゃないのに、なんで戻ってきたんだろう、って。でね、今、年寄りは醜悪だって話をしているうち、ふと気付いた。お前知ってるだろ、あのエピクーロスだが、手紙か何かの中で『若いものには、美しく生きるように、また、年老いたものには、美しく生を終えるように、と説き勧める人は、ばかげている』なんて高飛車をいうじゃないか。あれはさ、若かろうが年寄りだろうが、生は等しく好ましいものであるべきだし、『美しく生きる習練と美しく死ぬ習練とは、畢竟、同じものだ』というんだよな。つまり、美しく死のうなんてのは心得違い、美しく生きることしかあってはならない」

「お前ねえ、何いいたいの。おれもう聞いてないよ」

「だったら、何で訊き返すんだ。いいか、ルキウス、クウィントス翁はさ、足が滑って、あっ、いかん、と一端は覚悟したのさ。さあ、その覚悟の一瞬、浅はかにも、美しく死のうという禁断の想いが脳裏をよぎった。そこで、爺さん、とっさの判断、若い頃の自分の胸像に手を伸ばし、腹に抱いて床に落ちると、そのままぐうと伸びた。それはね、醜悪な死体の容姿に若かりし我が面影を重ね見よってことだ。エジプトのミイラが被る仮面絵みたいなものだ。しかし、クウィントス爺さん、アケロンの河の畔まで来て竦み上がっているうち、記憶の中に明滅する、ひときわものいいたげなおれの面影なんぞが、ふと浮かび、ふと気付いた。美しく死ぬこと、それすなわち、美しく生きることであった、と。ああ、短慮であった、やり直しだ、爺さん、そう気付いて戻ってきた」

「おれ、聞いてないぞ」

「なあデクタダス、きみは体の具合、よくないんだろ。また吐くぞ。つまらない話はやめにして、大人しくしているほうがいい」

「いや、そういうがね、こっちは話していると気が紛れる」

「ちぇっ、相手するほうの身にもなれよ。お前、さっき吐いたから息が臭い」

「じゃあ、今のうちに老人の悪徳について語り合おうか、向こうに着いたら話せないぜ。というのは、美徳も歳を取れば箍（たが）が外れる、つまり美徳にも老いはあるんだ。いじけた繰り言やら泣き言やら、寝惚けたみたいな世迷言、説教癖も例外じゃない、これらは、もとをたどれば分別さ。分別も老け込んでひねこびてしまうと、たいがい人の迷惑になる。分別があったやつらに沁み込んでいる悪徳だよ」

ルキウスはまた聞いていないふりをした。勝手にしゃべらせておけばいずれ黙ると思った。朝早くから車駕に揺られ、ルキウスにしても気分がいいわけではないのだ。しかも、デクタダスの外套（がいとう）は袖口がさっきの吐瀉物で濡れている。相手にしたくなかった。

ところが、キンナが急に思索的な顔になって、

「悪徳ねえ」とまともに応じてしまった。

「さっきもいったが、ぼくはまだあの愛の妙薬を老人に届けている。しかし、心境は複雑だよ。人のことはいえないが、催淫剤の力を借りてでも卑しい情欲を奮い立たせるなど、あまりに卑しい。あの歳だもの、もう充分なはずじゃないか。それなのに、まだ足りないのかねえ。ぼくは以前、あの老人で二つ三つ詩を書こうとしたんだが、老人の心中を窺うに、あまりに卑しいと思えてきてね、途中で書けなくなった。書けなくなって、思い出したことがある。それはね、少し前のことだが、こんなことをいう人がいた。なあ、いくら理性と知恵を働かせても、快楽を斥（しりぞ）けるのは容易ではない、そうだろ。しかし、その人、確かこういったよ。『してはならぬことが好きにならぬようにしてくれる老年というものに大いに感謝せねばならぬ』とね。つまり、理性も知恵もなしえなかった快楽を斥けるという大事業が、年寄りになれば容易にできるというんだね。その人がいうには、『快楽は熟慮を妨げ、理性に背き、いわば精神の眼に眼隠しをして、徳と相渉（あいわた）ることは毫（ごう）もない』、そんな快楽から老年は解放してくれる、ま、きみたちには異論があるだろうが、ぼくは立派に生きてきた人だからいえる言葉だと思う。してはならぬことを、努めて避けてきた人だからいえる言葉だよ」

「おれは今それ聞いて、何か気の毒な気がした」

「いや、そうじゃないって、そんな立派な人でも快楽にはなかなか抗しきれるものじゃないってことさ。だからこそ、老いを迎えると、ありがたいことに快楽を追う気が起こらなくなる、これは大いに感謝すべきことだというわけだよ。なあデクタダス、実はね、ぼくはこの心境、一考に値すると思っていたんだ。だって、老齢を厭うことなどふつうのことだよ、きみの老人醜悪説みたいに、誰だってふつうに思うことだ。しかし、老いを徳とし、迎え入れ、あえて感謝さえする心境は貴重だ。ぼくはね、賢者はそのように老い育てるものだと思った。だから、賢者は徳を保ちつつ従容（しょうよう）として死に就く」

「それねえ、歳のせいで欲を失い、悦びを取り上げられて感謝してるんだろ、屁理屈もそこまでくると、害を生じるおそれがある。どこのどいつか知らんが、素直な性格じゃないわ」

「そうかな、ぼくは感心したさ。それで、あのクウィントス老人のことを思うんだよ、あの人、誰が見ても仕様がない老人だ。大それた奇行があるってわけじゃないが、賢者の気構えの逆を行ってる。してはならぬことが、大好きなんだよ。あの人、人に侮られ、顰蹙を買いながらも、意地の一徹、心弱りは見せないし、無理無体を通してでも、居場所を譲らん、場所塞ぎをする、まあ、好き放題さ。しかし、さっきの催淫剤もそうだけど、それってみんな生への執着だよな、悪あがきだよ。というのは、ぼくは、さっきいったような心境に立ち至った人は、死を前にしても心静かにこくりと頷くように思うんだ。きみたちにいうのも何だが、エピクーロスだって、美しく生を送ってきた老人は『老齢を、あたかも泊まり場として、そこに憩うている』というよ。ぼくは好きだね、次の旅路の前に暫（しば）し憩う老齢。しかし、無駄に醜く生きてきた人はそこで悪あがきをする。ぼくはそう思う。ところが、あの老人を知れば知るほど、何かねえ。無駄に醜く生きてきて、何で陽気なんだろう」

「それ、あんたのせいじゃないの。この前の庭掃き老人の話さ、あれで変になったと自分でいってた。おれ、その話知らないんだが、どうせ出処の怪しい奇譚（きたん）の類いだろ」

「ま、そうだな。しかし、ほんとは恋の至極（しごく）を伝えているはずなんだ。そう思って話した。でもなあ、クウィントス翁にあれほど陽気に喜ばれてしまうと、どこか間違っていたような気がする。年甲斐もなく若い高貴な娘に心を寄せて、叶うはずのない想いにしがみつくわけだよ、結局は恋の至極も悪あがきなんだね。あの人、差し迫った教訓を読み取らないから。ほんとは小娘に弄ばれて果てるんだよ、陽気にはしゃぐ話じゃないんだ。何で復讐の鬼になって歓ぶんだろう」

「何をしてた人なんだ」

ルキウスはふと浮かんだ疑問を口に出した。

キンナはルキウスのほうに顔を向け、溜めをつくるように首を傾げてから、

「よく知らないなあ。若い頃、どこかで海賊の捕虜になったらしい」といった。

「ふーん、苦労したんだ。しかし、今やただの好色な爺さんだよな。見てくれはそこいらの年寄りと変わらないのに、頭の中はあのことでいっぱい。あのね、歳を取るとそうなる人、実は多いんだよ」

こういってルキウスが話に割って入ったのだが、

「キンナねえ」と、デクタダスがルキウスの排除にかかる。

「さっきから聞いてりゃあ、随分ひどいことというね。キンナともあろう人が、悪あがきとはひどい。あれだけご恩顧をかたじけなくしておきながら、あんたらしくもない。じゃあ、ここはしばらくエピクーロスにはご遠慮いただくとして、この際だから新規到来の老骨英雄論なるものを開陳（かいちん）させていただこう、今思い付いたばかりなんだ。まあ、そんな顔するな。いいかい、こういうことだ、クウィントス翁は、年老いるということに我慢ができないんだ、なぜこのわしが、と思うにつけて腸が煮えくり返るんだよ。選りによって、人生の残りも少ない今になって、耄碌と老醜の追い打ちとは、いかなる摂理のいたずらか」

「分かった分かった」

「キンナねえ、詩人ならもっとしみじみ分かってくれよ。これ、以前話したような気もするけど、クウィントス老人はね、衰えていくことに、真正面から抵抗しているんだ。悪あがきじゃなくて、壮絶な抵抗だ。考えてもみ

ろよ、髪の毛は抜け落ち、肌には斑の染みが浮かび、皮膚はたるみ、歯は欠け落ち、口は臭気を発し、足腰は弱る、踝かかとは水で膨れ、眼はかすみ、耳は聞こえず、下の締まりが緩くなって顔が赤らむ粗相ばかり、つまり、誰もがそうなるようにやっぱりなった。しかし、しかしだ、老骨とはいえ元は花咲けるローマ騎士クウィントトス・オストリウス・マルモー、甘んじてそれを受け入れるのか。非情な摂理、いや運命と、なしくずしの折り合いをつけてしまっていいのか」

「そうだね、それ、何だか少し分かるんだよ、だからこの話を始めた。というのは、話はずれるかもしれないが、生を持つものの中で、死の観念を持つのは人間だけだろ、だからこそ、人間だけが死後の生を想い、死後に救いを願う。それってむしろ、不死なる神々からの恩恵だと思う。何よりの賜物だよ、いや、きみの同意を求めてはいない、ぼくはそう思いたいということだ。死の観念のない生き物は、生きたという観念もなく死んでゆく。死を知る人間だけが生の観念、そして死後の生の観念すら許されているんだ。ぼくはそれ、神々が人に下されたものだと思う。まあいいから、ぼくに話させろって。ぼくは自分の死を知るからこそ、死後に願いを向けることができるってことだよ。そこに神々の慈しみすら感じるくらいだ。だからね、神々に向き合い、してはならないことを努めて避け、立派に生きて正しく死後の生を想う、そうすれば、悪あがきなどあるはずがないと思うのだよ。慈愛に抱かれ安んじて死ねるはずさ。いうは易しと思うかも知れん、普段のぼくを問われると返す言葉がないけれども、人間、そうあるべきなんだ」

「でも、ひと夏、あの無茶な老人と顔を突き合わせて暮らしてみると、何だかねえ、もう、分からん、ひっかき回された感じさ。無茶をいったり無茶をやったり、それで陽気なんだ。自分が死ぬこと、本気で分かっているのかなあ、つくづく思った。それでね、改めて自分に問いかけてみるんだが、どうなんだろう、神々を仰ぎつつ善い生を立派に生き、賢者になって正しく後生を知ったとしたら、ほんとに心は騒がないのだろうか、何だかねえ、もう自信ないわ。バカをやって陽気な老人に、正しく生きた人は勝てるのか。最近ずっと思うんだよ、例の『パイドン』の最後の場面さ。あそこでもし、ソクラテスが獄舎で独り、構ってくれる人もなく、得意のおしゃべりもできないまま、ひっそり毒杯を仰ぐことになっていたら、『いともむぞうさに、らくらくと飲みほしました』となるのか」

「そう、そこだよキンナ、ここは卑近な老人問題にすり替えていうが、老残の身に降りかかるのは、さっきいった耄碌と老醜だけではないんだ、老いてこそ分かるのは、善が滅び悪が栄える世の中、失敗続きの無駄な人生、報われず怒りに変えた幾多の想いや、叶わずに妬みに変えた願望の数々、人生の荒れ野の嵐に耐えに耐え、ふと気付けば、周りは自分が死んでも生きていくやつらばかり、その底知れぬ孤独と絶望。ところが賢者だからね、どうしようもないと悟ったうえは、想いを後生に向け、死への想念に誘い込まれ、しょげてしょんぼり陽だまりで、足の爪でも切っているしかないんだ。そんなことなら、賢者などやってられないよ」

「ならば、運命ごとひっくり返してやる、いじましい愚者に徹し、抗しきれぬ相手に抗す。今こそ、老骨の英雄、陽気なクウィントス爺さんは覚束ない手をためらわず伸ばす。その指先が探るものこそ奇（くす）しき愛の妙薬。さあ、卑しい情欲といいたくばいえ、法律家のデキムスをあわや死に追い込んだあの催淫剤を、『いともむぞうさに、らくらくと飲みほしました』」

「なあなあ、独裁官のスッラが引退する前、ウァレリアという若い女にうつつを抜かしたよな。クーマエの別荘に連れ込んで、日がな一日寝所に籠ったらしい。もう七十のスッラだから、相当危ない催淫剤に頼ったらしいよ」

　ルキウスはもうこのあたりで話の仲間に入りたかったから、さっきいおうとしたことをまず口に出した。すると、デクタダスが口を歪め、眼の端だけでルキウスを見る。ばつの悪さを感じたルキウスはあわてて話を継ぎ足した。

「あの大スピキオだがね、年老いて隠棲してからは奴隷の小娘を追いかけ回した。年寄りの憂さ晴らしってわけでもないよ、年寄りは自然にそうなるみたいだ」

「…………」

「ほんとだよ、そんな年寄り多いんだから。ほら、監察官の大カトーもそうじゃないか、若い女を連れ込んで同居している次男夫婦を困らせた。爺さんになってからだよ」

「…………」

「ところで、なあデクタダス」

　キンナに何か思い付いたことがあったようだ。

「以前きみが話していたことだが、覚えているかな、一度死んで、すぐに生き返った男の話さ。きみの話では、一端死んだその男は、洪水みたいな光に溺れ、ああ、死んだ、と分かったそうじゃないか。生き返ったその男のひと言が、誰だ、ほんとに水をぶっかけやがった。ほら、きみの得意な落とし話さ。ぼくは、老人のためにあらかじめ哀歌をいくつか用意したのだが、その中にね、きみから聞いたその話を使わせてもらったのがある。その哀歌では老人は死んだことになっているから、いずれその時が来れば改めて披露させてもらうが、実はね、その詩を書いている時さ、想いを込めて言葉を吟味しているうちにね、詩の力だろうか、ぼくは真実を語っている気がした。ぼくはきみたちほどエピクーロスに傾いていないから、死後の生への願いを捨てられない。しかし、さっきも話したように不安もある。死ねばやっぱり終わりなのかと。しかしね、詩の力はすごいよ、ぼくが死ぬ時、ぼくは光に包まれる、ほんとにそんな気がした。扉を開けてふらりと外に出れば、そこは光がいっぱい、あたり一面雲霧のように光が覆い、ぼくは雲霧の輝く中へと歩みを進める。きみたちの意見は聞かない。ぼくはそう思う」

「光のことならルキウスだ。おれ、光の中では元気が出ない」

　そういって、デクタダスが暗がりの生き物みたいに蠢いた時、街道脇に停めてあったルキウスたちの車駕が急に動いた。車駕はルキウスたちをしばらく揺らして脇道にそれ、そして停まった。街道をアポロニアの宿営地へ向かう遠征軍が通るようだ。明かり採りの窓から、ほんの小部隊の行軍が見える。荷車の数、また曳いて行く牛の数からして糧秣徴発隊だろう。行く先々で食糧を徴発し、この時期にブルンデシウムから海を渡るようだ。

「いよいよ始めるのだね」

アドリアの海を渡った対岸の都市アポロニアには、既に六個軍団の正規軍とその補助隊が集結していた。ダキア、そしてパルティアを攻める遠征軍である。やがて、軍団の数は十六に増え、一万の騎馬隊が集まるはずである。

この時、アポロニアにはカエサルの姪の息子、オクタウィウスという若者がいて出陣の下知を待っていた。しかし、そのことをルキウスは知らない。カエサルに縁続きの若者が何人かいることは知っていて、最近、そのうちのひとりが何やらの祭司団の一員になったという話は聞いた記憶はある。ルキウスにしてその程度だから、キンナやデクタダスはその若者のことを聞いたことがあったとしても、そのまま忘れているだろう。噂話が多過ぎるせいもあって、この時期、オクタウィウスはほとんど人に知られていない。どうせまだ十八の若者、騎馬訓練は始めたものの、当人は病弱を自覚し、そのことを隠しもしないことから、軍功を焦る気はなかったようだ。軍令の布(し)かれた中にあって、オクタウィウスは修辞学や弁論術、また文学の研鑽(けんさん)に余念がない。

荷車と牛の部隊が通り過ぎると、ルキウスたちの車駕があとを追って動き出した。デクタダスが顔を歪める。しばらくは大人しくしているだろう。

荷車の小部隊がこのまま二日ばかり街道を行き、シヌエッサで右に折れるとカンパーニアの海岸に出る。この十九日、古参兵たちの入植事情を見るためだろうか、カンパーニアに滞在中のカエサルはクーマエ近郊に別荘を持つキケローの宴席に招かれていた。供揃え二千の饗応は、気前がいいともいえないキケローだから、二度とご免、と思っていることだろう。

カエサル暗殺の日まで、あと八十余日を残すばかりの冬の昼下がりである。ルキウスたちの車駕は夕刻過ぎにはキルケイイの海浜にある老人の別荘に着くはずである。

第二部

三　三月十五日、儀典会堂、そして、人々のその後

人間、突発的な出来事であっても、それはやはりそうであったか、と思いたいのである。そう思うことで少しは安心できるからである。

ほかでもない、予言のことをいっている。出来事の測り難い突発性、または偶発性は少なからず不安である。予言という不思議な法則の網にかけてしまえば納得もしやすい。その意味で、予言はあとになって分かってもいいのである。伝説や物語なら別として、的中した予言の多くはあとになってから人に知られる。予言があったと分かれば、やはりそうであったか、と少しは不安も消えるのである。

明けて三月、イドゥスの日の十五日に、カエサルは死ぬ。いくつもの予言や予兆があったことはやはりあとになってから明るみに出た。中でも、腸卜師（ちょうぼくし）スプリンナの予言はカエサルの耳にもじかに届き、用心を促されていたことがあとになってから判明する。きっと、スプリンナ自身があわてて触れ回ったからだろう。有名な「墓場が口を開いて、死体を吐き出した」などといった予兆にしても、もっとあとになってから人々の耳に届き、信じやすい人々を納得させた。

もちろん、ローマ騎士ルキウス・クラウディウス・アマントゥスにとって、カエサルの死の予言や予兆などまったく与（あずか）り知らぬことである。だからこそ、三月のその日は、近隣に住む庇護民たちを饗応する日に充てていたのである。ルキウスはほぼ十日おきに饗応の宴を張るのだが、集まるのは多い時で十五、六人、少ない時で七人ばかり、多くは祖父、または曾祖父が解放した奴隷たちの息子や孫たちで、今も家業の一部を任せている。献

立は木の実や干物といった保存のきく質素な料理で、量だけはふんだんに用意する。食卓に並べるのはほんの一部、取り置いた大部分は全て客たちが持って帰る。

ルキウスはこんな宴会が苦ではない。他愛のない世間話にはプラトンもエピクーロスも登場しない。詩歌詠いや踊り子などを呼ばずとも、庇護民たちが勝手にその役をこなす。懐もさほど痛まず、面倒な気遣いも無用で、宴会中は厄介な陳情を受けることもない。使用人たちは控えの間で宴を張り、庇護民たちに付き添う奴隷たちをもてなす。ドゥルベロというモエシ族の若い奴隷は笛がうまい。興が乗れば客間へも笛を吹きにやって来る。宴席では、ルキウスは湯上がりの香油と寛衣のみ、時に、部屋着のままのこともある。酒が出るまではユーニアも相手をする。ユーニアだけは正装のパッラを羽織り化粧もする。

饗応がある日、庇護民たちは朝の挨拶には来ない。ルキウスは執事役のシュロスとシュロスの下に付けた書記役のペイシアス、そして荷物運びの家僕をふたり伴い、朝のローマのにぎわいの中、センプロニウスの会堂脇の干し肉の店に向かった。馴染みの店で、品数も多い。猪などは臭みが消えて、炙(あぶ)ると果物のような脂の香りがした。干し肉はいいとしても、とルキウスはずっと迷っている。庇護民たちに評判の焦がし葱風味の燻製チーズを買うには大競技場の向こう側まで行かねばならない。高価なものではないが、パンに合うので好まれている。どうしようか、と思うのだ。数日前、シュロスが夜中に何かを蹴飛ばして、右足の親指の爪を割ってしまった。傷は軽いと思われたが、一昨日あたりから傷口が化膿(かのう)し始め、歩くのが覚束なくなった。家に残しておきたかったのだが、饗応の買い出しに付き添うのはシュロスが勝手に決めたしきたりなのである。ルキウスに任せておけば、何だかんだとつけ込まれ、結局向こうのいい値で買ってしまう。物の売り買いは損を取るか得を取るかの微妙な兼ね合いなのだ。ルキウスはそこが分かっていない。損をしたのに喜んで帰ってくるから多少足が痛くとも付き添わざるを得ないのである。一方のルキウスは、面倒な男だと思いつつ振り返ってシュロスを見た。シュロスはまだ人混みの向こう側にいる。帰りは座輿(ざこし)を雇うしかないなと思った。

同じ日、パルティア遠征を控えたカエサルはポンペイウス劇場の回廊に付設された儀典会堂に元老院を招集していた。チーズを諦めたルキウス一行がようやく帰路についた頃、中央広場に面した大神祇官公邸には、忠臣デキムス・ブルートゥスがカエサルを迎えにきていた。そして、長く待たされている。

その日、カエサルはいつになく体調が優れず、議会の中止も考えその伝令の用意もしたほどだが、やはり中止はためらっていた。三日後にはローマを離れ、遠征軍を動かさねばならない。三年は戻れまいと覚悟した遠征である。いい置くことはもはやないが、中止することで何かが欠けるような気がした。カエサルは妻のカルプルニアが不吉な前兆について話すのを煩わしく聞きながら、出発の時をぐずぐず遅らせていた。

一方、忠臣デキムスは焦っている。これ以上出発が延びると、議会が散会とならないか。よもやとは思うが、そうなると何もかもが水の泡になる。矢も楯もたまらぬ気持ちでいた時、緋紫のトガを巻いたカエサルが中庭の回廊を歩いてきた。デキムスはなぜかぞっとして、供回りの者たちに手振りだけで合図を送る。

カエサルは刻限を相当遅れて公邸を出た。供回りに警護の武装兵はいない。年が変わって早々に、カエサルはヒスパニアの警護兵たちを解散させてしまった。謀叛の噂は常にあった。しかし、カエサルはわが身の危険に無頓着でいる。それは人が訝(いぶか)るような傲(おご)りや侮りなどではあるまい。警護の兵に守られ人の誓約を頼りにするより、命運に身を晒(さら)す生き方が好ましいと思ったからに違いない。その気構えで生きてきた自分を恃(たの)んだのだろう。独裁官に許された二十四名の先導吏たちが堂々道を行くあと、カエサルの座輿はポンペイウス回廊の議場へと向かった。

この日、前夜の嵐のあとも天候は優れず、エトナ山の噴火の影響だろうか、空が重くどんよりして、太陽も雲間から錆(さび)色の光を放つのみであった。ローマでは何日もこのような天候が続いている。

議場に向かうカエサルに陳情者たちが走り寄るのはいつものことである。カエサルはこの日、そんな陳情者たちのひとりから巻いた書面を手渡された。首都法務官マルクス・ブルートゥスの屋敷に長くいたギリシャ語教師からの書面であった。カエサルはその書面に眼を通すことなく、脇の書類の束に重ねてしまう。ありふれた日々のありふれた一日の始まりであった。

議場に着いたカエサルを低頭しつつ出迎えたのは、またも陳情者たちの一団である。その日、早朝からカッシウスの家に集まり、謀（はかりごと）を確かめ合った十四、五名の議員たちであった。平静を装いつつも、凶行の予感に身震いを禁じ得ないのは、各々がせめて一太刀、と誓い合っていたからであろう。カエサルはそんな男たちをすばやく見る。そして、その眼を逸（そ）らせた。反逆の罪を赦（ゆる）してやったリガーリウスや元護民官ポンティウス・アクィラ、法学者のラベオーの後ろには、なぜか、さっきまで付き従っていた忠臣デキムス・ブルートゥスの顔があった。ほかに誰と誰がいただろうか。恐らくは体調のせいだろう、カエサルはいつもの愛想笑いができずにいる。珍しく無表情のカエサルは数百の議員たちが起立して迎える中を気怠（けだる）く体を運んでいく。前夜のレピドゥスの宴席で、好ましい突然の死について語ったことはもう念頭にない。異変を予感させるものは何もなかった。

カエサルが独裁官の黄金の椅子に歩みを向けると、リガーリウスたち、陳情を装った十四、五名の男たちがカエサルの動きに合わせて動いた。カエサルが席に着くと、もの思わしげな眼を上げてひとりの男が進み出る。熱烈なカエサル支持者で知られたルキウス・トゥルリウス・キンベルであった。キンベルは、内乱時、ポンペイウスの陣営に走った兄の赦免を願い出たのである。他の陳情者たちはキンベルの嘆願に口添えをするかのように、カエサルの身近へと体を寄せる。それぞれの顔にはキンベルと同じもの思わしい表情があった。手振りで人払いしつつも、カエサルは不承不承の返事を繰り返す。そして、それはさりげない動きに見えた、カスカ兄弟の弟プブリウスがカエサルの後ろへそっと回ったのである。その動きを確かめると、キンベルは突如平伏し、平伏のまま着座したカエサルの足元ににじり寄る。顔を上げさらにすり寄るキンベルはその手の指輪に口づけすると見せて、カエサルの緋紫のトガを摑んで動きを抑えた。と同時に、後ろに回ったプブリウス・カスカがカエサルの喉元に隠し持った懐剣を振るう。カエサルは剣を握るカスカの手を鷲摑みにし、そして叫んだ。

「おのれ、カスカ。これは暴力ではないのかっ」

この声に奮い立ったわけではあるまい。後れを取るまいと一斉に襲いかかった暗殺者たちである。カエサルの声には耳を塞ぎ、凶暴なおのれの声にけしかけられて、鬱血(うっけつ)した一撃を焦っていたのだろう。いくつもの刃先がカエサルを捉える。カエサルは獣の声を張り上げてもがくように立ち上がるが、二度目に受けた胸への一撃がすでにカエサルへの致命傷であった。

凶行に我を忘れ、闇雲に刃を振るう暗殺者たちは、仲間からおのれが受けた傷には気付いていない。たったひとりを襲うのに、十四、五人はいかにも多いことにすら気付いていない。トガを巻いた男たちのこの騒ぎは、遠い議席の議員たちには、喧(かまびす)しい女たちの井戸端の諍(いさか)いのようにも見えただろう。闇の力などそこにはない。場違いな騒動しかそこにはなかった。そんな中、首謀者のひとり首都法務官のブルートゥスが仲間の刃に傷つきながらも、カエサルの太股を深く抉(えぐ)る。カエサルの抵抗はそれで止(や)んだ。見るべきものは見たかのように、カエサルは緋紫のトガで顔を隠し、裾の乱れを整えると、揺らぐ体を男たちにあずけた。膝から崩れ落ちるそのカエサルに、なおも男たちは襲いかかる。とどめの一撃を競うというより、血祭りに狂奔する群れのようにカエサルを襲った。やがて、ひとりふたりと男たちは動きを止める。そして、遠巻きに死んだカエサルを囲んだ。

議席のあちこちに短い叫びと嘆息と、そしてうろたえた議員たちの革靴が床を擦(す)る乾いた音だけの議場であった。しかし、その時は誰もが音に気付かなかった。惨劇のあと、瞬(まばた)きする間の静寂であった。やがて、議場の暗殺者たちは左右の者と顔を見合す。それは、浮足立った議員たちには、壮挙を讃え合っているというよりは、どこか腑(ふ)に落ちないといい合っている姿にも見えた。

しかし、血だまりが拡がる中にカエサルの死骸がある。受けた傷の多さが血だまりを見る間に拡げた。

数百の議員たちはことの次第を見届けると、われがちに出口へ走った。凄惨な人殺しさえ嗜(たしな)むような男たちが算を乱して逃げたのである。その喧騒と混乱は自らを解放者と任じていた暗殺者たちの予想もしないことであった。彼らは居並ぶ議員たちの前で、行為の意味を闡明(せんめい)にし、称賛を受けねばならなかった。暴君が斃(たお)れたこと、自由が取り戻せたこと。法務官ブルートゥスは演壇の前に進み出て、自由の回復を高らかに宣言するが、大方の議員たちは出口に殺到している。果たしてこれは、と訝るブルートゥスは、最前列の議席にいた長老議員キケローに眼を留めた。そして、懇願ともとれる声をかける。今となればキケローこそを頼みとして、ふさわしい演説を期待したのだ。キケローなら誰よりも理解しているはずだと思った。共和国ローマの大義。しかし、そのキケローは逃げ腰である。大方が逃げるようなら、キケローはたいてい逃げ腰になるのである。キケローはブルートゥスの声を振り切って出口へと走った。

わずかとはいえ、居残って解放者たちを讃える議員たちはいた。しかし、予期した光景が今はすり替わって眼の前にある。解放者たちは出口へと殺到する議員たちを声もなく茫然と見送るしかなかった。しかし、血を見た高ぶりのせいか、暗殺者たちに寸毫（すんごう）の落胆もない。暴君は葬られ、元老院とローマ人民は守られた。ローマの人々は知るべきである、自由が取り戻せた、共和国は守られた、と。彼ら「自由の闘士」たちはカエサルの死骸を棄てて議場の外に出た。しかし、外の回廊には様子を窺うだけの人影、ただ走り寄り、そして走り去る男たち、そこに歓喜に酔った群衆など影も形もなかった。高ぶりのあと、それぞれが虚脱感に襲われていくのは人影がほとんどない回廊広場を見たせいでもあるだろう。ひょっとして、違う世界に出てきてしまったのか、どこからか夢に変わってしまったのか、表情を変えるほどではないものの顔にはうすら寒い風が当たる。とはいえ、彼らは大事を成し遂げたのである。

噂は瞬く間に広がった。人々は戸を立てて家に籠った。窓のない家々では人々が屋根に登って様子を探った。街はいつものたたずまいでも、惨事の予感は誰もが感じた。しかし、議場の外では解放者たちが思案している。次の計画がなかったのだ。カエサルさえ殺せば、元老院で称賛の嵐を浴び、自然に事が運ぶものと思っていた。ところが、人は散り、今は取り残されてこのありさま。眼はうろたえて広場の光景に彷徨（さまよ）うばかり。だとしても、男たちに迷いや疑念などあるはずがない。ただ、行く先の途方に暮れた。さあ、これからどこへ行くか、何をするか。思いもしない成り行きで気持ちだけはあたふたするが、人が逃げてしまえば仕方がない。こちらから出向くばかりである。壮挙のあとの男たちは、人々がやがて集まるはずの中央広場に自ら勇んで下りていく、人々に自由を宣言する、それしかないと顔を見合わせ思った。こうして、彼ら「自由の闘士」たちは暴君を屠って歩みを進める。支持者たちを後ろに従え、歩調を合わせて行進すれば、ローマの男の慣らいだろうか、見るからに雄々しい勇士の集団。そんな彼らを、忠臣デキムス・ブルートゥスが集めた私兵たちが遠巻きに警護していた。

同じ頃、ルキウスは諦めたはずのチーズのことで、気持ちを沈ませていた。ペイシアスか家僕たちでも競技場の向こうに走らせるか、シュロスを置いて自分たちだけで先を行けば事は済んだはずなのに、そんな気転がきかない。大病のせいか、キンナの媚薬のせいか、頭の働きが鈍くなったと思えてならない。もとより質素な宴席である。せめて燻製チーズくらいは家への土産に出してやりたかった。それなのに、つい、いいか、と軽く考え諦めてしまった。これはどうでもいいようなことではない。チーズがどうこうというのではなく、気転がきかないことである、物事を軽く考え諦めてしまうことである。これは、気に病むほどのものではないが、しばらくは気持ちを塞ぎ込ませるものではある。だから今、ルキウスは奥庭の陽だまりの臥台でふて寝している。家の中に騒ぎがあるのは気付いていたが、煩わしくて知らんふりをしていた。あちこちで声がするのは、ルキウスを探しているからだろう。

ルキウスは今、本物の朗読奴隷がほしいのである。こうした日々の煩いに気持ちが塞いだ時など、クセノポンの名文やら、ピンダロスの詩文などを耳にしつつ、すとんと眠りに落ちる醍醐味はどんなだろう。その一瞬、永遠を味わう心地になるのではないか。ルキウスは眠くもないのに眠ったふりをしながら、遅滞したままの永遠と欠伸も出ないもどかしさをじりじり味わっていた。

カエサルが死んだその日に実に瑣末なことではあるが、話の都合上、ここでいっておかねばならないことがある。ルキウスがなぜ朗読奴隷がほしいなどという分不相応な願望を持つのか、ということである。それには次のような事情があった。

ほんの三、四年ほど前のことだが、ルキウスは文字通り眠りを失った時期があった。とくれば、おおよそ察しがつくだろう。眼を閉じれば、逆に頭が冴え冴えとして、心は見えるともない面影を追い、汗ばむ思いに身を展転として、眠りの訪れにむしろ怯える日々であった。これは、二十歳前の若者ならありがちのことではあるが、稀には三十を過ぎてからでも起こり得ることである。ルキウスにそれが起きた。つまり、ひとを想い眠れぬ日々、瘦(こ)けた頰に手をやりながら、いずれこの身に報いを受ける、などと自分の不運で自分を慰めるようなだらしなさに甘えていた日々である。実は、そんなある日のこと、ルキウスは友人に誘われ、知らない詩人の朗読会に出た。覚えていることはあまりない。ただ、朗読が始まってしばらくすると、ルキウスは大鼾(おおいびき)をかいて眠ったのだそうだ。あまりの鼾に肩を小突かれたり、体を揺すられたりもしたそうだが、それでも依怙地(いこじ)なまでに鼾を響かす。周りからは人が退(ひ)き、朗誦者は会場の右半分に体を向けて詠ったそうだが、おかげで会は早めにお開きになったという。人々が辟易(へきえき)して去ったあと、ルキウスは玲瓏(れいろう)と澄み渡った頭で眼が醒めた。眠りの中へも詩歌が届いていたのだろう、久しぶりの清涼な爽快感にルキウスは詩歌の功徳を確信した。だから、ルキウスは朗読奴隷がほしいのである。買い損ねたチーズくらいのことで悶々(もんもん)とする自分がやりきれないのである。

　そんなわけで、ルキウスが眼を閉じつつも朗読奴隷のことなど、あれこれ考えていた時、血相を変えてやって来た男がいる。若い書記役のペイシアスである。よく動き回る男で気転もきくから重宝はしている。ただ、性分だろうか、じっとはしていない。二つ三つのことを一度にしたがる。ということは、しなくてもいいことまですることだ。しかし、役立つことは役立つわけだし、若いし、風采も相当いい。加えて、いくつかの言語を弁(わきま)えているのだから、こいつを売れば朗読奴隷くらいは買えるはずである。ルキウスはわざと気怠く体を起こしながら、そんな酷(むご)いことを考えた。

　そうとは知らぬペイシアスは険しい顔のルキウスにまさかの報を告げたのである。

「ええっ、それ、何だとっ」

　頭がどれほどのことを理解したのか、出た声は驚きとも、叱責とも、狼狽とも取れる声であった。ペイシアスがとっさに首をすくめたところを見ると、直感的に叱責の声と受け止めたようだ。

「さっき、知らせが入りました。すぐお知らせしようにも、どこを探しても」

「ほんとなのか」

「はい、恐らく。ただシュロスさんが内乱だといって騒ぐもんで、女たちは悲鳴を上げて」

ルキウスは話の続きを聞かないまま臥台から跳ね起き、石塀に沿って走り出した。本当のことだとしたら大ごとなのだが、何がどのように大ごとなのかは分かっていない。知らせを聞いた動揺もまだ体全部に行き渡っていないようで、走る体がかくかく折れた。ただ無闇なまでに急き立てられてルキウスは塀際を走る。そして、ローマ人の常として、もし本当にカエサルが斃れたなら、予兆か異変の前触れがあったはずだと考えている。果たして、どんな予兆があったのか、ルキウスはその考えのまま家の中に駆け込んだ。一瞬、暗がりが頭の奥でぎらりと光る。それは軽い目眩なのだがルキウスにその自覚はない。中庭の明るい回廊に出て、さらに目眩がしたことにも自覚がなかった。ただ、回廊にいて、不安な肩を寄せ合っている下女たちが怯えた眼を一斉にルキウスに向けた時、ルキウスは血の気がすうっと引くのが分かって、眼の前が昏くなった。女たちの怯えが伝染したのである。広間に入ると、壁際にシュロスがポカンとした顔で突っ立っていた。ルキウスはシュロスを相手にせず、広間から控えの間を駆け抜けた。

ルキウスは闇雲に走っているわけではない。ユーニアを探している。回廊に出る前、ユーニアの私室を覗いたのはそのためである。

ユーニアは、閉ざされた玄関口に体を向けて立っていた。家政を助ける女中頭のティオフィラが脇にいて、同じように戸口を向いて立っていた。ルキウスが駆け込む気配を感じたのか、ユーニアははっとした様子で振り返ると、ティオフィラに小声で何かを伝え、その場を去らせた。

やっと気持ちを落ち着かせたルキウスは、

「本当か、本当なのか」と喘ぐ息で訊いた。

ユーニアは眼だけで返事を返した。

「誰だ、誰が殺った」

ユーニアは首を振った。そして、やはり黙ってルキウスを見ている。その眼には隠しきれない怯えが見えたが、眼差しにうろたえた様子はなかった。やるべきことが分かっている眼だった。

「お前は心配しなくていい。まだ確かな事は分からん」

「テレポスたちを外へ走らせました。戻ってくれれば様子が分かります」

「落ち着け、いいな。こんな時こそ落ち着くんだ」

「トゥルベウスの家に使いをやりました。人を回してほしい、と。すぐにでもやって来ますわ」

ユーニアは、ルキウスのために湯で割った薄目の酒を用意させ、受け取ったその酒を両手で包んでルキウスに渡すと、子供たちの居る奥の部屋へと足早に向かった。そのあとを、湯割りの酒を手にしたルキウスが引かれるようについていく。

子供たちは奥の乳母の部屋にいた。乳母役の少女と女中頭のティオフィラが小声で何かいい合う脇で、しゃがんだユーニアが子供たちを胸に抱いた。ルキウスが敷居口に立つと、子供たちはユーニアに促されてルキウスのほうに走り寄る。

怯えた様子はあっても、子供は運命に従順なのである。そして、それが健気に見える。子供は、大人たちの怯えが分かると、懸命になってその身を投げ出し慰めるのだ。しゃがんだルキウスに抱き付いたふたりの子供は、傷ついた大人をいたわるようにルキウスの胸に顔を埋める。ルキウスは酒杯を床に置き小さいふたつの頭を両手で抱いた。そして、深く息を吸い込む。子供は親に抱かれて安心するのだ。その安心を小さい体で伝えてくれる。ルキウスは安心を抱いている。微笑みが、子供が伝えてくれたもののように自然に浮かぶ。しかし、微笑むその顔はすぐに引き締まって、ルキウスはやっとものを考える顔に変わった。

ユーニアはものいわず子供たちの肩に手を添えると、子供たちを引き離した。ルキウスはゆっくり立ち上がった。やるべきことがいくつもある。しかし、何を先にしたらいいのか。

広間では執事シュロスが同じ場所に突っ立っていた。ルキウスが近づくと、ひょー、と笛のような喉の音を出した。言葉が出ないのだろう。ルキウスは手にした湯割りの酒をシュロスに譲った。

「お前がそんな様子じゃあ、周りの者が浮足立つ。しっかりしろや。カエサルがどうなったか、まだ確かなことは分からんじゃないか。あの男のことだ、運よく生きているかも知れんぞ、大事にならずに収まっているかも知れん」

いや、ほんとにそうか、大事にならずに済むだろうか。シュロス相手に気安めをいっても仕方がないのだ。今は最悪を予想して備えだけはしておかねばならない。

「しかし、念のためだ、軍装の櫃(ひつ)だけは出しておけ。弓や投げ槍は出すな、今は出さなくていい。それから、奥庭の出口の通路を片付けておけよ。いざとなったら、そこから逃げる。外に荷車の用意だけはしておけ。いいか、余計なものは持ち出さなくていい。あとは身ひとつで逃げるんだぞ。みんなにいっておけ」

シュロスは分かった様子ではなかった。むしろ、よけいに怯えてしまったようだ。ルキウスは困ったものだと思ってシュロスのうろたえた眼を強い眼の力で覗き込んだ。すると、シュロスは命乞いをするみたいなぎりぎりの哀訴の眼を返してくる。仕方がないなと思った。ほかの誰かにいいつけるしかない。

ルキウスはこのシュロスに家業の多くを任せている。父の代からいる男で、近年家の資産が七割方も膨らんだのは、ローマの隆盛に伴ってということももちろんあるが、シュロスの地道な資産管理のおかげであると思っている。しかし、こんな時は役に立たないことも分かっていた。剣闘士の試合どころか、闘鶏場にも足を踏み入れない男なのである。ルキウスがそれとなく三歩ばかり後ずさりしたのは、そばで様子を見ていると、今にもルキウスに抱きついてきそうな気がしたからである。

「お前な、こんな暗いところにいるんじゃないよ。奥庭に出て、薪かなんかで頭をぽこんと叩け。冗談をいってるんじゃないぞ。戦場に出た兵士たちは互いに殴り合ったり兜(かぶと)の頭をぶつけ合ったりして気合を入れるんだ。自分で自分の頭殴ってこい」

ルキウスはシュロスを奥に追いやってから次にやるべきことを考えた。しかし、詳しいことが分からぬ今は、考えることは山ほどあるのに、次にやるべきことが分からない。あのカエサルの殺害だから、市中に大部隊がなだれ込んで、いたるところで乱闘が繰り広げられているかも知れない。やがて、火の手が上がって、ローマが炎上、そう思うと歯の根が合わないほどの震えが来た。さあ、何をすればいいのか。ルキウスは控えの間と広間の間を行ったり来たりして考えている。立ち止まって考えると、逆に浮足立って意識が飛び出ていきそうな気がしたからだ。ルキウスは、行ったり来たりを繰り返しつつ、まさか、ローマのカエサル派を一掃しようなんて、いくらなんでもそこまでは、と同じことばかり考えている。

ひとりふたりと、戻ってきた家僕たちはそれぞれが同じ報告をした。しかし、ルキウスは納得できない。たった十人そこらで、あのカエサルを。しかも、何の騒ぎも起きていない。あのカエサルが斃れたのに、その程度で済むものなのか。不可解である。不可解というより拍子抜けである。大ローマの炎上どころか暴動ひとつない。議員たちまで家に籠って様子見とは、筋書きを間違えた茶番劇を見せられた気分にもなる。

「間違いないのか、どこにも騒ぎはないのか。しかし、カエサルが死んだのだろう、そんなはずがないんだ。いや、それはどうかな、首謀者が首都法務官のブルートゥスなら、周到にことを運んだかも知れない。軍勢を潜ませて辻々を押さえてしまったのかも知れん。騒ぎがないのはいいとしても、そうか、ほんとにカエサルを殺してしまったのか。しかし、どうする気だろう、カエサルを殺して。なあ、お前たち、何か耳にしたことはないのか。触れ文くらい回っていただろう、どうしたいんだ、あいつら。肝心なことだぞ、聞いてこなかったのか。うーん、それにしても分からん、デキムス・ブルートゥス、あの男もか。きっと先祖の血だな、ブルートゥスたちの先祖はローマの王を追っ払ったんだ。王制を転覆させたんだよ。しかし、デキムスはカエサルの腹心じゃないか。まさかまさか、な、そうだろ、ずっとカエサルに仕えていた男じゃないか、最も恩顧を受けた腹心だぞ。ああ、どんな顔してカエサルの血を浴びたんだろう。それにしても、あのミヌキウス・バシルスまでもが。ああ分からん、何でだ、間違いないのか。だって、そうじゃないか、あの人もカエサルに従ってガリアの戦役に出た人だ。おれが軍籍を解かれてローマに戻った翌年だよ、あの頃からずっと軍団を率いてカエサルを支えた人なんだよ。それがどうして。

あの人には昔からよくしてもらった、知ってるだろ。何代も前のおれの先祖がサビニのほうからアスクルムに所領を移した時、隣がバシルスの所領でずっと世話になっていたんだ。昔は、バシルスの縁者に嫁いだりもしたそうだから、ひょっとしたら遠い親戚だよ。アスクルムのあたりは共和国派の土地だから、バシルスみたいなカエサル派は珍しい。おれがカエサル派に鞍替えしたものだから、おれには随分よくしてくれたんだ。そうそう、つい最近出会った時、ひと月ほど前かな、話の最中で、どこやらの奥方にふざけたことをいって喜んでいた。今夜忍んでいくから、亭主へべれけにさせておけって。おれがいると、わざとそんな話をするんだ、バカな人だ。そうだ、お前あの時、そばにいたじゃないか。あんなおどけた人が決起するのか」

とうとうこのあたりで、ルキウスの前にうずくまった家僕ふたりがべそをかくような顔をした。問われても答えようのないことばかりルキウスが訊いてくるからである。ミヌキウス・バシルスといっても、聞いたままの名前を告げただけで、誰のことをいっているのか分からないのだ。デキムス・ブルートゥスにしても然りである。奴隷身分の家僕相手に話すことではないのだ。しかし、家僕たちには分からないだろうが、ルキウスがこのように突発的な饒舌を振るって相手を困らせるのは、ローマに暴動や乱闘がないと分かった安堵からで、緊張の箍が外れたからにほかならない。ふつうなら黙って心の中で思うことなのだが、安堵のあまり気持ちが弾んで、思ったことが自然に飛び出してきてしまうのだ。しかも、止め処なく。

「考えてもみろよ、あんなおどけた人が怖ろしい決意を抱いて日々を暮らしていたんだ。それを思うと人間が怖ろしくなる。あんな人でも急に変わってしまうんだよ。それが怖ろしい。なあ、人間、日頃の顔の裏側に何を隠しているんだろう。日頃の顔は作り顔か。作り顔して日々を生きているのか。ふん、お前たちにいっても仕方がないわ。それにしても、信じられんことばかりだ。まさかお前たち、あやふやを聞いてきたのではないだろうな。何人にも訊いて、ちゃんと確かめたんだろうな。おい、もう一度訊くぞ、ほんとなのか、ほんとにアントニウスは関係ないのか。首謀者でなくとも、一味に加わっていたはずだぞ。いい加減なやつらだ、ほんとにちゃんと聞いたのだな。どこかで道草を食ってたんじゃないんだな」

家僕たちはここで互いに眼を見交わせ励まし合うように目配せをすると、石のように表情を固くした。八方走り回って調べたことが信じてもらえないのである。気に入らないことは信じようとしないのだ。だったら自分が聞きに行け、と内心家僕たちはふてくされるが、もちろん顔には出さない。しかし、相当参ってはいる。何も食べず、水さえ飲まずに走り回ったのだ。それなのにこの扱い。機嫌がいい時は冗談をいったり到来物を分け与えたりして家僕たちを甘やかすくせに、突然無茶をいい張るし、家僕相手に拗ねてみたり八つ当たりをしてみたり。今だって、わけの分からないことを早口でまくし立てたかと思えば、何が気に入らないのかアントニウスのことでは急に眼玉を剝いて突っかかってくる。難しい男である。情緒が安定しないのだ。

そんな不満の家僕たちだがさほど深刻そうに見えないのは、たとえ不当な叱責を受けても、ユーニアがちゃんと取り成してくれて、逆にルキウスに詫びを入れさせることすらあるからである。これは取り立てて珍しいことではない、奴隷とはいえ代価を払って買い求めた家の資産なのだから、多少とも大事に扱うほうが理に適っているのである。さて、当のルキウスだが、家僕たちを見下ろしたまま、そんなはずはないのだ、とまだ心の中で疑っている。あれがただの噂であるはずがないのだ、とも思っている。先年、ムンダの戦さのあと、トレボニウスがアントニウスに決起をほのめかしたこと、アントニウスは決起してカエサルを除くことに異を唱えなかったということ。たとえあの時、決起の誘いに乗らなかったとしても、アントニウスはその企てをカエサル当人には告げず、見て見ぬふりをした。日和見をするような男ではない。カエサルを除くも除かないも方寸の中、そんな不敵な考えの男のはずだ。だからこそ、カエサルはアントニウスに同僚執政職を与えて抱き込もうとしたのではなかったか。

「だったらアントニウスは、アントニウスはどうなった」

「さっきもいいましたが、トガを脱ぎ捨てて、あわてて逃げて行ったそうです。平民に化けて。どこへ逃げたか、姿がないそうです」

「カエサルが襲われた時、アントニウスはトレボニウスに引き止められて、議場にはいなかったそうです。さっきもお伝えしましたが、アントニウスはカエサルが斃れてから議場にやって来て、カエサルの死体を黙って見ていたそうです。そして、逃げて行きました」

「ほんとにそうか、アントニウスは逃げたのか。逃げて姿を消したのなら、ブルートゥスたちは法務官権限で兵を動かせるんだ。ほんとに兵士たちは動いてないのか」

「さあ、デキムス・ブルートゥスが剣闘士やら私兵を集めているそうですが、どうでしょう。今、広場や通りにほとんど人が出ていません。兵士たちも」

「いないのか、ほんとか。しかし、なぜなんだ、カエサルを殺して、それだけか」

ルキウスには謀叛の実体が何ひとつ見えてはいない。家僕たちの報告をわざと覆(くつがえ)すような聞き方をするからである。しかし、たとえアントニウスが謀叛の一味ではなかったとしても、逃げたというのが本当なら、相当まずいことだとは気付いている。これまでのアントニウスとの関わりを思うと、無事では済まないかも知れない、いや、済むはずがない。今は多少疎遠になったとはいえ、人はそうは思わないだろう。短い間とはいえ、一時期は側近のように身近にいたし、取り巻きの芸人たちとも近しい間柄になった。アントニウスの破天荒な視察旅行に随行しては、人々の嘲りさえ受けていたのだ。おかげで、共和国派の縁者たちからは毛嫌いどころか、警戒されてもいる。アントニウスが危機を感じて逃げたとなると、用心どころでは済まないだろう。もしアントニウスが討ち取られ、市中のアントニウスの支持者たちへも矛先が向かうようなら、どこまで累(るい)が及ぶか。こと、ここに至った今、どう切り抜ければいいのか。それを思うと、さっきまでの安堵感が吹き飛んで、急に気が動転し息が喘いだ。

　ルキウスが、くらりとして歩みを止めたのは、まるで予期したことのように、ふと頭をかすめた面影があったからだ。かすめただけで胴震いするくらいの動揺もある。もしもあの時、とルキウスは思った。そして、なおさら息を喘がす。もしもあの時、アントニウスの地方視察に随行せず、おんなを身近に見ることがなかったとしたら。もしもあの時、あの宴席で、おんなが舞う姿を見ずに済んでいたとしたら、今の自分はどうしているか、ルキウスはそれらのことを瞬時に思った。もともとアントニウスとは急ごしらえの庇護関係、たった七年かそこらの関係だ。適当な距離を置くか、いっそのこと、離れていってもよかったのだ。騎士長官時代のあきれた行状を見て、何人もの取り巻きがアントニウスを見限った。それなのに、一体自分はどうしていたのか。カエサルの不興を承知しながら、下卑た男や女たちを周りに集め、自堕落な遊興に飽くことがない、そんな男にルキウスはすり寄っていたのだ。一体、それは何のためか、答えはとうに分かっているから、問いかけだけが胸に溜まる。忘れたはずの面影がつい眼に浮かぶと、冷たい汗が噴き出たような気がした。

　ルキウスはまた行ったり来たりを始める。ルキウスの顔色を見た家僕たちが、怯えた様子を見せたからだ。ここで今、ルキウスが落ち着きを失えば、家僕たちはきっと逃げる。ルキウスはわざとゆったり体を運び、「そうか、そうか」と二度つぶやいた。

「軍兵が動いていない。群衆の騒ぎもない。そうか、どうせみんな、戸惑いを起こしているのだろう。とりわけ、騒ぎを起こした連中がな。カエサルを殺してしまったんだ、今頃、自分たちがしたことに、驚いているに違いない」

　しかし、そんな言葉とは裏腹に、ルキウスは、また内乱か、と気持ちをおろおろさせて考えている。どれほど気楽な人物でも、カエサルが暗殺された時くらいは最悪の事態を予想するはずである。気楽ともいえないルキウスだから、その最悪ばかりを考えて、やはり内乱しかないと怖れた。なぜなら、市壁の外のマルスの野には、カエサルを慕う古参兵たちが野営している。ティベリスの中洲にはレピドゥスの軍団兵も駐屯していた。あの軍団はもともとカエサル子飼いの軍団だった。暗殺が閥族派の策動だったなら、軍団兵や古参兵たちが黙ってはいない、立ち向かうだろう。あの兵士たちが動いてくれれば、恐らくアントニウスは助かる。助かってもらわないと、こっちの身が危うい。しかし、そうなれば内乱は避けようがない。また、人が大勢死ぬ。

報告に来た家僕たちは、下がるきっかけを失っていた。急にまた、ルキウスがそわそわ動き出したからである。しかし、折よく奥から聞こえて来たのは、ユーニアが下女たちを叱る声だ。ルキウスは、ふと立ち止まって奥のほうに顔を向けた。そのすきに、家僕たちはルキウスの前から下がった。

その頃になって、この日の宴会に来るはずのルキウスの庇護民たちが、ひとりふたりと、長剣を携え、軍装を外套に隠してルキウスの家を守りにやって来た。市中からは遠く離れたコッリーナ門の手前、石切り場跡の脇道に沿った屋敷である。たとえ離れてはいても、屋敷持ちが極めて少ないこのローマで、奥庭付きの家を構えているのだから相当な資産家だと思われているに違いない。しかも、近隣には閥族派デキムス・アエリウスやトルクワートゥスの屋敷や別宅がある。その使用人たちが群衆を集め、焼き討ちとまではいかなくとも、ルキウスの家を荒らし、家財を奪いに来ることくらいは考えられた。スッラがローマを奪還した時、このあたりも暴徒たちが荒らし回ったのである。備えを怠るわけにはいかない。そのことを、庇護民たちは承知していた。

執事シュロスの姿が見えないので、ペイシアスが潑剌（はつらつ）として持ち場の指図をしている。指図をしながら、相手を落ち着かせようとするためだろうか、

「カエサルが暗殺されていた時はな、おれは市場で買い物中さ。普段釣り銭を間違えないやつが、量り目を勘違いして釣りを寄越した。あの時だね、死んだのは」と愉快なことのように話している。もちろん作り話だし、その割におもしろくもないのだが、聞かされた相手は口元を緩めて愛想笑いだけは浮かべていた。

ユーニアが呼ばせたトゥルベウスの家で使っている奴隷たちが加勢に来ると、引っ越しのような手際で家財道具の位置が変わった。玄関の扉の内側に櫃や卓が積み上がり、重い調度類が戸口の脇に運び出される。控えの間には、出すなと命じたはずの投げ槍や矢が束ねて置かれ、水甕が広間の中央に集められた。ユーニアは戦う気でいるのだろう。トゥルベウスの家の者たちを呼び寄せたのはそのためだろう。しかし、最後は逃げなければなら

ない。ルキウスは手が空いた家僕たちに、奥庭の出口を塞いでいた薪を片付けて逃げ道の通路を開けておくように命じた。荷車の用意もして、貴重な家財だけでも運び出さねばならない。ルキウスは執務室へ戻り、家僕たちに運び出す家財の指示をし、裏に荷車の用意も命じた。広間に戻ると、庇護民の若いほうのナターリスが部屋の隅で怯え竦(すく)んでいる女たちに、何やら軽口を叩いて喜んでいた。ルキウスの姿を見て逃げるように部屋を離れたナターリスは、内庭で長剣を振る兄を見て立ち竦んでしまう。

そして、ルキウスはふと我に帰った。気がつけば、ルキウスは軍装を納めた長櫃の上に腰かけている。どれくらいか、記憶が飛んだ。一体、何が……と考えるうち、先々月あたりから、カエサルが解散させた軍団兵たちが付近をうろついていたのを急に思い出した。行き場を持たない男たちだから、群れを作って、屋敷を荒らしに来ないとも限らない。カエサルのいないローマ、何が起きても不思議はないのだ。ルキウスは周りを動揺させないためにも、ゆったりと腰掛けていなければならない。しかし、ルキウスは怯えている。果たして、何人の庇護民たちや家僕たちが役に立つのか、数え始めてはすぐ別の思いに捉われている。どこで、何が、どう起きたら、どう逃げ延びるか、そのことばかりに思いが向かう。日はいつの間にか暮れていた。しかし、屋敷内に灯火の灯りはない。屋敷ごと暗がりに紛れて災厄を逃れようとするかのようだ。通路や広間に配された男たちも暗がりに身を潜めている。

やがて、女たちが灯りを運び、灯りと一緒に話し声が聞こえてくると、ルキウスは長櫃から腰を上げた。

奥の部屋から戻ったユーニアはいつの間にか身づくろいをしていた。シニオンに結われた髪は後ろでさらにきつく巻き上げられ、胸帯は固く結ばれていた。回廊奥の祭壇の前に立ち止まると、自殺用だろうか、抜身の短剣を祭壇の生贄の血の皿の前に置き、そして短く祈った。燈明(とうみょう)の灯りに、ユーニアの白い顔が浮き上がった。

ユーニアは、おれと一緒に死ぬ女だと思った。身震いと共に込み上げたのは感動だけではない、哀惜にも似た感情が一緒になって込み上げた。

小走りで近付いてきたユーニアは、「女たちを逃がしましょう、奥の東屋(あずまや)に集めておきます」と早口でいった。

「お前も逃げろ、今のうちに」

ルキウスは上ずった声で応えた。

「ブルートゥスとは同じユニウスの一族、お前がその覚悟をしなくとも。父親の所領へ逃げるかウェイイーの兄を頼れば……」

そういった自分を恥ずかしく思わせる顔つきでユーニアはルキウスを見上げた。

「もし何かあれば……子供が不憫(ふびん)だ」

ルキウスは、乳母の足にしがみついた子供たちが旅装をしていないのに気付いた。ユーニアは子供たちを留まらせる決意らしい。

ユーニアはルキウスの言葉に応えることなく、子供たちの手を引いて広間の隅の長椅子に向かい腰を掛けた。壁の灯りに照らされて、両脇にふたりの子を抱くユーニアの姿は、記憶の中にもうあるような光景だった。それはルキウスが身に代えて守らねばならない光景だった。

あたりが相当暗くなってから、外に出していたペイシアスと家僕のひとりが戻ってきた。ペイシアスは、出迎えた庇護民たちにまた何やら戯れ言(ざれごと)をいって笑わせたようだ。そして、ルキウスにはあきれたような口ぶりでいった。

「それが変なのですよ、犯人たちは、中央広場で演説したあと、支持者たちを大勢連れてカピトリウムの丘を登っていったそうです。聖域に逃げ込んだようですね。棒の先に何やらつけて行進してたそうですが、よく見れば、解放奴隷の鍔(つば)なし帽子だったというんです。見てたやつらはがっかりしたそうで。てっきりカエサルの首かと思って見てたら帽子なんだもの。元老院の議員様たちが帽子振り回して決起の旗印にするんじゃ、ちんけな光景ですよね。そうそう、キケローがあとから丘を登っていったそうです。たくさん人が集まって、議論したり、演説したり。でも、聖域に逃げ込んで、仲間内で演説したからって、どうなんでしょう。元老院の議員たちはみんな逃げてしまったから、何の議決もできない、議員様たちは家に籠ってしまいましたよ……とにかく、今も市中はもぬけの殻、腹が減ったら、犯人たちはそれぞれ家に帰っていくんじゃないですか」

デクタダス譲りのおしゃべりだが、話が本当ならば願ってもないことだ。しかし、カエサルひとりを斃して、聖域に逃げ込む、一体何がしたかったのか。

やがて、ティベリスの川向うまで様子を見に行かせた家僕たちが戻ってきた。カエサルの別邸でも取り立てて人の動きはなく、愛人クレオパトラが逃げの算段をしているくらいだといった。

「もうこの時間だ、多分大丈夫だろう、暴動はない。今日のところは大事にならずに済んだ」

それにしても、なぜ、アントニウスを討ち取らなかったのだろう、ルキウスはまた疑問に思った。やはり、アントニウスは暗殺者たちの隠れた一味だったのではないか、陰で糸を引いていたのではないか、ルキウスはそんな気がしてならない。大事な時に、トレボニウスと話をしていたというが、そんなに都合のいい話し合いがあるものだろうか、おかしくないか。ムンダ戦のあと、ふたりは決起を話題にしたはずである。とすれば、どうだろう……もともと、暗殺者たちはアントニウスと語らって、この筋書きを仕組んだではないか。だから、アントニウスを逃がした。カエサルがいなくなれば、アントニウスが第一人者。何を喜ぶ男か分かっているから、カエサルと違って扱いやすいはずである。どうせすぐ、地を出して蹴落とされる。

このように、勝手な思い込みからルキウスはいろいろなことを考えては怯えたり安堵したりするのだが、実は、ルキウスの頭は相当疲れてきている。さっきから、アントニウスは暗殺者たちの仲間であるという考えから離れられないのがその証拠だ。もちろん私情を差し挟んでいるからではあるが、そのアントニウスが暗殺の陰にいるなら、自分も危ういことに巻き込まれかねないのにこんな矛盾を考えるのだから、やはり頭が疲れているか、どうかしている。しかし、今日のところは大事にならずに済んだ、といった言葉はその通りのようであった。

「宴会は取り消しになりましたな」

　普段は滅多に話さない子だくさんのルティリウスがルキウスに声をかけた。

「忘れていた。そうだ、宴会だったたな。はは、とんだ宴会騒ぎだ。しかし、心配をかけたが、心配だけで済んでよかった。用意した料理のことだが、持って帰るようにみんなにいってくれ」

「いや、わたしたちは残ります。安心するのはまだ早いですよ。それに、せっかくみんな集まって、何もなしってのは……ついでだから、なあ」といって、ナターリス兄弟の兄が弟に同意を迫ると、弟はこくんと喉を鳴らして唾を呑み込む。そして、「宴会してて大丈夫かなあ」といった。

　そんな時である、奥の調理場のあたりで騒ぎがあった。ルキウスは、来たか、と覚悟を決めると、長櫃の中の長剣を取り出し、抜き身にして奥へ走った。

　ところが、調理場の中で、家僕や女たちが取り囲んでいるのは、壁を背にくの字になって寝転がったシュロスだ。多分、ルキウスが譲った湯割りの酒では足りなかったのだろう。誰もいない調理場に忍び込んで、隅にあった酒甕から生酒のままあおったようだ。こんな騒ぎの最中、白眼を剥いて大鼾をかいている。

「役に立たない人だなあ」とナターリスの弟がいった。

「お前がいうのか」と兄が返した。

「いや、大した人物だ。こんな時、おれならいくら飲んでも酔えない」

　女たちは笑ったが、ルキウスは本当にそう思った。ルキウスは、それと分かるほど体が震えていたのだ。ユーニアが小女に持ってこさせた水をシュロスの口許に近づけてやると、シュロスはとろんとした眼を開け、不審そうにあたりを見回す。大勢に囲まれていることが不愉快なのか、椀を持ったユーニアの手を払いのけた。ルキウスはほっとして体中の力も抜けたが、長剣の柄を握る手の指が固まったまま離れなかった。

　結局、家が近いナターリス兄弟以外のみんなが残った。しかし、宴会はやはり取り消された。その日は誰も酒を飲まず、庇護民たちは思い思いの場所で眠ったようだが、ルキウスは夜明けになっても眠らなかった。ルキウスがうつらうつら思ったのはユーニアのことだ。不思議な安堵の心で、ユーニアはおれと一緒に死ぬ女なのだと繰り返し思った。いくつかの仕草、その時々姿が思い浮かぶ気がした。後ろから近づく声を聞くように、ユーニアの声を聞く思いもした。ユーニアは私室にいて子供たちを抱いて寝ている。ルキウスは祈るような気持ちでいた。

翌十六日、ルキウスは夜明けと同時に家僕を走らせ、その報告を待って外に出た。部屋着に外套だけの平民の装いで、供にはペイシアスと屈強な家僕ふたりを同道させた。ルキウスの眼からも、市中の様子に変わったところはない。ルキウスは一度中央広場まで下り、人々の様子を窺ってからパラティノスの丘を目指した。ルキウスは丘を登らず、家僕ひとりを走らせてアントニウス邸を探りに行かせた。ルキウスはカストル神殿の裏の物影に隠れ、通りを行く男たちの様子を窺っていた。丘を登らせた家僕はすぐに戻ってきて、アントニウスの不在を告げた。ただ不在なのか、どこかで討ち取られたのか、と家僕には答えられないことをルキウスは問い、返事のないままどう判断すべきか思案していると、いつの間にか姿を消していたペイシアスが戻ってきて、中央広場に人が集まっていると告げた。暗殺者たちが演説を始める。支持者たちや金で釣った野次馬たちを引き連れ、大勢でカピトリウムの聖域から下りてきたのだという。

カストル神殿から中央広場は眼と鼻の先である。しかし、トゥスクスの通りを渡ると、もう人の波で前へは進めなかった。背伸びして見ると、広場の先の演壇では、ブルートゥスが演説を始めている。歓声や野次で遮られることはなく、ブルートゥスも声を張り上げるでもなく、ただ力強く信念を語るような演説であった。集まった群衆に熱狂こそなかったものの、演壇のブルートゥスに説き伏されて、それぞれが出来事を理解したように見えた。ルキウスたちは人混みをかき別け前に進んだ。ブルートゥスは周到沈着に演説を終えたかに見え、最後には謝意を示すかのように聴衆を広く眺め渡して演壇を譲ったのだが、次を受けて立ったのはスッラの孫、法務官のコルネリウス・キンナであった。暗殺には直接加担しなかったキンナだが、いきなり語気を荒げると、聴衆を叱(しっ)

咤するかのように怒声さえ響かせ、カエサルの悪行の数々を並べ立てたのである。静かであった群衆に動揺が走った。セルトリウスの反乱に与しながら、カエサルの口添えがあったおかげで命拾いをしたキンナである。そのキンナが、カエサルの悪行を広く江湖に晒し、「自由の闘士」たちによるおぞましいその死のさまさえ語ったのである。人々がざわめき立ってルキウスの耳には届かなかったが、キンナは「忌むべき死骸はティベリスに流せ」とけしかけたそうだ。

しかし、キンナのその演説を境に群衆は態度を一変する。広場には、カエサルを慕い、カエサルに従って戦火を潜った軍団兵や退役兵たちが、マルスの野やティベリスの中洲の宿営地から市壁内に入り込んでいたからである。たちまちのうちに、広場は険悪な空気に包まれ、人々は色めき立った。群衆は今や眼が醒めたかのように凶暴な顔つきになり、その顔つきを演壇に向けた。不満の声は怒号に代わり、あちこちで小さな乱闘も始まる。身の危険を感じた「自由の闘士」たちとその支持者たちは、早々に広場を離れ、もと来た道をたどって聖域へと逃れて行った。

表向きであれ、どうであれ、もともと暗殺者たちは自らの権力や権勢を求めて決起したのではなかった。暴君を倒し、ローマに自由を取り戻すための義挙であった。だからこそ、カエサルひとりを斃すことに留めたのである。カエサルさえいなくなれば、共和政が復活するのは自然の流れ。制度の上に乗った独裁官を、ただ取り除いただけなのだから。だとしたら、追われるように聖域へと逃れ行くこのありさまはどうしたことか、誰のせいか。闘士たちはそれぞれに憤懣を抱えつつも、事態を好転させるためこの先の議論をせねばならないのであった。

ルキウスは、しかし、広場での一連の出来事に、事態は悪いほうには向かわないと思った。安心はできないにしても、カエサル派の一掃などという大事には至らないと思った。ルキウスはそこまで確かめると、家の様子が気掛かりになり、帰路に就こうと家僕たちを促した。すると、しばらく姿を消していたペイシアスが駆け寄って来て「アントニウスは生きてます」と耳元で告げた。

そうか、よかった、とルキウスは何よりもまず思った。今は生きていてもらわないとこっちまで危害が及ぶ。

「それで」

「いや、それだけです」

「それだけか」

ペイシアスは拗ねたような顔をして、「はい」と答えた。

ルキウスは日が傾く前に家に戻った。とたんに、急激な眠気に襲われ、ルキウスは外出着のまま床に就いた。

その日、夜になって、さっきは拗ねていたペイシアスが外から戻った。火急の知らせ、とのことで、揺り起こされたルキウスは、ペイシアスの口から、耳を塞ぎたくなるほど多くのことを聞かされた。

昨夜、アントニウスは、自分の命が狙われていないと知ると、直ちに策動を始めたこと。次期執政官予定者のヒルティウスやカエサルの腹心バルブスなどと会見して事態の収束について語り合い、そのあと、職権にのっとりカエサルの妻カルプルニアから、カエサルの残した書類や遺産となるはずの大金を受け取ったこと。また、カエサル家の奴隷たちによって、前日のうちに公邸に運ばれていたカエサルの遺骸との面会を求め、その遺言書の所在を知ると、ピーソー立ち会いの下で遺言書を披露させ、未亡人カルプルニアの認容のうえで遺言執行人の役を受けたこと。そして、翌十七日、アントニウスはティルス神殿に元老院を招集したこと、などである。ペイシアスらしい活躍ぶりだが、ルキウスは、「その遺言書だが、肝心の中身はどうなんだ。遺言書なら、最初からあるに決まってるだろ。中身だよ、問題は」と意地悪をいって、ペイシアスの得意の鼻をへし折ってしまった。眠りを妨げられて不機嫌だったのである。

そして、十七日の早朝、ルキウスは市民服に騎士の靴の装いでアントニウス邸を訪れた。居合わせた馴染みの者たちと玄関脇にいて、内側から声がかかるのを待った。しばらく待っていると、先導吏たちが二列になって丘の道に現われ、その後を、隊列を整えた百を超える武装兵たちが登ってきた。

玄関に現われたアントニウスはすでに軽装備の兵たちに守られていた。アントニウスの親衛隊とでもいうべき騎馬兵たちで、一時期は、ルキウスもそれら騎馬兵のひとりであった。とはいえ、平時ならば、もちろんただの取り巻きである。パルサーロスの戦役では造営官格で遇されはしたが、アントニウスが失脚したあとは、ただの庇護民の立場に戻っていたのである。

邸内からは大勢の随員や支援者たちが出てきて、アントニウスの後に従う。警護の兵士たちは列を崩さず人間の壁を造り、アントニウスの姿を隠した。ルキウスは随員の中に紛れ込むべきなのだが、急に片意地張った気持ちになって近づくことをしなかった。むしろ、気付かれないように顔を伏せ、動き出した行列の後ろを歩いた。パラティノスの丘からティルス神殿までは、通りをひと跨ぎといった距離である。重い足取りはルキウスひとりであったかも知れない。なぜとはない胸騒ぎにも似た感じで、ルキウスはミモス女優キュテーリスのことを思い浮かべ、おんなへの思いに引きずられて歩いている気もしていた。

ルキウスは神殿の外にいて、元老院での議決の知らせを待つ間に、カエサルの遺言のおおよそを知った。不確かな伝聞が広まっているだけだろうから、本気にはしなかった。だから、アントニウスが相続人に含まれていない、ということや、ほんの十八という若者が、カエサルの筆頭相続人になったということくらいしか記憶に残らなかった。しかし、遺言執行役にアントニウスが指名されているというのなら、遺言の中身はあってないようなものだと思った。どうせ好き勝手をするだろうし、筆頭相続人が何の後ろ盾もない十八の若者なら容易に手なずけてしまうだろうとも思った。そんなことより、ルキウスが今気掛かりなのは、当然出席すべき法務官たち、暗殺者のマルクス・ブルートゥスやカッシウスなどが欠席していることだ。分からないではないが、議会で弁明しようともせず欠席したのであれば、彼ら暗殺者たちや暗殺を支持した者たちへの粛清動議が議決され、戦乱が始まるのではないかと恐れていた。議会にいくら共和制の支持者たちが多いとはいえ、弁明しないのであれば支持のしようがない。しかし、昼を過ぎて、触れ役の者から伝え聞いた議決内容は意外な思いがするものであった。

元老院は、キケローが発議した大赦決議を採択したのである。事態を穏便に済ませようという意図が示されたことになる。話によると、キケローが巧妙な弁舌で大赦を促したわけではない、執政官アントニウスが、「和解」の再建という意図で諮問したのだという。その諮問にキケローが応じた。元老院は、カエサルの決定事項の全てに法的有効性を認める一方、暗殺者たちの罪は問わないこととしたのである。混乱を怖れるあまりの窮余の策であったのだろう、アントニウス自身がなし崩しの宥和を求めたということである。アントニウスは、仮にカエサルが下した決定事項に異を唱えるなら、すべての公職者たちは直ちに職を辞さねばならない、と脅しとも取れる発言をしたのだという。共和派であれ、カエサル派であれ、たいていの公職者たちはカエサルの指名があってその職に就いたのだから、今、その決定に異を唱えて公職を投げ出すとなれば、同時に職権および権益の全てを失うことになってしまう。そのことに気付かされて、誰もが異議を唱えなかったということらしい。しかし、そういうお茶の濁し方なら、なぜカエサルが殺されたのか理由を説明するのが難しい。キケローにして、とっさにはそこまで考えが及ばなかったのか、あるいは、アントニウスの圧力を過敏に感じてしまったのか、カエサルの行政命令は全てが適法として諮問に答えた。暗殺者たちを救いたい一心からではあったのだろうが、人間、あとで悔やむと分かっていても、自分を騙してついやってしまうものである。キケローみたいに、見識の高い男ほど、または、自惚れの強い男ほど、苦境に遭えば思考をもたつかせるのかも知れない、まんまとアントニウスの術数に嵌(は)まった。結果、ここでの議決が、アントニウスが私物化したカエサルの未公表の行政命令書にも法的有効性を認めたことになってしまう。アントニウスは、いずれそれら命令書を有効に活用するに違いない。

議会が散会した後、暗殺の首謀者マルクス・ブルートゥスはカエサルが任じた騎士長官レピドゥスの宴席に招かれ、同じ首謀者カッシウスは執政官アントニウスの饗応を受けて、それぞれ、その働きをねぎらわれたという。いいも悪いもない、ルキウスはただ、考えても仕方がないことだとだけ思った。

こうして、ルキウスが何より恐れていたことだけは避けられた。元老院での詳しいやりとりはルキウスなどの知るところではないが、小人どもの失態を小人どもが寄ってたかって糊塗(こと)しただけのような、方途も何も無いような結末のように思えた。それがどうあれ、動乱よりはましであることはいうまでもない。暗殺に関わった多くこと、そのほうが安全であるし、得策なのである。
にも残ったものの、不安や怯えには一応の区切りがついた。今のまま、宥和を図るアントニウスの支持者でいる
の男たちが恐らくはそうであったように、どこか腑に落ちない、鬱屈したような気持ちは関わりのないルキウス

翌十八日も、アントニウスはティルス神殿に元老院を招集していた。もちろん早起きしたルキウスはアントニウス邸へ駆けつけて議場までの短い行程を随行する。ただ、この日はアントニウスと眼が合った。しかし、アントニウスに気付いたような素振りはなかった。どうせ、ルキウスなどを相手にしている暇はないのだろう、玄関脇で人払いをし、コテュローであろうか、側近の誰かと言葉を交わしていた。ふたりの話はながく続き、やがて顔を上げたアントニウスは周りの男たちに向かって口を開けて笑った。ルキウスはそっと後ずさりし、やはり、人々の後ろへ回る。執政官アントニウスは、どうやら新しい自前の将校団をそろえたようで、元老院身分を示す赤紫縞のトガを纏った男たちがアントニウスの周りに何人もいた。

議場の扉が閉ざされると、ルキウスは中央広場のほうへ降りていき、議決内容が伝えられるまでアエミリウスの会堂脇やエトルリア通りのにぎわいの中にいた。異変の最中、ものの売り買いの声を聞くのは心和むはずのものだが、ルキウスは久しぶりにアントニウスと眼が合って、気持ちが乱れた。やりきれない思いはある。しかし、今はアントニウスの庇護下にいるのが得策なのだ。あんなミモス女優などのことで判断を誤ってはならない。ことの進展次第では、自身にも家にも災厄を招き寄せてしまう。そう思ったとたんに、ルキウスはまたおんなの面影に誘われるような危うい気分になった。ルキウスは、ふう—っ、と息をついて、どうしようもないなと苦虫を嚙む。

ルキウスは、昼過ぎにティルス神殿に戻り、元老院の議決を伝え聞いてから家に戻った。
戻ったルキウスを出迎えたのはデクタダスである。
「きのうも来たんだ。キンナと一緒に」

「知ってる。家の者から聞いた」

「待ってたんだよ、ずっと。さっきまではキンナもいたがね、先に帰ったわ。詩人も大変だあ、何でも見ておきたいんだろう、じっとしていない。キンナってさあ、かけ声をかけてやらないと、動かないような男だったよなあ。はは、そんな顔してるが、お前も同じだよ。ところで、今日も元老院があったそうだね。おかげで待たされちまった」

「ああ、カエサルの国葬が決まった。あさって、マルスの野で。葬儀はやはりアントニウスが仕切る。娘の墓の隣に墓を造る」

ルキウスは、アントニウスが国葬を仕切るとなれば、その地位は揺るがないだろうと思った。とすれば、さっきみたいに面影を追うかのような自分の気持ちはここでもう断ち切らないといけない。アントニウスの下にいるのが得策なのだ。どうせいつもは忘れている面影である、断ち切るとか断ち切らないとか、構えて向き合うような問題ではないのだ。ルキウスは、もの問いたげなデクタダスの顔を見ながら、どうせミモス女優、たかが女優だ、と蔑み笑いする気分で思った。

「カエサルは王位を狙っていたそうだね。アルバ古王の赤い長靴を履いていたのは、王様になりたかったからだろ」

「え、分からんよ、おれには分からん」

「ルペルクスのお祭りでは、アントニウスと大芝居して、逆に疑われたらしいね。執政官と独裁官の猿芝居だって。本気で王様になりたいのに、あまりに評判が悪いから表向きは打ち消して、王位は望まないという芝居をした。同時に、ローマ市民が王を受け入れるかどうか、探っていた。そうだろ」

「ああ、そんな風にいう人もいる」

「よく分からんが、あのお祭りは若いやつらが裸になって走り回る祭りだ。何でアントニウスみたいないい歳をした男が裸で走り回ったのかねえ」

「いいよ、分からんことは話さなくても」

「ま、見ないで済んだことが幸いだ。アントニウスだがね、お前と同い年だよな。よく走ったわ」

「違うよ。おれのほうがひとつ年上だ。一緒にするな」

「ひとつくらいで威張るようなものか。ところで、カエサルは何で王様になりたかったんだ」

「あのなあ、無茶な質問をしてるよ。なりたかった、を前提にしてる」

「そうか、無茶か。でも、なりたかったんだ、きっと。そのことだがね、おれはローマの名もなき群衆のひとりとして、ひとついいたいことがある。カエサルが出てくる前も、実は相当物騒な世の中だったじゃないか。ローマの共和政など全く機能していなかった。共和政なんて、閥族貴族のお歴々方が順繰りに属州の富を収奪するためだけにある制度なんだ。そこにカエサルが出てきて、何をしでかすか分からんもんだから、お歴々方が落ち着きを失った。しかし、カエサルが出てきて、ローマにとって悪いことが何かあったか」

「おいおい、お前、今日変だぞ。そんな話をしておもしろいのか」

「カエサルはね、共和政体を壟断してきた閥族派のお歴々方には不都合な男であった。んー、何のことやら。正直いうとね、今の話、さっきキンナが話してた。それをぼんやり記憶に留めた。どうかな、間違ったことといったか。なあ、いっておくが、こんな時はおれだってカエサルの話をするわ。今となれば、一度会っておくべきだったとも思うね。何を頑張ってるんだ、と直接訊いてみたかった。いや、別に訊きたくはないな。訊くことがなくなったら訊くかな。そうそう、そのことで思うんだが、以前マキシムスさんがさ、人生の大事業は自己の実現だとか何とか、気まずい話を大真面目に話していたよな、覚えてるか。ほら、マッシリア王家の、眼の色が違う、そういえば、おれね、眼の色が違う猫を飼ってる男を知ってる。あいつ何といったっけ、名前忘れたが、マッシリアのあの男の名前も忘れた、はは。息子に資産を押さえられて追い出されたんだよな。あんな化粧してるからだ。さあ、その息子の話の中でさ、マキシムスさんがむっつり話していたじゃないか。いわく、活動を意欲し、活動を以て自己を実現することで、人としてこの世にあることを証し立てよ、とか何とか。息子ってやつの肩を持ってさ、金儲けが下手なおれへの当て付けみたいなことをいった。な、な、分かるか、おれ、嫌われてるよ。いくら活動を意欲しないからって、おれなんか害はないのに」

「はは、益もない。しかし、マキシムスさんが自己の実現がどうとかいったのは、コルネの丘で酒宴を張った時だよ」

「どっちでもいいわ。さあ、それでさ、あの時もふと思ったんだが、自己なんてものは大なり小なり野心野望の塊りなんだよ。野心野望が悪けりゃ、欲といい換えてもいい。そもそも人間が欲とは無関係の行為をするか。欲を離れて自己はないんだ。自由民の自由民たる所以（ゆえん）は、欲の解放。誰が何といおうと、野心野望、つまり欲だね、欲を溜め込んでできあがるのが自己ってものさ」

「何だかんだいって、お前、カエサルを論じようとしているな。そうだろ、悪い予感がするわ。やめとけ、忠告するよ」

「いや、おれは自己なるものを論じようとしている。いいか、自己とは過去を振り切り、未来に向けて投げ出すおのれだ」

「ほう、難しく出たね。でも、どうだかなあ、何か違うみたい。おれの感じからいうと、自分の過去の記憶や経験が自己を形造るんじゃないの」

「そんなのは俗説だ。実際経験が作るのは顔の皺くらいなもんだ。覚束ない記憶やら混乱しまくりの経験なんか、日々喰い散らかしたカスの堆積に過ぎんわ。いいかい、自己とはおのれの前にあって促すおのれだ。常に前にあって、向き合うおのれ、それが自己さ。しかし、向き合って見えてくるのは、実はしこし溜め込んだおのれの欲、気の弱い男なら自己嫌悪に陥る。だって、理想も期待も願望も、何にしても、欲の根が張っているんだ。いいも悪いもないおのれの本性。その本性を啓発し、鍛錬し、督励して、やがて得られるものが自己実現さ。な、考えてもみろ、欲の根っこを引っこ抜いて、人を助け、誠実に生き、気遣いと気配りにその身を細らせて満足してれば、見世物小屋の場所取りもできやしない。そうさ、鍛錬が必要なんだ。焦慮と不安と苦渋に耐えて、欲の根が張るおのれの本性を固く持する、そして、鍛え育てる、これ、容易じゃないよ。自己実現は難しいんだ。ゆえに、優れた者だけが、前にあって促すおのれ、つまり、おのれの欲に摑みかかり、もろともに倒れ込む。んー、カエサルの自己実現のことがいいたいんだが、やっぱり違うって顔してるな」

「いや、そうじゃない、そんなはずない。途中で分からなくなった。だから、お前が話を止めるのを待っていた。ふふ、そんな顔するな。ところで、今ふと思い出したんだが、お前、以前ね、自己なんて汚れた仮面だとか、わけの分からんことをいってなかったか」

「わけの分からんことをいちいち覚えているか」

「でも、いったよ。今の話と似てないか」

「知るかい。おれは自己実現の話をしている、がまあ、そのことはさておき、その仮面のことで今ふと思った。なあルキウス、ひとつ訊くがね、自己って、習練を積めばやめられるようなものだろうか。仮面を脱ぐみたいに自己を脱却できるんだろうか。心配事やら不安やら、たいていは自己絡みのような気がするんだ」

「あのな、自己の話ならやめられる。やめていいよ。カエサル論が難破したろ、無理すんな」

「そうか、そういうことか。じゃあいいわ。しかし、おれ今斬新な話をしたね。自己が何であって、その自己の実現のありかたがどうこうって考えるのは、斬新だろ。昔の人は考えないことだよ。昔の人は、神々がその人に割り当てた分以外は望むべくもないと考えていたじゃないか。人それぞれの人生はラケシスが割り当て、クロトが縒りをかけて、アトロポスが断つ。けんもほろろ、酷い考え方をしたものだ。しかも、人の行為の成就や挫折に、神々が好き勝手に介入してくる。トロイア戦の英雄たちはそんな神々に随分お世話になったじゃないか。そしたら、何だったんだ、あの戦争。人気者のヘラクレースだって、あの十二の功業はもともと女神ヘーラーがお膳立てした嫌がらせだよ。ヘラクレースの自己実現はヘーラー様のお膳立て。乱暴ないい方をすれば、人間は神々のお膳立てを生きるだけの操り人形みたいなものだ。ま、それはそれでいいよ、見方によればそれも大いに真理だ。しかも、操り人間は神々と糸で繫がっているから、神々の意図がじかに伝わるから気楽は気楽、それも否定できない。しかしね、そうなると、あるのは自己の実現ではなく、神意の実現だよ。そうだろ、われわれ人間は神々に生かされているんだ」

「うん」

「だからさ、いいたいことは、今の人間もそうだってことなんだ。何かあればすぐ神頼みするようなやつらはみんなそうさ。個人的な事柄に平気で神々を巻き込む。いくら神話時代をバカにしても、神との関係性の中でしか自己なるものが認識できない。むしろ、そこから抜け出せない。これが人間の真相なんだ。それを思えば、おれがいった自己実現というのは斬新だろ、時代を越えた斬新な考え方だ」

「ああ」

「何が、ああ、だ。返事になってないぞ。お前、おれに話を止めさせようしているようだが、そうはいかん。敢えて続けさせてもらうが、もっと新しいプラトンあたりにしても、『われわれは神々から見まもられているのであって、われわれ人間は神々の配下にある家畜』だなんていうじゃないか。家畜か、おれたち。しかも『何らかの運命の必然を神が下したもうまでは』生き死にさえおれたち人間が決められないんだ。しかも、神が下す目標というのが超越的すぎるわ。神の見えざる手に導かれて、『神的で、不死で、叡知的なもののほうへと去っていき、ひとたびそこへ行き着いたのちは』、『ほんとうに神々とともに日をすごしながら……』なんてね、夢見がちなことをプラトンはいうぜ。それを思うと、世にあって、世にしがみつき、欲の絡んだおのれの本性を啓発し、督励し、鍛錬して自己を実現させるという目標は、善悪は問わない、しかし斬新というほかない。つまり、カエサルって男は斬新なんだ」

「諦めないね。もう一度忠告するが、カエサル論はよしたほうがいい。聞いていてつらい、もう無理すんなって」

「駄目か、やっぱりそうか。随分好意的な考えを話したつもりだが。ところで、今度のカエサルの暗殺にしても、実際世の中で起きることは、いくら驚天動地の出来事であろうと、劇的効果に欠けるものだね。機知もなければ趣向もない、ついでに意味さえ分明でない。だから劇文学が発達するわけだよ。没趣味な出来事に趣向を添える」

「ふふ、趣向ね、急にお前らしくなった」

「おいおい、真面目な話だ。というのは、今朝、ユガリウスの入り組んだあたり、ほら、お前が若い頃住んでたという薄汚いあたりさ、そこをキンナと一緒に歩いてたんだが、ちょっと考えてしまった。こんな大事件があって、この先どうなるか分からん、まさに累卵（るいらん）の危うきにあるローマだよ。ところがどうだい、ガキどもは落書きして走り回るし、女郎は袖を引いて人を誘う、出会いがしらに、肩が触れたの触れないの、とまあいつも通りのわいわいがやがや。しかし、これが不思議でね、煩わしいけど微笑ましい。いつの間にか、ほっとしていた。いいかい、庶民は偉大だよ、ちょっと行って見てこいよ。ひっくり帰るような大事件が、ごった返しのなしくずしさ。しかも猥雑。これ、庶民の偉大な力だよ」

「……あのな、おれ、こうしてお前のバカ話に付き合ってはいるが、ほんとはびくびくしている。この先どうなるか、ふと考えるだけで血の気が引く。お前ね、今、庶民が偉大だなんていったが、庶民など吹っ飛ばしてしまうような大嵐が吹き抜けるかも知れんのだよ。いい気なもんだわ」

「ふん、庶民を甘く見ているな、まあいいや」

「何だ、今度は簡単に引き下がるね」

「ああ、待ちくたびれて、根気をなくした。それはそうと、キンナだよ、あいつ、いつからカエサルの讃美者になったのかね。今朝だって胸をつんと突いたら泣き出してしまいそうだった。朝っぱらから、泣くのをこらえているって感じの顔をしてさ、一緒に歩いてて、おれが意地悪をしていじめたみたいな気分にさせられた。分からん詩人だわ。しかし、お前には運が向いてきたなあ。おれの観測だが、いずれ雲行きがよくなると見るね。カエサルのいないローマではアントニウスが第一人者だろ。そしたら、いずれ下っ端の政務官くらいは回ってくるわ。似合わんだろうが、いずれ、な」

もちろん、それはひとつの誘惑なのである。ルキウスはそれを考えないわけではない。むしろ、それは得策なのである。戦時のこととはいえ、一度は造営官を約束された。アントニウスは忘れてはいないはずだ。もちろん、いきなり首都造営官などを望みはしないが、アントニウスの支持者でいる限り、地方の役くらいは回ってくる。うまくすれば、資産が倍くらいにはなるかも知れない。そうなれば、さらに上の公職が狙えて、資産はさらに増えて……と、ルキウスはそこまでは考えていた。ローマの騎士は、根が商人なのである。

「しかし、そうはいかんよ。分からんよ、明日のことがもう分からん。どうしていいか、どうなるのか。お前はいいわ。おれなんか、きのうも今日も辻立ちをして、何人の男たちと話してきたと思う。気持ちも体も右往左往、じっとしてはおれんのだよ。今、この瞬間も、イタリア中の男たちが頭を抱えて考えているぜ、誰に付くのが得策か、って。だってそうだろ、多少の身分資産があると、どこで、誰が、どう動くか、ひやひやびくびくのしっぱなし。間違ったやつに付いてみろ、何もかも失ってしまう。こっちは、妻子や縁者たちだけじゃない、家僕たちや下女たちも預かっているんだ。いうのは少し憚るが、家名ってものもあるし、ローマ市民の名も惜しい。それを思えば、お前はいいわ、羨ましいわ。守るものがあるって、こういうことかと身に沁みて分かる。でも、もう疲れた、ほんとに疲れた。羨ましいよ、お前が」

確かに、ルキウスが不満たらたらいう通りなのだろう。しかし、失うものがもっとある男たちは、ルキウスよりもっと大変なのである。疲れたからといって、デクタダスのような気楽な男を相手にしている暇などないのだ。

「羨ましいったって、こっちも困窮してるんだ。おかげで今やローマ全域が宴会欠乏症に襲われてしまったよ。このままだと、ローマより先におれのほうが干涸(ひか)らびてしまう。きのう、お前の商売敵マルクス・マルキウスの会食へ欠員補充に出かけたんだが、密会みたいな油断のならない集まりだった。みんな互いの様子見をして、誰かがしゃべると、オウム返しの返事をする。おれなんか、しゃべりっぱなしの放ったらかし。舌先に空しさすら感じてしまった。なあ、マルキウスといえば笑い茸に中ったようなやつじゃないか、そいつがひと言も発しないんだ。もちろん笑わん。だったら何で人を呼ぶんだ。いいたくはないが、カエサルってのはさすが偉大だ、ローマから宴会の精髄をむしり取った。同時にそれはローマ文化の精髄をむしり取ったに等しい。そうだろ、ローマから宴会を取ったら何が残るか、おれは本気で訊きたい。ローマとは評判の建築技術でも縺れたような法制度でもないんだ、宴会なんだ。そういうわけだから、今日はお前とこに泊まるわ。いや、しばらく泊まろう」

「それはいいが、奥に家内がいるから、ひと言伝えておいたほうがいいよ」

「そんなこと、いえるか。おれ、やっぱり帰ろう」

「いいよ、泊まれ」

「何度もいうが、お前のかみさん、なぜおれには冷たいのかね、さっきキンナが帰った時、表まで送り出していた。おれだってよほど敬意を払っているつもりだが、送り出してもらったこと、あったか。いつだって、勝手に帰れって感じだ」

「そうかな」

「そうさ、何がお気に召さないのかねえ。ひょっとして、あれかな、駱駝の皮の寝椅子かな。黙ってもらって帰ったからな。しかし、断わりを入れなかったのは、おれがいつも寝転ぶ椅子だったからだよ。単に置き場所を変えただけだろ」

「お前ね、もう六、七年になるかなあ、ローマに移ってきて、そのまま一年くらいこの家に居候したじゃないか。あの間に、お前の全てが見抜かれてしまったんだと思う。愛想尽かしされたんだね」

ルキウスが何の気なしにいった言葉を、デクタダスは本気で気に病んだようだ。ふっ、と小さい溜息をつく。

確かに、ユーニアはデクタダスには冷淡なのである。むしろ、蔑んでいるかのような感すらある。しかし、それはルキウスがいうように、居候していた時期からではない。むしろ、最近の話である。

どういえばいいか、ユーニアはデクタダスの浮ついたさまが気に入らないのだ。はっきりいってしまえば、いい歳をして独り身でいることが気に喰わないのである。というのも、身を固めるわけではなく、仕事を持つわけでもなく、デクタダスがふらりとローマにやって来てもう何年になるか、今や三十も半ばを過ぎたはずなのに、独りふらふら転居ばかりを繰り返している。そのいい加減さが気に入らないのだ。もちろん、そんな男は今のローマにごろごろいるが、ユーニアにすれば、それは何のいいわけにもならない。昔のギリシャなら、そんな男は誰でも訴えて出ることができたはずだ。そんな罪人並みの男が眼の前をふらふらしているから気持ちが安定しないのである。ユーニアは、三十をとうに超えた男が身を固めようとしないのは、自然の善き力の働きかけに背いていると思っている。この世に男と女がいて、互いに求め合うようにできているのは、自然の善き力の働きかけがあるからこそ、それは大いなる宇宙の大本（おおもと）の原理とさえ思うくらいで、牛や馬、魚や虫にまで牡と牝があるという不思議は、侵しがたい大宇宙の尊い原理の働きかけに違いないのだ。この大原理に背を向け、宇宙の隙間をふらふらしているような者は、神々の慈しみを受けるべき人間では断じてなく、意味もなく浮遊しているややこしいものにすぎないから、ユーニアにしても扱いに戸惑うのである。そんな輩（やから）が夫ルキウスと懇でいることがユーニアを不審にさせ落ち着きを失わせるのである。

一方、キンナにはブリクシアの所領に家があって、詩人だから放ったらかしにしていても、ちゃんとした妻子がいるから扱いが丁重だ。詩の修行か何か知らないが、独りローマに居着いてブリクシアの妻子を放ったらかしにしているなら、デクタダスと変わりはないが、ユーニアの扱いは極端に違う。デクタダスはそこが大いに不満だから、キンナがいて、たまにユーニアが近くにいる時、何も知らないキンナに対してそれとない意地悪をすることがある。そのこともユーニアは見破ってデクタダスの評価を下げるのである。

そんなユーニアだが、難しい考えがあってのことではない。自然の善き力にしても、人から教えられたわけではなく、ましてやエロースだか何だか、その方面の神々を詳しく知るはずもない。いってみれば、それは素朴な日々の実感なのである。しかし、女として、その実感と共に生きてきたから、それは信心や信念よりも強固である。そして、それが強固であるがために、ユーニアは結局いらぬお節介をせざるを得ない。ユーニアは一度、デクタダスの身を固めさせるようにとルキウスに迫ったことがある。属州民のデクタダスだから、市民権を得させてからでないと、ふさわしい婚姻にまでは至らない。ユーニアはローマの廃れた名家の名前をいくつか挙げて、養子縁組を探ってみるようルキウスを促したのである。最初は怪訝（けげん）そうな顔をしたルキウスだが、わけを聞いて、なるほど分かった、と安請け合いをした。ルキウスは右から左へそのまま話をデクタダスに伝えた。養子先の候補も含めてそのままである。しかし、伝えたあとで、どんな不埒（ふらち）な話を交わしたのか、ふたりは大笑いしながら酒を飲んだ。けしからんのはむしろ夫である。

夫もけしからんとはユーニアも思う。しかし、そもそもデクタダスがもっとけしからんのである。男と女がただ結び合う、夫婦になる、人としてそれは善きことなのである。その善きことを愚弄するかのように、気楽に浮かれ歩いていること自体がけしからんからである。一体、人の婚姻を何と心得ているのか、損とか得とか、好むとか好まないとか、人間の好き勝手で決まるようなものではない、もっと奥深いものであるはずなのだ。

ユーニアは、家系を誇る多くのローマの女がそうであるように、十二の時にルキウスと婚約を交わした。家に男たちの出入りが多くなり、家人たちが意味ありげな眼を向け始めているのに気付いてそれが分かった。ユーニアは当時乳母をしていたティオフィラの胸に飛び込み、何日も泣いて過ごした。父は何も声をかけなかった。母は淋しげにユーニアの髪を撫でた。母が眼を潤ませていたのは分かった。しかし、その母はいつもユーニアを叱った。声を上げて一緒に泣いたのはやはりティオフィラである。肩を抱き合い、部屋の隅にうずくまって泣いた。そんなティオフィラを母は自分で鞭打ったが、その時初めて母が泣くのを見た。

ユーニアが嫁資契約の内容を知ったのは、婚約式の前々日である。父親から口頭で告げられた。主だったものを挙げれば、小さな屋敷相当分の持参金にウンブリアの地所の一部、そこで育てている供犠（きょうぎ）用の牝牛が五十に牡牛が十、そして、ヒスパニアの鉱山の一部採掘権など。ひとり娘だからとはいえ、これほどの嫁資は思いもよらない。王女か何かの腰入れのようで、胸が高鳴り、身が舞い上がる気さえした。婚約式の日、ユーニアは十四歳年上のルキウスの前に出てもひるむことはなかった。自分の嫁資が嫁ぎ先にどれほどの富を加えることになるかをはっきりと理解していたし、離縁となれば、嫁資は全てユーニアの手に戻ることも分かっていた。そんな自分の掛け替えなさを思えば、ユーニアはルキウスと向き合って対等である。ならば臆することはない、たとえ二倍も歳が離れていようと、対等な妻として、愛を以て迎え入れよう、十二のユーニアは素直な気持ちでというわけではなく、むしろ自分を恃み自分を奢(おご)る気持ちでそう思った。

もちろん、家を離れ嫁ぎゆく悲しみが癒えるわけではない。しかし、悲しむ心とは別の心がしっかりと充たされていた。たとえそれが嫁資で購(あがな)ったものとはいえ、人として確かな場所を得たことの自信が昂然(こうぜん)とユーニアの頭を上げさせた。ユーニアは、やがて婚姻によってひとりの人間へと成長する自分を、全身に鼓動を感じるように感じることもあった。

ところが、そんなユーニアを思いもよらぬ試練が襲ったのである。

婚約が調った翌年のことである。ルキウスは当時世話になっていたクロディウスの命を受け、初めて外ガリアの地を踏んだ。護民官職を降りたクロディウスは、前年の出鱈目な穀物法の施行に関して弁明でもしたかったのか、アクソナ河畔にベルガエ族討伐の陣を張ったカエサルに向けて、家令役の解放奴隷を密使として送った。ルキウスはその密使の警護役のひとりとして同行したのである。ところで、この穀物法だが、ある意味、国家としてのローマの姿を変えてしまうくらい野放図なもので、クロディウスは三十万ローマ市民に穀物の無料配給を約束したのである。国家を支えるべき市民たちが、国家の居候になり果てたわけで、何かやらかすであろうと思われた男が、やっぱりやらかしてしまったといっていい。国庫への負担は計り知れないものだから、カエサルはのちに、その数を半分の十五万に制限するのだが、実はこの穀物法の施行に乗じて大きく浮かび上がってきたのが、穀物供給指揮の大権を得たポンペイウスであったことから、ルビコン以後の内乱の遠因となったとさえいう人もいるくらいである。鉄面皮はクラウディウス一族の特徴であることを思えば、クロディウスがこれに懲りたはずはないのだが、とにかく密使は送った。その密使がカエサルに何を伝え、どのような談合があったかは知られていない。ただ、ガリアでの戦線がアクソナ河畔からサビス河へと拡大するうち、ルキウスは誰の命とも聞かされぬままカエサル麾下の軍団に組み入れられてしまったのである。冗談じゃない、とは思っただろうが、口に出して反抗できるようなことではない。ルキウスは捕囚の中から募った一部隊を預かり、さらに北へ、アトゥアトゥキー族の討伐へと向かうことになった。ユーニアの家に知らせなかったのは、騒ぎ立てるようなことではないと、自分が思いたかったからである。

ルキウスが軍務に就いた知らせは、ルキウスの家からの使者によって伝えられた。帰還がいつになるのか分からない今、婚約の破棄もありうるという口ぶりであった。ことの次第を伝え聞いたユーニアは大いに取り乱した。まるでおどけ芝居さながらに、ユーニアは崩れ堕ちる形でその場にへたり込んだ。立ち上がれぬユーニアに手を添えようとした当時の乳母役ティオフィラは、トゥニカの袖を振り回され、腕に爪を立てられて罵声のような悲鳴を浴びせかけられた。あとはお決まり通り、悲しみに打ち萎れたユーニアは恋の病の床に就く。涙の涸れた空ろな眼はものの動きに反応せず、たまに、十二の娘なら知るはずのない顔の赤らむ言葉を喚き散らした。こうなると、もう医者は用無しと見て、両親は人の勧めでミトラの神を頼った。前後を知らぬユーニアは牛の生き血で沐浴をし、石室の自然石の供犠台に寝て、臓物の焦げる臭いに顔を歪めた。やがて、祈禱の密呪が憑依の叫びに変わり、キュベレーの神官みたいな薄絹姿の老人たちが舞い踊ると、ユーニアはミトラスの大神が取り憑いたかのような凄絶な苦悶の顔になり、甦った死者のように血濡れた身をもたげた。そして、矢庭に着衣をはだけると、天に向かって叫び声を上げたのである。遠目にそのさまを見た母親は柱にもたれたまま床にずり落ち、白眼を剝いた。

このように、母親が気を失ったくらいだから、霊験は確かであったのだろう。しかし、実際に霊験が現われるまでには半年以上の時間を要した。

その半年が経過した頃だが、カエサルはアトゥアトゥキーやその周辺の諸族を平定し北ガリア一帯に冬営の陣を敷くと、自らはイリュリクムへと急ぎ出立した。そのあと、ルキウスは突然軍務を解かれたのである。ルキウスが婚約を交わしたばかりであるということを、誰かが上の誰かに話していたのだろう、帰還を許された部隊に編入されて、ルキウスは牛が牽く荷車に乗って戻ってきた。ローマを発って、ほぼ一年後のことである。

ルキウスの帰還の知らせは正式の使者が立てられて、ユーニアの家に伝えられた。ということは、ルキウス自身は訪れなかったということである。しかし、知らせを聞いたユーニアは顔を輝かせて母親に抱きつき、乳母役のティオフィラにも抱きついたのだが、ティオフィラは以前のことがあるから、怯えて引き攣ったような顔をした。誰もが、また見苦しく取り乱すと恐れたのだが、ユーニアは王女のような威厳をもってその喜びを受け止めたのである。つまり、十三の小娘が、慎ましい含み笑いで使者をねぎらい、送り返した。使者、それは執事役のシュロスだったのだが、思わず平伏しそうになった、と家に戻ってルキウスの両親に伝えた。ところが、当のルキウスは、ローマに戻ったはずなのに、十日経っても二十日経っても一向に挨拶に出向かない。ひとつには、軍籍を離れる手続きに日を取られたというよんどころ無い事情による。アトゥアトゥキー族の討伐戦では、もともとルキウスに正式な軍籍がなかったから、ない軍籍は離れようがなかったのだ。一緒に帰還した部隊の者たちも事情を詳しく知らないので、ルキウスの申し立てを裏付けるほどのことは何もいえない。しかし、部隊長格で軍籍にあったということは、のちの選挙のためというより、生きた証しそのものである。あやふやにはしておけないし、市民生活のけじめもつかない。ルキウスは監察官付きの下僚官たちを訪ね歩いては、その足で当時の遊び仲間や畏友キンナをつかまえて、ガリアでの苦労を物語っていたのである。

一方、心に迎え入れた許嫁をアルプスの向こうの蛮族の地へ送り、こともあろうに軍務に盗られた悲しみに打ち萎れていたユーニアだが、悲しみ方が尋常ではなかった分、喜び方も逆の意味で尋常ではなかった。シュロスに見せたと同じ、ほんの含み笑いくらいしか見せないのである。ユーニアの両親は首を傾げ訝りはしたが、乳母のティオフィラみたいにそれを気味悪く思うほどではなかった。大騒ぎされるよりはましなのである。さて、含み笑いのユーニアだが、許嫁が無事戻った今となると、どんな不運や不幸もふたりを引き離すことはできない、宇宙自然の善き力によって、固く結ばれたふたりであることをまざまざと実感し、確信し、自信を深めていたのである。王女のような、と感じたのは執事のシュロスだけではなく、両親も顔を見合わせ首をひねって同じように感じることもあった。そんなユーニアだから、いまだ訪れを見せぬルキウスを、僻地（へきち）での戦さに心も体も傷ついているのだと好意的に解釈するのみである。いずれ帰還の挨拶があった時は、どんな優しい言葉でいたわってあげようかと、幾通りもの言葉を考え、ひとりで声に出して実演もしていた。それだけで、ユーニアには舞い上がるような喜びがあった。

ルキウスはひと月近く経って、やっとユーニアの家を訪れたのだが、先に使者を立てるなど、ふさわしい手順を踏まなかった。ある日、日が落ちてから、いきなり表で騒ぎがあり、家の者が出て見ると、酔っ払いの四人組が声を合わせてユーニアの名を叫んでいた。その酔っ払いのひとりがルキウスであったことはいうまでもない。たとえそれが親の許した許嫁であっても、この狼藉は良家の子女に対してこの上ない侮辱であるし、中のひとりが見るからに浮浪者然としていたので、酔っ払いたちは中に入れてもらえず、そのまま追い返された。しかし、家の中にいて、ルキウスが来たことを伝え聞いたユーニアは、追い返した家僕たちを鬼のようになって叱った。

このようないきさつがあったものだから、始末が悪いことに、ユーニアは夫ルキウスへの愛が試練を経た愛であると思い込んでしまったのである。確かに、それはそうに違いない。違いないというのは、試練を経た愛かどうかということではなく、思い込むに違いない、ということである。そこで、一般論として書き添えるが、人の心はひょんなことでも運命的に捉えてしまって、取り返しのつかない過ちを犯してしまうものである。つまらない勘違いに過ぎないものを宿命みたいに思い込んで、一生を棒に振ってしまうのである。これは、男と女が結びつく時、つまり、男と女との関係に恋愛や婚姻といった事情が絡むと、頻発する勘違いである。ユーニアの場合、確かに試練を経た愛と思い込むのは理解できるが、その相手がルキウスであってみれば、まずは勘違いを疑ってみるべきであっただろう。こういう時は、落ち着いて考えないといけない。ルキウスなどたまたま眼の前に降って湧いた男である。もともと、縁組を望んだルキウスの父は、もっと嫁資条件のいい候補に心が傾いていたのだが、仲介に立った男が別の家と二股をかけているのが分かって、腹立ち紛れに別の仲介人を頼ったのである。ユーニアの家を選んだのは、ふとした弾みみたいなものであった。試練を経ようが経まいが、父親の腹立ち紛れがあったからこそ育まれた愛であることは動かし難い事実なのである。もちろん、ルキウスの父親はそんな腹立ち紛れを誰にも打ち明けはしないが、最初に仲介に立った男は分かっている。

心しておかねばならない、知性の欠けた人間は愛を込み上げる自然の感情と思いがちだが、それは決してそうではないし、自分ではない宇宙を動かす大きな原理が自分と相手とを結びつけているとか、ありえないことさえ考えがちだが、それももちろんそうではない。ユーニアの例を見れば分かることだ。このような、説明も要らないくらいバカバカしいことであるのに、それを頭から理解しようとしないのは、頑迷とかのぼせとか、そんな精神的な疾患ではなく、知性の欠如というほかないのである。その点、のちにキュテーリスに魂を持っていかれるルキウスは、あれはまぼろし、と嫌々ながらも自戒している。自戒しながら、いまだにその魂の向かう先に当惑し困惑しているのは、もはや当人の性格の問題だろう。

さて、こういう次第であるから、ルキウスが今も自分の夫然としていることに、ユーニアには何の違和感もないし、その夫への愛を疑いもしないのである。しかも、それこそ自然の善き力の働きかけという偏狭な思いで凝り固まってしまっているし、試練を経て確かめた愛だと思い込んでしまったから、ルキウスと夫婦でいること、夫婦の愛で慎ましく結ばれ、ルキウスの家を守っていることが自分の存在の全てであると考えている。知性の欠如の証拠である。だからこそ、トラキアの少女のことや類似したその他のことを決して許しはしないが、宇宙に和する善き力で結びついたふたりだと思えば、ルキウスに対していうべきことをいわないし、やるべきことがやれないのである。代わりに、牛の生き血を浴びて祈ったのだが、これは思いのほかの効果をあげた。

それに、説明するのは難しいが、こんな夫でもユーニアは幸福であると思っているのだ。ルキウスに大事にされ、人として妻として尊重されているという実感もある。それだけではない、ユーニアには、思い出せば口許に笑みが浮かぶ記憶もあった。婚約式の日のことだ、ルキウスは最初から無愛想で、立つ位置を間違えたり、物とぶつかったり、人の名前を間違って覚えてきたりした。式の最中も、ルキウスは式場の隅から隅へ眼を動かすだけで、決してユーニアと眼を合わさなかった。しかし、結婚式の日、手を結び一心同体を誓い合った時、眼が合ったルキウスは、ぱぁーっと顔を赤らめたのである。ユーニアは、悪い籤を引いたわけではないな、と文字通りそう思った。ユーニアとルキウスとは、確かに、自然の善き力で結ばれたのだ。

そろそろ話を元に戻すと、このような事情があるものだから、デクタダスのような不届き者はユーニアには理解できないのである。何かをすり抜けて生きてきた男のような気がして、神々が正すことをしないのなら、重い税金で懲らしめてやってもいいくらいだと思っている。

さて、懲らしめるべきそのデクタダスだが、今は臥台に胡坐をかいて座っている。話すことがなくなったみたいで、

「ところで、国葬が決まったそうだね」、と発展性がなさそうな話題に手を伸ばした。

「それはさっきおれが話したじゃないか。今日、元老院で決まった。あさって、マルスの野さ。死んだ娘の墓の隣にカエサルの墓を造る。あと、いろんな栄誉決議も出る。おかしな話だ」

「おかしいのか」

「おかしいさ。暴君として暗殺されたカエサルは栄誉決議を受け、暗殺者たちは顕彰されはしないものの、その労をねぎらわれて属州の割り当ても受けた。おかしいだろ、ローマは果たしてどっち向きに歩いていくのか」

「あのな、人間あわてると、靴の右左を履き違えて飛び出していくよ。左右が逆じゃあどっちへ行くのか靴では判断できない。今のローマがそれだね。どこかで転ぶわ。あっ、おおペイシアスじゃないか。何だよお前、あの話真に受けたんだってな」

デクタダスは通りがかったペイシアスを目ざとく見つけ、急に話を変えてしまった。

「ひどい目にあったそうだが、済まんことをした、謝る謝る。しかし、どうしてあんな話を真に受けるかなあ」

謝られたペイシアスだが、仏頂面を返しただけで吹き抜けの部屋を通り過ぎていってしまう。しかし、デクタダスはなぜか大喜びだ。

「あいつ、まだ怒ってるわ」

つい先頃のことである、人の吐く息はその時の感情によって重さが違うという話をペイシアスに聞かせた。気が塞いでいる時は吐く息は重いし、浮かれた気分でいる時は軽やかな息がはずんで出る。精妙な羽毛の分銅さえ造ることができれば、天秤棒で人の気持ちを測ることができて、使い方次第では人の嘘が分かると教えた。愚にもつかない話だから頭から疑えばいいのに、ペイシアスはそれをしなかった。何しろ、天秤棒造りといえば、古くからルキウスの家の家業のひとつである。それは好都合だと飛びついてしまった。ペイシアスは翌日、市壁の外の遠い作業場へ出かけ、羽毛の分銅造りを依頼して、多少のやり取りはあったものの、バカにされて追い返された。ただし、帰り際、ちょっとした捨て台詞をいったために、三方から物が飛んできて、ひとつがペイシアスの側頭部に当たったのである。眼から火が出て全てを察したペイシアスは怒りの矛先をデクタダスに向け、以来、口を利かないのである。

そのペイシアスが吹き抜けの部屋を黙って通り抜けたのは、デクタダスにも食事の用意が必要かどうか、確かめてくるようにとユーニアに命じられたからである。仏頂面をしてデクタダスの詫びを撥ね付けたのは、あいつ、帰りそうにないわ、と分かったからである。

奥の食堂では、さっきから庇護民のコルブロと足の悪いその弟がそわそわして待っている。どうやらご相伴にあずかるらしい。久しぶりの内輪の食事で、ユーニアが同席すると分かっているから、デクタダスは今からもう緊張気味である。

「お前、泊まるんだろ、ゆっくり飲もうか。カエサルのことがあって、もう右往左往、ひやひやびくびくのしっぱなし。久しぶりにお前のくだらない話を聞いて退屈しようか」

「やっぱり、帰ろうかな」

デクタダスは顔にくしゃっと皺を寄せていった。

「そうか、帰るか」

「いや、そうもいかん。ペイシアスに謝らないと」

デクタダスは首を伸ばして食堂のほうを見た。そして、腰を浮かす。


その翌々日、三月二十日のカエサルの葬儀の日、ルキウスは灰染めのトガを巻き群衆の中にいた。馴染みの騎士たちが居並ぶ場所に近づかなかったのは、アントニウスに付くべきかどうか、未だに態度を決めかねていたからである。きのう、家僕のひとりが、カエサルの腹心たちはアントニウスの宥和策に不満で、早々に離反するとの噂を聞きつけてきた。ローマの市民たちや軍団兵たちの間にも、呼応する動きがあるらしい。もしそれが本当で、離反の動きが大きくなるようなら、アントニウスとはきっぱり離れたほうが安全なのである。騎士長官時代のアントニウスを知っているだけに、ルキウスは先行きが危ういと思った。不穏な動きがあれば、じれったい駆け引きに奔走するより手っ取り早く軍事力を行使しかねない男なのだ。上にカエサルのような男がいない以上、やりたいと思ったことはやってしまうだろう。下手をするとアントニウスが内乱の口火を切ってしまいかねないのである。危ない男である。だからといって、実際、離れて日和見をすれば、これまでの行き掛かりがあるから恨まれもする。となると、離反派であれアントニウス派であれ、勝ちがどっちへ転んでも多少の資産の没収は避けようがないのだ。外征と違って内乱となれば、報奨とすべき土地資産が不足するからである。害を受けることなく、わが身も資産も守るためにはどうすればいいか、ルキウスはもう何もかもが分からなくなっていた。しかし、あのカエサルが死んだのだから、それくらいのことにはなるのだろうとは思っている。覚悟ではなく、打ち萎れて諦めている。

カエサルの葬儀に集まった群衆は中央広場を埋め尽くしていた。広場の先の演壇には、ウェヌス神殿の形を借りた黄金の仮設の神殿が設けられ、その前に象牙（ぞうげ）の棺架が据えられている。棺架は金糸飾りの紫の布で覆われていた。葬儀の余興が続く間は棺架の上に遺体はない。そのことが悲しみをひとしお感じさせるのか、人々は固唾を呑んで遺体の長さの棺架を見ていた。

しかし、この今になって不謹慎というべきだろうが、ルキウスは思いもしない記憶に気を取られていた。これまで思い出しもしなかったのは、この日この場で思い出すための記憶であったような気さえしている。それは、四、五ヵ月も前のことだ、スブラにあるカエサルの生家の近くで、ルキウスは高い壁に画かれたカエサルとクレオパトラとの一連の猥褻な落書きを見たのである。はしごを使って画いたのだろう、それらは見上げる高さにあって、四つの場面それぞれが裸で絡み合う男と女の落書きである。珍しくもない落書きで、ルキウスは同じ画き手の落書きを別のどこかで見た気もする。その落書きと同じように、カエサルと矢印で名指しされた壁の男は寒々と心細い尻をしていて、異様に細い脛(すね)と異様に大きい手のひらをしていた。見る人に振り向く壁のカエサルはあどけない丸い眼を見開き、王冠とおぼしき飾りを載せてはいても、顔は丸い円のひと筆である。一方、組み敷かれたり、手を突いて腹這(はらば)う姿のクレオパトラは口が大きく裂け、鼻は尖り髪は乱れて、はみ出んばかりの巨大な眼が大いに迷惑を訴えかけていた。四つの場面それぞれが、それぞれの姿勢で絡み合ってはいても、カエサルはあどけなく丸い眼を見開き寒々とした心細い尻を掲げている。ルキウスは競技場の貴賓席に座るカエサルや、牛の血を顔に塗って昂然と馬に跨るカエサルなどを容易に思い浮かべることはできた。しかし、なぜかルキウスは、丸くあどけない眼と心細い尻を向けた落書きのカエサルから思いが離れない。カエサルの生涯はあの四つの落書きで語り得るもののような気さえした。髪振り乱し、襲いかかる眼のクレオパトラをカエサルが心細い尻を振って組み敷く。デクタダスに話せばどういうだろう。世界を組み敷いたカエサルの心細い無防備な尻。

気がつけば、葬儀の余興は終わっていた。しかし、ユダヤの合唱隊の緩慢な歌声だけは残っている。大掛かりな儀式になると我を忘れるローマの人々は、今は神妙な面持ちでその時を待った。やがて、カエサルの舅(しゅうと)ピーソーが先導者に導かれて演壇に上った。続いて、紫の布に覆われたカエサルの遺骸を政務官たちが演壇に運ぶ。

人々がどよめく中、遺骸が棺架の上に安置されると、それが合図であるかのように群衆が動いた。人々はより近くでカエサルを送りたいのか、一斉に前へと押し寄せたのである。ルキウスの体はあおりを受けて広場のもっと前のほうへと運ばれていく。体は不自然な斜めに伸ばされ足は重心を支えていない。体をよじると小さい男の肩がみぞおちを突いた。ルキウスは群衆の動きに体を預けるしかなかった。しかし、人々のこの圧力をルキウスは禍々しい生きたもののように感じてしまう。のたうつように体を締めつけ、息を塞ぎ、鬱血させる汗ばんだ生き物の圧力。人々はこの圧力に揉まれ圧し潰されて悲しみを根深い憎悪や怒りに変えてしまう、この圧力がむら気なローマの人々を執念深い加害者に造り変えてしまうのだ。これまで何度同じことがあっただろうか、そのための押し合い圧し合い。ルキウスは体をくねらせ、自分から広場の端へと人混みを掻き別け進んだ。人の壁に押し返されても、襲い来る何かから逃れるように必死の形相で端へ逃げた。演壇の周りは、ピーソーが手配した武装兵たちが儀礼的に並んでいたが、今はもう押し寄せる群衆の波に呑まれている。

人々の一時の興奮が鎮まるのを待って、職務上、執政官アントニウスが演壇に立った。ルキウスは前の男たちの頭に遮られて演壇のほうが見えない。背伸びするつもりはなく、また耳を澄ますつもりもなく、ルキウスはこの人混みが葬儀の場であると自戒する気持ちで、生前のカエサルの姿をまた思い出そうとしていた。そしてそれは思い浮かぶのだ。しかし、思い浮かんだしりからカエサルの裸の尻をわざとみたいに思い出している。無防備な心細い尻。カトゥルスがからかったカエサルの尻。その尻を振り上げてカエサルは蛮族を追い、従え、そして世界を掠め盗った。ルキウスは心のどこかでそんなカエサルに向かって苦笑いでもしているような気がする。神々の高みから見れば、カエサルといえども裸の尻を振り上げただけのものかも知れない。

アントニウスは友人親族を代表して訥々と弔辞を読み、そして、今は読み終えたらしい。感情の起伏を見せず沈鬱に読まれた弔辞であった。続いて、告げ役の者がカエサルへの栄誉決議を読み上げる。神々と人間に与えられる栄誉の全てを授けるという元老院の決議である。告げ役はカエサルの身の安全を保障するという元老院の誓約文も併せて読んだ。アントニウスは誓約文が朗読されたあと、短い言葉を添える。それだけであった。きっと、アントニウスはカエサルを悼む群衆が暗殺者たちに怒りを向け、騒ぎを起こすのを恐れていたのだろう。アントニウスは共和国派の閥族貴族たちを甘く見てはいないのだ。ローマ市内にもイタリア国内の諸都市にも、その勢力は根を張っている。今群衆を煽り立て騒ぎに持ち込んでも、その騒ぎを誘導して、いいように事を収める準備も自信もきっとないのだ。暗殺者たちは怖気づいて家に籠ってしまったのだから、今は葬儀の執行役をそつなく演じて、人々にカエサルの後継者であることを認めさせておくだけでいい。アントニウスは遺骸の脇に控えて動かないが、その眼は演壇の上から悲しむ人々を眺め渡している。しかし、元老院格の会葬者たちが居並ぶあたりへは、有無をいわさぬ不逞な眼を向けていた。頭の中では、マケドニアに待機させた四個軍団を呼び戻す算段くらいは考えていただろう。

嵐さえ予感させる暗い曇り空の下である。葬儀は合唱隊の歌う哀歌が這い寄るように流れる中、滞りなく進んでいた。ルキウスは群衆の端にいて、まだカエサルの姿を思い浮かべている気持ちでいる。しかし、カエサルのことを考えてはいない。ルキウスはアントニウスの野心のことを考えている。今となればアントニウスは誰もが認めるカエサルの事実上の後継者、たとえカエサルの遺産の相続からは外されていても、カエサルの野心だけは相続したはずなのだ。なぜなら、壇上に立つアントニウスは今や大金を手にしている。カエサルが遺言に記したローマ市民一人ひとりに七十五デナリウスずつを贈与するための原資である。三十万市民への贈与となると眼が眩(くら)むような莫大な金額、さしあたり五万や六万の軍兵が養えるだろう。遺言執行役のアントニウスがおいそれと手放すような額ではない。金で養えるのは軍兵だけではないのだ、それはむしろ野心。たとえ暗殺に加担しなかったとしても、暗殺による果実はアントニウスの足元に転がってきたのだ。

カエサルの火葬式は、場所をマルスの野に移して執り行われる手筈(てはず)であった。遺骸を焼く火葬檀はすでに組み上がっていて、広場での式が済めば人々はマルスの野へ向かうはずである。しかし、カエサルの最期のありさまを伝えるため、演壇にカエサルの蠟人形が持ち出されると、人々の間に動揺が走った。蠟人形には、暗殺者たちから受けた数多くの傷痕が示されていたのである。人々はその死のむごたらしさをまざまざと見た。そして、ようやくこらえていたものを思うさま噴き上げたのである。大声で泣く男たちがいた。胸を叩く男たちがいた。声を上げ、手を振り上げてカエサルを呼び戻す仕草をする男たちもいた。そして、儀式が済むやいなや、人々は群衆の本能を一気に解き放ったのである。ルキウスの恐れていたことがやはり起きた。人々は喚き哮り、血相を変え、元老院にまず火を放った。再建されて間もない議場はたちまち燃える炎に包まれ、なおも猛り狂った群衆は、かつてクロディウスを元老院議場で焼いたように、自らの儀式でカエサルを焼こうとした。元老院の火を広場に移すと、政務官たちが運び出そうとしたカエサルの遺骸を群がる獣の顔になって奪い取った。悲しみ悼む人々は、それが火祭りの供犠であるかのように、カエサルを広場の火で燃やそうとしたのである。人々は自ら築いた火葬檀に思いおもいの物を投げ込み、炎をさらに高く燃え立たせる。燃え立つ炎にさらに煽られ、物に憑かれたように狂奔して、人々は炎と化したカエサルをよそに、広場に面した店々の略奪に走った。物狂いした群衆は今や暴徒と化して、怒濤が寄せては引くように広場とその周辺を荒らして回る。やがて、誰の指図もないままに、人々は手当たりしだいの松明を手に、暗殺者たちの屋敷へと向かった。それは、人々の群れの逆波が怒濤となって、広場から丘への道を這い登るようであった。ルキウスは暴徒たちの行方を見るより先にアエミリウスの会堂奥に逃げ込み、最初から傍観を決め込んでいた一団の中に紛れた。しかし、一部の暴徒たちが会堂内に躍り込むと、ルキウスはトガを脱ぎ捨てオッピウスの坂を駆け登って暴徒たちから逃げた。暴動は暗殺者たちが潜む丘の周辺へと飛び火していくのが分かった。このまま暴動が続けば大変なことになるのに、首都警備の兵士たちも暴徒たちと一緒に焼き討ちに向かったのか、その姿が見えなかった。

ルキウスは、所有する集合家屋に駆け込み、家に使いを出して、家僕たちを警護のために呼び寄せた。警護の者たちが来るまで、ルキウスは集合家屋の二階に登り、すぐ下の道を行く暴徒たちを見ていた。ひとしきり人の波が続いたあと、駆け下りてきた暴徒たちの一団は、先頭に、槍の穂先に刺した首を高く掲げていた。二階から見ていると、その首は人々の頭の上で躍るような剽軽な動きをし、右を向いたり左を向いたり、見物の群衆にまるで挨拶をしているようであった。首ひとつの挨拶が恥ずかしいのか、穂先の首は薄い舌を出し、はにかんで詫びているかのようだ。きっと、暗殺者たちのひとりだろう、誰を仕留めたのか、カスカだろうか、ブルートゥスだろうか、群衆の怒りの血祭りに上げられたのだ。ルキウスは遠ざかる穂先の首を見送りながら、とうとうやったな、と不思議に安堵の気持ちで思った。共和国派がこのように多くの人々の怒りを買うようであれば、アントニウスは混乱して、共和国派との宥和策を捨てるかも知れない。そうなれば三つ巴、収拾がつかなくなって、アントニウスは騎士長官時代がそうであったように滅茶苦茶をし始めるだろう。もつれた糸は無理を押しても断ち切ろうとする男なのだ。執政官の任期が過ぎる前に、きっと蹴落とされる。やはり、アントニウスからは離れたほうがいいのだ。

　家僕たちがやって来ると、ルキウスはそのまま帰路に就いた。人通りのない道は物騒なので、遠回りしてクイリナーリスの麓の道に戻った。しばらく行くと人だかりがあり、見知った顔をいくつか見つけたので、近づいていった。男たちは人違いで群衆に殺された運の悪い詩人の話をしていた。詩人は人違いを訴えたのだが、猛り狂った群衆は耳を貸さなかったという。詩人なら殺せ、とばかりに襲いかかった。群衆は殺した詩人の首を槍の穂先に突き刺し、街中を練り歩いたそうだ。有名な詩人だ。名前をキンナとかいった。

　ルキウスはその場で何度も吐いた。眼の前が昏くなって、体温が滴る水のように引いた。ルキウスは倒れ込む体を両手をついて支えている。その手ががたがた震え、ルキウスは自分の嘔吐物に顔を沿わせて倒れた。体の重さが地の底へ沈み落ちていく。口から薄い舌が出ていたのだ。おどけたあとで恥じるような顔だった。耳の奥で血が囂々と流れた。確かに、あれはキンナだった。

　ルキウスは人の肩を頼らないと立ち上がれなかった。腰が抜けて足が前に運べない。家僕たちでは長くは運べないので、座輿が呼ばれた。ルキウスは大きく眼を見開き、息をせいせい吐くのみであった。その帰り道、いくらか進んだあとでルキウス一行は猛烈な雨に打たれた。顔に当たる雨粒が涙のように流れた。

　家に戻り、ルキウスはユーニアの顔を見て、キンナが死んだと告げて、そして初めて声を上げて泣いた。ルキウスはユーニアの足元に身を投げ、濡れた体を波打たせて泣く。家中の者たちが集まってきて、仕切り口の向こう側から覗き込むのを、ユーニアは手を払って遠ざけた。ユーニアは胸に手を寄せ、握り締めて、祈る姿で立ち竦んでいる。そして、事情がよくは分からないまま、ユーニアはルキウスと一緒に泣いている。

ルキウスにとっては兄のような人だった。そのキンナが死んだ。声をかけると、いったん瞬きをしてからゆっくり答える人だった。ルキウスのように難しい顔をして本を読まない、眼が飛び石を跳んで遊ぶように文字を追った。ユーニアはキンナが読む本なら読んでみたいといつも思った。優しい人、そして有名な詩人。何かといえば酔わそうとするルキウスに、真顔になって顔を背ける、そして、わたしに助けを求める。飲ませてしまうと人が変わった。それでもみんなに優しい人。でもあの人、わたしの名前を呼んだことがあっただろうか。ユーニアはやっと込み上げてきた悲しみを赤子のようにあやしながら、その悲しみを表わすために髪の毛を解き、掻き乱して、足元のルキウスの体に被さるように身を重ねた。雨に濡れ冷えた体を抱え込み、ユーニアは解いた髪の毛でルキウスの涙を拭うこともした。激しいルキウスの息を吸い込み静かに息をついた。

ルキウスがこのような激情に駆られることはなかった。ユーニアは始めて男の悲しみを知った。床に手をつき伏せてはいても、大声で泣き、大地の底へその悲しみを届け天に背いて不服従を訴えるのは男だからこそ。ユーニアは眼に涙を浮かべつつも、女として、男の激情に巻き込まれ共に溺れていくことに、うっとりするような悦びも感じていた。キンナが死んだことは、これほどまでに悲しいことなのだ。

しかし、それほどまでの激情はふつう長くは続かない。神経が悲鳴を上げてずたずたになる。ルキウスは日暮れ前からずっとこの激情に身を任せて、意識のありかすらもう分からない。今のこの悲しみの意味すら分からなくなっていた。そして、気が遠くなる。

寝所へ運ばれたルキウスは、添い寝するユーニアの脇で泥のように眠った。カエサルの暗殺の日以来、まともに眠ってはいなかったし、心労も重なっていた。そこに来て、キンナの死。パトロクロスを喪った英雄アキレウスのようには激情が持続しないのである。ルキウスは時折り、急に息を止めるようで、心配なユーニアはルキウスの顔に手を当て撫でてもみるのだが、ルキウスは身じろぎもしない。そのうち、酒宴帰りの夜のように、ルキウスは鼾もかいた。

しかし、その眠りは短かった。夜明け前にようやく微睡(まどろ)んだユーニアの脇でルキウスはふいにびくっと動き、何かに驚いたように眼を覚ました。ユーニアが顔を上げると、長く語りかける眼でじっとユーニアを見た。そして、ユーニアは理解する。そのことを表情にしてルキウスに伝える。とたんに、ルキウスの眼が涙に溢れた。


ルキウスは外が白み始めると同時に家を出た。前の日、食べ物を受けつけなかったせいか、すぐりの果汁に浸した蜂蜜パンを貪(むさぼ)るように食べた。しかし、食べたまま胃に塊りとなって残り、歩いている途中で吐いた。ルキウスは朝からもう脂汗を浮かべていた。

桃色漆喰のキンナの家では、詩人仲間や後援者たち十四、五人が寝ずの番をしたのだろう、多くは部屋の壁にもたれ床に腰を下ろして頭を垂れていた。ルキウスが来ても、眼を向け軽く会釈する者はいても、立ち上がって話しかけに来る者はいなかった。部屋の中央には寝室から持ち出された寝台が置かれ、変わり果てたキンナの死体は金糸の覆いの下にあるはずだった。ルキウスに動揺はなかった。しかし、キンナのほうへは近づけなかった。金糸の覆いが被されたキンナの死体が異様に短いと分かったことが近付くことをためらわせていた。ルキウスは物言わぬ男たち女たちの中にいてただゆらゆらと立ち尽くしている。そんな中、用事から戻ってきたのだろう、知り合いのキンナの縁者がそっと部屋に入ってきて、ルキウスの姿を認めると、首が見つからないのだ、とささやく声でルキウスにいった。急激な吐き気のあとで、ルキウスはゆっくり意識が遠のき崩れるように床に倒れた。駆け寄る男たちの肢、そして覗き込むいくつもの顔が分かった。しかし、ルキウスが本当に見ていたのは、槍の穂先でおどけたように舌を出すキンナの首であった。

大きな戦さに二度出たルキウスは首のない死体に臆すほど、気が弱いわけではない。広場や競技場ではさらに凄惨な処刑がしばしば行われるのを、顔を背けることはあっても、動揺なく見ることもできた。しかし、ルキウスは今、背椅子に座りこんだまま、立ち上がる力がない。しばしば、胸に込み上げてくるものがあり、胴震いのように震えたりもするのだが、うわべを取り繕うことはできた。その日、キンナの家には百近い人々がやって来ては去っていった。ルキウスはそんな人たちと言葉を交わし、座ったままで見送った。

キンナが暴徒に殺された時、一緒にいたデクタダスも同じ暴徒たちに襲われていた。そのことを知ったのは、キンナの家を辞す時である。何気ない会話を耳に留め、ええっ、と声を上げた。ルキウスはその足でエスクィリヌム広場の知人宅に運ばれたというデクタダスの見舞いに向かった。途中、聖道のあたりは戒厳令下のように兵士たちがたむろしていて、怪しげな男を見かけると、取り囲んで持ち物を探った。ルキウスがそんな兵士たちの後ろをすり抜けようとすると、いきなり背後から誰何の声をかけられ、なぜかいきり立ったルキウスは声をかけた兵士に摑みかかった。脇腹に重い痛みを感じ、身を屈めたところ、脛当てをした固い足で腹を蹴られた。ルキウスは家僕の肩を借りてその場を離れ、水汲み場の台座で痛めた体を休めた。ルキウスは何かを考えているわけではないのに涙を流していた。そして、足元を溢れた水が流れていくのを見ていた。日はもう暮れ始めていた。

デクタダスは眼と鼻、そして右側の口以外は包帯が巻かれ、レプラ病みの患者のようであった。顎の骨を砕かれ、右腕を折られ、折れた腕には添え木が結ばれていた。頭を包む左側の包帯に血が滲んでいるのは、側頭部に刃物の傷痕を残しているからだという。場所が場所だけに、危ないところであった。激しい息づかいは、痛みに耐えているからだろう。ルキウスは、デクタダスが生きているだけで涙が出るほどうれしかった。

ユーニアには、デクタダスが生きていた喜びを告げた。しかし、それなのにルキウスは泣いた。ユーニアは、ルキウスが喜びを告げたくせに泣いてしまったから、どう応えていいのか分からない。うれしさのあまり泣いたようでもなかったのだが、ユーニアはデクタダスが生きているならうれしいことだと素直に思えて悲しむ気持ちになれなかった。デクタダスが怪我を負ったことはかわいそうだが、キンナの死を知った翌日のことだから、生きていることだけで喜ぶべきこと。それなのに、ルキウスは泣くから、一緒に悲しみたいとするのだが、気持ちがただうろうろするだけ。ぎこちなく喜んで見せたら、それを見たルキウスはまた声を上げて泣いた。

キンナの名はその日のうちにはローマ中に知れ渡っていた。名前を取り違えた群衆によって、非業の死を遂げた詩人の話が、略奪と暴動の流言蜚語に添えて伝えられたのである。例えば、神韻に迫るその典雅な詩は、詩歌の女神たちの妬みを買い、邪慳(じゃけん)にも、暴徒たちにその首を引きちぎらせたとか、キンナは詩の神アポロンに愛でられ、その日のその死を予言されて、はるかヘリコンの山の頂へと召されていった、とか。心を痛めた人々は、神々の関与をほのめかすこのような噂を広めることでキンナの無残な死を悼んだ。しかし、変事が起きるといつもささやかれるこのような噂よりも、運命がいかにドジでマヌケなものであるかを人々は思い知ったに違いない。だからこその噂であろう。

もちろん、ルキウスはそんな噂話の外側にいて、自分の悲しみの中に閉じ籠っている。悲しみに溺れていないと、あの槍先の剽軽な首の動きを思い浮かべてしまうからである。運命は人を侮る、愚弄する、まさにそれを証すかのような槍先の首。思い出せば、怒りに眼が眩むからである。人は、やり場のない怒りより、込み上げる悲しみのほうが扱い易い。怒りは猛り狂い燃え上がるが、悲しみはひたひたと充ち溢れる。だから、ルキウスは次の日、悲しみに心を閉ざしたまま家に籠った。これまでの無理心労が祟(たた)った。立ち上がる気力も体力も失っていた。光も影もものの形も無気力に澱んで見えた。何もかも、この世にある全てのものが自分とは関わりのないもののようにしか思えなかった。

翌日になって、やっと思い立ったルキウスはまたエスクィリヌムの知人宅にいるデクタダスを見舞った。心にひとつ思うことがあった。キンナの首を探す。何としても探す。その思いがルキウスを急き立て、歩みを進める自分に確かな力すら感じた。ルキウスは春の陽射しに瞬くこともしない。

デクタダスは雇われた付き添いの老婆ひとりに看取(みと)られていた。脇机に赤黒白の小石が三重の輪の形で並んでいるのは誰かが勧めたおまじないだろう。ルキウスが顔を寄せると、デクタダスは蚊の鳴くような声を出した。それは言葉ではなかった。しかし、ルキウスは大きく頷く。

「大丈夫だ。医者は大丈夫といったそうだよ」

「分かるか。おれのこと、見えているかい。手、握ってみろよ」

デクタダスはルキウスの手を握り返したように感じた。しかし、その心細さに胸が詰まった。できるならば号泣して、共にキンナの死を悼みたいのだ。しかし、キンナの死を告げることができなかった。ルキウスは付き添いの女にあとを頼んで足早に家に戻った。

家に戻ったルキウスはさっそく家僕たちの姿を探した。しかし、誰ひとり戻ってきた者はいないようだった。ルキウスは朝、出がけに、家僕たち九人を集めて市壁の外側や死体を投げ入れるプティクリの大穴を探りに行くよう命じていたのである。たった九人で市壁の向こう側を探すなど滅茶苦茶な話なのだが、ルキウスは厳に命じたうえで、自分はデクタダスの見舞いに向かったのである。家に戻って、誰も戻っていないことに落胆して、ルキウスは念のためペイシアスを使いに出し、近くの庇護民たちにキンナの首が街道沿いに晒されていないか探しに行かせた。街道沿いや市壁内はキンナの縁者たちが数日前から探していたのは知っていたが、念のためである。ルキウスは、首都警備の兵士たちや処刑人の死体を処理をするシリア人たちにも渡りを付けておくこと、また、口入れ屋を介して下水溝を探るための人夫を雇う手立てや、ティベリスの川を浚(さら)うため舟の手配をすることなども思い付いたが、それら多くのことはすでにキンナの後援者たちが段取りをつけていたのである。ルキウスはそれらのことも知ってはいたが、この広いローマで首ひとつを探すのである、抜かりがあってはならないと思った。ルキウスは躍起になってそれらの手配に走り、途中、家に戻って執事シュロスに懸賞金の用意もさせた。ルキウスが何度も同じ道を行き来して自分でそれら手配に走ったのは、用をいいつけるべき家僕たちが戻ってきていないからである。

日が暮れて、ルキウスはスプリキウスの橋の上にいる。そして、寒さに震えている。朝から動き回ったせいで、腰から崩れ落ちそうなほど疲れていた。意識は散り散り、しかし、首が探し出せればキンナは戻る、ルキウスは念じるようにそう思い、吐く息ごとにそう思った。日暮れの橋の上では、そんな思いがやがては幻影を呼んだりするのだろうか、記憶のどこかから迷い出たような、出会いの場所に来たようなキンナの姿が眼に浮かぶ。眼を凝らすとそれはただの夕暮の川面、しかし、ふと見るとキンナはそこにそのままいたかのようにまた現われ、そして消えたかと見ると、暮れた川面と二重写しで動かぬ姿のキンナがいる。キンナはルキウスの思いに応えるように、距離をそっと近付けるかにも見えた。しかし、川風が吹き上がると、とたんにそれは消える。川面が波立ち、澱みは渦の絵を浮かべてルキウスの下を流れる。そして、はっとする一瞬、キンナは喉元に手を添え首を撫でる仕草で姿を見せ、首を奇妙に捩(ね)じったかと見ると、その顔は一度に遠のき恐怖に歪んだ印象だけを残して消えた。開いた口が叫んだ声はルキウスには届かなかった。しかし、ルキウスは消えた声に応えるように眼を瞑(つぶ)る。そして、何があっても探し出すとだけ思った。キンナの願い、何としてもおれが叶える。ティベリスの川面に向かって眼を見開いたルキウスは寒さに一層震えてはいるが、寒さを感じているわけではなかった。

　それにしても、分からないのだ、なぜキンナの首がなくなってしまうのか、そんなことがあるのだろうか。ルキウスはまた同じことを考えている。どこか遠くへ運ばれたのか、切り刻まれて人の首とは見えないものになっているのか。そうだとしても、首を切り刻む意味があるのだろうか。恐らくは、いったん誰かが持ち去って、あとで持てあまして投げ捨てたのだろう。もしそうなら、それは果たしてどこだろうか。悲運のグラックス兄のように、やはりこのティベリスに投げ込まれたのか。首は浮くのか沈むのか、浮いたとすれば、どこまで流れていくのか。沈んだとすればどうなのか。

　そして、その日もルキウスは家で泣いた。貯蔵庫の奥、肉やチーズの醸成室でルキウスは独りひそかに泣いた。しかし、ふと気付いた時、気配を消したユーニアがもう傍(そば)に来ていた。ルキウスは泣いている自分を隠さなかった。ユーニアが来たことで、慰める人を待ち望んでいたのが分かった。

「キンナの、首が見つからない」

　ユーニアはルキウスが座るチーズの木箱に並んで腰を掛け、そっと体を添わせたまま黙っている。そして、黙って洟(はな)をすすった。ルキウスはくっくっと嗚咽の声を上げる。

首以外で残った体はローマにいるキンナの縁者たちがムルキアの外れの寂しい土地でひっそり焼いた。そして、その日もその次の日もルキウスはキンナの首を探し続けた。ローマ市中には使用人たちを走らせ、懸賞金目当てに届いた首を三日で十いくつも手に取った。無駄足を承知でティベリスの流れに沿って河畔を尋ね歩き、雇った舟で川底も浚った。舟は二日の間にひとつだけ首を探し当てたが、火葬痕が分かる焦げて崩れたものであった。数カ月前の首らしく、キンナのものではなかったことがうれしかった。しかし、このような日々が続けば金がかかる。下水溝にはまた人を入れねばならないだろうし、市壁の外の街道脇ももう一度、区画を決めて、割り当ても決めて、人を送らねばならない。金のことは心配だが、こうして首探しに躍起になるしか悲しみを防ぐ手立てはなかった。

数日後、キンナの首探しの指図をしたあと、ルキウスはそのままデクタダスを見舞った。デクタダスの顔を見て、気の緩みか不意に涙が溢れる。デクタダスは眼を動かしていたが、気付いたようではなかった。しかし、こいつ、このまま動けなくなるのか、しゃべれなくなるのか、そう思うと、今度は止め処なく涙が溢れ流れた。ルキウスは、結局キンナの死を告げることはできなかったが、ルキウスが泣いたことで何かを察したようだ。そんな眼をデクタダスはルキウスに向けた。

そしてその翌日、見舞いを続けて六日目のことである、デクタダスがしゃべった。右端の唇の隙間から吐く息と一緒に言葉を吹き出すようにしゃべった。「小便、も、出ねえ」と聞こえて、ルキウスはぴくりと笑った。そして、何度も頷く。声が聞けたのがうれしかった。やはり、口から快復するやつなのだ。

「垂れ流しにしてるよ。汚いやつだ。お前、布団の色、小便色に変えたね」

軽口のはずだったのに嗚咽のように声が喉の奥から震えて出た。

「キンナ、死んだね」

キンナの名前が出たとたん、体がふわりと重さをなくす。ルキウスは込み上げる。

「知っていたのか」

デクタダスは暗い眼で答えた。

「ああ、傍にいた」

デクタダスは険しい眼をして顔を背けていたが、ルキウスは息を喘がせひとしきり泣いた。泣いて遠のく意識の中に、槍先のキンナの首が浮かび出るようで、ルキウスはたまらずはだけたデクタダスの肩口に手を置いた。デクタダスは急に体を反り返らせると、ぐー、と長い呻き声を出す。介護役の老婆が部屋の隅から駆け寄って、何やら香のようなものを嗅がせた。デクタダスは涙眼になってルキウスを睨んだ。

思えば、ルキウスはキンナとの交流が一番長い。二十年を超える付き合いだった。ルキウスがまだ二十歳前で、クロディウスが飼っていたならず者たちと悪さをしていた頃からだ。

当時、クロディウスの腹心で警護役も務めていたプラグレイウスは、配下にやくざ者や剣闘士くずれの乱暴者たちを集めていた。ルキウスのような多少の身分資産のある家の子弟たちとは区別があったものの、カストル神殿あたりでたむろしている時は、野卑な話に同じように興じていた。良家の出であればあるほど、振る舞いが悪辣であることはいうまでもない。人を人とは思わぬように育てられるからである。しかし、クロディウスが紳士貴顕方の集まりや上流婦人たちの招きに応じた時は、警護の役にルキウスなど、相応の身分資産のある家の子弟を随行させた。最初がどこであったかは記憶にないが、何度か評判の詩人カトゥルスに会った。クロディウスの供をして、姉のクローディアの嫁ぎ先を訪れた時は、カトゥルスとふたり、細工物の装身具の品定めに意見を求められた。金銀の細工はルキウスの家の家業ではないが、細工の眼利きくらいならルキウスでもできた。カトゥルスは同じ年頃でありながら、謙虚なものいいでルキウスの意見を訊いた。以後も、クロディウスが出入りする名門貴族の屋敷で何度かカトゥルスに会った。軽妙な詩を書いて人に知られ、ご婦人方のお気に入りであることは、初めから知っていた。

デクタダスが冷やかすように、ルキウスは確かに詩を書いたことがあった。評判のカトゥルスに実際会ったことで、つい山っ気を出した。書き出してみると意外に簡単で、体裁が整った詩が十ばかり造作なく書けた。ルキウスはできがよさそうな詩を五つ選び、後の執政官ユニウス・シラーヌスの別宅に逗留していたカトゥルスを訪ねて講評を依頼した。もちろん、下心があってのことである。詩の世界にではない、詩が詠われる華やかな社交の世界に憧れたのである。カトゥルスは嫌な顔をしたが拒まなかった。ルキウスは、何か忘れたが届け物までしたのである。しかし、知らんふりをされた。カトゥルスはルキウスの詩をキンナに押し付けたのだ。ある日、ユガリウス通りの家に仮住まいしていたルキウスを訪ねて、ヘルウェウス・キンナという男が来た。キンナは見ず知らずのルキウスの住まいを探し当て、初対面でまごつくルキウスを相手に、カトゥルスに渡した詩に律儀な講評を加えたのである。キンナとはそれが最初の出会いだった。

「おれは詩を書いたことがある、知ってるよな。二十歳前だったかな、次男坊の気軽さで、クロディウスが飼ってたごろつき仲間と悪さばかりしていた頃だ。悪さの合間に詩を書いた」

デクタダスは暗い眼で返事をした。

「その詩、棄てたよ。あの頃、おれは、今貸店舗にしているユガリウスの集合住宅の二階をねぐらにしていた。キンナはそこを探し当ててやって来た。おれが書いて人に渡した詩がキンナに回っていて、わざわざ講評しにやって来た。起き抜けに見ず知らずの男がやって来て、おれの詩を講評するんだよ、余計なお世話だ。あいつのことだ、講評といっても褒めてばかり。アルカイオスの詩風に通じる、とかね。当たり前だ、真似したんだ。あいつのこと、詩人向きの人間だともいったな。たった五つの短い詩で、しかも初対面で、向き不向きが何で分かる。おれと会ったその日にだよ、詩会に誘われた。断わったよ。おれ、腹が立っていたから、キンナにじゃないよ、別の男に。おれはまともに相手をしなかった。そしたら、あいつ、じゃあ、また、といって出ていったが、数日したらまたやって来て、今、有望な詩人の詩集だ、とかいって、スタティウスという男の詩集を持ってきた。ずっとあとで紹介もされた。

そいつ、この前のヒスパニアの戦役で死んだよ。あの時、詩会には誘われなかったが、また詩を書けと勧められた。まだ腹を立てていたから、キンナにじゃない、別の男にね、だから詩は書かないと答えた。詩は書かないが、付き合いを始めた。だって、あいつが勝手にやって来るんだ。結局、詩会へは一緒に出かけた。シキリアへ旅行したこともある。ブリクシアのあいつの家にも行ったな。若いかみさんがいた、子供はまだいなかった。キンナが有名になって、お歴々方との交遊が増えてきても、ユガリウスのおれのねぐらを訪ねてきたよ。そうそう、二度目かな、三度目だったか、あいつ、おれの家に来て、話すことがなくなると、隅っこに転がっていたキタラを取って勝手に弾いたよ。おれもうまく弾けるほうだが、キンナはもっとうまく弾いた。感心した。キンナは笛もうまく吹いた。あいつ、『音楽は恋の糧（かて）』、だなんてバカなことをいったな。若かったんだね。キンナはもっと痩せていた」

ルキウスは嗚咽を交えて、ようやくこれだけをいった。すると、

「いい、もう。だ、黙れ」とデクタダスが応じる。

「息ができない、ずっとだ、足りるほど息が吸えていない。意識が消えそうな気がする。キンナと一緒に消えそうな気がする。今だからいうが、おれはね、キンナを手本にしたようなところがあった。あの頃、おれの周りには乱暴なやつらばかりで、周りからもよく見られていなかった。おれ、キンナを見習おうと思った。キンナが考えるように考え、感じるように感じようとした。キンナが読んだ本は、おれも隠れて読んだ。そうすれば、大人になる気がした。キンナは六つ年上だ、若かったからね、六つも年上だと、随分大人に見えた。兄を亡くしてからは、キンナを兄のように思った。キンナのいうことは、眼の前では反発したが、何もかも心に納めた。おれの半分くらいはキンナさ、半分がキンナでできてる。多分、いいほうの半分だ、残りの半分はお前かも知れん。悪い半分とはいわない、しかし、キンナはいい半分だった。その半分を失った」

「……はあーっ」

「以前、死んだら光の中に歩み出すといっていたな、時々、思い出す。思い出すと、それが眼に浮かぶような気がする。死んだキンナは一面の光の中へ、光の粒になって散っていった。今になって、しみじみ気付くよ。あの

時、キンナは、おれが今、こうして眼に浮かべるようにと、話してくれたんだよね。これほどありがたいことが、あるか」

うっ、くっ、と嗚咽したのはルキウスである。デクタダスはもう苛立ち気味だ。寝返りを打って背中を向けたいのだが、それができない。

「でも、まだ首が見つからない、首ばかり探し回っている。何としても見つけてやりたい。見つけてくれ、といってたんだ、おれに向かって」

ルキウスは、槍先のキンナの首がまた思い浮かびそうになって、固く眼を閉じ口も引き締めて詰まった鼻で苦しい息をした。胸の中を苦しい息でいっぱいにし、ルキウスはきのうの朝のティベリスの流れを思い出そうとしている。スブリキウスの橋から、雇った二艘の舟が遠くの川下で川浚いをするのを眺めていると、首ひとつになったオルフェウスが透明な光の膜からこの世を見ているように、キンナは汚水で濁ったティベリスの川の底からもっと汚れたこの世を見ているように思われた。ルキウスは朝の川面のいたるところにそんなキンナの眼を感じた。ルキウスはそのことを思い出そうとしている。

「ティベリスは二度底を浚った。それでも見つからない。下水溝も人を雇って探している。しかし、下水溝は嫌だ、ティベリスで見つけてやりたい」

「お前、黙れ。声を、聞くと、頭が、痛い。怪我人のとこで、長居するな。かっ、帰れぇ」

家に戻ったルキウスは、喜びを隠して、デクタダスが話すようになった、とついでの話のようにユーニアに告げた。ユーニアはルキウスに体を添わせることで喜びを表わした。ルキウスはやはりうれしかったものだから、ついユーニアを抱き締めてしまった。小間使いの女がふたり見ている前であった。

「何か届けてあげましょう。ペイシアスや小間使いのロリアたちも心配してますから、ペイシアスはひとりで見舞いに行ったようですよ。何か持たせてやりましょう」

「喰い物は駄目だ、羽毛の布団とか枕がいい。お前からだというと、あいつ喜ぶ。実をいうとな、デクタダスはね、あれでお前のことが気に入っているんだよ」

「ほほ、知ってますよ」

「それなのに、お前に嫌われていると思っている。いつも、お前の機嫌取るのに一生懸命だ」

「知ってますよ」

「そうか、知ってたのか。なら、羽毛の布団がいいね」

「そうですね、家にあるのじゃなく、新しいのを買ってあげましょう」

「明日行ったら、あいつに本を読んでやろう。嫌がるだろうな」

「ほほほ、嫌がりますよ」


その翌日のことである、思いがけないことがあった。アントニウスから熊の毛皮が贈られてきたのである。ルキウスはカエサルの葬儀の前日以来アントニウス邸を訪れてはいない。むしろ、訪れる気もなかった。しかし、ルキウスの首探しの一件はアントニウスの耳にも届いていたらしく、アントニウスは側の者たちにルキウスの便宜を図るように告げたそうだ。武人を気取るアントニウスだから、喪った友を悼む心根は殊勝なものと感じ入ったのかも知れない、仰々しく蓮台に載せ下賜品みたいに四人の男たちが運んできた。いきなりの遣い物に戸惑ったのはルキウスである。鷲旗旗手ならいざ知らず、将校待遇のルキウスにすれば熊の毛皮であることの意図が摑めなかった。背丈に余る見事な毛皮なのだが、これから暑くなる時期、重宝するには時期外れである。ただ、こういうところがだらしないのだが、ルキウスはいずれアントニウスから離れる気でいて、このような厚意を示されるとほろっと気持ちが崩れるのだ。ルキウスは頭を抱えた。何もかも考え直して、気持ちをアントニウスのほうへ向けてみようかという気にもなりかけてしまった。だからこの時期、もしアントニウスからさらに働きかけあったなら、ルキウスはまたアントニウス邸への朝の伺候を始めたかも知れないのである。しかし、幸か不幸か、アントニウスからの厚意は毛皮以外の形でさらに具体化することはなかった。アントニウスもその周辺の者たちも忙しいのである。ルキウスは、アントニウスの留守を見込んで、樽一杯の塩漬け飛び魚を礼返しに運んでおいた。十分ではないだろうが、せいせいした。

アントニウスが忙しいのはカエサルの後継者として権力基盤を確かなものにしたいからだが、カエサルほどの人物でも寄ってたかって殺してしまうようなローマだから、跡を継ぐのは容易ではない。そもそも、最高権力者である執政官の任期がたったの一年であったり、その執政官をふたり並べておくといった知恵は、上に立つ者の足を引っ張るのがローマの人々の病弊または痼疾（こしつ）であるからにほかならない。抜きん出て上に立とうとするやつは、さっさと次にすげ替えるか、最初からふたり並べて牽制させるか、この両方の工夫があったからこそ、大事に至るような足の引っ張り合いは防げたのだし暴君も生まれずに済んだのである。異論のある人はいるかもしれないが、かつてのローマの王家が二代続いたためしがないのはご先祖たちがやはり王様の足を引っ張っていたからで、このことからもローマの人々には父祖伝来の痼疾があるといっていいのである。もちろん、ほかのいい方もあるだろう。例えば、政治的理念とか理想とかがそれである。しかし、上に立つやつがおもしろくない、癪に障るといった憤懣は我欲の張った人たちだけに、高等な理念信条よりは行動原理として優先するのである。

さて、アントニウスは忙しい。ルキウスの首探しの一件を奇特なことと感じ入ったことくらいはあったかも知れないが、ふつう詩人の首など拾うやつもいないのだから、ルキウスのことなどその場限り、意識をかすめた程度というのが本当だろう。熊の毛皮にしても、側近のコテュローあたりが気を利かしただけのことかも知れないのである。この時期、アントニウスは元老院に圧力をかけたり、取り巻き連中の私腹を肥やすために画策したり、大嫌いなキケローを丁重に扱って逆に不安を抱かしめたり、カエサル暗殺後の混乱を収めるために奮闘めざましいのである。実際、疑り深いキケローは身の危険を感じてイタリアを去ることを考え始めたくらいである。

しかし、本当にローマを去っていたたまれない状況にあったのはカエサルの暗殺をねぎらわれたはずの「解放者」たちであった。「解放者」たちは、暗殺後の事態の推移を見て、このままローマにいては何をされるか分からないと悟った。予想もしない成り行きに怖気づいてしまったようにも見えるが、多くが法務官マルクス・ブルートゥスの徳望を慕って集まった者たちである。志の高い分、行儀もよかったのだろう。特に策を講ずることなく、カエサルの国葬の日の前日にはそのたいていがそそくさとローマを離れている。それぞれに、それぞれの思いはあっただろうが、だからといって、胡乱(うろん)な動きを見せるわけではなく、徒党を組んで周囲に檄(げき)を飛ばそうとするわけでもない。近郊の別荘や所領に身を隠して、ただ事態の推移を見守ることにのみ専心した。中には、忠臣デキムス・ブルートゥスやトレボニウスなど、カエサルが生前決めておいた人事案件に従って、遠い任地へとイタリア本国を去っていった者たちもいる。首謀者マルクス・ブルートゥスなどは、首都法務官という役職柄十日以上ローマの市壁の外に留まれない決まりがあるのに、その取り決めを無視して近郊の別荘地を渡り歩く。それをアントニウスが黙認し遠ざけていたということは、共和国派にすり寄ったかに見せかけて、ブルートゥスなど「解放者」たちを生殺しにでもする気でいたからだろう。

暗殺に加担してルキウスを驚かせた古くからの知人ミヌキウス・バシルスだが、誰かの所領に身を寄せているのか消息が知れない。というより、ルキウスは知ろうともしない。折に触れ世話になっていながら薄情なようだが、ルキウスはバシルスの身を案じる気持ちのゆとりがなかった。ルキウスはキンナの首探しに行き詰まっていたのである。キンナの残った手肢や胴体は焼いてしまって、骨は妻子のいるブリクシアに運ばれ墓に葬られていたのだが、首だけがいまだローマのどこかに残っている。それを思うと、灼(や)けるような焦慮を感じた。ルキウスはその焦慮に急かされ、矢も盾もたまらぬ思いでローマ中を歩き回っていたのである。今は精も根も尽き果てて、行く先を忘れたまま路傍にしゃがんでしまうこともある。そして、これだけ探してもないのだから、誰かが隠し持っているのではないかとすがる気持ちで疑い始めている。というのは、昔、サローナへの船に乗り合わせた男から聞いた話をルキウスは思い出していたからだ。トリュパイナというリブルニアあたりで盛名を馳せた女流詩人の首の話であった。その詩人はどこやらの学校の教師によって墓を暴かれ首だけが持ち去られたのだという。学校教師は詩人の首を銀の大皿に載せて隠し持っていたらしいが、探しものの祈禱師の働きで三年のちに発覚し、今はサローナのアポロン神殿の壁龕(へきがん)に納められ崇拝の対象になっているというのだ。ルキウスはキンナの詩人仲間の誰かが、祈願か何かに使うために隠しているのではないかと疑いを強めている。もしそういうことなら、首探しがどんなに楽か。ルキウスは、何人かやりそうなやつらの眼ぼしもつくのだ。問い詰めても白状はしないだろうから、ルキウスは首探しの祈禱師を雇うことも考えながら、それでも下水溝の探索やティベリスの川浚いを止めることはなかった。もちろん、懸賞金は提示したままである。

月が替わって四月も十日あまりが過ぎた頃である、そんなルキウスの狂奔ぶりをさすがに見かねたのだろう、執事役のシュロスが、折り入って、と談判に来た。出費がかさむだけではない、家僕たちや書記役のペイシアスまで駆り出されては仕事にならない。集合住宅の住人調査や立て替えた運送費の催促には、足の悪い自分が行った。荷受けの書類を今は誰が書いていると思うのか。アウェンティーヌスの空き店舗には今も三日にひとつは首が届く。家僕たちは気味悪がって、明日にも逃亡するかも知れない。これまでいくつ首が届いて、届いた首にいくら払ったと思うか、今や銭箱は空同然、と。

ルキウスは、うーん、と腕を組んだ。気付かなかったわけではない。しかし、これだけしても首が見つからないのだ。腕を組んだルキウスは、シュロスからは眼を逸らして、

「そうだな」と曖昧を答えるしかなかった。銭箱が空ならどうしようもない。

それから数日後のことである、朝、挨拶にきた六、七人の庇護民たちに紛れて、マキシムスからの使いが来た。陽が落ちてから伺うということらしい。キンナの首やデクタダスの怪我のことにかまけて、マキシムスのことはすっかり意識から消えていた。高名な人だから、何かの動きに加担しているのかも知れない。厄介なことに巻き込まれたら大変である。ルキウスはユーニアに告げて、日が暮れたら、家僕たちや女たちを奥へ下げておくように伝えた。

そのマキシムスは、夜も更け、人が眠る頃になってやって来た。灯火を消して、たったひとりの警護役だけを連れて、平民服で忍び入るようにやって来た。ルキウスの立場を思っての配慮だろうが、ルキウスは逆に不安に

なった。

食事は済ませたとのことで、ルキウスはマキシムスを手狭な執務室に請じ入れた。給仕の者を下げていたので、ユーニアが酒杯を運び、卓上にガラス製の攪拌器を置いた。マキシムスは、ユーニアが酒の支度をする間、口ごもった声で何かいったようだった。ユーニアはなぜか打ち解けた含み笑いをした。

ユーニアが奥に下がると、マキシムスは、奥の方だね、と問いかける眼でルキウスを見た。ルキウスは、何を持ち出されるか、まだ不安でいる。

「こんな夜になってご迷惑かとは思うが、今世話になっている男が田舎の所領に身を隠すのでね、わたしも一緒することにした。別れをいいたかったこともあるが、実をいうと、アントニウスの動きが知りたくて来た。あんたなら知っているかと思って。話せないことはいい、話せる範囲を話してくれればいい」

「あ、そういうことなら」と、ルキウスは幾分用心をしながら答えた。よく考えて話さないと大事に巻き込まれるかも知れないからだ。

しかし、ルキウスにはキンナの首探しやデクタダスの見舞いのことがあったし、この先の身の振り方にいまだ迷いがあって、熊の毛皮を頂戴してもアントニウス邸に朝の伺候に出向くことはなかったのである。アントニウスも多忙のせいか居場所を転々としていたから、行ったところでどうせ会えない。ルキウスは旧知のフフィウス・カレーノスの家の者に訊いたり、たまの宴席などで耳にしたことくらいしか分からないのである。しかし、ルキウスは知る限りのことは全て話してしまった。用心をしながら話したつもりだったが、アントニウスの話になると、どうしても私情が絡み話に弾みがついてしまうからである。気付かぬうちにルキウスは気持ちまで開けっぴろげにして話していた。噂話は本当であること、アントニウスは共和国派に対して今も宥和の方向に動いていること、同僚執政官のドラベッラを抱き込み、誰それと誰それを味方につけて、元老院もその方向で押さえてしまったこと。噂通り、暗殺者たちとは接触はしないものの、今もいい関係を築いていて、長老キケローに対しても敬意を以て接し、時に意見を求めたりもしていること。しかし、こうしたことはこの前の偽マリウスの逮捕処刑騒ぎも含めて、元老院の共和国派を取り込むための小芝居にすぎない、などといった事柄である。マキシムスにすれば何ひとつ目新しい情報はなかったものの、ルキウスに向かって深く頷き穏やかに謝意を表した。しかし、それを見てルキウスはさらに付け加えていいたくなった。それもこれも、今のアントニウスには動乱が起きてもそれを鎮め、統治する自信も能力もないからである、と。

「しかし、能力がなくても、途方に暮れて投げ出すような男ではないですよ。無理を承知で、やると思ったことはやりますよ。法も何もあったもんじゃない、思った通りに、がむしゃらにやる男ですよ」

「ふふ、そうなのか、そうだろうね」

「好き放題といえば、ご存じでしょうか、アントニウスはカエサルが残した遺産も、カエサルの未発の命令書も私物化しています。いずれ、カエサルの名で、カエサルの威光を借りた行政法が次々に出てくるんじゃないですか。カエサルが暗殺前に取り決めたことなら合法とされたわけでしょ。そんなの、簡単に偽造できますから。あと半年もすれば、人々は来年の予定執政官たちに顔を向けます。それまでに権力基盤を確かなものにしておきたいはず。焦って、とんでもない行政命令を出しかねませんよ、カエサルの名を騙って」

ルキウスはここで話を止めた。次にいおうとしたことは、悪口にしか聞こえないだろうと思ったからである。男振りがよさそうに見えるアントニウスだが、その実、気の強い女にはかしずいてしまうような小心者だ、女房にせっつかれて、クロエリウスの召喚に動いている、奥では幼児のなりして甘えているのではないか、つまらない男だ、とアントニウスを酷評するところであった。しかし、さすがにこれは偏見というより悪口だと思った。

マキシムスは特に何もいわなかった。誰もが噂していることを聞かされただけだが、この人らしく、しばらくは温和な笑みを浮かべていた。そして、ふと思い付いたかのように笑みを消すと、

「キンナくんは死んだね。まだ信じられない、まさかあんな風に死ぬなんて」と声を落としていった。

いきなりのキンナの話にルキウスは不意を打たれ、とっさに返す言葉がなかった。胸を衝く思いはあったものの、この人の前では心の弱みを見せたくなかった。ルキウスは話す言葉が見つからないままほろりと笑って顔を

上げる。ルキウスの眼はマキシムスの顔を通り越して、天井の隅のほうを向いている。

「イタリア中の人たちが心を痛めていたね、人違いで殺された詩人。いい人だった、それはわたしにも分かった。いい人が死んでいく」

マキシムスは逆にテーブルの酒の攪拌器あたりに眼を落とした。脇に置かれた卓上の灯りを受けて、ガラス製の攪拌器は赤い血の色で発光しているように見えた。

「キンナは、いい詩を、たくさん遺してくれました。今、弟子を気取ったやつらが、散逸したキンナの詩を集めています。キンナが途中で投げ出した詩は、手分けして書き足している」

そういうと、ルキウスは口をつぐんで酒杯をもてあそんだ。まだキンナの話ができないのである。

「それにしても、カエサルが暗殺されるなんて……噂はあっても、まさか本当に。わたしは宴会の準備で買い物に出ていました。いや宴会といっても、庇護民相手の接待。でも、多分あの時、わたしはポンペイウス会堂の近くを通っていましたよ」

ルキウスはキンナの話を避けるためにカエサル暗殺の話にすり替えたのだが、かえって気持ちを乱してしまった。カエサルが死ぬと、なぜキンナが死ぬのか、いつもと同じ問いかけが頭の中をぐるぐる回った。そして、いつものように撥ね返される。意味も何もあるはずがない。運命の気紛れは度を越している。ルキウスはいつものようにそこまで考え、

「分からないな」とだけつぶやいた。

マキシムスは不思議そうな顔をしたが、何やら話してみたいことがあるようで、崩していた体を起こした。マキシムスは何気ないことのように、

「実をいうと、わたしは知っていましたよ。議場か、議場の外か、どこでやるかは知らなかったが、十五日しかないということは分かっていた。計画は洩れていた」といった。ルキウスは出かけた声を呑み込む。

「ルペルカリアの祭りがあって十日くらい経った頃かな、ということは、カエサル暗殺の二十日ほど前ということになるのか、あっという間にその日が来たような気がする。しかし、そうか、あれは二十日も前のことだったのか……ルキウスくん、きみも名前くらいは知っているだろ、ガイウス・リガーリウス、タプソスでカエサルと戦った男だ、そのリガーリウスと法学者のラベオーと三人で会食をしたんだ。ラベオーとは何度か審判団を組んだことがあって、その縁でいろいろ話す機会があった。パルサーロスのあとのわたしへの仕打ちに対して、ラベオーはずっと憤っていたし、王位を狙うカエサルの野望については、以前から何度か話し合ったこともあった。しかし、ラベオーから使いが来た時、わたしは全く気付かなかった。あとで人に聞いたが、あのふたりが決起のための人を集めに回っていたみたいだね。トゥスクスの家を指定されたのだが、行ってみるとラベオーとリガーリウスしかいなくて、リガーリウスは最初から殺気立った感じがした。それとない話をしていて、そのうち、あのガイウス・マルッスス、ほらカエサルによって護民官職を追われたマルッススたちの話になって、ラベオーが遠回しに何をいっているのかが分かった。わたしはラベオーの話を遮り、殺るのか、と単刀直入に訊いたんだよ。ラベオーは眩しいみたいな顔をしてわたしから眼を逸らせた。殺る、と答えたのはリガーリウスだった」

ルキウスはひやりとした。やっぱりいうのか、とルキウスは思った。今は多少疎遠になったとはいえ、ルキウスはアントニウスの世話を受けている。さっきマキシムスに話したように、アントニウスが暗殺者たちと宥和を保っているのは、今は混乱を避けたいだけで、いずれ牙を剝く時が来るかも知れないのだ。よもやとは思うが、悪くすれば敵味方、こんなことを打ち明けていいのだろうか。相手を間違えていないか。ルキウスは眼をぱちぱちさせてマキシムスの話の続きを待った。

「リガーリウスはね、デキムス・ブルートゥスが集める私兵たちをわたしに任せたいといった。これは法務官ブルートゥスの意向だともいった。しかし……わたしは返事を渋った。黙っていた。それほど長い時間ではなかったと思う。しかし、黙り込んだわたしをどう理解したのか、ラベオーが、万が一、カエサルが逃れるようならあんたに働いてもらわねばならない、邪魔をする者たちが寄せてこないとも限らん、重要な役だ、と身を乗り出してわたしを誘った。それでも、わたしは黙っていた。カエサルを殺すべきではないと思っていたからではない。独裁職から追うためには、殺すのもやむを得ないと思っていた。しかし、わたしは黙っていた。むしろ、拒絶の思いを表情に出していたと思う。ラベオーは、共和国ローマのためだ、お願いできないか、ともいった」

ルキウスは本気で不安になった。次に何をいいだすか分からない。とんでもない秘密を抱え込まされるようだと大変だ。そんな気持ちでいるルキウスの前で、マキシムスは急に胸を張り、聞き手がほかにも大勢いるように視線を高く上げた。上眼遣いのルキウスは気付かれぬように顔を顰める。

「わたしはね、ルキウスくん、カエサルに恨みがあったのだよ。その恨みが返事をためらわせた。ふたりが謀(はかりごと)を打ち明けた時、わたしに湧き起った感情は復讐心だった。パルサーロスのあと、カエサルの不興はわたしの親族にまで及んだ。わたしはカエサルを恨んだ。恨みを晴らしたいと思った……しかし、もしふたりの誘いに乗ってカエサルの暗殺に加担したとすれば、どうだろう、わたしは何より恨みを晴らすために暗殺に加担したことになりはしないか。共和国のためでも、ローマのためでもない、わたし自身の恨みを晴らすため……だとしたら、それは違う」

「リガーリウスだが、急に黙り込んでしまってね、わたしの前で腕組みをして天井を睨んでいたよ。ラベオーもひりひりと尖ったような顔になった。わたしのあのような反応を予想しなかったのだろう。わたしは理由も告げず態度だけで拒絶を伝えた。卑怯だったのかな。心の底には、なぜだろう、そんなふたりに皮肉をいってみたいような冷たい気持ちがあった。拗ねて乾いたような、そんな気持ちが……リガーリウスはね、最後に、別れ際に、ローマの政治が私(わたくし)された、元に戻さねばならない、とだけいった。わたしにではなく、多分自分に向かって」

「わたしは深く頷きました。しかし、その頷きにわたしの気持ちは応えなかった。決起に加担すべきだと思いましたよ、最初からそう思っていた。それなのに、そのことをいい出さなかった。わたしの顔は薄笑いしていたんだ。きっと、拗ねて暮らした日々のせいだろう、この身に澱むわたしの血は腐って酸いものに薄まっていたんだろう。卑怯だったね、わたしは。ローマが君主を戴く、それは違うと思っているのに」

「わたしはね、あの日、暗殺の知らせを聞いた時だが、とても嫌な気がした。自分が嫌になった。心躍るものがなかったとはいわない。やったか、とこぶしくらいは握ったと思う。と同時に、わたしは自分が嫌になった、深く恥じました。なぜ、その場にいなかったのか、わたしはそれを悔やんだ。おかしいねえ、わたしは何がしたいのか、考えていることが分からない」

「いや、それはわたしも」

ルキウスはあわてて声を上げる。最後のひと言だけは同意できたのである。

「わたしも、どうしたらいいのか。こんな大事が前触れもなく起きたのですから。この先、どうすれば巻き込まれずに済むのか。アントニウスがうまく収めてくれるといいのですが、そこが大いに不安で。下手なことをされたら、こっちまでとばっちりを受けてしまう。多少はアントニウスを知っているだけに、何をしでかすか、それが恐い」

ルキウスは思わず正直を返したのだが、明らかにマキシムスとは違うことを考えている。これでは話が通じないのに、マキシムスは意に介さずルキウスに語りかける。止むに止まれぬ思いがあるからだろう。

「ルキウスくん、われわれはカエサルのことを暴君と呼び、圧政者と見てきた。ムンダの戦さのあと、いやその前から、ローマの政治はカエサルひとりによって壟断されたといっていい。今年になって、カエサルが終身の独裁官を受けた時は、こんなわたしでも憤然とした、カエサルは除かねばならない、そう思った」

ルキウスは、「はあ」と気のない、そして意味をなさない相槌を返して済ませる。

「しかしどうだろう、カエサルは圧政者だったのだろうか、暴君だったのだろうか……」

これは問いかけではない。マキシムスの自問自答であることは声の調子で分かる。だから、返事をする必要はないのに、ルキウスは何と答えるべきか真剣に悩んでいる。

「共和政の大義か、何だろうね、それ。民会や選挙といっても名ばかりのもの、ローマはほんの一握りの家系の者たちが富と権力を恣(ほしいまま)にして……共和政の大義はある、しかしローマの共和政とは別物だったようだ……しかしね、ルキウスくん、わたしはカエサルが望む軍制君主のようなものは、違うと思う。ローマの歴史はそれを許さない、それは、まったく違う」

マキシムスはここで言葉を切った。カエサルが死んだ今、カエサルを惜しむ気持ちが日を追って強くなるのが分かるからだ。カエサルを喜び迎える気持ちなどなかった。軍隊を手なずけ、軍事力を押し立てておのれの意向を届かせる、それがローマのあるべき姿とは思えなかった。暴君といえば暴君に違いないのだ。しかし、ここ百年のローマは閥族派と民衆派とで分断され動乱続きであったことを思えば、歴史が決着を望んで生み出した人物であったような気もし始めている。あのクロディウスみたいに、民衆を動かし、大騒ぎの先頭に立って胸がすくような思いがしたかったわけではあるまい。ただ人々の上に立ちたいというのがカエサルの望みではなかったはずだ。カエサルには野望があった。統治の野望、世界の統治に駆り立てる野望が。しかし、恐らくは歴史が用意したその野望を、今歴史が覆した。

ルキウスは酒杯の縁を舐(な)めていた。飲もうか飲むまいか、考えあぐねているように見えた。マキシムスはそれを見て、ルキウスを嗤(わら)うように自分を嗤った。くだらない、何を考えているのか、と。

「いい酒だね、蜂蜜の匂いを香料がうまく消している。しっかりとした味わいがある」

「いや、それほどのものでは。でもこれは、キュドニアの銘酒で」

そういうと、ルキウスは一気に酒杯を飲み干した。マキシムスは手にした酒杯を揺らしている。そして、統治の野望と支配の野望に違いがあるのかと考えている。それは恐らくあるのだろうと、マキシムスは投げやりに考え、果たしてカエサルがどちらの野望を遺して逝ったか、今度はそれを考えようとしている。しかし、眼の前に人の好い顔をした男がいて、酒に頬を赤らめている。マキシムスは、なぜとはなく笑みを浮かべ、問わず語りに話し始めた。

「わたしはカエサルの下で働いたことはないのだがね、知っているよね、わたしは一度カエサルとじかに会ったことがある、顔と顔を突き合わせて、会った。パルサーロスの戦さのあと、二日あとのことですよ、戦地を逃れて南へ逃げていった。馬が斃れて、わたしもひもじさに動けなくなった。刑死は覚悟のうえで、カエサルの軍門に降(くだ)ったわけだ、アディウス・ルソーやルキウス・ムンミウスたちも一緒だった。あれはどの部隊だったのだろう、しばらくは丁重に扱ってくれた。しかし、半月ばかり経った頃かな、わたしたちは、奴隷の檻車(らんしゃ)に乗せられて、まる一日引き回されて、どこだか知らない町でカエサルの前に引き出された。許しを乞うたわけではない。それまでに逃げ出そうと思えば逃げ出せた。しかし、わたしは疲れていた。いや、心が折れていたとでもいっておこうか……あれは、ポンペイウスの落ち延びた先がやっと分かった時だった。あのブルートゥスがカエサルの赦免を願ってポンペイウスの落ち延び先を洩らしたというね。きっと、あの男も心が折れてしまったのだろう。ポンペイウスが父親の敵(かたき)だったからというわけではないと思う。そうだとしたら、最初からポンペイウスに与してはいないだろう」

「とにかく、ポンペイウスの落ち延び先が分かった時だった。わたしたちは軍兵たちが分隊ごとに集まり、進軍の時を待っている場に引き出された。カエサルは崩れた小さな神殿の石段の上にいてね、わたし達を見て駆け下りてきた。あの時のカエサルの顔が忘れられない。追討軍を動かす今、幸先よく、お得意の寛恕(かんじょ)を施すのがうれしくてたまらないのさ。カエサルはわたしたちの手を握ったよ。そのあと、両手を上げて天を仰ぎ、クレメンティアに祈ったのさ。軍装を身に、出立の時を待っていた兵士たちは一斉に周りに押し寄せ、槍や剣で盾を叩いて、大音声(だいおんじょう)を上げた。何千もの兵士たちが歓呼の声を、ふふ。するとね、何を思ったかルソーたちがね、いきなり拝跪(はいき)するかのようにカエサルの足元に身を投じたのさ。大軍を前に、カエサルとすればまたとない光景だね。カエサルは身を屈めてルソー、そしてムンミウスの肩を抱き上げ並び立たせた。顔を寄せてルソーたちの頬に口づけをしたよ。大音声がまた轟(とどろ)いた……カエサルはね、次にわたしに近付いてきた。わたしはカエサルを睨みつけた……カエサルは顔色を変えたよ。泣きそうな顔に見えた。しかし、何もいわなかった」

「ローマに戻ってみると、わたしの家は没収されていて、フキヌス湖畔の所領も家屋敷も何もかも失っていました。敗残の身で戦さから戻れば、流浪民に等しいものだね。伯父、弟たちまで役を追われたと知ってからは身を寄せる場所もなかった。五日ばかり、市壁の外のテルース神殿の廂(ひさし)を借りたよ。知己を頼る気にはなれなかった。知らない土地へ流れていこうと思っていた」

ルキウスは、まさか、とばかりに顔を上げる。

「ほんとに、優れた人たちが大勢死んでしまいました。しかし、命さえあれば。あなたなら、どこへ流れていかれようと」

しまった、いい間違えた、とルキウスは思った。流れていってもらっては困る人だ、ほんとはそれをいいたかった。平時ならいざ知らず、今のこの時期、こっちが不安になるような危ない話を聞かされているから、返事の仕方が分からなくなる。しかし、マキシムスは話の深刻さの割には吹っ切れたような明るい顔をしていた。

「戦さの勝ち負けはそういうものだね。しかし、あの戦さの勝ち負けで世界がすっかり塗り替わった。それを思うと怖ろしいものだ。敗者は、歴史の闇に消える、それはいい。しかし、共和政に代わって軍制君主が立つのは、どうだろう、わたしは今も認めたくはない。わたしは、カエサルの死を願っていた。歴史はカエサルを許さないはずだ、そう思っていた。しかし、実際カエサルがいなくなってしまうと、不思議だねえ、ローマが何を失ったか、失ったものの大きさに圧倒される思いがある……ふふ、つまらない話だ。きっと迷惑だろうね。しかし、こんな時だから、考えてしまう、いろいろとね。ただ、どうだろうか、最近知ったことだが、パルサーロスやタプソスの戦さのあと、カエサルはポンペイウスやメテッルス・スキピオなどの密書や機密文書を手に入れたそうだ。しかし、カエサルはそれらを読まずに焼き捨てた。どれほどの裏切り、背信があったやも知れない。そうと知りつつ、カエサルは不問に付した。ローマの宥和を考えたのか、それとも、密書を読むのが怖かったのか……人の心は怖いものだ、できれば見たくはないものだ。しかし、それは見ないといけない。勝者の責任だ」

ルキウスはぼーっとした眼をマキシムスに返す。そして、恥ずかしそうに小さく笑った。何が勝者の責任か、ルキウスは今のマキシムスの話が理解できない。マキシムスはたとえ閥族貴族を嫌っていても、やはりローマの共和国派。カエサルのために二度の戦いに出たルキウスとしては、できれば理解したくない、その思いで話を聞いていたからだろう。しかし、もうこのあたりで身を入れて話を聞かないと、会話が滞ってしまう。それでは客人に対して失礼である。ルキウスは椅子を引いて姿勢を正し、腕組みをしてマキシムスに向き直った。

「わたしはねえ、カエサルに抱き起こされて口づけされたルソーたちの情けない姿を今も思い出しますよ。そして、あの時のカエサルの得意気な顔。あの光景が、のちの全てを物語っていたように思う。あのように卑屈になって許しを乞うた人間は、決して心を開かない。人の心は統治できない。いや、心を統治してはならないのだ」

ルキウスは真剣に考えた。なるほど、人の心を統治してはならない。それは分かるような気がする。ルキウス自身の戒めにしたいくらいだ。しかし、のちの全てはどこまでなのか、暗殺までか、もっと先か。それにしても、今日のマキシムスはむずかしい。ほんの短い付き合いだが、こんなむずかしいことをいう人ではなかった。マキシムスほどの人にして、カエサルの死に動揺を禁じ得ないのだろう。それがこの人らしくない饒舌になって表われている。しかし、そんなマキシムスのいうことに、ルキウスはどう相槌を打てばいいのか。ルキウスは、腕組みを解き手を膝にそろえて恥ずかしそうにまた笑った。もちろん本能的な防御の笑いである。

「ルキウスくん、いいのかな、こんな話をしていて、迷惑なんじゃないか」

マキシムスがためらいがちの声をかける。

ルキウスは「そんなあ、迷惑だなんて」と返して、もっと恥ずかしそうに笑った。

「さっきふと思ったのだが。カエサルの野望のことだよ。わたしはね、カエサルが死んだ今になって、思うことがある。それはね、パルサーロスの戦さのあと、カエサルは戦場に斃れた敵の死体を捨て置かせた。埋葬もさせず野に晒した。そのことだよ。寛恕を施すことが信条のカエサルが、なぜ死者たちを辱めたのか。あの時、カエサルはいったそうだね、『彼らがこれを望んだのだ』と。カエサルは刃向かった死者たちが憎かったのではあるまい。おれに、これをさせる、このように仕向けるものに対して怒りを向けたのだと思う。わたしは、あの頃のカエサルに、世界を平伏させようなどという野望はなかったと思う。しかし、大きな歯車が回っていたのだよ。カエサルを、そのように仕向ける大きな仕掛け、歯車が」

「歯車、ですか」

ルキウスは、なるほど分かったという顔でいった。多分、運命、ということだな、と当て推量はできたが、聞き質すことは控えた。

「そう、歯車、ものの譬えだがね。わたしは、ほら、あのルビコン渡河のことにしても、仕向けられたことのように思えてならないのだよ。元老院の最終議決が出て、護民官拒否権の行使が阻まれたという知らせを受けると、カエサルはすぐに軍を動かし、後詰めの軍団を呼び寄せたそうだ。しかし、なぜカエサルをあそこまで追い込んだのか。後詰めを外ガリアに置いていたのだから、カエサルは交渉を考えていたはずだ。ローマに攻め上ることなど望んではいなかった」

「どうだろうか、わたしは、何もかもがあの小カトーの頑迷さ、依怙地さから来ているように思えてならない。カエサルの望みは、つまるところ、兵力の均衡だった。元老院の要求は不公平だ、というのがカエサルのいい分だった。ポンペイウスと同等程度の兵力の保持を求めただけだし、当のポンペイウスもそれで納得した。元老院も大勢がそれで妥協したのだ。しかし、あの小カトーの一派が全ての議論をもとに戻した。カエサルの要求を全て拒んで頑として譲らなかった。そして、歯車が動いたのだよ」

「歴史はこれを必然と見るのだろうか。それとも、小カトーがカエサルの運命に手を貸したのだろうか。カエサルはあの顰め面の男に仕組まれて、国禁を破りルビコンを渡った。あの依怙地な男がポンペイウスを首ひとつにし、カエサルに世界の覇者の夢を見させ、好漢ブルートゥスを暗殺者にした。それで済むならいい、妻を置いた夫、幼子を残した父、老いた父母が待つ若者たちの屍を何千何万も野辺に晒すことにもなった。今もまだ、あの顰め面した小カトーの顔が思い浮かぶよ」

「わたしが小カトーに仕えた話はしただろ。あの小カトーが、歴史の手先になって動いたんだねえ、そんな気がする。わたしは若い頃も、そしてこの前の戦役でもポンペイウスに仕えたが、昔からポンペイウスがよくいっていた、義を説いて害をなす清廉潔白の憎まれ者って。カエサルを、あのように世界を平伏させ統治する野望に誘い込んだのは、ひとりの男の依怙地な頭だった。極端な見方だが、今のわたしはそんな風に思えてならない。カエサルは時代をごろりと前に転がしたよ。しかし、背中を押したのは、あの鼠頭の小カトー。ふふ、おもしろいものだ、鼠が押したよ、歴史を」

マキシムスは自分の話が本当におもしろかったのか、顔を崩して笑った。立派な人に違いないが、ルキウスは本気で心配になった。話がよく分からない分だけ不信感も湧く。歯車も何も、歴史なんて場当たり的な出来事の連鎖ではないのか。それを鼠が押したか。ルキウスは返事のしようがなくて、気弱に笑って黙り込んだ。

「ふふ、つまらない話をしたね」

マキシムスは口をつぼめて笑った。

「そのおかげかな、鬱々としたものが晴れていったような気がしますよ。今は人の顔をよく見て話さないと、危ないからねえ。あなただから甘えた気持ちで何でも話せた。しかし、取り留めもない勝手な話ばかりで退屈させただろう、もう退散しますよ。明日、朝のうちにローマを発ちます。今度はわたしが田舎で退屈する番だ」

マキシムスは席を立って部屋を出る時、奥の方によろしく、という意味のことを口ごもっていった。ルキウスは、はあ、と気のない声で返事をした。マキシムスが帰る段になって急に別れを惜しむ気持ちになった。

マキシムスを送り出してから、ルキウスはまた執務室に戻った。向かい側にいない客をまだ見る思いで、ルキウスはマキシムスが話したことを考えようとしている、しかし、考えるより先に何とはない無力感を感じるのだ。クウィントス爺さんではないが、聞きようによれば、勝手なもったいをつけて自惚れているからこその心の迷いだろうが、それでもマキシムスはローマ人の美質を誰より備えた高潔な人である。だからこそ暗殺者たちからも恃みとされたのだろう。それを思えば、ルキウスは自分のだらしなさに溜息が出る。マキシムスはある意味ルキウスを見込んで本心を明かした。誰かに話さないと、自分を見失うという思いで心の内を打ち明けたのだろう。それなのに、ルキウスは頭から分からないという思いで、実際マキシムスの話に耳を塞いだ。カエサル死後の混乱の中で、争い事の巻き添えになるのはまっぴらだと思うからである。頭の中は、あのアントニウスが政治の乱れをうまく収めて、執政官の任期中、また任期が切れたあとも相応の権勢を保っていけるかどうかという問いかけだけに凝り固まっている。もし、その見込みが立たないようだと、今から離れていったほうが得策なのだ。騎士長官時代のアントニウスを知るルキウスだから、むしろもうそのきっかけを探っている。そんな気持ちの裏側に、あのミモス女優に関わる複雑な思いがないといえば嘘になるが、ミモス女優のことがあってもなくても、その思いは変わらない。だから、マキシムスの話が耳に届かない。保身のための算段、つまり逃げることしか考えられないでいるのだ。マキシムスを送り出した今、気持ちが空を落ちるような無力感に捉われてしまうのは、人として、またローマ市民として、どうあるべきかを考えない、そういう自分が分かっているからの無力感である。

ルキウスがようやく席を立とうとした時である、ユーニアが卓上を片付けに来た。女たちを寝かせてしまったからだろうが、朝を待って片付けさせればいいことである。そのように告げようとして告げずにいたのは、卓上の灯りを受けたユーニアの顔を珍しいもののように見たからである。ユーニアは髪を梳かした時の顔を見られるのが嫌いで、それは女のたしなみから外れることだと思っている。いつもはルキウスの眼を避け逃げることもあるくせに、ユーニアは今ルキウスの眼の前で髪を長く垂らして片付けをしている。それは思いがけない光景で思わず見とれてしまったのだが、ユーニアはそんなルキウスを不審そうに見返してくる。ルキウスは取り繕う意味もあって、唇を尖らせた。

「何だ、何も訊かないのか」

「何か、訊くことがあるのですか」

訊くことはあるだろう。迎えた客人はローマでは隠れもない人物である。それは、あのカエサルを睨みつけ震えあがらせたという評判によるところが大きいのだが、それにしても、カエサル暗殺からひと月と経たぬこの時期、相手が相手だけに心配で何か訊くかと思ったら、ユーニアは何も訊かずに澄ました顔で片付けをしているのだ。

「だって、こんな夜更けに長話をしていたんだぞ。気になっただろう、心配にならないのか」

「この時期ですからね、心配は心配ですよ。キンナさんがお亡くなりになったし」

「うん、そうだな。しかし、お前が心配することはない」

「ね、そうおっしゃると分かってましたよ」

さて、そのマキシムスがルキウスの家を辞してから数日後、アントニウスが独裁官の役職を制度上廃止することを宣告する。独裁官カエサルの死によってはからずもローマ第一の権力の座に躍り出たアントニウスは、さらにその上の独裁官職を求めることはないと知らしめたのである。これはローマの人々に大いに歓迎され、キケローまでもがアントニウスへの警戒を緩めたくらいである。しかし、ルキウスが偏見をもって予想した通り、四月も半ばを過ぎると、カエサルが遺した取り決めだという口実で、矢継ぎ早に行政命令が連発された。やはり、多くが自身や自身の取り巻きたちを肥やすものであったため、アントニウスの人気には翳り(かげ)が生じ、人々は疑念と不信の眼をアントニウスに向け始める。ルキウスは、無理無体を通してでも、やることはやる男だと分かっていたから、やはり地が出たと思っていた。何をするにしても、見境のない男なのだ。

それはそれで正当な評価ではあるのだが、公平を期すために、ここでひと言添えておかねばならない。すでに述べたことだが、そんなアントニウスを取り巻くのは我欲の強いローマの男たちである。遠慮がちに振る舞っていては追い落とされるか、蹴落とされるか。専横を謗(そし)られようが、暴戻(ぼうれい)を詰(なじ)られようが、やることはやってしまわないと、アントニウスにしても気が安まらないのである。

というのは、ちょうどその頃のことである、無視していいくらいの報が首都ローマに届いた。カエサルの遺言によって後継を指名された第一相続人のガイウス・オクタウィウスが、相続権を主張してアドリア海の向こう側から帰還したという知らせである。遺言としては異例のことだが、カエサルはその遺言書の最後に、オクタウィウスを自分の養子として迎え入れ名前を継がせるという条項を加えていた。しかも、第一相続人たるオクタウィウスは、ローマ市民への遺贈分を差し引いたカエサルの遺産の四分の三を受け取ることにもなっていたから、遺言書の執行を私していたアントニウスにすれば、厄介な男の出現ということになる。とはいえ、相手は戦場に出たこともない十八の若者、三年前は胴衣姿の少年である。しかも、権勢を誇る家系の出でもなく、後見に名のある男もいない、容易に手なずけられると高を括った。しかし、このオクタウィウスが病弱のくせしてよく動き回る若者だったのである。アントニウスはあとであたふたすることになる。

ところで、ルキウスだが、カエサルが死んだ当初こそ、内乱を予感し、巻き込まれるのを怖れるあまり、ローマ中を駆け回って情勢を知ろうとしたのだが、キンナの死やデクタダスの大怪我ことに気を取られて、この頃には時勢から取り残された気分でいた。マキシムスの歯車の話や鼠が押した話にもついていけなかったのはそのせいもある。カエサルの暗殺はもう遠いことのようにさえ思われ、そんな気分にも慣れてしまって、ルキウスはいまだぐずぐずとアントニウスの周辺にいる。葬儀のあとのローマには、極端なカエサル主義者たちの騒ぎであったり、その騒ぎを抑えるために、アントニウスの同僚執政官ドラベッラがカエサル記念碑を打ち壊すなど騒動はあったものの、日常は表向き平穏で、今のルキウスは様子見というより惰性で暮らしている。ことさらに、アントニウスに近付かなかったのは、なぜか煩わしい気がしたからで、あのミモス女優に関わる複雑な感情はなんら影響していない。ほんの三、四年くらい前を思えば不思議なことだが、ルキウスはこの時期キュテーリスの名を聞いたとしても、動悸に乱れを生じさせたり心をひくっと揺れ動かせたり、あとで自分に溜息をつくようなことはなかったのである。というより、そのような気持ちがあったことを、この頃のルキウスは思い出しもしなかった。身辺に惨事があったせいだろうか、または、時代の激変を予感するからだろうか、心にそんな隙間はなくなっていた。

アントニウスが煩わしいと思うのは、権門に近付き栄達を願う気持ちが自分ながら煩わしいもののように感じていたからでもある。実際、アントニウスに近付くと、気持ちの中に汗疹ができるような不快感すらあるのだ。これは、以前、ミロー輩下のならず者をふたり殺して、ネアポーリスの近郊に逃げていた頃、つまり、ピロデーモスの門を叩き、デクタダスなどという奇人との交友の日々が始まった頃から始まっていたことである。いくらピロデーモスじきじきの薫陶を受けたからとはいえ、期間はほんの三月ばかり、ルキウスがエピクーロスをどれほど理解したかは怪しいものだが、胸に素直に落ちるものもあり、そのせいかどうか、灼けるような功名心や栄達への思いが急激に薄れてしまっていた。ただ、熟れて滴り落ちる甘い果汁があるのなら、地面に落ちる前に口を開けて待つくらいのことはする。慎ましく、といえば聞こえはいいが、好んで損を求めるわけではないのである。それはそれとして、ルキウスは、キンナを奪い、デクタダスに瀕死の怪我を負わせる、そんな世を拗ねる気持ちが確かにあった。そのせいだろう、ルキウスは人と交わり、人と競り合い、人より前に進み出て胸を張る気持ちにはなれなかった。だから、アントニウスがカンパーニアの植民事情を視察するためローマを発つと知った時も、随行して機嫌を取る気など毛頭なかったのである。

しかし、ルキウスはその視察旅行に付いていった。というのは、カンパーニアで土地の払い下げを受け、譲渡の約束で金を貸した男が、さらにまた約束を反故にしたからである。ルキウスは北向き斜面の土地を借用し、果樹の栽培を試みていたのだが、その果樹の世話を依頼した農家の者から、水を断たれたとの知らせを受けていた。斜面の土地で水はけが良過ぎたし、果樹といってもまだ若木だから水は要るのである。ルキウスは金を貸した男と交渉せねばならなかった。だから、交渉に出向くついでに、視察旅行の行列に付いていったのである。執政官のご威光をちらつかせて、交渉を優位に保とうという魂胆であったことはいうまでもない。

アントニウスの目的が視察ではなく軍兵の募集にあることは最初から気付いていた。しかし、実際、金に釣られてぞろぞろ集まってくる男たちを見ると、ルキウスは本気で怯えた。避けられると見た内乱が現実味を帯びて眼の前に迫ってくるような気がした。なぜなら、集まった農夫たちにすれば、戦乱がない限り、兵士として勝利の分け前を手にすることができない。その分け前を当てにしているということは、戦乱を当てにしているということだ。人が好い純朴な農夫たちだが、槍を担いで集まると獲物に餓えた野獣の群れに変わってしまう。しかも、多くはカエサル恩顧の退役兵たちで、かつては血濡れた手で獲物の分け前に飛びついた男たちなのだ。ルキウスはそんな男たちに怯えるわけではないが、男たちが巻き起こすであろう戦乱の予感には怯えた。兵士を集めてしまえば、もう小競合いでは済まなくなるのだ。しかし、懲りない面々は何があっても懲りようとしない、このことは何度も歴史が証明している。アントニウスは、そんな募集兵たちに軍装させてローマに連れ帰ったのだから、エピクーロス主義者ルキウスは道すがらいたる所の神々に祈ることになった。

ところで、ルキウスが視察旅行の目的とした交渉は一方的な形で決裂した。男に、貸した金をそっくり返されてしまったのである。ほどほどに利息を得たから損をしたわけではないのだが、予想もしないことだったしうまく利用されただけのような気がして、ルキウスは怒り狂った。これでは、せっかく育てたオリーブやマルメロの木をもらっていただいたようなものだ。訴訟に持ち込めないのは、もともとの約束事がカエサルの植民法に違反していたからである。しかし、このようないざこざは今の時勢を考えればつまらないことだ。

さて、同じカンパーニアでの話である。アントニウスが視察を名目にルキウス共々ローマを発つ三日前のこと、見過ごせない出来事がカンパーニアで起きていた。そのことは、ルキウスはもちろんアントニウスでさえ知らない。その出来事というのはこうである。保養地で有名なカンパーニアのクーマエにあの大弁論家キケローが別荘を構えていていた。当時、たまたまそこに滞在していたキケローをひとりの若者が訪ねたのである。それくらいのことなら当然見過ごしていいことなのだが、実は、この若者の活躍のおかげでアントニウスはてんてこ舞いになってしまうし、のちのローマの景色も変わってしまう。だから、事件といえば事件なのである。しかし、この時は、アントニウスとはすれ違いになったし、優柔不断でいざとなると腰が引けるキケローも、いざという状況でもなかったことから、鷹揚(おうよう)にこの若者を迎え入れるが、迂闊に心を開かなかった。この若者とは、カエサルの後継たるべく名乗りを上げて、アドリアの海を渡って帰還したガイウス・オクタウィウスである。

キケローは、暗殺者たち、つまり共和国派の支持に動いていたから、カエサルの後継を目指す若者など相手にしたいはずがない。とはいえ、継父に伴われての表敬訪問であるし、相手はどうせ十八の若者、利用できるものなら利用して、と多少の下心はあったかも知れない。しかし、利用する側が利用されることはよくあることで、大概、年寄りは若者に利用されるのである。若者は年寄りのいうことなど頭に入らないが、年寄りは、未熟な若者を正しく導けるものと思ってしまう。見どころがあるかも知れないと思ってしまうのである。実は、それこそ心が弱り始めた年寄りの証しであるといえるのだが、もちろん、キケローがそうだとは今はいわない。しかし、かつて法律家希望のルキウス青年が看破した通り、この大知識人は若者を訓導することが大好きで、見上げる若い潤んだ眼が称賛の色を浮かべたりすると、いい気になってしまうのである。疑り深いくせに、ついほろりと騙されてしまうのである。しかし、さすがのキケロー、この時は騙されなかった。

そんなキケローのことはさて措（お）くとして、なぜなら、この時期のキケローは超人的な著述活動に勤（いそ）しんでいる最中であるし、細君を離別したために、使い果たした持参金の返済に窮してもいたし、できの悪い甥っ子のために頭を悩ませたりもしていたのだから、できればそっとしておくべきなのである。となると、キケローとは逆に、帰還したオクタウィウスを喜び迎えた者たちについてまず眼を向けるのが順当だろう。なぜなら、その多くが切迫した思いでいたからである。この者たちは独裁官カエサルを主人と仰ぎ、その威勢を借りて潑剌と活動していた。そこへ、突然の暗殺の知らせ、怒り狂ったはいいものの、はたと気付けば、この者たちは奉公先を失っていたのである。失職者たちは戦々恐々、次の主人を誰にするかで困（こう）じ果てていた。何しろ、カエサルの政治的後継者たるべき執政官アントニウスが、暗殺者たちを支持する共和国派と宥和して、元老院は形だけでも共和政を取り戻している。つまり、カエサルが進めた動きを逆戻しにしてしまったのである。しかも、次期執政官が予定されていたヒルティウスやパンサたちも共和国派とは協調的だ。内乱だけは何としても避けたい思いからだろうが、失職者たちにすれば立つ瀬がない。カエサルの恩義を一番受けた者たちが、死んだと見るや、この手のひら返し。忘恩はローマ人の習いとはいえ、暗殺者たちの家を荒らした者たちの罪を問うたり、すでに述べたことだが、カエサルの死を悼んで建てた記念碑を、騒ぎの元だと難癖つけて取り壊すに至っては、自分たちへの嫌がらせとさえ映った。これでは亡き主君カエサルが浮かばれん。そんな憤懣を抱えていたところへ、まるで天与の恵みであるかのように、カエサルの養子オクタウィウスが登場したのである。しかし、いくら天与の恵みとはいえ、歓呼の声ですぐさま飛び付くほどの命知らずの者たちではない。熱狂し、興奮しつつも、そこは慎重に人物の品定めや周囲の様子窺い、さらには資産の運用状況に探りを入れることくらいはする。それはそうだろう、素寒貧の大将に誰が臣従を誓うだろうか。金がないと軍兵を養えないのだから重要なことなのである。そういうわけで、それぞれはそれぞれの思惑からオクタウィウスの許に集まったり、思い直したり、さらに様子見を続けたりすることになるのだが、ここでついでに書き添えると、この時、オクタウィウスは、カエサルがパルティア遠征のために用意していた軍資金をそっくり手に入れ、アシアからの税金も差し押さえていたから、相当な資産運用能力があったのである。

さて、これら失職した者たちのように、カエサルを支持していた人々は、時勢の動きに眼を凝らし、損得、信条、好き嫌い等を勘案して、おおよそ三つの派に分かれていく。ひとつは、現執政官のアントニウスを支持する者たちで、ルキウスも不本意ながらこの派に属する。そのアントニウスだが、軍隊を大事にし、軍兵には人気もあったが、カエサル暗殺後の専横ぶりを腹立たしく思う者たちは、むしろ次期執政官たちのほうへ身を近づけた。しかし、そのどちらもが、暗殺者たち、つまり共和国派とは協調してことを収める方向で動いていたから、強硬なカエサル主義者たちや、独裁制にこそ働き甲斐があると思う男たちは、カエサルの養子となったオクタウィウスのほうに走る。いずれ共和主義者などを蹴散らし、カエサルの仇を打ってくれるに違いないと考えたからである。その一方で、イタリア諸都市や元老院の中には共和政の支持者が多いというのも現実。ブルートゥスやカッシウスなどが檄を飛ばせば、相当な勢力を誇示できたのである。このように、都合四つの勢力が並び立てば、均衡を保つのは難しい。加えて、それぞれが保つ気はあまりなかったものだから、疑心暗鬼でうわべだけは繕っている状況。誰かが何かすれば、ひと騒動では済まないところだが、そこを臆することなく、早速、若いオクタウィウスが動いたのである。

　キケローの別荘を退出して二十日と経たぬ五月八日に、オクタウィウスはローマに姿を現わす。大勢の支持者たちを帯同して、マルスの野の隅っこにある建物に押しかけると、執務中のアントニウスにカエサルの遺言の実行を迫ったのである。威勢よく大勢を引き連れてやってきたのに長時間待たされていたものだから、実は、オクタウィウスは穏やかではない。しかも、要求は正当なのだから、十八の若造にしては相当居丈高に迫ったように思われる。オクタウィウスは、まず、カエサルとの養子縁組を公のものにしてもらう必要があった。オクタウィウスはこの時期、勝手にガイウス・ユリウス・カエサル・オクタウィアヌスを名乗っていたが、この長い名乗りを上げるためには法的手続きに則った正式な養子縁組の議会承認が必要である。アントニウスはそれを先送りにしていたし、この会見の後も先送りにするのだが、もちろん、忙しいのが理由ではない。ガイウス・オクタウィアヌスは、さらに、そしてこの要求こそが眼目なのだが、カエサルが市民たちそれぞれに遺した遺産の分配を要求したのである。アントニウスは莫大なカエサルの遺産を私的流用することに決めていたから逃げ口上を並べて拒否する。しかし、これが思惑通りで、実際、遺産を分配するといわれてしまったら、オクタウィアヌスは逆に困ったところであろう。拒絶されてこそ思うつぼ、その事実をローマ中に触れて回ることができるからである。実際、活動的なこの若者は、無法にも執政官アントニウスが、カエサルが市民たちに遺した遺産を横領した、と聞こえが悪いことをいい触らすことに専念する。これで、アントニウスの人気は急落した。

　オクタウィアヌス、悪辣といえば悪辣だが、これくらいの狡智（こうち）を見せてこそ、カエサルが見込んだだけのことはあるといえる。腹心から暗殺者を出したりアントニウスを執政職に据えるなど、カエサルの人を見る眼を疑いたくなるが、後継者についていえば、カエサルの見極めは確かであったようだ。

　ところで、ローマに戻ったルキウスだが、ちょうどその頃、カンパーニアの男から突き返された返済金の使い道を思い付いていた。ルキウスはその一部をキンナの詩集の出版費に充てる。後援者たちの話によると、散逸した詩の過半は集めたそうだ。しかし、キンナが書き溜めたカエサルにまつわる雑録や資料の類いは、キンナの家の者が廃棄していて、その中に相当な数の詩作品が含まれていたことが惜しまれた。キンナ畢生（ひっせい）の作『スミュルナ』は草稿版と普及版とを併せて収録することが計画されている。ルキウスはキンナを思って反対はしなかった。ところで、ルキウスはまだ知らないことだが、昔、カトゥルスの手からキンナの手に渡った若い頃のルキウスの詩五編がキンナの作として収録される運びである。ルキウスはカトゥルスへの腹立ち紛れに破り捨てた詩稿なのだが、何のためか、キンナが書き写していたのである。

デクタダスは家に籠っている。怪我はほぼ完治したが、側頭部に受けた刀傷のせいで、傷痕に毛が生えなくなった。デクタダスは、傷痕が伸びた髪の毛で隠せるようになるまで外には出ないと決めたのである。そんなデクタダスを見舞うわけではなく、話し相手になるために、昼食後の決まった時間にルキウスはほぼ毎日出かける。舌は損傷を受けなかったものの、別人かと思うほど口数が減った。それはいいことのように思ったが、デクタダスの沈黙はいたたまれないくらい不気味なもので、しゃべらないデクタダスの前にいると、たまに発するデクタダスの声に動悸の数が跳ね上がって、とっさに返事ができないのである。しかし、髪の毛が伸びるに従って、デクタダスの舌は徐々に旧に復していくから、舌がないと生きていけない男だと分かる。舌が回ると、眼に輝きが戻ってくるのだ。ただし、デクタダスが見たはずのキンナの死の有様だけはどうしても話そうとしなかった。デクタダスなりに衝撃を受けていたからであろう。

そんなある日のことである、デクタダスがそろそろ外に出てみるといい始めた。まだ傷痕は隠れていないが、人恋しくなったに違いない。交遊関係が広い男で多彩な人脈を誇ってはいるのだが、わざわざ見舞いに行ってやろうと思うような知人の数は少なく、最近はルキウスかペイシアスくらいしか訪れていないのである。デクタダスにすれば、水を干されたようなものであろう。

そのデクタダスだが、不自由な療養生活のあと、何か感慨でもあるのだろうか、

「ローマもすっかり変わっただろうな」といって嘆息する。

ルキウスは、不思議なことをいうやつだと思った。

「何で、ほんの三ヵ月、いや二ヵ月ちょっとだ、何も変わるもんか。しかし、外に出るのはいいことだ。ヒポクラテスじゃないが、歩行は健康にいいよ」

「おれは健康を軽蔑する、文明的ではない」

「お前ね、大病を患ったことがないからだ。一日おきに煙で燻（いぶ）されてみろ」

「ああ、あの時は情けない姿を見せてもらったわ。瀕死の虫って感じだった。お前、その大病の話好きだな。忘れた頃に思い出さす。ところで、アントニウスは張り切っているんだろ、何か役を回してもらえそうかい」

「いやあ、役どころか、めちゃくちゃだよ。その意味ではローマも変わったね。カエサルの養子ってのが出てきて、アントニウスは戸惑いを起こした。暗殺者たちや共和国派とは袂（たもと）を分かって、今度はカエサル派を取り込もうとしている。方針転換だよ。今はブルートゥスやカッシウスをイタリアから追い出しに掛かっているようだ。この前の民会総会で、ブルートゥスたちをアシアやらシキリアやらの穀物調達・供給係にした。本来の官職からすれば属州総督に充てられて当然の男たちだよ。それが、軍指揮権のないただの調達係、やるもんだわ。それに、あのデキムス・ブルートゥス、知らないだろ、首都法務官だったマルクス・ブルートゥスとは親戚だよ。そのブルートゥスだが、内ガリアの総督と決まっていたものを、アントニウスが取り上げる気で画策している。内ガリアを押さえればイタリアの急所を押さえたも同然だから」

「なるほど、急所か。おれは何度も行っているが、あそこが急所だったのか。道理でむずむずしたんだ。それにしてもアントニウスは忙しいんだね。お前なんかに構ってられないんだ。しかし、お前いつもいうじゃないか、アントニウスは、ほんとは駄目なやつだって。猿山のボス程度なんだろ、さっさと鞍替えするか」

「何だ、その猿山って。おれがそんなことといったか。でもまあ、駄目は駄目さ。しかし、不思議にやることはやってしまう男だから、そのあたりが、ちょっと怖い。以前、冬のアドリア海を渡った時も、ガビニウス軍は尻ごみしたが、アントニウスはためらいもしない、荒波のまっただ中へ突入さ。おれたちみんなを殺す気かと思った。それでも何とか渡ったよ。渡るには渡ったが、そのあとがひどい。ほら、ドュラキウムの攻囲戦で、おれ、死にかけた話をしただろ。ふつうならあの時本気で死んでいるね、名誉の餓死者さ。あんな兵站線（へいたんせん）の延び切ったところで攻囲戦なんかするからだ。ところが、アントニウスって不思議だよ、敗色濃厚って時になると、頑張る、頑張る。味方が潰走しても、がむしゃらの本領を発揮してさ、おかげで命拾いした。あのあと、パルサーロスの会戦で、カエサルはアントニウスに重要な左翼を任せた。分からんだろうが、あの布陣では左翼の踏ん張りが勝敗を決める、重要な役だよ。それをアントニウスに任せた」

「ほう、そういうことなら、鞍替えやめるか。役、もらえるしな」

「あのな、公職というのは選挙があって決まるんだ」

「そんな立派な役のことはいってないんだが、まあいいわ。ところで、カエサルに養子っていたんだっけ。おれが襲われる前はいなかったぞ」

「最近だ、名乗って出たのは。若いんだよ、それが。確か十八の小僧だ。取り巻きも同じくらい若くてね、学生あがりの遊び仲間が寄ってたかってアントニウスをいじめている。そうそう、カエサル恩顧のバルブスやオッピウスなんかもオクタウィウス、違うか、今はオクタウィアヌスだ、その若造に付いた。バルブスには金がある」

「オクタウィウスって聞いたことない名前だ、オクタウィアヌスも初めて聞いた。バルブスとかは知らん。オッピウスは何人か知っているが、右から何番目のオッピウスだ」

　ルキウスは面倒になって、ここで話を止めた。あんな大怪我をして、三月足らずでもうこれだ。喜んでいいのかどうか。こいつのために涙すら流したのに、おちょくったようなことをいう。

　ルキウスは頬笑みのまま立ち上がって窓の嵌め戸の隙間から雨に濡れた通りを見た。

「外に出るって、はは、雨が降ってきたわ。また今度だな」

　初夏のローマの街並みに涼しい風も吹いているようだ。通りの片側だけに水が溜まり、歩道にまで溢れているのは道の傾斜のせいだろう。雨水に流していいことが、このローマでは溜まってしまう。やがて日が照れば、この街は熱に蒸れ、ぬかるみが湯気を立てて臭気と喧騒に閉じ込められる。人々は熱にうだり、狂気に憑かれ、欲望に後押しされては、よくないことを考える。

これは、ルキウスの脳裡をふとかすめた詩人風の感懐である。ルキウスは、詩人キンナの感化もあって時折こんな詩人風の感懐に耽る。しかし、詩人風とはいってみたが、感懐としてはありきたりだし、わざとらしいし、よくないことを考える、では収まりがわるいだろう。ただし、キケローはのちに、アントニウスことを「狂気に憑かれた男」と酷評することになるのだが、アントニウスを狂気と見立て、遠回しに当て擦ったのは、ここでのルキウスのほうがキケローよりも先である。それはどうあれ、雨に濡れたローマが珍しいわけではないし、臭気喧騒は常のことであるから、この程度の感懐なら記すに値しないくらいなのだが、何かにつけて、雨が降ってきたことくらいでも、ものごとの暗い狂気の部分を覗いてしまうのは、この時期のこの状況下でのルキウスであるから仕方がないのである。そのことがいいたかったために書き記した。

さて、当て擦られたアントニウスだが、ルキウスはデクタダスとのくだけた会話の中とはいえ、戸惑いを起こしている、といって揶揄していた。しかし、それはある意味その通りなのである。歴戦の猛将には違いないし、無茶をした時期があるとはいえ、アントニウスは今ローマの政治の中枢にいて絶大な権力を握っている。そのアントニウスがほんの十八の若者を相手にして、勝手が違う思いでいるのである。オクタウィアヌスが巧妙に動くせいで、カエサル派の人々を取り込めないどころか、むしろ逃してしまっているのだ。相手が若いだけに、やることがあざといということを、あらかじめ考えておくべきであった。オクタウィアヌスは、アントニウスがカエサルの遺産を横領しているという悪口をさらに拡大発展させて、このままアントニウスが横領を続けるなら、私財を投げ出し借金をしてでも自分が肩代わりして遺産を分配するといい始めたのである。そして、思う存分いい触らしたあと、実際それをやってしまう。ローマの人々や軍人たちは口約束の多い為政者たちに慣れているから、さすがカエサルの名跡を継ぐべき後継者とオクタウィアヌスを讃美すること頻りとなった。思えば、先月の五月の競技会では、亡きカエサルの黄金の椅子や君主の印のディアデマを公衆の前に展示すべしと、面倒なことをオクタウィアヌスは主張し表工作もしていた。小細工には違いないが、カエサルを愛おしむ人々にとっては誰が本気でカエサルを追慕しているのかが分かる小細工である。アントニウスは猪口才な小僧め、と青筋立ててその画策を阻んだのだが、共和国派の反発を思えば当然だろうし、無用の騒ぎを防ぐためにも賢明な措置であったというべきなのである。もちろん、人々の多くはそう考えた。しかし、そんなことで退くようなオクタウィアヌスではない。すかさず新手の追い撃ちをかける。来月七月ユリウス月に、私費を投じ莫大な借金すら覚悟のうえで、カエサルを記念した祝祭を三十日に亘って開催すると高らかに宣したのである。飽くまで、カエサルの真の後継者は自分であると認めさせたいからなのだが、ある意味、そんなオクタウィアヌスこそが借財の王者カエサルの跡を正しく継いだといえるのである。借金は敵をつくるのではない、味方をつくるということをよく知っているからである。若くしてこれだと、アントニウスも容易にたち打ちできない。戸惑いを起こしたかどうかは別として、ここは熟慮一番、袂を分かった暗殺者たちや共和国派のほうへ再び友好的な顔を向け、その一方で、オクタウィアヌスにも度量の広い大人の対応をして、ローマ市民が互いに殺し合うような内乱だけは避けるような方策を打ち出してもらわないと困るのである。これは、次期執政官予定者のヒルティウスやパンサたちに繋がる穏健派のカエサル主義者たちの願いであったが、ついでにいうと、心ならずもアントニウスの庇護下にあるルキウスの願いでもあった。

しかし、人々の願いはどうあれ、アントニウスに度量を要求しても無駄なことかも知れないのである。政治の現実が軍事力であることは誰もが承知しているとしても、そこは遠慮して、見識やら気配りやら、稀には政治理念を持ち出して体面をよくするものなのだが、そういう行儀に思いが至らないのがアントニウスだからである。八月一日の元老院開催に先立つ民会総会で、アントニウスは画策していた内ガリアの総督職を忠臣デキムス・ブルートゥスから取り上げ、向こう五年間は自分のものとする決議を通してしまう。属州指定の決定は元老院の権限なのだがお構いなし。実際、元老院においても、暗殺の首謀者マルクス・ブルートゥスを、軍隊の徴用、編成権を奪ったうえで、マケドニアの総督に任じたり、もう一方の首謀者カッシウスをほんの五ヵ月ばかり空席となるシリアの総督職に追いやるなど、人事を恣に操って自分に都合のいい施策ばかりを打ち出してきた。こうしたアントニウスの専横は今に始まったことではないが、ここに来て腹に据えかね猛然と噛みついた男がいる。意外やそれは元老院の長老キケローではなく、亡きカエサルの舅にあたるルキウス・カルプルニウス・ピーソーであった。ピーソーはアントニウスの専横を猛烈に批判したのだが、元老院はあらかたアントニウスの圧力に腰が引けてしまっているから、議場を騒がせただけで終わったのは無念というほかない。しかし、ここにひとつ疑問が残る。なぜそれが、国父とまで讃えられインペラトゥールの称号を持つ長老キケローではなかったのか。アントニウスのことが大嫌いで、一時は暗殺者たちを見捨てて逃げたことはあっても、あとはずっと暗殺者たちに寄り添っていたはずである。とりわけ、キケローは「卓絶した才能、気品に溢れる物腰、無二の廉直と誠心ゆえ」暗殺者マルクス・ブルートゥスに惚れ込んでいたはずなのだ。それなのに、なぜキケローではなかったのか。キケローは何をしていたのか。

この疑問、もったいをつけて切り出すようなものではないのだが、夏の終わりになると、キケローは突如目覚ましい活躍をしだすので、そのあたりの劇的効果を狙ったのだが、余計なことであったかも知れない。八月の元老院で、キケローがなぜ立ち上がらなかったかというと、人に訊けばすぐに分かることで、キケローはこの時ローマにいなかったからである。キケローは逃げていたのである。身の危険を感じれば逃げるのは当たり前なのに、あとで他人がとやかくいうのはキケローのこれまでの行状が問題視されるからだろう。詳しくは述べないが、第一回目の三頭政治が始まって以降、とりわけルビコン以後の内乱期には、キケローは風向きに合わせて右へ左へ節を枉げた。もちろん、身辺に危機が迫れば、変節して難を逃れるのは賢者として間違いであるとは決していえない。しかし、自分ながらみっともないことくらいは分かるのだろう、その頃のキケローは何もかもが不満らしくてたいていてい無愛想でいたそうだ。ブルートゥスたちがキケローに決起の相談を持ちかけなかったのは、キケローが無愛想だったからというわけではもちろんない。逆におしゃべりで、信用しづらかったからというのが本当であろう。

とにかくキケローは逃げていた。逃げたとはいえ稀に見る大人物であるからには、その心中を探り見すれば、教訓やら戒めやら、汲み取るべき何かが見て取れるはずである。しかし、訳知り顔の有象無象の輩に限ってその心中をおもしろ半分に忖度し、この稀に見る偉人を侮りの眼で見かねない。そこは慎重であるべきである。というのは、すでに述べたことだが、この頃のキケローの著述活動は病的なくらいすさまじくて、カエサルの死後ほんの四ヵ月ほどの間だけでも、『卜占論』や『宿命論』、『栄光について』や『トピカ』やら、相当な下調べや思考力が必要な著作を矢継ぎ早に完成させているのである。キケローには、ギリシャ哲学をローマ風の枠組みに嵌め込み、ローマの人々にとって哲学の見栄えをよくしたいという愛国的な壮図があった。だから、そうした学問への傾斜がキケローを学問の府アテナイへ誘っていたのであろう、と考えてよい。カエサルの葬儀のあと、キケローがローマどころかイタリアを捨てアテナイへ向かうことばかり考えていたのは、そのせいだと考えても筋が通るからである。もちろん、アテナイにいる実の息子に会いたいというのもあるだろうし、四年に一度のオリュンピアの祭典も見てみたいだろう。そんな勘繰りをする人々もいるにはいるが、どっちでもいいことである。国外逃亡、などというのは人聞きが悪いからイタリアを去るのにもそれらしい理由がいるのである。ただいえることは、カエサル派が勢いづいているこの現状にあっては、イタリアにいても何もできない、かえって危ないということである。アントニウスが執政職に留まるのはあと半年、それまではアテナイへの使節役でも買って出て雲隠れしているのが賢明なのである。熟慮を重ねるというより、最初からそう思っていたはずのキケローだが、それでも未だイタリアから離れられずにいたのは、暗殺者たちを見捨てて独りイタリアを去るに忍びなかった、と考えることはもちろんできるが、それよりむしろ、大舞台の幕が切って落とされた中で、独り舞台を降りる踏ん切りがつかなかったからだろう。よくいわれるようなキケローの優柔不断や船旅が苦手といったことだけが理由ではないはずである。キケローは、事件の周辺にはいたくない性分なのである。

さて、優柔不断は知識人一般の持病であるから、大知識人キケローの優柔不断に非を鳴らすのは酷である。そこで、ここでは見方を変えて、老人の愚痴について考えてみたい。というのは、キケローが別荘を転々として難を逃れていた頃、暗殺者たちやその家族、また共和政の支持者たちが集まって善後策を講じるための会合が催された。八月の元老院から遡ること二ヵ月、六月八日、マルクス・ブルートゥスの滞在先アンティウムでのことである。キケローはこの重要な会合に招かれたのだが、蓋を開けてみると、それぞれが済んだことを蒸し返して、暗殺計画の杜撰さや見通しの甘さをなどを互いになすりつけ合うばかり、気が滅入るような会合になってしまった。もちろん、その方面の議論では招かれた雄弁家キケローの存在が大いに群を抜く。なぜあの時、アントニウスも一緒に葬り去っておかなかったのか、なぜ法務官権限で元老院を招集しなかったのか、誰もが遠の昔から悔やんでいたことを、老いの繰り言みたいにくどくどと繰り返したのである。それは、眼の前に当事者たちがいるのだから、愚痴というより嫌味にも譴責にも聞こえただろう。いくら偉い年寄りのいうことでも、何度もぐじぐじ繰り返されたら聞いてるほうは腐ってしまって善後策など出しようがない。ブルートゥスの母親セルウィリアなどはとうとう癇癪を起こし、キケローに向かって大変失礼な発言をしたらしい。

老いは侮れない。老年には、「徳と善き行いによって達成したことだけが残る」とか、「まっとうに生きた前半生は、最期に至って権威という果実を摘む」とか、キケローは八十で子を孕ませた大カトーが勇ましく語ったように伝えているが、それはキケローのただの願望であったかも知れなくて、ふつうそうはいかない。偉人を例にあげて老年を論じるのは、教訓にはなっても真実の半分以下なのである。人間、年を取ればたいがい我執に捉われ、こらえ性がなくなり、つまらないことを気に病んだりむかっ腹を立てたりする。これは世間一般の常識だが、あと半分以上の真実なのである。同時にそれは、年寄りが愚痴っぽくなる所以でもある。戒めが必要なところであろう。

結局、アンティウムでの会合では目覚ましい善後策など講じられなかった。ブルートゥスなどは腰が引けてしまって、六月末のアポリナレスの祝祭に、集めた猛獣や珍獣を供すだけでなく気前よく私財も投ずることにしておきながら、自らはローマに出向かないと決めてしまう。祝祭の成否を見て、イタリアを離れようとさえ考えていたようだ。ついでながら、キケローもこの時この会合でアテナイ行きを決断している。しかし、決断から決行までひと月以上かかっているのは、やはりキケローの優柔不断のせいかも知れない。いずれにしても、キケローは七月の十七日にアテナイへ向けポンペイの別荘を出立している。だから、八月の元老院には出席していなかった、つまり逃げていたわけである。

このように共和国派の人々がローマから遠い所でぐずぐずしている間に、アントニウスはイテュライアの弓兵から成る護衛隊を召集している。マケドニアに置いた四個軍団は九月の末にはイタリアに戻ってくるだろう。アントニウスにとって、問答は要らない、頼りになるのはいつも軍隊なのである。一方、公職を持たないオクタウィアヌスには軍隊の指揮権、徴兵権はない。しかし、軍指揮権はなくとも、人々の人気だけは勝ち得たようだ。七月半ばから三十日に亘るカエサルの勝利の祝祭に、オクタウィアヌスは惜しみなく金を注ぎ込み人々を喜ばせたからである。しかも、何の予兆か、競技会が始まる日から七日続けて北の空に彗星が現われたという。予兆が好きなローマの人々のことであるから、いろいろと考えたことであろう。

さて、ルキウスのことに戻る。騎士身分とはいえ、公職のないただの金持ちに過ぎないルキウスは相変わらず付かず離れずの距離感でアントニウスの周辺にいる。無気力、自堕落、ふて腐れはエピクーロス派の面々に時折表われる特徴だが、ルキウスの最近の無活動状態はそのような哲学的なものではない。内乱を心配し過ぎて神経に麻痺が起きているのか、あるいは、キンナのことやデクタダスのことで感情の振り幅が大きかったことからここに来て精神作用や知覚機能に齟齬(そご)をきたしているのか、この大事な時にルキウスはそれらしい活動をしない。願望も繰り返していれば惰性になって、何とかなる、無事に収まる、と思いたいように思い込んでしまうものだ。しかし、たまたま夏のことで、ローマで夏を過ごせば衰弱するから、ルキウスたちは隠棲した父のいるアスクルムへ避暑がてらに出立した。カエサルの祝祭が始まる以前のことである。その旅の途中、人里を離れてのどかな森や野原や丘の道を行くうち、なぜかルキウスは物が憑いたみたいに急にそわそわしだした。そして、アスクルムに着くや否や、麦畑の端にある奴隷の住居を改築させたり、屋敷に付設された東屋を増築させたりする。ルキウスはただ指図するだけにしても、矢も盾もたまらぬような形相で朝から晩まで作業の進捗をそばで見ているのだ。勘の働くユーニアは誰よりも先に気付いた。内乱の兆候が表われたら、家族や家僕共々すかさずこのアスクルムへ逃げてくる気なのだ。ユーニアは強硬に反対した。以前、ルキウスが大病で倒れた時、感染を恐れた義父が幼い息子を引き離して、半年以上このアスクルムの所領に留めたのだ。ユーニアはあの時の悲しみを忘れていない。アスクルムは憎い土地なのである。息子が慣れてしまって居着きそうな様子なだけに、なおさらである。何としてもルキウスを思い止まらせなければならない。ユーニアはいった、もっとお偉い方のご家族なら、危害が及ぶことはありましょう、でも、わたしたちにそのような心配は無用ですわ。

ルキウスは大いに機嫌を損ねた。なるほど、そうかも知れない。日和見を決め込んだとしても、資産の幾分かを没収されるくらいで済む身分だ。しかし、これはそういう問題ではない。ユーニアや子供たちのためを思うからこそ、これほど躍起になっているのだ。過剰な取り越し苦労と思わぬわけではないが、万が一にも悲しい目に遭わせないために、こうして日照りの日中に立っている。頭が朦朧とするくらいなのだ。それなのに、人の気持ちを汲み取らん女だ。心配無用とはよくもいった。けしからん女である。ルキウスは眼玉を剝き息を荒らげて、うるさいっ、あっちへ行けえっ、と大声で怒鳴った。それからは、もちろん口を利かない。必要な時以外は絶対に声をかけないと決意する。そして、ルキウスは実際それを実行したものだから、わけを知る周りの者たちを内心おもしろがらせていたのである。さて、そうこうするうち八月が近づき、ルキウスは約束通りデクタダスに使いをやった。転地療法のためにデクタダスをアンコーナの保養地へ案内する。この転地療法はデクタダス自らの発案であった。何でも、海運で財を成した男がアンコーナの海浜地区に豪奢な保養施設を造り、選挙目当てに決まっているが、市に寄贈したのだそうだ。そのことは近頃評判になっていた。

実をいえば、アンコーナは騎士長官時代のアントニウスがミモス女優や芸人たちの供揃えで地方視察に向かった時、旅の途中で立ち寄った土地なのである。そして、そのアンコーナでルキウスはあのミモス女優キュテーリスから初めて声をかけてもらった。四年、いや五年も前の話になる。ルキウスはそれをもっと昔の、前世の記憶みたいに覚えている。つまり、違う世界で起きたことのように、ルキウスは記憶に被いをかけたということである。このあたり、ルキウスの理性が働いたとしてもいいのだが、理性とはいっても明徹で英知的な類いのものではない。今や四十に近い男が、女優に声をかけてもらったことなどをまざまざと記憶に留めているとなると、ふたりの子を持つ親として、みっともない、とささやく程度の理性であるし、奴隷身分の女優風情にローマ騎士が何たる自己卑下と、自らあきれる理性である。その程度のことであるから、デクタダスがアンコーナを口にした時、ああ、そういえば、と違う世界に誘われる気分もしたが、アスクルムからは近くていいとすぐに思い直した。結局、デクタダス同伴では違う世界は遠のく一方、ペイシアスまでもが同道したから、カエサル死後の混乱などはどこ吹く風、保養地の遊客たちや土地の物好き連中を集めては、高踏的な言説を大道芸人の口上さながらまくし立てる日々となった。高踏的とはいっても、例えば、アリストテレスは父の遺産をどのように有意義に使って破産したか、とか、ディオニシウス一世は捕らえたプラトンをたったの二十ムナで売り渡させたが、ほんとはどれくらいの値段がつくか、つかないか、とか、ソクラテスは、人間の所有物の中で一番美しいものは閑暇である、としたが、その閑暇をソクラテスは何をして過ごしたか、とか、そのような類いの言説である。時勢を忘れて、いつものことである。ただし、この一行は夜中に何度か大人げない騒ぎを起こしている。いくら保養地とはいえ、羽目を外すにも限度があるのにそれを弁えない。酔っ払っていたことなどいいわけにはならないのである。

　八日後、ルキウスはアンコーナからデクタダスを連れてアスクルムに戻った。そして、出かける前の決意に反して自分からユーニアに話しかける。デクタダスが一緒じゃ保養にならない、もう懲り懲りだ、と。ルキウスはちゃんと顰め面はしていたが、どちらかといえばうれしそうないい方に聞こえた。ユーニアがデクタダスに顔を向けると、デクタダスはあわてて首を振る。こいつ、たったの七日で三十人以上友だちをつくった、帰る時は大層なお見送りさ。そういって、ルキウスは何やら手土産みたいなものをユーニアに渡した。珍しくもない、ただの塩の塊りなのだが。

そして、ルキウスたちは家族家僕デクタダスともども、八月の終わり近くにローマに戻った。三十日続いたカエサルの勝利の祝祭はとうに終わっていて、人々の狂騒も鎮まってはいたが、オクタウィアヌスが主催の祝祭であっただけに、アントニウスは戸惑いを続けていたはずである。思惑がどこにあるのか分からないが、アントニウスは九月の一日に元老院を召集していた。

同じように、といってもその二日前だが、ルキウスは久しぶりに庇護民たちを宴会に招集した。ローマに戻ったことを知らせるためだが、久々の顔合わせだから少なく見ても二十近くは集まると見ていた。しかし、実際集まったのはたったの七人。ふたつの店舗を任せたルティリウスや荷受け役のスブリウナスは、オクタウィアヌスと繋がりのあるバルブスの身内の者と大きな取引を始めたから、アントニウスの庇護下にあるルキウスとは表向き距離を置きたいのだろう。しかし、ニーノス・フラウスやペトゥーラが招きに応じなかったことはない。何かの意思表示なのだろうか。ルキウスが軍務に就けば、何人かは同道し、そのうち何人かは要人たちの警備役、または予備兵として編入されるのである。ルキウスはアントニウスを支持して立つつもりはないが、庇護民たちが心配するのはやはりそのことだろう。しかし、騒ぎが起きればアスクルムへ逃げるつもりだとは、今庇護民たちにいうわけにはいかない。ルキウスは、一度は奥に下がったユーニアを再び呼び寄せ、誰それの子供の話や誰それの嫁と姑の深刻な話など、ユーニアがいないと聞けないような話を黙って聞くことになった。しかし、ルキウスは集まった男たちの顔を微笑む眼で見ながらも、頭の中では別の男のことを考えている。今朝、宴会のための買い物に出て、ルキウスは不審な思いをしたのだ。競技場の向こう、ディアーナ神殿の参道脇で久しぶりにマルクス・カルプルニウスの姿を見かけたのである。カルプルニウスはアントニウスが騎士長官であった頃、ほんの短い間だったが、アントニウスのそば近くにいた。父親も、また親族の多くも元老院身分で、いずれは高い地位に登るはずの男である。ルキウスとは十近く歳が離れていたせいか深い交わりはなかったものの、声に洞窟の奥で発せられたような深い響きがあって、それだけで心が許せそうな気にさせる男だった。そのカルプルニウスはアントニウスの不行跡が眼に余ると、すぐにアントニウスから離れた。しかし、離れたあとでも、たまに出逢うことがあれば、ルキウスとは何であれ打ち解けて話すことができる、そんな男だった。そのカルプルニウスが、今朝、雑踏の中にルキウスの姿を認めると、それとわかるように身を避け、そばを通り抜けても背を向けたままだった。これまでになかったことだから、朝からずっと不審に思っていたのである。その不審が今も胸につかえた。父親の隠棲地から戻ったばかりのルキウスには、いない間にローマがすっかり変わってしまったように思えた。カエサルが死んで、まだ半年にならない。しかし、ローマは変わった。カエサルの祝祭のせいもあるのだろうか、ルキウスが知るかつてのローマは写し絵のローマのように遠い記憶のようであった。

デクタダスがやって来たのはそれから四、五日後のことである。長く留守にしていたので、ルキウスは家業のやり繰り手配などで忙殺されていた。もちろん、その多くは執事のシュロスと書記役のペイシアスがこなすのだが、ルキウスも銭袋を抱えて店舗や作業場を駆けずり回ることくらいはする。そんなある日のこと、ルキウスは出がけにデクタダスに襲われたのである。

「きのう、誰と会ったと思う」

デクタダスはルキウスの返事を待たなかった。返事のしようがないことを訊いたからである。

「デキムス・カミッススさ、あの法律家志望の生意気な若造だよ。半年か、いやそれ以上だね。去年の暮にクウィントス翁の快気祝いの宴席に出たよな、あれ以来だ。久しぶりに会った。びっくりした」

「デキムス・カミッススならよく覚えているよ。それより、おれはルカーニアのウィリウスに遭った。きのう。びっくりした。あの男、兵隊志願したの知ってるよな、オクタウィアヌスに」

「知ってる、びっくりした。それであのデキムスだが、今もまだあのキルケイイの別荘にいるらしい。久々にローマに出てきたといってた。多分、発散のために出てきたんじゃないか」

「ああ、発散ね。しかし、ウィリウスは……」

「あいつ、発散のおかげだろうね、やけに愛想がよくて気味が悪かった。ところで、あのクウィントス翁だよ、去年行った時も、寝そべったまま起き上がれなかった。快気祝いで呼ばれたのに、あれじゃあ挨拶のしようがない。お前、誠にご愁傷さまで、とか何とかもぞもぞいったよ、快気の祝いに。しかし、実際ご愁傷さまでね、爺さん、あのままずっと寝たきりなんだそうだ。そのせいかどうか、急激な呆(ぼ)けが始まったらしい。それで、デキムスが是非来てくれというんだ。人が集まれば喜ぶからって」

「しかし、おれは行くわけにはいかない。いろいろある、分かるだろ」

「何だ、お前が行かないなら、おれも行きたくないな。返事はしたけど、やっぱり、ちょっと遠いわ。遠くへ行くのはもういいわ、もう懲りたよ」

「何だよ、おれが悪いみたいにいうじゃないか、アンコーナはお前の発案だよ。しかし、キンナがいたらね、クウィントス爺さん喜ぶだろうね、きっと元気になるだろうね……キンナ、去年の暮にはいたんだ」

「そう、いたね、キンナがいた。爺さんに笛を吹いてやってた。お前がいうほど上手くなかった。でも、キンナ、いたんだ。なあ、ルキウス、つい二日前のことだ、ふと思い立ってね、キンナが住んでた桃色の家に行ってみたよ。五ヵ月経ってやっとその気になれた。ふっとね、風に誘われるようにね。いや、風がそんな気持ちを運んで来たのかな」

「そうだね、きっと風だね、風が運んできたね。お前、何年かに一度、急にきれいなことをいう、やっぱり風だよ」

「でも、今は知らない誰かが住んでいるんだ。脇の窓が開いてた。あそこには書棚があって、開かなかった窓だ。何も変わりはしないが、しかし、変わってしまった。さびしいものだ、人が替わる。それでも、呼べば奥から返事が返ってくるような気がした、扉の向こうにいそうな気がした。しかし、出てくるやつはキンナじゃないんだ。キンナはいないんだよ。どんなに呼んでも、どんなに願っても」

デクタダスは急に顔を背け、なぜか声の調子も変えて、

「なあルキウス、おといやっとキンナの家を訪ねて、そしてまだそこにいるような気がして、しかし、いないと分かって、それがとてもよかった。キンナがいつもの姿で甦った。思い出だけだが、呼べば帰ってくる。ただそれだけだが、それでもよかった」

ルキウスは胸が詰まった。ゆるゆると溜息も出る。呼べば帰ってくる、場所や景色に繋がったいくつかの思い出だけが。それだけでも、きっといいことなのだ。

「キンナとね、最後に何の話をしたと思う。お前の話さ、広場から葬儀のあるマルスの野へ先廻りしようと書店街を歩いていた。カエサルの国葬で、店はやってなかったんだ。それなのに、閉め戸を勝手に開けて入っていった。あいつ、あんな時でも本に手を出したいんだ。本屋でぐずぐずするもんだから……」

「そうか、おれの話か」

「本屋でぐずぐずしなかったら、暴徒たちと出くわすことはなかったんだ……本が、引き寄せたみたいだ。何か、キンナの運命を象徴しているね。おれ、あちこちでこの話してる」

「キンナと、どんな話をしたんだ」

「ああ、葬儀が終わったら、お前の家へ行ってこの先どうなるか、話を聞こう、とかそんな話だ。あんな時だもの、悪口なんかいわないよ。でね、外の様子で暴動が起きたことは分かったんだだが、きっと暗殺者たちの屋敷に向かうと思ったから安心していた……戸口から顔を出して外の様子を探っていたんだ、そしたら、隠れていると疑われた。引きずり出された」

ルキウスは黙り込んだ。その先は聞きたくなかった。デクタダスもいいたくないのか、そこで口をつぐんだ。しかし、デクタダスの場合、長く口をつぐんだままではおれない。

「ところで、あのキケローが急に張り切りだしたらしいね」

ルキウスはそこへ話が飛ぶのかと思って苦笑いをした。

「元老院でアントニウスを弾劾したんだろ」

「弾劾ってほどでもなかったようだ。でもまあ思い切ったことをした。その前の日に、アントニウスがキケローの欠席を批判して脅し文句を並べたらしい。そのお返しに、ぴしゃりとね。キケローはアテナイに向けて航行していたそうだが、逆風に遭って船が戻されたらしい。たまたま寄港した先で元老院の招集を知ったものだからローマに戻ってきた。戻るには戻ったが、キケローは旅の疲れを理由に開会初日の議会を休んだ、それをアントニウスが批判して」

「でも、カエサルへの供犠の日を制定しようって提案に反対したそうじゃないか。神々への不敬であるとかいって。これって、アントニウスに挑戦状を叩きつけたみたいなものだろ。すごいことだってみんながいってる」

「すごいかどうか。演説自体は及び腰だったというよ。批判やら弁明やらいろいろしたそうだが、最後は共和国の国制に従って国家を運営せよとか何とか、行儀よく要請したそうだ、おれはそう聞いたが。それと、知ってるかな、当のアントニウスはキケローが反論した日、議場にはいなかったそうだ。以前、お前が浮かれ歩いたあのティーブルにいたんだとさ」

「ああ、ティーブルかあ。それより、おれ、アンコーナがいいわ」

「何がいいんだ。おれはもうアンコーナには行けないわ、恥ずかしくて。お前、水汲み場で泳いだんだぞ、夜の夜中に」

「お前だってそうじゃないか、一緒にいたやつみんな泳いだんだ。栓を抜いたのはアンコーナのやつだぞ。小料理屋の生簀(いけす)に小便したのも、最初はアンコーナのやつだ」

「いいよもう、人のせいにしてろ。それにしても、あのキケローだよ、よく思い切ったね。そこは感心する。どんな結末になるのか分からんが、もう後へは退けないだろう。その覚悟をしていたとすれば立派なものだ、それだけはいえる」

「何だよ、アントニウスの庇護を受けてるくせに、キケローの肩を持つのか」

「庇護を受けてるって、ここ七、八年の間だけだ。キケローのことはいろいろいう人がいるが、アントニウスと比べたらよっぽど上等だよ」

「まあそういう人もいるだろ。しかし、おれみたいに弁論を弁論そのものとして喜ぶ人間にとっては、キケローみたいなのは天敵同然だよ。純粋な知力のみで自足すべき弁論が、人心収攬を目的とした抜け目ない策謀の具と化した、キケローとか、そんな類いの目立ちたがり屋のせいだ。弁論法はね、もともとシキリアあたりの法廷で罪逃れの便法として細々と始まったものだ。しかし、民主主義下のギリシャとか共和制下のローマとか、人間が個人として政治に関与したりするからおかしくなった。弁論に不純な夾雑物が混じり込んで増殖を始めたんだ。夾雑物というのは他者の意見をねじ伏せて民衆を思いのままに操るという邪心だよ。例えばさ、おれの弁論は徹頭徹尾説得を目的としない、超俗的妙技を目指すものだ。然るに一方、キケローみたいな思い上がったやつらは、人を煽り操るという悪辣な目的を絡めてくるんだ。おかげで、弁論が油断のならないものになった」

「めちゃくちゃいうわ」

「めちゃくちゃなもんか。あのプラトンですら、弁論家に危うさを感じたくらいだ。プラトンは、弁論家ってやつらは魂の正しさに毫も関心を払わない、善も真理も目的とすることなく弁論の成功のみを目指しているといって難じている。エピカルモス譲りの『ゴルギアス』だ。つまり、その不道徳性から、弁論術など今や詐欺師の技能も同然と化したってこと。おまえみたいな迂闊な男を言葉巧みに誘い込み、いい気にさせたり煽ったりして操る。しかも、こいつには発火性がある。それが危ない、憎悪を掻き立て火をつける」

「お前ね、気持ちよさそうに話しているが、気付いてないのか、今のお前の弁論こそが詐欺術の見本なんだよ。独りよがりの長話で人の時間を詐取するんだ。どうせ雑話漫談に行き着くだけのくせに。いっておくが、国家が悪い方向に向かっていたり、社会が堕落している時、正しい目的を持った弁論は必要じゃないか。昔から、弁論法は学問の基本だ。『弁論術とは、魂に言論と、法に適った訓育をあたえて、相手の中にこちらがのぞむような確信と徳性とを授ける仕事である』。おれは学校でそう習った。クウィントス翁譲りの『パイドロス』だ。つまり、徳性を授けるってこと」

「はは、お前の弁論下手の理由がやっと分かった。いいよ、それで。徳性、結構。おれは他者の意見をねじ伏せないもの」

「おれだって、お前の意見はどうでもいいわ。しかし、キケローは立派だ、見直したよ」

「何だ、まだキケローの肩を持つのか」

「肩を持つってわけじゃないさ。しかしね、例えばの話だが、あのクウィントス老人を考えてみろよ。おれは間違っても子供を近づけたくはないね。もし神々がいるとしてだよ、何のためにあの歳まであのまま放置しているのか、それを思えば神々の本性を問いたくなる。だってあの爺さん、最後の最後になっても頭の中はあのことでいっぱいだよ。いいのか、それで。そりゃあ、そんな年寄りが多いというのは知ってる。おれの祖父も、歳を取ってからだが、あんな感じになった。だから重なっちゃうんだ、祖父のことと。それに、お前だからいうが、お袋が逝ったあと、親父が最近どうも変だ。な、もう人ごとじゃないんだ、おれもあげくの果てがあれかと思うとやりきれない。老いてのちの悦びが、選りに選ってあれ一筋……ま、他人のことはとやかくいわんが、勝手に長生きしてろといいたくなる。それを思うと、キケローはね、立ち上がったからね」

「はは、また座るよ、いつも通り」

「そうかも知れん。しかし、こうはいえないか、心の中に消え残った理想の燠火（おきび）が、ここに再び燃え上がった、とかさ。命の最期（かぎり）の輝きを、闇の世に放つ機が来たれり、とか。さすがのキケロー、ここ何年か腐っていたが、燃え立つものを自覚したのだと思うよ。何か、そんな覚悟を感じる、さすがだ」

「おいおい、どこで習ったんだ、珍しい文句を知ってるじゃないか。しかし、いってみて恥ずかしいんだろ、そんな顔してるよ。それに、キケローだってお前にそこまでいわれたら恐縮するわ……いやしないか、しないね。しないでもいいが、キケローとわれらがクウィントス爺さんとを比較するんじゃ、キケローが気の毒だ。気位高く生きてきて、あれに比べりゃましだとされても、あれはわれらがクウィントス爺さん、あれ以下は想像しにくい。な、そこは同じ評価だろ、眉をひそめるか、失笑するかの違いはあっても。しかし、ルキウス、考えてみろ、どっちが神々の浄福に浴しているか。まさか燃え立つキケローじゃあるまい」

「浄福ってお前、言葉の意味を知ってるのか。いくら愛嬌があっても、あの爺さんのはしゃぎ振りを思えば、おれは人生悲観するね。それに引き換え、お前の天敵キケローだが、やるべきことはしっかりやってきた人だよ。おれたちみたいに、労苦をすり抜け無事を目指して生きてきた人じゃない。そりゃあ、キケローに徳性を要求するのは無理かも知れん。しかし、人間の美質くらいはちゃんと弁えているさ。あの生意気なデキムスが素直に教え諭されているくらいだよ、やはり、キケローにはあるんだよ、人にない何かが。今度のことだって……」

「何だ、今度のことがどうした」

「どうもこうもないわ」

ルキウスはめちゃくちゃなことを答えて口をつぐむ。

実はルキウス、心中はかなり複雑なのである。行き掛かり上キケロー礼賛を始めてしまったが、キケローが急に燃え立ってしまったために、面倒なことが起きないか、そのことをほんとはずっと心配していた。何しろ相手はアントニウス、手加減を知らない男なのだ。年寄りは相手にならず、大人しくしてくれたほうがいい。しかも、キケローほどの人物が公然と反アントニウスの動きを見せれば、周りに甚大な影響が及ぶ。立派は立派かもしれないが、はた迷惑な話である。人間、歳を取れば閑居して日向でうとうとしているべきではないか。大知識人キケローなら知らないはずはないのだが、昔、ケオスの島では、年寄りはみんな頭に冠を載せて集まって一緒に毒ニンジンを飲むという美風があった。周りに迷惑をかけないためだが、果たしてキケロー、知っていても駄目な性格なのだろう。

一方のデクタダスだが、話に続きがないと分かると、ひょいと腰を浮かせた。

「もう昼時だ、帰るわ。じゃあ行かないんだね、クウィントス爺さんの見舞い」

「あれっ、帰るのか、泊まってもいいんだよ」

「急いでメシ喰って、キンナの桃色の家へ行く。キンナが餌をやってた猫がいたんだ。おとといは逃げてしまった。これから捕まえに行く。おれが飼ってやろうかと思って」

「ああ、いいね。それはいい」

デクタダスは気味悪い笑いを浮かべ、

「犬は何とか喰えるが、猫は喰えない」といい置いて帰っていった。ルキウスは外出をやめ、ペイシアスから渡されたローマ数字との格闘を始める。


ところで、ルキウスは今帰ったデクタダスとのやり取りの中で、いくらかはキケローに感ずる部分があるかのように話をしていた。しかし、それは決してそうではないのである。デクタダスがまたいい加減なことをいい気になって話し始めたから、逆のことをいい返しただけのことである。ルキウスは、若い頃はクロディウス、最近はアントニウスと、キケローを眼の敵にする乱暴な男たちの世話になってきた。自然、キケローに対しては悪感情を持っていたし、昔、クロディウスに付いていた頃、取り壊されたキケロー邸を念のための焼き討ちに行ってひどい目にも遭っている。好感の持ちようがないのである。それに加えて、性格だろうか、ルキウスは偉そうにして目立とうとするやつ、自己顕示欲の強い男はどうしても好きになれない。もちろん、大概のローマの名士たちは性懲りもなく傲慢で自己顕示欲も旺盛だから、ルキウスと名士たちとの交遊は極めて乏しいというのが実情なのだが、相手がキケローともなると、その自己顕示欲は他の名士たちを圧倒するから、ルキウスは名前を聞いただけで嫌な気分になるのである。しかし、ルキウスがキケローを疎ましく思う理由がそれだけというわけではない。というのは、ローマではよく知られていることだが、キケローのように才智ひとつで奮闘努力し這い上がってきたような男を、みっともないやつと見てしまうのが誇り高いクラウディウス氏族の特徴で、この一族はとにかく人を蔑むのである。たとえ平民系とはいえ、同じ系譜の端っくれ、ルキウスにはそのような決して褒められない部分もある。それは、公職にはまず手が届かないルキウスであるから、妬みやっかみに近い感情であると考えてもよい。とにかく、事情がそうであるから、ルキウスはデクタダスが帰るやいなや、キケローのことなど念頭からすっかり消し去っていたのである。

しかし、キケローは動いた。これは大袈裟にいってもいいような事態の急変である。何の、演説ひとつで、と軽く考えてはならない。キケローの演説は元老院を動かすことがあるからである。実際、「今度のこと」をルキウスは「命の最期(かぎり)の輝き」とか、「消え残った理想の燠火」とか、思い付きの台詞を並べてデクタダスに冷やかされていたが、その燠火が「今や再び燃え上がった」ことには間違いがないのである。というのは、ローマの人々はアントニウスの専横を嫌っていて、ローマに舞い戻ったキケローを稀に見る大歓迎で迎え入れたのである。ルキウスはわざとのように無関心でいたものの、人々は通りに出てまるで凱旋将軍を迎えるように歓声を上げ、広場や空き地はキケローの演説を期待して集まる人々でごった返した。その歓迎ぶりは、かつてクロディウスによって追放刑を受けたキケローが、翌年、元老院議員の総意によって復権し悠々ローマに帰還した時の、あの晴れがましい歓迎ぶりをさえ凌(しの)いだ。老いたりとはいえ、キケローは未だ望まれていたのである。思うがいい、おもねりといたわりの言葉で片隅に追いやられ、おや、そこにいたのか、とたまに声をかけられる、それが老人の一般である。それに引き換えキケローはどうか。人々の寄せる熱い思いに「消え残った理想の燠火」を赫(かっ)赫(かく)と燃え立たせたと見て間違いはないのである。人々の称賛は催促してまで欲しがる男だからである。

さて、そんなキケローの九月二日の演説は、やがてティーブル滞在中のアントニウスの知るところとなり、怒り狂ったアントニウスはすぐさま弁論教師の助言と指導を仰いで反論の準備にとりかかった。アントニウスは、過去二十年に亘るローマの全ての災禍はキケローに原因があると、多少の無理は承知で、それでもそうかと思わせる演説を用意し、九月十九日、コンコルディア神殿に人を集めて披露する。これに応えてキケローも今度は激烈なアントニウスの弾劾文を草した。起草されたこの文章は、品のない人身攻撃を取っ掛かりに、ふしだらな私生活への執拗な誹謗に中傷、果ては、公金横領の罪人扱いに加え国家の裏切り者呼ばわりなど、アントニウスに抗して立つキケローの決意のほどが遺憾なく表わされているのだが、友人からの強い諫めもあり、この弾劾文の発表は二ヵ月ばかり繰り延べになった。その表現の多彩さ過激さ、とりわけ下賤の言葉にも通じた語彙の豊かさなど弁論術の限りを尽くした弾劾文であるだけに、然るべき時機を待って公表すべきであるという諫言に従ったのであろう。しかし、この時期のローマの弁論が行儀のよいものであったわけでは決してなく、キケロー自身恐喝に等しい誹謗中傷弁論を以前にも何度か繰り返しているのだから、友人が気遣って諫めるまでもないはずなのだが、相手が見境のないアントニウスであることを思えばやむを得ないところであったかも知れない。いずれにせよ、自重したキケローはここでしばらくローマを離れ、プテオリの別荘に老いた体を休めつつ虎視眈々と好機を窺う。

思えば、老いは脅しのようなものである。人は老いに脅され急き立てられて自滅的な妄挙にさえ追い込まれる。クウィントス翁の破滅的な恋愛狂もその一例といえるだろう。予想されるそうした悲惨を避けるために、自然は老人の頭を萎えさせ体の活力を奪うのだが、そんな自然の意図に抗い、高邁な学問によって自らを高め、あまつさえ義務の意識を高く掲げて危ない時勢に立ち向かわんとする稀有な人物の姿がここにはある。ここ、とはキケローの胸の裡である。ルキウスなどのように、キケローに対してよい感情を持たない人々にとっては異論があるところだろうが、キケローはひとまず稀有な人物なのである。

さて、そのキケローが九月十九日のアントニウスの演説を受けて、誹謗中傷の弾劾文を草し始めた頃である、いつものように前触れもなく、デクタダスがルキウス邸を訪れた。実は、デクタダスがキンナの猫を探すためにルキウス邸を早々に辞した日から十日ほどしか経っていない。久々の訪れでもないのである。しかし、デクタダスにしては珍しいことに、取り次ぎに出た家僕たちとふざけたことをいい合うでもなく、食堂で一口喉に流し込むでもなく、のっそりとルキウスの執務室に入ってきた。ルキウスは、おやっと思った。

「何だ、キルケイイに行ったのじゃなかったのか」

何しに来たんだ、というういい方だが、ルキウスの顔は満面の笑みに近い。

「あれからすぐに迎えが来て、もう行ってきたよ。三日ほど前にこっちに戻った。すぐ報告に来たかったんだが、どうもね、いろいろ思うことがあった。いつもの自分に戻るまで、控えていた。しかし、もう大丈夫だ」

「何だよ、思わせぶりじゃないか」

「ああ、それはね、いろいろね、気持ちの整理がね」

「そうか、いろいろか」

「まあな、そういうことだ。いろんなことがあるわ」

「なるほど」

「で、行ってみるとね、意外に人が集まっていて、聞けば、デキムスはキンナの顕彰式をやるというのさ。それはいいよ。しかし、何で急に、と思うじゃないか。だから、訊いたよ。すると、爺さんが喜ぶというんだ。キンナのことはほとんど覚えていないが、顕彰式をやればいろいろ思い出して元気になるかも知れんというのさ。このまま呆けていくのが見てられないから、真似ごとでもやってやりたい、とかいってさ。おれ、耳を疑ったよ。だって、あいつはキンナに殺されかけたと恨んでいただろ。キンナを眼の敵にしていたじゃないか。去年の冬に行った時だって、相当ひどく突っかかっていた。そのキンナが死んだからって、顕彰式を思い付くかね。おれ、考えたよ。何か魂胆があるのだろうかって。どうか魂胆があってほしいと願いもした。だって、あの憎ったらしい撥ねっ返りがだよ、急に改心して好青年にでもなってみろ、おれの頭の中の調和が崩れる。で、まあ崩れた」

「そうだね、そりゃあ崩れるね。でも、いいことだよ、おれだって好青年デキムスは想像したくないが、いいことだ。しかし、顕彰式があったのなら、おれも行けばよかった。いや、行くべきだった」

「顕彰式といっても、何のことはない、簡単な犠牲式の真似ごとをやって顕彰の行列をしただけさ。ほんとだよ、荷車とか臥輿とか、十四、五ばかり連ねて行進しただけ。急な顕彰式で準備もろくにできなかったのだろう。どこだかの祭司団へは届けたそうだが、まあ行進だけの顕彰式さ。楽士や踊り子たちが先導して、祭司めかした連中が四、五人続いて、供犠用の牛が続いて、そこはまあよくある行列なんだが、そうそうエチオピアの女たちがね、月桂樹の花冠を頭に載せてね、首のないキンナの絵を化粧担架に乗せて運ぶんだよ、首がなければ誰だか分からん。あっても分からんだろうが、見物人は不思議そうにしていた。見物人といえば、大きな集落じゃないから、周りの町から物好きが来ていたとしても、それほど大勢じゃない。でも、あっちじゃ見物人も一緒に行列に付いていくしきたりなのか、最初から最後まで大混雑だ。村中がひと固まりで村中を行進したようなものだよ。子供らも喜んで行列に加わって、臥輿の間を走り回った。あんな田舎じゃあ、行列の行進なんてキルケイイの町中に出ないと見られないんだろうね、みんなじかに見られて喜んでいた。そうそう、通り掛かりの羊飼いが羊と一緒に行進させられていたわ。不思議な行進だった。行列も見物人も混然一体だもの。でも喜んだのはクウィントス翁さ、息をはあはあさせて興奮していた。嬉しかったんだろうね、集落中を一周しても気が済まないのさ、みんなは後の饗応を楽しみにして付いてきたのに、おあずけを喰らわされた。結局、三周と半分回ったよ」

「そうか、でもよかった。お前が行ってくれたおかげで、おれも少しは気が楽になる。しかし、顕彰式というから、もっと違った風に予想したよ。お前の話し方だと、道化か大道芸の連中が出し物の宣伝のために練り歩いたみたいな感じだ」

「うん、そうかな、しかしそれよりは断然賑やかだった。だって、みんなで大騒ぎするんだもの。子供らなんか、荷車を牽く牛の尻をひっぱたいたり石を投げたりするんだぜ。荷車からは人が落ちるし、何人も牛に轢(ひ)かれてたわ……でもなあ、爺さんには気の毒だが、もう半分別世界だ。いったろ、キンナのことはほとんど忘れているし、おれのこと、まるで分かってなかった」

ルキウスはふと顔を上げた。デクタダスが急に声の調子を変えたのである。珍しいことだが、いいたくないなあ、という顔をしている。しかし、デクタダスだからそれでもいう。

「元気だったのに、この一年で急激に弱ったそうだ、随分耄碌(もうろく)してしまって。まだ七十六、七だぜ、その割には、な、無茶なことしてきたからだ。なあ、去年の暮に爺さん自分の胸像を抱いて倒れたよな。あれでおれたち、快気祝いに行ったじゃないか。そしたら、爺さん、快気祝いといいながら、寝転んだまま、小用にも立てなかった。腰を変な具合に打ったようだね、爺さん、実はあのまま動くのが不自由になったらしい。そのあたりの因果関係は不明なんだが、動きが不自由になると、それに合わせて頭の働きも不活発になるようだ」

「それはそうだよ、ヒポクラテスの昔からそういうことだ」

「覚えているかい、お前が最初に爺さんを知ったのは、マッシリア王家の末裔、ほら、息子に追い出された、これ、ほんとらしいんだが、神話世界の再現とまでは行かなかった。ただの親子喧嘩で収まった。難しいんだねえ、現代人には。怒濤のような感情の器って柄じゃないし、すぐ訴訟制度に頼ってしまうし、ま、期待はしてなかったが。そいつ、覚えているだろ」

「そりゃ覚えているよ。変なものを飲んで大惨事に巻き込まれた。忘れるもんか」

「はは、そうだね、そいつの宴会だった。おれが誘ってやったんだ。一緒にキンナも誘ってやったら大惨事。しかしなあ、ルキウス、あの卑しい媚薬が、爺さんや、デキムスや、英傑マキシムスやら田舎名士ウィリウスやら、この世の除け者たちとおれたちとを結びつけたんだよ。あのあと、互いに互いの身を案じ、死なばもろとも、って感じで絆を深めた。おれ、ウィリウスには使いをやったよ、死んでないか心配になってね。そういえば、あのあと、キンナが詫びの宴会を開いたよな。みんな用心したのか、ウィリウスとマキシムスさんくらいしか集まらなかった。爺さん、来るかと思ったのに。それにしても、分からんものだ」

「分からんて、何が」

「不思議な縁を取り持ったキンナは死んだ。縁だけが残った。となりゃあ、墓碑銘は是非ともおれが献上しなければね。おちおちしてられないわ」

「え、墓碑銘って、誰の」

「え、クウィントス爺さんだよ、話聞いてた」

「そうか、もうそんなか」

「なあルキウス、以前、コルネの丘の木の下で酒宴を張った時さ、キンナ相手に、愛だ恋だとはしゃいでいただろ。あの時は、おれ、不死身の爺さんかと思った。ふつう、あの歳であれはないわ。ところが、あれからほんの一年、今はね、もう見てられん。眼なんか溺死人の眼みたいで、といってもおれは見たことないが、多分そんな感じだろ。しかしね、あれで少しは見えてるようだ。エチオピアの女が動くと、眼が敏捷に動くもの。耳も聞こえるようだが、言葉の理解となると、どうだろ。あれだと耳なんか要らんのと違うか。まあ悲惨だわ、放っておくと、急にうわ言みたいな声を上げるし、相手になると、予測不能なところで笑いだすし怒りだすし。頭の中に何か入ってしまったのかなあ、それとも抜けてしまったのか。それはそれでいいとしても、なあルキウス、人間の顔っておおまかに左右が対称になっているものだろ。それが何でかねえ、きっと老人性の何かだと思うが、片側の顔の皮がね、もう片側より垂れている感じなんだ。珍しいなと思った。何でも春先に顎の下に瘤ができたそうで、血を抜いたら瘤は小さくなったそうだが、皮が弛(たる)んだままなんだそうだ。それ見て分かったんだが、人間って皮の袋の中に入ってるんだね。だから皺が寄ったり弛んだりする。まあ、当たり前か。しかし、ふーん、と思った。皮袋とは、思わぬ発見だ。窮屈なわけだ。ほかにもいろいろ眼に浮かぶが、思い出すのがつらいわ。ほんの一年でああなるんだ、衝撃を受けた。おれみたいな浮かれた男が、立ち直るのに三日かかった」

　いい終わると、デクタダスはふぅーと音に出して溜息をつく。しかし、これがどこまで深刻な話なのかは測りかねるのである。あとで、ひっくり返すようなことをいうために、小技(こわざ)を仕込むことがあるからである。それでも、デクタダスが受けた衝撃の余波くらいは伝わるので、ルキウスは二度ほど頷き、そのまま話を続けさせた。

「キンナが死んだ時は、爺さん、まだ意識ははっきりしていたそうだ。そのあと、急に変になった。みんなは、キンナの死を悲しむあまり、なんて思っているが、おれは、ちょっと違う。というのは、あの怪しい媚薬さ。キンナはずっと爺さんに媚薬を届けていただろ。キンナが死んで、その媚薬が来なくなった。禁断症状が出たんじゃないか。どうもね、爺さん、あの媚薬に頭を侵されていたんじゃないかと思う。おれなんか、もう二度とご免だもの」

やはり、デクタダスはデクタダスらしいことをいったのだが、ルキウスはなるほどそうかと納得している。あいう類いのものは思わぬところに副作用が出るからだ。

「それで、デキムスのことだがね、式の何もかもをあいつが仕切った。あの憎たらしい奴が、爺さんの世話もしていた。しかし、機嫌が悪かったねえ。キンナのゆかりの人だけ集めてのつもりが、どこから聞きつけてきたのか、親類縁者が大勢やってきてさ、それはまあ賑やかでいいのだけど、浅ましいといえば浅ましい。だって、遺言書はもうどこかの神殿に預けてあるって話なんだ。この期に及んで、まだどうにかしようって魂胆なのかね。そうそう、デキムスのやつだが、あいつ、顕彰式に両親を連れて来ていた。母親というのが婀娜っぽい女で、五十の花嫁って出で立ちさ。その母親だが、爺さんを見る眼つきがさあ、んー、なんともいえん。あんなのに育てられたら、まあ発散に向かうわ。親父のほうだが、見事なくらい印象にない。母親が強烈すぎたんだと思う。だって、あれだよ、踊るように歩くし、歌うように話す。見て聞いて、心地よければいいんだけど、五十であれはあくどい。それに引き換え、爺さんの今のかみさん、気の毒に、子供が生まれなかったもので、影みたいに人の後ろに付いてた。影の印象ってとこか。それと、覚えているかな、もうひとりのデキムスさ、公文書館の番人をしてたと思うが、そいつも来ていた。あいつ、おれを憎んでいるね、生涯をひがみに捧げたって顔だよ。そのせいだろ、連れ合いがいないみたいだ。はは、そこはおれと同じ。そういえば、去年、収穫祝いの宴会に来ていた顔の四角いやつ、あいつ、かみさんと子供五人連れてきていた。かみさんというのが栄養不良で痩せ細ってて、かわいそうに、髪の毛が随分後退していた。あんな女に五人も子供を産ませるからだ。あと、お前が覚えていそうなやつ、もうひとりいたね、早口の怒りっぽいやつ、いただろ。そいつ、探したんだが、いなかった。いなかったといえば、ほら、マントゥアだかから来たという愛嬌のないやつ、覚えてないか。若造のくせして、偉そうに、空気の上澄みしか呼吸しないようなやつだ。あのな、おれの交遊歴から割り出した真実だが、思い上がった芸術至上主義者ほど始末に負えないやつはいないよ。気取りと蔑みに精神を蝕まれた社会不適合者のくせして、ちやほやされないと機嫌が悪い。芸術至上といったって、値段でしか価値を納得しないやつらだ。歪ませた飾り天秤に一万デナリウスの値段を付けてやりゃあ跪いて拝むよ、常人じゃないわ」

「おい、そんな法外な値段で売ってないよ、何いってんだ」

「さあ、そしてだ、驚くよ、クウィントス爺さんには実の子供が十一人いる。そのうち、七人が来ていた。それぞれに、それぞれの母親がいるんだろうね、それらしいのが何人もいた。その実の子供だがね、たいてい、おれよりは年寄りか同じくらいの歳のはずだろ。ところが、全然そうではないのが四人いた。どうでもいいことだが」

「いつも思うが、お前はどうでもいい報告が綿密だね。ところで、いおうか、いうまいか迷っているんだが、お前ね、髪の毛を伸ばして傷痕を隠したのはいいが、いたちが化けたみたいな顔だ」

「ははは、同じこと、最近人にいわれたんだ。やっぱりなあ、お前もいうか」

「いや、すまん、他意はないよ。耳が半分隠れたせいかな、あ、似てるなと思った」

「なあ、ルキウス、人の世は切ない。屍臭を嗅ぎとったのだね、あれだけ親類縁者が集まってくるんだもの。不謹慎な話だが、十字架の罪人の下帯をくすねてやろうと、下で待っているやつらみたいだ。まあ、どこにでもある話だけど、胸が痛むよ。そうそう、思い出した、爺さんの両方の手の指に、指輪がひとつもないんだ。それって、棺桶に入る時みたいじゃないか。爺さん、気付いているのかなあ。指輪の代わりに、頭に月桂冠を載せてもらってさ、あのまま口に銅銭でも含ませてやればますます死体だ。まあいいか、どっちにしても、妙な顕彰式だった。キンナが殺された話は有名だけど、もうみんな忘れていてるから、賑やかな祝祭みたいになってね、そこは残念というしかないが、爺さんにとってはかえってよかったんじゃないか。分かってないもの。おれはね、濁った意識に愛の夢がほのかに霞んで、混濁したまま死んでくれるのならいい最期だと思った。もしそうならキンナのおかげだからね。しかしどうだろ、行列組んで陽気に騒いだおかげで、爺さん、死期を早めたんじゃないかな。あのデキムスがそこまで企んでいたとは思いたくないが、好青年デキムスであってほしくないだろ。だから、どうかなあ。あ、そうそう、残念といえば、例のデキムスの蒐集物のことだよ、あいつ、どんな恥ずかしいものを集めているのか、結局摑めず仕舞いさ。ほんとはそのために行ったといってもいいくらいなんだが、分からなかった。どう思う、本の間に挿めるもの、湿っていると臭うもの、廃嫡の理由になるもの、いろいろあって見当がつかない。だからおれね、デキムスにそれとなく訊いてみたんだ。するとあいつ、顔を真っ赤にして震えだすんだ。何でだろ、とぼけるか、話を逸らすかすればいいのに、眼の前で失禁しているみたいだった。おれはね、人の嗜好を尋ね歩くことこそ人間の奥深さの探求だと思っている。百の書籍を読了するより、歪んだ嗜好を尋ねるほうが人間の奥底にある妖しいものが分かるんだよ。いかに多彩な驚異が人の心の奥底に潜んでいるか。それをさ、キンナは下衆な好奇心だなんていうんだが、あいつにそんなことをいう資格があるのか。死んだ男のことはとやかくいわんが、驚異をひとつ失った、残念なことをした。じゃあ、報告はここまでにしよう。さて、と、おれがローマに戻ってきて、しばらく顔を見せなかったのには」

「おいおい、しばらくって、お前さっき、三日前に戻ったといったよ」

「三日経って、やっと顔を見せにやって来たのにはわけがある。衝撃から立ち直れなかったし、いろいろ考えることもあった」

「そうだろうな」

「お前、以前もいっていたが、ありゃけしからん爺ぃだ。しかし、あんなのが知己の中にいるのは喜ばしい、人生が軽快だ、そう思わんか。人間あの歳になると、わずか数年数ヵ月の延命を願って節制養生するじゃないか。しかしあの爺さん、節制養生するとすればあれのためだろ、ほかに考えられるか。あれのためなら命を縮めても節制養生に励むよ。それに、人間歳を取れば心配性が嵩じてきて、肉体の節制養生だけでは不安だから、魂の節制養生、つまり徳性の涵養ってやつを心がけてさ、たとえおもしろみの欠ける人間になろうとも、一日でもしぶとく長生きをして、いざその時が来れば、いかに取り乱さずに死ねるかをびくびくしながら考えるものさ。ところが、クウィントス爺さんは違うね。頭の中は取り乱すようなことでいっぱい。みっともなさにしがみついて、駄々をこねて、とても褒められたものじゃないが、おれは快哉（かいさい）を叫んだ。人生をバカにしてるからできることだ」

「待てよ、もう。次から次へと。何が快哉だ。お前、ほんとに衝撃を受けたのか。いろいろ考えたっていうが、いってること、普段となんも変わっとらんよ」

「それはな、お前がいつもおれの話をバカにして聞いてるからだ。だったらいうが、お前にあの真似ができるか。あの真似を、何がお前にためらわせているか、考えてみろよ。お前ね、人生を蓄えるわけにはいかんよ、大事にし過ぎると無用の長物になってしまう、どうせ失うんだ。おれが思うに、爺さんは或る時、自分が滓だと気付いた。ま、そうだろう。そうだとしてもふつうなら、そこから奮起し立ち上がるものだ。しかし、爺さんは違うね、人生こそが滓も同然と見切った。なかなかできることっちゃない」

「おれは、最初は、真面目に聞いてたんだ。いつもいってることだが、お前ね、偉いやつはこきおろすが、バカには入れ込む。おかしいだろ、成長期に問題があった証拠だ」

「そういえば以前、老骨英雄論なるものを爺さんに奉（たてまつ）ったのを覚えているかい」

「また話を逸らす」

「ほら、去年の暮、爺さんの快気祝いに行った時だ、車駕（しゃが）の中でさ、おれ、老骨英雄論なるものを爺さんに奉ったはずだよ……何だ、覚えてないの」

「ああ、覚えてない」

「ほんとに忘れたの」

「ああ、忘れた、というより、もともと知らんよ、多分聞いてなかった」

「キンナはちゃんと聞いてくれたんだ。そのキンナは死んでもういないから、知っているのは話した本人のおれだけか。だったら、おれ、話したことになるのか」

「人の話はたいていそうだ、空気を動かすだけのことだ。何も残るもんか。お前、これまで百人分、いやもっとか、おれと会う前のことを考えると、千人分はしゃべってきたが、残ったのは無駄口利きの悪名だけじゃないか」

「だったらいい。あのソクラテスだってそういわれて排斥されたんだ」

「勝手にいってろ。覚えているのは、お前な、車駕の中で吐くんだもの、臭くて」

「そんなことは忘れた。ところで、今日話しに来たのは、そんな話じゃない」

「何だ、ほかに話があるのか。おれもういいわ、残りは今度にしてくれ。嫌な予感がする」

「そんなこというな。ソクラテスが出てきてちょうどいい、話というのはそのソクラテスだ」

「はあー、もう溜息が出るわ、千一人目を始めるのか。なあ、今度にしようや」

「あのな、人に知られることもなく、キンナと共に消えた老骨英雄論だが、確かあれはプラトンを引っ掻き回して浮かび出た泡（あぶく）のような話だった。いや、そうじゃないな、引っ掻き回していたら、プラトンの伝えるソクラテスが感動的な泡になって出てきたんだ。プラトンでぷくっと浮かび出たのに、クセノポンのソクラテスをそのまま沈殿させておくわけにはいかない、だろ。お互い憎み合ってた者同士じゃないか。プラトンを贔屓（ひいき）にしていると思われては、クセノポンに対して面目が立たない。そんなわけでね、この三日間、クセノポンに対して面目をほどこそうと」

「おれ、今続けざまに三度溜め息をついたぞ。もう、いってることがさっぱり分からん」

「いやしかしね、面目をほどこそうと苦闘しているうち、ひとつの真理を得た。まあ聞けよ、あのクセノポンだがね、刑死を前にしたソクラテスをこう記述しているんだ。『彼は人生のもっとも嫌（いと）わしい時期であり、万人が思考力の減退する時期をのがれ、これのかわりに古今に絶して真実に充ち、自由に充ち、正義に充ちる答弁を法廷で述べ、死の宣告を無比の温容と男々しさを以て耐え、偉大な精神力を満天下に示して不朽の名声を獲得した』とね。確か、そんな文句だった。しかし、これ、何のことはない、裏を返せば、いかにソクラテスであろうとも、もっとも嫌わしい時期、つまり呆けと耄碌には勝てない、ってことを後世に向かって喧伝したも同然なんだよ。ここで刑死することなく、だらだら生き長らえて、『眼はかすみ、耳は遠くなり、考える力はにぶり、物忘れは頻りとなり、昔は自分のほうがすぐれていた人々に、いまは劣るように』なってしまってからじゃあ、晩節を汚すだけじゃすまない、その生涯を全否定しかねないようなとぼけた珍事を招くに至る。な、間違いなくそうなるよな」

「おれはもう、プラトンやらソクラテスの話はいい。頭が付いていかん」

「まあまあ。というのはね、ソクラテスの刑死については最大の謎がある。いいたいのはそのことさ。刑の宣告前に、なぜ国外逃亡を図らなかったかだよ。アナクサゴラスもアリストテレスも、危ないと分かったらさっさと逃亡したじゃないか。弟子たちも束になって逃亡を勧めた。しかし、ソクラテスは、市民が課した判決には従うべきだ、とか何とか、遵法（じゅんぽう）精神の手本を示した。しかしね、市民といっても質（たち）の悪い佞人（ねいじん）たちだ。佞人は賢者を妬むと分かってりゃあ、逃亡するのが正解だ」

「何百年も前の話じゃないか、もういいよ、ソクラテスもプラトンも結局は昔話さ。このご時世だよ、何がソクラテスだ、ほかに心配事ないのか」

「まあ最後まで聞けよ。いいかい、刑死に立ち会ったクセノポンは、ソクラテスの生涯を締めくくるに、これ以上ない言葉を書き留めている。最初、ソクラテス相手の訴状が提出された時のことさ、弟子のヘルモゲネースが訴因に対する弁明を勧めたんだが、ソクラテスは、その必要なし、といって泰然としている。わが生涯こそが弁明に他ならないというんだね。『この今日に至るまで、私はまだ私より良く、私より楽しく、生涯を送った人間があるとは認めないのである。なんとなれば、できるかぎり善い人間になろうとして最善をつくす者が、最善の生涯を送り、前よりも一層善くなっているとの自覚のもっとも大きい者が、もっとも楽しい生涯を送る者と、私は思うからである』とね。どうだい、簡潔にして雄弁、いや、謙虚にして尊大、というべきかな。下手に出て、やがて見下ろすソクラテスの対話法に通じるものがある。何だよ、そんな顔しないで、まあ聞けって。そりゃあ、よほど立派に生きてきたからいえることだよ、それは認める。しかし、しかしだ、考える力は鈍り、物忘れは頻りとなって、前よりも一層ひどくなったと自覚した爺さんが、これをいったとしたら、どうだ。だって、あの時ソクラテスはもう七十だぜ、だから分かっていたのさ、今を逃せば、耄碌と呆けの餌食だもの。ヘルモゲネースに応えた言葉は、呆けてしまったソクラテスにはいえないよ。つまりね、刑死を逃れて耄碌と呆けを迎え入れるか、耄碌や呆けという老いの現実を逃れるために刑死を選ぶのか、どっちが哲学的に有益か、そこだよ。おれ、クウィントス翁のありさまを見て、ソクラテスの刑死の意味を納得した。もし、あそこで選択を誤れば、今のアカデメイアはない。その後の思想界はすっかり景色が変わっていただろう」

「それをいいに来たのか、あんな目に遭っても、お前、不思議なくらい変わらないね。何かと思ったら、またそんな話。クセノポンというから、用心したんだ。そしたら、やっぱり。しかしお前ねえ、そろそろ気付けよ、時代はすっかり変わったんだ。だから、ソクラテスはもういいよ。そっちのほうへは気が向かない。話していることが分からない」

「まあそういうな、話したいことはまだある。この話もまだ途中だ」

「まだあるの。この話、終わってないの」

「おれね、分からないのをいいことに、プラトンなんかをおちょくってきたがね、それはまあピロデーモスにくっ付いていた立場上、当然許されて然るべきだが、それでも何かこう悲嘆に暮れる感じある。そのことだよ」

「そうか、お前も悲嘆に暮れるか、それはいい」

「なあ、哲学は死にどう備えるか、という問題には身構えるが、死の前に控える耄碌や呆けをどう生き抜くか、という問題は避けて通っている。あのソクラテスにして、すごすご引き下がった大問題だ。つまりだな、耄碌や呆けほど非哲学的なものはないんだ。人智では分け入ることができない領域だよ。それこそ哲学者泣かせさ。なあ、哲学や高等な知識が老人の耄碌や呆けにどう答えたか、な、答えちゃいないよ。偉そうにしていたって、結局、そこいらのごろつきと同じように呆けて耄碌してくたばるんだ。哲学はその辺のことを語らん、ソクラテスのせいだ。そりゃあ、わがエピクーロスも同じだといやあ、まあ同じだ。呆けゆく先は語らない。しかし、これが老いの現実だよ。どんな理屈をいったとしても、行列ではしゃぐような、みっともないクウィントス翁と変わらん末期だ。悲嘆に暮れるとはそのことだ。人間のみっともない末期だ。哲学では分からんことがしみじみ分かった」

「ばかばかしい、誰でも分かっている話じゃないか。哲学以前だ。お前ね、これからスブラあたりへ出かけていって、店先に並んでいる女たちに色っぽい声をかけてもらってこいよ。ついでに、通りで寝転がってる浮浪者たちに服の裾でも引っ張ってもらえ。そのあとで、哲学者泣かせの話をしてくれ。奴隷に売られた女たちや、明日は飢え死にしている浮浪者たちに、哲学はどう答えたか教えてくれよ。……いいかい、奴隷に売られようが、道端で飢え死にしようが、人間は哲学なしで今も昔もしぶとく生きてきたんだ。お前、哲学を何と心得ているんだ、そんなことくらい分かっているかと思った。人間、いずれは耄碌して、人の迷惑になるしかない。呆けて、人に侮られるしかないものさ。悲嘆に暮れても、いずれ納まる木箱の中にきちんと納まる」

「あ……何かそれ、いつもはおれがいいそうな台詞だ。聞いていて、変な気分になった。それにしても、今日は厳しいいい方をするじゃないか。お前らしくない。おれたちは、互いに、らしくない話をしている」

「あのな、誤魔化そうとしているだろ。いいか、デクタダス、耄碌と呆けとは今のおれの目標だ。こっちは呆けて耄碌するまで生き延びられるかが問題なのだよ。お前、知らないのか、アントニウスが動き出したよ。マケドニアの四個軍団を迎えにブルンデシウムへ発つという話だ。さあ、どう身を処せば耄碌するまで生きてられるか、知ってるなら教えてくれ。このままアントニウスに付かず離れずで大丈夫か。あと三ヵ月で執政職は任期切れだよ。人気もがた落ち。今のうちに、ヒルティウスやパンサのほうにすり寄っていくべきじゃないのか。それよりどうかな、思い切ってオクタウィアヌスあたりはどうだい、ローマでは人気者だ。カエサルの養子だもの、熱烈な信奉者を集めている。しかし、気掛かりなのは東側だ、シリアはカッシウスが押さえたし、ギリシャではブルートゥスが兵を集めているとかいないとか、このまま何もなしで収まるのか」

　デクタダスは問われたことをつらつら考え始めた様子だった。もちろん、それは様子だけだから、顔を上げたデクタダスは予想もしないことを切りだす。

「ところで、お前、おれがクセノポンを語りたくてやって来たと思っているだろ」

「あれっ、違うの。真理を得た、とか何とかいわなかったか」

「それはそうだが、今の話はちょっと以前、ケテウスがどこかの宴会で話していたことの受け売りだ。ただし、ちょっと掘り下げた。そのちょっとのおかげで真理を得た。だからお前に話した。それなのに、お前がそんな風に逆襲してくるとはな、喜んで聞くかと思ったから話したのに」

「あのな、デクタダス、返事の仕方、考えさせてくれ」

「いいよ、おれが帰るまでだ。ところで、おれが今日来たのは、キルケイイから戻って、いろいろ思うことがあって、しばらく気持ちを整理していて」

「そのことはもう聞いたよ、だからクセノポンに義理を立てたんだろ」

「そうじゃないって、クセノポンはいいんだ。おれが今日わざわざ坂を上ってやって来たのは、いろいろ思うことがあって、まあつまらないことだけど、あっちでね、ちょっとした疑問に足をすくわれてしまったのさ。そのことだよ。さっきもいったように、爺さんの遺産目当てに縁者たちがたくさん集まってきてたんだが、まあ当然の話、爺さんの様子を見て、期待に胸をふくらますやつや、踊り出しそうなやつ、見ていて分かるんだよ。表向きをどう繕っても、欲気だけは隠しようがないもの。そんなやつらをひとりふたりと見ているとね、爺さんがいなくなると幸せになる連中が案外多くいるものだなと思った。咎めるわけじゃないよ、屍肉に群がるのは何も人間だけじゃないんだから。そうだろ、爺さんがいなくなれば家僕たちやエチオピアの女奴隷たちはたいがい解放されるだろうし、借金から免れるやつらが何人もいるよ。爺さんが飲み喰いするはずのものは代わりの誰かに回っていくし、あの影の薄いかみさんもマトローナ気取りで華やかな社交界入り。若い燕が飛び交うわ」

「なあ、ルキウス、おれね、この世にいるほうがより多くを幸せにできる人間と、いないほうがより多くを幸せにできる人間と、どっちの人間がこの世に益があるか、そのことを考えてしまった。するとさ、どう考えてみても、いないほうが多くを幸せにできる人間こそがこの世に必要だと思えるようになった。考えてもみろよ、より多くを幸せにできた人間が死んでしまうと悲しみと喪失感を遺してしまう。世の中の損失にこそなれ、何の益ももたらさないんだ。しかし、いないほうがいいような人間が死ぬと多くの人に喜びと幸福を遺すことになる、違うか。世の中、明るくなる。じゃあ、いないほうがいい人間が益をもたらす人間社会なんて、何のためにあるんだ。悲観論を繰り出すわけじゃないが、そんな人間社会ならないほうがいいってことにならないか」

「何バカいってるんだ。お前、最大級の勘違いをしてるよ。いてもいなくても同じだって人間の数が人間社会では圧倒するんだ。だから、人間社会はあってもなくても同じってことだ」

「……あはっ、そうだね、しかしそれもおれがいいそうな台詞だ。まただよ、何でだろう、また変な気分だ。ああ、がっかりしたなあ、お前とは、もっとしみじみ語り合えるかと思っていたんだ。だって、おれはふつうこんな悲観的な話はしないだろ。いつもは滑稽な人間に万感の思いを寄せて陽気な話をしてると思うよ。しかし、あの爺さんの急激な耄碌ぶりには衝撃を受けた……いや、その衝撃のせいだけじゃないな、爺さんの耄碌ぶりをお祝いでもするかみたいに集まってきた連中だよ、気遣わしげに声をかけたりしてたが、いつ死ぬか、指で突いて探っているみたいだった。大勢が寄ってたかって……むろん咎めるつもりはないさ。人間、そんなものだと思ったさ。しかしずっとそれを見てるとね、何というか、おれは知らず知らずおれらしさを失ってしまったのだと思う。だって、こっちに戻って三日間、宴席に出る気が起こらん。このおれが人と話したくないんだ。これって人間嫌いの兆候だぜ。おれが人間嫌いになってしまえば、世の終末の呼び水となりかねん。だからあわてて参上した。お前を相手にしてれば普段の滑稽感が甦る」

「勝手にいってろ」

「ところでカエサルの暗殺騒ぎだがね、髭の大哲学者エピカルモスの運命を好転させたようだ」

「またもう、何の話だ」

「エピカルモスさ、覚えているだろ、おれの大のお気に入りだからね、一晩中いじって遊んでられる。あの髭もじゃでプラトンを語るんだよ。愛くるしいと思わないか。気の毒にローマでは評判が悪かったが、今外ガリアのトローサという町にいるらしい。何でも、罪人を引き立てる行列の先頭に立つ役をもらって、鳥卜官(アウグル)の官杖みたいなのをこつこつ突いて歩くそうだ。評判がいいらしいわ。というのは、罪人を執行役に渡したあとで、ついてきた民衆相手にいろいろ説法するようだよ。ああいう場での説法だもの野次に追われることはないそうだ。公文書館のデキムスがいってた。どうでもいいか、そんな話」

「話が激変するね。しかしお前、どうでもいい話しかしないだろ」

「そうかな。人間がどうでもいい話ではない話しか話さないなら、どんな人間社会ができあがるのかね。いっておくが、おれは早速首を吊るが、その前に元老院が不要になって共和政は崩れるよ。あそこじゃあ、どうでもいい議論しかしていないんだろ。お前、よくいってるじゃないか」

「まあな、元老院は要らないだろうね。独裁制が取って代わるわ……そうか、なるほどそうだね。どうでもいい話こそ共和政の礎(いしずえ)なんだ。いや、真面目な話、そういうことだよ。だからカエサルが立ち上がったわけだ」

「それこそどうでもいい話だ。どうでもいい話ついでってわけでもないが、あの髭もじゃ、エピカルモスさ、何やら、学校みたいなのを開いて近辺から有為の若者たちを集めているというから罪作りじゃないか。しかも、ガリアの地にプラトンを根付かせるって快気炎を上げてるらしい。プラトンをだよ、いろんな意味で大罪じゃないか」

「何で」

「だって、プラトンだよ」

「だから、何で」

「突き放すねえ。しかし、なあルキウス、ほんとにいいたいことはこうだ、髭のエピカルモスもデキムスも、マキシムスさんやらウィリウスやら、もちろんクウィントス爺さんもだ、みんなキンナの難を生き延びたキンナのゆかりの人たちだよ。おれね、こうしてゆかりの人たちを思い出し語り合っていると、それだけでキンナを追慕する気持ちになる。追慕して、キンナの死を慈しみ、送る気分になる。好きだろ、こういう話。そう思って最後までとっておいた」

「そうだね、嫌いじゃないね。しかし、キンナのゆかりの人はローマにいっぱいいるよ」

「しかし、いつでも会えるようなやつらだ。おれは会えなくなったゆかりの人のことをいってる。マキシムスさんもウィリウスも、会えそうで会えない」

「まあな、マキシムスさんは身を隠しているしな。話したことがあると思うが、世話になってる人がキケローの友人でブルートゥスたちの支持者だから。消息はおれも分からないなあ。しかし、ウィリウスのことならよく知ってる。お前に話したような気がするが、夏の終わり、こっちに帰ってきてから出会ったんだ。立ち話しかできなかったがね。部下たちだろう、ごろつきみたいな薄汚い男たちを十四、五人連れていた。見ててかわいそうになった。あの男は、ある意味悲壮だ。カエサルがよほど好きだったんだろうね、悪口ばかりいってたが、それだけに思い入れも深かったみたいだ。アントニウスがカエサルの敵討ちをしそうにないと分かって、オクタウィアヌスに走った。カエサルの名跡を受け継いだ相続人だからな。アポロニアからオクタウィアヌスが帰還したと分かった時は、ブルンデシウムまで迎えに行ったそうだ。帰還の知らせが届いてから迎えに行くんじゃあ間には合わない。ブルンデシウムで途方に暮れたといってた。あとで、どこかで追い付いたらしいが、以来ずっとオクタウィアヌスに従っている。この前会った時だが、カンパーニアを探りに行くっていってた。カンパーニアで募兵監督官みたいなことをやるかも知れんとさ。おれがアントニウスの世話を受けていること知ってるくせに、そんな話するんだぜ、心配なやつだ。そうそう、この夏は、自分の郷里のルカーニアでも人を集めていたらしい。しかし、無官のオクタウィアヌスに募兵権限はないはずだろ、大丈夫かね。それにしても、分からん。あれで案外才走った男だよ、何でそんなことをしてるんだろう……そうそう、ウィリウスだがね、ローマには本格的な悲劇作品がないからといって、自分で書く気でいた。カエサルが死ぬ前だよ、もう書き始めていた。聞いてないか、アトレウス一族の新しい解釈なんだって。それが今度のことで頓挫したよ。ローマは本物の悲劇作品を失ったのかも知れない」

「おい、どこが悲壮なんだ。悲壮の観点から見れば、どうでもいい話だ。粗忽者が泡を喰って右往左往してるって聞こえたぞ」

「あのなあ、デクタダス、ウィリウスはね、演劇を捨て詩歌を捨て、ローマでの社交の一切を捨てた。今度のことで、何もかもを擲ったんだ。悲壮じゃないか。でも、何でかねえ、野心野望などないはずだよ、ウィリウスの野心野望は本格的な悲劇作品だったはずだ。それなのに、何がそうさせるんだろ。おれみたいな腰抜けにはさっぱり分からん。ルカーニアには妻子を残しているんだ。戦争に行ったこともないやつだよ、そんな男が兵隊志願、分からん……嫌味じゃないが、こんな時でも老人のバカにつき合っているお前が正直うらやましいよ。おれはね、何とか今の騒ぎを切り抜けて、お前のバカにつき合いたいわ」

気に障ることをいわれたはずなのに、デクタダスは変に思慮深い顔をしている。ウィリウスのことを本気で考えているような顔であった。ルキウスもつい同じ顔になってつられたようにウィリウスのことを思ったのだが、デクタダスのその顔は急に驚愕の形に崩れる。

「ちょっとちょっと、聞き捨てならないことを聞いた。ほんとか、今の話。よく考えてみたら大変なことになってるじゃないか。マキシムスさんは共和国派、ウィリウスはオクタウィアヌス、そしてお前はアントニウスの子分だろ、お互い三つ巴の敵同士じゃないか。うわーぁ、気付かなかった。みんな、キンナのゆかりの人たちだよ。いっただろ、顕彰式があんなだったから、おれはお前とゆかりの人たちのことを語り合ってキンナの死を慈しみ送る気持ちでいたんだ。それなのに、ゆかりの人たちは敵同士だ。お前、分かってるのか」

何だこいつ、とルキウスは思った。今の今まで分からなかったのか。

「そりゃあ分かってるさ」

「分かってて平気なのか」

「平気なわけないさ。でも、仕方ないだろ。親兄弟、敵同士ってこともあるんだ」

「うわーぁ、おれは怖ろしい世界の中にいる」

「はは、お前、今日初めてまともなことをいったな。しかし、誰が誰と結びついて、誰が誰に対して牙を剝くか分かりっこないさ。そうそう、念のためにいっておくが、おれの親父は共和国派だよ」

「何だよ、ますます怖ろしい世の中だ。おれみたいに無害で無防備で、そいで無頓着な男はどうしたらいいんだ……帰ろ、ひとまず」

「あれ、帰るのか」

「帰るさ。大事な約束があるんだ。キンナの弟子たちに顕彰式の話をしてやらんといかん。それなのに、おれは頭の中がぐちゃちゃになった」

「そうだな、ぐちゃぐちゃは今に限ったことじゃないけどな。そうか、帰るか」


こうしてデクタダスが帰ってしまうと、ルキウスはゆっくりと渋面を作った。気が重いのだ。早くヴァリウス・コテュロに宛てて手紙を書かないと間に合わないからである。というのは、九月の初旬にアントニウスの側近コテュロから使いの者が来て、ルキウスはブルンデシウムに向かうアントニウスに同行するよう求められていたのである。その場では承諾したものの、最初からその気はなかった。コテュロはドュラキウムの戦いでルキウスとひもじさを分かち合ったことがあるせいか、日頃からルキウスを眼にかけ、何かと気配りをしてくれるありがたい人物である。だから気は咎めるものの、何とかうまくいい逃れをして同行を拒むつもりなのだが、何を口実に断わりを入れるかで困り果てていたのである。季節の変わり目で体調が思わしくない、とか安易な口実を考えてはいたのだが、つい先頃、ルキウスはカレーヌスが主賓の宴席に出てしまっている。そこにコテュローがいて親しく声をかけられてしまった。いくら去年の大病のことがあったにしても、季節の変わり目はまずいかも知れないのである。ほかにいい口実がないものかと、ここ何日も考えていて、それだけで一日中気が重い。早く断わりを入れないと、いつアントニウスが出立するか分からないから焦りもある。日を追って気持ちはますます重くなるのだが、きのうあたりから、仮に知らんふりでいたとしても大した問題ではないだろうと思い始めてもいる。腹を括ったということだろう。どうせもう、アントニウスの供回りからは外されていて、後方の騎馬隊に紛れ込むだけなのだから、ルキウスひとりいなくても誰も気にはしないはずなのだ。もちろんこれは、いい口実が思いつかない自分への苦し紛れの口実である。

ルキウスが渋い顔で中庭の柱廊を行ったり来たりしていると、ユーニアがルキウスの姿を認めて近付いてきた。ルキウスの眼の前に来て顔を上げると、ユーニアはくりっと首を傾げた。

「あの人、どうかしたんですか」

「あの人って」

「デクタダスさん、ちょっと変ですよ。今日は下女たちに声もかけずに入ってきて、声もかけずにお帰りになったそうです。わたし、あわてて外までお見送りに出たのですが、お辞儀のまま後ずさりして、急に走り出して帰って行かれました」

「へえ、おまえ、デクタダスを見送ってやったのか。そりゃあびっくりしただろう」

「びっくりって、どうしてですか」

「だって、初めてだろう。おまえ、キンナのことはいつも見送ってやっていたのに、デクタダスを見送ってやったことはないだろ。あいつ、気に病んでいたよ。自分だけ、なぜって」

「家を預かっています。いくらあなたのお友達でも外まで出てお見送りはしません」

「いや、おまえ、キンナが帰る時、外まで出て見送っていたよ」

「それは、キンナさんがお郷里(くに)から送ってきた木の実や野鴨や干し杏子などのお土産を持ってきてくださるからです。デクタダスさんは、逆に持って帰られるんですもの」

「ああ、そりゃあ、そうか、なるほど」

「デクタダスさん、大丈夫なのですか。下女たちが心配して、怪我のせいかって。大きな怪我は随分あとになってから、急に悪くなることもあるそうですよ。わたしも心配になってお見送りに出たのですが、いきなり逃げるように走っていかれました。頭を怪我されたようだから」

「はは、頭はもともと怪我をしているようなもんだ。いやね、デクタダスはね、死んだキンナの顕彰式に行ったのだよ。キンナのことを思い出したり、まあいろいろあって、今日は、らしくないデクタダスのままやって来たんだ。心配しなくていいんだ」

ユーニアはまたくりっと首を傾げた。らしくないデクタダスが何のことか分からなかったのである。


さて、デクタダスが坂道を駆け下りて帰った日から十日ほど経った十月九日のことである、いよいよアントニウスが動いた。夏の初めに呼び寄せていたマケドニアの四個軍団を迎えるため、細君も同道させてブルンデシウムへと旅立ったのである。しかし、ルキウスは家に籠って季節の変わり目を演じている。季節の変わり目を口実にしたからである。この時期、仮病を使って家でじっとしていたのはこのルキウスくらいかも知れない。というのは、アントニウスがローマを離れたと見るや、今度はオクタウィアヌスが動いたのである。執政官が出かけた隙に、オクタウィアヌスはカンパーニアに入植したカエサル恩顧の兵士たちを集めにかかった。若いからいっても聞かないだろうが、公職のない一私人が兵を集めるなど、例がないわけではないにしても違法行為である。ウィリウスからそんな話を聞いた時は半信半疑でいたのだ。しかし、人気はあっても軍事力がなければ役者か競技者の評判と変わるところはない。ローマでは、政治家は同時に軍人なのである。それが分かっているから、オクタウィアヌスも必死である。兵士一人ひとりに通常の二倍、五百デナリウスもの大金を提示して瞬く間に三千の退役兵たちを配下に収めてしまった。もちろん、ここに募兵監察役ウィリウスの奮闘があったことはいうまでもない。とにかく、仮病のルキウスはよそに、ローマの人々は先行きの波乱を予想して浮足立っていたのである。

一方、ブルンデシウムに向かったアントニウスだが、何としたことか、帰還した四個軍団の兵士たちからいきなり吊るし上げを喰らってしまう。帰還した兵士たちは執政官アントニウスを演台に立たせると、なぜカエサルの仇を討たないのか釈明を求めたのである。細君を連れて来た手前弱みは見せられないし激情型の人間だから、アントニウスは反抗的な百人隊長を十名ばかり選んで細君の眼の前で殴り殺させる。こうして厳罰で脅す一方、兵士たちには百デナリウスの手当を提示してその場は収めた。収めるには収めたものの、相当無礼な野次が飛び交ったらしい。それはそうだろう、オクタウィアヌスは五百、アントニウスは百。オプス神殿の莫大な預託金まで掠め取ったくせに、金の使い道を知らないのか、あるいは、百も出せば兵士たちは己に従うと慢心したのか、とにかく、何をどう考えて出費を惜しんだのか分からないが、アントニウスは険悪な面持ちの兵士たちを引き連れローマを目指し急ぎ帰路に就くことになった。

ところで、私兵三千を集めたオクタウィアヌスだが、兵を集めて何をするか、はたと思案に暮れてしまう。私兵たちはカエサルの仇を討ちたいと熱望していたのだが、思案の末の破れかぶれか、それとも腹に一物納めたのか、オクタウィアヌスはそれとは逆に意外な行動を取った。十月三十一日、プテオリの別荘に滞在するキケローに宛てて手紙を書き送るのである。オクタウィアヌスは、アントニウスの脅威に対抗するため、元老院と手を組み共和国のために働きたい旨を伝えると、ついては助言を賜りたいと丁重に懇願したのである。いくら迂闊な男でも、カエサルの養子にして相続人であるオクタウィアヌスが元老院と手を組み共和国のために働くなどと何度いわれたところでやはり疑う、むしろ嘘だと思う。もちろん、大知識人キケローが信用などするはずがない。しかし、信用しないぞとはいえないものだから、集めた私兵たちを率いてローマに向かうべきか、というオクタウィアヌスの問いかけに、それがよかろう、と適当にあしらって済ませた。子供相手に駆け引きには及ばず、と侮ったところだろうが、オクタウィアヌスは仰せの通りと素直に従う。

若いだけに、また初めての経験だけに、兵士たちの先頭に立ち行軍して首都ローマに向かうオクタウィアヌスは有頂天でいたかも知れない。または不安に襲われて思いは千々に乱れたのかも知れない。しかし、行動しなければ得るものはない。たった三千程度の兵士たちで乾坤一擲とまではいかないだろうが、心中高ぶるものくらいはあっただろう、と相手が常人ならばこの程度書いておけば大方の人は納得するだろう。しかし、この時期のローマの男の思い上がりは常人を超える。まして、アントニウスの向こうを張るオクタウィアヌス、常人の胆力では及びもつかない行動に出た。執政官の留守を幸いに、兵士たちを引き連れてローマの市壁内に入っていくと、いきなり中央広場を占拠してしまった。もの弾みかどうか分からないが、これはもちろん国禁破りの重罪である。重罪は重罪でも事実上ローマを占拠したわけで、ここは本気で舞い上がってしまったのかも知れない。あとは慎重に振る舞うかと思いきや、民会総会で発言を促されると共和政批判の大演説をしてしまうし、独裁官カエサルの像に向かって右手を差し伸べ、その名誉と地位を回復させると誓ってしまう。配下の古参兵たちは喜んだかもしれないが、キケローに手紙で伝えたこととはだいぶ違う。キケローはもっと用心すべきであった。

オクタウィアヌスの目論見は元老院の支援を得ることだったのだが、有力な議員たちの多くはアントニウスに抗して立つほどの気概を持たない。そうかといって、手をこまねいてもおれないものだから、オクタウィアヌスはまたキケローに手紙を書くのである。どうかローマに来てほしい、助言や指導を賜りたい、そんな手紙がしつこく来るので、キケローはふとその気になりかけてしまうのだが、折りも折り、大軍を引き連れたアントニウスがローマに迫っているとの報が入った。ここに来て、まずうろたえたのはオクタウィアヌスが集めた私兵たちである。彼らは暗殺者たちに仇討ちはしたいが、同じカエサル恩顧の軍団兵たちと闘うことなどまっぴらである。まして、向こうは大軍、率いるのは猛将アントニウス、となればふつう逃げるだろう。そういう次第で、せっかく集めた私兵たちは少しずついなくなってしまった。落胆したオクタウィアヌスはローマをアントニウスに明け渡して北方のアレッティウムへ退いてしまう。

そのアントニウスだが、軍装の親衛隊を伴ったまま堂々市壁内に入ってくる。いかに執政官といえどもこれもまた国禁破り。父祖伝来のローマの掟はもうないに等しいようだ。しかし、アントニウスにすれば国禁を犯してまでも軍事力をひけらかす必要があったのである。アントニウスは元老院を招集し、軍事力で威圧して、オクタウィアヌスを反逆の罪で裁くなり、公敵宣言を公布するなどして厄介払いしたかったのである。この時期、アントニウスはこの青二才のやることに相当手こずっている。今度の私兵集めだけではない、煽動者を軍隊に紛れ込ませたり、嘘かほんとか、暗殺者を送り込んだりいろんな小細工を仕掛けてくる。もはや鉄槌（てっつい）を喰らわすしかないのである。しかし、十一月二十四日に予定されたそのための元老院は突如延期とされてしまった。アントニウスはローマ近郊アルバの地に精鋭マルス軍団を宿営させていたのだが、その精鋭軍団が離反してオクタウィアヌスに忠誠を誓ったとの報を受けたからである。となると、取り巻きを集め酒に酔い痴れているような場合ではない。アントニウスは延期した元老院を二十八日に再度招集することにしてオクタウィアヌスに対する公敵宣言を目論むのだが、議会の開会を待つうちに、マケドニアの第四軍団もマルス軍団に倣（なら）って離反したとの報が入った。正規軍二個軍団の離反であるから気の弱い司令官なら卒倒している。アントニウスは今になって特別手当五百デナリウスを奮発し、兵士たちのさらなる離反をくい止めようとするのだが、そういうことなら最初から出しておけばよかったのである。結局、公敵宣言は出せずに終わり、翌二十九日、アントニウスは離反した兵士たちの拠点アルバに赴き説得を試みる。ところが、逆に矢を射かけられて追い返される始末。ローマの正規軍が執政官に矢を射かけるなど前代未聞なのだが、事ここに至ればもうどうしようもない。アントニウスは残った軍団兵を引き連れて忠臣デキムス・ブルートゥスが居座る内ガリアのムティナへ急行した。忠臣ブルートゥスを追い払い北イタリアの内ガリア地方を押さえてしまえばイタリアの首根っこを押さえたも同然だからである。ローマまでは四日の行程で、首都に何かあれば軍を押し立ててすぐにでも落とせる。

さて、季節の変わり目のルキウスだが、もちろん季節には移り変わりがあるのだから、もう仮病を演じてはいない。十月の初め、アントニウスがブルンデシウムに発ったあと、しばらくは病人らしく家に籠っていたのだが、十一月に入って、カンパーニアで私兵を集めたオクタウィアヌスがローマに戻ってくるとの噂を聞きつけると、ルキウスは仮病をやめて外に飛び出した。ルキウスはオクタウィアヌスが実際どんな男なのかじっくり見てみたかったし、ひょっとして、ルカーニアのウィリウスに会えるかも知れないと思ったのである。ルキウスは何日も続けてローマ市中を歩き回り、その間、聖道とポンペイウスの回廊で二度オクタウィアヌスの姿を見かけた。二度とはいっても、同じその日に二度であるから人となりを知るには不十分であったかも知れない。もちろん、アントニウスとの関係もあり離れた物陰から様子を見るに留めたので、印象としても不完全であろう。それでも、噂通り左右の眉が繋がっていて遠目からでも魁偉な感じがしたし、わざとらしい凜々しさが装ったように表情にあって、随分大人びた様子にも見えた。嫌味な感じがしたのは、その眼がしっかりものを捉え、口元を綻ばすことなく話をしていたことだ。何となくだが、気配りや気遣いなどしないような高慢な若造に見えた。愛想がよかったカエサルとは全く別の印象だった。

ルキウスは複雑だった。アントニウスを手こずらせている若者だから、どこか痛快にも思えるのだが、私兵を集めローマを占拠するなど、その大胆な行動に肝が冷える思いもあった。ふつう、十八の若者なら、カエサルに後継を指名されたところでまずは怖気づいてしまうものだ。暗殺後の状況を見れば、乱暴な執政官がいて、属州に散った暗殺者たちがいて、その暗殺者たちを支援する根強い勢力もある。そんな中、何もわざわざ危険を承知で、と実母アティアも継父マルキウス・ピリップスも相続権の放棄を勧めたのである。それを押してまで相続を主張する。何がオクタウィアヌスをそうさせたのか、ルキウスなどには分かるようで分からない。アントニウスにしてもあのブルートゥスにしても、そして不意に躍り出たこのオクタウィアヌスにしても、ローマ世界を引っ掻き回して、一体、何がしたいのか、何をしたら満足するのか。

ルキウスは不安というより不愉快なのである。いやむしろ、腹を立てている。ルキウスは若い頃のアントニウスを知っているだけに、ふざけたやつらだとしか思えないのだ。アントニウスなど、今でこそ執政官という最高位にあり、祭祀を司って神々の権威さえも戴いてはいるが、若い頃はトガの裾をたくし上げ脛毛を剃った生白い太腿をさらけ出して歩いていた男だ。ある時は、小料理屋の女を追いかけ、脛をぶつけて地べたを転がり回った。腹いせに、アントニウスは店の亭主を半殺しにし、女を引きずり出してその場で犯した。近隣へ遊山に出れば逃げ惑う村娘を追うし、気が向けば奴隷市場の檻の中の女まで漁(あさ)った。このような乱暴狼藉は名家の子弟にありがちのことであるし、若いルキウスもいくらかは片棒を担いでいたのだから何ともいえないのだが、あれからほぼ二十年、そんな野卑で愚劣な男が今や大ローマ世界の命運を賭(と)すべき人物に成り上がっている。ふざけた世の中である。用兵法すら知らない小僧が、三千の兵を集めてローマを不法占拠するくらいだから、ますますふざけた世の中である。

鬱憤(うっぷん)晴らしにはならないはずだが、こうしてローマの街を歩くうち、ルキウスはオクタウィアヌスに対する興味を一気に失(な)くした。すると、今度は無性にウィリウスに会いたくなる。この危急の時に、いかにも瑣末で個人的な願望だが、デクタダスがいう通りキンナのゆかりの人物である。キンナがいてウィリウスがいた宴席が思い出された。その思い出に急かされてルキウスは何日も外に出てはウィリウスを探した。夏の終わりに思いがけず出会ったことがまたありそうなことに思えたし、変に知人を訪ね歩けばこの時節疑いを招く恐れがあるから、外に出ても行く当てがなかったということも理由ではある。しかし、ウィリウスはパラティウム区にあった家をもう引き払っていたし、短い付き合いであったことからウィリウスの交遊関係が分からない。オクタウィアヌスの手の者にウィリウスの名を告げ居場所を尋ねるのだがいつも答えは返らなかった。ルキウスはそれでも街を歩き回り、市壁の外はもちろん、雑兵たちが野営するティベリスの中洲や川向こう、そして遠くフィデーナエの駐屯地も訪ねた。疲れ果てて帰路に就く時、ルキウスは運に見放された男のような顔になる。しかし、なぜそこまで躍起になってウィリウスを探し回るのか、ルキウスは問われても答えられなかっただろう。ただ、アントニウスやオクタウィアヌスなどのことに思いを向けたくはなかった。キンナや、デクタダスのいう、キンナのゆかりの男のことを考えてローマやその近郊を歩いていたかった。それだけのことだが、ルキウスはいたるところの通りや街角にキンナのゆかりの男を探す自分の思いを、標(しるし)づけているような気持ちがしていた。ローマ中をそんな思いの標で満たせばローマの何かが変わるような、願掛けかおまじないにすがるような気持ちが確かにあった。

ただし、このような気紛れは資産のある暇人にしかできないことで、ルキウスはそれで気が済むのかも知れないが、気の毒なのは供を仰せつかる家僕たちである。歩き疲れれば自分は座輿を雇うからいい、しかし家僕たちはずっと歩き通しなのだ。しかも、百万の住人の中からひとりを探す、無駄も何も、誰ひとり思い付かないようなことに終日付き合わされて、家僕たちは帰路に就く時泣きそうな顔をしている。一日の労苦が微塵も報われた気がしないのだ。過酷な労苦を強いられるより、無駄な労苦を強いられるほうがはるかに耐えがたいのである。これがもし毎日となれば家僕たちは逃亡を決意したに違いない。

このように、夏のアスクルムでの改修騒ぎに始まって、徒労に等しい人探しなど、この時期のルキウスは発作的ともいえる不可解な行動を取っては家僕たちやその周辺を振り回していたのである。そんな日々が重なるうち、いよいよブルンデシウムからアントニウスの帰還という運びになった。となると、すかさずオクタウィアヌスが北へ逃げ、ルキウスはまた家に籠るのである。ルキウスが家に籠り、おかげで家僕たちが幸いしたと思ったのもつかの間、ローマに戻ったアントニウスは軍団兵の離反を受け、あたふたと内ガリアのムティナに居座る忠臣デキムス・ブルートゥスの討伐に向かった。アントニウスがあたふたしたのは、あとひと月かそこらで執政官の任期が切れるからである。それまでに忠臣ブルートゥスを追い出して内ガリアに一大勢力を張らねばならないのである。

当然のことだが、アントニウスが去ってしまうと、オクタウィアヌスがローマの近郊に戻ってルキウスが外に出てくる。外には出てもルキウスはそそくさと家に戻った。アントニウスが実際に軍事力を行使すると、対抗して反アントニウス派が軍を集めるだろう。となれば内乱である。ルキウスはそれを恐れた。しかし、そんな恐れを抱いて家に引き籠ってしまえば、不安だけが膨れあがる。季節をやり過ごすように不安をやり過ごすことはできないのである。ルキウスは今になって、カエサルの死以来、筋書きはひとつしかなく、その筋書き通り事が進んで追い詰められていくような気がしていた。そうなると、願いより先に怯えや不安が表に出て、これまでのようにうわべを繕い澄ましてばかりもおれなくなる。そんなルキウスの微妙な変化にユーニアが一番に気付いた。

寄り添うはずのユーニアは、ルキウスが最後になれば逃げると聞かされてはいても、ルキウスの常ならぬ様子に、いうべきことがあるならいえと、向き合う態度で迫ってきた。もちろん、態度だけではなく、何があったか、何を隠しているのか、と言葉でも迫った。これは確かにユーニアのいう通りで、事実を覆い隠して心配するなといわれても、相手はよけい心配になる。不器用な笑いも一緒に返されると、バカにされている気にもなる。心配な噂は家にいても耳に入ってくるのだ。ユーニアは、これだけいっても空返事や作り笑いで済ます気なら、今度は両脇に幼子を抱きさめざめと泣いてやろうとまで思っている。ルキウスは自分の妻や子供たちについて心得違いをしているとユーニアは思うからである。喜びは分かち合うが、不安や怯えを独り占めにするのは本当の家族とはいえないはずなのだ。

そんなユーニアの思いだが、どうやら届いたようでもなかった。ローマの男ルキウスは、不安や怯えを自分が独り占めにしてこそ家族は護られると思っている。それが自分の役目であると思うからこそ何とかその身を持している。気弱になって思いをぶちまけ、家族まで一緒に怯えさせるようなら家族の安らぎすら奪うことになるし、多分、自分も一緒になってもっと怯えることになる。ルキウスはそうしたことを激しい言葉でいい返すわけでも優しい言葉で説得しようとするわけではない。ただ、のらりくらりと言い逃れをして不安や怯えを独り占めする。ルキウスのそんな態度こそがユーニアを不安にさせていることには気付かないままである。結局、どちらも折り合おうとしなかったため、使用人たちはふたりがとうとう仲違いをしたと思い込んでしまった。

そんなある朝のことである、ルキウスは思い立って、執事役のシュロスを家に残したまま久々に朝の買い物に出かけた。商店街の賑わいの中にいると、束の間でも不安が紛れることを知っているからである。ルキウスは買うべき物を買いそろえると、家僕たちを先に帰して中央広場に下りていった。そして、ふと眼を細めて考える。アントニウスやらオクタウィアヌスやら、そろって朝の買い物に出ればいいのだ。人々の健やかな生活の場に出てしゃがれた声の売り子相手に値段交渉をしてみるがいい。市場では、足元を見て相手につけ込むようでは値段が決まらない。得もせず損もしない微妙な値段に落ち着くまでには何ともいえない兼ね合いがある。相手に得もさせず損もさせず折り合うことこそあの連中は学習すべきだ。ルキウスはふとしたこの思い付きがおもしろくて口元をほころばす。そうではないか、高位の政務官たちは変な占いや儀式などより市場通いで一日を始めるがいい。市場の賑わいの意味を知るべきなのだ。ルキウスは、執事のシュロスならあきれて溜息をつくようなことを本気で考えている。そして、往古のローマの古老たちはきっとそうであったに違いないとまで思っている。ルキウスは冬の陽射しに体を温めながら誰を探すともなく人の流れに合わせて広場を歩いた。そして、ウェスタの神殿脇の石畳にまさにたたずむ姿のウィリウス・セルウェリスを見かけたのである。

「びっくりした、会えるとは思わなかった。アントニウスに付いていかなかったのか」

呼びかけに応えたウィリウスの言葉である。その声に弾んだような響きはなかった。ただあわてたような声であった。

「いや、行かない。やはり身を隠すつもりだ」

「そうか、それはよかった。それがいいよ……それがいい」

「ここで話していて大丈夫かな、人に見られて困らないか」

ルキウスはウィリウスの戸惑うような様子を見て気を遣った。以前は躍起になって探し回った相手だが、いざ会ってみるとそのよそよそしさに気持ちが萎えた。きっと、何かあったのだろう。

「いや、かえって人に見られているほうがいいと思う。しかし、そんなこと気にしなくてもいいんじゃないか。今は誰が誰の支持に回るか分からない。腹の中は読めない」

「そうだね、読めないね……あんた、髭生やすのか」

「いや、剃りに来たんだ。でも面倒になった」

ウィリウスはやっと表情にそれと分かる笑みを浮かべた。

「デクタダスが会いたがっていてね、よくあんたの話をするよ」

「ああデクタダスか、会いたいなあ。しかし、明日の朝、オスティアの港からヒスパニアへ向かう。バルブスの鉱山から奴隷を二百ばかり連れてくる。カンパーニアの人集めが済んだと思ったら、今度は海の向こうだ」

「忙しいんだね」

「そうだね、でも、まだしばらくはいいよ。デクタダス、どこに行けば会えるかな」

「見当がつかない。探して見つけたことがない。いつもあいつがおれを見つける」

「そうか……でも、会ってみたいね。大怪我をしたのは分かっていたけど、見舞いには行かなかったからね。怪我程度でよかったといえば、キンナさんに申し訳ないが……そうか、会えないのか……おれはね、あのデクタダスのようにころころ転がっていけない。どこかいびつなんだろう、転がり始めてもふいに止まる。動けなくなる。うらやましいと思う時がある」

　ウィリウスは急に脈絡もなく難しいことをいった。いったあとで、自分を蔑むように笑う。ルキウスは話の真意を測りかねて、へへっ、と転がるデクタダスを思って笑った。

「デクタダスがうらやましいって、何で。あいつ今、溜息の数を数える日常だ、なんていって格好つけてる。というのはね、この秋のことだが、ほら、例のクウィントス翁、呆けが嵩じたらしいというんで見舞いに行ったのさ。そしたら……ああ、この話はいいわ、長くなる。もっと時間のある時にするよ。とにかく、老人の呆けと耄碌の有り様に衝撃を受けて帰ってきた。滅多にないことだから放ってる。でまあ、そうだね、あいつがころころ転がっているのは確かだけど、その、いびつ、って何だい。あんたは自分でいびつだなんていうが、デクタダスはあんたのことを褒めてるんだ。例えば、何だっけ、いろいろいって。ほんとだよ、あいつ、人を褒めないよ」

「いやあ、いびつさ。転がれないのさ。転がっても変な向きに転がる。いびつなんだ……そうそう、夏の初めに出会ったよな。実はおれ、あのあとルカーニアの所領の近くへ人を集めに行ったんだ……あ、違った、夏の終わりに出会ったんだ。そうだった、すっかり忘れてた。忘れちまうんだ、いろいろあるから。カンパーニアを探りにいくって時だった、そうだ、思い出した。ルカーニアへ行った話は、あの時したんだ」

「そうだよ、聞いたよ。そんなこと、おれに話していいのかと心配になった。おれ、アントニウスの世話になってるだろ。もちろん、人にはいわないよ。いわないけど心配したよ。護衛のためのちょっとした私兵集めならともかく、大っぴらに募兵するなんてまずいんじゃないかって。何千も集めちゃったら国法破りだ……しかし、やっちゃったねえ」

「ああ、やっちゃった、カンパーニアはね。しかし、ルカーニアは駄目だ。関係のある辺りに金をばら撒いて歩いたんだが、なかなかどうして簡単じゃないわ。あっちはまだ共和国派が強いからね。同じルカーニアでもヘラクレアのあたりはローマの市民権を持っているから、まあ無理だろう。しかし……どういえばいいんだろう……昔の顔見知りと話しているとね、その顔見知りがおれを見る眼つき顔つきを見ているとね……どういえばいいのか、おれは自分が分からなくてね、おれって何だ、とばかり思った……なあ、ルキウス、ふたつ丘を越えれば我が家さ。でも家には近づかなかった。妻と子、そして老いた母がいるのに、近付かなかった。なぜか分からん、ただ自分が猛烈に悔しくてね。人を探って、人を誘って、おれは一体何をしているのか、と思うとね。家に近付けなかった。自分が悔しかった。いや、憎かったね」

「しかし、あんたには信念があって、そのために全てを投げ棄てる覚悟で……おれなんか、巻き込まれないように逃げ回っているだけだもの、腰抜けだもの」

「何が信念なものか、いびつになって、変な風に転がって、そのまま動けなくなっているだけだよ……あの大赦決議のあと、何もかも急に分からなくなった。カエサルには栄誉決議、暗殺者たちはねぎらわれる。どうなっているのか考えも及ばない、政治のからくりも、世の中のからくりも……あのあと、共和国派を取り込むためだろう、アントニウスが独裁官を廃したよね。しかし、それってカエサルの記憶を葬り去るってことだろ。カエサルみたいな独裁官は制度上も許さんってことだ……正したいと急に思った。矢も楯もたまらなくそう思った。それでオクタウィアヌスに走った……まさか、そのオクタウィアヌスが元老院にすり寄るなんて、おれにはもう分からないわ。思ってもみなかった、カエサルの相続人が共和国派と手を組むとは……いびつだよ、おれは、いびつになって転がれない。おれはもう、世の中との関わり方が分からない、おれをどう使っていいのか分からんわ……使い道などなかったのさ。それなのに、自分を使えるものと思い込んだ」

「そりゃあ、あれだよ」と、ルキウスは変に声を上ずらせて応える。これはもう立ち話で聞くような話ではないのだ。

「使い道なら、おれにだって、絶対ないなあ。逃げ回るしか能がないんだ」

ウィリウスはルキウスの卑下をどう聞いたのか、歪んだような笑いを浮かべて眼を落とした。そして、静かな声で話し始める。

「この夏、妻子のいる丘の向こうを眺めていてね、久しぶりの丘の景色で、空の雲も木々の影も、道も野原も、何もかも変わりがなくて、それでもおれは急に旅人みたいで、そして、そのうちふと思った。いびつだなあ、このおれって。丘を越えれば子供たちが走り寄ってくるよ、妻は戸口の陰に立つだろう。しかし、おれは会いにいかないのさ。会いたい気持ちがつのればつのるほど、おれは決意して会いにいかない。分からん、なぜか。いびつなんだよ、おれは……」

「ふふ、バカな話をしてるね。こんなこと人にいったことはないんだ。あんただから話してしまう。キンナさんのあの薬のせいだろうか、なあ、きっとそうだよ。不思議に心を許してしまう。あの薬、本当の効能はそのあたりにあるのかも知れないね。それにしても、バカな話を聞かせちゃったな」

「いやあ、それバカな話じゃないよ。つまり……会いにいったほうが、いや会うべきだ」

「分かってる、だからいびつなんだよ……そうそう、それだがねルキウス、どこかで耳にしたんだが、あんたは自分の嫁さんのこと、ちゃんとしてるんだってな。敬意を払って、丁重に、というか、ちゃんとしてるんだってな。あんたを見てると、そんな感じするよ。おれは駄目だ、ローマに出てきて、浮かれ歩いて、年がら年中放りっぱなしでさ。今もそうだ、これからも」

「ちょっとちょっと、いきなりそれはないよ。それに、断じてそれは事実でないし。おいおい困ったな。そんなこと、あるわけないだろ。どうせデクタダスあたりが出処だと思うが、あんたはデクタダスのことが分かってないんだ。あいつ、話の効果を上げるためには何でもいう。赤眼蛙は泉のニンフの随身だなんていい張るよ。この前、参った」

「いや、キンナさんから聞いたと思う。まあ、おれは駄目さ。妻子は放りっぱなしで人を買いにいくだけの男さ、船を仕立ててヒスパニアまで。戻ってきたら兵站だ、今度兵站に回される。荷物運びがお似合いなのさ」

ルキウスは、ウィリウスが自己卑下から離れる様子はないと見て、ここはもう話を逸らすしかないと思った。それにしても、キンナが出処とは思わなかった。キンナもブリクシアにいるかみさんや子供たちを放りっぱなしにしていたから、気が咎めていたのかも知れない。それを思えば、自分はまあちゃんとしていると思いながらウィリウスに話しかけた。

「あんたにはやっぱり文学が似合うんだよ。ほら、本格的な悲劇作品、あんた書いていただろ」

ルキウスは気持ちの余裕からウィリウスをおだてたつもりだが、ウィリウスは皮肉な薄笑いを浮かべて神殿の破風のほうへ視線を逸らしてしまう。そして、心持ち顔を上げたままふうと毒を含んだような溜息をついた。

「このローマで悲劇は無理さ。人間の悲惨が強欲な野心家たちによって生まれるんだ。人間の存在そのもの、その大いなる疑問からはもう生まれないよ。そんなものは知らないんだ、このローマは。喚こうが叫ぼうが、神々の高みから見れば世話物喜劇同然だろう。せせこましい人間の惨めなありさま、魂の高揚感など下水溝に流れ込んだわ。ローマはもう愚劣な惨劇だけ、その惨劇の陰には野心家の軍人や悪辣な銀行家や非情な大地主がいるんだ。悲劇の世界じゃないわ」

何のことやら、予想もしない返答にうろたえたことはもちろんだが、そのいい方がルキウスにも責任の一斑があるとでもいいたげに聞こえた。ルキウスは、難しいやつだと思いつつ、

「でも悲劇って、ただの演劇じゃないの」と口ごもって返すと、

「しかし、その根源で、悲劇は演劇じゃない。冷酷な自然や恐るべき神々、それら抗えぬものに向き合う人間の

あり方そのものだよ」と返してくる。

駄目だ、とルキウスは思った。このような難解を注釈抜きで返されると、買い物帰りのルキウスには太刀打ちのしようがない。詳しく聞いたとしても分かる気はしないし訊き質すのも面倒だから、ルキウスは分かったふうに頷いてからまた話を逸らせた。

「オクタウィアヌスは文学愛好家なんだってな」

「そうだね、取り巻きも文学は好きみたいだよ」

「じゃあ、居心地は悪くないだろ」

「何で。何度か宴会に出してもらったが、酒宴の席では決まってテオクリトスやらの退屈な牧歌ばかり詠わせるよ。策謀の血腥い明け暮れに、束の間、神々と牧人たちとの絵のような和みの調べ、はは。文学の効用だね、よくできているわ。やがてうとうと眠りに誘われ……そりゃあ悲劇は死ぬわ」

「ああ、そりゃあね」と無理に話は合わせたものの、ルキウスにはさっぱり意味が分からない。心地よい眠りに誘う文学の話に、何で瀕死の悲劇が出てくるのか、兵隊なんかを志願して悲劇が書けなくなったことのいいわけではないのか、ルキウスはそう思って、

「あんた、ほんとに悲劇書いたほうがいいよ。兵隊なんか辞めてしまって」と説き伏せる口調でいった。

「……この前出会った時も、あんた同じことをいったね」

そういったきり、ウィリウスは拗ねたように口をつぐんでしまう。

ルキウスは大いにまごついてしまった。あの時は、逃げを決めた自分の仲間に引き込もうと押し付けがましくいい募って、ウィリウスにそっぽを向かせたのだった。ウィリウスのためを思えばこそのつもりだったが、ウィリウスの愚挙を蔑むような気持ちが確かにあった。

「そういえばいったね。そうか、そうだね。つくづく思うよ、人間、課せられた責務を回避するのは自分に背を向けることだ」

ルキウスは機嫌を損ねないよう遠回しに言葉を選んでいった。いったはいいが、ウィリウスの悲劇論以上に晦(かい)渋(じゅう)である。課せられた責務が何であるのか、何とでも考えようがあるからである。しかし、ルキウスは咄嗟に口から出た自分の言葉に自身痛く感じ入り、独り肝に銘ずるような顔をする。

　一方のウィリウスだが、以前のことがあるからだろう、ルキウスの返事など気にも留めない。すかさず、「あ、そうそう」と声の調子を変えていった。

「以前クウィントス翁に呼ばれた時さ、無愛想な若いのがいただろ、途中からしゃべらなくなったやつ。芸術家は綿に包み込んで育てろ、とか、芸術家には風除けが必要だとか、甘ったれたことをいってたじゃないか、そいつと会ったよ。びっくりした。マエケーナスの宿舎にいた」

「あ、いたね。そういえば、いたいた。覚えているよ。風除けが必要だとかいってた。甘ったれたやつだ」

　話が腰折れしないように、ルキウスは努めてその若者の悪口を考え出そうとするのだが、一年前の宴席にたった一度同席しただけの相手である。嫌な感じがしたこと以外、覚えていることなど何もないのだ。しかし、

「あ、そうだ」とルキウスはふと思い出す。デクタダスが、鼻持ちならない芸術至上主義者だといって嫌っていた男だった。その話をしようとしたとたん、ウィリウスが、

「話の途中で悪いんだが、そろそろ配下の者たちが集まってくる頃合いなんだ」と申し訳なさそうにいった。

「あ、そうなの」

「ぼちぼち行こうかな。これから軍装に着替えてオスティアまで行進する。奴隷たちを連れてくるだけなのに軍装で行進するんだ。はは、一体何をしてんだろう、このおれのことさ。台帳持って、銭箱持って、ただの人買いの行進だよ。何たる人の営みだろうね、髭を剃る気を失くすわ。そうそう、キケローが来る。ついさっき知らせが入った。いよいよお出ましだ。賑やかになるぜ、元老院は」

「来るのか、やっぱり。来年になってからと思っていたが、もう来るのか」

「なあ、ルキウス、戻ったら会おう。必ず使いをやるよ。デクタダスにも伝えておいてくれ。楽しみにしてい

る」

そういうと、ウィリウスは鞣革(なめしがわ)の外套を体に巻きつけ、マルスの野のほうへ広場を避けて戻っていった。ルキウスはウィリウスの後ろ姿を眼で追っていたが、店舗脇の人混みを縫って歩くウィリウスの姿がいびつに曲がっているように見えた。ルキウスにはそれがウィリウスの心の形のように強く印象に残った。

その日、ルキウスは人を避けるように家に戻った。この先のローマの心配より、カエサルの暗殺以後、人の変わりようにまず動揺し、そして、人がどれほど変わろうとも、変わらずにあるいびつなものに、ルキウスは心を冷え冷えとさせるものを感じたのである。ルキウスはまた家に籠りがちになった。急に寒さの増したこの時期だし、これまでもよくあったことだから家人たちはそんなルキウスを不審とも思わないが、ルキウスは悄然(しょうぜん)と自らを省みることにはなる。自分の使い道やらいびつやら、そんなことばかり考えて。

これが秋から冬にかけてのルキウスであった。もちろん、エピクーロスには「国事不関与」という思索的な尻込みの教えはある。しかし、平時ならともかく、戦乱の予感に怯える中で平静な思索とはなかなか困難なもので、この時期のルキウスの言動には、酷ないい方になるが、支離滅裂といったほうがいいような側面も見える。これは、宴席での談笑に日々興じて屈託なく暮らすのを慣らいとしたため、酒にふやけ惰弱になった精神があたふたした程度のことといってよいかも知れない。しかし、こうした支離滅裂の自失状態が単にルキウスに限ったことなら問題は深刻だが、この時期の遊惰に慣れた有閑市民たちの多くがルキウスのようであったといってよい。ローマの戦争はその多くを属州民が担っていたのである。

さて、キケローがローマに戻ったのは、ウィリウスが人混みに紛れて去った十日ほど後、十二月九日のことであった。繰り返すことになるが、十一月の初旬、キケローは首都を占拠したオクタウィアヌスの懇願を受けローマに戻る気になりかけていた。しかし、軽挙を諌める声もあり、また、マケドニアの軍団兵を引き連れたアントニウスが急遽帰還との報も入って、キケローはローマ近郊の別荘を転々としながら様子を窺っていたのである。

アントニウスが軍団兵の離反を受けてローマを離れると、オクタウィアヌスが代わってローマへ軍を進め、キケローが戻ってくる。オクタウィアヌスの懇願を受けた格好にはなるが、キケローはそこまでお人好しではない。ほぼひと月前、三千の私兵でローマを占拠したオクタウィアヌスが民会で共和政批判の演説をしたこと、カエサルの像に向かってその名誉を回復すると誓いを立てたことなど、キケローの耳に入っていて、全く信用を置いていないのである。十一月の中旬のことだが、キケローは畏友アッティクスに宛てて、「私はこんな者にならなければならないのもご免だ！」と書き送っている。こんな者とはオクタウィアヌスのことである。しかし、アントニウスが呼び寄せた精鋭マルス軍団や第四軍団などローマの正規軍団がオクタウィアヌスに忠誠を誓ったという事実は、この若者を無視できない存在にしてしまった。キケローはこの若者を得意の訓導か、または別の手段によってカエサル暗殺者たちの良き友に育て、共和政の支持者に変えてしまわなければならないのである。

ここは臆せずいってしまうが、物ぐさでだらしのない年寄りはキケローを見習うべきである。この危急存亡の秋（とき）、齢六十を超え身に余る栄誉を受けた長老キケローが大勝負に打って出るのである。婆婆気（しゃばけ）が抜け切らない年寄りだなどといって誇るべきではない。また、気難しいかみさんを離縁して、澄み渡った心境に至ったせいだなどと知った風なことをいうのは論外である。老いてなお金策に四苦八苦しているとはいえ、乃公（だいこう）出でずんば、と嘯（うそぶ）くくらいの思い上がりはあったはずなのである。「思慮・権威・見識で大事業はなしとげられる。老年はそれらを奪い取られないばかりか、いっそう増進するものなのである」とすれば、老境に至りいっそう増進された思慮・権威・見識が風見鶏キケローを大事業に向かわせたといってよい。キケローの「魂は背伸びをして」人生最後の大事業に立ち向かうのである。

思えば、キケローが国家について思いを巡らし、国家を論じてはや十年。自慢癖は直らないがキケローの国家に寄せる思いにはいささかの迷いもない。老いが迫り、この世で成しおくことをひとつふたつと考えて、深遠な哲学の世界をせかせかと渉猟（しょうりょう）する。やがて思考は純化され私情もまた純化されて、キケローは「宿命」を論じ、「義務」を論じ、そして、老いの入り口に立ったばかりではるか先の「老い」さえも語った。こうして思慮・権威・見識をいっそう増進させたキケローには、もはや目指すべき何かが見えたのだろう、あるいは、もともと見ていたものを迷いなく見据えたのだというべきかも知れない。哲学によって純化されたキケローの思考や私情はやはり国家の破壊者カエサルに向かうことになる。混じりけなしの憎悪と純化された義務の意識がキケローを動かす。カエサルがローマにもたらした害悪の数々、その害悪をそっくり引き継ぐアントニウス、国家のために断じて立ち上がらねばならないのである。

右の記述がどうしても空疎に響いてしまうのは、キケローの国家がプラトンなど先達の国家観を祖述した程度に過ぎないとか、先人たちの洞察をいささかも超えるものではないとか、そんな酷評が耳に届いてしまうからだろう。結局のところ、父祖伝来の共和制国家に行き着くだけなのだから多少は酷評されても仕方がないとはいえるが、キケローの国家に寄せる思いに微塵の私心もない。国家のあるべき姿はまざまざとキケローの脳裡にあり、そしてそれは一貫している。ローマはキケローのような有徳の知識人がその弁論で国政を導かなければならない。君主や独裁者の蹂躙（じゅうりん）を許してはならないのである。のちの元老院の演説で、「私が自由回復のための第一人者となったことを、人々は記憶している」と押し付けがましいことをいうのは、キケローのような者こそ共和政体の第一人者でなければならないからである。人はどう見ようが、そこに何ら私心はない。キケローの私心こそローマ、そして世界の公益だからである。

したがって、これも少しのちの話になるが、元老院の会議の冒頭、演説に立ったキケローが「アントーニウスの体の中には、貪欲と残忍と傲慢と放縦のほかに何があるのか。全身がこれらの悪徳から合成されているのだ」と勝手に決め付けてしまったとしても、また、中央広場の演壇に立ち、見上げる市民たちに向かって「アントーニウスのことを人間だと思ってはいけない。残忍な野獣だと思わなければ」と勧告して人々をざわつかせたとしても、それは個人的な恨みや私情からではない。たとえ悪意はあったとしても、私心はないのである。疑う向きは思ってもみるがいい、キケローはアントニウスから酷（むご）い仕打ちを受けただろうか、辱めを受けただろうか。アントニウスはキケローを表向きは丁重に扱い、例えば、騒乱先導の罪で追放されていたクロエリウスの召喚の件や新植民市カプア拡張の件などで、形だけでもへりくだり、キケローにお伺いを立てたのではなかったか。キケローのためにいっておくが、これは私憤ではない、公憤なのである。国家を蝕んだ「毒虫」カエサルは葬り去られた。しかし、ふたり目のカエサルも断じて踏み潰さねばならないのである。もちろん、ふたり目のカエサルとはここではアントニウスのことである。ガイウス・カエサルすなわちオクタウィアヌスのことをいっているわけではない。

さて、話を十二月九日に戻す。すでに述べたように、キケローはアントニウスがいない隙にローマに戻ってくるのだが、帰着早々、内ガリアの総督デキムス・ブルートゥスに宛てて書簡を送っている。それはこういうことだ。その日、次期執政官のパンサと面会したキケローは、ブルートゥスがアントニウスとの対決をも辞さじと決意していることを伝え聞き、「私が最も願っていた知らせを受けた」と安堵はするのだが、「それでも、手短に知らせておくべきと考え」、日を置かず書簡を送ったというわけである。キケローが何を手短に知らせたかったのかというと、「ローマ国民はすべてを君にかけており、自由回復の望みを、さらにいっさい君に託している」ということらしい。つまり、ローマの自由回復はひとえに君の働きにかかっていると持ち上げたのだが、キケローが理由もなしにブルートゥスを持ち上げるはずがない。そこには切羽詰まった事情があるわけで、キケローはブルートゥスを何としてもその気にさせておかねばならなかった。そのためには、「君は激励を必要としない」くらい立派だと持ち上げながら、激励しまくって奮闘を促すのである。

というのは、これからの大勝負、まずは忠臣ブルートゥスに頑張ってもらわなければ困るからである。アントニウスは、十一月二十八日の元老院で属州割り当ての変更を指示する決議を通していた。そのうえで、ブルートゥスに対し、内ガリアの総督職を辞して自分と交代するよう迫っていたのである。慣例にない日没後の議決とはいえ法的に遺漏はないし、国権の行使者執政官に対する不服従は、たとえそれが乱暴者のアントニウスに対してであれ許されない。だからといって、すんなり内ガリアを明け渡されてしまってはイタリア中にアントニウスの睨みが効くことになる。忠臣ブルートゥスには何があっても元老院の議決に逆らい、現執政官に対して歯向かってもらわなければならないのである。しかし、それはもちろん謀叛である。だからこそ、キケローは、ローマ国民はきみの味方だ、といってみたり、きみのためには何でもする、といってみたり、念押しに再度ブルートゥスに書簡を送って、「万人から最高の賛嘆をもって称えられるべき行為を果たす気概でいなければならない」と難しいことをいったりして励ます、というより、嗾ける。キケローは自分で槍を担いでいけないものだから、嘘でも何でも、差し当たりは書簡を送りまくって激励するしかないのである。

いくら借金や持参金の返済に窮し、家族問題に頭を悩ませることがあったとしても、ローマ帰還後のキケローは国家のために大忙しである。パラティノスのキケローの豪邸には人の出入りが絶えなかったであろう。もちろん、密談には自ら出かけていくこともあったようだ。カエサル暗殺の密談には加えてもらえなかったキケローだから、にわかに躁状態になってしまって、警護の者たちの手に余ることもあったかも知れない。パルサーロスの戦さのあと、いやむしろ第一次三頭政治が成った頃から、キケローは政界の隅っこに追いやられ鬱状態にあったのである。

そんなキケローに関してだが、自惚れ屋は狡智に乏しいと高を括ってはならない。キケローは次々と周到な布石を打っていくのである。イタリアの北、内ガリアの忠臣ブルートゥスを既述のようにその気にさせると、キケローはすかさずその西、北部外ガリアの総督プランクスに宛てて情愛の溢れる書簡を送る。総督プランクスは忠臣ブルートゥスと並んで翌々年の予定執政官であったからどうしても押さえておきたいのである。

さて、その書簡だが、キケローは末尾に「この手紙を書かなければならないという思いに駆られたのは、むしろ愛情のためであって、君に忠告と勧告が必要と思ったわけではない」と念押しをしてこの手紙を結んでいる。果たして、本当に愛情に駆られて書いた手紙かどうか、キケローの真意を疑いたくなるところだが、そこは自重すべきであろう。先に挙げた忠臣ブルートゥスへの書簡でも、カエサル派が牛耳ったローマが暗殺者に期待を寄せるはずがないのに、きみはローマの期待を一身に集めているのだ、といった見え透いた嘘をついたのである。

しかし、たとえそれが嘘だとしても、キケローが言葉で瞞着するような小手先の芸を見せているわけではないと考えるべきであろう。このあたりのキケローは大いなる妄想（のぼせ、といってもいいのだが）に取り憑かれていると見たほうがよさそうで、人類の偉業はたいていこのような男によってなされるものと知るべきである。キケローはプランクスに、きみこそ「人材の窮迫あえぐ国家にあって唯一の希望だ」といって持ち上げると、「栄光に至る道はただひとつ……かくも多年にわたる国家の荒廃の最中にあっては、国家のために尽くすこと、それ以外には存在しない」と忠告だか勧告だかは一応する。しかし、それはそこまで。この書簡のキケローはプランクスへの個人的な愛情を熱心に語るのである。そこに奸計をめぐらすキケローの冷めた眼を見るのは間違いだと思うのである。問題の多い人ではあるが、そこまで腹の腐った人ではないはずである。キケローは、例えば、プランクスよ、と文中親しく呼びかけ、「君への愛情は君が幼い頃にはじまった」と相手の記憶が覚束ない頃の話をやおら持ち出す。そして、「歳が進むと私の気持ち（愛情）に加えて君の判断によって、われわれの友情は揺るぎないものになった」といってみたり、「君を心底愛し、君との友情の長さでまさるとは決して誰にも言わせない」とまでいって、プランクスへの愛情の深さ、長じては友情の長さにおいて人後に落ちないことを明かすのだが、そこに、相手をいい気にさせて手なずけてやろうという奸佞邪悪な思惑しかなかったとは思いたくないのである。日頃忘れていた愛情が大いなる妄想に衝き動かされて実際湧き起こったと信じたいのである。劫を経たくせに、キケローはいいように思い込みをするところがあって、それは人が好いともいえるし、人間的な弱みともいえるのだが、騙したつもりがつい騙されて、となるのは多くの場合キケローなのである。プランクスはキケローの愛情に応えて懇切な手紙を返すが、その後、ひと月かそこらでもうキケローの思いを裏切る。

　しかし、乱世であるからにはその程度のことはありがちで、だからこそ狡智をめぐらし手を打たねばならないのである。キケローは、明けて一月一日の元老院で、南部外ガリアおよびヒスパニアの総督にして大神祇官レピドゥスに最大の栄誉決議を奮発するよう提案する。キケローは、前年のルペルカリア祭でのアントニウスの振る舞いに、レピドゥスが顔を背けたという本人も忘れているような仕草を持ち出し、「いかに奴隷の軛(くびき)を憎んでいるか」を示している、と本人も驚くような解釈で褒め讃え、ついでにカエサル死後の混乱の中で何もしないでいることによって「戦いの火を消した」「節度ある行動」も栄誉に加えて、黄金の騎馬像の建立を元老院に進言したのである。キケローはご丁寧にも決議文の草案まで披露しているのだが、「この栄誉は、未来への希望のために贈られる」と常人ではなかなか思い付かないことをいって議員たちの説得に努める。栄誉が好きなキケローだから、栄誉をちらつかせば人は釣れる、と思ってのことに違いないが、何もしないでいたことや、「自由への大いなる希望」をレピドゥスに託し、その希望に栄誉を授けるあたり、既述の大いなる妄想、むしろのぼせ、を疑いたくなるところではある。そのキケロー、どうやら議員たちは説得できたようだが、伝え聞いたレピドゥスは臍を曲げてしまったらしい。

いずれにしても、キケローの眼には、ブルートゥスやプランクス、そしてこのレピドゥスの信頼を得ることができればイタリアの北とその西は反アントニウスで固まると見えたようである。残る東については、キケローはさほど案じてはいないようで、属州アシアにトレボニウス、シリア、ギリシャにはカッシウスや前(さき)の法務官マルクス・ブルートゥスなどカエサルの暗殺者たちが勢力を張りつつあったからであろう。大雑把なようだが、あと南さえ押さえてしまえばアントニウス軍をやんわり包囲できるのである。長老キケローがその真価を発揮し、同時に苦労をしょい込むのは、南側のイタリア本国、つまりローマをどのように籠絡(ろうらく)するかという難題に向き合ってからである。

というのは、ローマには物いう市民が大勢いて、共和政の支持者たちはさておき、ルキウスのような腰の引けた非戦論者や、できれば内乱を避けたいカエサル主義者、そしていわずもがなだがアントニウスに心を寄せる者たちなど、キケローはこうした手合いを焚き付けて戦争を起こさねばならないのである。ほぼ十日前の十二月二十日、護民官が招集した元老院で、キケローはローマの人々を戦争に引きずり込むための大演説を既に繰り広げていもた。年寄りはせっかちだから、「遅きに失した」とかいろいろいって、次期執政官たちには、着任後、直ちにアントニウスに追討軍を向ける手配を進めるよう決議を促したのである。しかし、当の次期執政官たち、パンサやヒルティウスなどは議会を欠席していたから、キケローはいないのを承知で既成事実を作り出しておいたといえる。当事者がいないうちに物事を進めることは大事なことである。なぜなら、パンサたち穏健派のカエサル主義者たちは、アントニウスの専横振りには腹に据えかねるものがあったにしても、穏便に事を収めたいのが本心のはずだからである。戦乱を恐れるあまり、中途半端な妥協が成れば禍根（かこん）を残す。今は何としても戦争を仕掛けて、アントニウスを葬り去ってしまわなければならないのである。さあ、キケロー、そのためにどんな手を打つのか。

　さて、十二月二十日のキケローだが、この日、キケローは二度の演説をしている。元老院での議員たちに向けた大演説と、その演説を自ら市民たちに披露する中央広場での演説である。詳細に亘るまでもあるまい。しかし、議員たちも市民たちも、キケローの口から恐らくは意外な名前を聞いて顔を見合わすことにはなるのである。ほかでもない、無位無官にして戦場の経験すらない十九の若者オクタウィアヌスである。キケローは最早この若者をオクタウィアヌスとは呼ばない。カエサルの養子にして相続人ガーイウス・カエサルと呼び、「まだ若く、少年といってもいいくらいの年頃だが、神のごとき驚くべき知恵と勇気をもった人物」と元老院の議員たちを前に褒め讃え、神々の高さにまで持ち上げる。そして、オクタウィアヌスのカンパーニアでの挙兵とローマの不法占拠をアントニウスへの抵抗と見て、「国家を救ってくれたのが（ガーイウス）カエサルである。もしカエサルがこの国に生まれていなければ、今頃この国はアントーニウスの暴挙によって跡形もなく消え失せていただろう」と、どんな素直な人でも首を傾げてしまうようなことをいう。誇張も過ぎれば嘘になるのに、年寄りは許されていると心得違いをしているのか、同日の中央広場での演説では、「国家と諸君の自由とを一貫して擁護してきたガーイウス・カエサルが、元老院から最大級の賛辞をもって称えられた」と事実を誇張で包（くる）んで市民たちに告げると、「カエサルの神のごとき不滅の功績には、当然神のごとき不滅の称賛と栄誉が与えられるべき」であると力説するのである。しかし、不滅の功績といっても、カンパーニアでの違法な募兵とローマを不法占拠したことくらいしか思い当たらない。キケロー、別の話をしているのか、意識が混濁してしまったのか、急にどうしてしまったのだろう。

弁論術が「抜け目ない策謀の具」に化したと看破したのはその年の秋口のデクタダスであった。デクタダスは「言葉巧みに人を操るという邪心」を弁論家に見たようだが、自分は人をあきれさせる無駄話しかしないのだから、キケローをあのように天敵呼ばわりするのは身勝手といわねばならない。とはいえ、大弁論家キケローほどの者ともなると、その抜け目なさには大いに用心が必要であろう。実際この時期、アントニウスに対して行動を起こしていたのは、ムティナの忠臣ブルートゥスと、アントニウスの脅威に立ち向かうためアントニウスのいないローマを占拠したオクタウィアヌスくらいのものである。しかし、ムティナではアントニウス軍の攻囲が始まり、忠臣ブルートゥスの守備隊がいつ攻略を受けるか分からない状況にあった。ことは急を要したのである。だからあわてた。あわてたとしても、キケローが目的を違えるはずがない。キケローは青二才オクタウィアヌスをいい気にさせて存分に利用しようとするのである。一月一日、レピドゥスに臍を曲げさせた元老院での演説で、キケローは「元老院議員諸君、もし（ガーイウス）カエサルがいなければ、我々のうちひとりでもこうして生きていられただろうか」と無茶苦茶な修辞疑問を投げつける。そうして素直な人たちをまた戸惑わせると、すかさず「いかなる神であったか、我々のために、ローマ国民のために、神の使いとしてこの若者を差し向けてくださったのは、いかなる神であったか」とまた神を持ち出して嘆息するのである。これもまた、前のプランクス宛ての書簡などに見た大いなる妄想、またはのぼせとしてもよいし、ローマの神々は割り合い人間に近いところにいるから大袈裟に考える必要はないともいえるが、当のオクタウィアヌスがその場にいたら果たしてどんな顔をしただろう。困惑したか、小鼻を膨らませおどけたように笑ったか。しかし、眼だけは冷たく光らせたに違いない。そもそも、キケローほどの人物が、「毒虫」カエサルの後継オクタウィアヌスを救い主などと思っているはずがないのである。ほかに誰もいないから仕方がないのである。褒めて褒めて褒め殺しにして、使えるものなら使う、随分舐めた話だが、その程度の思惑でいただろう。しかし、長老キケロー、若い狐よりも年老いた古狐のほうが誘惑に弱く騙されやすいということが分かっていたのだろうか。古狐は、世智に長けていると思う分、かえって思い切りが悪くなるのである。わが身への誘惑を甘く見て侮ってしまうのである。だから、年寄りは心底だらしない。つい騙される。もちろん、これは一般論だが紛れもない真実でもある。年寄りには戒めが効かないということである。キケロー、ここは大いに用心が必要であった。

一方のオクタウィアヌスだが、自分のことを神の使いなどと思っているはずはないのだから、キケローの魂胆はおおよそ見え透いている。しかし、文句をいう筋合いではないから、ご厚志かたじけないといった態度で取り澄ましていただけのことだろう。というのは、この時、オクタウィアヌスのローマでの立場は脆弱といってもいいくらいで、折角集めた私兵たちは逃げていくし、忠誠を誓ったはずのマルス軍団や第四軍団の兵士たちも、オクタウィアヌスが共和国派と結託していることが不満で離反することも考えられたからである。そこを見越したわけではないだろうが、キケローはオクタウィアヌスを持ち上げて軍団ごと抱き込む魂胆でいたらしい。キケローは、執政官アントニウスに歯向かったマルス軍団と第四軍団の行為を「国家奪回に向けた驚異的な」働きとして給与と栄誉と褒賞で報い、弱冠十九のオクタウィアヌスには執政官に次ぐ法務官格の官位を与えるという栄誉決議を提案するのである。通常、ローマの政界に打って出るには、どんな名門貴族であれ十年の軍務を経たのち、財務官から始まってひとつずつ役職を昇っていくものである。そのためにばら撒く選挙費用は目眩をしそうな額になるのだが、そこを一気に飛び越えていきなりの法務官であるからこれはもう滅相もないこと、公職に恵まれない人々は嫉妬に狂い身悶えしたことだろう。それはさておき、法務官格ともなれば、オクタウィアヌスには軍指揮権が付与される。オクタウィアヌスにすれば、おかげで運が向いてきたことになるのだからキケローには多少の恩義は感じていいはずだが、それもさておき、この提案は離反したふたつの軍団もそしてオクタウィアヌス当人も元老院の指揮下に入るということを意味している。キケローの差し当たっての目論見は、私兵ではなく、今やローマの正規軍を率いる法務官格の神の使いがすでにアントニウスと戦っている、われらも国家を奪回するため奮起せよ、とオクタウィアヌスを出しに使って全面戦争を仕掛けることであったようだ。

　こう見れば、キケローはよほど悪辣にも見えるのだが、動乱期であるから真剣である。目論見が裏目に出ると、首ひとつになってしまったり片手を切り落とされたりもする。だから、相当熱のこもった議論をしただろうが、キケローの戦闘開始の提案は忌避に遭い、結論が出せないまま翌日へと繰り延べになった。キケローの即時開戦の提案を前に、アントニウスの盟友カレーヌスが、まずは戦争回避のため使節を派遣して交渉すべしと反論したからである。翌日、場所を変えて開かれた元老院でもその議論は繰り返され、キケローの提案が優勢であるように本人には見えたものの、また翌日へと繰り延べされる。しかし、その翌日の議論でも結論は出せずに終わり、そのうちに「不可解な願望にとりつかれた」元老院では戦争回避のための使節派遣の意見が優勢になって、一月四日、四度目の議論を重ねたうえでキケローの提案は退けられた。ただし、キケローが提出したオクタウィアヌスに対する栄誉決議は二日目の議会で採択されていた。そのオクタウィアヌスはすでにアントニウス追討の軍を北に進めている。

　大事なことを決められないのが共和政だと分かっているから、キケローは落胆しても諦めない。国家を救わねばならないからである。キケローはアントニウスとの交渉が容易ではない、むしろ決裂すると踏んではいても、下手に妥協されると心配だから即時開戦を訴えて止まない。使節が派遣されたのちの元老院でも、キケローは提示された議案とは関わりがないのに開戦論を執拗に唱えて議員たちを閉口させる。例えば、「私は平和を望まないのではない。ただ平和の名のもとに包み隠された戦争を恐れる。もし平和を享受したいと望むなら、戦争を決断するべきである。もし戦争を避けようとすれば、決して平和は来ないだろう」とさすがにうまいことをいうのだが、口先でいくら平和をいってみても、好戦的な開戦論者の印象は否めない。アントニウスの支持者たちは、キケローを戦乱に巻き込む危険人物と決めつけ誅殺（ちゅうさつ）も辞さない勢いになってしまった。おかげで、キケローは厳重な警護なしには外出できなくなる。だからといって、大人しくなるようなキケローではないのだが。

　実は、キケローを誅殺すべしと騒いだのはルキウスの周辺なのである。ローマの騎士階級の多くはキケローの支持に回り徒党を組んで示威的行動さえ起こしていたが、その一方でアントニウスの権勢に惹かれた一部の騎士たちもヌミシウスやセイウスなどが飼っていたならず者たちを周りに集め胡乱な動きを始めていた。ルキウスは紛れもなくそんな騎士たちのひとりなのである。ルキウスはキケローのことを滅茶苦茶なやつだと思っていた。元老院が和平の交渉を決めそのための使節を送ったあとでも、ひとり戦争戦争と騒いでいる。けしからんやつである。年寄りで長くは生きないくせに、戦争を起こして若い者を死に追いやるのだ。生かしておくべきではないだろう。ルキウスは旧知の騎士仲間やならず者たちと小料理屋の一部を貸し切り、キケロー誅殺を合言葉に酒に酔って気勢を上げた。しかし、気勢を上げ決行を喚き合うだけで、誰ひとりとしてキケローの動向を探ったり、計画を練る者はなかった。なぜなら、和議が成ってしまえばキケローが赤恥をかいて勝手に憤死するかも知れないし、仮に今殺してしまえば、せっかく和平に向かった世論がむしろ逆向きになることが大いに予想されたからである。キケロー誅殺を叫ぶルキウスたちは、というよりルキウスは和平を願っているのである。

そんな和平のための決起の場へ、ルキウスはデクタダスを伴ったことがある。聖道脇の商店街を連れ立って歩いていた時、旧知の男たちに呼び止められ、そのまま馴染みの小料理屋へ向かった。土間の低い奥の椅子席にはいつもの男たちが集まっていて、ルキウスは男たちのキケロー誅殺の話に割って入る。「その通りだ、アントニウスは、パルサーロスの戦さのあと、ブルンデシウムでキケローを殺すべきだった」「そう思うだろ、あの時命を救ってもらったくせに、今になって恩を仇で返す、そういうやつだ」「これはあんたから聞いた話だが、クロディウスは、昔キケローを殺そうとしたんだよな」「小カトーは本気で殺す気でいたんだぜ」「なるほど、三度命拾いしてこの逆恨みか。じゃあ、おれたちが殺るしかないな」「そうさ、おれたちが殺る」「家の中は難しいよ」と、もの怖じしないデクタダスが口を挿んだ。思わせぶりな顔をして何をいいだす気なのか、ルキウスは困ったなと思った。

「殺るなら外で殺るしかない。しかし、支持者を装って近付くにしても、人手が要る。警護の人数の倍は要る。やはり、内通者が必要だ。キケローに近い男を味方につけて、毒を盛るのが手っ取り早い。誰か、毒の手配ができないか、緩慢に効き目が出る毒がいい」

　男たちは崩していた姿勢を急に正した。今日初めての見知らぬ男から予想もしない具体策が出たからである。しかし、意表を突かれてしまったのか、誰も声を発しない。ルキウスだけが顔を顰めて、とんでもないやつを連れてきたと後悔した。

「毒殺で思い出したが、アレクサンドロスの死因は毒殺だという説を唱える人が多い。マケドニアのアンティパトロスが側近の息子カッサンドロスに毒を託し、弟のイオラスにその毒を盛らせたというんだね。もちろん、蜂に刺されたのが原因だとか、ただの病気だとか、いろんな説があるにはある。しかし、これは最近公にされた資料から分かったことだが、例のペルシャの七つのヴェールの舞姫さ、あの女の七枚のヴェールには毒が沁み込ませてあって、女がヴェールを翻すとアレクサンドロスが毒を吸い込むという趣向があったらしい。女は十二日間大王の前で舞いを舞った。十二日目でやっと大王が駄目になった。そういえば、アレクサンドロスの伯父のアレクサンドロスも舞いを見ている最中に毒殺されたらしいね。どっちもあれだよ、死の舞いだよ。趣向としてはよくできてるわ、実にペルシャらしい、文明的だ。しかし舞姫のほうは大丈夫だったのかねえ、毒吸い込んで」

　ここでルキウスは立ち上がった。男たちの顔つきにいくらか険悪なものを感じたからである。ルキウスはとぼけた顔で見上げるデクタダスに、

「キケローよりお前のほうが危ないわ」と率直に告げる。

　小料理屋を出るとデクタダスが文句をいった。

「お前が連れてきたんだぞ」

「分からんのか、宴会じゃないんだ、座を取り持ってどうする」

「だって、あの話以外におれが話せることがあると思うか。おれに何を期待するんだ」

「期待しないのに、期待を裏切るのはどういうわけだ。誰かいってたが、人間には二種類しかない、お前と、お前以外と。褒めてんじゃないからな」

「おい、それはおれがいったんだ。人間には二種類しかない、おれと、おれ以外と。いい方は同じでも、大きな違いだぞ。お前のは悪口だが、おれのは哲理だ。そんなことよりいわせてもらうが、お前たちが物騒な話をしてるからだ。快気炎は結構だが、危ないんだ、そのうちその気になるんだ。だってお前、逃げるんだろうよ、だったら」

「そりゃあ逃げるさ、逃げるにしても、それまでは忠実な支持者を演じておかないとあとが心配なんだ。あのな、仮に戦争になったとしても、アントニウスは決して屈しないよ。屈しないと思った将軍には屈しない兵士たちが集まるんだ。レピドゥスの軍団だってどっちへ転ぶか分からん。レピドゥス軍が二の足を踏めば、後ろのプランクスが竦み上がる。さあ、どうなるか、ま、お前にいっても分からんだろうが、侮れる相手じゃないんだ」

「じゃあ、ひとつ訊かせてくれ、おれたちはどこへ向かって歩いてるんだ」

「知らん」

　とはいいながらも、ルキウスの足は明らかに家に向かっているのである。デクタダスは、さっき一緒に出てきたばかりじゃないかと不満気である。最近、ユーニアは機嫌悪くて、また来たのかって顔をされる。

　ところで、近頃ローマの市街に軍用外套の男たちが目立つのは執政官のパンサが新規に三個軍団の兵士たちを集めにかかっているからである。兵士たちとはいっても、戦乱の臭いを嗅いで集まってきた流れ者たちである。ルキウスはそんな男たちを見ながら、誰でもいい、キケローを本気で殺すやつがいないかと祈る気分だ。キケローはアントニウスへの使節の派遣を最早止む無しとする一方で、反アントニウス派の数を恃み、イタリア全土に戦時体制を敷くこと、もうひとりの執政官ヒルティウスにアントニウスへの備えのため既成軍団を率いて北へ移動し待機することなど、戦争準備の議案を可決させていた。ルキウスにすれば、ほんとに困った老人なのである。ルキウスは、もしも、あの時、と思わざるを得ない。

「おれは昔、キケロー邸を焼き討ちに行ったことがある。もしも、あの時」

「もしもって、お前、打ち壊しがあったあとで行ったんだろ。酔っ払って」

「それはそうだが」
「そんなことより、なあ、おれたちどこへ行くんだ」
「知らん」

さて、アントニウスへの使節に立った元老院議員たちだが、三人のはずの使節たちは、二月一日、ふたりに数を減らして戻ってきた。使節のうちのひとりセルウィウス・スルピキウスが旅の途上、交渉に臨む前に病没したのである。のっけからけちが付いたようなものであるから、アントニウスとの和平の交渉は案の定決裂する。アントニウスは和平の提案は聞き入れたものの逆に条件を突き付け、ムティナの囲みを解こうとはしなかったのである。ムティナから兵を退くべしという元老院の議決はあっさり撥ね付けられたわけなのだが、こうなると、キケローは俄然踏ん張る。二月二日の元老院で、発言に立ったキケローは、再度和平の使節を派遣すべしというカレーヌスの提案を真っ向から論駁し、戦争の宣言とアントニウスに対する公敵宣言を提案した。気が逸って いるにしても、厄介な老人である、と思ったのは居並ぶ重鎮議員たちである。元老院の重鎮、閥族貴族たちは、ひとり浮き上がって我が物顔に活動する成り上がりの平民キケローがおもしろくないのである。思い通りにはさせたくないのである。ローマ人士は何かといえば足を引っぱる性癖があるからである。結局、再度の使節の派遣は否認されたものの、キケローの戦争宣言の提案も退けられて、単に動乱勃発の宣言が発せられたのみであった。しかも、アントニウスに対して公敵宣言すべしというキケローの提案は執政官のパンサが採択まで議論を進めようとしなかった。つまり、なし崩しに立ち消えになった。これは、パンサの舅がアントニウスの盟友カレーヌスであったからという理由だけではあるまい。ローマ市民を戦争へと煽りたてるキケローに危うさを感じていたからだろう。

しかし、二月二日の元老院ではいささかの苦杯は嘗めたにしても、腐るようなキケローではない。翌日、三日の元老院で、手回しのいいキケローはアントニウス軍の切り崩しにかかった。ムティナ攻囲中の軍兵たちに三月十五日までの猶予を与え、それまでに投降すれば罪は問わない旨の提案をしたのである。この期に及んで、といいたくなるような提案だが、手を替え品を替えであるから、いつルキウスのほうに矛先が向かうか分からない。ほとほと困り果てた年寄りで、同じ時代にいるのが恨めしいくらいのものだ。それにしても、どこからそんな熱意が湧いて出るのか、次の日、二月四日の元老院でもキケローはまた頑張るのである。アントニウスへの和平の使節に立ちながら、旅の途上病没したスルピキウスに、国難に殉じた者として彫像を建立して栄誉を称えるべきだといいだした。しかし、職務遂行中に殺害された使節役は栄誉を称えられても、職務を果たす前に病没した使節に対し栄誉を与えるのは例がないことである。キケローは、事実上、スルピキウスがアントニウスに殺されたも同然であるといって強引を押し通した。もちろん、アントニウスとの戦いに殉じることで栄誉が授かることを闡明(せんめい)にしたいからである。このように、キケローはいろんなことをするのである。

その件に関してだが、ここで次のことを確認しておきたい。

もともとローマの人は、辛抱強く、執念深く、頑強な敵に遭遇すると不屈の精神で立ち向かい、敵を完膚無きまでに叩き潰す。その獰猛(どうもう)さがあったからこそ周辺の諸民族を従えてイタリアに覇を唱えたのである。敵に向かえば真剣で、ひたむきに敵意を燃やし、恨みを一途に育てていく。エトルリアの人々が、サムニテスの人々が、執拗なローマ軍の攻撃にどのように捩じ伏せられたか思ってもみるがいい。年寄りは頑迷ですぐ依怙地になるからといって、キケローがそうであると考えてはならないのである。本性、ローマ人だからである。

それにしても、急にキケローはすさまじい。二月四日、中央広場に赴いたキケローは軍用外套を着用していたのである。

一般論としていうが、人間、威勢のいい話にはつい浮かれて乗ってしまうものである。戦争が威勢がいいとはいいにくいが、和議和睦を講ずるのは何となく陰湿である。陰湿な話は性に合わないローマの一般大衆は案外キケローの開戦論に沸き立っていた。ということは、ルキウスなどアントニウスの支持者とされる人たちはローマにいて肩身が狭いということである。というより、日暮れになれば身に危険が迫ってくるような気がし始めている。一般大衆は見境のないことをすることがあるからである。実際、そんな苦境にあるルキウスの許に、思いがけずルカーニアのウィリウス・セルウェリスから使いが来た。急なことだが、翌日の夕刻までにはお邪魔したいとのこと。たまたまデクタダスが来ていたものだから、ウィリウスの来訪を告げると、明日の宴会を中座して必ず来ると約束した。

「まるでキンナを呼び戻すみたいだ、思い出と繫がっているから」

キンナの思い出と繫がる男はローマにいっぱいいるのに、デクタダスはまたいつかと同じことをいった。しかし、そういえばそうなのである。そのことを忘れていた。

翌日、外に出していた家僕が客人の到来を告げに戻ると、ルキウスは外に出てウィリウスの到着を待った。やがて、供の者たちを引き連れ小道を登ってきた人影はふたつ、見れば、ウィリウスとトレベリウス・マキシムス、間違いなかった。笠の形の松の下、肩を並べたふたりが小道をゆっくり登ってくる。徐々に気持ちが高ぶり、ルキウスはマキシムスの姿に涙が浮かびそうなほど心を動かされた。去年の四月の末だっただろうか、田舎へ身を隠すといって別れを告げに来た日以来の再会である。あの時は、カエサル暗殺後の混乱が収まっていない時期だったし、キンナの死やデクタダスの怪我のこともあって、ルキウスは多分ふつうではなかった。それがいいわけにはならないだろうが、無用の警戒心を抱いて、マキシムスの気分を害したかも知れないのだ。何しろ、深夜、忍んでやって来て、暗殺の謀議に誘われたなどといいだすし、カエサルのことを悪くもいった。身を隠すとはいいながら、暗殺者たちに心を寄せて加担しそうな気がしたから、危ない人だと思ったのだ。そんな気持ちがマキシムスに伝わったのか、別れ際、マキシムスは、あなただから甘えて何でも話せた、とルキウスに嫌みかなと思える礼をいった。あれには堪えた。以来、ルキウスは気が咎めて詫びたいような気持でいたのだ。しかし、アントニウスのムティナへの侵攻以来、緊迫した日々に気も動転しあたふた過ごしていたせいだろう、あの日のマキシムスのことはすっかり忘れていた。だからこそ、思いがけない訪問に胸が詰まって涙が浮かんだのである。

　そんなわけで、ルキウスは、

「またお会いできました」と感動を隠せぬ声でマキシムスにいった。いったあと、ルキウスは急に気持ちが浮き立つ。小躍りしたいくらいであった。

「カエサルが死んだあとだったね、あれ以来だね」

「おれのいる兵站部に人を訪ねてこられて、たまたま姿を見かけたものだから。話しただろ、おれ今兵站を預かっているんだ、ヒスパニアから戻ったあと。実際、人相手より荷物相手のほうがいいわ、何しろ役得がある。バカにできない。それにしても、びっくりしましたよ、あんななりで来られるんだもの、逃亡兵かと思いましたよ」

「いやね、ブルートゥスの周りの人たちから書状をいくつか預かってきたものでね。密書じゃない、私信なんだが、用心した。去年の夏の頃かな、ずっと世話になっていた男がブルートゥスたちと行動を共にしてね、わたしも一緒にアテナイに渡りました」

「じゃあ、アテナイからですか。遠いところ、それにしても今日はうれしい日だ。こんなご時世ですからね、またお会いできるなんて思いませんでした。まあ、何はともあれ」

　ルキウスは早口にいってふたりを家に請（しょう）じ入れた。喜びにそわそわして、供の者たちの手まで握って家に入れる。

　ルキウスはふたりを内輪だけの会食に使う調理場の隣の食堂でもてなした。綿布団に覆われた柳細工の椅子に厚い松材の広い食卓が部屋の過半を占めている。壁の向こう側が炉で冬は一番暖かな部屋であった。

「元気そうな顔が見られて、何より」と最初にマキシムスが切り出した。

「大変な世の中になってしまった。あんたのことがずっと気掛かりで、てっきりムティナの攻囲に加わっていると思っていたから。聞けば、アントニウスから離れて身を隠すとか、それを聞いて安心したよ」

ルキウスは思わぬ客の来訪に浮かれた気分でいたからだろう、「腰抜けです、わたしは」とうれしいことのようにいう。

「いやあ、そんなわけないさ。まともに頭が働く人は、まず身を隠すよ。おれなんか、何をしていることやら。朝起きて、寝床でぐずぐず自分探しをして、ああ戦争だ、と気がついて……それからだ、一日は」

ウィリウスがとび色の眼を細め自嘲というより不平を独りつぶやくようにいった。陽に焼けて健康そうには見えるのだが、ウィリウスはやはり変わってしまった。声の質が湿っぽいのだ。浮かれ気分のルキウスはついと胸を衝かれたような気持ちになる。

「久々に会っていきなりだけども、実は今日、別れをいいに来ました。不思議なめぐり合わせで、互いに知り合うようになったが」

マキシムスがルキウスの眼を見ていった。話し振りも、またその話自体も深刻なものであったはずである。しかし、それを聞いたルキウスはやはり声を弾ませる。

「キンナの媚薬繋がりですよ。あれがなければ宴席をただご一緒しただけ、お互い名前すら覚えていませんよ。おかしなものです。そうそう、あの媚薬騒動があったあと、キンナの詫び状が届いて、みんな集まったじゃないですか。でも、集まったのはこの三人とデクタダスだけでした。あ、そうだ、そのデクタダスですが、あとでやって来ます。何を差し置いても、飛んで来ますよ。今から用心されたほうがいい。キンナはいなくなってしまいましたが、今日はあの集まりの二度目みたいなものだ。あの時は、みんなげっそり頰が瘦けて」

「そうだね。しかし、せっかくの豪勢な酒宴だったが、あのあとみんな寝込んだのはなぜだろう」

「なぜですかね、キンナも寝込んだ。クウィントス翁からキクラデスかどこかの古酒が届いていて、あれですかね、変な臭いがしたんだ。でも、思い出せば愉快でした。みんなでキンナを吊るし上げた」

「キンナさん、詩を披露してくれましたよ、健康を祝う詩。しかし、みんな一斉に毒づきました。あれはないわ」

「あれはないね、ルキウスくんなど、まだふらふらしていたもの」

「あれはひどい。しかも長いんだ、それが」

話に興が乗ったところだから三人はまだ気付いていないが、仕切りの帳が揺らいで、隙間から顔を覗かせている人影がある。ためらう眼ではなく、強い意志で盗み見をする輝く眼が三人を見ている。やがて香り高い隙間風が届いて、ルキウスはふと振り返った。思っていた給仕役ではなく、青いパッラで髪を隠したユーニアであった。眼と眼が合って、ルキウスは声を出さずに驚いている。

ユーニアが客人の前に出てくることは滅多にない。以前、マキシムスが夜更けに来た時は使用人たちを奥に下がらせていたから、ユーニアが代わりにもてなしに出た。しかし、今日は召使たちが周りにいる。どういうことなのか。

残るふたりもユーニアに気付き戸惑いつつも姿勢を正すと、帳の陰から出たユーニアは眼の色をにこやかな和みの色に変えた。壁際にいた召使たちがユーニアのための席をルキウスの隣に用意すると、嘘のように晴れ晴れとした顔つきのユーニアがためらう様子もなく席に着いた。ユーニアの前には酒杯も用意される。

「これは、どうも」とさらに姿勢を正したマキシムスが声をかけると、ユーニアは眼を細めただけの返事をした。ウィリウスとは初対面のはずだから、召使のひとりがユーニアに耳打ちをする。そのウィリウスにもユーニアは眼を細めるだけの挨拶をした。

「急にお邪魔して」と戸惑い隠しにウィリウスが言葉を継ぐと、ユーニアは髪を隠していたパッラを肩に落として会釈だけを返した。パッラを肩に落としてから会釈までの身のこなしと呼吸、それは見事なものである、とルキウスは感心する。

「以前、夜更けにお邪魔して、ご迷惑をおかけした……あの時は、どうもその」

ユーニアはいやいやをするように頭を振ってマキシムスに応えた。声を出さないのが嫌味とは思えない仕草で、ルキウスはこんなユーニアを初めて見る。それはいいが、おれはどうすればいいんだ、とルキウスは狼狽気味だ。ウィリウスはユーニアを上目遣いに見ながら、なぜかもじもじしている。

　そのユーニアだが、ものいわず座を支配したことが分かっている。伸ばす手が向かう先を男たちが見ていることも。ユーニアは注がれたばかりの酒杯をさりげなく手に取り口に運んだ。庇護民相手のくだけた宴席以外で、ユーニアが酒を口にするのはまずないことだからルキウスはまた声を出さずに驚いている。そんなルキウスを横目に見て、ユーニアは二度ほど酒杯を傾けた。そして、うっとり酒を飲み干してしまう。この家では、女の自分も酒を嗜むのだということを誇示してみたいのだろう、喉越しで味わうような慣れた飲みっぷりであった。

　それを見たルキウスはなぜかあわてて、

「家では、普段、滅多に飲まないから」と弁解に回る。すると、頼まれもしないのに、

「いやあ、昔と違って、最近は家の奥方が宴席に出て飲みますよ。今ではふつうのことだ」とウィリウスが逆の立場で弁解をした。

　酒杯ひとつで酔うわけはないのだが、ユーニアは急にくつろいだ様子を見せ、わざと打ち解けたかのようにふたりの客に流し眼のような眼を送った。ユーニアのような立派な育ちの女でも、生来の女の手練手管（てれんてくだ）は身につけているのだろう。男たちが焦って言葉を探しているのが分かると、ユーニアは髪留めの真珠に手をやり姿勢を崩して見せる。それに眼を留めたマキシムスが昔出会ったヘロオポリスの真珠採りの話をした。ウィリウスはスラボニアの琥珀採りの話とライースの琥珀の腕輪の来歴について少し長めの話をした。ユーニアはふたりの話を喜ぶふりできいていたが、話に隙間が空いたと分かると、それはそうと、とふたりに向けて言葉を返す。コッリーナ門の市壁の外にいた兵士たちはどこへ行ったのかしら、ムティナのほうでは戦いが始まっているようで、ご近所の家々では難を避けて逃げる準備をしていますわ、と他愛ない噂話のようにいった。ふたりが返事をためらっていると、大勢の兵隊が北へ進軍しましたね、大きな戦争になるのかしら、みんな逃げないのかしら、と人ごとのようにさらりという。そして、ルキウスからははっきりと眼を背けた。ルキウスがこのような類いの話をしないからである。

黙っていてもいいのだが、ウィリウスがルキウスやマキシムスの顔を窺い、またおれの番か、という感じで返事をする。

「まあ、大きな戦争にはならないでしょう。どこかで折り合いがついて、短い間で終わると思いますよ。ローマまで戦火が及ぶことはないと思うな。とはいえ、身を隠しているのが賢明です」

「そう、それがいい。しかし、動き出した軍が多過ぎる。ムティナだけで済むものならいいが」

マキシムスは誠実なだけにウィリウスの話とは違って全く気安めにならないことをいった。しかし、ユーニアにとってはそれこそ誘いの水なのである。

ムティナはアスクルムに近いですわね、ローマよりちょっとだけど近いですわ、アスクルムには義理の父がいるのですが、アスクルムに身を隠すのはかえって危ないはずだわ、戦争が大きくならないうちに、もっと遠い安全な場所を探さないといけないですわね、とユーニアはマキシムスに向かって熱心にいった。そのことは何度もルキウスに話しているのだが、ルキウスがまともに取り合おうとしないのである。きのう、ウィリウスから使いが来て、ルキウスから使いの趣きを伝えられた時、ユーニアはお友達の前で道理を尽くせば、いかにルキウスといえども知らんふりではいられまいと思ったのである。効き目がどう出るか分からないが、ひとまずユーニアはその目論見だけは遂行した。満足には程遠いけれども、ユーニアは運ばれてきた酒の肴について問われたことを答えたうえで、長居は失礼と宴席を去った。

去り際に、ユーニアはルキウスに眼を向けたのだが、ルキウスは依怙地になって俯いている。女が首を突っ込む話ではないと思うからである。ユーニアには話さないでおいたが、使用人たちの噂話などから知らないはずがないのである。前の法務官マルクス・ブルートゥスの妻ポルキアは夫がカエサル暗殺の計画を自分には秘しているのに気付き、わざと短刀で自分の胸だか太腿だかを傷付けて、うろたえる夫ブルートゥスにその計画を白状させた。以後、ブルートゥスは共和政復活の策謀にポルキアを巻き込まざるを得なくなるのだが、カエサル派が勢いづいてブルートゥスが追い詰められていくと、ポルキアは心労のせいか気が変になって燃える炭を呑み込んで自殺している。極端だが、そういう実例が現にあるのだ。燃える炭など呑み込まれたらたまらんのである。

「去年、妻が再婚しましてね」

はっとしてルキウスは顔を上げた。マキシムスが何だろう、問わず語りというのだろうか。飲み干した酒杯に向かって話しかける。

「つい四、五日前です。こっちに戻ってきてから知った。二度目の妻です……。最初の妻は、わたしがずっと留守をしていたのでね、そう、四年かな、四年会わなかった。戻ってみるといなくなっていました。恨みなんかあるはずがない。ああ、そういうことかと思いました。そうそう、あの貞女ペネロペイアだが、ほんの一年共に暮らしただけの夫の帰りを、確か二十年待ち続けたんだね。どうだろ、二十年も孤閨(こけい)を守ると夫オデュッセウスの顔の見分けがつくまい。さすがオデュッセウスを育てた乳母は気付くんだが、ペネロペイアは気付かなかった。……だから何がいいたいのだろう、わたしは。……今度再婚した妻だが、そうだな、十二、三年一緒でしたかな。しかし、共に親しく暮らした期間がどれだけあったか。パルサーロスのあと、向こうから離婚の申し出があった。放ったらかしにしていたから。資産も全て失ったし。子供たちは悲しんだそうだが……便りはない」

「そういう話は、なんか、つらいな。わたしもローマで浮かれて暮らして、いつ逃げられても仕方ないほど放ったらかしにして、それでもなぜだろう、ずっと家にいてくれます。田舎だから、田舎者だからですよ……でも、久しぶりに家に帰ると、朝、出かけただけみたいに、わたしの身の回りのものが片付いている。季節の服が用意してある。子供たちをちゃんと躾(しつ)けて……そりゃあもう、石壁に突進したい気になります。どうしようもないな、わたしなんか……それを思えば、あんたは偉いわ」

「またそれか」

「いや、ほんとだよ。今日初めてお目にかかったが、いろいろ話は聞いてるからね。近頃のローマでは珍しいよ。感心するし、羨ましいし」

「何をいいだすんだ、こっちこそどうしようもないんだ。家に帰ったら必ずいるんだよ、どうにもならんだろ。感心するより同情しろよ。しかし、デクタダスのやつ、遅いな。あいつ、忘れているのかな。必ず来るといったのに、何かあったのかな」

ルキウスは話を逸らすために、深刻な声で心配を伝えた。しかし、マキシムスがそんな心配を脇に置いて、

「ずっと以前、誰だかの講演で耳にした話だが」とウィリウスにだけ答えるように話を始めた。

「今もよく覚えている。国家の護りについての話だったが、アリストテレスの話になって、なぜかそこだけを覚えている。それはね、アリストテレスの『ニコマコス倫理学』に『人間は、本性的に、国家社会的なものたる以上に配偶的なものだ』とあるそうなんだ。それを聞いて、わたしは少し驚いたのだよ。人間が、国家社会的存在である以上に、配偶的存在とはね。わたしは逆だと思っていた。仮に、家庭を営むということが『生活が要求する万般のことがらを目的とする』なら、生活の雑多なことがらが国家社会に先行する、『家庭は国家社会に先立つ』ということになる。人々のあり様を見てみれば、それはそうかも知れない。しかし、国家社会に生活の万般を捧げるのがローマの男ではなかったか。わたしは、人間の生活の万般はもっと高度なものに組み込まれていかねばならんと思っていた、国家とか同胞社会とか。各々が各々の生活万般に囚われてしまえば、国家社会が護れるのか、そもそも成り立つのか、わたしはそう思って話を聞いていた。しかし、今になって、あの時のあの話を思い出せば、何やら痛みのようなものを感じてしまう……わたしは十七の歳から十四年軍務に就き、属州の政務官や政務官代行を四年務めました。トラキアのフィリッポイに使者に立って何年か留まったこともある。さっきも話したことだが、配偶的であったことはほんの七、八年、十年にも満たない。二十幾年かを軍務やら公職やらで、家に居着くことはなかった」

マキシムスが口ごもるように話を止めたので、ルキウスは俄に反り返った。ウィリウスがまた火に油を注ぐようなことをいいださないかと恐れたのである。

「何だ、アリストテレスもいい加減なんだな」

ルキウスにしては大胆な発言なのだが、ウィリウスはしんみりと受ける。

「いや、そうでもない。おれは分かる。同じ痛みを持つ身として、分かる」

「何だよ、もう。しかしあんた、公職にも軍務にも就いてない」

「そういう話じゃないだろ」

マキシムスは独り苦笑いをして自分の話を継いだ。

「それで、わたし、アリストテレスを少し勉強したよ。少しね。うろ覚えだから間違っているかも知れないが、アリストテレスは夫婦が育てる親愛を『卓越性に即する』ものだ、といってるようだ。『男と女とでは各自固有の卓越性があり、お互いにかかるものに悦びを感ずるに至る』ということらしいね。夫婦は互いに足りないものを補い合いひとつに結び合うものではない、互いが互いの『卓越性』を認め、互いの『卓越性』に悦びを感じ、その悦びのまま互いと結びつく。『卓越性に即する』というのはそういうことだろう。卓越とする限り、それは人間同士の足りない部分じゃない、優れた部分の悦びの結びつきなんだねえ。夫婦は互いにその悦びを育てる。

しかし、わたしは女に優れたところなど期待もしなかった。ない、と思ったわけじゃない。女の優れたところなど関心がなかった。公務、軍務に献身することこそ、男の本分と考えていた。バカな話をして笑われそうだが、今になって、わたしは別れた妻たちに優れたところを見つけてやりたかったと思いますよ。優れた相手に日々見出せたはずの悦びを、わたしは結局何も知らない、知らずに生きてきました。こんな歳になって、バカなことをいっているとは思うが、実際、大切なものをずっと知らずにいたのかも知れない」

「ところで、さっき別れをいいに来たとおっしゃった。ということは、もうアテナイに戻られるわけですか」

いきなりの、そしてあまりに強引な、ルキウスの話題逸らしである。マキシムスもこれには勝ちようがない。

ふと、我に返ったように、

「いや、そういうわけではない。実は、軍務に就く。事によっては、もう会うことがないかも知れないから」と声の調子を変えて応えた。

話を続けさせないために問いかけただけのルキウスだから、この返事には絶句の体である。というのは、根拠は何もない、強いていえば、時折マキシムスが口にする虚無的な言葉のせいであろう、ルキウスはマキシムスがもう軍務には就かないだろうと思い込んでいた。だから、軍務と聞いて、まさか、と思った。絶句したまま眼を向ければ、こめかみに白髪が目立つマキシムスである。勇んで戦さ場に出るような歳でもないはずなのだ。

「向こうに戻ってブルートゥスが集めた軍団をひとつ預かる。知っていると思うが、ブルートゥスは、マケドニアのホルテンシウスやイリュリクムのウァテーニウスから軍指揮権の譲渡を受けた。もう相当な数の兵を集めている。どうかな、これはきっとブルートゥスというよりキケローの策謀だろうが、ブルートゥスやシリアにいるカッシウスの軍勢も元老院の指揮下に置いてローマの正規軍としたいようだ。その方向でキケローが動いている。わたしがローマに来たのは、その動きがどこまで拡がるかを確かめるためだ。ルキウスくん、この戦さは大きくなるよ。ローマ世界をふたつに割った戦いになるかもしれない」

ルキウスは顔を顰めた。そんなこと、頭から否定したいのだが、恐れていることがもう進行しているような気配は感じるのだ。どう返事を返すべきか迷っていると、ウィリウスが鼻から短い息を吹き、

「望むところだ」と意外なことを見事に間を外していった。しかし、言葉を外に投げ捨てるようないい方で、いったあと肩をすくめるような仕草さえする。それでもルキウスは、えっ、と顔を上げ、俯き加減のウィリウスを見た。

「ああ望むところさ。とはいいながら、おれは戦争に行ったことがない。はは、話したことあったよな、うちの家は昔ローマに歯向かった家だから、若い頃はローマ市民じゃなかった。戦争に出かける義理なんかないんだ。それなのに、分からんわ……そうそう、この前だが、軍事教練を強制されたよ。馬を走らせていて尻の皮が剝けた、散々だ。長剣や槍を手に入れたのもカエサルが死んだあとさ。田舎の家にあるやつは曲がってしまって鞘から出ない。出ないほうがいいんだがね」

「おいおい、大丈夫か。初心者なら心配だよ」

「いや、おれは戦争を覚悟してる。いいんだ、もう。人間、何を覚悟するにしても後悔が追いかけてくるんだ。そりゃあ、急にオクタウィアヌスに走ったりして、自分の短慮を悔やむ時はあるさ。貧しい農夫から糧秣を徴発に出る時など、自分を呪いたくなる。しかし、あの時は矢も楯もたまらなかった。ローマはカエサルを殺すのか、そう思うと眼が眩んだ。一日、寝ずに考え、同じことを繰り返し考え、そしてその朝ローマを発った」

「そりゃまったくの短慮だ」

「今は、あの晩あのままずっとふて寝でもしてりゃあよかったと思ったりする。もちろん後悔だらけさ。だって、カエサルの仇討ちを望んで志願したんだ。それが今、暗殺者の救出だよ。そんなのあるか。あわてて飛び乗った船が気付いてみたら逆向きに動き出してるって感じだ。正直、飛び降りてしまいたいところさ」

「そうだね、今なら間に合う。岸まで泳ぎ着ける」

「それはそうだ、しかしどうだろ。今飛び降りても、きっと次の後悔をすると思うな。たとえ今飛び降りたとしても、最初の後悔からは逃れられない。とすれば二重の後悔さ。なあルキウス、人間、何をしても、気付いたら後悔が付いてきている、そうだろ。気付かないでいるしかない」

「しかし、後悔の多い人はあんたのように文学に秀でた人だよ。後悔は人を選ぶみたいだ。キンナがそうだった。一日の半分を後悔に使ってた」

　ルキウスが冗談めかして話を合わせてやると、マキシムスは自分の番だとでもいいたげに、背もたれから身を起こした。

「後悔も覚悟のうちと考えることだね。覚悟とは後悔も含めたものだよ。ただし、決意のもともとの色合いが蒼（あお）褪（ざ）めた思いに染まって病みついた色にはならないように」

　話に続きがあるのかないのか、ないとしたら解（げ）しかねるような話である。ルキウスは相手になりようがなくて口をつぐんだのだが、ウィリウスはいいたいことがあったようで、曖昧に笑ってから隣り合うマキシムスのほうへ体を向けた。

「いやあ、随分色合いが変わりましたよ。何で暗殺者を救ってやるのか、それを思うと……でもね、マキシムスさん、ほんとはわたし、今度のことを違う風にも考えますよ。わたしは、ローマに長居し過ぎました。田舎に育ったものですから、ローマに出てきて我を忘れた。神々の祝祭日の綺羅を飾った行列、絢爛を極めた催し物、そのにぎわい、わたしは舞い上がった、田舎に戻ろうなんて思わなかった。それからは居続けです。酒と音楽、演劇に詩歌、田舎では思いもよらない、人生の最上の彩り、いや別世界です、眼が眩んだ。しかし、その彩りの裏側で人生は爛れますよ。艶めいた女たちの火照った吐息、浅い夢に絡む髪の毛、枕に残った移り香に咽せて、惰眠をむさぼり日暮れに這い出る、何という生活だったのだろう。何ひとつ生み出さない生活、この世に何の役目も持たない生活、カエサルが死んでそれが分かった……きっぱり捨てて長剣を振るいたい、がむしゃらに断ち切ってみたい。そのための覚悟、カエサルの仇討ちじゃなくていいんだ、もう」

マキシムスはこの人らしい思慮深い顔でいつものように二度三度頷いたのだが、ルキウスはなぜか素直な気持ちでこのウィリウスの話を聞けなかった。理由の後付けみたいな気がした。難しいことを捨て鉢みたいにいってはいるが、本当は出征を後悔しているから、逆に爛れた人生とか、艶めいた女たちとか、わざと放縦な日々のことを持ち出して自分を騙しているのだろうと思った。そんなことなら戦争なんかに行かないほうがいい。ルキウスはそのことだけはいってやりたいと思った。

「なあ、ウィリウス、そりゃまあ勇ましいけど、どうなんだろ。あのね、きっぱり捨てて、なんていうがね、きっぱりとはいかないもんだよ。念のためにいっておくが、人を殺すためだからね、長剣を振るうのは。実際、相手の体を断ち切ってしまうんだ。血がほとばしる、手ごたえがあまりに重い。がむしゃらもいいが、相手もがむしゃらなんだ。あんた目がけて、あんたを殺すために、獣みたいな声を上げて襲いかかってくる。戦場はあんたが思っているようなものじゃないと思うんだ……周りは血反吐を吐いて死ぬやつやら、脳天に槍を喰らって死ぬやつやら、手が千切れたやつ、足のないやつ、首のないやつも……ごろごろ転がっている。空から黒い雲のように矢が落ちてきて、ひょーっと風の音がすると、人がばたばた斃れる。な、さっきの艶めいた女たち、結構じゃないか」

首のないやつでいい澱んだのは、ふと首のないキンナの姿が眼に浮かびそうになったからである。しかし、さほどの動揺もないまま、あれからもう一年になるのか、と時の経過に気持ちが向かった。いろんなことがあった。今はもう、キンナのこともいろんなことのひとつになってしまった、そんな気持ちでキンナを思った。

「ルキウスくん、妙なことを訊くが」

不意の、マキシムスの声である。ルキウスははっとして顔を向ける。訊かれる前からまごついてしまったのは、ひとつの気持ちに結び合わないいろんな思いが同時に心にあったからである。

「きみがエピクーロスを奉じているのは知っているが、急に今訊いてみたくなった。きみは神々をどう思うだろうか。神々は存在するのか、しないのか」

ルキウスは驚きと当惑のあまりこくんと喉を鳴らした。いきなり、それも藪から棒に何で神々の話になるのか。何か間違ったことをいったのだろうか、ルキウスはまずそう考えてマキシムスの顔を探った。しかしそれは、神々を問いたいような深刻な顔では全くなく、謎かけの返答をただ待っているような、わざとのようにとぼけた顔であった。それが分かって、ルキウスは「ああ、神々ですか」と気楽な声を上げる。

「そりゃあ、やっぱりエピクーロスですから……しかし、あの、困ったな。でもどうですかね、この世に神々の痕跡があるのか、と問われると、多分、ないと答えてしまうかな。それでいて、いつも神々を気にしていますし、気付かぬうちに祈ったりもする。だから、どうなのか、というと……あのデクタダスですがね、以前、ピロデーモス師をつかまえて、いるのかいないのか、どっちにしましょうと問いかけたことがあります。そしたら、師は、いることにしておけ、と答えられました。そういうことかな」

相好(そうごう)を崩す、といった柔らかい笑みをマキシムスは浮かべた。その笑みのまま、マキシムスは眼を泳がすように宙に逸らす。しかし、それは束の間、またルキウスのほうに眼を戻したマキシムスは別の表情を浮かべていた。

「わたしもね、神々などいない、といいたい時がありますよ。しかし、わたしは何度か神々を感じたことがある。それはね、あなたも知ってるだろう、戦いが終わって、陽が落ちて、血濡れた大地に闇が這い寄り、兵士たちは影になって声をひそめる、そんな時だ。見はるかす大地も空も慟哭しているそんな時、ルキウスくん、神々はいる。雲を動かし、光を隠し、人々の嘆きを闇に閉じ込める神々、世界の秩序はこのように在ると峻厳な顔を向ける神々が。神々は身の毛もよだつ光景の中に顔を覗かせ人の有様を見るのだよ……闇の迫る大地に、三つ四つと死体を焼く焚き火が燃え立ち、その明かりを頼りに、傷ついて呻く敵兵を見つけては止めを刺す。ルキウスくん、知っているだろ。喉にさくっと槍を突き刺し、刺した槍を喉に留めて最期の幽かな痙攣を待つ。もがく体は小刻みに震え、震えはふいに盛り上がって、ぴくりと一度震えた後は突き刺す槍にもう手ごたえはない。時々、槍を抜く時、死んだ男の喉は笛のような幽かな音を出すよ。笛に残った幽かな音が死んだ男の喉から洩れ出てくる。あっちからも、こっちからも、見渡す限りの闇の中から。わたしは暮れた大地と空と一体となり、野辺の屍たちと一体になり、神々と一体となる。ルキウスくん、そこに神々がいるよ」

ルキウスはすぅーっと血の気が引くのを感じた。最後に、そこに神々がいるよ、と聞いた時はどきっと心臓が鳴った。もちろん、マキシムスがいったことは実際の怒号と叫喚の戦場とは別の話だ。しかし、ルキウス自身、たとえ神々を感じなくとも、大地や空の慟哭の中に確かにいた。累々と横たわる屍の野にいて、立ち尽くすルキウスを圧倒したのは宇宙自然の慟哭だったのかも知れない。そこに、峻厳な顔の神々はいたのかも知れない。

だからこそ、とルキウスは思う、人は殺戮の場に立つべきではないのだ。本当に神々がいるのなら、そのようなことを望まれはしないだろう。人に喜びがあるのなら、神々はその喜びにこそ寄り添ってくださる。そうでないなら……ルキウスの思考はそこで止まる。そして困惑の表情が浮かぶ。ルキウスは、神々にしか成せないような非情な仕業に、人は己を追い込むことがあると思う。戦場を知るルキウスがそれを知らないとはいえないのだ。人の仕業とは思えないことが人にはできる。

困惑のまま顔を上げると、マキシムスは苦笑いして、

「いや、すまない、つまらない話をしたようだね」と詫びるようにいった。

すると、何を思ったか、急に身を乗り出したウィリウスが

「今のお話ですが、それってゼウスのきらめく御眼ですよ、『イーリアス』にある」といって両肘を食卓に載せた。

「リュキア勢の総大将サルペードーンですが、パトロクロスが投げた槍に斃れます。その屍に、アカイア兵たちは蠅のように群がり凌辱を加えようとする。それをさせじと、リュキアの兵士たちが屍を守って戦います。大神ゼウスはそのさまをじっとご覧になっていた。『イーリアス』に、『ゼウスはけっして、この激しい合戦の場から、きらめく御眼を他へお向けなさらず、一同の上をしじゅうごらんになって、考え込んでおいでだった』とあります。ゼウスはサルペードーンの屍が無残にも辱められていくのを見下ろしながら、次にパトロクロスをどう殺させようかと考え込んでいたんです。ゼウスのきらめく眼、あまりに冷酷な神の眼……でも不思議だな、マキシムスさんの話、聞いていて、わたしはそこにいたことがあるような気がした。そんな風に身震いがしました。きっと『イーリアス』の詩人もそんな戦場にいたんですよ。人々の争いのあと、身勝手で峻厳な神々を感じた。大地も空も慟哭して、そのただ中に『イーリアス』の詩人がいた。それこそ悲劇の世界なんだ」

ウィリウスはひとり嘆息し、そして上気し輝いてもいる。ルキウスは、危ないやつだな、とは思いつつも、ふーん、と感心だけはしておく。ウィリウスが悲劇を語ると太刀打ちできないことは、この前、ウェスタ神殿の脇道で出会った時から分かっていた。迂闊に相手になると、また難しいことをいいそうだから、酒に咽せたふりをしてルキウスはわざと咳き込んで見せた。

しかし、相手をしているマキシムスはそんなウィリウスの話を何となく理解したらしい、

「そうだね、悲劇だね」と静かな声で応える。

するとと、ウィリウスはさらに輝き、

「立ち向かうしかありません。人間には、原初を問う宿命がある、それこそが悲劇なんだ」と、また輪をかけて謎めいた言葉を返した。

返されたマキシムスは頷きながらも椅子に深く腰を沈め、今度はただの相槌だろう、

「そうだね、悲劇だね」と同じことをいって黙った。


原初を問う宿命か、とルキウスは心の中でつぶやいてみる。ウィリウスのいうことを聞いていると、悲劇がさっぱり分からない。戦場に出たこともない男だから無理もないが、『イーリアス』の詩人が大昔のトロイアの戦場に立ったはずがないし、本当に立っていたらゼウスのきらめく眼なんかに構ってられないはずなのだ。風向き次第で投げ槍の描く弧は逃げるほうへ落ちて来るし、たまたまその場にいただけで顔面に矢を喰らってしまう。大概は、たまたまばたばた斃れているのだ。それを思えば、原初を問うだなんて、考えただけで頭の中が靄っとする。そんなことより、戦場の場数は踏んだルキウスからすれば、ウィリウスほどの才気を秘めた男が、オクタウィアヌスのような小僧の尻に付いて暗殺者の救出に向かうことのほうがよっぽど悲劇と思えるのだ。ルカーニアの丘の向こうに逢えない妻子がいるのだ。もしもの時にどれほどの悲しみをもたらすことか。


だからこそ、ルキウスはできることならウィリウスに出征を諦めさせたい。同時に、分からんことを話すな、と咎めたい気持ちも強くあったから、

「原初を問うなんていうがね、実際あれは、止めを刺して殺してから身ぐるみ剝いでしまうんだよ。指輪が抜けないようなら指を切り落とす、腕輪が取れないようなら腕を断ち切る、甲冑をごっそりいただく時は手肢や首だって切り落とすんだ。悲劇も何も、実際、浅ましいものだよ」と上気したウィリウスに冷や水を浴びせた。

ウィリウスは明らかに不服そうに
「まあ、ほんとはそうなんだろ」と自分を嘲るような声を返す。そして、ルキウスから眼を逸らせた。見れば、

マキシムスも大いに不満気な表情だ。

ルキウスは小鼻を拡げ憤然とする。そして、あいつ、何をしているのだ、と鼻息荒く考えている。デクタダスがいれば、こんな話にはならないのだ。きのうした約束を今日になったらもう忘れるのか。ルキウスはますます難しい顔でいるが、必ずしもデクタダスに腹を立てているわけではない。むしろ、自分が嫌になっている。


日が翳ってきたのか、家僕たちが部屋の灯りを足しに来た。三人は口を閉ざして酒杯を揺らす。俄に明るんだ部屋の中で、ルキウスは、黙り込んだ客人ふたりがいずれ赴く戦場に思いを馳せているように見えてしまうのがやりきれない。


「デクタダスのやつ、何をしてるんだろ、遅いな」

いっても仕方がないことだが、ルキウスはいうしかなかった。

「あんな目に遭って、変わらないんだ、あいつ」

「今日、会えるかと思って来たんだ。会ってもいいこと何もないのに、不思議だね、誰よりも会いたい。だって、おれ、デクタダスの弟子だよ」

ルキウスはやっとウィリウスが乗ってきたなと思って、

「頭に受けた傷痕にね、毛が生えなくなった。傷痕を隠すために髪の毛を伸ばしてるんだ。いきなり見たら噴き出すよ、イタチが化けたみたい」といって自分で笑った。

「はは、そりゃ用心しないと。しかし、デクタダスみたいに捉えどころなく生きてる男は万物の王者だね」

「いやあ、人類の半分に嫌われているよ。出入り差し止めの宴席ばかりだ、自業自得だ」

「おれは自縄自縛さ。何で戦争しに行くのかねえ。気付いてみたら、自分の短慮の後始末だもの、バカみたいだ。これが敵討ちとか、祖国の護りとか、純粋な掠奪狙いとか、そんな明快な理由だったらね、随分違うわ……結局、人殺しだもの、難しい理由なんて要らないんだ」

またそっちへ行くのか、とルキウスは頭を抱えたい気分だ。口に出していってやりたい、だったら戦争なんかに行かなければいい、と。

「そうだね、人殺しだよ」とマキシムスが濁った声で反応する。皮肉な薄笑いが浮かんでいるから、また虚無的なことをいいだしそうである。

「わたしは、多くの人をこの手で殺めてきた。人に死を命じたこともある」

ルキウスはかくんと首を折って、上眼遣いにマキシムスを見た。そして、やっぱりいうか、と溜息ついて思った。

「いや、このわたしが、と思うだろうが、本当なのだよ……遠い昔のことじゃない、わたしは本当に、人に死を命じた。リュビア、キュレナイカで政務官の代行を務めていた頃のことだ、守備隊の一部が反乱を起こし、住民たちを巻き込んで大変な騒ぎになった。兵役期限を全うしながら、何年も帰還を先延ばしにされていた兵士たちだった。わたしと、共に戦った兵士たちだ。わたしは反乱を鎮めた。そして、総督に進言し、わたし自らが十二名の者たちに死を命じた。首謀者たち三名には磔刑もためらわなかった。そのことがどうしても思い出されてならない。夢にまで見るというわけではない、この身に貼り付いたもののように記憶にある、うなだれた男たちに死をいい渡す時の、まるで悲愴な演技に酔ったみたいな自分を……しかし、あの時それをためらっていれば、人は従わない。人を率いる者は人に死を命じる非情さに耐えねばならない。だとしても、何のために、誰のために死んだ男たちだったのだろう。妻子や父母の元に戻りたかっただけの男たちだ、みんな騒がずに死んでいった……わたしは銀冠で顕彰されたよ、あの男たちに死を命じて。わたしはどれほど多くの男たちを殺めてきたのかね、こんな時だからふと思う。ローマに歯向かう敵たちだけじゃない、我が同胞、ローマの市民たちもこの手で殺めた」

どうしてこんな話になるのだろう、とルキウスは厳粛な表情の裏側で考えている。いくら出征前だとしても、いや、出征前の客人だからこそ和める会食にしたいのである。ルキウスはこんな時の決まり文句で話題をほかへ向けるしかないと思った。

「でも、われらが始祖のロムルスは弟のレムスを殺してローマを建てたんですよ。ローマ人は根が呪われた人殺しなんだ。そのせいかな、わたしなど、心の中では軍団ひとつ分の人間を殺していますよ。デクタダスなどは何度殺したか。今も殺す気でいますがね」

マキシムスは口許に笑みを浮かべた。そして、酒杯の中を覗き込む。マキシムスは、今日はよく酒杯の中を覗き込む。

「話は別だが、この際だからついいってみたくなる。こんなことをいってどう思われるか分からないが、わたしは、人間が最も高貴で美しくあるのは、命を賭した戦さ場に意を決して臨む時だと思う。思うというより、わたしはそれを知っている。怯懦を乗り越え、ためらいを棄て、死への恐怖に打ち克った男の表情ほど気高く澄んだものがあるだろうか。戦う友を信じ、友のために戦う自分を信じ、背後に思いを残すことなく、果たすべきことを果たす一念に引き絞られた男の顔、高潔な意志ひとつに引き結ばれた男の顔、その美しさは比喩などでは語れない。人と人とが殺し合う、人間の最も醜い行為の場で、人は最も気高く美しくあるのだと思う。友愛も勇気も自己犠牲も、どれほど多くの美徳を人は戦場で証し立てるだろうか。戦場は人間の尊厳すら実現する」

うわ、と声が出そうなくらいだ。これくらいのことはいいそうな人だが、そのいい方自体、言葉に酔ったみたいな芝居気が感じられた。そうでもしないと戦場に立つ決意は語れないのだろうが、ルキウスは素直に気持ちが受け取れない。しかも、それとなく死への決意が語られたような感じだし、それが讃美されているようにも聞こえて、肉団子の匂いが籠った会食の場に緊迫の一瞬が拡がった気がする。ウィリウスすら唇を嚙むように口を閉じてしまったから、この一瞬を解きほぐすのは容易ではなさそうである。となると、自然、緊迫の一瞬は長引かざるを得ない。

やがて、といっていいほど一瞬が長引いたあと、不思議に寂しげなウィリウスが、

「死が恐いわけじゃない。しかし、ある時、ある場所でおれはおれの死に出遭う、そのことをじわじわ実感して

いることが恐い。マキシムスさん、さっき、坂で一休みしていた時お訊きしたでしょう、出征前はこんなものかと。そしたら、そんな恐怖があんたを鍛える、とお答えになった。それって、死を覚悟してしまえばいいのかな、いっそ死んだ気で、こっちから身を投げ出す気で、それこそ助走なしのまっしぐらで突進すれば、死のほうが驚いて逃げていくのかな」と、話の中身とはそぐわないひ弱なつぶやき声で、しかし蔑むような薄笑いは浮かべながらいった。

「おいおい、何の話だ。死ぬわけじゃないよ、ふつう生きて帰るよ」

「分かっているさ。しかし、三十六の初陣なんだ、ふつうじゃないんだ。そういうあんたはどうだったんだ、最初」

「おれは血気盛んな十七の歳だよ、悪さばかりしてた頃だ。ラトウィキ族の反乱を鎮めに行った。悲惨なものだ、向こう側はね。町ふたつ潰して帰った。よく覚えてないが、死ぬかも知れんとは思っただろう。しかし、軍歴を積んで、ちょっとした栄誉を受けて、みんなに誉めてもらって、あわよくば公職にありつきたいくらいは考えていた。今思うと、子供の頃、いや、そのあともずっと戦争は好きだったね。戦場に出てこそ男の名誉というか……」

「ふつう、そうだろうね、そういうもんだろ。いいわもう、おれはただの興行師、栄誉も何も知ったことか。しかし、たかが興行師でも、己の死は己が支配する。死に支配されるのは悲劇ではないんだよ、運命を我がものとし、死を我がものとする。死を意欲してでも己（おの）が生を讃える……だから、眼をつぶって、何でもいい、命の雄叫（おたけ）び上げて突進すれば、その覚悟でいれば」

「それねえ、言葉は勇ましいけど、ちょっとどうだろ。何だかやけっぱちの覚悟みたいだ。敗走となれば別だけど、ふつう、あまり死なないって。それとね、あんた滅法突進が好きみたいだけど、戦場での突進は考えものだ。それ、蛮族の戦法だよ。ふつう陣形を乱さず整然と動くもんだ」

悪気はない、むしろ、それは違うよといい諭したい気持ちで答えた。しかし、今の答え方でそんな気持ちは伝わらない。ルキウスは、出征間近の男たちが思いを語っているのに、さっきから茶化してばかりいるように感じる。少なくとも、ウィリウスはそう受け取ったようで失言を恥じるみたいに口をつぐんだ。それを見てルキウスは顔を伏せる。ゆるゆると体の力も抜けた。無神経というより、ひねくれていると自分を思った。そして、また一層自分が嫌になった。

ルキウスのこんなおちゃらかしだけが理由ではないだろうが、たった三人の会食である、急に話が尽きたような雰囲気になってしまった。そこで、それぞれが別の話題探しを始めるのだが、みんな同時に同じ話題に行き着くのは、もうこの刻限、当然のことといっていい。

「デクタダスくん、遅いね。外はもう暗くなったようだよ」

「遅いですねえ」

「会いたかったのになあ。しかし、そろそろお暇（いとま）しないと。明日、用事がある」

「わたしもだよ、宿までかなりの道がある」

「どうしようかな、もう少し待ってみようかな。会えなくなるかも知れないからなあ」

「そうだね、もう会えなくなるかも知れない」

「そんなあ。そういって別れたことがあったねえ、といいながらまた集まるんですよ」

「それだといいが」

「でも、きっと来ますよ。約束は守るやつだから……しかし、あいつ、宴会の途中で抜けられないやつでもあるんだ、そこがちょっと。忘れるはずはないと思いますよ。でも、抜けられないんだなあ。もう暗くなっているのに、困ったやつだ」

結局、ふたりはデクタダスに会うことなく、再会を祈念して去った。ルキウスはそれが自分の落ち度であるかのようにデクタダスの不届きを繰り返しふたりに謝り続けた。やはりデクタダスは宴会を中座できるようなやつではなかったのである。

客人たちが去ったあと、ルキウスはひとり食堂に戻った。宴席のあと片づけをしていた女たちは、不機嫌な顔をしたルキウスがなぜかのっそり戻ってきたので、驚いて四方に散りひとりずつ部屋を出ていく。

ルキウスは確かに不機嫌なのである。この疼くような淋しさはもう会えない人たちを送り出したような気がするからだが、ルキウスが心底滅入ってしまったのは、圧し掛かる疲労のようなやるせなさがあるからだ。ふたりは今日、それとなく最後の別れをいいにきたのだろう。最後の面影を見せる覚悟でやって来たのだ。それなのに、つまらない合いの手を入れて話を茶化した。それどころか、ふたりをバカにしたような気さえしている。これが最後と決まったわけではないし、何より、戦場になど出るべきではないと思ったからだが、決意して戦さに出る男たちは心のどこかで死を覚悟している。その心中を思えば、あまりに軽率、むしろ無神経な受け答えをしてしまった。マキシムスのいつにない饒舌、中でも、人に死を命じた時の心の痛みを打ち明けるなど、マキシムスほどの人でも迷いはあるのだ。後悔はないといったウィリウスも別れ際、営舎暮らしは冬が厳しいと自分を嗤う声で最後にいった。ルキウスは、「火照った吐息」が恋しいだろうと、ふざけた声でからかったのだ。しかし、その自分はどうだ、怖じ気づき逃げを決めた腰抜けではないのか。出征するふたりを前に、実際、気後れを感じていたではないか。

卑怯者だ、おれは、ルキウスはこのつぶやきを胸に呑みこむ。

ルキウスは酒杯に残った酒を啜った。そして、レピドゥスもプランクスもキケローの思惑通りには動かないようだから、元老院はどこかで折り合いをつける。戦争は大きくならない、と気安めのように思った。ふたりは生きて戻ってくる。

もう寝る時間だが、気持ちが塞いだこともあり、ルキウスは床に就く前にデクタダスが来なかったことの苦情だけは誰かに訴えないと気が済まなかった。誰かとはユーニアのことに決まっているからルキウスは壁の灯り伝いに回廊から広間を抜け、食堂脇の小部屋を覗いてユーニアを探した。居合わせた玄関番の家僕に告げられ、ルキウスは奥の機織りの部屋へと戻っていく。回廊の奥、ラレース神のお燈明の向こう側で闇は一層深くなり、その闇の奥に機織り部屋の細い灯りがあった。二重がさねの仕切りの帳に細く隙間が開いているようだ。ルキウスは奥の闇を手探りにたどり仕切り口から中を覗いた。気配を感じていたのだろう、煩わしげに腰を浮かせたユーニアが膝にあった白い織り物を下に落とす。ユーニアは部屋の灯りの下で白い織物のほつれを縫っていたようだった。

「お前が顔を出すのは珍しい」

思っていたことと違うことをいったのは、灯りに翳ったユーニアの顔に険しい表情が浮かんでいたからである。ルキウスは次の言葉を探し出せず、

「お前の卓越した部分は何だろう」と脈絡もなく言葉を継いだ。とっさに浮かんだご機嫌取りの言葉だが、ルキウスは顔までご機嫌取りの顔になっている。

「ほかの女たちより、お前が優れているところだ。そりゃあ容姿のことも含めて、おれがお前の卓越性に悦びを感じ、その悦びのまま絆を深め合っていくような。聞けば、夫婦とはそういうものらしいね」

「わたしをほかの誰かと比べるのですか」

返された言葉にルキウスは驚き、そしてあわてる。それは、そういうことになるのだろうか。

「いや、しかし、卓越したところはあるだろう、人より優れたところが」

「わたしはあなたをほかの誰かと比べることはない。あなたのどこが人に優れているか、考えはしません。ほかの人よりもっともっとあなたに望むものでもない。あなた、わたしよりもっと優れた人がおられたなら、わたしをどうなさる」

ぐうの音も出ないところだが、ユーニアは話の真意を誤解している。理詰めで心は通じ合わないのだ。どうなさる、といわれても、返答のしようがない。

「いや、おれのいい方が悪かったのかも知れん。しかし、お前もちょっと早とちりをしているようだ。おれはお

前に称賛すべきところを見つけて悦びたいのだ。その悦びこそ夫婦の親愛だと思うからだよ」

「だからいってます。わたしより称賛すべき方がおられたら、どうなさる」

「どう、といわれても、おれだって、そんな、卓越しとらん」

「じゃあ、わたしたち、さほど卓越していない者同士の絆なのですね。お言葉を返すようですが、卓越すべきはこの結びつきではないのですか。相手が優れていることに悦びを感じ、その悦びで相手と結びつくのが夫婦とおっしゃるなら、さらに優れた相手となら、その悦びはもっと深くなりますわ。あなたはそのような結びつきを望んでいらっしゃるのですか。卓越は相手に求めるものでしょうか、この結びつきにこそ卓越を求めるものではないのではないのですか」

「お前、何か癪にさわることでもあるのか」

これは文字通りルキウスの休戦宣言である。お前のいう通りかも知れん、と暗黙に認めたうえで、何かいいたいことがあるのか、とユーニアの意向を伺ったのである。もちろん、ユーニアはそんなルキウスの考えを察しているから、

「何か、わたしに話すことはないのですか。身を隠すお話はどうなってしまったのですか」と図星を突いた。

「だから何度もいってるだろ」

「ええ、何度もお聞きしました。でも、一向に動こうとはなさらない。ムティナではもう戦いが始まっているのでしょう。ローマからはたくさんの寄せ手がムティナへ向かいましたわ。いつ戦いが大きくなるか分かりません。あなたのお立場のこともありましょう。このままローマにいて大丈夫なのですか。何の備えも、何の仕度もせずにいて、どうなさるおつもりなのですか」

ルキウスはまた返事に窮した。周りでは幾人もの知己がローマから姿を消していた。ムティナを攻めるアントニウスの加勢に行ったのか、戦いを避け僻地の所領に身を隠したのか、それは分からない。しかし、ルキウスの周りにいたアントニウスの支持者たちは見る間に数が減って、ルキウスは浮足立つような焦りを感じている。そ

の一方で、戦いを逃れて身を隠す自分がルキウスには想像できなかった。だから、ぐずぐずした。

「この夏、あなたはアスクルムのお義父さまの山荘に農夫たちの小屋を増築なさった。でも、秋になってこちらに戻ってきてから、何もなさらない。途中で投げ出してしまわれた。アスクルムではヤギの畜舎ができあがったと囃していますわ。あなたが何を考えておいでなのか、分かりません」

「投げ出したわけじゃない。しかし、さっきお前は、アスクルムは戦場に近いといったのだぞ。だから危ないと。おれだって分かっている。騎士の身分も相応の資産も、そしてお前たちもいるのだ。使用人や庇護民たちのことも考えれば、身を隠して様子見をするのは当たり前だ」

「あなたは、その当たり前をわざと避けようとなさっている。いえ、ほんとは別のことを考えていらっしゃる」

「バカな、何がいいたいんだ。おれは戦場に四度出た。死ぬかと思ったことが何度もある。もう懲り懲りだ。身を隠すに決まっているだろ」

ユーニアは怯まない。恐いような眼を向けて、隙を見せようものなら、さらに容赦のない言葉を浴びせかける勢いである。女は理性を欠いて感情を統御できないものだとルキウスは思い込んでいるから、こうなるともう相手にならない。追い詰められたルキウスはひとまず退散を考え始める。

「お前は心配し過ぎなんだ。お前たちのことはおれがちゃんと考えている。女のお前が心配することではない」

いったとたんにユーニアの眼に怒りの炎が燃え上がった、としかいえないくらいユーニアは眼つきを変えた。

ルキウスはとっさに帳の隙間に姿を隠し、ひやりとする思いで機織りの部屋を出た。

闇の中を戻りながら、ルキウスはユーニアがいった言葉の何もかもを忘れようとした。星のない冬空の下を去っていったふたりを思えば、ユーニアとのやり取りなど容易に忘れられるはずなのだ。しかし、憤懣がある。出過ぎた女だと思えてならないのだ。ユーニアは、ルキウス自身も気付いていない何かを、ルキウスの中に見透かしているようなものいいをした。別のことを考えてるって、本人が知らんというのに、一体何をいわせたいのだ。

さっきは気付かずに通り過ぎたが、ラレース神のお燈明の向かい側にユーニア付きの女がうずくまっていた。ルキウスはぎょっとして立ち止まる。

「びっくりした、何だお前、ずっとここにいたのか……ああもう、やれやれだ」

この、やれやれ、というのが何を思ってのやれやれなのか、うずくまった女には分からなかったはずである。しかし、女は詫びるように身を縮めた。ルキウスは回廊の壁の灯りを頼りに、もう別のことを考えて歩き出している。

四　廃園に、蜜蜂の巣箱を置いて

「お前なあ、約束はきのうだろ」

「約束通りじゃないが、忘れずに来たじゃないか。屁理屈というかも知れんが、来るには来た、遅くなってしまったが」

「ふたりは戦場に出るんだ。ウィリウスはここ二、三日のうちにフォルム・コルネリウムへ移動だというし、マキシムスさんはマケドニアへ戻ってしまう。もう会えなくなるかも知れないからって、随分待ってくれたんだよ。今頃やって来て、約束に遅れたはないだろ」

「もう分かったよ、同じことを何度もいうな。死んだおれの婆さんみたいだ」

「何度もって、繰り返しいわないと分からんだろ。いった尻から屁理屈を並べるんだ。分かってない証拠だ。それよりお前なあ、さっきペイシアス相手にバカ笑いしてただろ。何を話していたんだ」

「内緒だ、もちろん。しかし、マキシムスさんも行っちゃうか。あの人は戦争が好きだからきっと行くなと思ってたけど、ウィリウスはねえ、今も驚きが隠せないわ。見どころのあるやつだったのに、惜しくてならない。多分お前の台詞だったと思うが、ローマは本格悲劇を失ったよ。悲劇の喪失だが、これはある意味ローマ文化の衰退を象徴するね」

「しかし、元からあったのかい、ローマに悲劇が」

「なかったことが悲劇だ、というより、お前がいいだしたことだぞ。悲劇どころか、そもそも文化自体あったのか、逆に問いたい」

「ああいえばこういう。つまらないことばかりいって、きのうの約束の話をはぐらかそうとしてるんだろ」

「それはそうだとしても、いっておくが、近頃のローマで喜劇ばかり流行るのは、これだけ人間がいてもローマにはおもしろいやつらがいないという閉塞感から来ているんだよ。だから、せめて劇くらいはおもしろいのが観たいのさ。とはいっても、たいがいギリシャ喜劇の二番煎じ。ただし、人を虚仮にしたような意地悪な笑いが横行しているのはローマ人らしくていい。ウィリウスはそんなローマの演劇界に愛想尽かしをしたんだろうが、それで兵隊志願とは、おれにすれば理解不能だ。いくら荷物運びの役だとしても兵隊は兵隊だろ、道幅いっぱい並んで歩くんだよな。あれ、何とかならんのか、出くわしたら災難だ。それはそうと、なあルキウス、今ふと思った、荷物運びの兵隊は安全なんだよな」

「バカなやつだ。まっ先に兵站を狙うことだってあるんだ。包囲殲滅戦は相手の兵站を狙うんだよ。そのために騎馬隊を用意する。ドュラキウムではポンペイウスに船でやられた。船で兵站線を切られた。そんなことより、おれは一度でもいいからお前の反省の弁が聞きたい」

「んー、反省はする。くだくだいい逃れをしているのはその証拠だ。しかし、きのうのことだがね、舞いや踊りの起源は自然の運行や季節の巡りを促し活性化させるための祈念であるという極めて無害なおれの説に嚙みついたやつがいたんだ。それで、あとに退けなくなった。そいつ、どこいらの神がどこいらの女神の気を引こうと踊ったのが起源だなどとバカを抜かしてさ。だってそうだろ、マウレタニアに奇妙な鳥がいて、盛りのついたオスがメスの気を引くために羽を拡げて踊るんだがね、それってどこいらの神と同じじゃないか。とすりゃあ、踊りの起源は盛りのついたオスの切羽詰まったきりきり舞いか。バカだねえ、頭の中にもっと快濶の風を入れろってことだ。はみ出しのない説は聞くに堪えん。というわけで、宇宙自然の脈動は、人間の舞いや踊りの息吹、鼓動で活性化され混然となって高まり」

「もういらいらする。ふたりは出征の別れをいいに来たんだ。これが最後になるかも知れん、そう思ってずっと待ってくれたんだよ」

「もう分かったって……しかし、どっちも死ぬわけじゃあるまい。おれが思うに、別れはさりげなくあるべきだ。そうでないと、生きて帰ってきたらばつが悪いよ。大袈裟にやってしまうと、死んだほうがいいのかなと思わせてしまう。そんな気持ちにさせて送り出していいのか。だから、屁理屈と思うかも知れんが、きのう失礼したのはさりげなさを尊重したからだ。相手のことを慮（おもんぱか）った、結果的に」

「もういい、諦めた」

「それにしても分からんのは、さっきもいったが、何で兵隊になりたいのか、ってことだ。演劇界に不満があってもふつう兵隊を志願するか。市民権が欲しいわけでもなし、報奨金目当てのはずもないだろ。何でかねえ、名誉の戦死がしたいのかぁ。ローマ人ならやりそうだが、あいつ、ルカーニアの田舎者だよ」

「いい加減にしろよ、これは茶化すような問題じゃない。おれも何度か戦場に出たことがあるが、出征前は悲愴なものだ。いよいよだと分かって覚悟を決めても臍（へそ）のあたりがひくひくするし、腰から下がなよなよするし、眼の中に余分の光が飛び込んで頭の中がくらーっとなって。そりゃあもう、恐怖なんてものじゃない」

「ひくひく、なよなよか、舞いになるねえ。そうだ、おれはお前の出征に立ち会ったことがあった、思い出した」

「んー、そういえば、おれがアントニウスのあとを追ってボノニアへ行った時、お前、この家にいたよな、まだ居候をしていたんだ。そうだよ、おれもいわれてやっと思い出した。というのは、あのあと、新規軍団と海を渡ってマケドニアでひどい目に遭った。その話は何度もしたが、相手は蛮族じゃない、大ポンペイウスだよ。兵力は倍以上、最初から最後まで勝てるとは思わなかった。今思い出しても震えが来る」

「申し訳ないが、おれはあの時のお前のことはあまり覚えていないね。あわてて出かけていっただろ。おれは、お前のかみさんの凄艶（せいえん）な表情はよく覚えている。下の子が産まれたばかりで、『きよらかな天の星にもたぐえられる』愛児（ういご）をひとり新妻の、あやかに咲いた胸に残して、とか、おい、いくら言葉で飾っても責任放棄の誹（そし）りは逃れられんぞ。ま、おれはいい、置いとかれても。しかし、お前ね、金切り声で騒ぎだしたと思ったら、いきなり槍を担いで出ていったんだぜ。愛児を抱いた新妻が、どんな凄艶な顔をしたか」

「どこが新妻だ。おれが、あやかに咲いたとか、意味の分からんバカをいうと思うか。凄艶とか何とか、お前ね、口から出まかせをいって誤魔化そうとするな。いいか、おれはそういう話をしてるのではない、お前がきのう来なかったことを咎めている。死地へ赴く人たちが別れをいうために待っていたんだ」

「しつこいなあ、まだいうか。死地って、お前。お前だって何度も戦争に出かけていって、そのたびに生きて帰ってくるじゃないか」

「バカ、命からがらだ。お前は凄惨な殺戮の場を知らんのだ。人間が獣（けだもの）になって殺し合うんだぞ」

「だからさ、いいたいことは、出征するやつより、残される人を思えってことだ。出征兵士は死ねば済むが、残されたほうは無残な行く末が待っているんだ。あのトロイアの英雄ヘクトールだが、『勇敢に振る舞い、トロイア勢の先頭に立って戦うよう、また父上や私自身のために、すぐれた誉を得てくるように』育てられた、とかいって見栄を張って出ていくが、あとに残す細君には残酷な言葉を置き土産にするじゃないか。自分が討ち取られると、細君が戦さの分捕り品にされ凌辱を受けることが分かっているから、『どうか、その時分にはもう、私は死んでしまっていて、盛り上げた墓土の下にかくれていたいものだ、おまえの叫び声を聞いたり、おまえが引きずられていくと知る以前に』なんて面と向かって細君にいうだろ。しかしねえ、そんな冷酷なこと、夫を戦地に送り出す細君にじかにいうか。英雄の身勝手だ、自分の評判のことしか考えない」

「その話だが、どこか記憶にある。おれがパルサーロスから無事帰還した時、話さなかったか」

「ああ、お前が槍を担いで飛びだした時、こっちもうろたえていたから話せなかった。だから、帰ってから話したんだと思う」

「いいわもう、いいたいことは分かった。というより、お前、誤魔化しをいってる間に、うまいいい逃れを考えたな。当たり前のことだが、確かに残されるほうも悲惨だ……いや、そういうことじゃないなあ、ヘクトールが冷酷というより、『イーリアス』の詩人は残される人の悲しみのほうに憐れみの眼を向けたかったのだろう。ヘクトールにわざと非情なことを語らせて残される人の悲惨を際立たせた。男たちの悲劇はさらに深い女の悲劇の幕開けになるということだろうね、そのことを……まあいい、分かった。分かってるんだ、それくらいのことは。それにしても、あれだな、お前みたいに捉えどころがないやつは万物の王者だ、勝てない」

「そうかぁ。おれは戦争みたいな話なんかで、勝っても負けてもどっちでもいいわ。踊りの起源のほうが重要だ。人間は宇宙自然に対してどうあるか、その関係性が問われる問題だからな。それはそうとして、不思議なのは、これだけ戦争ばっかりやってる人間たちに、おれは絶望していないんだ。絶望しても当然なのにね。不思議だよ、救いなどどこにもないのに絶望はしてない。なぜなんだろう、これだけ大規模に人殺しを繰り返しているのに、人がますます増えていくからかな。多分そうだよ。悲惨なことなどないみたいに人がうじょうじょ生まれてくる。あっちからもこっちからも、しぶとい生命（いのち）の行進がおれの絶望なんか蹴散らして……おい、ルキウス、今こうしてしゃべってる最中にさ、生命の行進の幻影が見えた気がする、希望のように輝いていた」

「嘘つけ。何をいいだすんだ、あきれてしまうわ」

「そんなことというかな。いい話じゃないか、分からんのが情けない」

「どこがいいんだ。いいわけついでの思い付きだろ。そりゃあローマ暮らしをしてるから、お前のいうことちょっとは分かる。確かにうじょうじょ湧いてくるわ。考えてみれば、すごいことだ。しかし、キンナの詩にあるじゃないか、希望はいつも際どく逃げる。絶望はなくても希望がない、気付けばやっぱり悲しみだけさ。思い上がった男たちのために何千何万の人がつられて死ぬんだ。希望は逃げても人は逃げずに死体になるってことさ。残す者たちへの置き土産はそれぞれの悲惨な行く末。ヘクトールの昔から人の歴史はその繰り返し、いたるところが死体だらけ」

「おいおい、何をごちゃごちゃいってるんだ。そのキンナの詩だが、逃げる女を歌った詩だろ。希望というのは女だぜ。逃げる女に、逃げたら死ぬぅ、死んでも化けて出てやるぅって脅しをかけた詩じゃないか。希望はないのに絶望しない、腰抜け男の話だよ。困ったやつだ、人類の希望の話を、女に逃げられただらしない男の話と混ぜこぜにするかなあ、キンナが聞いたら泣くぞ。それに、歴史が死体だらけは当たり前だろ。歴史は死者を語るものだ。おれの手になる墓碑銘がもっぱら墓石を相手にするのと同じことだ」

「意味を汲み取れ。ただね、正直、おれにも不思議な気分がある。お前のように、のんべんだらりの毎日を過ごしていると分からんだろうが、戦場に立つと、己の命を灼けるもののように身内に感じることがある。人の生の実質は、生と死がせめぎ合う戦場にこそあると思えたりする。大袈裟に聞こえるかも知れないが、己の死に向き合いながら、己の存在の全てをかけて命の叫びを叫んでいるような、痛切な感情がおれを貫く。一直線に、おれはおれの生を見る気さえする。おれは天に向かって燃え立ち、槍を立てて直立している」

「何だよ急に、びっくりするわ。お前、おれのことを言葉の曲芸師って悪口をいい触らしているようだが、お前もいってることが宙返りしとるぞ。耳を疑ったわ。お前ね、ただの言葉の先走りだとしても、つられて一緒に走りだすこともあるんだ。気をつけろよな、常軌を逸している証拠だぞ。いいかルキウス、今のはまさしく危険思想、どこかで瀉血してもらえ」

「あのな、分からんようだが、これは正直おれの実感なんだ。言葉ではなかなかいいにくいが、確かにおれは、生命の実質としかいえないものを強烈に実感していた。身震いしつつ直立したのも本当さ。そりゃあ、おれのことだからね、戦士を気取るわけじゃないさ。しかし、ローマの市民はみんな戦士なんだ。おれの親父も爺さんも、みんな戦場に出た。なるほど、危険思想か、そうかも知れん。しかし、お前、ほんとの戦場を知らんのだろ。一度でもいい、戦場に立ってみろ。奮い立つ戦友たちの中にいて、己の存在が今この一点に引き絞られ、燃え上がって天に向かい、天を貫いて立つ、そんな昂りが実際あるんだ。おれはその時、恐怖に打ち勝っている」

「うわ、何だこいつ、こっちが恐怖だ。お前、それで人殺しをするってか、頭おかしいのと違うか。獣の本性を現わしただけじゃないか。本気で忠告するが、もう一度薬草の煙で燻してもらえ」

「しかし、実感だよ。おれは恐怖を克服していた」

「おお、そんならいわせてもらうがな、いいか戦場の話だ。さっきの『イーリアス』の詩人だがね、おれが思うに、戦場の滑稽味をさりげなく潜ませて歌っている。これ、ほんとだぞ。ほんとというより大事なことだ。例えば、オイレウスの子アイアースだよ。討ち取ったインブロスの頭をやわやわとした頸（くび）から切って落とすと、『円盤みたいにその首をぐるぐる回して、軍勢の中を放りつける』、すると、その首はヘクトールの足元にどさりと落ちて、ヘクトール、ぎょっとした、とか、しなかった、とか。ハルパリオーンは尻に矢を受け、その矢が膀胱（ぼうこう）を貫いてへたり込んでしまうんだが、とうとう息を引き取る時、『その様子は、さながらみみずのようで、地面の上にのびて倒れた』とか、ほかにも、青銅の槍の穂先を右の耳に突き刺すと、左の耳から先っぽが出てきた、とかいろいろある。いいかルキウス、『イーリアス』の詩人は人間の殺し合いに滑稽味を添えているんだ。神々の高みから、とはいわないが、脇のほうから斜めに見てみろ、戦争なんかバカバカしいくらい滑稽なんだよ」

「お前ね、本当の戦場に出てみろって。今いったことが恥ずかしくなるぞ。大地も空も慟哭（どうこく）する殺戮の場を、非情な神々が見下ろしている、それが殺戮の場の実際だ。いやむしろ、人間の生の究極だ。尊厳すらそこにはある。知らんくせして、何が滑稽だ。いってるお前が滑稽だ」

「何だよおい。お前ね、この滑稽味を解さないようだと身の破滅は避けられんぞ。慟哭なんていいながら、世にも酷たらしい危険思想を口に出す。自己矛盾に早く気付けよ。いいかルキウス、以前、キンナがいた時話してやったただろう、『パイドン』の息を呑むような初っ端。刑死を前に、ソクラテスは苦痛と快の不思議な関係を門人たちにさりげなく語った。いいかよく考えろ、苦痛苦悶は悦楽に繋がるんだ。人殺しはうっとりさせるんだよ。危ないんだ」

「あのな、こじつけにしても極端すぎるわ、思いもしないことだ」

「極端なものか、人間、そうなるんだ。酷たらしさにうっとりするんだ。戦場なんかに出てしまうと、いずれそうなる。いい歳をして、眼を覚ませ」

「お前、戦場を知らんじゃないか、そんなことになるわけがない」

「なってからでは遅いんだ、分からんやつだな。それに引き換え、若いやつの利口なこと。あれだけキケローに心酔していたデキムスが、キケローが主戦論を繰りだしたとたん、知らんふりだ。キケローのキの字もいわない。お前みたいに経年の濁りがないんだ、考えることが味気ないほど透明なんだよ。しかし、それ、正解だよ」

「おい、何だその経年の濁りって、どういう意味だ」

「意味なんかあるか。じゃあ濁ってないのか」

「そりゃあ濁るさ……しかし、濁るほど味気が増す。滋味ってやつだ、人格の」

「減らず口たたくねえ」

「お前がそれをいうか、いわれているほうだろ」

「そうかい、じゃあいわんよ。いっても聞かないやつに、いっても仕方がない。しかし、お前が危険思想の持主だったとはな、おれは化かされていたのか。大人しい顔をして恐ろしいやつだ。ローマのやつは油断がならない」

「あのな、ついお前の話に乗ってしまったが、おれはお前が約束を破ってきのう来なかったことを咎めているんだ。そこ、忘れるな。せっかくマキシムスさんまで来てくれたんだ。出征間近というのに、お前を待っていてくれたんだ」

「それは分かってるって。何度も何度も、死んだおれの爺さんみたいだ。それともあれかい、お前の危険思想、きのうふたりに何かいわれたからじゃないのか」

「いや、そんなことはない……ほんとだ、出征兵士の、まああありきたりだ、その相手をした」

はからずも、声が絡んでしまったり、ありきたり、などという要領を得ない言葉を返したのも、図星を突かれた動揺があったからである。実際、ルキウスはきのうのマキシムスやウィリウスの悲壮な様子を思い浮かべて話していた。ルキウスは意味不明の不器用な笑いを浮かべたが、デクタダスは、知ってか知らずか、予想外の話を継ぎ足す。

「何だそうか、ありきたりだったのか、じゃあおれはありきたりをすっぽかしただけか。それで頭ごなしか。何度も何度も……ところでお前ね、アスクルムへ逃げる時は、おれも連れていってくれ。それをいいに来た。アンコーナで知り合った男から手紙が来てたんだが、近々会うことにして返事を送った。アスクルムからだと近くていい。どうだい、お前も一緒に。去年の夏は愉快だったろ」

「アンコーナは嫌だ。嫌なことがいっぱいあった」

「嫌なことって、向こうのやつらはおれたちの悪ふざけを結構喜んでくれたんだぜ。じゃあ、ペイシアスを連れていこう。アンコーナはいいわ、ローマじゃあ、あんな悪ふざけはできないものな。身元を調べられて弁済金を払わされる。なあルキウス、いつ行くんだ。兵隊が大方北へ移ってちょっとずつ戦争をしているそうだよ。ぼちぼち姿を隠すんだろ」

「そうだな、ぼちぼち、だな。おい、外へ出ないか」

「おれ、さっき来たばかりだぜ、ここへ来るのにたらたら坂道を上ってくるんだ。途中で三度は息継ぎをする。また下りていくんじゃ労力の無駄遣いだ。それにおれ、何のもてなしも受けてない」

「お前、さっきペイシアスと一緒に何かつまんでいただろう。酒の匂いもするぞ」

「あれはペイシアスが誘うんだよ。おれと一緒だと文句いわれないから。それで思い出した、かみさん、いないのか、見かけなかったが。ああいう時、いつも見つかって睨まれるんだ」

「お前が来たんで部屋に籠ってしまった」

「きのう、何かあったの、かみさんと。ペイシアスが心配してた」

「何が心配だ、バカ笑いしてたじゃないか。それより、出よう。どこかの浴場で重い分銅でも振り回したい。体がなまってしまった」

「えー、何のもてなしもされず、おれ、このまま帰るの。せっかく坂を上ってきて、もう下りるの」

「じゃあ、また上れよ。今夜は泊まれよ」

「嫌だ」

遅ればせながら書き添えておく。以上の長話は、ふたりがルキウスの執務室で火鉢を挟んで向かい合い、燻ぶる煙に眼をこすったり、洟をすすったり、時折燃え立つ火鉢の炎にのけぞったり咳き込んだりして交わされた会話である。三月になったとはいえ、天候が不順で冬の寒さが続いていた。外に出るといいながら、腰を上げるまでに多少の時間がかかったのは外の寒さに気後れがしたからである。しかし、ルキウスの危険思想を危ぶんだデクタダスが、踊りのあれこれを語り出してルキウスの気持ちを逸らせようとしたので、これはたまらんとルキウスはようやく重い腰を上げた。デクタダスは、メニュッポスが伝える「世界大火事踊り」や、シュラクサイの「壁塗り踊り」、「大麦こぼしの舞い」などについて煩わしい蘊蓄を語り出したのである。

ところで、ルキウスが浴場で分銅を振り回してみたいと思ったのは、鬱々とした思いをふっ切ってしまいたかったからである。残される者たちを思えば、身を隠して様子見をするのは当たり前のこと、資産のある家の主ならたいていそれを考える。ルキウスの場合、アントニウスとの庇護関係はここ七、八年のことにしか過ぎないし、一昨年の大病以来、関係はむしろ疎遠になっているのだから、今になってアントニウスに忠義だてする必要はないのである。加えて、執政官にまで昇り詰めたアントニウスには名家の子弟たちや戦功で名の知られた男たちが将校団として付いている。ルキウスは、もはやお目見え以下に落ちているということである。それが証拠に、コテュローからもウォルムニウスからも召集の声がかからなかった。いくら急を要した侵攻だったとはいえ、ルキウスは当てにされてはいないのである。ならば、こっそり身を隠す、そう決意しながら鬱々とするのは、男たちの戦場を思いながら、辺鄙な山の麓に身を隠している自分が想像できないからである。遠くで男たちが戦い、そして斃れている時、ぼさぼさ頭の無精髭でルキウスはヤギの乳搾りでも眺めているのだろうか、乾草の匂いに咽せてくしゃみでもしているのだろうか。戦争はもちろん怖い。しかし、怖がる自分が自分なのか、軍靴の轟く中にあって恐怖に打ち勝つ自分が自分なのか、それが分からないから鬱々とするのである。きのうのことがあってもなくても、デクタダスに話したことは嘘ではなかった。眼が眩むほどの怯えがあるなか、己の死に逆らって悲痛な命を叫ぶ一瞬が戦場にはあるということ。それは、命そのものが身内を貫き屹立するような灼けるような一瞬であるということ。言葉は違う意味を伝えるかも知れない、危険な思想であるかも知れない。ただ、戦いの予感が迫ってくるにつれ、怯える自分ではなく、立ち向かう自分が身震いしている気がするのだ。

しかし、あとに残すものたちがいる。妻と別れるヘクトールの非情な言葉を思えばこそ、眼を背けてはならないと自分に向けて声かけをする。ルキウスはそのものたちのために、逃げねばならない。怯えを怯えのまま、恐怖を恐怖のまま抱き込んで、自分のためにではなく逃げる。それも男の勇気ではないか。ルキウスは分銅を振り回す前にそう考え、振り回したあとでもそう考えた。明日はアスクルムに使いを送り移住の段取りを進める。そしてそのことを、それとなくユーニアに打ち明ける。ユーニアは不満だろうが、いそいそと移住の仕度を始めるだろう。どうということもない、長い避暑に出かけるくらいのことだ。しかし、ペイシアスはここに残そう。ローマの家はシュロスに任すにしても、緊急な事態に対応できる男ではない。もともと、シュロスに付けた書記役なのだ。ルキウスは湯気の浴場に戻ってから細かい段取りも考えた。ローマにいる庇護民たちに伝えること、プラエネステの農園の春先の仕事のこと、ルキウスは、デクタダスが温湯室で伸びている間にたくさんのことを考えた。そして最後に、アントニウスとは険悪な関係にならざるを得ないと思い、ゆっくりとその覚悟を決めた。

泊まるのは嫌だ、といったデクタダスが泊まりに来たので、ユーニアに告げたのはデクタダスが帰ってから、翌日の夕刻間近の頃であった。アスクルムに使いを遣る前に、あらかじめシュロスにほのめかして家産や家業のことを尋ねたので、シュロスは騒ぎ立て、ユーニアに告げる前に家中のものが知ってしまった。ユーニアは知らんふりで眼の前を歩いていたが、呼び止めて近付くと、ユーニアはくるりと背を向け、

「アスクルムには楡の並木の遠回りの道があります。季節ごとにとりどりの野草が花を咲かせますわ」といった。まだ話してもいないルキウスの話をあらかじめ逸らすようないい方であった。きのうはあれだけつんけんしていたから、素直に気持ちが表わせないのであろう。しかし、道の話に返事はできない。ルキウスは黙ってユー

ニアの前に回った。

「脇の出口から外に出て楡の並木道に立つだけで、丘の麓の川岸までゆっくり運ばれていく気がします。夏の風が押してくれるんですよ。川がもっと深かった頃は、舟で作物を運んだんでしょ。川岸にお義父さまが長椅子を作ってくださって、子供たちとお弁当を食べました。新芽が芽吹く頃はきれいですよ。吹く風も新芽の色に染まって」

ユーニアはルキウスの胸に向かって夢見る少女みたいなことをいったのだが、ルキウスはふたりの子供が足元で意地悪をし合っているのを眼で叱りつける。娘のほうがよくない言葉を叫んだのである。ルキウスは顔を上げたユーニアに目配せみたいなことをして、口元にさもおもしろそうな笑いを浮かべた。夫婦の睦まじい会話の中のようであった。

「アスクルムは元老院派の人が多い。アントニウスが盛り返せば別だが、辺鄙な土地だし、周りは気の知れた人たちばかり、大丈夫だ。同じローマ市民同士、いずれ和議が成って戦争は収まる」

ルキウスはこういってまずはユーニアを安心させたのだが、何の気なしに、

「お前、いくつになった」といってユーニアを瞬時考え込ませる。勘のいいユーニアだからすぐに険しい顔になった。そして、いくつになったか答えなかった。

答えがなくとも、ルキウスの口元は笑みのままである。護るべきものは何か、ルキウスは込み上げる感動のように分かっていた。


そんなルキウスにとっては疫病神にほかならないのがキケローである。そのキケローは今もやはり忙しい。多分、ローマで一番忙しい。知らない人には自分からいいたいくらい忙しくしている。

ほぼひと月ほど前、二月の初旬のことになるが、キケローはカエサル暗殺の加担者アシアの総督トレボニウスに宛てて久々の書簡を送っている。トレボニウスといえば、今も行方が知れないマッシリア王家の末裔デマラト

ス・プロティスに巨万の富をもたらした軍団長である。カエサルのマッシリア攻囲戦では攻囲軍の将を務め、難攻不落の要害都市マッシリアを陥落させたという赫赫たる戦功を誇る。しかし、思うところがあったのか、それとも託されたヒスパニアの統治に失敗してカエサルを逆恨みしたのか、トレボニウスは暗殺の一味に加わり、儀典会堂での決起の際は、アントニウスをカエサル暗殺の場から遠ざける役を果たしている。結果、カエサルは死んだがアントニウスは生き延びたことになるから、キケローの性格からして嫌味混じりの私信にならざるを得ない。「大体、君という愛国者が、やつを脇によけさせてやったから、君の親切のおかげでいまだになお生きているのだ、あの疫病神が」と、まずは嫌味たらたらでトレボニウスを腐らせる。念のためだが、ここでの疫病神とはアントニウスのことである。

　キケローは、君のせいで忙しくなったといいたいのだろう。しかし、概して偉人という人たちは忙しくなるほど溌剌とするものである。そしてキケローは偉人であるから、「山積する難題に忙殺され」ながらも、「私は国家のため、思考のみならず行動も、一瞬たりとも途絶させはしなかった」と、いうべきことはやはりいって自らを讃える。なるほど、それは事実であって、結果、ローマの民衆や元老院も多くがキケローを支持しているのだが、元老院の有力議員たち、執政官格の人たちが意のままにならない。「一部は臆病風に吹かれ、一部は不忠を企んでいる」とこぼすのだが、その一部というのがローマ政界の有力者たちである。戦乱を避けたい一心で、というほど平和主義者たちではないのだが、戦争を煽りたいキケローにすれば大いに気を滅入らせる相手ではある。しかし、キケローはやはり偉人であるから弱音を吐くどころか、逆に「あの私の古の意気が私に戻ってきた」と恐いことをいって、「疲弊困憊にふさぐ元老院を尚武の遺風へ呼び戻」さんとする老いの「気概」は吹かしておく。どうしても、戦争がしたいからである。

　さて、この私信だが、名文家キケローらしく嫌味やら自惚れやらを上手に織りまぜ、遠くの知人に現況を報告した程度のものと見做されかねない。しかし、それでは偉人キケローを見誤ることになる。忙しいとか、奮闘しているとか、そんなことはいろんな筋から伝わっているはずのことで、多忙を極める中、なぜ急にトレボニウスに書簡を送ったかということが重要である。この書簡の趣意は実は末尾のほんの数行にあって、キケローは「傑出せる少年カエサル」すなわちオクタウィアヌスを最後になって褒めちぎるのである。何しろ、相続人としての権威でマケドニアの正規軍団ふたつに忠誠を誓わせた少年である。そのオクタウィアヌスを元老院の指揮下に留めておくことで、強硬なカエサル主義者たちの押さえにもなるはずだからである。とはいっても、カエサルの暗殺者たちにとって、カエサルの相続人に心を許すことは人が思うほど容易なことではない。前の首都法務官マルクス・ブルートゥスもキケローのそんな動きに強い不快感を抱いていた。しかし、国家のためにはそのような私情は捨て去り、共にアントニウスに立ち向かわねばならない。そのためには、いかにこの少年の働きが重要であるかを説得して、共に轡を並べるよう仕向けねばならないのである。偉人キケローの侮り難さが窺えるところではあるが、これほどの大事を書簡の末尾になってやっと切り出すあたり、キケローらしいといえばキケローらしいのである。大事は後回しにしてでも、老体に鞭打ち溌剌と活動している自分を何はさておき自慢しておきたかったのである。

　それはともあれ、皮肉なことだが、当のトレボニウスはキケローのこの書簡を受け取ったのち程なくして、属州シリアに赴く前執政官ドラベッラの手にかかって命を落としている。都市の門を開けろ、開けないの諍いの末のことだが、ローマの人はこんなことでも戦争をする。敗れて捕らわれたトレボニウスは拷問の末に惨殺されたようで、切り落とされたその首をドラベッラの兵士たちが蹴って遊んだそうだ。首で遊ばれてしまえばもうどうしようもない。キケローのせっかくの書簡は何の意味もなかったわけである。しかし、何もかも目論見通りいくはずがないのだから、ここで落胆しても始まらない。キケローは、元老院がこの事変を受けてドラベッラに対する公敵宣言を布告すると、追討軍の将に暗殺者カッシウスを推すのである。暗殺者たちをどうしても元老院の権威下に置きローマに近付けておきたいからである。もちろん、この提案はアントニウスの支持者たちやカエサル主義者たちによって撥ね付けられる。しかし、キケローは諦めない。

　キケローの口吻そのままにいうが、臆病風に吹かれたか、はたまた不忠を企むのか、と先のトレボニウス宛ての書簡にあったのは、一度は立ち消えになったアントニウスへの再度の使節派遣を、ピーソーやカレーヌスたちが蒸し返して元老院に再提起しようという動きがあったからである。戦争回避のための動きだが、キケローは断じて許さない。三月半ば、使節派遣の審議がなされた元老院で、キケローは、アントニウス相手に結ぶ和平は「和平などではなく、隷従契約なのだ」と断じたうえで、自らが使節団の一員となることを拒む。勝利を望むキケローにとって、和平という言葉は「勝利に対する絶望」と同義だというのである。なるほど、キケローがいうように「この上なく甘美で、比類なく美しい平和という言葉」は和平の協議によってではなく、戦いの勝利によって勝ち取らねばならないものかも知れない。勝利に酔う人々にとってのみ、平和がこの上なく甘美で比類なく美しいからである。しかし、キケローが戦争を煽っているのは誰もが承知しているから、元老院の面々が甘美で美しい平和に心惹かれたとは考えにくい。平和など、どのみち表層だけの照り返しだと政治家であれば分かっている。使節団再度派遣の提議があえなく頓挫して終わったのは、キケローのほかにも辞退者が出て反対陳述をしたからである。いきさつはどうあれ、キケローはこの結果に溜飲を下げたことであろう。しかし、伝え聞いたルキウスは頭を抱えたはずである。いうまでもないことだが、キケローはルキウスのすがる希望を躍起になって潰しにかかっているのである。

そのルキウスは、奮闘中のキケローはよそに、アスクルムに移り住むためローマとアスクルムとの間を行ったり来たりしていた。長い逗留も予想されたので衣食住すべてに念を入れた。ローマの知己たちには先年の大病を持ち出して転地治療をいいわけにしたが、そのまま信じた者はいなかっただろう。何人かは、おれも近々身を隠す、と正直を返してきた。パンサが集めた軍団三つはあらかた北に向かって進軍していた。アントニウスの支持者たちにとって、ローマはますます生きづらい場所になった。

ルキウスが夏の間に手がけた農夫小屋の増築部分の改修が済み、住居部分の割り当てや必要な家財の搬入のためアスクルムに滞在していた頃、外ガリアやヒスパニア方面を統治するレピドゥスとプランクスがアントニウスとの和平を勧める書簡を公にした。この書簡は三月二十日の元老院で読み上げられ、審議が開始される。先のピーソーやカレーヌスたちが蒸し返した和平のための使節団再度派遣の案件がまたも蒸し返された格好である。キケローに関する限り、事の発端から業を煮やしているから、また業を煮やしても変わりがないようだが、歯ぎしりくらいでは済まなかっただろう。というのは、既に触れたように、レピドゥスやプランクスには懐柔のための策を打っていたのである。特にプランクスには二度にわたって情愛の籠る、または押し付ける手紙を書き送っていた。それがどうだ、今になって血迷うたかっ、と憤怒（ふんぬ）の形相を見せてもふつうなのだが、さすがに劫（こう）を経たキケローは違う。演説に立ったキケローは、アントニウスの名は出さず、「人間の本性の境界から駆逐すべき」男たちとの和平が果たして可能だろうかと謎めいた問いかけをすると、アントニウスの賭博仲間や遊び仲間、ケンソリーヌスやカエリウス、ティーローやペトゥシウスなど取り巻き連中十四、五名の名前を挙げ、その暴虐ぶりはあげつらわず、しかし嫌悪感には訴えかけるのである、「諸君の眼の前に、彼ら、ことにアントーニウスたちの顔を思い浮かべていただきたい。その歩き方を、眼差しを、顔つきを、物腰を、脇や前方を歩んだりする、彼らの友人たちを、思い浮かべていただきたい。その酒の臭いが、その言葉による無礼と威嚇が、（もし、和平が成ろうものなら）どんなものになると、諸君はお考えか」と。どうということもない演説の一部に見える。しかし、このあたり、さすがに名演説である。というのは、もしルキウスがその場にいてキケローの演説をじかに聞いていたとしたら、このあたりでうーんと唸り声を上げ考え込んだと思われるのである。アントニウスのそば近くにいたルキウスには、そんな男たちのありさまがまざまざと眼に浮かぶからである。やはり、アントニウスからは距離を置き、身を隠すのがいいようである。

　キケローはこれらアントニウスの取り巻きたち、とはいってもすべてが指揮官級の人たちだが、「この恐るべき獣どもを、どんな柵に閉じ込めておけばいいのだろうか」と過激をいったり、「この首都にあの者たちを受け入れる余地があるなら、首都自体が存在する余地がなくなるであろう」とキケローらしい大袈裟をいって、この者たちとの和平などあり得ないことを逐次示していくのだが、これはキケローが演説に立った時から分かりきっていたことである。キケローの演説は綿密でその分長いことから、このあたりで吐息を洩らした議員たちもいたことであろう。大勢の中には多数意見に従うことこそ肝要と心に刻んで参集した人たちもいたと思われるからである。

いずれにしても、レピドゥスとプランクスの和平案は元老院で読み上げられ審議されはしたものの、反対陳述がほかからも出て、よくあることだが、立ち消えになった。だからといって、キケローの苦労が軽減したわけでは決してない。状況を不利と見たのか、アントニウスは交戦状態にある現執政官ヒルティウスとオクタウィアヌスに宛てて、カエサル派を糾合し共に暗殺者たちに立ち向かうべしとの書簡を内密に送っていたからである。アントニウスが伝えたのは、今は敵味方として向かい合ってはいても、それぞれの軍勢は共にカエサルの下で戦った仲間である、いずれが勝者になろうとも、得をするのはほかでもない、暗殺者たちやカエサルの仇敵ポンペイウスの党派ではないか、考え直すべきではないか、といった程度のものらしい。なるほど、理屈のうえではアントニウスのいうことに一理も二理もあるのだから、理を以て淡々と諭せばいい。駆け引きなど匂わせばかえって猜疑の眼を向けられることになる。それなのに、アントニウス、何を逸(はや)ったのか、唯一カエサルの仇を討てるのは自分を措(お)いてほかにない、と変なところで我を張ってしまった。我の強いローマの人にこれはまずい。現執政官ヒルティウスは気を悪くして、この書簡の写しをあろうことかキケローに届けてしまう。また、一軍を率いる法務官格のオクタウィアヌスに対しては、いまだ子供扱いの文言すら加えるような始末だから、結局、どちらもアントニウスの誘いには乗らなかった。しかし、キケローからすれば、このような動きがカエサル派の中にあること自体危険であるし、何より危ぶまれるのは、どちらも、機を見てアントニウスの誘いに乗ってしまうかも知れないことである。信なく離合集散するのは乱世の常だから油断はできないのである。それはさて措くとしても、これら両者への書簡には、キケローが抗争を利用して暗殺者たちの復権を企んでいるとの注意喚起もなされていた。これは、キケローにすれば看過できることではない。国家のためとはいいながら、いわれてみればその通りだからである。早急に手を打たねばならないのだが、当面はヒルティウスもオクタウィアヌスも胡乱(うろん)な動きを見せそうにない。差し当たって急を要するのは、大将軍に二度任ぜられ、大神祇官も兼ねる総督レピドゥスが実はアントニウスと通じていること、そのレピドゥスにプランクスも同調してしまったことである。ふたりが提案した和平案は立ち消えになったとはいえ、当人たちが納得したわけではないのだからキケローはまた忙しくなったのである。

一方、アスクルムのルキウスだが、元老院でのそんな動きにはもう関心はない。身を隠すことに決めてしまったからである。三月二十日のキケローの奮闘振りをよそに、ルキウスはその数日後、父の衰弱ぶりに心を痛めつつローマに戻った。戻ったルキウスを迎えたユーニアは、三日前、ウィリウスが夕刻を過ぎて訪ねてきたこと、翌日からは使いの者が二度も続けて訪れたことを告げた。そのユーニアに何やら怯えたような様子があって、いいたいことをいいかねているような感じもした。しかし、わが家に戻ったルキウスは迂闊(うかつ)としかいいようがない。ユーニアの怯えた様子もそうだし、こんな時世であることを思えば、多少の胸騒ぎくらい感じてよさそうなものだが、何を思ったか、ルキウスはあわてて家僕たちを四方に走らせたのである。デクタダスの居場所をつかんで、今度こそやって来させようと考えたからである。家僕のひとりには家に張り付けとさえ命じておいたが、移住騒ぎで忙しい最中に迷惑なことである。ウィリウスからの使いは翌日の朝にも来て、明日の昼過ぎには伺うとの伝言を置いて帰った。しかし、その日戻った家僕たちは溜息ついて首を傾げ、無駄足だったことを告げるのだった。デクタダスは、ルキウスがローマを離れていると思っていたのか、ふらりとどこかに消えてしまったようだ。来る時は入り浸るように来るくせに、来ない時はぴたりと風が凪いだように来なくなって、ウィボーの底なし池に潜っていた、なんてことを平気でいう。気を揉ませる男なのだ。

翌日、ウィリウスを迎え入れたルキウスが苛立ちを隠せない様子でいたのは、二日経ってもデクタダスの消息がつかめなかったからである。ルキウスは、自分は走り回ってもいないのに、相当走り疲れた顔をして、「いやもう、デクタダスがねえ」と開口一番不平をこぼした。気持ちだけは走り回っていたからであろう。ウィ

リウスはルキウスのそんな不平を聞き流して、

「四、五日前かな、こっちへ戻ってすぐ立ち寄ってみたんだ。近々身を隠すようだが、耳に入れておいたほうがいいと思って」といった。

ウィリウスはルカーニアあたりの民族服であろう、袋を被ったような粗末な身なりをしていた。人眼を憚（はばか）ってのことかも知れない。切迫した様子もあって、ルキウスは急に真顔に戻る。

「アエリウス・セレーヌスという男を知ってるだろう。アントニウスのそば近くにいる男だ。よくは知らないが、大物なんだろ。その男が、ローマにいるアントニウスの支持者たちの名前を書き列（つら）ねた文書を作った。それがオクタウィアヌスの手にある。パンサが密使を使って届けたそうだ。写しはキケローや、ほかに何人か執政官格の人たちの手にもあるようだ。知っていたか」

「文書って、それ、何のことだ」

「この前、二十日だかの元老院で、キケローがアントニウスの支持者たちを名指しで非難しただろ。あれはたいてい元老院格の人たちだから、アントニウスに与（くみ）することは分かっている。案外分からないのは、騎士身分や富豪たちの中の誰が実際にアントニウスの支持者かということだ。セレーヌスはそんな男たちの名前を列記した文書を作っていたんだ。それも、三月の初め、キケローの演説より半月以上も前の話だ。セレーヌスはそれをパンサに届けた。パンサはしばらく放置していたらしいが、今度、北で待機している軍を動かすためローマを発つ時、写しをオクタウィアヌスやキケローたちに送ったらしい。今、ローマを管轄しているのは法務官のマルクス・カエキリウスだが、多分カエキリウスにも渡っていると見たほうがいい」

「へえ、そんなことがあったのか。それにしても分からん、何でアエリウス・セレーヌスがそんなことをするのだろう」

「向こうでね、おれ、オクタウィアヌスの幕僚格の人に呼ばれてその文書を見せられたんだ。誰か心当たりの男がいるかどうか尋ねられた。芝居の興行をやっていれば、政務官格の人たちといろんな付き合いがあるからね。

そうだな、四十いくつの名前があった。見知っている名前もいくつかあった。驚いたのはあんたの名前が二番目にあったことだ。まさか、と思った。レンミウス・レグルスやらセクストス・パウルスなんかの名前より上だ。もちろん、あんたのことは黙っていたが」

驚きというより、いろんななぜが湧いて出て気持ちがあちこちした。ルキウスは心細く笑うだけの応えをして首を傾げる。思いもよらない話だし、そのことがどれほど重要なことかとっさには判断できなかった。ルキウスがアントニウス派であることは知る人は知っているが、知られたところでどうなのだろう、公職などには近付けないただの騎士の端くれである。レグルスやパウルスなら、同じ騎士でも選ばれて地方の公職に就き、政務代行官も務めて、資産にも、また有力な係累にも恵まれた男たちだ。ルキウスなどから見ればはるか雲の上の男たちなのに、なぜルキウスが二番目なのか。いや、そんなことより、なぜセレーヌスがそんな密書まがいの文書を作ったのか、ルキウスは呆然とならざるを得ない。

「パンサがもうローマを発っただろう、執政官のいない元老院はキケローが牛耳る。懲罰動議でも出しかねない。事と次第によるが、あんた、難しくなるよ。そのパンサだが、そのうちクラテルナのヒルティウスと合流する。いよいよ陣容が整うんだ。厄介なのはね、セレーヌスが、アントニウス軍との間で本格的に戦端が開かれれば、それに呼応して、執政官のいないローマで騒ぎを起こそうとしている、といい触らしていたそうだ。あんたたちのことだよ」

「驚いたなあ、というよりバカバカしいわ。騒ぎなんて初耳だし、そんなことできるはずがない。第一、パウルスはもうアントニウス派じゃないよ。ほかにどんな名前があるのか知らんが、今ローマに残っているのは、たいていが様子見か、おれみたいに逃げるか。アントニウスに恩義を感じるやつらはもうムティナの攻囲に加わっている。それにしても、何でセレーヌスが。大物ってほどでもないが、アントニウスに近い男だ、確かアントニウスとは縁続きだった。前妻の従妹か姪かの亭主だったと思う。北アフリカの頃から、ずっとそばにいた。信任が厚いというより、身内みたいな扱いを受けていたんだ。この前、コテュローたちと一緒にローマに戻ってきたのは知っていたが、ムティナへは戻らなかったのか、まだローマにいるのか。それにしても、何でだろう。アントニウスの庇護都市をいくつか預かっていたはずだ。ほんとに、身内みたいに扱われていたんだ」

「だからこそ、密告をして、それを土産にこっそり元老院側に近づこうとしているんだろう。身内の扱いともなれば、急に寝返ったといっても、信用されないさ。嘘でも何でも、信用分の担保を差し出さないと。しかし、担保は担保でも悪辣だね。人質代わりの告げ口だよ。しかも、告げ口だけしてピサエのほうに戻ったらしい。とすれば、同じ文書をアントニウスにも届けるはずだ、ローマに残る味方たちって触れ込みで。利口なやつだ」

「利口というより……分からん、何でだろう。どっちにしても、執政官格の人たちに名前が知られてしまったのか。まずいなあ、おれはたかが騎士身分だが、名前は厄介なことにクラウディウスだ。二番目なら目立つわ。それにしても何でなんだ、おれ、その四十人に入るような格じゃないよ。同じ平民系のクラウディウスでも、マルケッルスの家みたいに先祖に名将がいたわけでもないんだ。吹けば飛ぶようなクラウディウスだよ。それなのに……分からん。騎士の四十や五十くらいなら売ってもいいと思ったのだろうか」

「セレーヌスはね、自堕落なアントニウスの取り巻きの中では筋目を立てるような堅苦しさがあって、みんなから一目置かれていたような人だ。コテュローみたいな男でも脇に退いたくらいさ。何でだろ、何でそんなことするんだろう。ほんとに、臣下というより、身内みたいな人でね、その分お高く振る舞っていたとはいえるが。何でだろう、何で、あの人が……」

「しかしな、ルキウス、今さらいいたくはないが、ムティナのブルートゥスにしても、トレボニウスにしても、あれだけカエサルの恩顧を受けていながらあっさり裏切る。あの法務官ブルートゥスなど母親絡みかも知れんが、カエサルに愛されていたんだ。それでも裏切る。な、あいつら、自分の手で殺したんだぜ。カエサルの返り血を浴びたんだよ。つくづく思うが、人間ほど恐いものはないわ。みんな、腹の中に殺意を隠して澄ました顔でカエサルの前に出ていたわけだよ。それが恐い。なあ、どんな動物にそれができる」

「そうだな、どれほど獰猛（どうもう）な動物が人間の皮を被っても、おれたちみたいな人間にはなれんだろう。よくできた生き物だ。それにしても、分からん、何でだろう。正直いって、セレーヌスとはほとんど交遊はないんだ。気位の高い人でね、酔い潰れているのは見たことがないし、話をしたことも、ないとはいわないが、話しにくい人さ。だから……」

「気位が高くて酔い潰れないような男は最低だよ。大体、酔い潰れない男なんて信用できるか、決まって卑怯者だぞ。加えて気位が高いとなれば、最低最悪。あの気位の高い小カトーでもへべれけに酔い潰れていたからこそ周りに人が集まったのさ。いやまあそんなことより、気になってやって来たんだ、何であんたが二番目なんだろ。面倒だね」

「何でだろう、それが分からん。四十番目でも分からんくらいだ。おれは大病の頃から、多分三、四年は話もしていない。その前だって、ついでに声をかけてもらうって程度だった。だって、あの大病の前から、アントニウスとは疎遠だったんだよ。セレーヌスなど滅多に見かけなかった」

「ただね、オクタウィアヌスの周りは案外利口だよ、そんな文書が大ごとだとは思ってないよ。たった四十そこその騎士たちだろ、数からすりゃあ騎兵一個中隊におまけがついたくらいじゃないか。狙いは資産の没収かな。しかし、アントニウスと親交があったくらいでそこまでは行くかなあ。そんなことをいいだしたらきりがない。それより、身内並みから裏切り者が出たことのほうが大ごとだ。向こうの陣営に亀裂が入っているってことだろ。どこまでくさびが打ち込めるか、そっちのほうがよほど大事だ。だからまあ、安心しろとはいわないが、用心はしたほうがいい」

「ああ、そうだな。しかし、どうせ身を隠すにしても、名前はもう隠せないなあ。クラウディウスだよ、おれ。戦争がどう転んでも、この名前がついて回る、名前からは逃げようがないわ。デクタダスがよくいうんだが、公道を闊歩するような名前だって。あいつ、アッピア街道に出るとたいていそういう。しかし、分からん、何であのセレーヌスが、ほんとに、顔を見知っている程度なのに」

　さっきから、分からん、を繰り返すルキウスにウィリウスはもう返答のしようがない。とっさの思い付きで、

「どうだろう」と声をかけた。

「一度こっちの人たちと会ってみないか。会ってみるだけでいいんだ、何人か重要な人たちに会わせる。普段通り、いつものありのままでいればいい。信用できる人たちだが、あんたのほうからは何もいわないでいいよ、セレーヌスの密書の話は伏せられているんだ。ふつうに笑っているだけでいい。いずれ身を隠すにしても、あとのことを考えると、会っておいて損はない」

「そうだな、アントニウスが敗走するかも知れないしな。ふつうに会うだけなら、会っておいたほうがいいだろうね。でも、何でだろう、分からん、分からんわ」

ウィリウスはルキウスの分からんを相手にせず、頭の中で今ローマにいる信用できる男たちをひとりふたりと数え始めた。一方のルキウスは、分からん、分からんをまだ頭の中で繰り返している。なぜなら、ルキウスには思い当たることがあるからである。分からん、を繰り返すのは、そんなはずはない、と自分にいい聞かせたいからである。

「おれ、まだ四、五日はローマにいるから、そのうち連絡する。ひょっとして、市壁の外まで出向いてもらうことになるかも知れんが、いいね」

いいね、に反応がなかったのは、ルキウスがもううわの空でいたからである。思い当たることに心が奪われ、動悸が耳の奥で聞こえている。ルキウスは吐く息ばかりになってしまって、ふいに喘ぐように顎が上がる。そして、やはりあの時のことかと何度も思った。それ以外考えられなかった。

「ま、用心に越したことはないから。できるだけ主(おも)だった人を当たってみるよ。ところで、さっきデクタダスの話をしたが、来るのかい。この前はすっぽかされたから」

ウィリウスはわざと話を変えた。ルキウスのうわの空を、不安に襲われ呆然自失となった様子と見たのである。ウィリウスはきりりと顔を引き締め、知己をたどって元老院格の人たちにも当たりをつけてみようと思った。それというのも、ウィリウスはもともとカエサルの仇討ちを願って兵隊を志願したのである。それが今暗殺者の一味ムティナのブルートゥスを救うために働いている。もちろん心中憮然たるものがあって、それだけにどうしてもルキウスを窮地から救い出したいのである。秋口以来、甲斐もなく働くうちに、ウィリウスは自分で自分が分からなくなった。今、ルキウスの役に立とうとすることが、自分が自分であるための働きであるように思えたのである。ルキウスには気安めをいったが、事と次第よってはほんとに難しいことになるかも知れない。出征を控えたウィリウスだから人の心配をするような場合ではないのに、何としてもルキウスを救う気でいろんな事を考え始めている。

一方、うわの空のルキウスはやっと間延びした声をウィリウスに返した。

「うん、あ、デクタダスね。今、男たちを走らせている。戻ってきたのもいるだろう、ちょっと訊いてくるよ、いいかい」

ルキウスは向き合う席を立った。もちろん、独りになって気持ちを整理したいのである。デクタダスのことはどうでもよかった。しかし、執務室の外に出て向き合う相手がいなくなると、忘れていたあの時のことがかえってありありと思い出され、気も動転し、寒さのせいではない胴震いをした。ルキウスは暗がりの中で立ち竦んでしまう。

ルキウスは回廊を歩き、広間を歩き、取り次ぎの間を歩いただけで暖かい執務室に戻った。冷気の中を歩いたせいか急に意識が冴え冴えとして、忘れていた面影が貼り付くもののように思い浮かぶ。作り笑いの裏側でルキウスはその面影を急に間近に見るような気さえした。

「探しにやった者たちがまだ戻らないようで」とルキウスが曖昧に告げると、ウィリウスは立ち上がって、

「そうか、じゃあ、しばらく待とう、せっかくだから。しかし、あまり時間はない」といいつつ背を伸ばした。

そして、簡素な調度に眼をやりながら狭い執務室の中を歩き始める。

ルキウスは独りになって乱れた気持ちを鎮めたいのか、ウィリウスを引き止めて無駄話で気持ちを紛わせたい

のか、どちらが本当の自分の気持ちか分からなかった。それは、どちらもそのようであった。

「おれはルカーニアの田舎育ちで、ローマに対して卑下と妬みと憧れを持って育った」

ふと眼を向けると、ウィリウスが壁の遠い隅に向かって話している。そこには灯りを吊るす鉤だけがあった。ルキウスも離れて立ったまま壁のほうに顔を向ける。

「十ほど言葉を知っていれば無事一日が終わるような土地柄さ。年がら年中稔りの心配をして、日の出の景色や花々の美しさなど知らずに死んでいく人たちばかり。まあ、そっけないくらいの田舎だ。子供の頃だが、うちにギリシャ人の家庭教師が来てね、ちょうどアテナイがスッラに攻められていた頃に育った人だ。スッラはアテナイを攻略したあと、兵士たちに無制限の掠奪を許しただろ、あれでアテナイは廃墟となった。何万もの市民たちが犠牲になった。女も子供も。あのアテナイが血の海になった……おれの家庭教師、オイリアノスという名前だったが、両親も兄弟の何人かもスッラの兵士たちに嬲り殺された。名家だったというよ。スッラを憎んでいてね、スッラが憎いから、ローマの閥族貴族たちも憎い。スッラは閥族派の親玉だからね。そんな時だよ、カエサルが登場するんだ。あの時、カエサルの細君は民衆派のコルネリウス・キンナの娘だった。確か、二番目の細君だよ。その細君と離婚をするようスッラに迫られたのにカエサルは撥ね付けた。あの独裁官スッラに盾を突いたんだ。カエサル、まだ十九だよ。おかげで命からがら逃げ回るんだが、スッラが死んで、ローマに戻ってくると、閥族派のコルネリウス・ドラベッラやスッラの副司令だったガイウス・アントニウスを告発して民衆派の意気を示した。颯爽と立ったカエサルが民衆派の旗を高々と振り上げたんだ。オイリアノスからはいろんな学問の手ほどきを受けた。しかし、同時に、閥族貴族たちへの反感とカエサル崇拝も植え付けられた。子供だったからね、しっかり学問をしてカエサルのために働こうと思った。カエサルの側にいて、カエサルその人を支えたいと思った」

ウィリウスは唇を一文字に絞った。そして、急に嫌々をするように首を振る。

「それが、こんな荷物運びの志願兵になるとはねえ、周りは給金目当ての喰いっぱぐればかり。カエサルの敵討ちなんて、これっぽっちも考えていないやつらだ。……何だ、どうかしたのか」

「あ、いや、ちょっとぼーっとしてた。そうか、そんなことがあったのか」

「おいおい、あんな文書のことなら心配しなくていいよ。用心のためにね、知っておいたほうがいいと思っただけだ。それに、大した戦争にはならないと思う。どこかで和睦するよ。もとはカエサルの下で共に戦った仲間同士じゃないか。本当の敵はどいつらか、すぐに分かるわ」

「そうだな、確かにそうだ」

　ルキウスはわざと嘆息しつつ大袈裟な相槌を打った。そして、話を逸らす。

「確かに、スッラはひどかったらしいね。征服者みたいに残虐だった。ローマの市壁内に軍隊を常駐させていたというし。そんな中、カエサルが颯爽と出てきたんだ。おれはまだアスクルムにいたからよく知らないんだけど、でも分かるよ、あんたのカエサル崇拝。しかし、いきなり兵隊を志願しただろ。いくらカエサルが死んだからって、驚いてしまった。ほかの理由も探したくらいだ。そうか、そういうことだったのか。おれはね、若い頃はあのクロディウスの世話を受けていたから、もともとは閥族派なんだ。だからといって、こっちは何の考えもない。家も周りも大概が閥族派だから何ということもなく閥族派さ。しかし、ボナ・ディアの騒ぎがあってクロディウスがカエサルのほうに鞍替えすると、次の日からはおれもカエサル派。気がつけばずっとカエサル派だ」

　ルキウスは話に没頭する。セレーヌスの書面から来る不安や怯えを吹き飛ばしてしまいたいのである。あの時のあのことのせいで、こんな窮地に追い込まれたと思いたくはないのである。それにしても、なぜこの今になって、という不審が湧き立つのを抑えることができない。忘れたわけではない、しかし何年も前の話だ。動揺は地揺れのようにルキウスを揺さぶっている。気を許せば血が逆流し叫び声を上げそうなくらいである。

「きっと、ローマへの妬みがあるからだろうね。おれのことだよ、おれみたいな田舎者は首都ローマを牛耳る閥族貴族たちに対して卑屈になる分、憎悪を育てる」

　ルキウスは大袈裟に頷く。そして、

「おれだって、ほんとは田舎育ちだよ。子供の頃は今度身を隠すアスクルムで育った。アスクルムといってもずっと南のほうで、ローマからはさほど遠くないが、山の麓のどうしようもない田舎だ。おれの子供の頃は、ローマはまだ危ない場所だった。両親や長兄はローマで暮らしていたが、おれや妹たちはアスクルムで育った。ローマに来たのは成人してから。田舎者だよ、おれも」と熱心に主張する。

「おれが初めてローマに来たのも成人してからだ。遠縁に首都造営官に選ばれた人がいて、呼ばれたわけじゃないが押しかけていった。何かの目的があったわけじゃない、ただローマでごろごろしていた。そのうち、芝居が好きになって、芝居と縁ができて、いつの間にか芝居の興行を請け負うようになった。おかげで、その時々の法務官や造営官といったお偉方たちとの交遊が始まってね、その繋がりから、アンナ・ペレンナの祭りやユピテルの月例祭の出し物も何度か裏で仕切るようにもなった。華やかとはいわないが、晴れがましい自分に我を忘れることくらいはあった。日々の刺激に血が沸騰し、眠りを忘れて脂の汗を浮かべつつ……これ、クィリアノスだったかな、下手な悲劇作家の台詞なんだがね、何で覚えているんだろ。ま、浮かれ歩いていたんだ。そんな頃さ、親に呼ばれてルカーニアの家に戻ると、決まった嫁がいたよ。その嫁は今もいるんだ。田舎だからね、離婚なんてないんだ。田舎の嫁は可哀そうだ」

「知ってるのか、あんたの嫁さん、今度のこと」

「夏にルカーニアに戻った話をしただろ、いずれ募兵を見込んで随分動いたんだが、あっちは駄目だ……ルカーニアを選んだのは、こんなおれでも、嫁や子供に会っておきたいと思ったからだよ、多分ね。ほんとに、会うつもりだった。でも、丘ふたつに邪魔をされた。会いには行かなかった。今度のことは知っていると思う。もし、おれが戦死でもしようものなら、悲しむだろう、もし会いに行けば、なおさら……だからかな、会わずに帰った。この話、したよな」

「ああ、聞いたよ。いびつなんだろ、それは分かるな」

なぜだろう、喉に詰まって出た自分の声に心臓がきくんと反応する。ルキウスはふたつの丘を越えられないウィリウスの悲しみが見えるもののように感じた。会わずに去る、風のように景色を吹き抜け、葉叢（はむら）を揺らし、遠い空の彼方へ、人はそんな風にあるのがいい。ふと浮かんだ光景だが、ルキウスは自分のことのようにそう思った。

「おれ、あんたよりふたつ若いんだね」

ウィリウスがふいにまた話を変えた。ふたりきりでの話だからひとつの話を長く続けることができないのだろう。または、丘の向こうの妻子のことに気持ちを向けたくなかったのかも知れない。ウィリウスはわざとらしい薄笑いをしている。

「ああ、でもお互い全然若くはないよ」

「たったふたつだけど、おれはあんたほどできあがってない。いや、ほんとだ。あんたはおれみたいにうろたえないもの、ちゃんと逃げる算段をしている」

「違うよ、うろたえて逃げていくんだ」

「いや、あんたには、何かこう、落ち着きというか、重しがついてる」

「おいおい、重しだなんて、また女房を持ち出すんじゃないだろうな。自分が放りっぱなしにしているからだよ。だからあんた、風みたいに吹き抜けるしかない、風みたいに」

ウィリウスは笑いを消してこくりと頷く。どうやら、風みたいに吹き抜ける、がウィリウスに通じたみたいである。

「どっちにしても、とんだ誤解だ。デクタダスがやって来たら訊いてみるといい。おれなんか、まるでほら、風みたいに……」

また風が出てルキウスは口ごもってしまった。もちろん、風にこだわっているわけではない。自分のいいたいことが分からなくなっていただけである。あの日のことに向かおうとする自分の気持ちを渾身の思いで抑えているからである。こうして話を合わせていても、頭は半分うわの空。恐らくは、風みたいに飄々（ひょうひょう）としている、とでも続けるつもりだったのかも知れない。しかし、飄々は今のルキウスの気分からは遠すぎた。

そんなルキウスの風などどこへやら、ウィリウスがまた話を変える。

「今さら、人生とは何か、なんて問わないがね。しかし、喜びって何だろう。おれは喜びを知っていたのか。この今になって思うんだよ、おれに喜びなんてあったのか。難しいことをいうつもりはないんだ。喜びの日々はあったよ、恥ずかしながらふんだんにあった。しかし、振り返ってふとかすめるようなこの寂しさ空しさは何だろう。過ぎた日々の喜びはほんとに喜びだったのだろうか。おれは間違った生き方をしたのだろうか」

「おいおい」

「いや、そうだよ、丘ふたつ越えられないんだ。あの時の自分が、あのままあの場所で今も丘の向こうを眺めている気がする。その自分が今の自分に乗り移った気もする。どこに行こうと、何をしようと、ほんとの自分はあのままあの場所にいて、今が終われば、ふっとあの場所の自分に戻ってしまう。心残りってこんな気持ちのことだろうか」

「そうか」

「あのな、いってしまうがね、戦場なんかに出ようとするから、そんな妙なことを考えてしまうんだ、よくあることだ。過ぎた日々がどうとか、心残りがどうとか、それ典型だ」

「そうさ」

「そうだな。出征兵士のうわ言だな」

「そう、うわ言。それより、この時間になると部屋の中も急に冷えてくる、もっと温かい酒がいいだろ。気がつけば、もう春だよ。季節を忘れることばかり」

ルキウスは帳（とばり）の外に向かって、湯割りの酒っ、と乱暴な声をかけた。そして、「デクタダス、来ないのかな」と強引に話を振る。もちろんそれは、丘の向こうへ気持ちを飛ばしたウィリウスへの気遣いのつもりである。こんな話はうわ言で済ませたほうがいいのだ。

「デクタダスか、当てにしないほうがいいね。もし来たら儲けものと思えばいい。こんな時、あいつ、何をいうかね、興味津々なんだけどね。ところで、ルキウス、あの弁論家のデモステネスだったかな、有名な演説があったろう」

デクタダスから話を転じるにしても、この今になってなぜデモステネスと思いつつ、ルキウスは、

「デモステネスか、デモステネスなら有名なのはいくつもあるよ」とゆっくり応えた。そして、分からんでもないなと思い直す。出征をひかえて、戦争を煽る檄文でも唱えてみたいのだろう。初めての戦場ともなればなおさら。どうせ勇ましい『ピリッピカ』でも持ち出してくるのだろうと思っていると、

「ほら、一番有名なやつさ、『ヘタイラをわれわれは快楽のために保有する、妾（すなわち女奴隷）をわれわれの日常の世話役として保有し、妻は正統の子供を育て、彼女がわれわれ家族の信頼のおける保護者であるように保有するのである』ってやつ」とウィリウスは続けた。

「ああそれ。それってデモステネスだったのか。一番有名とは思わないが、あるなあ」

「女の用途を三つに分けて、それぞれを保有することで生活を乱すことなく安定させる。そうあってこそよき市民たりえるわけだ。男が有為の人材たり得るためには、女たちを用途ごとにどう扱い、日々の生活をどう秩序づけ益を得るか。よき市民は公人だからね、国家に仕えるべき市民が有為の公人たり得るのは立派に営む生活があってこそだからね。そのためには、用途ごとの女たちが必要なのだよ」

「何だ、そういうことなのか。あまり気には留めてなかったんだが、なるほどね、機能的だわ。しかし、あんたのそのいい方だと、男の身勝手も感じてしまうなあ。用途ごとにって、道具みたいだ。ひどい扱いだが、昔はきっとそうだったんだろうね」

思ったままを答えたが、ルキウスは首を傾げる思いもした。こんなデモステネスを持ち出して、出征兵士が何をいうつもりなのだろう。

「確かに、身勝手、しかしね、腹の底を割ってみれば、男はみんなどこかしらデモステネスだよ。ギリシャの昔から何も変わってはいない。これからも変わらない、男はみんな下衆(げす)なデモステネスを自身の中に棲(す)まわせている。そうだろ、多少の金があって、三つの用途の女たちを保有しない男がいるかね。立派な市民は少ないが、下衆な男は山といる」

そういうと、ウィリウスは眼を輝かせ心持ちルキウスのほうに体を寄せて、何やら照れを隠すように笑った。下衆な話のひとつやふたつ話すつもりでいるのだろうか、眼が合うとあらかじめ恥じるようにその眼を逸らせる。そして、「あんただからいうが」と話し始めたところへ、湯割りの酒と酒の肴を運ぶ女たちが帳を揺らして入ってきた。気配から、ユーニアが外で差配しているのが分かる。ルキウスは、ひやりとしつつ帳の向こうを窺っていた。

女たちが卓上を片付け、新しい酒杯と肴の皿を置いて出ていくと、ルキウスはふっと肩の力を抜いた。そして、下衆だなと自分を思いつつ元の椅子に腰を掛ける。

ウィリウスは照れ隠しのような笑いを続けている。しかし、下衆な話をしそうではなかった。ウィリウスは吐息でもつくかのように、力無く笑っている。

「あんただからいうが、女には四番目のがいるよ、快楽のためではなく、世話役としてでもなく、家庭の保護者でもない女が」

そういって、ウィリウスは向かい側に腰を掛けた。

「へえ、そうかな」

「四番目のは、男の夢の中にいる。そうさ、まぼろしの女、男の夢に取り憑く怖ろしい女だ」

「神話か」

「ああ、神話級だ」

「しかし、夢の中の女なら、さっきの三分類とは別次元だろ、だって現存しないよ」

「いや、三分類の女たちより現存するんだ。世界があまねくそれだといっていい。陽の輝きの中にも、春の小鳥のさえずりの中にも、さっきあんたがいった景色を吹き抜ける風の中にも、その女は現存する」

「やっぱり神話か」

「いや、神話じゃない。おれ、あんたたちに話したことがあっただろ、あのミモス女優、キュテーリスのこと」

ルキウスは小さく息を呑んだ。しかし、さほど動揺したわけではなかった。夢に取り憑くと聞いた時に、心は動揺を予感していた。だから、キュテーリスの名が出たとたん、ウィリウスのいったこと、多分いいたいことも即座に全て理解できた。世界にあまねく現存する……キュテーリスは確かにそのようであった。

「あれは、樫の木の下で酒宴を張った時だ、おれ、話したと思う。まだ十四、五のキュテーリスが、アンドロマケーを演じて、まだ生娘みたいな少女がだよ、夫を戦地に喪（うしな）った妻を演じる、あの話。どういえばいいか……あれをミモス劇でやられたんじゃ立ち直れんわ……辱めを受けるアンドロマケーが夫への愛を思い忘我の表情を浮かべる……淫らな中に聖なるものを見た気がした。眼に灼き付いた」

「聞いたよ、その話」

「いつも心の片隅にある、ってそんなんじゃない。普段、思い出すこともないさ。しかし、こんな今だから思い出す。付き合いのあった人たち、交わりのあった女たち、中でも懐かしい、大切な人たち、気付かぬうちに思い出している。そんな中でね、キュテーリスだけが夢の中から現われたみたいに、もともとこの世にいない人みたいに思い出すのさ。夢がこの世に出てきて形になった、そんな女……変だね、おれ。キュテーリスの姿が思い浮かぶわけではないんだ、そんなの、忘れた。忘れたのに、あの頃の自分だけは思い出す、というより、仕舞い込んでいたんだね、自分の気持ちを。今になって、いや今だからこそ……」

ウィリウスはふいに言葉を途切れさせると、今、自分が何を考え、何を話しているのか分からない、そんな顔をルキウスに見せた。というのも、ルキウスが同じような顔をしてウィリウスをじっと見ていたからである。し

かし、ウィリウスは、ルキウスがセレーヌスの密書の件で気もそぞろなのだろうと気遣い、

「はは、変な男だ、おれって。こんな時に、何いってんだろ」といって自分を嗤（わら）った。

「そりゃあまあ、あれだね、おれだって変だから。変な男同士が顔突き合わせて何の話をしているやら。それにしても、アンコーナはねえ……あんた、アンコーナまで追っかけていったんだろ。しかし、アンコーナはまずいよ、魔物が棲んでいるんだ。そいつは夢に乗り移る、そして、夢から出てくる。はは、女の魔物だ」

「おいおいアンコーナって、おれアンコーナの話もしたんだっけ。夜明け前の海の話、あれれ、ほんとかよ。うわ参ったなあ。おれ、自殺しようとしたの、話しちゃったのか」

「ええっ、自殺って、あんた本気で」

「本気じゃないさ。ここにしょんぼりいるじゃないか。どういうかなあ、自殺が何より好ましく思えただけだよ。あの貧しいイーピス、知ってるだろ、恋しい人の戸口で首を吊ったあのイーピスだよ。ナールソーってやつが詩に書いて評判になっていたじゃないか。おれ、死んだイーピスの歓びを思っていたのさ」

「何いってんの。あんた分かってる、怖いようなこといってるよ」

「いやいや、バカな話さ。はるばる独り旅して、旅の愁いに誘われただけ、ほんとはそれだけなんだろう。しかし、あんな昔があったんだね、甘ったれた自己憐憫……実際バカな話だが、あの時はおれ、イーピスと一緒にうっとり死んだ気分でいたよ。波がね、夜の海の波の音がね、好ましい死の気配を、まるで」

「おいおい」

ルキウスは本気でこの自殺志願者のことが心配になった。ウィリウスはルキウスの眼の前で死んだふりをした昔の気分を甦らせているみたいなのだ。

「ちょっとちょっと、大丈夫か。あんた、眼が変だよ。どこかへ持っていかれてるよ。あのな、イーピスは、しかし、愚か者じゃないか」

「愚か者か……まさにそうだ。戸口に立った貧しいイーピスは、無情の乙女アナクサレテに届けとばかり、今際（いまわ）

のきわの思いを告げる、『ぼくは、よろこんで死んでいこう。さあ、木石の乙女よ、よろこぶがよい。だけど、ぼくの愛には、おまえも褒めずにおれないなにかがあるはずだ……おまえにたいするぼくの恋は、ぼくの命よりも先に消えなかったのだということ……このことは忘れないでほしい』イーピスの願いを聞いたのは、夜の静寂(しじま)、アナクサレテではなかった」

「うわもう、困ったやつだな」

「思い出した、久々に。ずっと忘れてた……夜の海の波に呑まれ、命果てたあとにも思いを残して……へへ、何かおれ、目が覚めてから寝言をしゃべったみたい。自分でしゃべったことに首を傾げる」

「でもまあ、よかった、呑まれなくて」

「そうだね、よかった。死んでたら死のうとしたこと思い出せない。大事なことだ、はは……今思うと、あの時の独りの旅路がおれをおれへと導いた、そんな気がする。おれへの旅路……なあルキウス、誰かの詩にあったね、あの女を知ったからには死なねばならぬ」

ルキウスは小さく頷く。何となく、意味が分かった。だから頷きはしたが、そんな詩があるのは初めて知った。

「そうか、話しちゃったか。やれやれ、参ったなあ。あの日は取りとめもない長話が続いて、つい酒が過ぎた。そこだけ覚えてないわ。ふつう、というより、絶対にその話はしないんだよ。あの日は酒とおしゃべりとで、だって、デクタダスだものなあ、張本(ちょうほん)が。おれ、頭がくらくらして、あっちの世界とこっちの世界を行ったり来たり。そうか、アンコーナの話したのか、多分あっちの世界にいた時だわ」

いや、案外熱心に話していたみたいだった、と返す言葉が胸にはあった。しかし、

「そうだろうね」とだけルキウスは答えた。

「話しちゃったのかぁ、不覚だった。ただね、ルキウス、不思議に覚えてることがあって、あんた、あの時、分かっておれの話を聞いてくれてた。ほんとだ、顔にそう書いてあった。あんたくらいだよ、分かって聞いてくれ

たの。キンナさんはデキムスのせいでへしゃげていたものな、あんただけだ」

これにはルキウスも相槌の打ちようがない。自殺とまでは思いが至らなかったが、あとはたいがい心に届いた。というより、自分が語り出した話のように聞いていた。隠しても顔には出るのか、今もそうか。

「若かったんだね、あんな風に一途になって、死が好ましく思えてしまうんだもの。おれにとってキュテーリスはアンコーナの夜の海そのものさ。波音だけの暗い海、そう、おれは暗い海の波音に溺れ沈んでいたんだろう」

「波音に溺れ沈むか、きっとそうだよ……そうか、若かったのか」

「ああ、二十歳を少し過ぎた頃かな。もちろん、かみさんなんかまだいない。ローマに居着いてふらふらしていた頃だよ。芝居や詩歌に夢中になって、生活などは奴隷のすることだと思っていた」

「奴隷ねえ、生活ってそうかねえ」

「流行らん劇の台詞だよ、『生活なんか、召使たちが代わりにやってくれる』。青っぽい台詞だ。今となりゃあどうだろ、分からんがね。まあ、アンコーナまでのこのこ追いかけては行かんだろ」

「そりゃ、まあそうだろうね」と調子を合わせるのはいい。しかし、かみさんがいて、ふたりの子を持つルキウスはここで大いに縮こまるべきなのである。もっといえば、自分を嗤うべきなのだ。ところがルキウスは、あと十四、五も若ければ自分も死を好ましいと思ったりするのだろうかとズレたことを考えている。あの頃の狂熱を思えば、そういうことはあり得たかも知れないから、ルキウスは思い詰めた顔をしている。もうこの歳、今となれば夜の海に誘い込まれることはないだろう。代わりに、思いもよらぬ大きな企みの中に手繰り寄せられた気がしている。だから、一層思い詰めた顔をしている。

「あんた、アントニウスの側にずっといたわけだから、キュテーリスを知っていたんだろ。まあ、知らん男はローマにいないだろうさ。でも、普段、屋敷の中で見かけることくらいはあったんだろ」

「そ、そりゃあ何度か、いやも、もっとある。ミモス劇も、もちろん」

「そうだろうな。しかし、おれは普段のキュテーリスがどんなだかあんたに訊かなかった。訊いてみたい気にもなったけどね。どんな声だか、何を話すのか。しかし、おれの中のキュテーリスは、アントニウスの側で侍って いるようなキュテーリスとは別人だよ。だから、あんたに訊かなかったし、あんたのことがそれほど羨ましいと は思わなかった。男の夢に巣喰うキュテーリスは下世話な話に愛想笑いをするような普段のキュテーリスじゃな いんだ。まして、アントニウスの寵を受けるキュテーリスなどとは全然別だよ」

「まあ、そうだな。夜の海なら、きっとそうだよ」

ルキウスはくぐもった声で応えた。異論も何もあるはずがない。かつての、痴れ笑いのルキウスはアントニウスに身を寄せるキュテーリスを同じ思いで見ていたのだから。サッフォーを詠い舞ったあのおんなは、人前でアントニウスに胸元を探られているようなおんなではない。わざとのように拗ねて見せ、焦らしておいて抱きつくような嬌態を見せるおんなであるはずがない。ウィリウスのいう通りだろう、おんなはルキウスの夢の中に居場所を移した。だから、キュテーリスの去ったアントニウス邸に、ルキウスは日々、夢に誘われ導かれて、いない人を訪ねていった。

しかし今、あの頃の狂熱を思い出せば身に迫り来る危ういものを感じてしまう。あの狂熱は怖い夢に繋がれていたからこそのように思えてならない。そこに、悪意あるもの、愚弄するものを感じてしまうのは、セレーヌスの密書にルキウスの名があると知らされたせいもあるが、もっと根源にあってルキウスを愚弄している何かがあるように思えるのだ。何もかも、人も宇宙自然をも企みの中に入れる根源のものが。

「なあ、ルキウス、前から思ってたんだが、何だかあんたって、キンナさんに似てるね。あんたといると昔の文学趣味が甦ってくる。そのせいかな、今日、おれ、よくしゃべるわ、しゃべるつもりのなかったことまで。今気付いて驚いている、というよりうろたえているくらいだ。日頃、荒くれ男ばかり相手にしているからかな、あんたと一緒にいると、なぜだろうね、つい話してしまう。あんたなら分かってくれると思うからだろうか。キュテーリスのことなんて、ほんとだよ、普段考えないし、人に話したりもしない。秘めてこそ恋の至極、なんてバカはいわないが、話しても分かってくれる人、いないわ。バカバカしい話だよ、まともな人からすりゃあ」

「まともかあ」とルキウスは声を大きな溜息に混ぜて吐き出す。そして、ウィリウスを上眼遣いに見た。

「しかし、そういいながら、まともな人をバカにしてるんだろ。いっておくがね、おれに文学趣味はない、キンナとよく一緒にいたからそんな風に見えたんだろう。どっちにしても、出征前は気持ちの振り幅が大きくなる。バカなことをますますバカな風に考えてしまう」

「ただね、ルキウス、ほんとにいいたかったことは、田舎者のおれにとって、キュテーリスはローマだった、そして、それがおれの世界だったということなんだ。おれはキュテーリスに淫するようにローマに淫した。世界の夢に淫した。妙ないい方をするが、本当だ。キュテーリスを初めて観たのは十何年も前のことだが、嫁をもらってからでもおれはローマに居着いた。たまに田舎に戻っても、ローマを思えば、それがキュテーリスであるかのようにローマを思った。田舎からローマに帰る時、道の遠くに見慣れた街道脇の家々が見え、松の並木が見え、ローマの市壁が見えてくると、おれはローマに、そして、キュテーリスに淫する気がして、何だろう、鬱血し、息も喘ぎ、猛り狂う気さえした。ま、そういうわけさ、おれはふたつの丘が越えられないのさ」

「……それは、ある意味、怖い女だね」

ルキウスはやっとそれだけを応えた。ローマといったり、夜の海といったり、取りとめのない話なのだが、それが分からないわけではないから容易に相槌が打てないのだ。ただ、怖い女、とは口から自然に出た。そのことに、ルキウスは小さく動揺している。

「ああ、ある意味ね。しかし、くだくだいってるほどには深刻な話でもない。キンナさんならアプロディテの愛の迷妄とか古びたことをいいそうだけど、そんな神掛かったものじゃない。今になって思えば、まあ、芝居の中にいたみたいなものだ。自分で作った芝居を自分で演じて、自分が観ている。ありふれた譬えだが、演技者としては真剣だよ、観客ひとりも巻き込んで。しかし、芝居が跳ねたら、お疲れ様、で済むようなことだ。それを思えば、おれのカエサル崇拝のほうがよっぽど危ない。ひとり芝居では済まない」

ルキウスは小さく頷く。そして、

「それは、そうだよな」と応えはしたが、お疲れ様で済むようなことなら、丘のふたつくらい越えられるのだと思った。芝居が跳ねてもそれができない、しようとしない。そこが怖い。

　ウィリウスは、いいたいことはいってしまったという風に、何とはなしに満足気だ。

「こんな話、デクタダスがいるとできないだろうね。いつの間にか別の話にすり替えられているよ。出征前に話せてよかった、ほんと、そう思う」

「何だよ、いい遺すことをいったみたいにいうね」

「いや、そんなつもりはなかったんだ。しかし、そうだな、確かにいい遺すことをいったみたいな気分だ。おかげで思い残すことはないって感じになった。デクタダスがいなくてよかった」

「そうだね、あいつがいれば怠け者の守り神、雲の御神（おんかみ）のご来臨を仰ぐことになる。つまり、雲と交わったことにされる。だから、要するにあれだよ、煙に巻かれる」

「はは、確かに煙に巻かれる。どうやら今頃どこかで煙を立てているんじゃないか、待っても無駄だね」


「ところで、マキシムスさんだが」

　ルキウスがあわてて声を上げた。ウィリウスが帰るといいだしそうに思えたからだ。

「この前久しぶりに会って、ちょっと心配になった。死に場所を求めているみたいだった」

　確かに、マキシムスは心配だが、こんなところでウィリウスに帰られたらたまらないのである。キュテーリスの話を持ち出されて気持ちが右往左往している。このままひとりになってしまえば、ルキウスを夢に繋いだ悪意あるもの、愚弄するものに対して血走った考えになってしまいそうである。ルキウスはまだあの時のことに向き合う心の準備ができない。向き合えばどうなるか、あらかじめ分かるからそれができない。

　マキシムスの名を聞いて、ウィリウスは一度顔を曇らせてから首をひねった。

「そうだね、それはおれも感じたなあ。あの人らしいといえばらしいが、ちょっと意外な気もした。というのは、あんたの家に来る前、実はいろいろ話をしたんだ。その時は、あんな感じじゃなかった」

「ほう」

「何だろ、変に四角張った感じがしたよ。というのは、何だろ、お題目を並べたみたいな文句が窮屈そうな訥弁で出てくるんだ。ローマは統治されるべきではない、ローマの人々は支配されない、とか、国家の威信は君主にはない、ローマの自由市民にこそある、とか、まあ誰もが聞き飽きたちんけなお題目だ。おれのことを警戒したんだろうが、正直、何だそれって思った。あの人、ローマは君主を戴かない、それがローマだと思い込んでいるから、カエサルのような独裁者が許せないいんだろう。カエサルはいい、しかし独裁官カエサルはローマの歴史であってはならない、なんてわけの分からんことをいうんだ。おれ、話を逸らせたわ。だって、そのカエサルがいなくなってこの有り様じゃないか。ローマの歴史だなんて幻想なんだよ。ヘロドトスじゃないが、歴史は人間が繰り広げる『偉大な事跡が忘れ去られることがないように』記述されるものだ。カエサルが遺した事跡、それが歴史さ。そもそも、愚者たちが操る共和政より、英明な君主を戴くほうが世界に益があるんだ。歴史の前に時代を見ろって。もちろん、あの人にこんなことといわないよ、態度で見せた」

「ふーん、ローマの歴史は幻想なのか。よく分からんが不思議に異論はないなあ。それにしても、急にいきり立つじゃないか」

「そりゃあ、おれにも意地ってものがある。銭箱抱えて人買いに行ったり、荷車の列の先頭で槍をおっ立てて行進するんだ。バカバカしい、一体何のためか……カエサルを歴史にする。ま、そういうことだ、仕方ない」

「ふーん。でも、バカバカしいとは分かってるんだ。意地で歴史に加担するか」

「ああ。今の時代見てて思うよ、意地の張り合い、結局はね」

「ふふ。それも不思議に分かるなあ。意地を張ってるやつらの顔が思い浮かぶわ。意地っ張りのお祭り騒ぎか。なるほど、偉大なローマの歴史は幻想だね。しかし、人が大勢死ぬ」

「何にしてもローマは属州を拡げ過ぎたんだ。もうローマはない、広大なローマ世界しかないいんだ。ローマの歴史なんて終わってるわ」

「そうか、まあそうだね。それを思えばローマ人はローマに対してとんでもないことをしでかしたんだ。あげく、扉の向こうへ転がり出てしまった」

「しかし、カエサルをあんな風にしてしまった。もうあと始末ができないだろう。時代はおれたちをどこへ連れていくのか」

「ああ、それね。気付いてみたら、もと来た道に戻っている、真面目な話だ。歴史は循環する。歴史は繰り返すんだよ」

「そうかねえ、愚行が繰り返されるってことじゃないのか。大層に歴史なんていうが、おれには酔っ払いの千鳥足みたいに見えるわ。どこで曲がるか引っ返すか、どうせ行き着く先で倒れる。歴史も終わる、人間も終わる。真面目な話だ……ところで、といっちゃあなんだが、さっきのほら、マキシムスさんの死に場所の話さ。どうかなあ、あんた分かってるかなあ」

「おいおい何だよ、そんな風に見るなよ」

「この前のことだがね、おれたち、あんたの家に来て、珍しいことがあったじゃないか。おれ、びっくりしたわ。あれーぇ、と声が出たもの。何だ、分からんのか、だと思った。ほら、あんたの嫁さんのお出ましだよ。いや、驚いたの何の、あんたの家にはその前にも二、三度来たことがあったが、初めてだったからね。あんたの家はローマの古いしきたりを守っていると思っていた」

「またもう、ここに来てまたかよ。何をいいだすかと思ったら、またそれか」

「あのな、ルキウス、あんた分かってないんだ。あんたの嫁さんがさ、ほんのりしてきて奥へ下がってしまうと、マキシムスさん、何を思ったか、アリストテレスの夫婦論を語ったんだぜ。あのマキシムスさんが夫婦論だよ。これまた、あれーぇ、じゃないか。人間の本性は、国家社会的である以上に配偶的なものだ、とか何とかいって、思いもよらない、夫婦の親愛を熱心に語った。そりゃあの人のことだから堅苦しいいい方だったけど、ありゃまるで悔悟の告白だよ。裏を返せば、ああすればよかった、こうすればよかったと泣きごとをいってたみたいなものだ。おれね、聞いていて身につまされる思いがした。おれだって同じだもの、もっとひどいか。おいおい、ルキウス、あんたほんとに分かってないんだなあ、そのあとだよ、マキシムスさん、急に話すことが違ってきた。死に場所みたいに戦場を語った」

「え、そうかあ。しかし、何でだ。おれの家内が顔を出したら、マキシムスさんが死に場所を語るのかよ。おかしいだろ、それ。家内が知ったら気を悪くする。こっちまでとばっちりを喰いそうだ。おれが思うに、あの人、家内が引っ込んでいたとしてもきっと同じことをいうよ。戦場が死に場所というのは、あの人の覚悟だ」

「あのね、いっちゃあ悪いが、あんた、大事なことが分かっていない。いいかい、マキシムスさんもおれも、戻る場所がないまま戦場に出るんだ。出征兵士が戻る場所だよ。つまり、戻ってくる、といってやる相手さ。覚悟も何も、おれたち、どこに戻ってくればいいんだ。おれね、正直、生きて戻る自分が想像できないんだ」

「だからいってるだろ、たいてい死なないって。それに、あんた、戻る相手いるじゃないか、ルカーニアに」

「いや、それはそうだが、丘が越えられない。おれは勝手すぎる。ほんとに勝手だ、いびつに固まった骨がある、どうしようもない。ただ可哀そうだ、おれなんかの嫁で。死んで詫びる、正直、そんな気持ちもある」

「おいおい、そう簡単には死なんよ。それにしてもあんた、時々難しい男だなあ」

「そうかな。そうだね、真面目な話、自分を持て余してはいるよ。卑怯ないいわけだが、いびつなんだわ、それが骨みたいにね、固くなった……それにしても、おれたち不思議な縁だね。最近、時々思うんだ、お互い敵同士だよ。あの日のことだがね、あんたの家を退散してコッリーナの門を出るまで、おれもマキシムスさんも何も話さなかった。真っすぐ前を見て、互いの足音だけを聞いて歩いた。お互い分かっていたんだ、次に相まみえるのは戦場だなってこと。だから、フラミヌス街道の分かれ道で抱き合って別れた。黙って、眼を見詰め合って……必ず互いに戦う日が来る」

「しかし、オクタウィアヌスは共和国派とは宥和的だろ」

「まあね、今はね。しかし、カエサルの相続人としての名分が立てられないようだとオクタウィアヌスはおしまいさ。おれだってさっさと見限る。暗殺者たちといつまでも仲良しじゃいないさ。アントニウスの脅威に対して、便宜上手を組んだだけだろう。パンサやヒルティウスにしても穏健派とはいえカエサル恩顧の武将だ。元老院のカエサル派はみんなそうだよ。そう思わないとやってられないわ。そうそう、知ってるかな、ヒルティウスが、オクタウィアヌスに忠誠を誓ったマケドニアのマルス軍団や第四軍団を自分の指揮下に置いたよ。子供のおもちゃじゃないってことだろうね。あとで聞いたんだが、オクタウィアヌス、悔し紛れか、いずれ全軍を取ると側近たちにいったそうだ。そうなれば、矛先を変えるよ」

「ほう、駄々をこねただけじゃないんだ」

「遅かれ早かれ、マキシムスさんとは戦う時が来る。あんたとも黙って別れを告げねばならないとなれば悲しいことだ。おれたち、そんな別れのために知り合ったのか。だとしたら、それが悔しい。こちら側に付いてくれると一番いいが、あんたも身分とかいろいろあるから、そうもいかんだろう。どっちにしても、こちら側の人間とも顔を繋いでおいたほうがいい」

ルキウスは頷いた。よろしく頼む、といいたかったが、それをいうとウィリウスは任せておけといいながら帰ってしまいそうだ。もぞもぞ体を動かし始めたのは、帰るきっかけを探っているからだろう。ルキウスはあわてて話題を拾い上げた。

「確かにあんたがいう通りだ。人間、同じことを繰り返すんだよなあ、同じ愚行を繰り返す。人間が少しでも善くなってきただろうか、善くなっていくだろうか。歴史に学べなんていうが、学びは元は真似びだよ。マリウスもスッラもカティリーナも、カエサルまでもが同じ真似ごとを繰り返した。そして今度はアントニウス。同じ愚行の繰り返しだ、違うか」

この問いかけに、ウィリウスは複雑な顔をして応えた。ちゃんと話を聞いていたのか、応えの仕方が間違っている。ウィリウスは、大丈夫か、とルキウスの顔を探り見た。セレーヌスの密書のことを思えば分からんでもないが、見かけ以上に臆病な男なのかも知れない。密書の話は伏せておいたほうがよかったのか、ウィリウスはこの今になって疑念を抱いた。

しかし、そんなウィリウスの疑念はよそに、ルキウスの語りはさらに熱を帯びる。

「歴史だって人間と同じなんだよ。さっきもいったが、歴史は繰り返すんだ。ほら、ポリュビオスに歴史循環説があるじゃないか、歴史は君主政、貴族政、民主政の周期を繰り返すってやつ。君主の資質は受け継がれることなく、僭主が跡を襲って君主政が腐敗する。すると、力ある身分の者たちが僭主を斃して貴族政を打ち立てる。しかし、貴族政は自らの貪欲に屈し少数の富める者たちが支配する寡頭政へと堕落し、今度は多数者のための民主政が取って代わる。その民主政もやがては人気取りの衆愚政治に陥って、元の君主政に逆戻り」

「ふーん、ポリュピオスか、聞いたことないわ。予言者みたいなことをいうんだな。しかし、月の満ち欠けとか、季節の巡りとか、自然事象の循環をなぞってみれば誰でも思い付きそうな単純な説だ。安直だな」

「まあ、こじつけたみたいな説だが、どのような政体であれ、疲弊し腐敗して新しい次の秩序に移行するということはあると思うんだ。進歩じゃなくて移行だよ。新たな君主はきっと愚かな大衆の導き手として現われるんだろう、そして次の周期が始まる。確かに、自然事象の循環を思えば安直かも知れないが、昔の人たちはたいていそんな風に考えたんだろう、歴史は必然的に繰り返す」

「しかし、大昔のヘシオドスの歴史観は一方的に退行するぜ。人間の種族が『心に悩みもなく、労苦も悲歎も知らず、神々と異なることなく暮らして』いた黄金時代から『優しく気遣う母の膝もとで育てられ』る銀の時代へ、やがて、『悲惨なるアレースの業（戦いのこと）と暴力をこととする』青銅時代の幕が開ける。しかし、『英雄たちの高貴なる種族』の栄は束の間に過ぎ去り、ついには『黒い鉄』の時代の到来さ。神々に見捨てられ、『悲惨な苦悩のみ残り、災難を防ぐ術も』ない時代、今の時代だよ。それにしても、ヘシオドスも安直だね、むしろずぼらか。これって、発育から衰弱へ向かう人間の生涯をたどっただけの話だ、ずぼらな説だよ。おれが思うに、ヘシオドスは自分の身の衰えを日々痛感していたんじゃないか」

「んー、それはきっとそうなんだろう。しかし、循環史観はポリュビオスに限った話じゃない、プラトンも三万六千年で宇宙自然は更新されると説いたし、アリストテレスの著作には滅びから再生へという循環思想が当然のこととして受け入れられてもいる。大きな企みが働いているんだ、歴史に」

「企みねえ。しかしそれ、誰の企みかねえ。茶化すつもりじゃないよ、おれなりに深い意味を込めていうんだが、きっとそれ酔っ払いだよ。歴史はやっぱり酔っ払いの千鳥足さ。酔いが醒めたらいつの間にか家に戻ってている、はは。ま、そんなとこかな。いいっ放しで悪いんだけど、そろそろお暇（いとま）しないと。市壁の外で配下の者たちと待ち合わせているんだ。もう集まっているだろう。明るいうちにスブラへ繰り出す。一晩中暴れる。有り金全部使い果たす」

「あ、そうなの、スブラへ」

「いつ出立の下知が来るか、今のうちだからね」

「そうだね、出征前はみんなそうだよ。酒、女、歌」

「話じゃあ、あっちは兵隊が集まっているからイタリア中の馨（かぐわ）しい女たちも集まってきているそうだ。スブラからもごっそり出かけていったって」

「そうかも知れない」

「まずいな、それ」

「いや、もう補充されているんじゃないか」

「しかし残念だね、デクタダス、会えれば会いたかったが」

「デクタダスか、忘れてた。駄目だわ、あいつ。用がない時しかやって来ない」

「そうだろうね、デクタダスらしいね。ところで例の件だが、明日かあさってには使いをやる。まあ心配するようなことじゃないがね、念のためだ」

「すまないな」とつぶやくみたいにいってはみたが、今になっての顔繋ぎなど何の意味があるのかとルキウスは思った。知らない男たちに囲まれて、お気に召すよう振る舞う自分を思うと気持ちもますます萎えてしまう。ただ、ウィリウスの厚意を思えば断わることができなかったし、ユーニアや子供たちのことを思えば、たとえ無駄でもできることはすべきだと思った。

「名残は尽きない、なんて思ったら駄目だね。ふらりと来て、ふらりと帰る。後ろ姿を旅人にして、なんてね。ところがその正体たるや、荷物運びの兵隊だぁ、はは。じゃあ帰るわ」

こうして、ルキウスは引き止めていたウィリウスをとうとう送り出すことになった。

ひとりになれば、もう尻ごみはできない、ルキウスはあの時のことに向き合わざるを得ないのである。思いもよらぬ成り行きから置かれた立場を整理し考え、できることはないにしても、心を乱さず強い気持ちでいなければならない。気持ちが緩めば、また灼けるような焦慮に襲われる。いたたまれなさに狂奔して、何もかも打ち壊したい衝動を今の自分に予感することもできた。何もかもが仕組まれたことのように思えるのだ。急に、今になって、報いを受けるということだろうか、これを運命といっていいのだろうか。運命なら自分が招き入れた運命に違いないが、ルキウスは悪意あるその根源のものに嵌められた気がしてならないのである。

不審げに見つめる家僕たちの眼に気付いて、ルキウスは自分が何をしているのかが分かった。無意識で、ルキウスはユーニアを探していた。出征間近のウィリウスが何度も使いを寄越してようやくやって来たのである。しかも、仮装のような奇妙ななりで。どんな用件があったのか、ユーニアは不安に思っているに違いないのだ。文書のことは伏せるにしても、安心させられることだけでもユーニアに話してやらねばならない。気休めにさえなるものなら嘘でも何でもいいと思った。

ルキウスはユーニアが女の部屋に独り籠って機織りをしていると告げられた。アスクルムへの移住騒ぎの中、ひとり部屋に籠って機織りをするのが奇異には思えたが、そのまま奥へと進むと、機織り部屋の帳の向こうから時間をゆったり区切るようなユーニアの機織りの音が聞こえてきた。ルキウスはいつものように、そのひと織り

ひと織りがユーニアの祈りの音だと思う。「機を織るのは女の祈り／ひと織りひと織り祈りを込めて／祈りの布を織り込んで……」。キンナの昔の詩だ。いつもは、どんな祈りか考えてみることはない。ただ祈りだなと思って通り過ぎる。しかし今は、ことん、ことん、と届く音がじかに胸を打つように聞こえた。いたたまれず、ルキウスはわざと思いをほかに向ける。キンナはこんなに優しい詩を書いたのだ、と。溢れるような優しい心、しかし、いくら優しい心を詩に残しても、優しいキンナに首がない。わけが分からない。こんなものを運命とは呼ばないでおこう、悪意ある根源のものの仕業なのだ。

気配を感じたのか、ふいに機織りの音が止んだ。ルキウスはドキッとして立ち竦んでしまう。そして、どうしようかと思った。本当のことを話す気などないのだ。それなのに、わざとらしいことをいって安心させようとすれば、ユーニアは嘘を見抜いてかえって不安になるだろう。訊かれれば答える、どうせ嘘をつくならそれでいい。ルキウスはそっと機織りの部屋から離れた。

ルキウスは執務室に戻った。卓上は片付けられていた。ルキウスはなぜこの今になって機織りなどをするのか、ユーニアの女の祈りは何なのか部屋に戻って考えている。心の中に悔いと呵責が渦巻いているのに、なぜだろう、ユーニアの少女のような笑顔を思い出すのだ。ようやく歩き出したクラウディアにあとを追わせてルキウスに向かって笑いかけるユーニア、娘の名を呼び、「まあにがもちたぁ」と娘が声を上げて泣くと、ユーニアは笑い転げてルキウスに呼びかけるのだ、「まあにがもちた」と。

あれは、ルキウスが人を殺して逃げていた頃、八年、いや九年も前のことであった。クロディウスがミロー配下のならず者たちの襲撃を受け街道脇で横死を遂げた。仇討ちに逸ったルキウスは、ミローが集めたならず者たちを追い詰めふたりを殺した。相手がならず者たちであったとはいえ、殺したとなると面倒が予想された。ルキウスはローマを去るしかなかった。

しかし、ルキウスにすれば、それはそのように起きたことではなかった。その日の未明、ルキウスは牛の血を浴びて戻ったユーニアを眼にし、その場に凍りついたのである。血みどろのユーニアは、その眼に冷たい空虚を宿してルキウスをじっと見た。何もかも知られていたのが分かった。ルキウスは奴隷市場で見かけた際立って眼の碧いトラキアの少女に心惹かれ、市壁の外に家を買ってその少女を住まわせていたのである。魔が差したとはいえないだろう、むしろ、男はそういうものだと安易に考え、半年ばかり、言葉を知らない碧眼の少女の家に通っていた。そのことが知られていた。

ルキウスは家を飛び出し、血みどろの形相に追われるようにところ構わず歩き続け、その日の昼下がり、クロディウスの死を知った。しかし、追われるように歩くうち、物の怪はすでにルキウスにとり憑いていたのだ。夕暮れ時にルキウスは命乞いするふたりの男たちに止めを刺した。闇の奥から衝き上げてきた力であった。ルキウスは闇の奥の力から逃げるしかないのだった。

最初はクーマエの安宿に身を隠した。ローマに目立った動きがないことを確かめてから、ネアポーリスの貸し別荘に移り、ユーニアに消息を知らせた。ユーニアは日を置かず娘を連れてネアポーリスにやって来た。

人生、最良の日々であったと思っている。ほんの一年ばかり、しかし、いつまでも続くものと思っていた。ルキウスは、ネアポーリスで、ユーニアとふたり野良に出た。別荘の脇に畑を作り、ふたりで実のなる野菜や葉物野菜を慎ましく育てた。家僕たちや女たちの多くをローマに留めていたから、ふたりだけで何でもした。ルキウスが、カエサル法で払い下げを受けた男の土地に馬を駆って出かける時は、ユーニアは別荘にいて糸を紡ぎ、糸を縒った。冬になって、外の仕事がなくなると、ルキウスはエピクーロス派の哲学者ピロデーモスの門を叩く。そこに奇妙な男が出入りしていて、その男の奇妙な言動を見たまま聞いたままユーニアに伝えた。それだけでふたりは一晩を笑って過ごせた。ルキウスがローマに戻ったのは、様々な家業の差配に、執事ひとりを残しただけでは支障をきたしてきたからである。あの頃はまだペイシアスがいなかった。

ローマでも、ルキウス夫妻は仲睦まじく暮らした。ユーニアはふたり目の子供を身籠っていた。心配事はユーニアの実家の農地が痩せてしまって収量が眼に見えて減ってしまったことくらいだろうか。しかし、ユーニアの実家には、ウンブリアに広大な放牧地があって供犠用の白い牛も飼われている。あの頃は心配事などないといってもよかった。

アントニウスがコッリーナ門の脇道にあるルキウスの家を訪れたのは、ルキウスたちがローマに戻って一年も経たない頃であった。アントニウスは赤紫の縞入りの市民服だが供回りだけでも二十を超える男たちを従えていた。ルキウスはそんな男たちの中に入り込むことになる。おかげで便宜を被（こうむ）ることは多かったものの、アントニウスが政界で重きをなすにつれ、ルキウスの身辺にも内紛の火の粉が及び、やがてアントニウスに従って戦地に赴くことにもなった。

パルサーロスでポンペイウス軍を蹴散らしたカエサルは、ローマの治安行政をアントニウスに委ねた。退役兵たちの不満や護民官の離反など、困難な行政に当たっていたはずだが、アントニウスはローマでの執務に嫌気がさすと、気紛れのようにローマを飛び出し、近郊の保養地ティーブルに向かったり、地方の視察に出かけたりした。視察とはいっても物見遊山である。視察を兼ねた遊山ならアントニウスに限ったことではないが、アントニウスの場合は箍（たが）が外れた。芸人や踊り子、賭博師や遊び人など得体の知れない者たちの車駕（しゃが）が視察の行列に長く列なっていた。道中、行列は粛然と進むわけではなく、行く先が決まっているようでもなく、見晴らしのいい場所に差し掛かると、天幕が張られ、宴が始まり、踊りや音楽が近隣の人々を集めた。集まった人たちが、贅沢な宴を遠く見て楽しんだわけでは決してないし、近所の家々は酒肴の徴発を受けたり、芸人たちの宿舎のために住まいを立ち退かされたりしたことから、人々は陰で呪う言葉を口にしていた。そんなアントニウスの二度目の視察旅行にルキウスも随行したのである。望んだわけではない、それが忠義のように感じて視察に同行した。あの時はまだ造営官格で遇されていたのである。視察先はアリミヌム近隣のアドリア海沿いの諸都市であると聞いた。アンコーナはもちろん行程になかった。ローマの騒擾はよそに、首都からは相当離れた北の都市への旅程である。片道五日の行程が、六日経っても道半ばであった。だからだろうか、視察の行列はピサウルムの手前からフラミヌス街道を急に折れて南へ下った。アリミヌムへの視察は取りやめになり、アンコーナが行程に入った。事情を知らないルキウスたちがメタウルスの川を南へ渡ると、遠くにアドリアの海が見えた。その前年、春先の荒れた天候の中、ポンペイウス軍によって海上封鎖されたアドリア海を命からがら渡ったことが思い出された。あれからあとの数ヵ月、ルキウスは荒れ地の拡がるマケドニアに地獄を見たと思っている。それなのに、同じことが今また始まろうとしていた。

　最後の視察地アンコーナでは、近郊の豪族の館に招かれ饗応を受けた。視察とはいえ、日々饗応の連続であることはいうまでもない。その日も饗応は陽が高いうちに始まり、一行は、日暮れ頃にはもう酩酊状態。立ち上がっては、女たちの体の上に倒れ込んで野卑な笑い声を上げていた。たまたまその日、ルキウスは警護の者たちを指図して、帰ろうとしない陳情者たちを追い払う役を務めていた。遠くから来た者たちだろう、追い払っても帰る様子はないものだから、適当にあしらって館に戻ろうとした。あとで思い出せば、人ではない何かに誘われたような気もするが、実際は物珍らしさに心が惹かれただけなのだろう。屋敷の脇に様々な種類の棕櫚（しゅろ）が鬱蒼（うっそう）と茂っていた。庭園を隠すように植栽された棕櫚の林は海からの風を受け、乾いた葉音を立てていた。見通せない先を見たいという好奇心に違いない、ためらいもなく茂みの奥に進んでみると、遠い先に天幕を張った露台が見えた。海からの風を受けたその露台には夕闇に紛れるような人影があり、空色だろうか薄絹のその人影は船の舳先（へさき）に佇むように、石の欄干に身を預け海の風を悦んでいる。離れて、身を屈めた下女らしき女がふたり控えていた。ルキウスは枯れたしだの地面を踏みしめ先へ進んだ。

　迂闊なことだが、ルキウスはそれが誰だか分からなかった。思わず身を潜めたのは、それがこの家の主の奥方か娘だろうと思ったからである。何にしても奥向きのこんな場所まで潜り込んでしまったのだから、とっさに身を屈め、植栽の後ろに身を隠すしかない。そのまま、そっと離れていけばいいのに、ルキウスはそれをしなかった。おんながルキウスに気付かないのをいいことに、ルキウスは植栽の陰から顔を出しおんなをじっと見ていたのである。少しの酒が入っていたこともあり、ルキウスはしゃがんだ体をさらに前へ進め、露台近くの茂みへ向かう。夕闇が迫るなか、見つかることはないだろうと思った。酒のせいだとは思いたくない、ルキウスは露台に涼むおんなが遠い海の音を音楽にして聴くひとのように見えたのである。もっと近くで見てみたかった。

その時まで、ルキウスはおんなをじっと見たことがなかった。髪の毛を振りほどいた姿であったせいか、それがキュテーリスだとはすぐには気付かなかった。気付いた時は、腹の底から驚きが湧いた。いくら大女優とはいえ、アントニウスの囲い者である。見かければ顔を背けはしないまでも、眼が合わないように視線くらいはわざと逸らせる。そこには蔑む気持ちもあったかも知れない。しかし、その場を立ち去りかねたのは、アントニウスの囲い者への興味からではない。それは美しかったのである。

露台からは海が見えるのだろう。闇の迫る海は空に残る陽の光を沈めるように輝いているだろう。おんなは日暮れから闇の夜へと向かう束の間の海の音楽を、吹く風のように聴いているのだろう。

男が現われた時、おんなは振り向かず背だけ伸ばした。海の風がおんなの髪を吹き上げた。それは、神々に列なるおんなのように見えた。現われたアエリウス・セレーヌスは言伝を伝えるような話しぶりだった。しかし、その声は急に居丈高になり、背を向けたキュテーリスに迫っていくと、その腕を後ろから鷲摑みにした。それでもキュテーリスは振り返らなかった。ただ、くぐもった声で何かいった。何をいったか、ルキウスには分からなかった。

そして、いきなり、セレーヌスはキュテーリスを抱き寄せたのである。あの時、ルキウスにはそう見えた。おんなが小さい悲鳴を上げ、控えていた女たちが逃げた。ルキウスは思わず腰を浮かせた。助けようとしたのか、その場を去ろうとしたのか、とにかくルキウスは動いた。それに男が気付いた。おんなも振り返ってルキウスを見た。

「誰かいるのか。おい出てこい、顔を見せろ」とアエリウスがいった。

「ルーキウス・クラウディウス、お前か」

ルキウスはゆっくり立ち上がった。

「覗き見かあ、お前」

そういうと、セレーヌスは腕の中のキュテーリスを突き放した。そして、唸るような声でルキウスに何かいった。それは言葉ではない、悪態のようであった。

セレーヌスが立ち去ると、逃げていた女たちがキュテーリスの側に駆け寄り、何事もなかったかように、館の中から男たちの歓声も上がる。肥え太った道化ひとりを、半裸の女たちが追い、部屋の中を駆け回っているのだ。飽きずに繰り返される乱行。追い付いた女たちが、今、卑猥な行為に及んだのだろう、酒に噎せた男たちが奇声を上げる。しかし、露台には海の風が吹き、夕闇が迫り、おんなは館の中の喧騒に背を向けたまま、石の欄干に体を寄せている。それは最初見かけたままの姿であった。

おんなにはルキウスが見えていないようであった。ルキウスはおんなの視界にあるはずだったが、おんなの眼にルキウスは何の印象も結んでいないようであった。それでも、眼障りを恥じさせるような拒む感じはなかった。愚かなことに、ルキウスはおんなの急場を救った気でいた。ルキウスがのっそり立ち上がったからこそ、セレーヌスが悪態ついて立ち去ったのだ。とすれば、何か言葉があるはずだと思った。立ち去れずにいたのは、そんなおんなの言葉を待っていたからかも知れない。

館の中の歓声がにわかに止むと、キュテーリスはふっと息をついた。

「ここ、どこなの」

最初はルキウスへの問いかけだとは思わなかった。後ろに控える女たちへの問いかけだと思った。はっとして、ルキウスはあわてた声で答える。

「え、ここ、アンコーナですが」

「そう、アンコーナだわ」

キュテーリスは初めてルキウスのほうに眼を向けた。髪の毛を振りほどいたおんなの眼であった。

それは息を呑むくらいの美しさに見えた。髪を乱した姿はユーニアでさえ見られるのを嫌がるのである。ルキウスはこの世で初めて見るもののように思った。

おんなはルキウスを見据えている。そして、そのまま身じろぎもせず、

「あんた、いつまでここにいるの」といった。

その声に苛立ちがあったことに上気したルキウスは気付かない。

「さあ、明日か、あさってにはここを発つかと」

「ほほ、バカな人」

キュテーリスがサッフォーを詠い、振鈴を振って舞う姿を見るのは、その後、ローマに戻って十数日を経た頃のことであった。


　それはいかさま、／私へとなら　胸のうちにある心臓を／宙にも飛ばしてしまはうものを／まったくあなたを寸時(ちょっと)の間でも／見ようものなら、忽ち／声もはや　出ようもなくなり、／唖のやうに舌は萎えしびれ……

一節(ふし)ごとに鳴る振鈴がルキウスに覚悟を迫るように響いた。


それからはアントニウス邸に入り浸った。

ルキウスはアントニウス家の奥を仕切る解放奴隷のマニウスに取り入り、脛毛を剃った芸人たちに媚び交わり、賭博にも興じ、アントニウスの取り巻きの中では最も品下がった男たちのひとりになった。自己卑下と自棄と痴れ笑いに顔の相まで変えて。しかし、アントニウスの酒宴にはたいてい連なることができたのである。

セレーヌスの態度は変わらなかった。思わせぶりな眼をルキウスに向けることもなかった。すれ違いざま、目礼には目礼を返してきたが、尊大ぶって上辺(うわべ)を取り繕う男だと分かっていた。声をかけられることはなかった

が、それはこれまでもなかったことである。あの日の露台で何があったか分からないが、表沙汰になって困るのはセレーヌスである。ルキウスはつまらない男だとセレーヌスを見下すようになった

　しかし、ルキウスの日々の変化にユーニアが気付かないわけがない。ユーニアはルキウスと顔を合わせなくなった。ルキウスにはいつも背中を向けた。声をかけるのさえ憚るような、突き放すような意志がユーニアの背中にはあった。寝室を共にすることが耐えられなかった。後になって、寝室を別けると告げた時、ユーニアは蔑むように眼を逸らせた。健康のためと、ルキウスは血走った眼でいい張ったのである。

　それでも、ルキウスはアントニウスへの朝の伺候を欠かさず続けた。頻繁に宴席に招かれ、進んで浮かれ騒ぎの中に入り、さりげなくキュテーリスの視線を追った。たまに眼と眼が絡むと、ルキウスはにやけた作り笑いで顔を伏せる。そして、疚く気持ちで酒を仰いだ。だからといって、嫉妬のような灼ける思いでアントニウスを見ていたわけではない。ルキウスはむしろ憎悪し蔑んでいた。

　キュテーリスがアントニウスの家から出されたあと、キュテーリスの行方を追わず、その面影だけにすがっていたのは、悲しみ切なさにだらしなく甘えていたかったからに違いない。悲しみが何と似合うおんなであったか。それはそうに違いないが、アントニウスの屋敷に赴き、いない人を確かめると、ルキウスはむしろ安堵に近い気持ちになった。誰の手も、アントニウスの手さえ届かない遠くへ去った、そう思うことが大きな慰みになった。怖い夢に繋がれていたなど思いもしなかった。済んだはずのことであった。

　それは大病を患う前のことだ、キュテーリスがどこやらの詩人の囲い者になったという噂を聞いた。詩人に自分を歌わせるため、自ら進んで身を任せたとあきれた声で噂された。そんな噂を耳にしても、ルキウスは大きく心を乱すことはなかった。遠ざかりゆく面影を心が追ってやがて心も置き去りになる、それだけのこと。傷痕はあるに違いない、しかし、その面影はいろんな人の面影に紛れ霞んで思い出せない時が多くなった。

　それがこんな形で戻ってきた。自ら招いたことだとしても、悪意あるもの、愚弄するものに誘い込まれたような気がしてならない。それを思わすほどのものを、ルキウスはおんなに見た気がする。男に道を誤らせるもの、

危害すら与えようとするもの。

もちろん、自らの愚かさを悔いるしかない。その愚かさに悪意ある根源のものがつけ込んだのだろう。しかし、そんな後悔よりもなおルキウスを苦しめるのは、共に暮らしていながら、二年近くもルキウスの中にユーニアの存在がなかったことだ。ルキウスはおんなのことで頭がいっぱいだった。それは悦びですらないのに、おんなへの思いに浸り込んでいた。そのことが、今、こんな形で戻ってきたことを思えば、ユーニアに対する呵責の念が胸を絞めつけ、文字通り全身の血が逆巻く思いなのである。ルキウスは、どんな顔をしてユーニアの前に立てるのか。

翌日の早朝、ルキウスは俄に思い立って保養地ティーブルへ向かうことにした。マルクス・ルクリウスという昵懇の人がティーブルに小さな山荘を構え、使用人数名だけを側に置いてひっそりと隠棲していた。ルキウスはアントニウス周辺の情勢を確かめたいのと、セレーヌスの文書について助言を得たいというのを自分へのいいわけにして朝早く馬を用意させたのである。

ルキウスはその日、執務室の臥椅子に目覚めたのだった。眠りに落ちた記憶はなかった。しかし、あの日のこと、そしてそれからあとのことを考えるうち、そのままうたた寝をしてしまったらしい。夜明け前の薄闇に目覚めたのだが、目覚めたという自覚はなく、目覚めと眠りの境界にいて外の物音を聞いていた。そして、ふいにルキウスは眼を見開く。汗が噴き出し息が切迫した。現実が押し寄せ圧し掛かった。ルキウスは立ち上がらねばならなかった。執務室を出てみると、身づくろいをしたユーニアの姿が明るい回廊の向こうに見えた。遠くからだが、その顔を見たとたん、ルキウスはものがいえなくなった。ユーニアがルキウスと眼が合うのをあからさまに避けたのが分かったからだ。こちらから無用な声をかければ、話さずにおきたいことに勘付いてしまうだろう。しかし、それはもうユーニアには分かっていることのようにも思え、ルキウスはとっさにどこかへ逃げてしまいたいと思った。ルキウスは顔を背けたユーニアに近付き、今日のうちにティーブルへ行かねばならない、と思いもしない言葉を告げた。考えもなく、つい口から出た言葉だった。ユーニアは、ひっ、と息を呑むような驚き方をした。そして、ゆっくり眼を逸らす。何かを訊いたところで、ルキウスは気休めになるような答えしか返してこないと分かっていたのだろう、ユーニアは何も訊いてこなかった。

　ユーニアは馬を牽（ひ）き立ち去るルキウスを外まで出て見送った。松の小道を曲がって姿が見えなくなってもユーニアはルキウスが姿を消したあたりをずっと見ていた。それは立ち尽くすといった姿ではなく、すぐに戻ってくるのを待っているような姿だった。そうすることで、願いが届くような気持ちでいるように見えた。

　去年の秋口から恐れていた通りになるような気がしていた。夏には、突発的にアスクルムへの移住仕度をするかと思えば、秋になるとただそわそわするばかり、問い質すと、煮え切らない態度でその場凌（しの）ぎのいいわけをする。しかし、秋が深まるにつれ、ルキウスは戦乱に怯え落ち着きを失った男のようには見えなくなった。いいわけをするにしても、口には出せない思いが胸の中にあると感じさせるいいわけになった。ルキウスはやはり外を出歩くか、せかせか家の中を歩き回ることくらいしかしないのだが、時折り、恐いような眼でユーニアに振り向くことがあった。何かを隠している……ユーニアは日々祈るような気持ちで、何か恐ろしいことを打ち明けられるのではないかと怯えつつ暮らした。年が明け、急に戦争への動きが人々の間でささやかれ始めると、ルキウスはまた突発的に移住仕度に狂奔する。安堵はしたものの、いつまた急に投げ出すのかが次の心配になった。思い通りになったことでかえって不安もつのったのである。そんな時、ウィリウスから急な使いが二度も来て、きのうはふたり執務室に籠ったまま長く出てこなかった。ウィリウスが長居をしたのはルキウスが引き止めていたせいなのだが、そんなことはユーニアには分からない。ユーニアは、ルキウスが出征間近のウィリウスと恐れていることを話し合っているのではないかと怯えた。取り越し苦労かも知れない。しかし、こんな時は、悪いほうへ悪いほうへと自分を追い込んでしまうのがふつうである。ウィリウスが帰った後、ユーニアが執務室のルキウスにウィリウスの用向きを尋ねに行かなかったのは、恐れていることを打ち明けられるのが怖かったからである。

　ルキウスを送り出したユーニアは寝室に戻り考えている。男が決意したことを女が翻意させていいのだろうか、ローマの女はそれをせずに生きてきたのだろうか、そのことを考えている。男に男としての生き方をさせない、自分の生き方に沿わせるように男を仕向ける、それはローマの女ではないのだろうか。ユーニアは春の布団で顔を覆い喘ぐ息で考えている。だとしたら、何のためのローマの女か。男としての生き方が女を悲しませることになるようなら、それは違う。女を悲しませてまで守るべき名分に何があるのか。信義か、意地か、男の名誉か、そんなかけ声みたいなもののために悲しむのがローマの女か。一度だけだが、ユーニアはルキウスを戦場に送った。カエサルがルビコンを渡った時だ。あの時は突然の出征、何があったか腑に落ちなかった。使いが来たと思ったら、次の瞬間、ルキウスはもう飛び出していた。ユーニアはコッリーナ門の先までルキウスを追った。そして、家に戻ってからも泣いた。何日も経ってからコルキュアに難を逃れた母親から手紙が来た。ローマの女の心得、そして覚悟について語られていた。果たして、それがローマの女だろうか。女はいつもそうなのか。それはあっていいことなのか。

しかし、とユーニアは思うのだ、結婚式での一心同体の誓い、ルキウスはユーニアであり、ユーニアはルキウス。ルキウスが何を決断しようと、それは自分の決断でもあるはずだ。それならルキウスが決めたことに従うのが……と、そう思うしりから涙が浮かぶ。火のように体が燃えて、ユーニアは今は身悶えしつつ泣いている。そんなことがあるはずがない。どんな事情があろうと、妻子を置いて出ていくなど、そんなことがあってはならない。ルキウスはそんな非情を自分たちにはしない。

だったら、なぜきのうルキウスはユーニアの寝室に来なかったのか。こんな時は、わざととぼけた顔でやって来るではないか。独り部屋に籠って、ルキウスは何を考えていたのか。客人はとうに帰ったではないか。ユーニアは来ない夫をひとり待つ身がいたたまれず、寝室を出て乳母の部屋に向かった。ふとした思い付きだが、それは渾身の願いでもあった。ユーニアは眠ったふたりの子供をそれぞれ抱え、自分の寝台へ運んだのである。むずかる子供たちをあやし、か細い息で再び寝込んだ子供たちの顔に見入ったユーニアは、気持ちを励ませ、まるで身を捧げる儀式のように寛衣の襟を正して子供たちの間に身を横たえた。眼を閉じ息を整えたユーニアは神意を迎えるように天に向かって体を拡げた。ルキウスは家族が眠る寝台へ音を忍ばせやって来なければならない。何もかも、取り越し苦労なのだ。ルキウスは家族の寝台へやって来る。ユーニアの唇のかすかな震えは、祈りではなく神意に向けた督促であった。

しかし、ルキウスはやって来なかった。今朝、起き抜けに顔を見かけたルキウスはもう遠くに行ってしまう人のように見えた。思わず、ユーニアは眼を逸らせた。近付いてくるルキウスはまっ黒な雲の中から出てきた人みたいだった。ティーブルへ行くと告げられた時、ユーニアは、ひっ、と声を上げた。立っているのがやっとであった。

一方、ティーブルへ向かったルキウスにはそこまで緊迫した思いはない。ユーニアがどんな気持ちでいるか、気掛かりではあっても考えてはいない。昨夜思い悩んでいたことも意識の底にすっかり沈んで、春の朝の光の中、馬を駆るルキウスは和睦に希望を繋いでいた。アントニウスはすでに六個の軍団を麾下に置き、オクタウィアヌスから離反した騎馬隊も擁している。外ガリアのレピドゥスが元老院側に与しない限り、劣勢のままでも持ちこたえるだろうと思った。そうなれば、寄せ手も同じカエサルの旗下にあった者同士、どこかの時点で和睦は成る、そう思い、そう願っていた。ルキウスはその日訪ねるルクリウスに同じ希望を見つけたかった。

そのマルクス・ルクリウスだが、ルキウスがキュテーリスの件で奇矯な振る舞いを見せていた頃、親身になって気遣ってくれた数少ない人物のひとりである。芸人や役者たちと昼間からバカ騒ぎをしていると、ルクリウスがそっと側に寄ってきて、今日はもう帰ったほうがいい、と耳元でぽつりとささやきそのまま離れていった。ルキウスは眼つき卑しい自分が分かって何度かは宴席を待たず家に帰ることもあったのである。一度きりのことだが、酔い潰れたルキウスを家まで送り届けてくれたことも記憶にあった。図太さで競い合うアントニウスの側近の中では珍しい人だったが、その分側近たちの中では浮いていた。

ルクリウスはもともとアントニウスの父親の家にいた男で、アントニウスがガビニウスを頼って北アフリカに渡る際、誰の意向か、嫡子アントニウスに付き従い、以来ずっと家令格のような形でアントニウスに仕えていた。ダウニアの農家の生まれで身分も卑しく、何より無学な人だが、民情に通じ時勢を見る眼もあって、一時期は外向きの用のほとんどをルクリウスがひとりで仕切っていた。平民の出としては重用され、また、いろんな方面に顔が利いたものだから、カエサルも民会の工作にルクリウスを使うこともあった。この時期としては珍しい能吏というべき人物で評判も高かったのだが、そのルクリウスをアントニウスは便利使いはしながらも冷淡に遇した。アントニウスの猜疑の眼には、ルクリウスがカエサルに狎(な)れ親しむ様子に当て付けがましさが見えたのだろう、ふたりは決して折り合いがいいとはいえなかった。そのせいかどうか、アントニウスが執政官になる前に、ルクリウスは早めの隠棲を決めてしまった。側にいて、アントニウスがローマの政治を壟断(ろうだん)するのを見るに忍びないと思ったからかも知れない。ルキウスはそう見ているが、アントニウスの周囲では使い捨てにされたと思われている。

そのルクリウスだが、久々に訪れたルキウスを滝の見える山あいの粗末な東屋(あずまや)に招いた。ルキウスの訪問を特に喜んだ様子はなく、隠棲後のほぼ二年間、半年ごとに病気で倒れたと人ごとのように話した。ここは当然だが、ルキウスは煙に燻されてようやく治った三年前の大病について大いに語り大いに同情した。そして、さりげない失態を告げるように、ルキウスは、もちろんキュテーリスのことは伏せて、文書のこと、アエリウス・セレーヌスのこと、そしてウィリウスに勧められた顔繋ぎの宴席についても話した。

ルクリウスは何度も頷き、最後に皮肉っぽい歪んだような笑みを浮かべた。

「そうか、あのセレーヌスがねえ、本当だとすれば驚きだが、まあ、いろいろ知恵を絞ったわけだ。しかし、ルキウス、そんな文書は飛び交うものだよ。それをいうなら、わしだってどうなるか分からん。むしろ、わしのほうが危うい」

「やはり資産の没収を考えているのでしょうか。四十そこそことはいえ、富豪も多く挙げられているそうです。集めれば相当なものになります」

最悪、それで済めばと願いながらルキウスが尋ねた。

「どうかな、そこまで混乱を招くようなことはすまいと思うよ。決着がつけば、あとの混乱は避けたいものだ。マリウスやスッラの時の惨状を思えば、まず復讐心を煽るようなことはすまい。アントニウスが勝てば別だが」

「召集された軍勢があまりに多い。内ガリアの小競合いで済まなくなりました。兵士たちの褒賞に植民市の建設くらいでは済まないかも知れません。多少の資産没収はあるかも知れません」

またしてもルキウスの願望である。資産の幾ばくかが没収されることで収まればいいと願っているのである。もちろん、和睦が成れば一番いい。

「どうでしょう、和睦はもうないでしょうか」

「どちらかが敗走してからだろうね、あるとすれば。それまではがむしゃらにやるだろうよ、なにせローマ人だ。誰かが仲裁に入るかも知れんが、望みは薄い。きみは確か、身を隠すといっていたが、今となればそれがいい、今度ばかりはアントニウスも危ない。聞けば、アントニウスはヒルティウスやオクタウィアヌスに共闘を呼びかける書簡を送ったようだが、ふたりは誘いに乗らなかったそうじゃないか。どんな書簡を送ったのやら、わしが側におれば、どうだろう、こうはならなかったかも知れん。今になってみるといろいろ思うよ。手紙ひとつの書き方、使者の口上ひとつで計画は頓挫する。アントニウスは相手の意を酌むということを知らん、我意を通すだけだ、あれじゃ駄目だ」

「しかし、ピーソーたちはまだ和平を説いているようです。レピドゥスがアントニウスに通じていて、プランクスも同調していると聞きます。ふたりも和議を説いていますから」

「戦争に動きだした勢いはもう止められんよ。三日前、三月二十日の元老院が山場だった。キケローが和睦の動きに止めを刺した。先頃ローマに行く機会があったのだが、ローマは戦争に沸き立つというより浮き立っておった。ああなると、もう止められん」

ルキウスは顔を曇らせる。しかし、そんなことは分かっているのだ。和睦もないと分かっていて、それでも願っているだけのことだ。

「アントニウスがムティナを攻略できないまま追討軍を迎えるとなれば、挟撃の危機を覚悟せねばならん。アントニウスが攻囲軍を転じヒルティウスやパンサの軍に挑みかかれば、ムティナの守備隊が背後から襲う。難しいね、アントニウスは。つい最近だが、ユリウス・パエトゥスやウルキウス・テルムスたちが支援に向かったよ。テルムスとは親しかったんだろ。しかし、今さらアントニウスに加勢しても仕方がない。レピドゥスたちが動かなくても劣勢は揺るがんだろう。いくら精鋭の雲雀軍団を従えているとはいえ、ヒルティウスはあのマルス軍団を麾下に置いている。血みどろの戦いになるよ。しかし、あのアントニウスだ、負けはしないだろう、だからといって勝ち目があるとは思えない」

「ローマ世界は分断ですか」

「さあそこだよ、つまり東の共和国派の動きさ。ギリシャのブルートゥスはもう十万を超す兵を集めた。シリアのカッシウスと合流すればイタリアを取れる。カエサル主義者同士が仲間割れして互いに兵を減らす間に、東で共和国の旗が揚がるよ。キケローの筋書き通り。何もかもキケローの方寸の中。好き嫌いは別として、大した男だ」

「キケローか、昔、クロディウスの世話になっていた頃、キケローの屋敷を焼き討ちに行ったんですが……そうか、キケローの筋書きか」

「そうさ、キケローだよ、あれは大した男だ」

　確かに、この今に至ってもキケローの奮闘は目覚ましいのである。キケローは三月二十日の元老院を主戦論で乗り切ると、その日のうちにレピドゥスとプランクスに宛てて書簡を送り付けていた。直接談判に行くには遠過ぎるからである。キケローが恐れたのは、このふたりが和議を唱えてアントニウスに通じるようだと、ヒスパニアのポッリオも彼らに倣う。そうなれば外ガリアやヒスパニア一帯はもう頼みにならないと危ぶんだからであろう。そこでキケローは、レピドゥスには高飛車で簡潔な、丸めた紙で頬を殴るような書簡を、プランクスにはやはり個人的な情愛を持ち出して、ある意味懇願の書簡を送るのである。このプランクスへの書簡には、「お願いだから、どうかあの連中との繋がりを断ち切ってくれたまえ」といった情けない文面が見えるのだが、相手のどこを衝けば効果的か踏んだうえでの書面であるから湿っぽい印象は見せかけと思わねばならない。その成長を恃みとし期待を寄せた相手であるだけに、加えて、年の瀬には二度も私信を遣って賢明な働きを促した相手であるだけに、腸が煮えくり返っていたとしても不思議はないのである。一方、レピドゥスに宛てた書簡には、キケローの面目躍如たるものがあってここは全文を挙げたいところだが、こと文章に関する限りキケローの面目はすでに躍如としているから、ほんの一部を引用するに留める。例えば、平民上がりのキケローは大貴族アエミリウスの流れを汲む大神祇官レピドゥスをつかまえて「君のいう和平が、破滅男を野放図な独裁権力掌握の座に戻すことと異ならない以上、まっとうな精神の持ち主は誰でも隷属よりも死を優先する決意でいるということを、よく弁えておくように」などと横柄に構えて脅すのである。しかしどうだろう、脅しは脅しでも、いい大人をおちょくっている感があって痛快ではないだろうか。文脈から切り離したこの程度の文章の切れ端にもキケローの大弁論を髣髴させるものがあると思うし、キケローの心酔者でなくとも興趣が尽きないところだろうが、ここは一斑を見て全豹を卜してもらう。このように、キケローは実に冷淡、指ではじき返すような脅迫文を大神祇官に送り付けるのだが、末尾を「何が最善の行為か、思慮のある君のことだから、おのずと分かるはずだ」と嫌味な皮肉できっぱり結ぶなど、書記役のティローなどは感心のあまり唸る声すら上げてご主人様を仰ぎ見たと思われるのである。ただし、送り付けられたレピドゥスだが、恐懼のあまり身を慎むかというと、そうでもなくて、恐らくはまた臍を曲げただけであろう。一方のプランクスはあわててキケローに返書を送り、恭順の意を表した。もちろん、すぐまた裏切るのだが、それはのちの話である。キケローはほんとに難しい男たちを相手にしていて苦労のほどが察せられるのだが、とにかく、そんなキケローの奮闘のおかげをもって、アントニウスは元老院との全面戦争を余儀なくされた。ルキウスの願望はこうして打ち砕かれたわけである。

聞くべきことを聞き、話すべきことを話したからではない。帰るべき時間が来てルキウスは腰を上げた。そして、来た時のままの自分に戻った。心は何も変わらなかった。ルクリウスの山荘を去るに当たって、ルキウスがただ思ったのは、ローマまでの道のりが遠いこともあって、昼食の接待を受けるわけにはいかなかったし、途中の小料理屋に立ち寄る時間も惜しまれるものだから、連れてきた家僕ふたりの携帯食を横取りするしかないな、ということくらいである。これは本当のことである。

ルキウスは滝の見える東屋からそのまま馬で帰路に就いた。別れ際、ルクリウスは、身を隠して何もしないでいること、それが難を逃れる最良の策だ、とむしろ自分を戒めるようにいった。ルキウスはその通りだと思った。そのことは最初から分かっていた。

ルキウスはティーブルを離れ、並み足でゆっくり馬を進めた。ローマに戻るまでに陽が落ちてしまいそうだった。今は雑多な用事を済ませた気分しかない。そのせいか、馬の蹄の一足一足で気持ちがゆっくり落ち着いていく。迷いや怯えや不安など今はないのが不思議だった。ルキウスはそんな今の気分を馬上にあって楽しんでさえいるようである。途中、牛の群れに道の前を塞がれたり、車軸の折れた荷車を脇に運ぶのを手伝ったり、ルキウスはむしろ気ままに道を行く人であった。やがて陽が落ち、連れてきた家僕ふたりに灯りの用意をさせたが、暗がりの中でもルキウスは道を急がなかった。帰る場所に帰る、そのことくらいしか思っていなかった。

星明りの下、ローマは黒々とした巨大な闇の塊りのように見えた。このような時であるから、それは夜の不吉な生き物のように幾千もの眼を光らせているように思えた。やがてその生き物は幾千の眼を閉じ、同じひとつの夢を見、その夢に魘（うな）されて息絶え絶えに喘ぐのだろう。闇の底でのたうつのだろう。その生き物の腹の中へルキウスはゆっくり入っていく。ルキウスはエスクイリーナ門の衛士たちに相応の金を渡し、ウィミナーリスの丘の暗い近道をたどって家を目指した。

ユーニアは迎えには出ないだろうと思っていた。心配やら怒りやらで拗ねてしまっているだろうと思っていた。しかし、迎えに出た使用人からユーニアが倒れてしまったと聞いた時は、頭に鉄棒を喰らったくらいに驚いた。馬から下りたばかりで走ると転びそうになるのだが、ルキウスは両手を前に差し出し、すがれるものにすがりつつ転ばぬように走った。

ユーニアは暗い寝室に独りいた。

「出ていってください」

布団の中から向こう向きの声がした。背を向けた寝姿にユーニアの意思が表われていた。

それでもルキウスが近付こうとすると、布団を捲(めく)り上げ、向き直ったユーニアが、

「声を上げますよ」と部屋の外へも聞こえる声を上げた。ルキウスは何もいえず、後ずさりで寝室を出た。

家の中に灯りが少なかったこともあって、異様に寂しく感じた。使用人たちも声をひそめ、灯りの傍でそれぞれの用事をしていた。ルキウスが戻ったことで、やっと寝ることができるのである。しかし、移住仕度で忙しい中、ルキウスが急に家を空けてしまったり、そのあとユーニアが倒れてしまったことで、使用人たちは浮足立ってしまっていた。そんな彼らに眼を留めることなくルキウスはただ無愛想に通り過ぎた。ルキウスが今どのような立場にいるか、実はルキウス以上に知る者たちだから、用事の手は休めたものの、まさか、と眼を見開いて互いに顔を見交わしている。彼らは主家から逃げられない身分なのである。

ルキウスが執務室に入ると、執事役のシュロスが何やら巻き手紙のようなものを両手に載せて持ってきた。誰より臆病なシュロスだが、人々の噂話に疎(うと)いのだろう、

「お手紙です」と平素の声でいった。

シュロスはペイシアスと違って余分な話はしない。そのことが好ましい時のほうが多い。とりわけ今は余計な話は聞きたくなかった。

「ほう、誰から」

「ウィリウス・セルウェリス様から、ついさっき届きました」

ウィリウスと聞いて、ルキウスはくっと息を呑む。きのうの今日、しかもこんな夜になっての手紙だから変事があったに違いない。相当な驚きはあった。しかし、不思議に動揺はなかった。ルキウスは渡された巻き手紙を握って椅子に腰かけ、事もなげに手紙を机の上に転がす。いい知らせではあるまいと思った。だから転がしてみた。

「もういい、みんな寝かしてやってくれ」

シュロスが部屋を出てからルキウスは手紙の封を切った。ティーブルからの道中、また市壁の中のローマの様子に何も異変を感じなかったことが、今はかえって不気味に思え、手紙を持つ手が震えた。文字を見る眼もあちこちして文章がたどれたわけではない。しかし、文面は理解した。明日の朝、急遽北へ移動するということ、顔繋ぎの宴会は取りやめにせざるを得ないが、折を見てその機会を作るということ、そして、セレーヌスの文書のことがあるから、ローマを退散し身を隠すのが賢明だということ。

いよいよだなと思った。ローマを発ったパンサがヒルティウスの軍勢と合流すれば追討軍は陣容が整う。それまでに、アントニウスはムティナの攻囲軍の向きを変えて攻勢に転じようとするだろう。多分、その備えのためにウィリウスは北へ向かうのだろう。今はアントニウスに軍団六個、対するヒルティウスには四個の軍団しかない。脇をオクタウィアヌスの親衛隊が固めているとしても、パンサの二個軍団が到着するまでは劣勢を免れない。とすれば、アントニウスは機先を制して奇襲を仕掛けるであろう。馬の嘶（いなな）き、軍靴の響き、男たちの喘ぐ息がルキウスには遠く聞こえるもののように感じられた。

ルキウスは、なぜか安堵のような深い溜息をつく。そうなると思っていたように事が進んだ。それだけのこと。ルキウスはむしろ柔らかい笑みを浮かべる。そして、このように心穏やかである理由は考えまいと思った。

ルキウスは今は偲（しの）ぶ思いで遠いキュテーリスの面影を思い浮かべている。柔らかな笑みがあるのは、忘れたはずの面影がルキウスの中にいくつも潜んでいたことに小さく驚いているからである。記憶したはずのない面影すら今初めてのようにではなく飛び飛びに思い浮かんだ。それはいろんな女のその時々の印象だったかも知れない。それら全ての印象がキュテーリスの姿を借りた。そのキュテーリスを、ルキウスは焦慮や苦悩を招くおんなとしてではなく、むしろ神々に列なるこの世に儚いおんなとして、夢の訪れにもなぞらえ思い出に変えた。そのことに、そして、そのことの危うさに、今になって気付いている。悪意あるもの、その根源のものがそこに付け入りルキウスを今愚弄しているのだ。セレーヌスの文書でそれが分かった。

　ユーニアかキュテーリスか、どちらかを選ぶわけではない。キュテーリスなど存在しないのだ。あの日、サッフォーを詠いサッフォーを舞ったキュテーリスは、神々が人に秘したおんなであったに違いない。しかし、現し身ではないその美しさはやがて人を愚弄するのだ。ルキウスは、愚弄するものから逃げるのか、そのことを思っている。

　定めた思いに心を向け、揺らぐ心を励まし導いていくことが考えるということなら、ルキウスは考えていた。人は思いが向かう方向にしか考えないのだから、ほかに別の身の振り方があるのかどうかは考えなかった。ルキウスの思いの先には今はもう運命のようなもの、定めのようなものしかない。それは神の手ではないにしても、絡め取る運命の手には違いなかった。絡め取るその手はルキウスを過ぎ去ったあの日々に繋いでいる。ルキウスは立ち向かい断ち切ることを考えていた。勇み立つほどのことではない。この身の始末をつける、それだけのことだと思った。

　夜明け近くに、ルキウスは考えることはやめた。心はもう決まっていた。いつの頃からか、気付かぬうちにもう決めていたことのようにも思っている。そのせいだろうか、ルキウスは今も心穏やかである。迷いはあるのだろう、しかしルキウスは、吐く息を整え、気持ちを整え、表情に笑みさえ浮かべようとしている。誰ともない面影に笑みは浮かばぬ先に吹き消えてしまうのだが、それでも気持ちは穏やかである。ルキウスは頭を振って眼をつぶる、椅子に深く腰を沈める。そして、ティーブルからの帰路に見た取り留めもない光景を思い浮かべる。ルキウスは日が暮れた街道の途切れ途切れの記憶を追いつつ、眠っているなと分かっていて起きている気分でいた。

　眼が醒めて、眠り込んだ自分に驚く。しかし、きのうのことが瞬時に甦った。ルキウスは軋む体を椅子から持ち上げ、空腹に鳴る腹をさする。頭の芯に痺れがあり、手肢(てあし)も随意に動かない。ルキウスは両手を机についたまままがくりと肩を落とした姿で立っている。何かを考えている様子ではない、むしろ眠っている時のような息をしていた。ようやく歩き出して部屋の外に出てみると、移住仕度のためだろう、使用人たちが固まって働いていた。ルキウスは黙ってそのままにさせた。来客は断わるように告げ、家族の食堂で独りすばやく食事を摂り、ルキウスは内庭の回廊に立った。そこでユーニアを待ちながら、水盤に落ちる陽を眩しい眼で見ていた。何をどう話すかはもう決めていた。ユーニアがどう受け止めるかも予想していた。ただ、この時間になっても出てこないユーニアを痛ましい傷ついたもののように思えて仕方がなかった。その思いにやがてルキウスは耐えられなくなってしまう。動悸が高鳴り血が上(のぼ)って立っているのがつらくなった。ルキウスは回廊を離れ奥の執務室に戻った。執事のシュロスを呼び、出征にいつも同行させる庇護民ふたりに使いを出すよう命じた。意図を察したシュロスは立ったまま体をゆらゆらさせた。声の出しようが分からないみたいだった。シュロスが出ていくと、ルキウスは隅の臥椅子に身を投げ出し眼を閉じる。とたんに、ユーニアの肩の細い寝姿が思い浮かび、ルキウスはユーニアの寝姿を眼に閉じ込めたまま眠りに落ちる。きのうは早朝からティーブルまで出かけ、戻ってからも夜明け間際にうたた寝をしただけ、ルキウスはまともな眠りをとっていないのである。そのせいか、ルキウスは外に鼾(いびき)が洩れる勢いで眠った。

　昼に近い刻限になってからだろう、ユーニアが入ってきたのに気付いたルキウスは、ゆっくり立ち上がって歩み寄った。背中に手を回し壊れるもののようにそっと包むように抱いた。ユーニアの体は震え眼にはもう涙が浮かんでいた。ルキウスはユーニアの髪の匂いを深く吸い込む。香油の匂いではない、温かい人の肌の匂いだった。

その日、昼をとうに過ぎてからふらりとやって来たデクタダスは、ルキウスの家の様子にただならぬものを感じてたじろいでしまう。時間が止まったみたいに、人にも物にも動きが感じられなかった。いつもは寄ってくる女たちも隅で固まって暗い眼を向けているだけ、家僕たちもデクタダスに顔を背けた。首を傾げたり後ろを振り返ったり、眼が合う相手を探しつつ広間まで進んだデクタダスは、そこで茫然と立ち竦んでしまう。内庭の臥椅子にペイシアスが独り背中を屈めて座っているのだ。それは全ての人を拒むようなてこでも動かぬ姿に見えた。珍しいことだが、デクタダスは泣きそうな顔になってしまう。家の中のただならぬ様子、そしてこの光景はデクタダスから言葉を奪ってしまったのである。ものもいえず、ようやく近寄ったデクタダスに座ったままのペイシアスがことの次第を告げた。二言三言、突き放すような、ほんの短い言葉だった。

伝えたいことがあって来たのに、逆に驚くべきことを伝えられた。しかし、こういう時こそ自分の出番、と気持ちを整え荒い鼻息を吹いて自分を煽り立てもするのだが、デクタダスの弁舌は深刻な問題には不向きなのである。何をどういってどう諫めるか百通りものいい方が頭の中で散乱した。しかし、友を思う真情はある。何が何でも思い止まらせる、その一念で気を引き締めた。デクタダスは俄に血相を変える。演技者のように肩を怒らせ、前のめりに体を倒す。そして、ペイシアスを後ろに従え、奥へと駆ける勢いで向かった。

ルキウスが決意を伝える前に、デクタダスは最初からその決意を打ち消し、わけをいえと迫った。ルキウスはその勢いに圧されながらも苦笑いしてデクタダスに向き合う。デクタダスは眼を吊り上げた。アスクルムへ移ることになっていたではないか。今になって、なぜなのか。自分にも、アントニウスが窮地に立っていることくらいは分かっている。ローマでは人気のないアントニウスだから極端な観測も流れているのだ。それなのに、アントニウスの支援に向かう、それこそ死地に赴くのも同然ではないか、死ぬ気でいるのか。デクタダスには珍しく語気を荒らげて翻意を迫った。ルキウスは、心静かに、というよりは、むしろ悲しげに押し黙った。ただ、死ぬ気などない、とだけはゆっくり答えた。

「戦場に出るからといって、死ぬとは決まってないよ。たいていは生き延びるんだ」

「訊いたことにちゃんと答えろ。なぜ行くんだ。今さらお前が行って何になるんだ。いつもはアントニウスを嫌っていたくせに、そんな男に命を預けるのか。何があった」

訊かれても、ルキウスには答えになる言葉がなかった。なぜ、の問いに答えはなくとも、心はそれを納得している。だから、心は静かである。

苛立ったデクタダスは、かみさんには何といったんだ、と気色ばんだ声でいった。そういってすぐ、デクタダスは涙ぐんだ。そのまま涙で声を詰まらせ、

「分かった、死んでこいといってもらえたのか」とたたみかける。同時に、後ろのペイシアスが洟をすすった。

「死ぬこともあるんだ、大いにあるんだ。そうなったらどうなる。たとえお前ひとり生き延びてもアントニウスが負けてしまえば、この家はどうなると思ってるんだ。自分ひとりの問題じゃないぞ。おい、何かいえよ、一体全体、何を考えているんだ。お前、この間までは逃げる気でいたじゃないか。何で急に気が変わるんだ、なあ、いえよ、何があったんだ、おれにもいえないことか」

デクタダスは言葉を詰まらせている。そして、喘ぐ息を何度も吐いた。

「かみさんはどうした、槍や刀を磨いてるってか」

「いや、部屋に籠ってしまった。入れてもらえない」

「当たり前だ、このおれだって腹が立って仕方がない。それなのに、よくそんな顔してられるわ。頭、おかしいんだろ。お前なあ、一家の主としての責任を感じているか。かみさんにも、子供たちにも責任があるだろ、それを投げ捨てて行くだけの理由があるのかっ」

「お前、この間、ヘクトールとアンドロマケーの別れについて何といった。『イーリアス』の詩人が伝えようとしたのは、男たちの悲劇がさらに深い女の悲劇の幕開けになるってことだ、偉そうに、お前がそういったのだぞ。そのお前が……」

驚いたことに、デクタダスは泣いている。一緒にペイシアスも泣いている。もらい泣きのように、ルキウスも

泣いた。デクタダスの真情に触れて張りつめた気持ちが崩れたからだろうか。しかし、ルキウスは涙を浮かべながらも驚いている。デクタダスはこのようなことで泣くやつなのだ。こいつ、こんな男だったのか。

　そして、ルキウスは顔を上げる。

「ユーニアは、取り乱したりはしなかった。気付いていたのかも知ない。驚いた様子もなかった。しかし、この腕を思い切り摑んだよ、摑んで放さんといった感じで。女の力とは思えないような強さだった。取り乱したといえば、それくらいだった。無論、泣いたさ。しかし、ユーニアはローマの女だ。泣きながらでも夫を戦地に送る、その悲しみに耐える女だ」

「驚いたわ、よくもそんな。お前、そんな非人情なことというやつだったのか。お前だけは違うと思ってたんだ。とぼけた顔して、お前そんな男だったのか」

「しかし、ローマの女はそうして生きてきた。男も、そうだ……」

「何いってんの、何がローマの女。お前なあ、頭の中に何が入っているんだ。ローマの男は女の悲しみを踏みつけにして、人殺しに行くのが名誉なのか。人に殺されて名誉なのか。いってみろよ、何のために人を殺し、何のために殺されるんだ」

「死ぬわけじゃないよ、決めつけるなよ」

「ふざけた話と思わんのか。カエサルの後釜争いじゃないか。そんなことのために行くのか」

「しかし、逃げられない、分からんだろうが、そんな時もある」

「ああ分からんさ、おれは堂々と分からんぞ。お前、分かっているならいってみろよ」

「……おれは、やっぱりローマの男だから、それ以外ではあり得ないから」

「はあ、何、それ。お前、おれを笑わせたいのか、正気でそんなこと思っているのか。どうなんだ、そういえば済むとでも思っているのか。ああ駄目だ、おれにはもうお前が分からん。こんなやつだったとは、ああ、おれは天涯へ吹き飛ばされた気分だ。おれの声が届かないんだ。なあ、いってみろよ、何だったんだ、これまでの日々。おれとの日々、悲しいキンナとの日々、何よりお前のかみさんや子供たちとの日々、それらの日々に、お前、こんな収まりをつける気か。信じられん、信じられんわ。お前ね、分かっているのか、ウィリウスや、あのマキシムスさんとも殺し合いをすることになるかも知れんのだぞ。お前にそれができるのか。いいか、ルキウス、剣を振るって殺すのは向き合う相手だけじゃないぞ、自分の大切なものまで殺してしまうんだ。何がローマの男だ、お前は絶対頭おかしい、相手になってるおれまでおかしくしやがった。ああ、駄目だ、頭に血が上った。少し落ち着く、落ち着いて考える、頭くらくらしてきた。ああもう、お前のその顔見てるの、耐えられん。こんな時に、何でそんな間延びした、寝惚けたような、おっとり顔ができるんだ。化け物に見えてきた。ああ、いかん、ほんとに頭、くらっとする。血が上った」

デクタダスはそういって身を翻すと、執務室を出て奥庭のほうへ去っていった。あとを不承不承げにペイシアスがついて行く。暗い顔のペイシアスは、ここでデクタダスが退いてしまったことに大いに不満なのである。行くなら行くで自分も連れて行け、と思っている。それもペイシアスの別の不満だ。しかし、いかに非暴力主義者のデクタダスとはいえ、これ以上ルキウスと向き合っていれば飛びかかって殴りつけていたかも知れない。頭に血が上って、まさにその衝動を感じたからこそ、デクタダスは退いたのである。退きはしたが諦めてはいない。だから帰らず、逆に家のもっと奥まで踏み込んだのである。

残されたルキウスは静かに自分を嗤っている。頭がおかしいと思っている。それでも、心は納得している。依怙地ではない、心静かに、逃げてはならないと思っている。

ルキウスは机の上の書類の束に眼をやった。資産管理のための大事な書面が含まれていた。出立までに整理して、執事役のシュロスに託さねばならないのだが、どれをどのように託すか、考えあぐねてばかりいたのだ。ルキウスは、気持ちの整理はできているのに、資産の整理がままならない。そのことが滑稽に思えた。これだけ生きて、気付いてみれば、身辺をただ煩雑にしただけ。手がつけられない、とルキウスは皮肉な嗤いを浮かべる。人生など、最後は手をこまねいて放り出すものでしかないのだと思った。

ルキウスは多くのことを後回しにして執務室を出た。ユーニアの様子が気掛かりで奥へと向かったのだが、寝室の前には番人みたいにユーニア付きの女がいて、ルキウスが来たと分かると、驚いたことに睨みつける。ルキウスは、ユーニアがまだ普通の状態ではないのだろうと察し、そしてそのことに心を痛め、すごすごと回廊のほうへ取って返した。回廊に出てみると、陽の当たる隅の踏み段で、乳母に促された子供たちが石板に字を書いていた。近付いて覗こうとすると、娘が石板の字を手で消した。家の中の張りつめた空気を感じているのだろう、子供たちは乳母の後ろに隠れた。ルキウスはまたすごすごと広間を歩き、取り次ぎの間でぽつねんと立ち尽くす。

ルキウスはデクタダスが帰ってしまったものと思っていた。奥庭にいると家僕に告げられ、ためらいつつもまた奥へ向かった。顔を見れば、また同じことを訊いてくるだろう。血相を変えて翻意を迫るだろう。しかし、善き友デクタダスの容赦ない言葉をルキウスは素直に受け止めたい気持ちがある。どれほど翻意を迫られても、ルキウスは頑なに心を閉ざすだろう。しかし、そのことを厳しく責められうなだれていたいのである。

デクタダスは奥庭の脇出口の礎石に座り、その奥の石榴（ザクロ）の木を見上げていた。新芽が芽吹いているのか、枝えだが霞むような色合いに見えた。陽はもう西に傾いていた。ルキウスはデクタダスの後ろ姿を見ながら近付いていった。すると、ルキウスがやって来たのに気付いたのか、後ろ向きのままのデクタダスがいった。

「市壁の内側に、こんな広い庭のある屋敷は滅多にない、よほどあくどいことをしてきた男しか、こんな家に住んでいない。お前のことだ」

ルキウスは、「そうだな」と声を返す。しかし、相手に聞こえるような声ではなかった。

「分不相応な家があり、多少の資産もあり、ちゃんとした家族もある、これで何が不足だ。普段の当たり前の生活、子供の悪戯を叱り、かみさんの小言に肩をすくめ、時にはいがみ合っても互いに互いを気遣い労（いたわ）り合う、何でもない日々の生活、それこそ何ものにも替え難いものであるのに人間は気付かないんだ。そんな日々の生活の中にこそ自分があるということ」

　ルキウスは気抜けしてひ弱な笑いを浮かべる。予想していた叱責の声ではなく、言葉を選び教え諭すようない方がよそよそしく感じられた。どうやら別の方向から説得を試みるつもりなのだろう。それは分かるが、デクタダスのいったことは確かに正論、その通りなのだからうなだれて頷くことはする。すると、当のデクタダスは呼吸を計ったみたいに間をあけて、声といっていいような溜息をついた。どうかしたのかと顔を覗き込めば、デクタダスはふいの思案顔で黙り込んでしまう。ルキウスはものをいわない男の脇でとぼんと立っている自分を扱いかねた。

　デクタダスがこのように手順を踏んで黙り込んだのは、次にいうべきことをもう決めているからである。落ち着いて懇々と説得する。そのために、まずは黙り込んで、今の話、とりわけ、何気ない日々の生活の中に自分がある、ということに注意を向けさせたいのである。しかし、ルキウスはそんなことには気付かない、何気ない日々の遠くに心はあった。ルキウスは突っ立つ自分を持て余してデクタダスから少し離れ、塀際の割れた石臼(いしうす)に腰を下ろす。そして、デクタダスが話しだすのを待った。

　そのデクタダスは顔を上げ石榴の木に眼を向けている。しかし、眼は石榴に向かっていても、ルキウスをちゃんと眼の端で捉えている。何も考えていないような顔に見えるが、ほんとは次の話の効果を考えていた。だから、わざと間延びした声で、

「なあ、ルキウス」とデクタダスはいった。回りくどい説得を始めようとしているのである。

「お前に話したことがあったよな、何度か誘ったこともある。アエミリウス橋の北側のたもとに古びた小料理屋がある。おれがローマに移った年、火事があった。焼け残った一画だよ。最近、よく行く。道は遠いが、三日に一度は出かける。たいていひとりで出かける。主人はマッシリアの出らしい。マッシリアの名物料理を出す。魚介の汁物でね、鄙(ひな)びた田舎料理だが、これが美味(うま)い。最初はパンなしで、汁だけ飲む」

　そういうと、デクタダスは深く息を吸い込み眼を細めた。さりげなく上手くいえたと分かったからである。し

かし、ルキウスにすれば取って付けたような話である。首をひねって聞くしかない。

「その名物料理だが、おれは美食家ではない。美味いものには魅かれるが、安い料理でも満足できる。いくらおれだって少しはエピクーロスを理解してるからね、美食家はエピクーロスからは遠い、似て非なるものさ。とにかく、美食家の飽満はおれにはあくどい。たいていは質素に満足できる。あの汁物もとびきり美味いわけではない。美味さを際立たせた料理じゃない、具材のよさを控えめに引き出してまろやかに味を調えている。だから、美味い。しみじみと美味い。パンに汁を吸わせて食べるのもいいが、おれは汁だけ飲むのが好きだ。いつも長い時間をかけて食べる。とろみのある汁を舌にのせて、複雑な、しかし鄙びた味と香りを楽しむ。そのうち、美味さを感じる感性が、遠い記憶の中で心地よくまどろむ意識を探り当て、交じり合い、混然となって、魂がふっと遠い昔に持っていかれそうになる。その瞬間は永遠に通じているのかとも思う。料理ではない、おれは人生の最良の時を味わっている、そのひと匙の味わいこそが人生だったとさえ思える。鄙びたひと皿の料理、何気ない日々の味わいに過ぎないのだが、おれはその時人生の実質を味わっている……何だ、何て顔だ、分からんのか」

「うん、どうもね、よく分からん。しかし、鄙びた料理は好きだよ」

ルキウスは正直を返した。すると、デクタダスは複雑な顔でまた黙り込む。説得に自信を失うにはまだ早いが、普段、いいつけないことを真面目にいおうとしているからか、実際自信なさげである。

「じゃあいいわ、料理から離れろ。その小料理屋の店だが、奥に廂(ひさし)の席がある。長椅子が並べてあって、そこからは干潟の向こうにティベリスの流れが見える、おれはひとり、食べ終えたあとの悦びの余韻を体の隅々に沁み通らせて、半ば放心しつつティベリスを見ている。あの汚いティベリスに波が立って陽を映すと、小さな光が川面を踊る。川風が頬を触り、空の雲が刻々姿を変え、猥雑な、しかし、懐かしい人々の笑い声が遠く聞こえる、おれはうっとり眼を閉じる。川面に散る光の印象、漂う雲のその刻々の印象、それらが懐かしい人々のざわめきと混然となって脳裡に浮かぶ。まるで夢見のように我を忘れ、やがて眠気が永遠へ誘うようにおれを包む。その比類ない喜び。今、こうして話していても、その情景が至福のように思い浮かぶ。何気ない一日の束の間の至福。過ぎゆく日々を惜しむことなく生きることの喜び……おい、いいたいことがわかるか、今を生きる、そのこと」

「いや、どうかな。ただし、ものを食べたあとは眠くなるものだよ、おれもそうだ」

「お前ねえ、ちゃんと話を聞いていたのか。おれが話したのは、人が生きる真の意味だ、エピクーロスの真髄を話したつもりだ」

「ああ、いいねそれは」

「ふざけているんじゃないぞ。何も感じないのか。貪（むさぼ）らず、つつましやかな限度に充ちたりて日々を生きるということ、その尊さ、その至福。一体お前のどんな心が至福に通じる日々を引き裂き、愛しい者たちを嘆き悲しみの底に突き落とすのか、さあ、どんな心だ。いってみろ、どれほど醜い心か」

どうやら、デクタダスは考え抜いた説得に失敗を自覚したようである。俄にいきり立ったのはそのせいであろう。しかし、ルキウスはいい話を聞いたとは思っていたのである。決して茶化すようなつもりもなかった。ただ、人が生きる意味とか、人生の実質とまでは思いが至らなかった。それだけのことで、醜い心を咎められるのは心外である。

「急に何だよ、おれは死ぬ気で行くんじゃないよ、むしろ」

「そんなことは訊いてない。じゃあ、生きるためっていいたいのか。生きるために戦場へ行くのか」

「そうかも知れない、いや、そうだと思う」

これを聞いてデクタダスはなおもいきり立つ、顔も紅潮させる。

「自分でいってること、分かっているのか。おれはね、剣を振りまわすローマの蛮風がお前に沁みついているとは思いたくない。ローマの男がどうとか、ローマの女がどうとか、おれにいわすと、地獄の瘴気（しょうき）を吸い込んだやつがいうことだ。ローマの昔、ギリシャの昔、いや、人間の大昔から漂っている瘴気だ。それを好んで吸い込み、腸（はらわた）を腐らせ、眼を爛（ただ）れさせ、脳天にどす黒い血を溜めているんだ。いい加減に脱け出せ。お前はホメーロスなんかを口移しされて、頭の軽い英雄たちのちんけな話を脳みそに摺(す)り込まれたんだ。あれは悪ガキをそのまま獰猛な兵士に育てる企みで成ったものだぞ。実際、ちんけな野盗程度の英雄たちに悲壮な物語を捏(こ)ね上げて、残忍非道な争いごとに眼眩(めくら)ましをかけたものだ。一体、何がローマの男だ、そんなものは獣(けだもの)の呼称だ。いいか、最早、兵役逃れは文明人の証しなんだ。賢いやつらはみんな逃げてるじゃないか。分からんやつだ、ちょっと前まで逃げる算段ばかりしていたくせに、何で急に、何があった。いってみろよ」

いきり立ったせいだろうか、デクタダスはありふれたホメーロスなんかを持ち出して紋切り型の文句をいった。心に響くはずもないが、いいたいことは分かっている。薄笑いを消したのは、戦場へルキウスを嗾(けしか)ける固い確かなものが心に疼きのようにあるからだ。矛盾に充ちた思いの塊り、それをデクタダスにどう伝える。ここで今、セレーヌスの密書のことを打ち明けてみても、馬鹿げた争いに巻き込まれることの愚かさを、かえって逆にいい張るだろう。話はもっとややこしくなるだろう。まして、あのおんなのこと、いくら訳知りぶったデクタダスでも頭から詰(なじ)るに決まっている。ルキウスはうなだれるしかないのだ。

「そりゃあおれだって、男の名誉くらいは分かる。命を賭(と)した戦いが男の気高さ、貴さの証しであることもあるだろう。市民としての体面を惜しむ気持ちも分かるさ。あのソクラテスやプラトンだってのこのこ戦争に行ったくらいだ。しかし、分かるというのは、人間のどうしようもない愚かしさだ。考えてもみろ、今度のことはカエサルの後釜に誰がすわるかの争いじゃないか。もう一度訊くぞ、そんな馬鹿げた争いに巻き込まれていいのか。どうなんだ、いってみろよ、いうことないのか」

「いや、何もかも、お前のいう通りだ、だから……」

「ああもう。あのな、何年か前、カエサルがルビコンを渡った時だ、お前、アントニウスに呼ばれて急に出征したろ。あの頃、おれはモナエスの家を追い出されて居候していたから、あのあとのかみさんの嘆き悲しみを側で見ていた。お前がマケドニアに渡ってカエサルと一緒に人殺しをしていた頃、おれはずっとお前のかみさんの側にいたんだ。このおれの弁舌の妙技をもってしても、微笑みひとつ浮かばせることができなかった。ほんの三月(みつき)

かそこらでおれはおれの存在理由を失った。思いもしない、このおれが寡黙になってしまったんだ。それほどのものだぞ。気丈に立ち働いていても、戦争は女を影のように儚くする。見てられない、分かっているのか」

デクタダスはまた涙声になった。ルキウスはもう応えないほうがいいと思った。

「おれは何度かお前を殴りたくなったことがある」

「殴れよ」

「おれは殴り返してこんようなやつは殴らん」

ちょうどその時、姿を消していたペイシアスが同行を希望する若い家僕ひとりを連れて近付いてきた。威張りくさった面構えでいるのは、一緒に連れていけとまた談判に及ぶ気なのだろう。ルキウスは腰を浮かせペイシアスたちのほうへ歩いていく。また同じ説得を試みなければならないのだ。デクタダスにいわれたようなことを、今度はルキウスがいうのだから、考えてみればおかしな具合である。しかし、戦場で役立つような者たちではない。ましてふたりは奴隷身分。軍籍には入れないから運悪く命を落とそうものなら、野辺で朽ち果てるしかないのだ。いつも同行させる庇護民ふたりで十分である。

膨れっ面のふたりを引き下がらせてから、ルキウスはデクタダスのほうへ戻った。

デクタダスはさっきの興奮から醒めたのか、もう涼しい顔をしている。

「お前と初めて会った頃のことを思い出していた。覚えているか、おれ、お前に、なぜピロデーモスの門を叩く気になったのか、と訊いたよ。そしたら、お前、変なことといった。覚えてるか」

「変なこと、何をいったんだろう。おれは、たまたま近くに偉い学者がいると聞いて……あの頃は野良仕事ばかりしていて、ちょうど収穫も終わった時期だったし、無性に学問がしてみたくなった。それくらいのことだったと思う。しかし、何といったんだろ、忘れたわ」

「お前ね、エピクーロスは世界の終末を説いているから、といった。そんなことというやつは初めてだ。こんなやつに入門されたら厄介だと思ってね、追い払おうとした。おれ、ストア派を薦めたよ、覚えてないのか」

「悪いね」

「おれ、あの時も思ったんだ、自殺願望があるやつかなって。お前、ほんとは自殺願望があるんじゃないのか、どうなんだ、いえよ、お前、ふつうじゃないぞ」

「ふーん、そんなことをいったの。おれ、ウィリウスと似たところがあるから」

　自殺願望という言葉にルキウスは小さく心を乱したのだが、とっさに思ったのはアンコーナの夜の海のウィリウスだった。しかし、ルキウスが、似ているところと答えたのは、自殺願望とは別の思いである。そのことに、ルキウスはいったあとで気付いた。

「話を逸らすな、似てたらどうなんだ」

「だからほら、戦争に行く」

「ああそうかい、どっちもふつうじゃないわ」

「そうだね、ふつうじゃない。しかし、ほんとにそんなことをいったの。カンパーニアにいた頃は、どういえばいいか、案外満たされていた時期なんだ。ローマを逃げていたのに、はっきりいって幸福を感じることもあった。だから、世界の終末なんて口にするかな。まして、このおれに、自殺願望なんて、分かるだろうよ、そんなのあるわけない。おれは、そんな気持ちで行くんじゃない」

　ルキウスはもっと反論したいと思った。しかし、これ以上言葉にすると崩れそうな心もあるのだ。なぜ行くのか、思いの全てが同じひとつの決意を促したわけではないし、理詰めでは自分すら説得できるとは思えないのである。しかし、見切った先は、眼をつぶって崖を跳ぶ、決意はいつもそんなものであるはずだ。ルキウスはそのように心を庇い励ましている。自殺願望とまでいわれたのだから、思いの全てを包み隠さず話してみようかとは思うのだが、いったが最後、嵩にかかって攻め立ててくるだろう。翻意を迫って必死の相手だ。その真情が分かるだけに、相手になると面倒である。理屈では、自分ですら納得し切れていないものを、口達者なデクタダス相手にどう話すか。頭のいかれた好戦的なローマ人、それでいい。今は、定めた思いに心静かでいたいのである。

　ルキウスは咎めるようなデクタダスの眼を捉え、

「しかし、世界に終末はあるだろ」と終末論にことよせて結局話を逸らせた。

「そりゃあそうだよ。エピクーロスでも世界の終末は説くんだが、劇的効果に欠ける。その点、ストア派は派手だよ、って向こうを薦めたんだ。エクピュロシス『大燃焼』によって世界は滅びる。華々しい世界の壊滅を願うならストア派だ。エピクーロス派は地味なんだよ。『すべてのものが少しずつ細ってゆき、長い歳月に／やつれて、棺へと向かう』って程度のみすぼらしさだもの。いってみりゃあ『老いしぼんだ終末』。あの時、確かそういってあっちを薦めた」

「そうだったか。そのあたりのこと、全部忘れてる。しかし、そのルクレティウスの一節は知ってる。それはそうと、お前、水溜まりで遊んでいただろ。ずっと見てたよ。何かの秘術をやる男かと思った。そしたら、ただ遊んでいるだけなんだもの、ピロデーモスの教育に疑念を抱いた。今やその疑念が確信に変わったよ」

　最後を冗談にしたつもりだがつまらない皮肉をいったような気持ちになった。ルキウスはあわてて、

「それにしても、いろんな事があった、日々平穏に過ぎたわけではなかった。あの話、したよな、人ふたり殺して逃げてきたって話」と話を転ずる。

「まあ、驚いたわけじゃないが、乱暴なやつだと思って用心した。お前のいう、いろんな、は酷いことが多い」

「戦さに出ているから、人を殺すことに臆したりはしないが、相手は命乞いをしていた。妻子がいるともいった。それを聞いたからだろうか、逆に狂ったようになった。わけが分からん、おれのことが。今思えば、必死で命乞いする情けない男の顔がおれ自身の顔のように思えたのかも知れん。分からない。しかし、気持ちがいいものではない。忘れることができない」

　遠い記憶のはずなのに、涙を浮かべて命乞いをした男の顔がくっきりと思い浮かぶ。顔を歪め、獣の息を吹きかけて懐剣を突き立てた手の感触も甦る。殺す必要はなかった相手であった。痛めつけるだけでよかった。殺せ

ば、ミロー派の連中と乱闘騒ぎでは済まなくなると分かっていた。ルキウスがふたりに止めを刺したために、四人すべてを殺して死体を川に流さねばならなくなった。確かに、酷いことをしてきた。己に向かって何のいいわけもできない。

デクタダスはまた黙り込んでしまった。今度はさっきのような見せかけの沈黙のようではなかった。デクタダスは自分の気持ちを整理して説得を諦めようとしているかに見えた。終末論に乗ったことで気持ちがふっ切れてしまったのか、自嘲的とも見える拗ねた笑みが浮かんでいる。そうなると、ルキウスは急に申し訳ない気がして、

「おれはろくでなしだ」と思った通りを素直にいった。

「ろくでなしには話が通じん」

拗ねた笑みはそのままに、デクタダスがいった。その声に諦めを感じたルキウスは、ふいに何を思ったのか、

「必ず戻ってくるよ」と、力んだ声でいってしまう。こんな時の決まり文句、つい弾みのように出た言葉だが、いったあとでうそ寒い気持ちがした。もちろん、デクタダスは鼻で笑う。ルキウスはひとり念ずる思いで、必ず戻る、と自分に向けて声かけをした。それでも、決まり文句でお茶を濁した気分がした。

「歳月よ／大空高く舞い上がれ／天に憩え、栄あれ」

「えっ……何だい、それ」

ルキウスは何かの祈禱かと思った。しかし、いきなり何を祈禱するのか訳が分からず、ぽかんと口を開けた。まさかここで兵士を送り出す祈禱文などデクタダスが唱えるわけがない。仮に唱えたとしても、祈禱文にしては風変わりである。ルキウスは首を傾げるのだが、当のデクタダスはルキウスの問いかけには答えず大空高く眼を上げている。ルキウスもつられて顔を上げた。春の初めの霞んだような空であった。

「クウィントス爺さんが死んだよ。去年の暮のことだ。今日、ほんとはそれを伝えにきた。そしたら、こんな騒

ぎだから」

「そうか、死んだか」

沈鬱な声の調子ほどルキウスは気持ちを暗くしたわけではない。人の世はこのようにあるのだなと思ったくらいで、さほどの感慨もなかった。

「ああ、死んだよ。知らない間に死んでた……デキムスのやつ、おれに使いを寄越さなかった。おれが知ったのは十日ばかり前だ。お前はアスクルムにいると思っていたから、おれひとりで行ってみた……こんな話どうでもいいか」

「いや、聞きたい。どうだったんだ、何で死んだ」

「教えてくれないんだ。やはり、キンナの媚薬が関係していたと思う、愛の妙薬、怖いね。愛に取り憑かれると、年寄りでもああだから笑うに笑えん。いずれそのうち、とは思っていたが、こんなに急だとは思わなかった。まだ七十の半ばだから、もっと生きてていい人なんだ。愛の受難者クウィントス翁が何の挨拶もなく逝ってしまった」

「デキムスは行方不明だ。どこにいるのか、知らんといわれた。最近、行方不明が急激に増えたわ。あのデキムスまでいなくなるとは。可愛げのないやつだったが、繁盛する法律家はたいていああだよ、くせがあっても大成するわ。残念なのは、デキムスの謎の蒐集物の正体が摑めなかったことだな。卑猥と醜悪を兼ね備えたものと睨んでいるんだが、あれほどひた隠しにするものって何だろ。解せない謎と一緒に行方不明か。ところで、あのキルケイイの屋敷だがね、何番目かの息子のものになってた。家の中が殺伐といっていいくらい健康的になってて……不思議なもんだわ、たいして変わったところはないのに、爺さんひとりいなくなるとああまで変わるんだから。しかし、そうやって変わってしまうんだ。何も変わってないのに、すっかり変わる。別の光と別の空気に入れ変わって……死者を送ったあとはそういうもんだ。こっちの気持ちが変わるからだ。それにしても、ひどい扱いを受けたよ。せっかく行ったのに相手にしてもらえなかった。すぐ追い出された、家僕にだよ」

ルキウスはくすりと笑った。追い出されてぽつねんと道端に立つデクタダスが想像できたからだが、老人の死を悼む気持ちがいまだ実感として湧いてこないのが不思議だった。何年も前の遠い知らせが届いたみたいで、そこまで気持ちの触手が伸びていかないのだ。今の自分に気持ちが貼り付き、外気に怯えるみたいに反応を拒む。そのことが、自分でももどかしいくらいだった。

「何で逝ったんかねえ、そもそも、おれはなぜ、あんな爺さんに心惹かれたんだろう。おれの交友範囲のなかでは、頭の中が一番みっともない人物なんだが、心の支えがぽきんと折れた気がする。カエサルが死んだことより、爺さんが死んだことのほうがおれには堪える」

「そうか。でもお前、カエサルとは知り合いじゃなかったから」

「バカいうな、おれは爺さんが、愚者としてこの世にあることの浄福を見せてくれると期待していたんだ。あの歳で、あんな陽気な爺がいるか。バカなことばかり考えて、バカなことに振り回されて。それが若い放蕩者なら分からんでもない、というより、このローマでは珍しくもない。しかし、あの歳までバカを引きずる人間はまずいないわ。人間、生きていれば多少はものを考えるじゃないか。ところが爺さん、あれ以外は考えないね。珍しいよ、あの歳で」

「そうかな」

「なあルキウス、おれはね、かつての聖賢たちが知らんふりした耄碌と呆けをどう手なずけどう克服するか、あの爺さんならやってくれそうな気がしていた。ある意味、期待を寄せていたんだ。あのことへの執念は死の影さえ吹き飛ばす、そう思ったりもした。しかし、呆けて耄碌したまま逝ってしまった。結局、みんなと同じなんだ、がっかりだ。あそこまで、せっかく頑張っていたのに」

「でも、ただの好色な爺さんだよ」

「おれはね、爺さんの意識の中で、どんな世界が繰り広げられていたか、どんな風に世界が見えていたのか、それを思うと惜しまれてならんのだよ。ただあのことだけで揺るぎない老境、死を寄せ付けない陽気な老境」

「へえ、おれは正直退いてしまうけど」

「だったら訊くが、お前の頭の中はもっとましなのか。大切な人たちを捨てて人殺しに出かけようってやつの頭の中が、もっと上等だといいたいのか」

「まあ……こんな時だから反論はしないよ」

「お前に反論があるのか。野蛮な男同士の殺し合いで命を落とそうとするやつに反論の資格があるとでも思っているのか。何が退いてしまうだ。よくもいえたわ。お前ね、爺さんのあの愛の和合の軍団を思い出してみろ。花冠を載せて花びら撒いて夢の織物はためかせて……いっておくが、お前なんかに比べりゃあ、あの爺さんのほうがよっぽどまともなんだ」

「ああ、そりゃあ、爺さんのほうが……おれは……」

それはふいの気の緩みかも知れない。確かにそうだと思った途端、吐く息みたいに力が消えて、なぜか急に意識が飛んだ。眼の焦点も、体の重さも失って、漂うもののように自分を感じる。ルキウスは、動きが止んだ風のような気分になって、おれはなぜここにいるのか、何のために、何をしているのか、それらのことが問いかけではなく、空耳で聞こえる言葉のように思えた。

「おい、お前今、話を逸らそうと思ってるだろ、分かってるんだぞ」

「いや、そんなこと思ってない。お前のいう通りだと思ってる」

「お前の頭の中より、爺さんの頭の中のほうがまともなんだ」

「分かってる、そうだと思う」

「……無駄だな、おれが何をいっても」

そういって口を閉ざしたデクタダスは、斜めからルキウスの顔を舐めるように見上げている。やがて何かを了解したのか、蔑んだような顔つきでデクタダスは眼を逸らせた。そして、遠くに追うものがあるかのように、あらぬほうへ眼を向けると、

「思えば、いろんなことがあった」とつぶやくようにいった。

「それはさっきおれがいったよ。おれのほうがもっといろんなことがあった」

「歳月よ……か」

デクタダスはやはり遠くを見ている。わざとらしいが、その眼はルキウスとの交遊の日々を懐かしんでいるようにも見える。さっきの泣きっ面もそうだが、ルキウスはそんなデクタダスを見たことがなかった。落ち着きのない眼でせわしなくものを捉え、ごちゃまぜにして喜んでいる悪戯者(いたずらもの)の印象でしか見てこなかった。そのデクタダスが遠くに眼を向け放心しているかのようだ。ルキウスは、こいつ、こんな顔を持っていたのかとしんみり思った。

「歳月か……」

なぜか分からない、そして思いもよらない、ルキウスは急に今感謝の言葉をデクタダスに告げたくなった。心弱りなのだろうか、それは突然の思いの氾濫でルキウスは我にもなく涙ぐんでしまう。もちろん、感謝の言葉など口には出さない。込み上げてくるもので胸が詰まった。本当にいろんなことがあった。いろんなことの全てを急にデクタダスに感謝してみたくなった。しかし、感謝されれば、どうせデクタダスは茶化して返してくる。またたは、感謝の言葉に追い立てられて逃げていくか。ルキウスは濁った喉の音を感謝に代えた。そして、しんと口をつぐむ。

ルキウスの気持ちの起伏はそばにいれば感じるのだろう、デクタダスはあらぬほうに向けた眼を二度三度ルキウスのほうに戻した。話すことが見つからないのか、表情に虚脱感すら漂っている。ルキウスは眼をゆっくり下に落とした。

するとと、打ち明け話を切りだすみたいに、

「なあ、ルキウス」とデクタダスが思いがけない声をかける。

「爺さんの墓が分からないんだ。教えてもらえなかった、近所のやつらも知らんというんだ。そんなことってあるかね。みすぼらしい墓に納めたから敢えて教えないのか、そもそも墓を造らなかったのか。無論、死んでしまえば墓などどうでもいいが、墓碑銘書きのおれにすれば、見過ごせないしな。近所を歩いて探したんだよ。秋にキンナの顕彰式をやった村にも行った。みんな野良に出てしまったのか、餓鬼どもが十二、三、陽だまりに爺さんひとりに婆さんが四人ばかり、見かけたのはほんのそれだけ、囲い地を逃げてきた牛が一頭道をのし歩いていた。これが現実なのか、ただのさびれた村だ。記憶の中の賑わいが夢かと思う侘しさだった」

「そうか、おれは顕彰式に行かなかったから……でも人間の墓なんて、百年も経てば景色の邪魔、あと百年で野原に変わってヤギやヒツジが草を食べてる、そんなものだ」

「まあそうだね、墓荒らしに遭わなかったとしても、もって百年、てことだろう。でまあ、墓は見つからなかったが、爺さんのための墓碑銘は思い浮かんだ。狎れ親しんだ歳月よ／大空高く舞い上がれ／天に憩え、栄あれ。んー、これ墓碑銘のつもりなんだが、どうだろ、斬新でいいと思うんだけど……なあ、ルキウス、おれたちって、いずれ影も形もなくなる。どうせ消え去るつまらないものだよ。ただ、それぞれがそれぞれの歳月を生きる。おれたちって、実はこうして生きているこの歳月そのものなんだよ。歳月と共に生き、歳月と共に消える」

「それはそうだろうね、よく分かるよ」

「そうか、気に入ったのか、じゃあお前に譲ろうか」

「いや、分かるといったのは、くれ、といったわけじゃなくて……これから戦地に行くのに、墓碑銘を用意するのも、ちょっとなあ」

「つまらんことをいうやつだ、だったら行くなよ。お前、その根本のところが分かってないんだ」

「うん、でもまあ、おれはいい。あまりピンと来ない、正直、死者を悼んだ言葉のようには思えない。死者が自分の生涯を言祝（ことほ）いでいるみたいだ……何を今さらと思うだろうが、おれの人生、言祝げるようなものじゃなかった」

「当たり前だ。戦争に行って何もかも終わらせようってやつが何を言祝ぐ。しかしなルキウス、己の死は己の生でもって言祝ぐものだ。逆じゃないぞ、分かるか。人間、最期にその生涯を言祝ぐために生きるんだよ」

「そうだね。それはきっとそうだろうね」

「分かった風に返事をするな。大切な人の思いを踏みにじっていくやつに何が分かる。いってやるが、お前何も分かってないんだ」

「…………」

「あーあ、おれはやっぱり無力だ。バカを相手に手出しができない。おれは生涯を全否定された気分だ」

「……すまない」

「ふん、そうか……無駄か、何をいっても」

「…………ほんとにすまない」

「……でもまあ、戻ってきたら本気で譲るよ。でないとおれが引き取ることになってしまう」

「戻ってくる」

ルキウスはデクタダスの顔を見ずにいった。決意でも願望でもない、返答のような声を返した。

デクタダスは一瞬険しい顔をした。そして唇を歪める。眼は斜にルキウスを見上げていた。やがてその眼は湿ったような翳を溜める。

「……ところで、いつ発つ」

「うん、出立は明日、陽が落ちる前に家を出る」

「この時期、夜道は危ないだろう」

「最初は南へ向かう、アルデアの縁者を頼る。そこから船で北へ向かう。リグリアのケヌアに庇護民がいる。都合で一緒に連れていく」

「そうか、じゃあ明日もう一度会えるな。今日はそろそろ帰る」

「何だ、帰るのか。まだいていいんだよ」

「いや、帰る。自分でいうのも何だが、おれがいるとうるさい。邪魔になるといかんから。それに、正直、体が変だ。鳥肌が立ったままみたい、皮膚の感覚がおかしい……あーあ大変だ、これから」

「それは……、すまないなあ」

「いっておくが、おれの精神そのものが鳥肌を立てているんだ。これは大変なことだぞ」

「……そうだな。きっとそうだろうな」

　デクタダスはルキウスの返事を撥ね付けるように立ち上がると、ひとりで家のほうへ歩き出した。ルキウスはそのあとを追った。

「なあデクタダス、ユーニアたちだが、状況を見てアスクルムの父の許に送ってほしいんだ。そのことはシュロスにもいってあるが、よろしく頼む。掠奪騒ぎはないと思うが、心配だ。できればお前も移ればいいよ。いや、そうしてくれればありがたい。なぜだか知りたくもないが、お前はユーニアの小間使いたちのお気に入りだ。家の中は掻き回されても、この時期だからね、笑いがあるのはいい。シュロスとペイシアスはローマに残す」

「それはないよ、ペイシアスは連れていけよ。大事なものはあっちへ送ったんだろ。そしたら、ここはシュロスに家僕を二、三付けてやれば大丈夫だ。ブレケックスやらコアックスやら、しっかりした庇護民たちもいるし。コアックスのかみさんも来させればいい、略奪があっても安心だ」

「またかよ。お前ね、勝手に人を綽名(あだな)で呼ぶな。誰のことかと思う。あいつら、お前の飲み友達なんだろ、一番駄目なやつらだ。とにかく、シュロスがどういうか」

　カエサルが死んだ時はあれほど取り乱した執事のシュロスである。ペイシアスを残してやりたいとは思ったが、シュロスはひとりでも案外大丈夫かも知れないと思い直した。情報が十分に伝わっていないのか、それとも戦場が遠いと知っているからか、以前とは見違えるほどの落ち着きで、戦地に向かうルキウスを家中でただひとり支え励ましている。ルキウスの眼の届くところにいる時は、どうか心置きなく、とでもいいたげな頼もしい態度も随所に見せる。それはそれでシュロスの忠義心の表われだろうが、家中のみんながルキウスの身を案じて暗い顔でいるのに、シュロスの顔だけにわかに凜々しいのは、ルキウスにしても心中複雑ではある。いずれにしても、ローマに何も起きなければ、シュロスひとりに任せても安心だろう。

「そうだな、それはペイシアスに決めさせればいいよ」

「あいつ、お前と一緒に戦争に行きたいんだ。もう一度いうぞ、お前もペイシアスも、頭おかしいわ」

ルキウスは後ろからデクタダスの肩を抱いた。ふたりは肩を組んで奥庭から家の中に入った。

軍装や糧秣を持たせた男たちはもう発たせていた。アルデアの縁者宅で、ケヌアまでの船の手配をさせねばならなかったからである。多くの舟は徴発を受けているだろうから、多少の足留めは覚悟せねばならないだろう。先行きのそんな不安もあるし、夜道をこっそり行く出征に昂ぶるものもなかった。むしろ、その煩わしさに気を滅入らせていた。

デクタダスを見送ったルキウスは、その足でユーニアの部屋へ向かう。部屋の前には思った通りティオフィラが番をしていて、ルキウスを近寄せまいと身構える。煩わしさに、ルキウスはちっと舌打ちをしてティオフィラに険しい眼を向けた。怯まぬ相手を無言で威嚇し脇に下がらせてから、ルキウスは部屋の中に半身を入れた。薬か何かを飲んだに違いない、ユーニアは深い息で眠っていた。髪の毛が枕に拡がっていた。


デクタダスには嘘をいった。ユーニアは取り乱したのだ。昼近くになって、ユーニアは執務室に寝込んだルキウスの許に来たのだった。使用人たちの様子に不安を感じていたのか、息づかいは切迫し、いいたいことが口に出せないようだった。ルキウスはゆっくり立ち上がってユーニアを抱いた。そして、決意を伝えた。ユーニアは声も出さずわなわな震え、そのあと、きぃーっと短く泣く声を上げてルキウスにしがみついた。顔や頭を押し付けてルキウスの胸を抉るように暴れた。髪を振り乱し一旦顔を上げたユーニアは、また同じ短い声を上げてルキウスの二の腕を摑む。どのような力で、どのような摑み方をしたのか、呻き声が出るほどの痛みだった。身を引き離したユーニアは、ルキウスの顔を見ようともせず寝室に駆け戻ろうとした。ルキウスはユーニアを追い、後ろからユーニアを抱き留めたのだが、悪鬼の形相で振り向いたユーニアは、ルキウスの顔を間近で見るや、ぐらりと体を揺らしそのまま気を失ってしまった。ルキウスはくずおれたユーニアを抱き上げ寝室に運んだ。うろえたティオフィラがぶら下がるユーニアの手を握って声を上げて泣いた。

ルキウスは寝台に横たえたユーニアの体に身を添わせた。驚いて駆け付けた使用人たちの眼の前で、ルキウスはユーニアのほつれ毛を指先で整え、肩を撫で、手と手を重ねた。やがて、部屋はユーニアとふたりきりになり、ルキウスは涙眼でユーニアの寝顔に見入った。ユーニアの意識はまどろみにあるようで柔らかな表情が浮かんでいた。ルキウスはユーニアを包むように抱き、顔を寄せて細い息を頬に感じた。その間、何度か身じろぎをしたユーニアは、長く眠りを失っていたのだろう、ルキウスの腕の中で水が引くように力を抜き穏やかな息をして眠入った。どれほどか経って、医師へロピロスの助手の男が駆け付け、ルキウスはティオフィラによって部屋の外に出された。ルキウスは逆らわなかった。

ユーニアが倒れたことで、家の中に大きな動揺が走ったが、呼び寄せた執事シュロスは、わざとではない落着きを見せた。そのことが誇らしくもあるようで、もったいぶったような頷きをする。逆に、ルキウスは机の上の書類の束が摑めなかった。手が震え　体が戦慄き、声も上ずって出た。ルキウスは大きな悲しみをその手に抱いたのだった。その悲しみを強いたのは誰か……ルキウスは呪いの言葉をいくつも呑み込む。そして、何としても戻らなければならないと思った。

シュロスには託すべき資産の管理をいいつけ、ユーニアの持参金やその他の嫁資については、全てをユーニアに戻せるよう手配を命じた。シュロスが部屋を出ていって、ルキウスも腰を上げた時だった、血相を変えたデクタダスがペイシアスを引き連れ、怒鳴り込んできたのだった。「お前、死ぬ気か、わけをいえっ」と。

そのデクタダスは説得を諦めて帰っていった。別れ際、デクタダスは、「キンナが死んで、お前もいなくなれば、おれはこの世の落とし物だ、拾うやつは誰もいない」といった。ルキウスは返事の言葉を見つけたが、いわずに別れた。

子供たちには普段通りに相手になった。そうする以外の接し方しかできなかった。しかし、さっきはルキウスを避けた娘が、今は無言でルキウスの腰に抱き付く。小さい顔をこすりつけてくる。何かを感じ考えたのだろう。ルキウスは気持ちを崩してはならないと思った。子供たちが相手だと無条件で自分を見失うと思った。ルキウスは乳母に合図を送る。乳母はしがみ付く娘を引き離そうとした。娘は声を上げて逆らう。泣いてはいない。しかし、よくないことが起きると感じている。父にしがみつくことで、それは起きないと知っている。ルキウスは幼い息子より勝気で利発な娘のほうが好きだ。自由に生きさせてやりたいと思ったとたん、ほろっと気持ちが崩れた。ルキウスは娘を抱き上げ頬ずりをする。娘はルキウスの首にしがみついた。幼い息子が娘に代わって脚に抱き付く。しかし、乳母が息子を簡単に引きはがしてしまった。息子が泣く。娘も泣きだす。しかし、何を泣くのか分かっていないのだ。

自分がしてきたこと、これからしようとしていることの悔いや呵責を、ルキウスは泣いて天に訴えたいのだ。それなのに、ルキウスは自分の気持ちに不感症でいる。子供部屋を立ち去って壁際を行くルキウスは次の仕事に向かうように子供たちから気持ちを離した。しかし、ふとした弾み、自分の気持ちが自分を離れて、今の自分はないもののような感じさえする。鈍い疲れだけが頭の芯にあって何も考えていないのだなと思った。

ユーニアの寝室の前にはやはり番人がいた。ルキウスはくるりと身を転じて回廊のほうへ戻っていく。眠れるのなら眠らせてやりたい、そう思ったとたん、戦慄きのように体が震えた。中途半端に立ち止まったルキウスは回廊の石柱に体を預ける。眼を上げて、暮れゆく空の名残の光を眼に納めるように眺めた。食欲はなかった。しかし、翌日の旅程を思い、しぶる体を調理場へ運ぶ。吊り鉤にぶら下がった燻製の猪肉に包丁を入れ、削り取った脂身に齧り付く。ルキウスは吐き気を水で飲み下してからひとり暗い執務室に戻った。ルキウスの動きに気付いた女があとを追って吊り燈明に灯りを燈す。

鋭利な刃の刃先に魅せられ身じろぎができない、そんな張りつめた緊張がある。ルキウスはウィリウスとマキシムスのことを考えていた。そして、暗い部屋に眼を見開き息を凝らす自分のことも。やがて、それぞれの思いで戦場に向かう。勲功を挙げ徳望を慕われながらも罪に問われたマキシムス、首都の浮薄な日々の果てに兵隊を志願するなど軽挙に走ったウィリウス、そして今、息詰まる思いで暗がりに眼を見開くルキウス、キンナがもたらした珍事のせいでにわかに友誼（ゆうぎ）を深めた三人がやがて互いを互いの敵として刃を交えるのである。運命に手繰り寄せられたに違いない。悪意をもって弄ばれているのだろう。何という謀（はかりごと）が宇宙自然に張り巡らされていることか。しかし、だからこそルキウスは生き抜く。そして、戻る。ルキウスには待つ女がいる。さあ、どんな神が立ち現われるか。

それは畏（かしこ）まってというよりは型に嵌まった儀式の始まりのようであった。ルキウスは眼を見開き、何を考えるでもなく吊り燈明の炎を見ていた。いつともなく風が動き、炎が揺れて入り口に人が立った。ティオフィラが両手を重ね深いお辞儀をした。

「奥様が待っておいでです」

ルキウスは呼び出しを受けた男のように立ち上がった。そのルキウスを灯火を持った女が中庭を挟んだ向こう側の寝室へと導く。

ユーニアは寝台の向こう側にいた。枕もとの灯りは消され壁際の二つの吊り燈明だけの部屋であった。暗がりの中でユーニアの姿は普段と同じ、日々の記憶の中にいつもある姿に見えた。そのことがかえってルキウスの胸を詰まらせる。

「わたしは、取り乱したままあなたを送り出したくはない。また、悲しみの顔を見せたくもない、お帰りをお待ちする、その思いであなたを送り出したい」

暗がりの中のユーニアの声であった。それは、声と声の出どころが違うような、周りの暗がりから届いたような声に聞こえた。ルキウスは足を進めることができなかった。

「今朝、お前にいった通りだ。おれはお前により近付くために、今は離れていく、そう思ってくれ。これは本当の気持ちなのだよ。お前に戻るために行く。その願いしかない」

嘘偽りではない。この戦さを逃げた気持ちでユーニアの前に立てない、共に暮らしてはいけない、ルキウスはそう思うことでともすれば怯え竦む自分を励ましてもいる。

「分かってくれとはいわない、しかし、本当の気持ちだ。お前に近付くために」

ユーニアは返事をしなかった。代わりに、肩から寛衣をはらりと落とし、寝具の間に白い体を滑り込ませた。それはいつもルキウスを誘うようにではなく、儀式の定めのように身を正し、身を捧げものにして横たわった。それはいつもと変わりのない儀式、息詰まる段取りがあるわけではない。しかし、眼を閉じたユーニアは夜具の中で震えている。そして、離れて立つルキウスは意識が他へ漂いゆくのを感じつつも、もっと震えている。

互いの体温を感じながらこうして過ごすひと時が何度繰り返されただろう。今は、急き立てるものがあればこそ、このひと時にすがる思いがある。暗がりの中、見つめ合う瞳、混じり合う息、そして、ひとつになって高鳴る鼓動、ユーニアと身も心もひとつであるとの思いとその感動は、波動し、やがて大きくうねり、心と体の隅々に漲る。真夜中の突然の陽の光のように眼も眩む悦びが、身も心も、人間の境界をも超え宇宙自然をも充たすようにさえ思われた。

しかし、ユーニアは泣いた。言葉のないひと時が過ぎ、引く潮の遠いさざめきを膚に聞くうち、ふと気付けばユーニアが嗚咽に胸を震わせているのが分かった。しかし、ルキウスはそんなユーニアを抱き寄せてやることしかできない。崩れそうな心を頑なに閉ざし、暗がりに向けて眼を見開くルキウスは、すすり泣き、嗚咽に息を詰まらせるユーニアをあやすようにただ抱き続ける。時がこのまま進まぬようにと願う気持ちがある一方で、広大な夜の拡がりの中に独り漂いゆくような淋しさがある。本当の気持ちがどこにあるのか、自分が何をしたい男なのか、頑なな心は今も答えを持たないのだ。

ひとしきり泣いたユーニアは体の力を抜きルキウスの腕を枕に静かに息をついた。泣いたことで気が晴れたと

でもいいたげに、

「ごめんなさい」といいわけの声の調子でいった。笑いを含んだような声にも聞こえた。

ルキウスはそっと腕の力を抜く。そして、何やら返事を返したようだ。しかし、それは声にならなかった。ユーニアはそんな返事に構うことなく、夜具の中で足を絡める。しかし、気持ちを立て直せないルキウスはぎこちなく体を固くしただけだった。

「カンパーニアで暮らした頃のことを覚えているか」

ようやく言葉を見つけたルキウスがささやく声でいった。

「娘が生まれたばかりで、お前も若くて」

周りに知る人もなく、ふたり肩を寄せ合って暮らした一年と半年。

「でも、その半年はデクタダスさんがよく泊まりに来られました」

「じゃあ、ほぼ一年」

「ええ、でも……一年と半年」

「お前は酒の味を覚えた」

「あなたが無理強いなさった」

「すぐ酔う、よくしゃべる、下品に笑う」

ユーニアは返事をする代わりにルキウスの体の上に乗った。ルキウスは眼と眼を繋ぎ合わせたままユーニアの顔を見上げた。ルキウスに柔らかな笑みが自然に浮かぶ。

「いや、お前の酒は愉快な酒だよ」

ユーニアはルキウスの体の上でいやいやをするように体を揺すった。そして、体を被せるように重なる。ルキウスはわざと呻く声で抱きとめた。

「おれはお前にモエシアの踊りを踊ってやった。夕方、露台に出て、覚えているか、お前もおれの真似をして踊った。そしたらお前、酒に酔って尻餅をついた。自分でついたくせに、けたけた笑った。あれは下品な笑い方だ。驚いたよ、大口開けて笑うんだから。それに、あんな恰好で這い回って、はしたないやつだ」

「あら、そんなわたしに、何をなさった」

「何をって、それは。酔っていたから知らんよ。お前、あんなこと覚えているのか」

「わたし、酔っていませんでしたよ。酔った振りをしてる自分に酔っていただけだわ、しっかり覚えていますもの。はしたないって、どなたのことかしら」

「お前、おれより酔っていたぞ、おれのほうが覚えている。そりゃあ、酔いはそのかすことがあるから、ひょっとしたらがあるかも知れん。しかし、それは酒のせいだ、おれは忘れた」

「忘れるようにそそのかされてしまわれたのですか、便利なお酒ですこと」

なるほど、利口な女だ、とルキウスは思った。デクタダスが降参するわけだ。ルキウスの出征前夜、このように自らを持し、悲しみを抑えて健気に振る舞う、できることではあるまい。ルキウスは今更ながら感じ入ると同時に、大きな呵責を感じるのだった。このユーニアに、おれは一体何を強いているのか、と。

ルキウスはわざととぼける。わざととぼけて自分を騙す。しかし、ユーニアを騙すのはつらい。騙されてくれているのが分かる。

「でもまあ、それはあれだ」

「あれ、って」

「つまり、あんなこと、カンパーニアの田舎にいたからできたんだよ。山や野原や森に囲まれていると、生まれたままの裸の気分になれる。はしたないこと自体がそこにはないんだ」

「まあ、ご自分からおっしゃったくせに」

「カンパーニアは楽しかった。何もかも、自分でできることは自分でした。それがいい。しかし、苦労して作物を育てたのに収穫はあまりなかった」

「薬物は駄目でしたね、虫のせいでもなかったようです」

「収穫に欲を出した。間引く芽を間引かなかった。水もやり過ぎたようだ、根を腐らせた。それより、お前、あんな虫が恐いのか。虫という虫を恐がっていたじゃないか」

「だって、虫ですよ」

「虫くらいで大騒ぎ。ほんとは、おれにかまってほしかったんだろ」

ユーニアはルキウスの体の上で重ねた体を弾ませた。ルキウスは、うう、と呻く。

「それにしても、あの払い下げ地の斜面に植えたオリーブやマルメロ、あれは残念だった。今頃はいい実を稔らせているよ、苦労したんだ。それなのに、あいつ、今思い出しても腹が立つ。植えて育てて終わりだよ、おれは騙された」

「でも、オリーブならアスクルムのお家から送ってもらえるじゃないですか」

「いや、カンパーニアのオリーブは質がいい。葡萄はアスクルムだな。どっちにしても、作物は欲を出すと駄目なんだ。自然の恵みには慎ましくあらないと、そうだろ。それなのにバカだねえおれは。もともとカンパーニアでは多くの収量は必要なかったのだよ、おれたちと、あと使用人三人だよ。それなのに、もっともっとを望んだ。手持無沙汰で始めただけなのに」

「畑の仕事を手伝ってくれたマドゥウスというお爺さんがいました。困ってました、あなたがいうことを聞かないから。知らないくせに、指図ばかりするって」

「へえ、お前にはそんなことをいってたのか」

「マドゥウスさん、お爺さんと呼んでいたのに、随分若い人でしたわ」

「ああ、それはおれも気付いた、よく見れば若い。きっと、農作業にはおれたちには分からない苦労があるんだろう、自然の恵みをいただくためには骨身を削るものなんだろうね。おれたちじゃあ、収穫がないのも当たり前だ。でも楽しかった」

ユーニアは重ねた体をまた弾ませる。ルキウスは、ぐふっ、と呻き声を上げた。

「ええ、楽しい」

「そうだね、うう、何でもないような、ふつうのことが楽しかった。貸金の取り立てやら投資した船の心配やら、誰が考え出したのだろう。そんなこと、いつから始めるようになったのかね、どこかおかしいと思わないか。しかし、カンパーニアでは楽しいことがいっぱいあった」

ルキウスはこの今になってカンパーニアのことを次々に思い出せるのが不思議だった。普段、思い出すわけでは決してないのに記憶がしっかり留めている。明日、家を発つという切迫した事情があるせいだろうか、まるでそれは、楽園にふたり、という大いなる太古の記憶のようにも思い出され、ルキウスの幸いの全てがそこに繋がっているかのようにさえ感じられた。そして、ルキウスは、昼間、デクタダスからいわれたことをゆっくり思い出す。ルキウスが本当に世界の終末を口にしたのなら、それはきっとカンパーニアでのふたりの日々がすぐにも終わるということに怯えていたからかも知れないと思った。あまりに満たされた日々にいると、いつか終わるということに過剰に怯えてしまうものなのだろう。

「なあユーニア、あの時、お前がカンパーニアに来てくれなかったら、おれは変になっていたと思う。話しただろ、大変なことをしでかした、逃げるしかないって。それなのに、使いを出したらすぐ来てくれた。お前が来るとは思わなかった。ははは、大事にしてやっただろ」

「あら」

「あのままずっとカンパーニアで暮らしていればどんなによかったかと思うよ」

ルキウスは思いをそのまま声に出してどきりとした。今になって、なおさら掛け替えのない日々と思えるのは、カンパーニアに留まってさえいればアントニウスとの縁は繋がらなかっただろうし、あのおんなを知ることもなかったと思ったからである。もしそうなら、このような形で戦争に向き合わずに済んだはずなのだ。何もかも、ルキウスがカンパーニアを離れたために起きたことだ。あの頃の何気ない日々の喜びが、そのまま悔いとなってルキウスの胸を衝いた。

しかし、とルキウスは考える、たとえ日々が満たされていても、心はそれで満足しただろうか、心は何かもっとをねだらないだろうか。カンパーニアでの日々を惜しむのは、ルキウスが今のこの苦境にあればこそ。幸いも禍（わざわい）も何もかも、全てがルキウスをこの今に誘い込むためにあったはずなのだ。今あるこの己こそが、ローマ騎士ルキウス・クラウディウス。その己からは逃げられない。

「ねえ、いってあげましょうか」

ユーニアは顔を上げて指先でルキウスの唇をさわった。

「ああ、いってごらんよ」

「雨に打たれましたわ、夏。一緒にずぶ濡れになりました。あの時も、あなたははしたないことをなさいました。ふたりとも、酔ってはいませんでしたわ。忘れたなんていわせませんよ」

「雷が鳴ったんだ、驚いて忘れた」

「驚きましたね、雷があとから来ました。遠くは晴れていたんですよ。晴れていたのに、急に。ねえ、カンパーニアでは景色をきれいにするために雨が降るのですわ。雨のあと、色のついた光がいっぱい」

ルキウスは言葉を口に含んで微笑む。そして、今度はルキウスがユーニアの体の上に乗った。ユーニアは被さるルキウスの眼を間近に見て体を徐々に強張（こわば）らせる。

夜が明けてもふたりは眠った。眠りながらも、ルキウスは頬にユーニアの息を感じることがあった。その時は眼が覚めている気分でいた。

朝の陽射しが中庭に入ってきても、家の中には眠ったような空気が澱（よど）むようにあった。使用人たちは何をするともなくただ押し黙り、部屋の隅などに集まって、明日からのこと、もっと先のことを考えるのだった。主家が傾くようなことがあれば順番に売りに出される。そのことを黙って考えていた。ルキウスが戦場に同行させる庇護民ふたりはさっきから取り次ぎの間で待たされている。執事シュロスからはすでに三度ねぎらいの言葉をかけられていた。

最初に寝室から出てきたのはユーニアであった。ユーニアは不安を隠さない使用人たちに矢継ぎ早に用事をいいつけ、ふてくされて腰を上げないペイシアスを叱った。ペイシアスは、なぜ若くもない庇護民なんかを連れていくのか理解できないし大いに不満なのである。執事シュロスはユーニアと一緒になってペイシアスを叱り、執務室へ追い立て、そのあと取り次ぎの間を覗いてからルキウスのいる寝室に向かった。そのシュロスは寝室に入ったとたんに声を失う。ルキウスは寝台に腰掛け、背中を丸め、頭を抱えるようにして考え込んでいた。シュロスは振り向いたルキウスの顔に見たこともない凄絶な表情を見たのである。

シュロスは庇護民ふたりが待っていることを伝えなければならない。しかし、声が出ない。恐怖に頭の中が白くなった。

「ルティリウスたち、やって来たのか」

シュロスはあわてて頷くだけの応えをした。

「食堂で何かもてなしてやってくれ。すぐ行く」

シュロスは逃げるように寝室を出た。今までの沈着ぶりが嘘だったみたいにシュロスは惨めなくらいうろたえてしまった。通りすがりに顔を上げた女たちが思わず壁に貼り付き肩を寄せ合う。シュロスは誰が見ても泣きそうな顔に見えた。シュロスはその顔で家の中をせかせか歩き回り、ユーニアがせっかく普段の様子に戻した家の中を不安や怯えの空気で充たしてしまった。

庇護民たちに昼食を摂らせ、あらかた打ち合わせを済ませてから、ルキウスはユーニアを探した。ユーニアは子供部屋にいて下の子を膝に抱き、大きくなった娘の髪を編んでいた。それは普段の何気ない光景であった。ルキウスはしゃがんだユーニアの後ろに立ち、編み上がって振り向いた娘に微笑んで見せる。

デクタダスがやって来たのはちょうどその頃だった。あらかじめ家の中を検分し、そのあとでルキウスを探しているのだろう。声はそこかしこに聞こえたが、子供部屋には姿を見せなかった。ルキウスは娘を高く抱き上げ頬ずりをし、逃げる下の子供の頭を両手で包んで嫌がる子供の額に自分の額を擦りつけた。ルキウスはしゃがんだユーニアの細い肩に手を置き、その肩を強く摑んでから子供部屋を出た。

誰もいない広間にデクタダスはいた。ルキウスが近付いて行っても眼もくれず何もいわなかった。向き合って立つのが気まずい思いがして、ルキウスはデクタダスと並んで立った。

「しばらく、会えないな。しかし、戻ってくる」

デクタダスは向き直ると、いきなり、

「バカな考えは捨てろ。挨拶代わりだ」といった。わざとのように眼を吊り上げている。

「しつこいようだがもう一度いわせてもらう、お前、頭おかしいんだ。そのおかしい頭でよく考えてみろ。今頃、お前ひとりのこのこ出かけていって何の役に立つ。自分を何様と思ってるんだ。遠の昔に親衛隊から外されてしまっているじゃないか。悪くいえば脱走兵扱いされているんだぞ、向こうが迎え入れてくれるかどうかさえ分からんだろ」

「いや、それはない。古い知り合いが多くいる」

「ああもう。お前なあ、アントニウスを嫌っていたじゃないか。病気が治ってからでも、アントニウスの先導役の姿を見たらぬかるみを跳びはねて路地の奥へ逃げて行った、一度や二度じゃないぞ。よくもまあそんな男のために大事な妻子を置いて行くわ、信じられん。一体何を好んで」

「そういう問題ではないんだ……おれにはもうその道しか見えない」

「ああそうかい。どうせそうだろ。頭おかしい証拠だ。おれは絶望しない人間なんだが、そんな自分にもう自信がないわ。さっきもペイシアスと話していて、すんでのところで絶望するところだった。あいつ、まだ一緒に行くと息巻いてるぜ。根っから戦争が好きなんだ。こうなると、人間に降りた呪いを思わざるを得ない。人間と生まれたのがそもそもの呪いなんだ。おい、お前の下の子供なんかひどかったんだぞ、言葉という文明の根本を理解する前に、棒きれを振り回しておれを叩きに来た。人を叩いて、きゃきゃいって喜んでいた。最近は大人しくなったが、よくよく考えれば暗澹たる気分だ。人間の本性があれだ、獣性そのものだ。どこを向いても人の皮を被った獣との鉢合わせ、気付いてみれば、おれの脇にもいるんだ、お前のことだぞ。おれはもう絶望するしかない、お前に始まり人類すべてに。おれはもうどこかの穴に頭を突っ込む。見てられん、この世界の何もかも。しかし、これだけは念押しさせてもらうぞ、お前は絶対頭がおかしい。いや、人間みんなだ、そろって頭がおかしい」

息子のことを持ち出されたからではないが、ルキウスは子供を相手にした時のように微笑んで見せた。それを見咎めたのか、デクタダスは拗ねたように横を向く。

「どうしたんだ」

「あーあ、きのうと同じだ。おれの言葉は役に立たない。おれは真剣にものをいおうとすると気が散る、そして凡庸になる。おれは凡庸を何より嫌っているのに、おれが真剣に話をしだすと、眼もあてられんくらい凡庸なことをいいだす。正論は凡庸だからだ。呪いだとか獣性だとか凡庸な言葉を持ち出して上滑りな正論を話した。おもしろくない。お前に向かって正論を吐くなんて、どうかしている」

ルキウスは、「そうか」と気のない返事をかえしたものの、デクタダスの思いは素直に受け留めていたのである。それなのに、ひとりで何のいいわけをしているのか。ルキウスが何とはなく微笑んで見せたことで気分を害したのだろう。しかし、急に凡庸がどうとかこうとかいわれても、何がいいたいのかよく分からない。きのうもそうだが、きっと自慢の弁舌がこんな時には何の役にも立たないと悟ったことで自分を見失った気分なのだろう。

「お前、頭がおかしいと分かったから、おかしいお前にはもう何も訊かない。しかし、お前のその顔が気に喰わない。お前、上からおれを見下げるように見ている。急に態度がでかい、気に喰わない。家族を置いて人殺しに行くやつが、偉そうに、このおれを軽くあしらっている。おれはいかれた人間だが、気付いてみればおれが一番まともなんだ。お前を筆頭に世の中もっといかれているからだ。そんないかれの筆頭人がおれを見くびった態度でいる、気に喰わない」

「そうか、そんな風に見えているのか」

「ああ、邪魔っけな岩みたいだ。道をどかん、誰も通さん」

「岩か、そうか。しかし、ほんとはもろいよ。何もかもお前のいう通りだから、返す言葉がないというのが本当だ。もちろん、見くびってなんかいない。偉そうに、なんて見えるのが不思議なくらいだ。ただ、おれは頭がおかしい。自分が何をしたいのか、分からんからこそ岩のように固まっている」

「そういうところが全く理解できん」

「おれは腰抜けなんだよ。しかし、おれを追ってくるものがあるなら、立ち止まって向き合うことくらいはする。ここで逃げてしまうと、いつまでも逃げてばかりいることになる。人間、始末をつけるべき時はつける、おれはその覚悟だ」

「お前ね、格好つけて何いってんの。何が追ってくるんだ。おかしなやつだなあ、追われてるから戦争に行くのか。一体全体、何の始末でのこのこ人殺しに出かけるんだ。お前、本気で頭おかしい」

「そうだね、おれは頭おかしい……しかし、おれはそれで通す」

「またもう、何が通すだ、気持ちよさそうにいうことか。お前今、一生で一番バカいったんだよ。それすら分かってないだろ。ああ、何をいっても駄目だ。いいわもう、挨拶は終わりだ」

「何だ、ずっと挨拶だったのか」

「お前がおれの話を挨拶程度にあしらってるんだよ。お前なあ、おれより厄介な男だわ、思ってもみなかったよ。粘液体質の見本だ。顔を見てるだけでねっとり疲れる。おれの手には負えん、もう勝手にしろ。しかし、お前のかみさんのことは安心しろ。何があってもおれが守る」

「そうだね、長くなるかも知れないが、あとのことは頼む。きのう話したように、ローマに騒ぎが及ぶようならアスクルムへ送ってくれ。女房はあれで案外お前に気を許している」

「そおかあ。お前はそういうが、おれなんかほぼ家僕扱いだよ、そりゃあ家畜扱いよりはましだが。しかし、おれ何か悪いことしたたか」

「そうだね、何かしたんだろう」

「あーあ、結局そうなんだよ、分かってたんだ」

「ん、何が。お前の悪いとこか」

「おれのどこが悪いんだ。いいか、おれはやっぱり家畜がいいってことだ。人間は嫌だ、考えるのが嫌だ。おれはもう、ヤギやヒツジを見習う。喰って、鳴いて、寝て、それで人生堪能できるんだ。ヤギやヒツジが人殺しに行くか」

「急にわけが分からないんだが、何でヤギやヒツジなんだ。何がいいたいんだ」

「いいたいことがもう分からん。お前のせいだ」

「そうか」

「へ、ひと言返して終わりか。おれをヤギやヒツジの見習いにして、何てやつだ。あのな、おれは何度かお前を殴りたくなったことがある」

「同じこと、きのうもいったね……殴ればいいよ」

「いつ、殴りたくなったか、いってやろうか」

「それは勘弁してくれ」

デクタダスは溜息と一緒に嘲るように笑った。

「おかしいか」

「絶望の笑いだ、お前が地獄の蓋(ふた)を開けてしまったからだ」

「確かに……蓋が開いたな」

デクタダスは大袈裟に脱力して首をかくんと折る。またしてもつまらない凡庸、何が地獄の蓋だ、おれの言葉には真率さがない、役に立たない。デクタダスは、あーあ、とまた声に出して溜息をついた。すると、その溜息の返事みたいに、ルキウスも短い溜息をついた。言葉ではなく溜息をつき合うことで、ふたりはやっと別れを惜しむ気分になりそうである。それぞれがそんな寂しげな顔をしている。

かといって、話が続かないまま立っていても始まらないから、ルキウスは回廊の長椅子のほうへ場所を移そうとデクタダスを促した。そうして歩き出したルキウスに向かって、立ったまま動かないデクタダスは、

「つくづく思うが、人間、何のためにこの世の中に生まれてくるんだろう」と意外な声を投げかけてくる。ルキウスは立ち止まってデクタダスのほうに体を向けた。

「何だよ、いきなり。お前はそういうことを考えないやつかと思っていた」

「頭のおかしいやつの顔を見てると、嫌でも考えてしまうんだ。お前のことだぞ」

「だいぶ昔の話だが、おれが同じようなことを訊いた時、お前、ブタが自分の調理法を考えるようなものだ、とかいってた。何だったか、深刻ぶった詩の朗読会のあとだったと思う。あの時は、なるほどと思った」

「何がなるほどだ。おれがそんなバカいうと思うか。意味分からんわ」

「でも、いったよ。おれ、どういうことか考えたもの。あの時は、確か、感心したんだ。だからよく覚えている」

ルキウスはまた子供に微笑むように笑った。しかし、ふて腐れたようにルキウスを見上げるデクタダスを見るうち、なぜだろう、ふいに胸をついと突くものを感じた。止むに止まれぬ思いが急に胸に溢れ、小さく息も喘ぐ。

「おれは、人間がこの世に生まれてくるのは、大事なものを見つけるためだと思う」

とたんに、デクタダスは眼を丸くした。そして、まごついたみたいに口ごもってから、

「お前が、それをいうのか」とあきれた声を上げた。

「ああ、おれはそう思う。大事なものを見つけて、それを守るために生まれてくるんだと思う」

「何だそれ。お前の口からそれを聞くと、そこらじゅうが痒くなるわ」

「やっぱりそうだと思う。大事なものを見つけられないやつが自分の料理法を心配するブタなんだよ」

デクタダスは大いに腐ってしまった。デクタダスは無論、お前、何のために生まれてきたのか、とルキウスを問い詰めるつもりで話したのだった。家族も、友も、何もかも捨てて、ふざけた戦争に出かけるために生まれてきたのか、それがお前の人生なのか、と。当然、議論をふっかけたいが、ルキウスの顔を見てその気をなくした。こんな自信に満ちた大バカ相手に議論は無駄。そこで、デクタダスは大きく息を吸い込む。胸一杯に溜まった息は、瞬時胸に滞留したあとルキウス目がけ一度に鼻から放出された。

「おい、最後にこれだけは取り消せ。お前、おれのことを新種のイタチだといった。家中の者が笑ってるんだ。ペイシアスなんかおれを獲って喰おうとしやがる。取り消せ、取り消して謝れ」

「ははは、謝る謝る、もちろん取り消す」

「駄目だ、みんなの前で取り消せ」

「分かったよ」

「今だよ、今。みんな集めていえよ」

「こんな時に、そんなことで集めるのか」

「何がそんなことだ。いいから集めろよ」

ルキウスは広間にみんなを呼び寄せた。みんなといっても、アルデアに先発させた四人、アスクルムに残した五人、合わせて九人が欠けているから、集まったのは同行する庇護民ふたりを加えてもたったの九人、乳母役のイオエッサは広間に顔を出しただけで子供たちの世話に戻った。執事のシュロスが不安と怯えを撒き散らしたせいだろうか、みんなは壁際に血の気のない顔を並べている。しかし、当のシュロスだけが虚勢を張って広間の真ん中に立ち、ルキウスと眼を逸らせて正対した。みんなが集まると、デクタダスは一人ひとりを検分するかのように広間を歩く。後れてやって来たユーニアはルキウスの脇に並んで立った。

「いいか、よく聞いてくれ。デクタダスが新種のイタチだといったのは間違いだった。新種でも旧種でもない、デクタダスはイタチではない、いいな」

　意表を衝くルキウスの話に壁際からの反応はなかった。やがてためらいがちの笑いが起こり、みんなはこの場で要求されていることがそれとなく分かった。最初はぎこちない笑いだったが、デクタダスが憤然と顔を上げイタチの怒りを見せつけるので、爆笑に変わるまでさほど時間がかからなかった。女たちは顔を見合わせ、体をぶつけ合って笑った。思っていたことがその通りだったと分かったのである。ルキウスがどういおうと、女たちはもうイタチを見る眼でデクタダスを見ている。ペイシアスは一旦笑いはしたものの、また元のふくれっ面に戻った。それでも、デクタダスはうれしそうである。

　ルキウスは涙が浮かんだ。笑い過ぎたせいではない。デクタダスの思いに触れて涙が浮かんだ。出征の餞（はなむけ）といえば大袈裟だが、夜陰に紛れてこっそり戦場に向かうことを思えば、何よりの餞別（せんべつ）と受け取る。

「じゃあ、今日は帰る、見送らなくていい、別れはいわん。いつものように帰る。そして、明日の朝、また来る」

「ああ、そうだな、頼む」

　ルキウスはユーニアとその場に並んで立ったまま、去っていくデクタダスを見送った。


　ふたりは広間を出て中庭の回廊をゆっくり並んで歩いた。肩を寄せ合い植栽の緑の輝きに眼を細めてふたりは二度三度立ち止まる。緑の濃い幾株かの羊歯（シダ）は祖父の代から、いやもっと昔からこの家にあった。ルキウスは回廊の端で立ち止まり円柱にもたれる。ユーニアがそのルキウスに向き合って立った。見上げる眼を微笑む眼にして、ユーニアは体が触れ合うくらい身を寄せてくる。遠い記憶を探れば、こうして向き合い黙って見つめ合ったことが何度となくあったことのようだ。ルキウスは、ユーニアも同じように遠い記憶を重ねて今を思っているのが分かる。きっと、同じふたりのいくつかの記憶。ルキウスはユーニアの手を取り、通い合うものがあるかのように強く握った。

「明日は朝一番にデクタダスが来るよ、大きな荷物を抱えて。きっとまた居候だよ」
「あなた、デクタダスさんのこと、イタチだっておっしゃったのですか」
「うん、どうかな、家の者にいった記憶はないんだが。お前にもいわなかったと思う」
「似てらっしゃるとは思ってました。みんな蔭ではそう思ってたんじゃないかしら」
「そうだろうね、だからあいつ気にしてたんだよ」

回廊を離れ、ふたりは家の中から奥庭に出た。そのあとを乳母が子供たちの手を引いて付いてきていた。

「春ですね」

ふたりは手を組み、体を寄せ合って歩いている。時折、飛び石を跨ぐ時、ルキウスはユーニアの体を抱いた。

打ち捨てられた菜園には雑草が春の緑を拡げていた。ルキウスは市況の動きを見て産物を高値で売り抜けるため、奥庭を荷物置き場にすることがあるのだ。脇には樽や木切れが放置してあるので場所によっては荒れ果てた印象があった。

「昔は父が丹精した菜園だったが」
「そうでしたね」
「また作物を育ててみよう、商売のほうに気を取られていたからな」

ルキウスは菜園に足を踏み入れ、そしてしゃがんだ。同じように、ユーニアもルキウスの脇にしゃがんだ。ユーニアは柔らかな草を指先で触った。

「このあたりの草は黄色い小さな花を咲かせます。かわいいですよ」
「しかし、食べられるものでないと」
「食べてもいいんだそうですよ」

「じゃあ、食べよう」

そういってルキウスは立ち上がった。一緒に立ち上がろうとしたユーニアに、ルキウスは手を差し伸べる。ユーニアはわざとみたいによろめいて見せた。ふたりは菜園を出て敷石の庭の小道を歩き始める。気を利かせた乳母が子供たちを連れて家の中へ戻って行ったが、ふたりはそれに気付かなかった。

寄り添って歩く、それが夫婦の証しと思っているのだろう。だからこそ、ユーニアは夫と手を組みながらも節度ある姿勢を崩さない。普段より背丈が伸びているように見えるのは、夫を戦地に送る悲しみを人には見せない強い意志がユーニアの背丈を伸ばしているからのようであった。

「向こうの杏子は花芽が膨らんでいます。今日明日にでも花が咲きそう」

「そうだね、今年は少し遅いくらいか。うちの杏子はいつも遅い」

「石榴の木が芽吹いてます。近くへ行ってみましょう。あの石榴、あなたから最初に食べさせていただいた。あんな果物初めてでした」

「そうだね、あの頃はまだ珍しい果物だった。祖父が苗木をどこかから手に入れてね、四、五本植えた中で根付いたのはあの木だけだ。祖父も父も、実が生(な)ればプルケルの家に届けていた」

「石榴に実が生ると、クラウディアが木に登って採るのですよ。木登りが上手」

「そういえば、クラウディアは今年十一になるんだな。そろそろ嫁ぎ先を考えないと」

「まだ先の話です。まだまだ赤ちゃんですわ」

「そうだな、いってみただけだ。まだまだ先の話。しかし、利発な子だよ、自分でものを考える子供だ、自由にさせてやりたい」

「そうですね、そうしてあげたい」

「デクタダスが息子の家庭教師になる気でいる。何度も断わっている」

「あら、構わないじゃありませんか、楽しそうですよ」

「とんでもない。そりゃあ悪いやつじゃないよ。しかし、やっぱり駄目だ。おれだから持ちこたえている。あいつは、指で世界に穴を開けてしまうようなやつだ、つまり……そんなやつだ。許しちゃ駄目だよ」

　ユーニアは笑って応えた。

「穴ですか」

「ああ、穴だな、指を突っ込んで穴を開ける」

「あら、どんな穴かしら」

　ルキウスは、ふふ、と笑った。しかし、そのまま息が喘ぐ。

　死ぬと決まったわけではない。生きて戻る決意でいる。しかし、ユーニアには謝りたいのだ、何もかも。

「お前を悲しませたことがあったたな、何度もあった」

「同じこと、きのうもおっしゃった。でも、わたしが何を悲しんでいるか、知らんふりをなさる」

「はは、お前もきのうと同じことをいう」

「じゃあ、何もいいません。そんなお気持ちあるのに、悲しませて行ってしまわれる。だったら償いをなさい、戻ってきて償ってください」

「そりゃあもちろんだよ……しかし、おれも世間のろくでなしと同じなんだね。いろいろお前を悲しませた」

「そのことですか」

「いやまあ、それもある」

　ルキウスはわざとゆとりを持った作り笑いをする。外に出るとそこはもう男の社会なのだ。しかも、誘われると断われない性格だから、そういう類いの過ちがないわけではない。誘うのが他人ではない過ちも時にはあった。しかし、そうした小さな過ちはともかく、ユーニアを本当に悲しませると、天罰が下る。笑い事ではないのだ。トラキアの少女の件では男ふたりを殺して逃げる羽目になってしまうし、あのミモス女優の件ではこうして戦地に赴くことになった。しかし、そうしたことは今はもう深く考えまい。今はただユーニアに寄り添う。そして、別れはいうまい。

「お前、牛の血を浴びて帰ってきた、あれには驚いた」

　ルキウスは作り笑いのままいった。

「祈禱の最中、変な匂いの香を焚くのですよ、気を失って立てなくなって、帰ってくるのが夜明けになってしまいました」

「あれには懲りたよ。こっちも変になって、面倒を起こしてしまった」

「わたしのせいになさる」

「そうじゃない、身から出た錆、天罰だよ。だから懲りたっていってるだろ」

「あら、ほんとに懲りてしまわれましたの」

「だからいってるじゃないか、ボノニアのは、あれは……何でもない、間違いなんだ。しばらくローマを離れていたから」

「何て人でしょ。でも、それだけですか」

「おいおい、何のことだよ」

「わたしが知らなかったと思っていらしたのですか。そのこと、お気付きにならないほどその女のことで気もそぞろでしたのね」

　ユーニアはうれしそうに笑った。しかし、そんな笑いに釣られてはならない。

「いやそれは、しかしそれは誤解だよ。何もないよ、ほんとだ。それなのに、お前はいつもおれに背を向けた。いつも背中ばかり見せられた」

「それは違いますよ。あなたがいつも後ろからしかわたしを見なかったのです。眼を合わせようとなさらなかった」

「お前が勘違いしていると分かったからだよ」

「そうかしら、勘違いかしら。あなた、パルサーロスの戦さから偉くなってお戻りになった。きっと責任も重くなってお悩み事が多いのだろうと思いましたわ。でも、そうではないとすぐ分かりました。私を見るあなたの眼、いいわけを探しているみたいな落ち着きのない眼。そのうち、背中からしかあなたの眼を感じなくなりました。あなた、あの頃はいつもおどおどしてらした。もっと上ずった声でお話しになりましたわ。嘘をついた時の子供みたい、分からないはずがないじゃありませんか」

「おいおい」

「でも、家を空けるということはありませんでしたね。いつも帰ってこられた。それが不思議でした。お酒に酔わずに帰ってこられることもありましたわ。いつの間に帰ってこられたのか、お部屋からふいに出てこられてびっくりしたこともありました。あの頃からですわ、あなたは見る間に病人みたいになっていかれた。でもあれ、わざとなんでしょ、わざと病人みたいなふりをなさって誤魔化そうと」

「何をいってるんだ。あれはアントニウスが失脚したせいで造営官格の身分が吹っ飛んでしまったからだ。先行き真っ暗だったんだ。それで……病人みたいになった」

「そうかしら、でも寝室を別けようなんて、健康のためだなんて。あなた、よその国のお医者様の名前まで挙げて別々に寝るほうが健康にいいとおっしゃいましたわ。あの時は、憎いというより、かわいそうに思ったくらい。でも、おかしい、病気のふりしてわたしを避けておられた。そしたら、ほんとに病気になってしまわれた」

「違うよ、その前からほんとに病気だったんだよ」

「ほんとの病気になられたのは、寝室を別けてからずっとあとのことです。でも、ふりをしてるとほんとになる、不思議ですよね。その気になれば、病気って作り出せるものなのかしら。だからわたし、あなたがほんとの病気になられた時、すごい人だと思いました」

「ひどいやつだ。何度もいうが、おれはずっと病んでいたんだ。お前を避けるためじゃない」

「いいですわ、それで」

「いいですわって、お前」

「そうそうペイシアスがね、随分働いてくれたのです。女のことをこっそり調べてくれました」

「ええっ、何いってるんだ、それは無茶苦茶だよ。今聞いてびっくりした。お前、ほんとに女がいたと思っているのか。おれはちゃんと家に帰ってきたじゃないか。金だって使ってない。ほんとだ、シュロスに訊いてみろよ。そんなことがどうして……それより、あいつ、ペイシアスだ、何であいつが、何を調べたんだ」

「あの子、気転が利き過ぎる子でしょ。あなたは病人みたいになっていかれるし、わたしも憂い顔でいたものですからあの子なりに心配したのでしょう。あなたが外で何をしてらっしゃるか自分で探っていたようです。そして、いきなり報告を受けましたわ、旦那様はお仲間たちと不仲になってしまわれたようで、と。たいていお独りで、賑やかな場所を避けておられる、知り合いの人にも会いたくないみたいです、って。ほんとなの、って訊いたら、デクタダスさんは、病気だ、放っとけ、というんですが、ぼくはお仲間たちとの不仲だと思います、といって心配そうにしていましたわ。でもね、あの子おかしい、最後に、女絡みじゃないようです、とうれしそうにいいました。バカな子、わたし、鞭で打とうかと思いました。頼みもしないことを……でも、分かるでしょ、あいう子ですもの、勝手に、わたしを安心させたかっただけみたい。あの頃、わたし、部屋に籠ってばかりいて、あの子にも当たり散らしていましたわ……それにしても、役に立たない子だこと」

「いやいやそうなんだよ、ペイシアスのいう通りなんだ。だから分かっただろう。お前、誤解をしてたんだ」

「あら、わたしには分かりますわ。女の背中には男の本心を見抜く眼があります。あなたはわたしの背中にいつも詫びてらした。だから分かります。でも、許してませんよ」

　詫びたつもりはないのだが、とルキウスは思う。詫びる気持ちのゆとりがなかった。自分ひとりの嘆き悲しみに甘えていただけ。ユーニアの背中を見ていたとしても、頭の中はあのミモス女優のことでいっぱいだったはずだ。あの頃のルキウスはどうしようもない男だった。

「詫びるって、何で。そんなこと、あるわけないのに。それにしても、ペイシアスのやつだ。けしからん、余計なことばかりして。いつだったかシュロスがこぼしていた。書記役のくせに、いつもわしのそばにおらん、といって。そんなことがあったからか。しかし、気付かなかった、あいつ、おれを探っていたのか」

ルキウスは苦笑いする。どうせペイシアスなどに分かるはずがないのだ。おんなはルキウスの頭の中にしかいないのだから。

「馬鹿なやつだ。しかし、あいつのいう通り、いないものはいない、ほんとだ」

「随分熱心に否定なさる。でも、安心なさいな、わたし、今は知りたくありませんわ。いつかあなたが白状なさる日まで待ちましょう」

「何をいってる、白状するも何も」

どういい繕っても、この話はルキウスに分がない。そうと分かれば違う話題を見つけるべきだが、ルキウスはここで退くわけにはいかないようだ。

「ユーニア、お前は誤解をしている。ほんとに、それはないんだ。ペイシアスが調べたんだろ、な、それで分かっただろう。そんなこと、あるわけないんだ。よく考えてみろよ、おれは造営官格を棒に振ったんだぞ、いずれは元老院身分だって望めたんだ、家名を上げる機会を失ったんだよ。一生に、一度あるかないかの機会だったんだ。おれの歳、考えてみろよ。だから気が塞いで……な、分かるだろ、一旦気が塞ぐともうどうにもならん、嫌なことばかりに思いが向かって、気持ちに蓋が閉まったみたいになる。そうなると、何もかもが煩わしくて、人を寄せつけたくなくなるから、人を見るのが嫌になるし、人に見られるのも嫌になる。だから、後ろからしか人を見なくなるんだ、あるだろう、そんなこと」

ルキウスのこの苦しい釈明をユーニアは、

「そうかしら」のすばやいひと言で片付けてしまう。ルキウスはあわてて、

「そ、そりゃあ、あるんだよ。気が塞ぐと、それは……」と答えるのだが、あとの言葉がもう出ない。実際、ルキウスはもはや全面降伏したも同然なのである。なぜなら、ルキウスは嘘を見抜いている相手に嘘をいい張って

いるだけだからである。そうはいっても、これは白状できることではない。いつか、たとえ昔語りにせよ、ユーニアに語って聞かせる日が来るとも思えないのだ。サッフォーを詠い、サッフォーを舞ったおんなの美しさ、男なら胸に秘めておかねばならないものと、ルキウスは今もまだ勝手に思い込んでいる。それにしても、さすがに手ごわい。いいわけなど頑として聞き入れないのだ。ルキウスはとうとう追い詰められた気分になって、

「不思議だねえ」と話を無理やり転じた。ユーニアの気を引き媚びるように、わざとのような賛嘆の口振りである。

「おれはやっぱり戦争が恐いんだよ。しかし、お前のおかげで、何というか、男として勇み立つ思いだ。お前のところに戻る、必ず戻る、その決意がおれを男にしている。これは本当の気持ちだ。お前のおかげ、お前がいなければ、多分おれは逃げているよ」

　しかし、それは息を呑むような一瞬だった。ユーニアは一度に色蒼褪め、屹度（きっと）なって顔を上げると、見上げた瞳を見る間に涙で溢れさせたのである。ルキウスは唖然となって声を失う。

「だったら、お逃げなさい、女がいう言葉ではないと分かっています。でも、お逃げなさい。わたしがいなくなればお逃げになるのでしょう、だったら逃げてください。わたしはいなくなってもいい、お願い、逃げて」

　ユーニアの形相が声と一緒に迫ってくるように思えた。ルキウスはユーニアの思いの激しさに気圧（けお）され、思わずのけぞる。卑怯ないいわけをしているうちに、迂闊では済まないことになってしまった。

　健気というしかないであろう、ユーニアは夫を戦地に送る妻の役を立派に演じてくれていたのだ。ひとりでいれば暴れ狂うはずの心を、互いに向き合っていればこそ際どく宥（なだ）めすかしている。痴話めいたやり取りだが、今はもう作り笑いと痴話言（ちわごと）で狎れ合いを演じ合うしかないのだ。この今になって、真心の通い合う話ができるだろうか。そんな話に耐えられるだろうか。互いを思いやる心のうちでは、平静を競い合いつつ互いの気持ちを探っている。神経が悲鳴を上げるのをぎりぎりでこらえていたのだ。それなのに、何という残酷なことか、ユーニアにこれをいわせてはならないのだ。

ユーニアは顔を歪めて泣いている。それは決してユーニアの本意ではあるまい。思わずルキウスの腕を取ったユーニアは崩れ落ちそうな体をルキウスの腕にすがって支えている。その手を放せば、地の底に堕ちると怯えているかのように、堕ちるなら共に、と願うかのように。

それでも、ユーニアは涙で汚れた顔を上げた。

「あなたを自らのものとして生きてきました。わたしをあなたから切り離すことはできない、あなたはそれを引き剝がそうとなさっている」

それは、胸を引き裂き血をほとばしらせて出た声に聞こえた。その声にどんな言葉が応えられるか。

ルキウスは短い呻き声で受け留めると、顔を歪めてユーニアを抱いた。決して引き剝がすことができないふたりだから、胸の中に包み込み、胸の中に埋め込んで、ふたりがひとつになるように願いと一緒に抱いた。

しかし、なぜユーニアと一緒に泣かないのか。なぜ、同じ悲しみを悲しまないのか。顔は苦悶に歪めていても心は無辺の彼方へ漂流する、そんな不思議な淋しさが縮こまって胸にある。暗い宇宙に唆(そそのか)されて、涯(はて)知らず漂いゆく男の淋しさ。それは、太古の昔から、家族を置いて去る男たちがいつも抱いた淋しさなのだろう。しかし、その淋しさの芯にあるのは情愛よりも冷酷さ。そして、ルキウスがどうしようもなくルキウスであり得るのは、ユーニアをやがて突き放すこの冷酷さ。ルキウスはそんなわが身の始末をつけねばならない。

嗚咽は止んでも悲しみに打ちひしがれてはいるのだろう、しかし、ユーニアは力なく抱かれているわけではなかった。ユーニアは思いの丈を込める力でルキウスの背中に爪を立てている。この身を引き剝がされまいと、背中の骨を抉る力でルキウスを鷲摑みしようとしている。それはしかし、妻子を置いて去っていく卑怯な男への憎しみから湧いて出る絶望的な力でもあった。そのことを、ユーニアは何よりも自覚している。

「わたし、謝りませんよ」

ルキウスの胸の中でユーニアの声がした。不逞な声がかえって哀れで、ルキウスは片手でユーニアの頭を包み優しく胸の中に納める。

「何でお前が、何を謝る」

「何もかも、あなたがいけないんです、だから謝りません」

「ああ、そうだね、おれがいけない」

「戻ってこられても謝りません」

「おれが謝る、戻ってきておれが謝る」

「約束ですよ。あなた、戻ってきて謝ってください」

　ユーニアは潤んだ眼に光を溜め顔を上げてルキウスを見た。その印象を確かめるように、ルキウスはユーニアの顔の輪郭をたどる。戻ってくる、そして謝る。しかし、その思いをルキウスは声には出さない。ルキウスは別の言葉を探している。夫を待つ身の妻に向けて、いたわりと励ましと、希望に満ちた言葉を探している。それらの言葉とこの面影を、ルキウスは残して発たねばならない。待つ身の妻へ、せめてもの慰みに。

　ユーニアは黙っている。利かん気の勝気な少女のように、正しいのは自分だといい張ったまま拗ねてしまったように。そして、ルキウスの胸の中から廃れた庭を見ている。潤んだ眼には水気を帯びて美しく見えるのだろう、ひと所を飽かず眺めている。やがて、ユーニアの吐く息が少しずつ細くなった。

「お庭があるのはうれしい」

　それは思いがけない声であった。ルキウスには普段のほんとにうれしい時の声に聞こえた。

「そうか、そうだね。もっと手を加えれば、もっといい庭になる」

「何代も前の先祖がこの土地を買った頃は、あたりに家はほとんどなかったそうだ。だから、こんなに広い庭が作れた。岩が剝き出しの土地だったが、土を入れて庭になった」

「奥に突き出ている岩は動かせなかったそうだ。それがかえって庭の風情をよくしている。山奥の景色のようだ」

「テルルスという奴隷がいましたね」

「ああテルルスか、いたね、テルルス。とうの昔に自由民になったのに、まだアスクルムの父の許にいる」

「わたしがこの家に来た年、テルルスに頼んで、奥に杏子の木を植えてもらいました。実家から持ってきた苗木です。テルルスが丹精してくれたのですが、今も実はよくありませんわね。小さくて、生り(な)も悪くて。あなたは食べてくださらない」

「それは……お前が変な薬草と一緒に漬け込むから」

「でも、白い花のきれいなこと」

「そうだね、毎年白い花が咲く、季節を知らせてくれる」

「テルルスはアスクルムのお義父さまのお屋敷で今も元気にしているそうですね」

「ああ、欲のないほんとの善人が長生きしてくれるのはうれしいことだ。向こうへ行ったら、誰よりも先にテルルスを探すし、こっちから駆け寄って挨拶もする」

しかし、穏やかに年老いたテルルスは先がもう短い。だからこそ、ルキウスはいつも心配でテルルスを探す。元気そうだね、と心にもない声かけをして近付くのだが、テルルスは元気な自分を見てほしいのだろう、折れた体を軋ませて空(くう)をつかみながら立ち上がる。ルキウスはあわてて駆け寄り崩れ落ちる体を支えてやるのだ。

そうか、テルルスが植えた杏子だったたか。

ルキウスは思いを振り切るように頭を振る。

「前から思っていたんだが、カンパーニアのあの家を買おう。不便な場所だが隠棲するにはうってつけだ」

ユーニアの返事はなかった。ルキウスもカンパーニアの家のことを話したいわけではなかった。ルキウスはむしろ雑念みたいに脳裡に浮かんだ暗い夜道に思いを向ける。アルデアまで夜を徹して歩く煩い、思えば思うほど気が滅入った。ルキウスは血みどろの戦いよりもその煩いにもう尻ごみしている。しかし、この身の始末をつけてまた戻らねばならない。そのために黙々と夜道を行く。誰が、何のために決めたことか。仕組まれたこととはもう思うまい。

　気がつけば、ふたりは庭の小道を戻り始めていた。いつを境に引き返したのか、それが不思議で、ふたりはそれぞれの思いで歩みを止めた。奥庭を振り返ったのはユーニア、つられてルキウスも庭のほうに眼を向ける。語り合ったひと時はそのまま庭に置き去りにされたのだろう。ルキウスは、何を思うわけでもなく、塀際のかみつれ草の群生に夏には小さな白い花が一斉に咲くのを思い出している。ユーニアはもっと先の庭の奥を眺めている。今は雑草が繁茂しているが、昔、ルキウスの父が蜜蜂の巣箱を置いて一面を花畑にしていた。そこには春も夏も、秋にも花があった。しかし、ユーニアは花畑の話をしない、ルキウスもかみつれ草の花のことをいいださない。出立の時が迫っていた。ルキウスには最後にいい置くことがあるのだった。

「なあ、ユーニア」

　ルキウスはユーニアの腰に回した手を放し、わずかな距離を取ってからいった。

「こんな話をしたことはなかったが、さっきからずっと考えていた。それを、お前に話してみたくなった。いや、そんな顔をするんじゃない、何でもない話だから。それはね、もう死んでしまった人だが、ルクレティウスという詩人がいてね、昔、夢中になって読んだことがある。寝床でも読むことがあったから、お前も知っているかも知れない」

　なぜだろう、急に喉が干涸らび、怯えたような上ずった声に変わった。ルキウスはわざとの咳払いで戸惑いを隠す。

「ユーニア、人間はね、この世界が何であるのか、何のためにあるのか、われわれ人間は、何のために、なぜここにいるのか、そして、このあとどこへ行ってしまうのか、そんな難しいことを考えてきた。止むにやまれぬ疑問に答えを探し求めてきたんだ。そして、いろんな答えを得てきた。このルクレティウスという人は、世界が微小な粒子が集まってできたものだと考えている。細かい粉を集め固めてものの形を造るように、われわれもまた小さい粒子が集まって形を成していると考えた人たちのうちのひとりなんだ。この人はね、もし人がそうして成るものなら、人の死は粒子が風に散って、姿かたちを失うこと、われわれの一度きりの人生は眼にも見えない微細な粒子の集散にしか過ぎないというのだよ。おかしな話だね、いや、むしろ残酷な話かも知れない。しかし、それは本当かも知れないのだよ。だとしたら、われわれはたとえ死んでも冥府へは行かない、形を残さず風に散り、水に溶け入り地に沁み通る。しかしね、ルクレティウスはそれをこのように考えている。いいかい、

かつて大地から出たものは同じく大地に帰り、また大気の領域から送り出されたものも、ふたたび空のひろがりに送り返され、受け入れられる。死はものを壊しても、元素の粒子までを滅ぼすことなく、ただその結合を分解するのみであり、そのあとは、またあるものを他のものに結び付け、すべてのものの形を変え、色を変えさせ、感覚を得させ、そしてまた失わしめる。

そんな顔をしなくていい、分からなくて当然だよ。分かったところで、また、分からなかったところで、何かが変わるわけではないんだ。こういう人たちが何を説こうと宇宙自然は無関心、何も変わりはしない。ただ、死は、粒子の結合を解くだけ、それだけのことが行われる。しかし、ユーニア、死が粒子の結合を壊すのは、また造り出されるためなのだよ……分かるかい、われわれのこの生は取り戻せるのだ、同じかたちで。今と同じこのかたちで。いいかい、ルクレティウスはこういう。

過ぎ去った時間の果てしないひろがりに眼を向け、元素の運動がいかに多様であるかをかんがえれば、今、わたしたちをつくっているこの同じ元素が、かつて何度も今と同じ配列に置かれたことがあるということを、たやすく信じることができるであろう。しかし、わたしたちは決してそのことを心に思い出せない。

なあ、ユーニア、無理に分からなくていい。しかし、分からないことが行われるんだ。永劫の時間の中で、お

れたちを造るこの同じ元素が同じ配列に置かれて、おれたちはまた造りだされる。その永劫の時間を信じようじゃないか。おれたちは、互いに気付くことはなくとも、幾度となく出会い、結ばれてきたし、これからも結ばれる。今度、たとえ戻らなくとも、いや、それはない、それはないと約束するが、それでもいつもわたしは戻る。そして、お前と出逢う。この今のことを思い出せないとしても、おれは、永遠にお前の許に戻ってくる」

「あなたは」

戸惑いを隠せないユーニアの声であった。ユーニアは握り合った手を振り切るように放してしまう。

「戻れないということを恐れていらっしゃる。だから、わたしにそのような難しいことを」

ユーニアは多くのことが理解できなかったことに焦れてはいた。しかし、ルキウスの気持ちの多くをいい当ててもいたのである。もちろん、ルキウスは動揺する。そして、あわててユーニアの手を取り握り締めた。

「いや、そうではない。なあユーニア、不思議な話に聞こえただろう。おれはもっと根源にある確かなものを話したいのだ。おれの胸の中に、今満ちている思いだ。いいかいユーニア、再びおれたちを結びつける原因はもう動きだしている。いや、億劫の昔、原初の始まりから動きだしていた。でなければ、なぜおれたちが今このようにあるのだろう。おれは今、再びお前と会う、その予感をこの胸いっぱいに感じている。ユーニア、難しい話をしたようだが、おれはお前とのこの結びつきの根源についていっている。今のこの結びつきが断たれるとは思わない。原初の昔から断たれたことはなかった。おれは戻る、これまでずっと戻ってきたように。今、お前にいってやれることは、これしかない」

ユーニアは声に出さず、眼だけで泣いた。静かな涙が一筋だけ頬を伝った。吐息と一緒に体の力を抜いたユーニアは、ルキウスの手を柔らかい力で握り返してくる。ルキウスはその柔らかい手の感触でユーニアをうまく説得できたのだと思った。いいたいことが伝わったのだろう。長い別れになるかもしれない。それだけに語り尽くせぬ思いはある。しかし、困難な最後の仕事をやっと済ませたような、こっそり肩の力を抜くような思いもあった。

「じゃあ、戻ってこられるということですね、そう思っていいのですね」

「そうだよ、必ず」とルキウスが返す言葉を待つまでもなく、ふいに、とっさの思いに駆られたように、ユーニアはルキウスの手を両手で包み、引き寄せて強く胸に当てた。小さく驚くルキウスの眼に、それはユーニアの祈りの形ようにも見えた。

「でも、戻ってこられる時は、使いを出して知らせてください。きっとですよ。ガリアの戦さから帰ってらした時みたいに、お酒に酔って、大勢で戻ってこられるのは、いや。供の者たちは置いて、おひとりでこのお庭まで……わたしたちは柔らかい草の上で野遊びをしていますわ。下の子を肩車できるのは今のうち、すぐに大きくなりますよ。わたしは娘の手を引いてあなたの脇に立ちましょう。ね、みんなでお庭を歩きましょう、今日みたいに。きっと、クラウディアはわたしの手を放して、ずっと先まで駆けていきますわ。活発な娘(こ)、いつもどこかを駆けています。髪の毛がいつもばさばさ。でも、あの子は花を編むのがとても上手。あなたに花冠(はなかんむり)を載せてくれますよ。ああ、わたしは何であなたをお迎えしよう。新しい花籠にいっぱいの季節の花。わたしが花を差し出すと、あなたは顔を赤くして、ぎこちなくお笑いになる。いつもあなたはそんな風にお笑いになった。ああ、夢のような話。でも、いつか夢ではなくなるのだわ」

ユーニアは気付いていないが、ルキウスの口元には冷ややかに蔑むような笑いがあった。しかし、その笑いは子供じみたユーニアの話にあきれ返ったからではない。自分が話したルクレティウスが何と白々しい空疎な話であったか、身に沁みて分かったことで自然に浮かんだ笑いである。ルキウスは自分を嗤った。こんな時に、ばかばかしい、ルクレティウスとは。ルキウスは声に出して自分を嗤いたいくらいだった。

「今のお話、分かりました。あなたは戻ってこられるということ。ならば、あなたを送り出しましょう。あなたはお戻りになるのだから、あなたをお待ちする」

「そうだね、そうだね」

ルキウスはまだ自分を嗤っている。しかし、眼はもうユーニアと同じ夢を宿しているようだ。生りの悪い杏子や石榴の木陰でユーニアや子供たちが遊ぶほうへと、花冠を載せたルキウスが近付いていく。その光景が遠い日の思い出みたいに眼に浮かんで、ルキウスはふいの感動に胸を熱くし、心をおろおろさせている。何とも他愛ない小娘のようなユーニアの願い、しかし、ルキウスはその願いの中に、より生き生きと自分が在るのを感じた。

ルキウスは別の笑いを浮かべた。ふいの感動やうろたえた心はそのままに。そして、ユーニアを促し庭の小道を戻った。しかし、その戻り道の近いこと。わずかな下りの勾配とはいえ、再び会うために別れを逸る気持ちがあるようだった。

小道の端にたどり着くと、装ったものには違いないが、ユーニアは一番の晴れやかな表情でルキウスに体を寄せる。そして、奥庭をまた振り返った。

「ねえ、わたしがこのお家に来た頃、このお庭には花畑がありましたね。菜園の奥、あのあたりだわ。午後からはたくさん陽が当たるのですよ」

そこはルキウスが戻ってくるべき場所なのだろう。そのことをユーニアは伝えているのだろう。ルキウスは菜園の奥に向かって大きく頷く。

「そうだね、花畑があった。昔、父が蜜蜂を飼っていたから。それがいつの間にかいなくなって、お前が嫁に来た年、戻ってきたんだ」

「ええ、とても喜んでもらえましたわ」

「しかし、いつの間にかまたいなくなった。おれの代になってからかな」

「だったら、きっとまた戻ってきますわ。巣箱を置いてまわりに花を植えましょう、もっと花を植えましょう。蜜蜂は戻ってきます」

「ああ、戻ってくるね。花を植えて、花畑にして、そうすれば」

ふたりは家の中に入るために、そしてそれが必要なことであるかのように、互いの表情を確かめ合う。互いを思う偽りのない表情には違いなかった。しかし、それはもう固く貼り付いたような表情である。ふたりはすばやく顔を背けた。通路の奥の暗がりにはユーニア付きのティオフィラがいて女たちに無言で指示をしている。

明るい中庭を囲む回廊に、調理場で使う小さい食卓が運び出されていた。誰かが気を利かせたのだろう、夏の暑い盛りはこうして向き合う食事が何度もあった。思い出せば、語り尽くせぬ数々のこと。しかし、今向き合って何を話せばいいのだろう。互いに眼が合うのを避けているのは、眼が合えば心が崩れると分かっているからのようだ。ふたりの最後の食事のはずはない。しかし、気持ちはそれを怯え、怯える気持ちが食欲を遠ざけている。さりげなさを装って、ルキウスはパンの籠に眼を向け、はみ出たパンを小さくちぎって口に運ぶ。そして、薄めた葡萄酒で喉に流す。ユーニアは今ルキウスがした通りの仕草でパンを食べ葡萄酒を口に含んだ。短い儀式のように、ふたりは食事を済ませた。食卓は儀式の終わりのように片付けられる。食べ残したパンの籠と口をつけた葡萄酒だけは食卓に残されていた。ユーニアは顔を上げルキウスと眼を見交わす。言葉はなく、微笑みを向けるでもなく、いずれ果たされる約束の期待だけを眼で伝えた。ルキウスは貼り付いた表情を崩し、やはり眼だけで応える。ふたりは同時に食卓を離れ、ユーニアは無言でルキウスのそばを立ち去る。今は子供たちが気掛かりなのだ。

ルキウスは回廊の円柱に凭れて立っている。出立前のひと時、ルキウスは所在なさげに見える。しかし、ルキウスは震えている。一時、体中で震えては、くっと息を止め、そしてまた震える。ルキウスはそれを繰り返している。今は、決意して挑みかかる興奮に体を震わせているのかも知れない。逆に、予想される困難に怯え臆して震えているのかも知れない。しかし、身を震わせつつも思うのは、ルキウスがユーニアに強いた戦争のこと、残されてなお希望を繋ぐという気も遠くなる戦いのこと。ルキウスは、ともすれば自分がユーニアで、ユーニアが自分であるかのように錯覚しつつ震えている。

それはきっと暗い影のようなものだろう。日々刻々、絶え間なくユーニアの希望に這い寄り、それを侵し蝕もうとするのだろう。その影に絶えず向き合い戦わなければ、希望など見る間に萎れ易々と枯れ落ちてしまう。希望ほど護りの弱いものがあるだろうか。ちょっとでも隙を見せればもう挫ける。諦めてしまうほうがずっと気が楽。思えば、どれほど多くの諦めが人の心を慰めてきたことか。拙い人の希望など「目覚めたままに見る夢」と囁く声すらルキウスにはある。しかし、ユーニアはその夢を護るだろう、そして戦い抜くに違いない。食事の時の、そして食卓を離れる時のユーニアの沈黙がそれを語っていた。

かすかな臭いの異変にはさっきから気付いていた。気付いていたそのことがゆっくりルキウスの意識に上る。どうやら血の焦げる臭いのようだ。ルキウスは回廊の奥の暗がりへ眼を向ける。恐らくは、ユーニアが供犠の生き物を屠ったのだろう。そして、その臓物を焼いたのだろう。両脇に子供を置いて、ルキウスの無事帰還を願っているのだろう。

「いびつかぁ」

ずっと思っていたことが小さい声になって出た。ルキウスはそっと自分を嗤った。

やがて、広間のほうに歩き出したルキウスに、外套を抱えたペイシアスがためらいがちに近付いてくる。ペイシアスはルキウスが玄関脇の小椅子に投げかけておいた外套を抱きかかえていた。それは、ユーニアが若い頃、自分で糸を紡ぎ、機で織り、仕立て上げた外套である。肘や裾のほつれは縫い直され、肩には太めの糸も縫いつけられて、野営の時は軍用外套に重ね着して眠ることもできた。年を経て、体に馴染み、外套の襟を寄せる時など、ルキウスはユーニアの思いが織り込まれたもののように思うこともあった。戦場へ向かうルキウスだから、この外套は携えていく。だから、玄関脇に投げかけておいた。

外にはまだ明かりがあった。しかし、広間はもう暗い。暗い中を女たちが動いている。無駄口はなく、ルキウスに眼を向けることもなかった。どこから現われたのか、ティオフィラが火のない燈明皿を持って奥へ走ると、奥から女がひとり広間に戻った。ルキウスはまた回廊の円柱脇に戻る。そして、さっきと同じように円柱に凭れ、広間を動く女たちを見ている。男たちは広間の向こうの取り次ぎの間にいて、言葉少なに同行する庇護民ふたりの荷造りを手伝っている。ルキウスがさっき広間から覗いた時、ペイシアスが膨れっ面でそれを見ていた。外套を渡す時、いいたいことをいいそびれてしまったのである。

ルキウスはもう震えていない。ユーニアの外套を羽織ったからに違いない。ただ、ルキウスの顔は暗い。ルティリウスに申し訳なくてならないのだ。幼子とつらい別れを強いることになってしまった。子沢山とはいえ、歳をとって授かった子だ。それを思えば何という酷いことを強いたのだろう。何度詫びても詫び足りない。しかし、戦場の渇きひもじささえ共に分かち合った男同士、代わりの男など考えられなかった。自分ひとりの始末をつけるために、周りの者たちまで巻き込んでしまった。

ルキウスはふっと体の力を抜く。そして、あいつ、と思った。詫びようがないのはデクタダスに対してもだが、あいつ、また居候だ。家僕相手に会食したり、酒を飲んだり。だからユーニアに家僕扱いされてしまう。戻る頃には実際家僕に落ちているか。しかし、今になってつくづく思う、あいつがやっぱり一番まともだ。ウィリウスも、おれもマキシムスさんも結局どこかいかれている。留守を任せて安心というわけではないし、何かの役に立つとは思えないが、まともな友がいると思えば何とはなしにしっくりと気持ちが収まる。人肌の温かみさえ気持ちにある。しかし、そんな気持ちに何やら引っ掛かりを感じるのは、さっきからシュロスの姿を見かけないからに違いない。こんな時にどうしたのか、留守中の家業についてはシュロスがいるから心配ないとは思うのだが、また何かに怯えて隠れてしまったのだろうか。昔から思っていたが、あいつ、ふざけた喜劇に出てくるようなやつだ。期待通りに笑いを取る。しかし、その分ペイシアスが張り切るだろう。シュロスの仕事を乗っ取るだろう。けしからんやつだが役には立つ。先のことをいくら心配しても仕方がないが、もし大事(だいじ)が起きるようなら、トゥルベウスの家の者たちが頼りになる。アスクルムには父もいる。それでも、どうしようもないことが起きるとすれば、ほかの誰よりユーニアがいる、ユーニア自身が判断する。そのユーニアをデクタダスもペイシアスも、ほかのみんなも支えるだろう。そして、日和(ひより)のいい春の日、ユーニアは奥庭に花畑を造るだろう。季節の花を咲かせるだろう。そうすれば、きっと蜜蜂は戻ってくる。

どうやら祈禱は済ませたようだ、ユーニアが子供たちを連れてやって来る。ルキウスはその場にしゃがみ両手を大きく拡げて待った。

―　了　―

＊この作中に登場する詩人ヘルウィウス・キンナは、カエサルとは親しい間柄で前四十四年には護民官を務めていたとされる。のちの史家たちが伝えるところでは、カエサルの国葬の際に起きた暴動で、法務官のコルネリウス・キンナと名前を取り違えられ暴徒たちによって殺されたとされている。この珍事をシェイクスピアが見逃すはずはなく、『ジュリアス・シーザー』の第三幕三場にこの悲運な詩人を登場させた。その件に関してだが、ウェルギリウスの『牧歌』第九歌の一節にこの詩人への言及があることから、詩人キンナはカエサルの葬儀の後も生き延びていたはずだと説く人もいる。ただし、この説の論拠を疑う人は多い。なお、キンナの詩で後世に伝わったものはない。ついでながら、第二章の酒宴に登場するマントゥワの隠れ詩人はウェルギリウスではない。

＊騎士長官時代のアントニウスが家に入れたミモス女優キュテーリスは、家から出されたあと、オクタウィアヌスの幕下にあった倨傲（きょごう）の詩人コルネリウス・ガッルスの愛を得、多くの恋愛詩に歌われる。のちに、ガッルスの許を去り、内ガリアに侵攻したアントニウスか、または追尾するアグリッパ麾下の将校を追って北へ向かい、そこで消息を絶ったとされる。その将校がルキウス・クラウディウスであったとは考えにくい。ガッルスの詩は全て散逸したが、ウェルギリウスの『牧歌』第十歌に、ガッルスがキュテーリスに寄せた詩の断片がそのまま引用されている。後年、オウィディウスは、『恋愛指南』第三巻の中で、心に適う美貌の女性たちの名を、天下に広く称え伝えた詩人たちのひとりとしてガッルスの名を挙げ、この詩人が思いを寄せたキュテーリス（リュコリス）の名をも併せて記し後世に伝えた。

＊作中の登場人物ルカーニアのウィリウスが紹介した喜劇『擂り粉木と擂り鉢』、『測量士』、クウィントス老人の青春讃歌、キンナの「メレアグロスに倣って」、クィリアノスという悲劇作家およびその劇作からの一節は架空のものである。また、アナカルシウスの『哲学者便覧』やメニッポスの『コルキス探訪記』といった著作は存在しない。ただし、キンナの『スミュルナ』やウィリウスの語る貧しいイーピスの物語のついてはオウィディウスの『転身物語』に依拠した。

関連年表

BC60	カエサル、ポンペイウス、クラッススの密約（第1回三頭政治）。
59	カエサル執政官。ポンペイウス、カエサルの娘ユリアと結婚。
58	カエサル、ガリア・イリュリクム総督。ヘルウェティ族の討伐（ガリア戦争始まる。～51）。護民官クロディウスの穀物法成立。キケロー追放。
57	キケロー、赦免されローマに帰還。ポンペイウス、穀物供給の統括権を獲得する。
56	カエサル、ポンペイウス、クラッスス三頭政治の更新（第2回三頭政治）。
55	カエサル、ガリア総督職5年延長が決定。
54	カエサルの娘ユリア死去、ポンペイウスとの姻戚関係が断たれる。キケロー、『国家論』の執筆を開始。
53	ローマ混乱、クラッスス、パルティア遠征中に敗死。
52	クロディウス暗殺（1月18日）。ポンペイウス、年末まで単独執政官。カエサル、アレシアの決戦でガリア大叛乱を鎮圧。
51	カエサル、ガリア一帯の制圧を完了。キケロー、『国家論』刊行。
50	ポンペイウス、カエサルの召喚を提議（カエサルとの確執深まる）。
49	1月7日、カエサルに対する元老院最終議決。1月10日、カエサルのルビコン渡河（内乱始まる、～46）。1月17日、ポンペイウス、ローマを捨てる。3月17日、ポンペイウス、東方に向けイタリアを離れる。キケロー、3月末になってやっとポンペイウス側につく決意。イタリアを離れ、ポンペイウスの陣営へ。4月、カエサル、マッシリア（マルセイユ）へ。5月4日よりマッシリアの包囲戦始まる。8月、イレルダの戦いでカエサル、ヒスパニア（スペイン）のポンペイウス軍を破る。10月25日、マッシリア陥落。12月2日、カエサル、ローマ帰還、第1回目の独裁官。
48	カエサル、2回目の執政官。1月4日、カエサル、ポンペイウスを追いマケドニアへ。3月27日、アントニウス軍、アドリア海を渡る。ドュラキウムの攻囲戦（4～7月）、8月9日、パルサーロスの決戦でポンペイウス軍を敗走させる。10月、カエサル、ポンペイウスを追い北アフリカ上陸（ポンペイウス、9月28日に暗殺されている）、アレクサンドリア戦役（翌3月まで）。キケロー、戦線を離脱しイタリアへ戻る。12月、アントニウス、騎士長官（独裁官副官）としてイタリアの治安統治。
47	8月2日、カエサル、ポントス王ファルナケスを破る。10月、カエサル、ローマに戻る。キケロー、帰還したカエサルと面談して赦免される。アントニウス、騎士長官としての行状を問われ、2年間の権力剝奪。12月、カエサル、北アフリカへ（アフリカ戦役）。キケロー、妻テレンティアと離婚。
46	カエサル、北アフリカのタプソスで小カトー、スキピオ軍を破る（4月6日）。7月、カエサル、ローマ帰還、3回目の独裁官、風紀監察官に任ぜられる。8月、カエサルの4度にわたる凱旋式。キケロー、この頃から活発な著述活動、翌年からは執筆が熱を帯びる。11月、カエサル、ポンペイウスの勢力が残るヒスパニアへ向かう。12月、キケロー、年若いプブリリアと再婚。
45	カエサル、ヒスパニアのムンダでポンペイウス派の叛乱軍を破る（3月17日）。アントニウス、ナルボ（南仏）まで出向いて帰路にあるカエサルを迎え、復権を果たす（次期執政官）。10月、カエサル、ローマ帰還。ムンダ戦の凱旋式。カエサル、元老院議員・政務官の人数を大幅に増やす。

44	1月26日、カエサル、終身の独裁官を受ける。2月15日、ルペルカリア祭で、アントニウス、カエサルに王冠を奉ずる。3月15日、カエサル、暗殺。同17日、アントニウス、暗殺者たちを大赦し共和国派との宥和策を採る。同20日、カエサル、国葬。アントニウス、4月初旬よりカエサルの指示とされる行政命令を矢継ぎ早に発し市民たちの反感を買う。オクタウィアヌス、相続権を主張してマケドニアより戻り、4月21日、キケローを表敬訪問。4月24日、アントニウス、カンパーニアの植民市視察（募兵)。5月6日、オクタウィアヌス、支持者たちを伴いローマ帰還。6月8日、キケロー、アンティウムに滞在中のブルートゥス、カッシウスなど暗殺者たちに招かれ、会合。7月、オクタウィアヌス、カエサルの勝利の祝祭と大競技会を主催し民衆の人気を得る。7月17日、キケロー、ポンペイイの別荘からアテナイ目指し航行。逆風のためウェリアから先へ進めず。8月31日、キケロー、ローマ帰還。9月2日、キケロー、アントニウス弾劾演説（第1ピリッピカ)。キケロー、アントニウスの批判に抗して再度アントニウス弾劾（第2ピリッピカ、11月末公表)。10月9日、アントニウス、マケドニアの4個軍団を出迎えにブルンデシウムへ向かう。10月、キケロー、ローマを離れ近郊の別荘を転々とする。10月下旬、オクタウィアヌス、カンパーニアの古参兵植民市で募兵。キケローの助言を得てローマ進軍。アントニウスのローマ帰還が近いと知るやローマを捨てアレッティウムに逃れる。11月24日、アントニウス、マルス軍団の離反（のちに第4軍団もそれに加わる）の報を受け、オクタウィアヌス弾劾のために予定された元老院を延期。29日、北伊ムティナのデキムス・ブルートゥス討伐のためローマを去る。12月9日、キケロー、ローマに戻る。レピドゥス、プランクス宛て書簡。12月20日、キケロー、第3ピリッピカ、元老院にアントニウスへの公敵宣言を迫るも果たせず。国家解放の導き手としてD・ブルートゥスとオクタウィアヌスを挙げる。同日、第4ピリッピカ、オクタウィアヌスを隷従からの解放者として民衆に喧伝（於、中央広場)。アントニウス、この頃よりムティナに拠るD・ブルートゥスを攻囲。オクタウィアヌス、アントニウスの背後に迫るため北伊へ移動。
43	1月1日、キケロー、第5ピリッピカ、アントニウスに対して即時開戦を主張するも和平案が出て審議は継続。レピドゥスに栄誉決議、併せてオクタウィアヌスに法務官格（正規の軍指揮権が付与される）を与えるよう提案。同4日、キケローの主戦論が元老院で忌避される。キケロー、護民官たちの求めに応じて民衆に経緯の説明（第6ピリッピカ、於中央広場)。1月、キケロー、第7ピリッピカ、アントニウスへの使節が派遣され、元老院は和平に傾いていたものの、独りキケローのみが執拗に主戦論を唱える。2月、キケロー、第10ピリッピカ、ギリシャ・マケドニアを掌握し、大軍を擁する暗殺者マルクス・ブルートゥスに正規の軍指揮権を与え、元老院の権威下に留めるよう勧告。3月初旬、キケロー、第11ピリッピカ、アントニウスの同僚執政官ドラベッラへの追討軍の将に暗殺者カッシウスを推し、元老院の権威下に置くよう勧告。この頃、アントニウスは対峙する執政官ヒルティウスとオクタウィアヌスに宛てて、カエサル恩顧のそれぞれの軍は糾合して反カエサル派と戦うべきであるとの書簡を送る。3月20日、キケロー、第13ピリッピカ、レピドゥスとプランクスが画策したアントニウスとの和平案が元老院で審議されるが、激しく反論し、主戦論で乗り切る。執政官パンサ、既にアントニウスと交戦状態にあるヒルティウス、オクタウィアヌス軍に加勢するため3個軍団を率いローマを発つ。

参考文献・出典一覧

この物語を書くにあたって、入門書や読本、図解や解説書を始め、事典や歴史書、研究書の類いを大いに参照しました。また、多くの訳書からその訳文や訳語を拝借しました。末尾にはなりましたが、いわゆる一次資料のみ以下に記した上で併せて謝意を表させていただきます。

アイリアノス　『ギリシア奇談集』　松平千秋・中務哲郎　岩波文庫
アテナイオス　＊『食卓の賢人たち』　柳沼重剛　京都大学学術出版会
アリストテレス　『著作断片集』　國方栄二　岩波書店
　『ニコマコス倫理学』　高田三郎　河出書房
　『詩学』　村治能就　河出書房
アリストパネス　『雲』　田中美知太郎　筑摩書房
　『女の議会』　村川堅太郎　筑摩書房
ウェルギリウス　『牧歌／農耕詩』　小川正廣　京都大学学術出版会
エウリピデス　＊『ヘラクレス』　川島重成・金井毅　筑摩書房
　『メデイア』　中村善也　筑摩書房
　『ヒッポリュトス』　松平千秋　筑摩書房
　＊『アンドロマケ』　松平千秋　筑摩書房
　『エレクトラ』　田中美知太郎　筑摩書房
エピクロス　＊『教説と手紙』　出　隆・岩崎允胤　岩波文庫
オウィディウス　『転身物語』　田中秀央・前田敬作　人文書院

カエサル　『ガリア戦記』　近山金次　岩波文庫
　『内乱記』　國原吉之助　講談社学術文庫
キケロー　*『神々の本性について』　山下太郎　岩波書店
　『老年について』　中務哲郎　岩波文庫
　『キケロー弁論集』　小川正廣・谷栄一郎・山沢孝至　岩波文庫
　『アッティクス宛書簡集2』　高橋英海・大芝芳弘　岩波書店
　『縁者・友人宛書簡集2』　大西英文・兼利琢也・他　岩波書店
　*『ピリッピカ』　根本英世・城江良和　岩波書店
クセノフォーン　『ソークラテースの思い出』　佐々木理　岩波文庫
スエトニウス　『ローマ皇帝伝』　国原吉之助　岩波文庫
ディオゲネス・ラエルティオス　*『ギリシア哲学者列伝』　加来彰俊　岩波文庫
プラトン　『プロタゴラス』　藤沢令夫　筑摩書房
　『ゴルギアス』　加来彰俊　岩波文庫
　*『国家』　藤沢令夫・他　筑摩書房
　『ソクラテスの弁明』　田中美知太郎　筑摩書房
　*『パイドン』　藤沢令夫　筑摩書房
　『パイドロス』　藤沢令夫　岩波文庫
　『饗宴』　鈴木照雄　筑摩書房
　『イオン』　森　進一　岩波書店
　『書簡集』　長坂公一　筑摩書房
プリニウス　『プリニウスの博物誌』　中野定雄・中野里美・中野美代　雄山閣出版

プルタルコス　『プルタルコス』　村川堅太郎 編　筑摩書房

『プルターク英雄伝』「小カトー」「ブルートゥス」　河野与一　岩波文庫

ヘシオドス　『神統記』　廣川洋一　岩波文庫

『仕事と日』　松平千秋　岩波文庫

ヘロドトス　『歴史』　松平千秋　筑摩書房

ホメーロス　*『イーリアス』　呉 茂一　筑摩書房

『オデュッセイア』　高津春繁　筑摩書房

ホラティウス　『詩論』　外山弥生　研究社

ユウェナーリス　『ローマ諷刺詩集』　国原吉之助　岩波文庫

ルクレティウス　*『事物の本性について』　藤沢令夫・岩田義一　筑摩書房

*『ギリシア・ローマ抒情詩選』　呉 茂一　岩波文庫

『四つのギリシャ神話「ホメーロス讃歌」より』　逸見喜一郎・片山英男　岩波文庫

『ピエリアの薔薇』　沓掛良彦　白馬書房

*『ローマ恋愛詩人集』　中山恒夫　国文社

ここに挙げたのは、多少なりとも訳語・訳文を引用したか、その内容をもじって実際に作品の中に反映させた文献です（訳文の引用は本文中に引用符「　」または『　』で示した）。なお、*を冠したものはとりわけ多くの訳文を引用したり、その内容に言及したりした文献です。また、巻頭に挙げたものは以下の文献からの引用です。C・S・ルーイス『愛のアレゴリー』（玉泉八州男訳、筑摩書房）、ドニ・ド・ルージュモン他『愛のメタモルフォーズ』（笠原順路他訳、平凡社）。

ほかに、シェイクスピアのいくつかの作品、謡曲『道成寺』『綾鼓』、狂言『釣狐』、ワグナーの楽劇『トリスタンとイゾルデ』、クレティアン・ド・トロワの詩（無題）、ワイルドの『サロメ』、リラダンの『アクセル』などからのもじりや言及、訳語の拝借があります。また、個人的な信条から、宮沢賢治からの一節も紛れ込ませてあります。

なお、豊饒の蜜蜂の比喩は、W・B・イェイツの詩「わが窓辺の椋鳥の巣」から想を得ました。

ローマ騎士ルキウス・クラウディウス
または、恋愛の起源について

二〇二〇年十一月二十六日　第一刷発行

著者　山田正章
発行者　堺　公江
発行所　株式会社講談社エディトリアル
郵便番号　一一二-〇〇一三
東京都文京区音羽一-一七-一八　護国寺ＳＩＡビル六階
電話　代表：〇三-五三一九-二一七一
販売：〇三-六九〇二-一〇二二
印刷　株式会社新藤慶昌堂
製本　株式会社国宝社

定価はカバーに表示してあります。

落丁本・乱丁本は、購入書店名を明記のうえ、講談社エディトリアル宛てにお送りください。

送料小社負担にてお取り替えいたします。


ISBN978-4-86677-074-1